全唐诗

第十四册

全唐诗续补遗
全唐诗续拾（卷一——卷二五）

中华书局

全唐诗第十四册目次
全唐诗续补遗目次

全唐诗续拾目次

全唐诗续补遗

童养年辑录
陈尚君修订

全唐诗续补遗

前　言

　　唐诗体制繁复。前承乐府、古风，后启律诗、杂言，抒情、说理、叙事、写景，蔚为大观。上自达官，下至隐逸，文士笔述，民间口传，遍地开花，丰富多彩。它在中国诗坛上，也在世界诗歌史上，都占有并将永久占有极其重要的地位。

　　唐、宋、元至明中叶以前，唐诗选本多，而全集少。明中期以后，渐有人重视唐诗全集的编刻，但断代分期出书，流传极少。如隆庆时吴琯等《唐诗纪》，只成初唐、盛唐。至清康熙四十五、六年间，才开始根据胡震亨《唐音统签》及钱谦益、季振宜连接编辑的《全唐诗集》（只有稿本。初稿为不同版本的诗集拼成，有抄有刻，我曾写出目录，留备参考。该稿现在台湾。清内府旧藏是重抄稿本。）综合改编成为现时仍在通行的《全唐诗》。

　　《全唐诗》共九百卷，收诗五万馀首。因当时急于求成，存在不少缺点错误。近代有不少人，如刘师培、李嘉言等提出勘误和改编的意见，偶然也提到尚有可补之诗。

　　日本河世宁能早在我国乾隆时期进行《全唐诗》的辑逸工作，虽然所辑有限，又多属摘句，最后附李峤几首诗的校异，也还是值得欢迎的。

近半个世纪中,有罗振玉、王重民,包括最近舒学等,单从敦煌遗书中先后辑出唐人遗诗共约一百八十首。只限于文士的雅言诗,而未收民间的口语诗,终令人对唐诗有不全之感。

我在较长时期,对全汉至隋诗、全唐诗,都留心辑补,随见随钞,各有积稿。现中华书局以《全唐诗》先行再版,广征补遗。最近一年多,我根据原辑加工,仅就手边可利用的书,加以钞补,五百五十馀人,诗一千馀首,摘句(一联一韵作为一句)二百三十以上,词三十一首,编为二十一卷。

现时的工作以补为主,但也以补带校。如不事先反复细校,则又不知缺在何处。多卷集的大家、名家,比较难补,而零句比全诗更难补。古今学者中,虽对某一家某一集,进行过专门的研究,而竟不知何者可补,或虽补而反误。明、清刻本中,误补者更多一些。如《四部丛刊》影印明刊本《张籍集》,极为错乱,有《台城》及其他十题,共十七首,实为刘禹锡诗,《杨柳送客》等四首,为李益诗,竟大量收入。席刻《唐诗百名家集》中,《马戴集》比《全唐诗》多出《早秋宿崔业居处》以下九首,皆为秦系诗,又席刻百家有《于邺集》,江标五十家小集有《于武陵集》。《唐诗纪事》及《全唐诗》都分作二家,据《唐才子传》,武陵为邺之字,实为一个。也有些诗,见于两家以上,不能肯定为某一人诗者,保留诗题,文字出入较大者并存。有些诗虽有疑问,如王维乐府诗等,也作为附录保存,留待后来学者参考。以上这些情况,都在诗前、诗后或诗人小传中,加以说明。

体例问题:现在略依原书凡例,如已有传的,就不再录,没有传而可以查到的,就略补小传。如暂时查不出,就参照原书前后人次,订其时代。否则统依姓名笔划,集中放在"无世次"一卷之中。

本辑稿每诗后面,都注明出处。所附小传及诗解等,大都引用原文，形式近于《宋诗纪事》。原书补遗、歌谣、神仙等诗，也是如此。不过有详、有略、也有遗漏，又多数不注出处。这对以后校勘或改编《全唐诗》，有一定困难。

本辑稿破除以往惯例，不论帝王将相、朝野人士、妇女、僧道，都按时代先后排列。缺姓名而有时代，或有关人物可寻，也依照上例列入。

本辑稿略依《唐诗品汇》及《诗薮》、《唐音癸签》所论，暂分为初、盛、中、晚。五代十国补诗较多，（李调元《全五代诗》晚于《全唐诗》，缺漏还很多。）题作《全唐五代诗续补遗》，也是可以的。胡震亨对胡应麟的论述，比较佩服。但初、盛、中、晚，具体细分，又不尽相同。如应麟以李适、孙逖为盛唐，震亨改为初唐；应麟以包融为初唐，刘方平为中唐，震亨都改为盛唐；应麟以元载、苏涣为盛唐，震亨改为中唐；应麟以魏暮、孙元宴为中唐，震亨又改为晚唐；应麟以杜荀鹤、沈彬、陈陶、黄滔等为晚唐，震亨改为闰唐（即五代十国）。而初、盛、中、晚之中，又各有先后，至于五代十国诗在《全唐诗》中混而不分，现也略依《全五代诗》并参照《五代史》、《十国春秋》加以区分。

本稿是继《全唐诗》原有补遗辑补的，故称《续补遗》。

笔者限于时间和水平，目前只能勉成此初稿，难免有误有漏，至于修改补充，更准确地加以排比，则有待今后进一步的努力。

童养年于安徽大学一九八〇年四月

全唐诗续补遗卷一 初唐一

李 渊 高祖

为秦王制诗

　　初太宗为秦王，高祖制诗云云。帝于宫西造宅初成，高祖送玉玺以至帝所，缙绅先生相谓曰："诗及玉玺，盖奉国之祥瑞者欤。" 今按：《全唐诗凡例》引胡震亨谓唐初无五星联聚之事，疑其伪托。曾见陕西鄠县有大业三年郑州刺史李渊为子世民祈疾疏石刻拓本，孙星衍《访碑录》亦收载。

圣德合天地，五宿连珠见。和风拂世民，上下同欢宴。《册府元龟》二一《帝王部·征应》

李世民 太宗

题龟峰山 在麻城县

乾坤造化有神功，胜地安然气象雄。马迹印开苍石上，龟头横插白云中。山高每有神仙过，寺号能仁天子封。试剑石边风拂拂，虎跑泉内水溶溶。龙吟南岭崎山雨，虎啸东林什子风。舍利塔中遗释子，观音崖上礼慈容。天开云现琉璃碧，日落霞明玛瑙红。岩畔芊芊罗汉草，领头郁郁大夫松。望龟亭内迎仙客，喷雪崖前活水通。万里黎民皆润泽，一堂贤圣总虚空。游山宰相书名字，采

药仙人留迹踪。任是丹青描不就，恍疑身世九霄宫。《弘治黄州府志》七《艺文》

武 曌 则天后

游石淙诗 并序

若夫圆峤方壶，涉沧波而靡际；金台玉阙，陟玄圃而无阶。惟闻《山海》之经，空览《神仙》之记。爰有石淙者，即平乐涧也。尔其近接嵩领，俯届箕峰，瞻少室兮若莲，睇颍川兮如带。既而蹑崎岖之山径，荫蒙密之藤萝，汹涌洪湍，落虚潭而送响；高低翠壁，列幽涧而开筵。密叶舒帷，屏梅氛而荡燠；疏松引吹，清麦候以含凉。就林薮而王心神，对烟霞而涤尘累。森沉丘壑，即是桃源；淼漫平流，还浮竹箭。〔细〕（网）薜荔而成帐，耸莲石而如楼。洞口全开，溜千年之芳髓，山腰半坼，吐十里之香粳。无烦昆阆之游，自然形势之所。当使人题彩翰，各写琼篇，庶无滞于幽栖，冀不孤于泉石。各题四韵，咸赋七言。

《古今图书集成·山川典》六〇《嵩山部》。 今按：此诗在《全唐诗》有诗无序，而《全唐诗》一般有诗有序者，大都全录，此系遗漏。现特补序，诗不重录。又《图书集成》同卷，作嵩山石淙侍宴应制者，有宋之问、沈佺期、苏味道、李峤诸人。①

①据《金石萃编》卷六十三校改。

许敬宗

辽左雪中登楼

岁杪崇朝雪，天涯绝塞城。冻云连海色，枯木助风声。怀古情无已，

登楼赋未成。梅花南国思,笛里暮愁生。《古今图书集成·职方典》一七四
《奉天府部》

左匡政

　　原名难当,泾县人,有智力。隋末率众保乡里,众推为总
管。武德中以守城功授宣城大都督,封戴国公。

白 龟 城

城堞千寻险,池隍十里馀。楼台侵汉宇,鼓角动郊墟。罴虎三军拥,
壶浆万户舒。急须修表进,天意欲何如?《嘉庆泾县志》三十二《词赋》

萧　翼

留题云门 一作"秦望山"

绝顶高峰一作"山"路不分,岚烟一作"烟岚"长锁绿苔纹。猕猴推落临一
作"悬"崖石,打破一作"落"下方遮日云。《万首唐人绝句》十一、《古今图书集
成·山川典》一〇五《秦望山部》①
　　①北宋孔延之编《会稽掇英总集》卷六已收此诗。

欧阳询

题 雷 威 琴

合雅大乐,成文正音。徽弦一泛,山水俱深。《西溪丛语》上①
　　①《西溪丛语》云:"长兄伯声云:昔至沔邑,获一古琴,中题云(略)。雷威断,欧阳询
书,陕郊处士魏野家藏。"同书复录雷威大历三年题字,知欧、雷并非同时之人。此
诗如为欧作,则诗题误。颇疑"欧阳询书"云云,仅指其字体为欧书,而非必欧本人

之作。

李百药

过杨玄感墓

《唐书》曰：天后西幸京师，路经杨玄感墓，上诵李百药《过玄感墓诗》
云云，叹曰："百药唯解缀文，不识大义。"　今按：两《唐书·则天纪》、《百
药传》均不载。

剑有万人敌，文为一代英。除昏志不遂，僭乱道难平。《太平御览》五五
八《礼仪部》

陈元光

落成会咏二首 前一首《全唐诗》已收

云霄开岳镇，日月列衙瞻。胜日当佳庆，清风去积炎。山畬遥猎虎，
海舶近通盐。龙泽覃江浦，螭坳耀斗蟾。文床堆玉笏，武座肃金签。
奇计绳陈美，明诚学孔兼。忠勤非一日，箴训要三拈。千古清泉水，
居官显孝廉。

半径寻真

半径寻仙迹，危峰望帝州。千山红日媚，万壑白云浮。坐石花容笑，
穿林鸟语愁。招呼玄鹤下，捻捋紫芝柔。铸鼎龙归洞，惊旗虎负丘。
高栖谋未遂，胜景至须留。岩谷连声应，漳湖合派流。飘然歌一曲，
缥缈在瀛洲。以上《康熙漳浦县志》十八《艺文》下

张九龄

照镜见白发 联句

宿昔青云志,蹉跎白发年。谁知明镜里,形影自相怜。《万首唐人绝句》补本一。又见《四部丛刊》影明本《张九龄集》

谢 公 楼

谢公楼上好醇酒,三百青蚨买一斗。红泥乍擘绿蚁浮,玉碗才倾黄蜜剖。《永乐大典》七八九一"楼"字韵

宋之问

幸未央宫应制 补后四句

登高省时物,怀古发宸聪。钟连长乐处,台识未央中。《文苑英华辨证》六《脱文》①

　　①《文苑英华辨证》据宋之问集补此四句,原诗指《全唐诗》卷五三已收之《奉和幸长安故城未央宫应制》。诗云:"汉王未息战,萧相乃营宫。壮丽一朝尽,威灵千载空。皇明怅前迹,置酒宴群公。寒轻彩仗外,春发曼城中。乐思回斜日,歌词继《大风》。今朝天子贵,不假叔孙通。"《文苑英华辨证》谓"春发曼城中",集作"春发曼城东","《文苑》以'东'作'中',遂脱四句。"四句应于"乐思"二句之前。

题雷琴 二首

山虚水深,万籁萧萧。古无人踪,惟石嶕峣。

洛水多清泚,崧高有白云。圣朝容隐逸,时得咏南薰。《古今图书集成》①

　　①宋姚宽《西溪丛语》卷上云:"长兄伯声云:洛中董氏蓄雷琴一张,中题云(引前四

言诗,略)。状其声也。其外漆下隐有朱书云(引后五言诗,略)。此诗见《宋之问
集》。"据此,应仅后首为宋之问作。又此为后人取宋诗题雷琴,此拟题为《题雷琴》,
误。雷琴因雷威所制而得名,雷威为大历间人,宋之问不及见。

崔 湜

和苏员外寓直

　　一作乔知之。见《全唐诗》八一○、《文苑英华》一九○《朝省》。

李 峤

钱

九府五铢世上珍,鲁褒曾咏道通神。劝君觅得须知足,虽解荣人也
辱人。《古今图书集成·食货典》三五八《钱钞部》

王 勃

玄武山圣泉 并序

　　　　蒋清翊云:"据项家达刊本王集补序。"又云:"《全唐文》以此序入骆
　　宾王卷。"

玄武山有圣泉焉,浸淫历数百千年,①垂岩沁涌,接磴分流,下瞰长
江,沙堤石岸,咸古人遗迹也。兹乃青蘋绿荄,紫苔苍藓,遂使江湖
思远,痌瘝寄托。既而崇峦左峙,石壑一作"壁"前萦,丹崿万寻,碧潭
千顷,松风唱响,竹露薰空。潇潇乎人间之难遇也,方欲以林壑为天
属,琴樽为日用。嗟乎! 古今同逝一作"代谢",方深川上之悲;少长偕
游,且尽山阳之乐。盍题芳什,共写高情。诗得泉字。诗曰《古今图
书集成·坤舆典》三六《泉部》

今按:《全唐诗》五六题作《圣泉宴》,有诗无序,故补序,诗不重录。

①"历"字据陈熙晋《骆临海集笺注》卷九补。陈熙晋云:"此序各本皆不载,今从《全唐文》录出。""子安在梓州所作诗文尚多,恐非骆文。"

陇西行 十首

陇西多名家,子弟复豪华。千金买骏马,蹀躞长安斜。

雕弓侍羽林,宝剑照期门。南来射猛虎,西去猎平原。

既夕罢朝参,薄暮入终南。田间遭骂詈,低语示乘骖。

入被銮舆宠,出视辕门勇。无劳豪吏猜,常侍当无恐。

充国出上邽,李广出天水。门第倚崆峒,家世垂金紫。

麟阁图良将,六郡名居上。天子重开边,龙云垒相向。

烽火照临洮,榆塞马萧萧。先锋秦子弟,大将霍嫖姚。

开壁左贤败,夹战楼兰溃。献捷上明光,扬鞭歌《入塞》。

更欲奏屯田,不必勒燕然。古人薄军旅,千载谨边关。

少妇经年别,开帘知礼客,门户尔能持,归来笑投策。以上同上五六五《巩昌府部》,又乾隆《直隶秦州新志》十一《艺文》下《诗》①

①乾隆《秦州新志》及乾隆《狄道州志》十三收此诗,连作一首。前书每二十字为一行,或因此而析为十首。

自乡〔还〕(远)虢

王福畤之子,勔、勮、勃皆有才名,故杜易简称为三珠树。其后助、劼、劝,又皆以文显。勃于兄弟之间极友爱,《自乡〔还〕(远)虢》诗云云。观此语意,岂兄弟有不相能者耶?及观《诫功劲》云:"欲不可纵,争不可常,勿轻小忿,将成大殃"。此二人者,似非处于礼义之域者。"《棠棣》废"之语,疑为此二人设也。

人生忽如客,骨肉知何常。愿及百年内,花萼常相将。无使《棠棣》废,取譬人无良。《韵语阳秋》十①

①据影宋本《韵语阳秋》校改。

述怀拟古诗

仆生二十祀,有志十数年。下策图富贵,上策怀神仙。《韵语阳秋》十二

示知己 句

客书同十奏,臣剑已三奔。同上。

董思恭

春日代情人

昔日管弦调,将人舞细腰。悬知今日恨,谁分昔时娇。弃妾频登陇,
从军几度辽?可怜香草夜,空见落花朝。泪滴珠难尽,容残玉易销。
偿随明月去,①莫道梦魂遥。《永乐大典》三〇〇五人字韵引《玉台后咏》

　　①"偿",赵遂之云当作"傥"。

陈子昂

座右铭 《陈伯玉集》未收

事父尽孝敬,事君端忠贞。兄弟敦和睦,朋友笃信诚。从官重公慎,
立身贵廉明。待士慕谦让,莅民尚宽平。理讼惟正直,察狱必审情。
谤议不足怨,宠辱讵须惊?处〔满〕(蒲)常惮溢,居高本虑倾。诗、礼
固可学,郑、卫不足听。幸能修实操,何俟钧虚声?白珪玷可灭,黄
金诺不轻。秦穆饮盗马,楚客报绝缨。言行既无择,存殁自扬名。
《文苑英华》七九〇《铭》

张　说

送 敬 丞

嘉会良难永,芳樽此夜闲。别离三春暮,亲爱两乡间。落花已覆水,岩云欲起山。庭兰行可佩,采采赠河关。

见诸人送杜承诗因以成作 荆州作

吴楚分江镇,华容改旧城。讶君来远谒,知有去思情。风度沅湘险,烟还云梦平。寄言洞庭郡,何德子为名?

幽州送随军入秦

杨子来戎幕,老夫欣主诺。归路有光华,边庭少咨度。雁知穷朔苦,人羡长安乐。独将马革心,同声谢台阁。

幽州送尹悆成妇

《全唐诗》八七缺题。第三句"亲迎",《张说之文集》作"亲近"。以上《四部丛刊》影明本《张说之集》。

金庭观 在嵊县东南七十二里

元珠道在岂难求,海变须教鬓不秋。他日洞天三十六,碧桃花发共师游。《嘉庆浙江通志》二三一《寺观》[1]

[1]见《剡录》卷八,并云:"先天间,遣女道士投简金庭观,见许承瓢,遂持以进。"《宝庆会稽续志》卷四引后二句。

岑 羲

黄 金 台

雕墙峻宇无不亡，蓟城筑宫国乃昌。屈身延士礼优异，四方英俊
如云翔。郭生马喻真良策，亟拜乐卿为上客。兵行旬日入临淄，秦
楚诸君咸辟易。凤心已雪先王耻，七十齐城只馀二。君王先去主
帅逃，叹息后人非继志。巍台悲惨朔风号，不知骑劫何时招。《古
今图书集成·职方典》二九《顺天府部》

王 宠①

从 军 行

《全唐诗》三八作王宏诗,第九句"王"《文苑英华》作"皇","千"作
"十"。 《文苑英华》一九九《乐府》②。
①原列入"无世次"卷。检《新唐书·宰相世系表》琅琊王氏有王宠,其祖缲,相武
后,曾孙玙,相肃宗。武后至肃宗间仅六、七十年,不至隔五世,其间必有误。然王宠
约为开元前后人,殆无问题。故移入本卷。 ②《全唐诗》卷三八录王宏诗,系源自
《初唐诗纪》卷五,《初唐诗纪》则引伪书《龙城录》作宏传,并不足据。当从《文苑英
华》归王宠。

刘希夷

夏 弹 琴

《文苑英华》二一二《音乐》、《初学记》一六"乐"部、《唐文粹》、《唐诗
纪事》作刘希戬《弹琴》。
今按:《全唐诗》七六九作刘戬,第二句"素琴"《英华》作"素丝",第

六句"泉鱼"《英华》作"渊鱼",第十二句"荒岳"《英华》作"山丘"。

朱佐日

佐日,吴郡人。两登制科,三为御史。

登　楼

《唐诗纪事》、《全唐诗》二五三作王之涣,《全唐诗》二○三又作处士朱斌。

武后尝吟诗云云,问是谁作,李峤对曰:"御史朱佐日诗也。"赐彩百匹,转侍御史。　《舆地纪胜》五《平江府·人物》、《中国人名大辞典》①

① 此诗作者凡有三说。其一为王之涣作,题作《登鹳鹊楼》,以《文苑英华》卷三一二所收为最早,宋人所著《温公续诗话》、《梦溪笔谈》卷十五、《唐诗纪事》卷二六皆沿之,今人亦多从此说。其二为朱斌作,以收诗迄止年代距王之涣去世仅隔二年(天宝三载)的芮挺章《国秀集》卷下为最早,同书亦收有王之涣诗。其三即朱佐日作,除《舆地纪胜》外,又见于《记纂渊海》卷二十四及《吴郡志》卷二十二,《吴郡志》并注明此条出自《翰林盛事》。《翰林盛事》为唐人张著撰,约撰成于大历、贞元间,今已佚,《郡斋读书志》卷二、《直斋书录解题》卷五均著录。以三说出现的次第言,朱斌最早,朱佐日次之,王之涣为最迟。《千唐志斋藏志》九○○页有朱佐日墓志,官武强县尉,会稽人,天宝十三载卒,年四十九,似为另一人。

全唐诗续补遗卷二 初唐二

王梵志

王梵志，卫州黎阳人也。去黎阳城东十五里，有王德祖者，当隋文帝时，家有林檎树，生瘿，大如斗。经三年，其瘿朽烂。德祖见之，乃剖（撤）其皮，遂见一孩儿抱胎而出。德祖收养之，至七岁，能语，问曰："谁人育我？复何姓名？"德祖具以实语之。（二字作告）因名曰："林木而生曰梵天。"后改曰梵志，〔曰〕："王家育我，（我家长育）可姓王也。"梵志乃作诗示（讽）人，甚有义志（旨），盖菩萨示化也。（《太平广记》八二，参以《永乐大典》六八三八"王"字韵引《桂苑丛谈·史遗》。）《云溪友议》下《蜀僧喻》云："或有愚士昧学之流，欲其开悟，别吟以王梵志诗。梵志者，生于西域林木之上，因以梵志为名。其言虽鄙，其理归真，所谓归真悟道，徇俗乖真也。"王维《与胡居士皆病寄此诗兼示学人诗二首》，注云："梵志体。"

七　言

生时不共作荣华，死后随车强叫唤。齐头送到墓门回，分你钱财各头散。

五　言 八首

我肉众生肉，形殊姓不殊。元同一性命，只是别形躯。苦痛教他死，将来作己须。莫教阎老断，自想意何如？

粗行出家儿，心中未平实。贫斋行则迟，富斋行则疾。贪他油煮餀，我有波罗蜜。饱食不知惭，受罪无休日。

不愿大大富，不愿大大贫。昨日了今日，今日了明晨。此之大大因，〔彼之大大身〕。① 所愿只如此，真成上上人。今按：疑缺第五句。

①此句据《说郛》卷一引《云溪友议》补。

良田收百顷，兄弟犹工商。却是成忧恼，珠金虚满堂。满堂何所用？妻儿日夜忙。行坐闻人死，不解暂思量。贫儿二亩地，①干枯十树桑。桑下种粟麦，四时供父娘。图谋未入手，只是愿饥荒。结得百家怨，此身终受殃。

①自"贫儿二亩地"以下，张锡厚另作一首。此句《说郛》作"买得贫家地"。

本是尿屎袋，强将脂粉涂。原注"音荼。"凡人无所识，唤作一团花。相牵入地狱，此最是冤家。

照面不用镜，布施不须财。端坐念真相，此便是如来。

大皮裹大树，小皮裹小木。生儿不用多，了事一个足。省得分田宅，无人横煎父。但行平等心，天亦念孤独。我身虽孤独，①未死先怀虑。家有五男儿，哭我无所据。哭我我不闻，不哭我亦去。无常忽到来，知身在何处？

①自"我身虽孤独"以下，张锡厚作另一首。

世间何物贵？无价是诗书。了了说仁义，愚夫都不知。深房禁婢妾，对客夸妻儿。青石甃行路，未知身死时。以上五七言共九首，补录自《云溪友议》下。

兀然无事 <small>原卷缺题,不分篇段,现将分为十一首</small>

兀然无事无改换,无事何须论一段。直心无散乱,他事不须断。过去已过去,未来何用算。

兀然无一事,何曾有人唤。向外觅功夫,总是痴顽汉。粮不畜一粒,逢饭但知噇。世间多事人,相趁浑不反。

我不乐生天,亦不爱福田。饥来一钵饭,困来展脚眠。愚人以为笑,智者谓之然。非愚亦非智,不是玄中玄。

要去如是去,要住如是住。身披一破衲,脚着娘生裤。多言复多语,由来反相误。若欲度众生,无过且自度。

莫漫求真佛,真佛不可见。妙性及灵台,何曾受薰炼。心是无事心,面是娘生面。劫石可动摇,个中无改变。

无事何须读文字,削除人我本,冥合个中意。种种劳筋骨,不如林中睡兀兀。举头见日出,乞饭从头拪。

将功用功,展转冥蒙。取即不得,不取自通。

吾有一言,绝虑忘缘。巧说不得,只用心传。

更有一语,无过直与。细极毫末,大无方所。本自圆成,不劳机杼。

世事悠悠,不如山丘。青松蔽日,碧涧常秋。山云当幕,夜月为钩。卧藤萝下,块石枕头。不朝天子,岂羡王侯?生死无虑,更复何忧。

水月无形,我常只宁。万法皆尔,本自无生。兀然无事坐,春来草自青。高士奇《江邨销夏录》卷二黄庭坚书梵志诗卷　董其昌题云:"黄文节公书,世多摹本,又多赝本。生平所见,以此卷为灼然无疑。梵志诗较寒山更自奇崛,书亦近之。"①

① 此组诗,黄庭坚自跋不云为王梵志作,至董其昌作跋时始断为王梵志作,实误。此诗为唐大历间衡岳僧明瓒(即懒残)作,见《祖堂集》卷三、《景德传灯录》卷三十、《南岳总胜集》卷下、《林间录》等书。诸书异文较多,另参《全唐诗续拾》卷十五。另项楚对此有考证,文刊《中华文史论丛》。又原诗为长诗一首,此处析为十一首,亦未允。

缺　名一
五言白话诗

原缺卷首。刘复云："抄出者共四十六首。"现选录二十六首①。

①张锡厚《王梵志诗校辑》云与刘复所见伯三二一一卷同一系统的敦煌遗书尚有斯五四四一、斯五六四一两卷。其中斯五四四一卷题作"王梵志诗集卷中"，因知伯三二一一卷诸诗亦应为王梵志作。

村头语户主，乡头无处得。在县用纸多，从吾相便贷。我命自贫穷，独辨不可得。①合村看我面，此度必须得。后衙空手去，定是搦你勒。②

①"辨"，张锡厚改作"办"。　②"搦"，斯五四四一卷作"独"，据张锡厚改。

人生一代间，贫富不觉老。王役逼驱驱，走多换行少。①他家马上坐，我身步擎草。种得果报缘，不须自烦恼。受报人中生，②本为前身罪。今身不修福，痴愚脓血袋。病困卧着床，悭心由不改。③临死命欲终，吝财不忏悔。身死妻后嫁，总将陪新婿。

①"换行少"，斯五四四一卷作"缘行步"。　②自"受报人中生"以下，张锡厚另作一首。　③"由"，斯五四四一卷作"犹"。

世间何物贵？只有我身是。不见好出生，衣食谷米费。广贪长命财，缠绳短命鬼。放顽邻里行，元来不怕死。

世间慵懒人，五分向有二。例着一草衫，两膊成山字。出语觜头高，①诈作达官子。草舍元无床，无毡复无被。他家人定卧，日西展脚睡。诸人五更走，日高未肯起。朝庭数千人，②平章共博戏。菜粥吃一椀，③街头阔立地。④逢人若共语，荒说天下事。唤女作家生，将儿作奴使。妻即赤体行，寻常饥欲死。一群病赖贼，⑤却搦父母耻。日月甚宽恩，不照五逆鬼。

①"觜"，斯五四四一卷作"嘴"。　②自"朝庭数千人"以下，张锡厚另作一首。项楚

谓另作一首不当。　③"栎",斯五四四一卷作"盔"。　④"阔",项楚校作"闲"。
⑤"赖",张锡厚改"懒",项楚校作"癞"。

家中渐渐贫,良由慵懒妇。长头爱床坐,饱吃没娑肚。频年勤生儿,不肯收家具。饮酒五夫敌,不解缝衫裤。①事当好衣裳,得便走出去。不要男为伴,心里恒攀慕。东家能涅舌,西家好合〔斗〕。两家既不和,角眼相蛆姑。别觅好时对,趁却莫交住。

①"不解",斯五六四一卷作"不能"。

用钱索新妇,当家有新故。儿替阿耶来,新妇替家母。替人既倒来,①条录相分付。新妇知家事,儿郎永门户。②好衣我须着,好食入我肚。我老妻亦老,替代不得住。语你夫妻道,我死还到汝。

①"倒",斯五六四一卷作"到"。　②"永",斯五六四一卷作"丞",张锡厚改作"承"。

孝是前身缘,不由相放习。儿行不忆母,母恒行坐泣。儿行母亦征,项脑连脑急。闻道贼出来,母愁空有骨。儿回见母面,颜色肥没忽。闻道须鬼兵,逢头即须搦。欲似园中果,未熟亦须摘。老少总皆去,共同众死厄。长命得八十,恰同寄住客。暂在主人家,不久自分擘。喻若行路人,前后踏光陌。①

①"光",戴密微校作"巷"。

自生还自死,煞活非关我。续续生出来,世间无处坐。若不急抽却,眼看塞天破。

天下恶官职,不过是府兵。四面有贼动,当日即须行。有缘重相见,业薄即隔生。逢贼被打煞,五品无人净。生住无常界,①攘攘满街行。只拟人间死,不肯佛边生。

①项楚云此句以下应移入下一首。

从头捉将去,〔顽骨〕不心擎。①虽然畜两眼,终是一双盲。向前黑如漆,直掇入深坑。沉沦苦海里,何日更逢明?

①"顽骨"二字据斯五六四一卷补。"擎",斯五六四一卷作"惊"。

本是达官儿,名作郎君子。从小好读书,更须多识字。长大人中官,当衙判曹事。高马衣轻裘,伴涉诸王子。官高渐入朝,供奉亲天子。
纵得公王侯,终归不免死。

秋长夜甚明,长夜照众生。死者归长路,生者暂时行。夜眠由鬼界,
天晓即营生。两两相劫夺,分毫努眼净。贤愚不相识,壤壤信缘行。

工匠莫学巧,巧即他人使。身是自来奴,妻亦官人婢。夫婿暂时无,
曳将仍被耻。未作道与钱,作了擘眼你。

奴人赐酒食,恩言出义气。①无赖不与钱,蛆心打脊使。贫穷实可
怜,饥寒肚露地。户役一概差,不办棒下死。宁可出头坐,谁肯被鞭
耻。何为抛宅走,良由不得止。

　　①"奴",项楚校作"好"。"义",蒋绍愚校作"美"。

狼多羊数少,莫畜恶儿子。年是无限年,你身甚急速。有意造罪根,
无心念诸佛。你从何处来,脓血相和出。身如水上泡,暂时还却没。
魂魄游空虚,盲人入暗窟。生死如江河,波浪蚍啾唧。①

　　①"蚍",斯五六四一卷作"沸"。

世间日月明,皎皎照众生。贵者乘车马,贱者膊担行。富者前身种,
贫者悭贪生。贫富有殊别,业报自相迎。闻强造功德,吃着自身荣。
智者天上去,愚者入深坑。

身如大店家,命如一宿客。忽起向前去,本不是吾宅。吾宅在丘荒,
园林出松柏。邻接千年冢,故路来长陌。

身卧空堂内,独坐令人怕。我今避头去,抛却空闲舍。①你道生时
乐,吾道死时好。死即长夜眠,生即缘长道。生时愁衣食,死鬼无斧
灶。愿作擎拨鬼,入家偷吃饱。

　　①项楚谓以上四句应自为一首。

身如破皮袋,盛脓兼裹骨。将板作皮裳,埋入深坑窟。一入恒沙劫,
无由更得出。除非寒食节,子孙冢傍泣。

世间何物平?不过死一色。老小终须去,信前业道力。纵使公王侯,

用钱遮不得。各身改头皮，相逢定不识。

身如内架堂，①命似堂中烛。风急吹烛灭，即是空堂屋。家贫无好
衣，②造得一袄子。中心襄破毡，还将布作里。清贫常使乐，不用浊
富贵。白日串项行，夜眠还作被。

> ①"内"，项楚校作"肉"。　②自"家贫无好衣"以下，张锡厚作另一首。

人生一代间，有钱须吃着。四海并交游，风光亦须觅。钱财只恨无，
有时实不惜。闻身强健时，多施还须吃。

生坐四合舍，死入土角䐎。窅窅黑暗眠，永别明灯烛。死鬼忆四时，
八节生人哭。

虚沾一百年，八十最是老。逢头捉将去，无老亦无小。须臾得暂时，
恰同霜下草。横遭狂风吹，总即连根倒。悠悠度今日，今夜谁能保。
语你愚痴人，急修未来道。

暂出门前观，川原足故冢。富者造山门，贫者如破瓮。年年并舍多，
岁岁成街巷。前死后人埋，鬼补悲声送。纵得百年活，还入土孔笼。

以上《敦煌掇琐》三一引伯希和卷三二一一

缺　名 二

五　言　诗

> 原为长篇连续不断。刘复云："卷残，抄出者共五十二首。"现选录十
> 首。①
>
> ①张锡厚《王梵志诗校辑》卷五云与伯三四一八卷为同一系统的敦煌遗书尚有伯
> 三七二四、斯六〇三二、苏二八五二等三卷。今即据其所求校补。此组诗作者，张锡
> 厚推测亦应为王梵志，但尚缺明确的证据。

审看世上人，有贱亦有贵。贱者由悭贪，吝财不布施。贵贱既有殊，
业报前生值。①有钱但吃着，②实莫留柜□。③一日厌摩师，④他用
不由你。妻嫁亲后夫，子心随母意。我物我不用，我自无意智。未

有千年身，⑤从作千年事。⑥

①"值"，戴密微、项楚校作"植"。项楚谓以上应为一首。　②"有钱"，伯三七二四卷作"有财"。　③"柜□"，原缺一字，伯三七二四卷作"田柜"，张锡厚改作"填柜"。④自"一日厌摩师"以下，张锡厚作另一首。　⑤"千年"，伯三七二四卷作"百年"。⑥"从作"，伯三七二四卷作"徒使"。

吾死不须哭，徒劳枉却声。只用四片板，四角八枚丁。急手涂埋却，①臭秽不中亭。墓内不须食，麦酒三五瓶。②时时独饮乐，饮尽更须倾。③只愿长头醉，作伴唤刘伶。你道生胜死，④我道死胜生。生即苦战死，死即无人征。十六作夫役，二十充府兵。碛里向前走，衣钾困须擎。白日趁食地，每也悉知更。⑤铁钵淹甘饭，同火共分净。长头饥欲旺。⑥〔肚〕似砍穷坑。⑦遗儿我受苦，⑧慈母不须生。相将归去来，⑨间不浮可亭。⑩妇人因重役，⑪男子从征行。带刀拟开煞，逢阵即相刑。将军马上死，兵灭地君营。⑫血流遍荒野，白骨在边庭。去马游残迹，⑬空留纸上名。关山千万里，影绝故乡城。生受刀光苦，意里极皇皇。⑭

①"涂"，袁宾、项楚校作"深"。　②"麦酒"，张锡厚录作"美酒"，伯三七二四卷作"羹酒"。　③"饮"，伯三七二四卷作"沉"。　④自"你道生胜死"以下，张锡厚另作一首。　⑤"每也"，伯三七二四卷作"□夜"。　⑥"旺"，伯三七二四卷作"死"。⑦"肚"字据伯三七二四卷补。"砍"，伯三七二四卷作"破"。　⑧"遗"，伯三七二四卷作"遣"。　⑨自"相将归去来"以下，张锡厚另作一首。　⑩"间不浮可亭"，伯三七二四卷作"阎浮不可停"。　⑪"因"，伯三七二四卷作"应"。戴密微校作"困"。⑫"君"，伯三七二四卷作"居"。"地君"，袁宾校作"敌军"，戴密微校作"他君"。　⑬项楚校"游"为"犹"。　⑭"皇皇"，吕朋林谓当为"星星"，即"惺惺"。

夫妇生五男，并有一双女。儿大须娶妻，女大须嫁处。①户役差耕来，②弃抛我夫妇。③妻即无裙袯，④夫体无裈裤。父母俱八十，儿年五十五。当头忧妻儿，⑤不勤养父母。浑家少粮食，寻常空饿肚。男女一处生，⑥却似饿狼虎。粗饭众厨餐，美味当房佉。⑦努眼看尊亲，吸觅乳食处。少年生平又，⑧老头自受苦。

①"处",项楚校为"去"。　②"差耕",伯三七二四卷作"差科"。　③"抛",伯三七二四卷作"挽"。　④"裙被",伯三七二四卷作"褐被"。袁宾校作"裙被"。　⑤"忧",伯三七二四卷作"养"。　⑥"生",伯三七二四卷作"坐"。"处",项楚校作"出"。　⑦"佉",伯三七二四卷作"弃",张锡厚改作"去"。　⑧"平又",伯三七二四卷作"夜□",张锡厚改作"夜乐",项楚校为"夜叉"。

一岁已百年,①中间不怕死。长命得八十,渐渐无意智。悉能造罪根,不解生惭愧。广贪长命财,身当短命死。兴生向前走,惟求多出利。析心即心枉,②惶惶烦恼起。钱逸即独富,③吾贫长省事。奴富欺郎君,婢富远娘子。④乌饥缘食亡,人能为财死。⑤钱是害人物,智者常远离。⑥

①"已",伯三七二四卷作"与"。　②"析心",伯三七二四卷作"折本"。　③"逸",伯三七二四卷作"说",张锡厚定作"兑",蒋绍愚校作"绕",通"饶"。　④"富远",伯三七二四卷作"有陵(凌)"。　⑤"能",项楚校作"穷"。　⑥张锡厚录此诗,下有"□□□□□,心恒更愿取"。项楚谓此首当析为三首。

富饶田舍儿,论请实好事。度种如乇田,①宅舍青烟起。槽上饲肥马,仍更卖奴婢。②牛羊共成群,满圈养乇子。③窖内多埋谷,寻常愿米贵。里政追役来,④坐着南厅里。广设好饮食,多须劝遣醉。⑤追车即与车,须马即与马。⑥须钱便与钱,和市亦不避。索面驴驼送,续后更有雉。官人应须物,当家皆具备。县官与恩宅,⑦曹司一家事。纵有重差科,有钱不怕你。贫穷田舍汉,⑧庵子橛孤栖。两共前生种,⑨今世作夫妻。妇即客春捣,夫即客扶犁。黄昏到家里,无米复无柴。男女空饿肚,状似一食斋。里政追庸调,村头〔共〕相催。⑩褛头巾子路,⑪衫破肚皮开。体上无裤裤,足下复无鞋。丑妇来恶骂,啾唧搦头灰。里政被脚蹴,村头被拳搓。驱将见朋友。⑫打脊趁回来。租调无处出,还须里政倍。⑬门前见债主,入户见贫妻。舍漏儿啼哭,重重逢苦哉。⑭如此更穷汉,村村一两枚。⑮

①"度",伯三七二四卷作"广"。　②"卖",伯三七二四卷作"买"。　③"养乇子",伯

三七二四卷作"豢肥子"。项楚谓"亗"当作"猏"。　④"里政",伯三七二四卷作"里正"。下同。　⑤"多须",伯三七二四卷作"多酒"。　⑥"须马",伯三七二四卷作"追马"。"与马",伯三七二四卷作"与使"。　⑦"恩宅",伯三七二四卷作"恩泽"。⑧自"贫穷田舍汉"以下,张锡厚作另一首。　⑨"两共",伯三七二四卷作"两穷"。⑩"共",据三七二四卷补。　⑪"路",伯三七二四卷作"露"。　⑫"朋友",伯三七二四卷作"明府"。　⑬"倍",伯三七二四卷作"陪"。　⑭"苦哉",伯三七二四卷作"苦灾"。　⑮"柠",伯三七二四卷作"枚"。

当官自慵懒,不勤判文案。寻常打酒醉,①每日出逐伴。衙日唱稽通,佐史打脊烂。更兼受取钱,②差科放却半。狂棒百姓死,③荒忙怕麦散。赋敛既不均,④曹司即潦乱。啾唧被人言,御史秉正断。除名仍解官,告身夺入案。宅舍不许坐,⑤钱财即分散。路人见心酸,傍看罪过汉。一则耻妻儿,二则羞同伴。无面还本乡,诸州且游观。

①"打酒",伯三七二四卷作"村酒"。　②"受",伯三七二四卷作"爱"。　③"狂",伯三七二四卷作"枉"。　④"敛",伯三七二四卷作"役"。　⑤"宅舍",伯三七二四卷作"官宅"。

天下浮游人,①商多买一半。②南北掷踪横,谁他暂归贯。③游游自觅活,不愁雁户役。无心念二亲,有意随恶伴。强处出头来,不须曹主唤。④闻苦即深藏,寻常拟于算。⑤欲似鸟带群,惊即当头散。⑥心毒无忠孝,不过浮游汉。⑦此是五逆贼,打杀何须案。

①"浮游",斯六〇三二卷作"浮逃"。　②"商多买一半",斯六〇三二卷作"不啻多一半"。　③"谁",斯六〇三二卷作"诳";"踪横"作"踪藏"。　④"曹主",斯六〇三二卷作"主人"。　⑤"于",项楚校作"相"。　⑥"当头",斯六〇三二卷作"分头"。⑦"浮游",斯六〇三二卷作"浮浪"。

男女有亦好,无时亦最精。儿在愁他役,又恐点着征。一则无租调,二则绝兵名。闭门无呼唤,耳里挃星星。①

①"挃",项楚校作"极"。

生儿拟替公,儿大须公死。天配作次第,合去不由你。父子总长命,地下无人使。阎老忽嗔迟,即棒伺命使。火急须领兵,走来且取你。

不及别妻儿,向前任料理。

暂得一代人,风光亦须觅。①金玉不成宝,戒身实可惜。②白发随年生,美貌别今夕。贫富光常空,③恣意多着吃。活时怪不用,塞墓慎何益?④以上《敦煌掇琐》三〇引伯希和卷三四一八。诗中别体不明之处,暂未校正⑤

　　①张锡厚以上二句属另一首。　　②"戒",项楚校作"宍",即"肉"字。　　③"光",郭在贻校作"无",即"無"。　　④"慎",戴密微校作"真"。　　⑤王梵志诗及此无名氏诗所录今人校订意见,皆录自郭在贻《王梵志诗汇校》。

寒　山

杂　诗

无嗔即是戒,心净即出家。我性与汝合,一切法无差。《万首唐人绝句补》十①

　　①《宗镜镜》卷二四、《五灯会元》卷二收此诗为拾得作。

弘　忍

　　蕲州黄梅县人,周氏子。隋文帝仁寿二年壬戌岁十二月二十三日生。成童,礼四祖为师。唐太宗贞观八年,受信大师衣法,为第五祖。阐化于破额山及黄梅县之东禅寺。以便养母濯港废斋,后名佛母堂,今东禅寺南隅有佛母墓。咸亨三年入县之东北三十里冯茂山结庵,上元三年乙亥岁二月十六日安坐而逝,寿七十四。建塔于东山即冯茂山。唐代宗谥大满禅师,塔曰法雨。

五祖自咏　时复生再来①

垂垂白发下青山,七岁归来改旧颜。人却少年松却老,是非从此落

人间。《弘治黄州府志》五《人物·仙释》、同上七《艺文·黄梅县》
　　①此诗为后人伪托。

神　秀

　　神秀，开封尉氏李氏子。师黄梅弘忍(谥大满)禅师，奉楞伽为心要，为北宗之祖，亦称六祖。住荆州玉泉寺。武后召至都，命于当阳山置度门寺以旌异之。神龙二年卒，年百馀岁。谥大通禅师。

偈

　　五祖弘忍一日会众传法弟子，神秀呈偈出于壁间。
身是菩提树，心如明镜台。时时勤拂拭，勿使惹尘埃。《嘉庆广东通志》
三二八《释老传》引《指月录》①
　　①此偈最早见于《六祖法宝坛经》。末句，敦煌本作"莫使有尘埃"。

慧　能　"慧"一作"惠"

　　慧能，父卢氏，名行瑶，本贯范阳，左降流于岭南，作新州(南海新兴)百姓。母李氏，贞观十二年二月生慧能。与神秀同师禅宗五祖弘忍，受其法要。慧能为南宗，神秀为北宗，世称南能北秀。住韶州曹溪山宝林寺(一作广果寺)，为禅宗第六祖。弟子甚多，但说法要，尝谓："心不着法，道即通流，心若着法，乃成自缚。"先天二年八月卒，年七十六。谥大鉴禅师。

偈

　　慧能不识字，闻人诵神秀偈，乃为偈请人书其侧曰：

菩提本无树，明镜亦非台。本来无一物，何处惹尘埃？同上。①今按：禅宗六祖南北二家之偈，实为明白如话的哲理诗，最有代表性，故特补录。

① 此偈最早见于法海本《六祖法宝坛经》。敦煌本引作二首，文字差异较大，另详《全唐诗续拾》卷九。

慧　净（浸）
自皋亭至吴门吊二大护法

病耳蚊过似走雷，杖行犹怯步难回。一舠白水牵愁断，两束黄香拭泪开。了悟世缘容直往，徘徊梦影或双来。远公自看莲花漏，无复宗雷过讲台。《古今图书集成·神异典》二一一《居士部》

全唐诗续补遗卷三 盛唐

李隆基 玄宗　明皇

丹霄驿诗刻

驿前南面架危桥，久欲登临畏路遥。今日偶然寻得到，直从平地上丹霄。《舆地纪胜》一〇七《昭州》

幸蜀回居南内梦中见妃子于蓬山太真院作诗遗之使焚于马嵬山下

风急云惊雨不成，觉来仙梦甚分明。当时苦恨银屏影，遮隔仙姬只听声。

又作妃子所遗罗袜铭

罗袜罗袜，香尘生不绝。细细圆圆，地下得琼钩；窄窄弓弓，手中弄新月。又如脱履露纤圆，恰似同衾见时节。方知清梦事非虚，暗引相思几时歇？以上《诗话总龟》三三《纪梦门》①

　　①此二首疑出后人依托。

卢　象

马跑神泉

将军称贺鲁,遗庙俯灵渊。漦喷蛟龙穴,波跳赤鲤泉。路回芹涧水,村近石林烟。野马含暄气,农夫出故廛。土膏兴耒耜,尸祝傍山巅。阅世无铭石,兹游匪慕天。顷来规下宇,必葺慕先贤。悦使成能事,抡材出俸钱。伉香推干蛊,班匠择精专。黝垩何其丽,栾栌本自然。松青离石道,云白介山田。适叹飞羣速,仍忧黄雀穿。梨花寒食后,桂籍酒樽前。饥麝寻香柏,流莺助晚弦。吴歈催玉斝,赵舞落金钿。上巳无过酒,春衣欲试湔。故园思巩洛,禊饮客汾川。寄语西河老,乡心朝暮悬。《古今图书集成·职方典》三四一《汾州府部》

梁　陟[①]

龟兹闻莺

《全唐诗》七八二误作吕敞诗。　《文苑英华》三二八《禽兽》。

①原列无世次作者,今移此,应作梁涉,事迹详《全唐诗续拾》卷十二。

王昌龄

送李邕之秦

《文镜秘府论》地《十七势》,《全唐诗》作《送李十五》。《文镜秘府》首句"怨别"作"别怨",三句"杳"作"梦",四句"影"作"映"。

元德秀

德秀,字紫芝,河南人。少孤,事母孝。开元二十一年举进士,家贫,求为鲁山令。岁满去职,爱陆浑佳山水,乃居之。嗜酒,陶然弹琴以自娱。房琯每见叹息曰:"见紫芝眉宇,使人名利之心都尽。"天宝十三载卒,年五十九。天下高其行,称曰元鲁山,谥曰文行先生。李华兄事德秀,而友萧颖士、刘迅,因作《二贤论》。

归　隐

缓步巾车出鲁山,陆浑佳处恣安闲。家无仆妾饥忘爨,自有琴书兴不阑。《古今图书集成·职方典》四八八《汝州部》

徐　璧

今按:徐安贞,初名楚璧,或为一人。

春　燕

《文苑英华》三二九《禽兽》诗。　《全唐诗》七六九失题,又列为无世次爵里可考。

催　妆

《搜玉小集》(《唐人选唐诗》,皆初唐人)。　《全唐诗》七六九作徐安期。①

①《唐诗纪事》卷十三署徐安期,《万首唐人绝句》卷五五亦署徐璧。《全唐诗补逸》

卷十七据《永乐大典》卷六五二三录《催妆》诗,作徐壁,今删彼存此。

李 华

题季子庙

《全唐诗》七七八作李季华诗,第二句"听"《图书集成》作"继",第四句"冷"作"满"。①

①出处当为《舆地纪胜》卷七《镇江府》。《全唐诗》作李季华,系出《万首唐人绝句》卷一百,疑涉诗题而致误。

题泽州石佛阁

览胜诗千首,登高酒一壶。此情谁管领,分付石浮图。《古今图书集成·职方典》三六四《泽州部》

高 适

赠任华

丈夫结交须结贫,贫者结交交始亲。世人不解结交者,唯重黄金不重人。黄金虽多有尽时,结交一成无竭期。君不见管仲与鲍叔,至今留名名不移。《唐诗纪事》二二《任华》

徐 浩

题雷威琴

石山孙枝,样剪伏羲。将扶大隐,永契神机。《西溪丛语》上

刘眘虚

送东林廉上人还庐山

《古今图书集成·神异典·僧部》。又《山川典·庐山部》作包融诗①。

《全唐诗》一四〇作王昌龄诗,第二句"人"《图书集成》作"入",第五句"昔"作"常",末三字"望清辉"作"无清机"。

①殷璠《河岳英灵集》卷上收此为刘眘虚诗。

张　谓

感　春 句

梧桐三寸叶,杨柳一寻枝。《岁华纪丽》一《春》

颜真卿

句　书《奉使帖》后

人心无路见,时事只天知。黄本骥编订《颜鲁公文集》十二

吴　筠

龙虎山

道士身披鱼鬣衣,白日忽上青天飞。龙虎山头好明月,玉殿珠楼空翠微。《古今图书集成·山川典》一四七《龙虎山部》。又《职方典》八六六《广信府部》

圆　观

　　洛阳惠林寺僧,梵学之外,音律贯通,与谏议大夫李源为忘年友,亡于杭州天竺寺。　东坡诗及他本作圆泽。东坡挽文长老诗云:"向欲钱塘访圆泽,葛洪川畔待秋深。"

竹　枝　词

　　二首。《蜀中名胜记》二三《夔州府·万县》引《碑目》云:"大云寺碑有唐僧圆泽传。"又《忠义传》载李源道人再生事诗云云。

三生石上旧精魂,赏月吟风不要论。惭愧情人远相访,此身虽异性长存。

身前身后事茫茫,欲话因缘恐断肠。吴越溪山寻已遍,却回烟棹上瞿塘。《岁时广纪》三三《中秋》引《甘泽谣》①

　　①见《太平广记》卷三八七引《甘泽谣》。《宋高僧传》卷二十有《唐洛京慧林寺圆观传》。

西鄙人

为哥舒翰歌

　　天宝中,哥舒翰为安西节度使,控地数千里,甚著威令。故西鄙人歌曰:

北斗七星高,哥舒夜带刀。吐蕃总杀尽,更筑〔两〕(西)重壕。《全唐诗》后二句作"至今窥牧马,不敢过临洮"。《南部新书》庚①

　　①据《太平广记》卷四九五引《乾馔子》及《知不足斋丛书》本《南部新书》校改。"哥舒",《太平广记》作"歌舒翰",衍一字。

李　白

寒　女　吟

昔君布衣时，与妾同辛苦。一拜五官郎，便索邯郸女。妾欲辞君去，君心便相许。妾读靡芜书，悲歌泪如雨。忆昔嫁君时，曾无一夜乐。不是妾无堪，君家妇难作。起来强歌舞，纵好君嫌恶。下堂辞君去，去后悔遮莫。《才调集》六

日出东南隅行

　　《文苑英华》一九三载李白此诗，注云："集无此诗。"郭茂倩《乐府诗集》以为殷谋诗。

秦楼出佳丽，正值朝日光。陌头能驻马，花处复添香。[1]

　　[1]《乐府诗集》卷二八署陈殷谋，《先秦汉魏晋南北朝诗·陈诗》卷九据以收入。

代佳人寄翁参枢先辈

　　《文苑英华》二六二注云："此诗总目及《李集》皆不载，惟《英华》诸本有之。"

等闲经夏复经寒，梦里惊嗟岂暂安。南家风光当世少，西陵江浪过江难。周旋小字挑灯读，重叠遥山隔雾看。真是为君餐不得，书来莫说更加餐。《文苑英华》[1]

　　[1]严羽《沧浪诗话·考证》谓本诗"乃晚唐之下者"。詹锳《李诗辨伪》云："按《文苑英华》编次体例，各类之中，一以时代先后为序。此诗置于张祜、李洞、方干与李群玉、陈陶之间，与太白时代相去悬远，定是晚唐之作。"吴企明云："先辈为应试举子对已及第者的称呼，或是进士出身的人互相推敬的称呼，李白从未应试，不应用此称呼，集中亦无此称。"又推测翁参枢或为《登科记考》卷二二所载咸通元年及第的翁彦枢，"参"、"彦"形近易讹，时代亦与李洞、方干相近。

阳 春 曲

芣苢生前径,含桃落小园。春心自摇荡,百舌更多言。

摩 多 楼 子

从戎向边北,远行辞密亲。借问阴山侯,还知塞上人。以上《万首唐人绝句》。又《乐府诗集》作无名氏①

① 按影宋本《乐府诗集》卷五一收《阳春曲》,卷七八收《摩多楼子》,皆不署作者名,但紧接李白诗后,于例并非李白诗。汲古阁刊本目录于《阳春曲》下署"无名氏",可证。今人校点本于《摩多楼子》下据王琦《李太白集》补"李白"二字,尤误,王琦已云《乐府诗集》作无名氏。

钓 滩 ——作"台"

磨尽石岭墨,浔阳钓赤鱼。霭峰尖似笔,堪画不堪书。

《舆地纪胜》二十《徽州》有此诗,注称在黟县南十八里,相传太白游新安,尝钓于此,作诗云云。《九域志》、《锦秀万花谷》、《一统志》皆引"霭峰尖似笔"之句,以为太白诗。康熙《徽州府志》二《山川》引此诗,"石岭墨"作"石墨岭","笔"作"削"。①

① 王琦《李太白诗集注》卷三十疑此诗或为南唐另一翰林学士李白作。

小 桃 源

黟县小桃源,烟霞百里间。地多灵草木,人尚古衣冠。市向晡前散,山经夜后寒。

《舆地纪胜》二十《徽州》载此诗六句,注云见《龙城志》。《锦秀万花谷》亦载此诗,以为太白作。王琦按:"此诗乃南唐许坚诗,其后尚有二韵。"今按:已从《舆地纪胜》补其一韵。又按:《全唐诗》七五七及八六一两见许坚,皆未收此诗。①

①本书卷十五又收此诗于许坚名下,凡八句。今仍两存之。

乌 牙 寺

夜宿乌牙寺,举手扪星辰。不敢高声语,恐惊天上人。

《舆地纪胜》四七《蕲州》引王得臣《麈史》云:"蕲之黄梅有乌牙山,僧
舍小诗,曰李太白也,李集中无之。"又《侯鲭录》、《西清诗话》、《苕溪渔隐
丛话》、《竹坡诗话》等又作《题峰顶寺》。①

①诗见《麈史》卷中。王琦《李太白诗集注》卷三十收录有关此诗之资料甚众,其中
引《侯鲭录》,或云此为王元之(即王禹偁)少登楼诗,《竹坡诗话》则云为杨大年(杨
亿)幼年时作,《西清诗话》则以为非杨亿作。王琦亦未能定之。诸书引文差异甚大,
不具录。

桃 源 二首

昔日狂秦事可嗟,直驱鸡犬入桃花。至今不出烟溪一作"峦"口,万古
潺湲二一作"一"水斜。

露暗烟浓草色新,一番流水满溪春。可怜渔父重来访,只见桃花不
见人。《舆地纪胜》六八《常德府》引《绵州志》云"李白逸篇"。

普 照 寺

天台国清寺,天下为四绝。今到普照游,到来复何别。楠一作"栟"木
白云飞,高僧顶残雪。门外一作"前"一条溪一作"水",几回流岁月。《咸淳
临安志》八四。 苏东坡曰:"予旧在富阳,见国清院太白诗,绝凡近,即
此篇也。"《渔隐丛话》:"新安水西寺,寺依山背,下瞰长溪。太白题诗断句
云:'槛外一条溪,几回流碎月。'今集中无之。"王琦按:"《渔隐》所引,即此
篇末二句也,盖未睹全篇,故讹以为《题水西寺》断句也。"

兴 唐 寺

在歙县郡城练水西,唐至德二年建。宋太平兴国中敕改太平兴国寺。

天台国清寺,天下称四绝。我来兴唐游,于中更无别。桥木划断云,
高峰顶积雪。槛外一条溪,几回流碎月。

　　康熙《徽州府志》十八《寺观》。　　今按:此诗与前篇,异地异题,辗转
流传,各有可取之处。《苕溪渔隐》所引,应即此一篇之末二句。王琦未见
此篇,不得称《渔隐》以为《题水西寺》断句为讹。[1]
　①宋朱弁《曲洧旧闻》卷八谓此诗石刻在歙溪西太平寺。

殷十一赠栗冈砚

殷侯三玄士,赠我栗冈砚。洒染中山毫,光映吴门练。天寒水不冻,
日用心不倦。携此临墨池,还如对君面。高似孙《砚笺》四[1]
　①见宋初吴淑《事类赋》卷十五,"光映"作"光辉"。

赠　江　油　尉

岚光深院里,傍砌水泠泠。野燕巢官舍。溪云入〔古〕厅。日斜孤吏
过,帘卷乱峰青。五色神仙尉,焚香读道经。杨慎《全蜀艺文志》[1]
　①见《蜀中名胜记》卷十,云此诗"为米芾书,刻在县衙"。"古"字据此书补。吴企明
谓此诗中"五色神仙尉"一句,用《北梦琐言》卷十二所载张裼之子闻说壁鱼入道经
函,因蠹食神仙字身有五色,吞之可成仙的典故,因疑此诗为晚唐人或宋人所假
托。

南陵五松山别荀七

六即颍水荀,何惭许郡宾。相逢太史奏,应是聚贤人。玉隐且在石,
兰枯还见春。俄成万里别,立德贵清真。[1]
　①见影宋蜀刻本《李太白文集》卷十三,"立德"作"立得"。

暖　酒

热暖将来宾铁文,暂时不动聚白云。拨却白云见青天,拨头里许便

乘仙。①以上缪氏本《太白集》

①见影宋蜀刻本《李太白文集》卷二十三。

栖 贤 寺

知见一何高，拭眼避天位。同观洗耳人，千古应无愧。以上《正德南康府志》十《诗类》

题楼山石笋

石笋如卓笔，县之山之巅。谁为不平者，与之书青天。《遵义府志》四五《艺文诗》

按此诗太白文集不载，即他拾遗本亦无之。孙志有此，不知何本，仍录俟考。

阙 题

朝披梦泽云，笠钓青茫茫。暮跨紫鳞去，海气侵肌凉。

《苕溪渔隐丛话前集》五引东坡。又《诗话总龟》七《评论门》引《百斛明珠》，云："予都下见有人携一纸文书，字则颜鲁公也，墨迹如未干，纸亦新健，其首两句云云。此语非太白不能道。"①

①此即传为李白所作之《上清宝鼎诗》中的四句，全诗及考证见《全唐诗续拾》卷十四。

又

庭中繁树乍含芳，红锦重重剪作囊。还合炎蒸留烁景，题来消得好篇章。王琦辑注《太白集》附录①

①详后"句"末附按。

题窦圌山 圌音缠 句

樵夫与耕者，出入画屏中。《方舆胜览》五四

句

野禽啼杜宇,山蝶舞庄周。《苕溪渔隐丛话后集》四引《法藏碎金》①

　　①见《法藏碎金》卷六。

霜结梅梢玉,阴凝竹干银。

竹粉千腰白,桃皮半颊红。

心为杀人剑,泪是报恩珠。

佳人微醉玉颜酡,笑倚妆楼澹小蛾。

借问单楼与同穴,可能银汉胜重泉。以上王琦辑注《太白集》附录①

　　①以上诸句及"庭中繁树乍含芳"一首,王琦云见于《海录碎事》、《锦秀万花谷》二
书,"未详为谁氏之作,其句法皆与太白不相似,亦皆以为太白诗矣。"又推测或为
南唐时另一翰林学士李白撰。

菩 萨 蛮

举头忽见衡阳雁,千声万字情何限。叵耐薄情夫,一行书也无。

　　泣归香阁恨,和泪淹红粉。待雁却回时,也无书寄伊。《尊前集》①

　　①《全宋词》第四册第二五一九页云《历代诗馀》卷九载此为陈以庄词,杨金本《草
堂诗馀》卷下作陈达叟词。

杜 甫

画 像 题 诗

迎旦东风骑蹇驴,旋呵冻手暖髯须。洛阳无限丹青手,还有功夫画
我无?

　　《苕溪渔隐丛话后集》八云:"世有碑本子美画像,上有诗云云。子美
决不肯自作,兼集中亦无之,必好事者为之也。"又《诗人玉屑》十一《考
证》云:"'迎旦东风骑蹇驴',决非唐人气象,只似白乐天言语。今者世俗

图画,以为少陵诗,渔隐亦辨其非矣。黄伯思编入《杜集》,非也。"①

①《诗人玉屑》所引,见《沧浪诗话·考证》。

句

君看墙头桃树花,尽是行人眼中血。《萤雪丛说》下卷①

①宋曾季狸《艇斋诗话》引唐人诗云:"时人有酒送张八,惟我无酒送张八。君有陌上梅花红,尽是离人眼中血。"末二句与此仅数字不同。《唐诗纪事》卷三一收李约《赠韦况》有"明月照张八"之句,疑此诗亦李约作。《四库提要》谓《萤雪丛书》错误甚多,作杜甫诗恐不足为据。

刘　秩

秩字祚卿,彭城人。知几子。开元末,历左监门卫录事参军事,稍迁宪部员外郎。坐小累,下除陇西司马。至德初,迁给事中、尚书右丞、国子祭酒,出为阆州刺史,贬抚州长史卒。有《政典》、《止戈记》、《至德新议》、《指要》等书。(《旧唐》及《新唐书》附《刘子玄传》)

过　芜　湖

百里芜湖县,封侯自汉朝。荻林秋带雨,沙浦晚生潮。近海鱼盐富,濒淮粟麦饶。相逢白头叟,击壤颂唐尧。《嘉庆芜湖县志》二三《艺文志》

严　武

题龙日寺西龛石壁

圣泽久润物,皇明常烛幽。恩从祥风翱,德与和气游。报国建香刹,开蛮临僻州。天长面绿水,地迥起朱楼。寻异遍众壑,坐禅逢一丘。

永怀根本妙,誓以身心修。奇色艳草满,珍名嘉树稠。远江崩涛喧,
复涧微雨休。嘹唳猿响谷,参差峰入流。碧烟曳篁径,白日悬沙洲。
泛海谢安石,吟诗王子猷。扬雄爱清静,山简多优游。性分固有适,
蓍龟何足求?神闲孤台月,目送千里舟。携手逸群品,浩歌邈悠悠。
山情慕禽尚,诗格惊曹刘。旌能举滞时,选异拔奇傍。鼎食当自致,
岩栖难久留。嗟余参符守,汉主远分忧。往往行春到,闻钟散客愁。
《蜀中名胜记》二五《保宁府·巴州》

牛仙客

　　仙客,鹑觚人。初为县小吏,迁洮州司马,清勤不懈。以萧
嵩荐,迁太仆少卿。开元末为朔方总管,訾事省用,仓库积实。
迁工部尚书、同中书门下三品。谨身无它,与时沉浮,累封豳国
公,加左相。卒谥贞简。

宁国院 <small>在新城县</small>

步步穿萝入径幽,柏高松老几人游。花开花落非僧事,自有清流对
碧流。《嘉庆浙江通志》二二七《寺观》①

　　①南宋潜说友《咸淳临安志》卷八五收此诗,并云此院唐时名碧流,吴越时因避讳
更名碧沼,宋大中祥符元年始改名宁国。据此,诗题似应作《碧流院》。

灵　澈

句

经来白马寺,僧到赤乌年。《诗话总龟后集》四四《释氏门》引《雪浪斋日记》①

　　①见《刘宾客文集》卷十九《澈上人文集纪》,诗题为《芙蓉园新寺》。

范元凯

赠兄崇凯

《全唐诗》二九五作何兆诗,题为《赠兄》。首句"兄"《全蜀艺文志》作"君"。 《全蜀艺文志》二〇。

"崇凯,内江人,奏《花尊楼赋》为第一。其弟元凯,亦自负其才,故赠兄"云云。 今按:本诗前有李白《送友人内江范崇凯》五律一首,查各本《李白集》题下均无内江范崇凯五字,王琦亦未加注,不知杨慎有何依据。特记于此。

李　莅①

题阮客旧居

《全唐诗》二六二作李阳冰,第三句"到"《诗话总龟》作"得"。

赵明诚《金石录》云:《题阮客旧居诗》,小篆书,《集古录》以为阳冰作。验其姓名,乃缙云令李莅,非阳冰也。其字画亦不工。盖阳冰肃宗上元中尝令缙云,其篆字石刻,尚多有存者,故欧阳公亦误以此诗为阳冰作尔。 《诗话总龟》二九《正讹门》②。

①原作"李莅",《聚学轩丛书》本《括苍金石志补遗》卷一有此诗篆书石刻摹本,隶正应为"李莅"。《新唐书·宰相世系表》汉中李氏有李莅,其高祖李安期相高宗,推其生活时代,约在代、德间。 ②赵明诚语见《金石录》卷三十,"李莅"作"李莅"。

独孤及

铁　山 —名凤凰山

雁阵起秋云,鸡声满林屋。客思不可禁,铁峰驻雕毂。《蜀中名胜记》三

○《潼川府·安岳县》

严　维

经兰亭故池联句

　　　　原注:鲍防、严维、刘全白、宋迪,共三十五人,具姓名。大历中唱和五
十七人,元本不注姓名于联句下。

曲水邀欢处,遗芳尚宛然。名从右军出,山在古人前。芜没成尘迹,
规模得大贤。湖心舟已并,村步骑仍连。赏是文辞会,欢同癸丑年。
茂林无旧径,修竹起新烟。宛是崇山下,仍依古道边。院开新地胜,
门占旧畬田。荒阪披兰筑,枯池带墨穿。叙成应唱道,杯作每推先。
空见云生岫,时闻鹤唳天。滑苔封石磴,密筱碍飞泉。事感人寰变,
归惭府服牵。寓时仍睹叶,叹逝更临川。野兴攀藤坐,幽情枕石眠。
玩奇聊倚策,寻异稍移船。草露犹沾服,松风尚入弦。山游称绝调,
今古有多篇。桑世昌《兰亭考》十二①

　　①此诗为众人联句之作。最早应见于《大历年浙东联唱集》,此书今不传。北宋孔延
之《会稽掇英总集》卷十四收入时,每两句后空两格,题注:"元本不注名姓于联句
下。""元本即指《大历年浙东联唱集》"。《兰亭考》连抄不空格,本书收严维名下而
未作说明,皆欠妥。

薛　据

泛　太　湖

万顷波涵一碧秋,飘飘随处任轻舟。踏歌听立忘机鹭,击楫惊飞熟
梦鸥。烟水淡图山点翠,云霞丽景日抛球。帆收不尽湖天景,何必
兼葭古渡头。《古今图书集成·山川典》二八二《太湖部》

玄　览 "玄"一作"元"
题　竹

　　玄览,大历末住荆州陟岵寺,道高有风韵,人不可得而亲。张璪尝画古松于斋壁,符载赞之,卫象诗之,亦一时三绝,览悉加垩焉。问其故,曰:"无事疥吾壁也。"僧那即共甥,为寺之患,发瓦探鷇,坏墙薰鼠,览未尝责。有弟子义诠,布衣一食,览亦不称。或怪之,乃题诗于竹曰:

大海从鱼跃,长空任鸟飞。欲知吾道廓,不与物情违。《酉阳杂俎前集》十二《语资》。又《诗话总龟》三十《道僧门》引《古今诗话》。又《万首唐人绝句》补本十,诗中前二句与后二句倒置。

全唐诗续补遗卷四 中唐一

李 适 德宗

贞元六年春三月庚子百寮
宴于曲江亭上赋诗以赐之

岁闰节华晚，众芳繁暮春。霁日天地晴，元巳风景新。禊饮传旧俗，古今欢此辰。至乐在同和，丝竹奚所陈。薰琴是赏心，姑射可凝神。何必尚耽缅，浮觞曲水滨？《太平御览》五九二《文部·御制》引《唐书》。今按：两《唐书》本纪均不载，《全唐诗》另有一首不同。

李 穆

三月三日寒食从刘八丈
使君登迁仁楼眺望

从公无小大，在伴乐人贤。楚国逢荒岁，随人若有年。空波交水坼，重岫夹畲田。桑柘温风软，云霞返照鲜。因高寺刹迥，临远郡楼偏。花柳清明节，亲宾上巳筵。故乡徒有路，春雁独归边。幸望山阴客，为文内史前。《刘长卿集》五

留 辞

今按：刘长卿另有《送李穆归淮南诗》，《全唐诗》一五一误以此诗为

长卿诗。　同前八。

皇甫冉

送韦判官赴闽中

《全唐诗》二一〇作皇甫曾诗。第四句"伤"，《文苑英华》作"惊"。《文苑英华》二七二《送行》。

寄 一作"赠" 章司直

原注："《百家诗选》作郎士元诗。"《全唐诗》二四八作郎士元《赠韦司直》。　同上二五四《寄赠》。

三月三日后亭泛舟

越中山水高且深，兴来无处不登临。永和九年刺海郡，暮春三月醉山阴。桑世昌《兰亭考》十二

薛令之

太 姥 山

扬舻穷海岛，选胜访神仙。鬼斧巧开凿，仙踪常往还。东瓯冥漠外，南越渺茫间。为问容成子，刀圭乞驻颜。《古今图书集成·职方典》一一〇八《福宁州部》

钱 起

送 元 使 君

郢门将咫尺，龙节莫夷犹。送客与云散，行人看月愁。遥闻江汉水，

日与政声流。《舆地纪胜》八四《郓州》

魏　炎

历　山

　　齐州城东有孤石,平地耸出,俗谓之历山。以北有泉,号舜井。东隔小街,又有石井,汲之不绝,云是舜东家之井。乾元中有魏炎者,于此题诗曰:

齐州城东舜子郡,邑人虽移井不改。时闻汹汹动绿波,犹谓重华井中在。

又　曰

西家今为定戒寺,东家今为练戒寺。一边井中投一瓶,两井相摇响泙潩。

又　曰

济南郡里多沮洳,娥皇女英汲井处。窃向池中潜毗来,浇茆畦上平流去。《封氏闻见记》八《历山》

戎　昱

诗

寒食浔阳诸小儿,齐歌齐舞带花枝。郡从兵乱年荒后,人似开元天宝时。[1]

　　[1]《舆地纪胜》引此四句后,注"云云"二字,复引"行春"二句。知原诗为七律,引时删去第三联,今仅六句。此处分列,未允。

句

行春更欲游何处,东郭门前竹马期。

不须桂岭居天末,但见浔阳在眼前。①以上《舆地纪胜》七十《澧州》

　　①《舆地纪胜》卷一〇三《静江府》引"不知桂岭居天末"句,题作《寄薛评事》,注云:
"见《曹州图经》。"

陈　润

药　一见《宋之问集》

有嘉宋作"卉"秘神仙,君臣有礼焉。忻当苦口喻,不畏入肠偏。扁鹊
功成日,神农定器然宋作"品年"。丹成如可待,鸡犬自闻天。《文苑英华》
三二七《花木》。此诗在宋之问《春泉洗药》后,缺姓名,据目录作陈润。

窦叔向

酬张二十员外

　　《全唐诗》二四二张继《江上送客游庐山》诗后①。

　　①此诗原缺出处,应出《文苑英华》卷二四三,原题作《酬张二十员外前国子博士窦
叔向》,署"张继",《全唐诗》据以收于张继名下。岑仲勉《唐人行第录》考证此应为
窦叔向诗,张二十即张继。此诗题应作《酬张二十员外》,"前国子博士窦叔向"为附
收入张集时之署名。后人不明唐集附收之例,因误作张诗。

皇甫曾

题普门上人房

　　《文苑英华》二三五《寺院》①。

①《全唐诗》卷二四九作皇甫冉诗,卷一四八又作刘长卿诗,另日本藏唐钞本《唐诗卷》则作郎士元诗。

送 韩 司 直

《全唐诗》二四八作郎士元诗,第三句"春草",《文苑英华》作"芳草"。
同上二七二《送行》①

①《全唐诗》卷一四八又作刘长卿诗。《极玄集》卷下又作皇甫冉诗。

陆 贽

句

贽为渭南尉有诗云云。盖县内多流泉。

姜泉流渺渺,夹砌树阴阴。宋敏求《长安志》十七《渭南县》。今按:《全唐诗》引《唐语林》,谓任江淮尉题厅诗句。第一句不同,第二句"夹"误"来"。①

①此引《长安志》当为《经训堂丛书》本,《四库全书》本前句作"绕阶流潆潆",《唐语林》卷四作"绕阶流淴淴","淴淴"当作"渺渺"。《记纂渊海》卷二四题作《题姜泉》,前句作"绕街流渺渺"。

无 住①

语 录 诗

慧眼近空心,非关髑髅孔。对面说不识,饶你母姓董。敦煌写本《历代法宝记》所附②

①无住生平,见《历代法宝记》及《景德传灯录》卷四:无住,俗姓李,凤翔郿县人。开元间赴朔方展效,时年二十,信安王留充衙前游弈先锋官。后舍官出家,初得法于无相大师,乃居南阳白崖山。大历间,杜鸿渐、崔宁皆钦敬之。复居保唐寺而终。

②《历代法宝记》云此为无住引王梵志诗。此作无住诗,似误。

无　际①

咏走马灯诗②

团团游了又来游,无个明人指路头。除却心中三昧火,枪刀人马一
齐休。《悦心集》一

　　①无际,即石头希迁和尚,端州高要人,俗姓陈,嗣青原行思。天宝初往衡山南寺,
　　结庵寺东石上。贞元六年卒年九十一,德宗谥无际大师。希迁为禅宗史上重要人
　　物,《祖堂集》卷四、《宋高僧传》卷九、《景德传灯录》卷十四皆有传。　②曹汛谓走
　　马灯始见于宋,唐时未有,诗疑出依托。

张九宗

　　遂宁小溪人。德宗时登高科,持节封侯,归典乡郡。

荣　禄 句

牛羊衔草窥环珮,鸟雀离花听管弦。《舆地纪胜》一五五《遂宁府》

周　存

白云向空尽

　　　　原注:《类诗》作焦郁。《全唐诗》五○五作焦郁诗①。
白云生一作“升”远岫,摇曳入晴空。乘化随舒卷,无心任始终。欲销
仍白一作“带”日,将断或一作“更”因风。势薄飞难定,天高色易穷。影
收元气表,光灭太虚中。况一作“傥”若从龙去一作“出”,还施润一作“济”
物功。《文苑英华》一八二《省试》

　　①明刻本《文苑英华》注引《类诗》,指宋人所编之《唐宋类诗》,其于省试诸诗的归

属,与《文苑英华》有异。就今所可考知之各例看,多以《文苑英华》所署者为长。而《全唐诗》多从《类诗》,似未允。

张南史

竹①

竹价长东南,别种殊草木。成林处处云,抽笋年年玉。天风起成韵,池水涵更绿。闲临庾信园,数竿心自足。《古今图书集成·草木典》一九二《竹部》

①《文苑英华》卷三二五、《全唐诗》卷二九六收张南史《竹》诗,为一字至七字诗。此作五言诗,而诗句与一字至七字诗大致相同,可断定为后人据原诗改写而成。《佩文斋咏物诗选》卷三三五所收亦同此。

冷朝阳

晚 次 渭 上

晚来清渭上,一似楚江边。鱼网依沙岸,人家旁水田。不逢京口信,空认渡头船。逆旅无消息,归心谁为传?《又玄集》上

于 鹄

过秀林 句

秀林直照刘郎浦,铺碛遥连汉女皋。《舆地纪胜》六五《江陵府》

李 愿

登瀛洲阁①

翠阁傍瀛洲,洲中胜事幽。沙明眠雪鹭,波涨宿霜鸥。溅雨荷盘腻,
萦风柳带柔。公馀自多暇,尊酒奉仙游。

① 曹汛谓康熙《蓬莱县志》卷二、乾隆《登州府志》卷四均云《登蓬莱阁》为宋李愿
撰。并疑其人约与欧阳修同时。姑仍存之,俟考详。

望 仙 门

楼影空门里,门开望众仙。绿鬟云漠漠,翠黛月涓涓。烟驾知何处,
星槎记昔年。夕阳孤鸟畔,渺渺海浮天。《古今图书集成·职方典》二八
○《登州府部》

李 愬

愬,字元直,临潭人。父晟,德宗时平朱泚,收复京师,以功
累官至司徒,封西平王,卒谥忠武。愬有筹略。善骑射。元和
中以讨吴元济,为唐邓节度使。居半岁,雪夜入蔡州,擒元济,
淮西平。历山南东道节度使,封凉国公。以破李师道,进同中
书门下平章事,累官至太子少保,卒谥武。晟十五子,愿、宪、愬
最有名。

梅 花 吟

平淮策骑过东来,适遇梅花灼烁开。耐岁耐寒存苦节,故于冷境发
枯荄。《弘治黄州府志》七《艺文·黄梅县》

徐 放

漳 州 句

南宫才调久淹留，符节初临海上州。《舆地纪胜》一三一《漳州》

朱 放

留别刘员外

寥落穷秋九月天，风吹白雪起江边。岂意与君于此别，相看拭泪水
潺湲。《四部丛刊》影印明正德本《刘随州诗集》八

张 聿

膏泽多丰年

原缺姓名，据目录补。《全唐诗》四六六作薛存诚，第四句"庾"《文苑
英华》作"庆"，又七八七列入无名氏

望禁苑祥光

原缺姓名，据目录补。《全唐诗》七八七列入无名氏，第七句"鼎气"
《文苑英华》作"暴气"。 以上《文苑英华》一八〇《省试》。

范传正

题皎然影堂

皎然名昼，以贞元元年终山寺。有集十卷，于頔序集。贞元八年正月，

敕写其文集入于秘阁,天下荣之。又著《儒释交游传》及《内典类聚》共四十卷,《号呶子》十卷,时贵流布。元和四年,太守范传正、会稽释灵澈同过旧院,就影堂伤悼弥久,遗题曰:

道安已返无何乡,慧远来过旧草堂。余亦当时及门者,共吟佳句一焚香。《古今图书集成·神异典》一六九《僧部列传》引《高僧传》①

① 见《宋高僧传》卷二十九《唐湖州杼山皎然传》。"以贞元元年终山寺",《宋高僧传》作"以贞元年终山寺"。据赵昌平考证,皎然约卒于贞元末。

全唐诗续补遗卷五　中唐二

权德舆

秋疾初愈月夜咏左思招隐诗因而成咏

闲吟理轻步,不厌凉夜咏。断续风际声,清羸月中影。萤光拂花露,泉脉连桐井。心畅百虑销,境闲万籁静。前贤有遗韵,顾我三日省。朗怀方自怡,星河渐耿耿。

卧病初愈崔侍御相访

移疾门常掩,今朝枉秀衣。笑言心乍惬,拜伏力犹微。晚岁贞筠少,贫家上客稀。如何忽见访,里巷有清辉。

夏雨率成呈邑中诸公

片云飞暮雨,潇洒小亭闲。细响疏芜里,微凉坐卧间。已深池际水,更绿枕前山。未敢劳车马,柴扉且闭关。

自咎

自咎咎何穷,飘然荜户中。清时名未立,稔岁室犹空。幽独惭芳桂,飞鸣羡早鸿。出门何所见,叹息向秋风。以上《四部丛刊》影印大兴朱氏刊本《权载之文集》一

题隐者所居

一径茅茨下,千峰麋鹿群。鸿妻同懒逸,渔父每知闻。日暮鸟择木,天阴山出云。此心终不动,鼓腹向尧君。同前七

天 竺 寺

香刹西天寺,昔游如梦中。烟萝迷俗驾,猿狄应山童。萧飒松阴静,欹危石栈通。云霞栖半壁,丹绀照晴空。世累悲何已,心期惜未同。相看整归骑,花雨夕濛濛。同前七

贞元七年蒙恩除太常博士自江东来朝时
与郡君同行西岳庙停车祝谒元和八年
拜东都留守途次祠下追计前事已
二十三年于兹矣时郡君
以疾恙续发因代书却寄

忆昔辛未岁,诏书下江濡。尽室赴礼官,脂车杂辎轩。行役过梁苑,淹留经圃田。郡君表姊婿元俯为宣武从事,权理宋州,郡君从婿李融,时为郑州,各淹留累日。秦关信百二,征驾逾三千。仙掌眺莲峰,灵祠谒金天。骆驭俨已驻,女巫争来前。动容既纷若,展敬方肃然。时为女竺所导,过于恭敬,不能具举。寨步入国门,华簪拱祥烟。谏曹迨居守,倏已十六迁。及兹东乘辕,二十馀三年。盛明受恩泽,清近皆联翩。忽当礼寺重,俄忝相印悬。陈力才不任,乞骸词颇坚。解龟罢金鼎,赐剑犹龙泉。鄙夫何所能,实赖中馈贤。谈笑皆体远,箴规谅才全。拜恩理晨装,诏使来骈阗。风生鞍马疾,日出旌旗鲜。信宿历道途,曩游记周旋。暂别亦不易,沉疴今未痊。医方验桐君,道术依竺乾。庶凭神明佑,得

使疾恙躅。医工辅氏，深于药术诊切，大比丘尼优昙持念精至，并约同来，累路将护。
永怀心如惔，引望脰已痟。离披夏云尽，皎镜秋月圆。开缄讽色丝，
撰日驰平肩。延企劳梦寐，涕洟暗潺湲。想君路经兹，还复申祝延。
摄拜奠清酤，相期保华颠。远惭周君较，聊拟顾彦先。殷勤俟来报，
泪墨书此篇。同前十

张 登

漳 州①

漳州悲远道，地里极东瓯。境旷穷山外，城标涨海头。《舆地纪胜》一三
一《漳州》

①《全唐诗》卷三一三收后二句。

洞石岩 在广东肇庆府阳江县

山断开元碣，龛留大业僧。七年驰便路，三蹑石梯层。《永乐大典》九七
六四"岩"字韵引《恩平志》

秋夜馆中醉后作

一叶惊风风已凉，华灯照夜夜何长。闽山截云不过雁，涨海浸日谁
为梁。北向多虞剑戛戛，南中独望天茫茫。客亭迟还还复醉，醉里
狂歌歌更狂。同上一一三一三"馆"字韵引《张灯集》

李正封

赏牡丹 句

唐文皇好诗，大和中赏牡丹，上谓程修己曰："今京邑人传牡丹诗，谁

为首出？"对曰："中书舍人李正封诗天香云云。"时杨妃侍，上曰："妆台前

　宜饮以一紫金盏酒，则正封之诗见矣。"

天香夜染衣，国色朝酣酒。《唐诗纪事》四十①

　　①见《松窗杂录》。

岘　山　句

岘山移柱石，流水辍恩波。《舆地纪胜》八二《襄阳府》

许　稷

九　鲤　湖

道是烧丹地，依然云水居。山空人去后，梦醒客来初。溪雨飞沙雾，
岩门隐雾虚。高歌对明月，松影落扶疏。《古今图书集成·山川典》三〇二
《九鲤湖部》

韩　愈

题杜工部坟

何人凿开混沌壳，二气由来有清浊。孕其清者为圣贤，钟其浊者成
愚朴。英豪虽没名犹嘉，不肖虚死如蓬麻。荣华一旦世俗眼，忠孝
万古贤人芽。有唐文物盛复全，名书史册俱才贤。中间诗笔谁清新？
屈指都无四五人。独有工部称全美，当日诗人无拟伦。笔追清风洗
俗耳，心夺造化回阳春。天光晴射洞庭秋，寒玉万顷清光流。我常
爱慕如饥渴，不见其面生闲愁。今春偶客耒阳路，凄惨去寻江上墓。
召朋特地踏烟雾，路入溪村数百步。招手借问骑牛儿，牧儿指我祠
堂路。入门古屋三四间，草茅缘砌生无数。寒竹珊珊摇晚风，野蔓

层层缠庭户。升堂再拜心恻然,心欲虔启不成语。一堆空土烟芜里,
虚使诗人叹悲起。怨声千古寄西风,寒骨一夜沉秋水。当时处处多
白酒,牛肉如今家家有。饮酒食肉今如此,何故常人无饱死?子美
当日称才贤,聂侯见待诚非喜。洎乎圣意再搜求,奸臣以此欺天子。
捉月走入千丈波,忠谏便沉汨罗底。固知天意有所存,三贤所归同
一水。过客留诗千百人,佳词秀句虚相美。坟空饫死已传闻,千古
丑声竟谁洗?明时好古疾恶人,应以我意知终始。蔡梦弼《集注草堂杜工
部诗外集·酬唱附录》引

　　蔡梦弼跋云:"此退之《题杜工部坟》,惟见于刘斧《摭遗小说》,韩昌
黎正集无之,似非退之所作。然大历、元和,时之相去犹未为远,不当与本
集抵牾若是。乃后之好事俗儒托而为之,以厚诬退之,决非退之所作也,
明矣。梦弼今谩录于此,以备后人之观览也。"

伏牛上人 王蜀时高僧①

三 伤 颂②
其 一

伤嗟垒巢燕,虽巧无深见。修营一个窠,往复几千转。双飞碧水头,
对语虹梁畔。身缘觅食疲,口为衔泥烂。驱驰九夏初,方产巢中
卵。③停腾怕饥渴,抚养知寒暖。怜惜过于人,衔虫馁皆遍。④父为
理毛衣,母来将食饘一作"眩"。一旦翅翼成,⑤分飞不相管。世有少智
人,恳力忧家眷。男女未成长,颜色已一作"亦"衰变。⑥燕子燕子听吾
语,随时且过休辛苦。纵使窠中千个儿,秋风才动终须去。⑦世人世
人不要贪,⑧此言是药思量取。⑨饶你平生男女多,谁能伴尔归泉
路。⑩

其　二

伤嗟鸦刀鸟,夜夜啼天晓。坠翼柳攀枝,⑪垂头血沾草。身随露叶低,影逐风枝袅。一种情相生,尔独何枯槁。⑫驱驱饮啄稀,役役飞腾少。不是官所差,都缘业所造。⑬亦似世间人,贪生不觉老。吃著能几多,强自萦烦恼。咄哉无眼人,⑭织络何时了。只为一六迷,遂成十二到。⑮鸦刀鸦刀林里叫,⑯山僧山僧床上笑。有人会意解推寻,不假三祇便成道。⑰

其　三

伤嗟造蜜蜂,忙忙采花蕊。接翼入芳丛,分头傍烟水。抱蕊唼香滋,寻花恋春饵。驱驰如有萦,盘旋若遭魅。踟蹰遇丝罗,飘零喂蝼蚁。才能翅翼成,方始窠巢备。恶人把火烧,哀鸣树中死。蜜是他人将,美是他人美。虚忙百草头,于身有何利。世有少智人,与此恰相似。只缘贪爱牵,几度虚沉坠。百岁处浮生,十年作童稚。一半悲与愁,一半病与悴。除折算将来,能得几多子。更将有漏身,自黟无生理。永不见如来,都缘开眼睡。蜜蜂蜜蜂休役役,空哉终是他人吃。世人世人不要贪,留富他人有何益。

①伏牛上人,即释自在,事迹详《宋高僧传》卷十一《唐洛京伏牛山自在传》,俗姓李,吴兴人,在径山出家,从道一受法,元和中居洛下香山。"所著《三伤歌》,辞理俱美,警发迷蒙,有益于代"。长庆元年卒,年八十一。《鉴诫录》云其诗前蜀时为人所颂,其事《宋高僧传》亦载之,非云其为王蜀时僧人。原收入前蜀卷,今移此。　②斯五五五八卷录此诗,题作"龙兴寺香严和尚《嗟世三伤吟》"。香严和尚法名智闲,青州人,住持邓州香严山,梁乾化中卒。《祖堂集》卷十九、《宋高僧传》卷十三有传。该卷存前二首,其一为"伤嗟鸦刀鸟",其二为"伤嗟垒巢燕",异文较多,校如次。校文中均以"一作某"代指该卷。　③"产巢",一作"有窠"。　④"喂",一作"餵"。　⑤"一旦"句,一作"一旦翅开便"。　⑥"颜色",一作"容颜"。　⑦"秋风"句,一作"秋风才起皆飞去"。　⑧"贪",一作"忙"。　⑨"思量取",一作"容思量"。　⑩"饶你"二句,一作"饶渠平生男女多,三涂恶业自须当"。　⑪"柳",一作"脚"。　⑫"一

种"二句,一作"一种情想生,尔何独枯槁"。　⑬"都缘"句,一作"有缘业力造"。
⑭"无眼人",一作"无眠人"。　⑮"到",一作"倒"。　⑯"叫",一作"啼"。　⑰"有
人"二句,一作"有人会意解推寻,不历僧祇便成道"。

一钵和尚①

一　钵　歌

阿剌剌,闹聒聒,总是悠悠造末挞。②如饥吃盐加得渴,枉却一生头夏夏。③究竟不能知本末,④抛却死尸何处脱。闲事到头须结撮,火落身上当头拨。⑤莫待临时叫菩萨,大丈夫儿须豁豁。⑥莫学痴人受摩捋,也系裹,也摆拨,⑦也学柔和也粗粝,亦解剃头亦披褐,⑧也学凡夫作生活。直言向君君未达,⑨更作长歌歌一钵。多中少,少中多,⑩莫笑野人一钵歌,缘持此钵度婆娑。⑪青天寥寥月初上,此时境空含万象。⑫几处浮生自是非,一源清洁无来往。⑬莫谩将心学水泡,百毛流火无事交。⑭不如静坐真如地,头上从他鹊作巢。⑮万代金轮圣王子,只这真如灵觉是。菩提树下度众生,度尽众生不生死。真丈夫,⑯无形无相大毗卢。尘劳灭尽真如在,一颗圆明无价珠。眼不见,耳不闻,无见无闻无不闻。⑰从来一钵无言说,⑱今日千言强为分。强为分,须谛听,人人总有真如性。⑲恰似黄金在矿中,炼去金砂金体净。⑳真是妄,妄是真,为求真妄更无人。㉑将心不用生烦恼,㉒衣食随时养色身。好也著,恶也著,一切不贪无染著。㉓亦无恶,亦无好,一际坦然平等道。㉔粗亦餐,细亦餐,莫学凡夫相上看。㉕亦无粗,亦无细,㉖上方香积无根蒂。坐亦行,行亦坐,坐死树是菩提果。㉗亦无生,亦无死,三世如来总如此。离即著,著即离,实相门中无实义。㉘不可离,不可著,何处更求治病药。㉙语时默,默时语,语默寻踪无定所。㉚亦无语,亦无默,莫唤东西作南

北。嗔时喜,喜时嗔,㉛我自降魔转法轮。亦无嗔,亦无喜,水不离波
波是水。㉜悭时舍,舍时悭,不离内外与中间。㉝亦无悭,亦无舍,寂
寂寥寥无可把。苦时乐,乐时苦,只个修行断门户。㉞亦无苦,亦无
乐,本来自性无缠缚。㉟垢即净,净即垢,两边恶境无前后。㊱亦无
垢,亦无净,大千同一真如性。药是病,病是药,到头两事浑捻一作
"忘"却。㊲亦无药,亦无病,正是真如灵觉性。魔是佛,佛是魔,如影
随形水上波。㊳亦无魔,亦无佛,三界比来无一物。㊴凡即圣,圣即
凡,色里胶清水里咸。亦无凡,亦无圣,万行扫除无一行。㊵真中假,
假中真,自是凡夫起恶尘。㊶亦无真,亦无假,若不呼时谁应者。㊷
本无姓,本无名,㊸只么腾腾信脚行。有时市鄽一作"井"并屠肆,一叶
莲花火上生。㊹也曾策杖游京洛,身似浮云无住著。㊺究竟从来是
寄居,他方处处无缠缚。㊻若觅戒,三毒药病何时瘥。㊼若觅禅,我
自纵横大可怜。不是狂,不是颠,在世间中出世间。㊽时人不会此中
意,打著南边与北边。㊾若觅法,鸡足山头问迦叶。见说传衣在彼
中,无心不用求某甲。㊿若觅修,八万浮图何处求。只知黄叶上啼
哭,[51]不觉黑云遮日头。莫怪狂言无次第,筛罗渐入粗中细。只这粗
中细也无,即是圆明真实谛。亦无真,但有名闻即是尘。[52]若向尘中
解真实,便是当来出世人。[53]无造作,独行独坐空索索。[54]无涅槃,[55]
本来生死不相干。直须省,[56]莫谩将身入空井。无去也无来,明镜挂
高台。[57]侬家见解只如此,不用将心算劫灰。[58]以上《鉴诫录》十《高僧谕》

①一钵和尚,原依伏牛上人收前蜀,未允,已详前。《鉴诫录》云:"一钵广开法席,大
扇迷途,聋聩闻之,往往解悟。"《宋高僧传》卷十一云:"一钵和尚者歌词叶理,激劝
忧思之深,然文体涉里巷,岂加《三伤》之典雅乎?"于其生平,述之皆未具体。宋释
子升、如祐编《禅门诸祖师偈颂》卷上之下收此诗,题作"杯度禅师《一钵歌》"。杯度
为刘宋时僧人,慧皎《高僧传》卷十其事迹,恐有误。《景德传灯录》卷三十收此歌
于道吾和尚《乐道歌》之次,《祖庭事苑》卷七云道吾和尚"尝作《乐道歌》、《一钵歌》
盛行于世"。道吾和尚法名圆智,俗姓张,住潭州道吾山,大和末年卒,年六十七,

《宋高僧传》卷十一、《景德传灯录》卷十四有传。　②"阿",《大正藏》本《景德传灯录》(以下简称"一作")卷三十作"遏"。"末挝",一作"抹健"。　③"戛戛",一作"栟栟"。　④"本末",一作"始末"。　⑤"头",一作"须"。　⑥"大丈夫儿",一作"丈夫语话"。　⑦"也系裹"二句,一作"趁时结裹学摆拨"。　⑧"亦解"句,一作"也剃头,也披褐"。　⑨"直言",一作"直语"。　⑩"多中少"二句,一作"一钵歌,多中一,一中多"。　⑪"一钵歌",一作"歌一钵"。"缘持此钵",一作"曾将一钵"。　⑫"境空",一作"影空"。　⑬"清洁",一作"清净"。　⑭"莫谩"二句,一作"更莫将心造水泡,百毛流血是谁教"。　⑮"头",一作"顶"。　⑯"真丈夫",一作"不生不死真丈夫"。　⑰"无见"句,一作"不见不闻真见闻"。　⑱"一钵",一作"一句"。　⑲"总",一作"尽"。　⑳"金砂",一作"炼来"。　㉑"为求",一作"若除"。　㉒"将心不用",一作"真心莫谩"。　㉓"恶",一作"弱"。"不贪",一作"无心"。　㉔"一",一作"二"。　㉕"看",一作"观"。　㉖"亦",一作"也"。　㉗"坐",一作"生"。一本此下多"亦无坐,亦无行,无生何用觅无生。生亦得,死亦得,处处当见见弥勒"六句。

　㉘"即",一作"则"。"实相",一作"幻化"。　㉙"不",一作"无"。"治",一作"无"。　㉚"寻踪",一作"纵横"。"定",一作"处"。　㉛"时",一作"即"。　㉜"是",一作"即"。　㉝"与",一作"及"。　㉞"个",一作"遮"。　㉟"本来"句,一作"本来自在无绳索"。　㊱"恶境",一作"毕竟"。　㊲"浑",一作"须"。　㊳"是",一作"作"。"如影随形",一作"镜里寻形"。　㊴"三界比来",一作"三世本来"。　㊵"扫除",一作"总持"。　㊶"恶",一作"妄"。　㊷"若不"句,一作"若不唤时何应诺"。　㊸"本无姓",一作"本来无姓"。　㊹"一叶莲花",一作"一朵红莲"。　㊺"住",一作"定"。

　㊻"究竟"二句,一作"幻化由来似寄居,他家触处更清虚"。　㊼"药病何",一作"疮痍儿"。　㊽"我自"四句,一作"我自纵横汩碢眠。大可怜,不是颠,世间出世天中天"。　㊾"与",一作"动"。　㊿"见说"二句,一作"大士持衣在此中,本来不用求专甲。若觅经,法性真源无可听。若觅律,穷子不须教走出",凡六句。　51"上",一作"止"。　52"亦无真",一作"真实谛,本非真"。"有",一作"是"。　53"当来",一作"堂堂"。　54"无造作",一作"出世人,莫造作"。"坐",一作"步"。　55"无涅槃",一作"无生无死无涅槃"。　56"直须省",一作"无是非,无动静"。　57"无去"二句,一作"无善恶,无去来,亦无明镜挂高台"。　58"侬家",一作"山僧"。"不用"句,一作"不信从他造劫灰"。

蒋　防①

灵　岩　洞

一湾溪水出岩泉，前洞沉沉后洞连。可惜秦人不曾到，空留名迹在桃川。《古今图书集成·职方典》一二六二《常德府部》

　　①原作蒋子微，子微为蒋防之字。

刘禹锡

瀑　布　泉

时出西郊霁色开，寻真欲去重徘徊。风泉净洗高人耳，松柏化为君子材。翠巘绝高尖插汉，碧潭无底搅轰雷。上盘下际非凡境，个里何曾俗客来。《正德南康府志》十《诗类》

虎　丘　西　寺

吴王冠剑作尘埃，葬地翻为七宝台。石砌百□光似镜，井轮千转响成雷。昔年棣萼联枝发，今日莲宫并蒂开。更有女郎坟在此，时时云雨试僧来。康熙顾湄《虎丘志》三《寺宇》

张复元

　　《全唐诗》原列无世次。今按：《全唐诗》刘禹锡七绝有《扬州春夜李端公益、张侍御登、段侍郎平仲、密县李少府暀、秘书张正字复元，同会于水馆，对酒联句，追刻烛击铜钵故事，迟轧举觥以饮之》云云。知复元与禹锡、李益、张登等同时。又据

《徐松登科记考》十三,复元与柳宗元、刘禹锡为同年进士。

恩赐耆老布帛 《文苑英华》一八○《省试》

《全唐诗》三一九作崔枢诗。第二句"赈黎元"《文苑英华》作"轸玄元",第三句"生涯作"作"生成在",第七句"泰"作"太",第八句"沾"作"澹"。

杨茂卿

茂卿,字士蘉,元和六年进士。(据《登科记考订补》)《全唐诗》杨巨源有《赠从弟茂卿时欲北游诗》。[①]

过华山 句

《全唐诗》四八四作杨虞卿句。

《云溪友议》卷中《中山诲》云:杨危(应作茂)卿校书《过华山》诗曰(见下)。此句实为佳对。又《唐语林》二《文学》,刘禹锡引杨茂卿云。(见下)此诗题云《过华山下作》。而用莲蓬之菡萏,极的当而暗静矣。

河势昆仑远,山形菡萏秋。《唐诗纪事》三九

①杨茂卿官至"监察御史,仍带职宾诸侯",见《千唐志斋藏志》一一一五页《杨宇墓志》。

孟　郊

观　音　岩

岩洞分明是普陀,和风甘雨向来多。空山寂寞香灯少,莲坐春云长薜萝。《古今图书集成·职方典》七八五《安庆府部》

张　籍

虎 丘 寺

望月登楼海气昏，剑池无底浸云根。老僧只怕山移去，日暮先教锁
寺门。康熙顾湄《虎丘志》三《寺字》

李　贺

白 门 前①

白门前，大楼喜，悬虹云，拽龙尾。剑破匣，舞蛟龙，蚩尤死，鼓龙蓬。
天齐庆，雷堕地，无惊飞，海千里。《四部丛刊》影印金刊本《李贺歌诗编》

　　①此诗为《全唐诗》卷三九三李贺《上之回》一诗之别本，前八句仅数字不同，末四
句，《上之回》为七言二句。

刘　义

落　叶

返蚁难寻穴，归禽易见窠。满廊僧不厌，一片俗嫌多。《诗话总龟后集》
三八《诙谐门》①

　　①此诗出《苕溪渔隐丛话前集》卷五五《宋朝杂记下》，作者作刘义。《诗人玉屑》卷
三引《冷斋夜话》、《诗林广记》卷二引《古今诗话》均以为郑谷诗，未详孰是。"刘
义"，辑者意当指刘叉，宋人书中叉、义、乂相淆者较多，但此诗是否刘叉作，恐尚难
确定。

贾 岛

黄 鹤 楼

高槛危檐势若飞,孤云野水共依依。青山万古长如旧,黄鹤何年去不归。岸映西山一作"州"城半山,烟生南浦树将微。定知羽客无因见,空使含情对落晖。《古今图书集成·职方典》一一二五《武昌府部》①

① 民国《湖北通志》卷一〇一《金石》九录《鄂州杂诗碑》,分五层,录谢朓及唐人诗三十九首,其中即有贾岛此诗及本书后录之卢郢诗。碑署"熙宁二年六月□日额立",不著书人姓名,清代尚存于黄鹤楼后斗姥阁西壁。

留题南赵古庙

鳞皴老树铁生斑,神宇荒凉野墅闲。地僻无人秋寂寂,一川红影夕阳间。同上三〇五《太原府部》

虎丘千人坐 又名千人石

上陟千人坐,低窥百尺松。碧池藏宝剑,寒涧宿潜龙。康熙顾湄《虎邱志》二《泉石》

题 安 业 县

一山未了一山迎,百里都无半里平。宜是老禅遥指处,只堪图画不堪行。《关中胜迹图志》二五《商州地理》

贾 悚

悚,字子美,河南人。进士擢第,又登制策甲科。文史兼美。

四迁至考功员外郎。长庆、大和间，历官常州刺史、太常少卿、中书舍人、礼部侍郎、兵部侍郎、京兆尹兼御史大夫，拜中书侍郎、同中书门下平章事，加集贤殿大学士，监修国史。李训事发，为中人所陷，与王涯等皆族诛。悚本中立，逢时多僻，死非其罪，世多冤之。两《唐书》皆有传。

贡茶唱和 句

金沙池泉，在常州宜兴县罨画溪之东，有寺，寺有碑，载当时杭、湖、常三州贡茶唱和，乐天云："十只画船何处宿？洞庭山脚太湖心。"常州太守，忘其姓名，和云。　今按：白居易二句见《全唐诗》四四七卷《宿湖中》一诗。同卷有《赴苏州至常州答贾舍人》。及《自到郡斋仅旬日方专公务未及宴游偷闲走笔题二十四韵兼寄常州贾舍人湖州崔郎中仍呈吴中诸客》各诗，知常州太守即贾悚。

殷勤为报春风道，不贡新茶只贡心。《诗话总龟》三四《纪梦门》

元　稹

李娃行 句

平常不是堆珠玉，难得门前暂徘徊。任渊《后山诗注》二《徐氏闲轩》注引
玉颜婷婷阶原误作"街"下立。同上《黄梅五首》之三注引

白居易

送沈仓曹赴江西

落日驱单骑，凉风换袷衣。远鱼传信至，秋雁趁 行飞。洛下闲居住，城东醉伴稀。莫辞船舫重，多觅酒钱归。《白氏长庆集》五九《三教论衡》

东山寺 在黄梅县①

直上青霄望八都，白云影里月轮孤。茫茫宇宙人无数，几个男儿是丈夫。《弘治黄州府志》七《艺文》

①曹汛谓《全唐诗》卷八五八吕岩《绝句》三十二首之十四，后二句与此全同，前二句稍异，作白诗疑误。

句

《全唐诗》七八四作织锦人"如今"句。"士"《白香山诗集·补遗》作"事"。　汪立名辑本《白香山诗集·补遗》。

《卢氏杂话》云：卢氏子合下第，步出都门，投逆旅。有一人续至。吟诗云云。卢愕然，忆是白居易诗，问之，曰："某世织绫锦，以薄艺投本行，皆云如今花样与前不同，且东归去。"①

①此段出《太平广记》卷二五七引《卢氏杂说》，汪氏所引为节文。

牛僧孺

汉文帝母薄太后庙赋诗

香风引上大罗天，月地花宫拜洞仙。具道人间惆怅事，不知今夕是何年。《唐诗纪事》三九引《周秦行纪》①

①《周秦行纪》，一般认为是李党托名牛僧孺之作，《贾氏谈录》谓韦瓘作。诗系牛僧孺名下，恐未允。

张　碧

答张郎中分寄翰林贡馀笔歌

圆金五寸轻错刀，天人摘落霜兔毛。我之宗兄掌文橛，翰林分与神

仙毫。东风吹柳作金线,狂涌辞波力生健。此时捧得江文通,五色
光从掌中见。江龙角嫩无精彩,尽日挥空射烟霭。谁能邀得怀素来,
晴明书破琉璃海。扬雄得之《甘泉赋》,胸中白凤无因飞。他年拟把
补造化,穿江入海剡天涯。昨宵梦见欧率更,先来醉我黄金觥。手
擎瑟瑟三十斗,博归天上书《黄庭》。梦中摆手不相许,怅望空乘碧
云去。《文房四谱》二《笔谱》

徐　凝

游安禅寺

欲到安禅游圣概,先观涌塔出香城。楼台有日连云汉,壑谷无年断
水声。倚竹并肩青玉立,上桥如踏白虹行。伤嗟置寺碑交碎,不见
梁朝施主名。《严陵集》一

苏小小墓

古木寒鸦噪夕阳,六朝遗恨草茫茫。水如香篆船如叶,咫尺西陵不
见郎。《舆地纪胜》三《嘉兴府·古迹》①

　①熊飞云《宋诗纪事》卷二十二据《嘉兴府志补》收此诗为沈括作。今按徐凝有《嘉
　兴寒食》诗咏及苏小小墓,此诗疑因脱冒而误归其名下。沈括《长兴集》存本诗皆缺
　失,尚难定谳,姑仍存。

柳公权

砥　柱

禹凿锋铣后,巍峨直至今。孤峰浮水面,一柱钉波心。顶压三门险,
根随九曲深。拄天形突兀,逐浪势浮沉。岸向秋涛射,祠斑夜涨侵。

喷香龙上下,刷羽鸟登临。只有尖迎日,曾无柱影阴。旧碑文字在,
遗事可追寻。《古今图书集成·山川典》三九《底柱山部》①

①《记纂渊海》卷二十四收此诗"顶压三门险"以下四句,题作《题砥柱山》。"拄天"
作"撑天"。

张又新

谢庐山僧寄谷帘水

消渴茂陵客,甘凉庐阜泉。泻从千仞石,寄逐九江船。竹柜新茶出,
铜铛活火煎。育花浮晚菊,沸沫响秋蝉。啜忆吴僧共,倾宜越碗圆。
气清宁怕睡,骨健欲成仙。吏役寻无暇,诗情得有缘。深疑尝沆瀣,
犹欠听潺湲。迢递康王谷,尘埃陆羽篇。何当结茅屋,长在水帘前。
《正德南康府志》十

题 常 云 峰

　　常云峰,去乐清县东八十里,在雁荡山西谷。以其〔常〕有云雾,登者
心志则为澄霁。又名灵府山。

仙府云坛莫谩登,彩云香雾昼常烝。君能到此消尘虑,隐豹垂天亦
为澄。《永乐温州府乐清县志》二《山川》。又《广雁荡山志》三《山水》

太玉洞 句

一国洞天三十六,东嘉幸得一仙居。《永乐大典》一三〇七五"洞"字韵引《元
一统志》

吴武陵

龙 虎 山

龙虎山中紫翠烟,青精颜色四时妍。桃枝惯见花成实,瀛岛宜闻海变田。五斗米仙真有道,一神楼药岂无缘。秋风吹绿茂陵草,的的黄金飞上天。《古今图书集成·山川典》一四七《龙虎山部》

沈亚之

传奇小说 诗句

命笑无人笑,含娇何处娇。徘徊花上月,空—作"虚"度可怜宵。《艺林伐山》十七。又《诗人玉屑》十二《品藻》引后二句①

①《太平广记》卷三二六《沈警》条引《异闻录》载此为沈警诗。《诗人玉屑》以为沈亚之作,未详所据。程毅中《〈异闻集〉考》因疑《沈警》篇为沈亚之作。惜尚乏他证佐定之。

山东野客

长 揖 诗

　　　　贞元中,刘忠州任大夫科选,多滥进。有无名子自云山东野客,移书于刘,附长揖诗曰:

三铨选客不须嗔,五个登科各有因。无识伯和怜吉獠,弄权虞候为王申。载华甲第归丞相,裴子门徒入舍人。莫怪邵南书判好,他家自有景监亲。《唐摭言》十三《无名子谤议》

全唐诗续补遗卷六 中唐三

李德裕

桂 花 曲

仙女侍,董双成,桂殿夜凉一作"寒"吹玉笙。曲终却从仙宫去,万户千门空月明。河汉女,玉练颜,云軿往往到人间。九霄有路去无际一作"迹",袅袅大风吹珮环。

　　《苕溪渔隐丛话后集》十二:"此曲《许彦周诗话》谓是李卫公作,《桐
　　江诗话》谓是均州武当山石壁上刻之,云神仙所作,未知孰是。"①
　　①《全唐诗补逸》卷五以前五句作李栖筠诗,未妥,今删彼存此。详参书末之修订说
　　明。《全唐诗》卷八九〇收作李白《桂殿秋》词,恐误。

寄 家 书

琼与中原隔,自然音信疏。天涯无去雁,船上有回书。一别五年外,相思万里馀。开缄更多感,老泪湿霜须。《光绪崖州志》二一《艺文》①

　　①周建国云:李德裕大中元年贬崖州,三年冬卒。"一别五年外"之"五"当作"三"。

谪崖州过北流鬼门关作

　　《舆地纪胜》一〇四《容州·景物》。又《永乐大典》二三三八及二三
　　四。"梧"字韵两见。
　　《全唐诗》一二一作杨炎诗,《唐诗纪事》三二同。第三句"何处在",
　　《舆地纪胜》作"在何处"。①

①周建国云此当为李德裕作，宋初乐史《太平寰宇记·岭南道·容州》已收为李作，比《唐诗纪事》可靠。

咏吐绶鸡 句

序云：出剡溪。今询之越人，不复有。予尝自峡中携至苏州，人皆不识，则知山川风气所产，古今亦有不同也。①

葳蕤散绶轻风里，若衔(御)若垂何可拟。《诗话总龟后集》二七《咏物门》引《蔡宽夫诗话》。　今按：《全唐诗》四七五引《事文类聚》，上句缺"散绶"二字，又无序，故重录之。

①《蔡宽夫诗话》今佚，《总龟》所引，系据《苕溪渔隐丛话前集》卷二十转录。二书所引，皆未以此段文字为序。按其文意，仅"出剡溪"三字为李德裕所云，馀皆蔡宽夫之语。此处误读。《说郛》卷二十二引《山家清供》录二句，后句作"若衍若垂何可据"。周建国告《刘宾客文集》卷三七《吐绶鸟词》序提及此首，题应作《吐绶鸟词》。

南窜途中感愤 句

李卫公历三朝大权，出门下者多矣。及南窜，怨嫌并集，途中感愤，有句云。

十五馀年车马客，无人相送到崖州。《唐语林》七《补遗》

广文诸生

诗

《唐语林》七《补遗》云："李卫公颇升寒素。旧府解有等第，卫公既贬，崔少保龟从在省，子殷梦为府解元。广文诸生为诗云云。卢渥司徒以府元为第五人，自此废等第。"又《唐摭言》七云："李太尉德裕颇为寒畯(《纪事》为素)开路，及谪官南去，或有诗曰：'八百孤寒齐下泪，一时南望李崖州。'"又《云溪友议》云："后之文场困辱者，若周人之思乡焉。皆曰：'八百孤寒齐下泪，一时回首望崖州。'"《唐诗纪事》及《全唐诗》无名氏诗句同，亦均只存后二句。

省司府局正绸缪,殷梦元知作解头。三百孤寒齐下泪,一时南望李崖州。《唐语林》七《补遗》

裴 通①

金 庭 洞

寂寂金庭洞,清香发桂枝。鱼吞左北钓,鹅踏右军池。《永乐大典》一三〇七四"洞"字韵②

> ①裴通,为元和、大和间人。事迹详《全唐诗续拾》卷二六。原列"无世次"作者,今移此。 ②此诗未全,全篇见《全唐诗续拾》卷二六。

罗万象①

白 云 亭

《全唐诗》八六〇作许宣平《见李白诗又吟》,出入较多,故重录。

一池荷叶衣无尽,数树松花食有馀。刚被世人知住处,不如依旧再移居。《严陵集》二

> ①原列入无世次作者。按《云笈七签》卷一一三录沈汾《续仙传》云:"罗万象,不知何所人。有文学,明天文,洞深于《易》,节操奇特。惟布衣游天下,居王屋山。久之,游罗浮山,遂结庵以居。"《舆地纪胜》卷八引晏殊《类要》云:"唐罗万象者,分水县人也。隐于紫逻山。节度使李德裕使人召之,闻之,更移入深山,依白云而居,终身不出。"今移此。曹汛谓《五灯会元》卷三收大梅法常偈,与此多同。

李 绅

泰 伯 井

至德今何在,平墟井有泉。梁鸿重浚后,又历几千年。《梅里志》三《诗》

莺莺歌 逸句①

　　董解元《西厢记诸宫调》征引公垂《莺莺歌》凡四处。卷一有"伯劳飞
迟燕飞疾"八句,已见《全唐诗》。

河桥上将亡官军,虎骑长〔戟〕(战)交垒门。凤凰诏书犹未到,满城
戈甲如〔云〕(雪)屯。家家玉帛弃泥土,少女娇妻愁被虏。出门走马
皆健儿,红粉潜藏欲何处? 呜呜阿母啼向天,窗中抱女投金钿。铅
华不顾欲藏艳,玉颜转莹如神仙。《董解元西厢记》卷二②

此时潘郎未相识,偶住莲馆对南北。潜叹凄惶阿母心,为求白马将
军力。明明飞诏五云下,将选金门兵悉罢。阿母深居鸡犬安,八珍
玉食邀郎餐。千言万语对生意,小女初笄为姊妹。同上(卷三)

丹诚寸心难自比,写在红笺方寸纸。寄与春风伴落花,仿佛随风绿
杨里。窗中暗读人不知,剪破红绡裁作诗。还怕香风易飘荡,自令
青鸟口衔之。诗中报郎含隐语,郎知暗到花深处。三五月明当户时,
与郎相见花间路。同上(卷四)

恍然梦作瑶台客。《施注苏诗》十五《见月诗》注引

　　①《董解元西厢记》卷一、卷二、卷三所引,皆作《莺莺本传歌》,卷四作《本传歌》。
　　②两处校改,均据人民文学出版社凌景埏校注本。

皇甫曙

石佛谷

　　《全唐诗》三六九作皇甫湜诗,第十五句"鸟迹"《图书集成》作"鸟
趾",十七句"间"作"阔"。　《古今图书集成·职方典》三六四《泽州
部》①。

　　①《金石录》卷十著录:"唐皇甫曙《题石佛谷诗》,李道夷正书,开成元年十一月。"
《宝刻丛编》卷二十亦著录。皇甫曙于大和九年至开成二年间任泽州刺史,详郁贤

皓《唐刺史考》卷八。诗即曙刺泽州时作。《全唐诗》误归皇甫湜，应移正。

费冠卿

九华山谢雨诗

青嶂庙前才滴酒，白龙湫上气如蒸。一声霹雳惊风雨，万顷秋田水溢堘。《嘉靖池州府志》五

施肩吾

过桐庐场郑判官

荥阳郑君游说馀，偶因榷茗来桐庐。幽奇山水引高步，昞煜风光随使车。算缗百万日不虚，吏人丛里唯簿书。眼前横掣断犀剑，心中暗转灵蛇珠。有时退公兼退食，一尊长在朱轩侧。胡商大鼻左右趋，赵妾细眉前后直。醉来引客上红楼，面前一道桐溪流。登临山色在掌内，指点霞光随杖头。东郭野人慵栉沐，使将破履升华屋。数杯酩酊不得归，楼中便盖江云宿。却被江郎湿我衣，赖君借我貂襜归。

西山即事奉寄故园徐处士

仆作江西少施氏，君为城北老徐翁。诗篇忆昔欢相接，颜貌如今恨不同。世界尽忧蔬上露，时人皆怕烛前风。唯余独慕神仙道，芥子虽穷寿不穷。

夏日过从叔幽居

且将一叶系垂阳，门对清溪夏日长。林下喜逢青竹卷，局边输却紫罗囊。碧蹄骏马衔刍细，红粉佳人掣榼香。伯仲历官年尽少，那知

不笑汉冯唐。

赠族叔处士

我家名士已无求,若见翔鸿便举头。紫石岩边吟秀段,青苔纸上落银钩。高人酒席称无醉,细字经书读未休。定是仙山足灵药,年过八十转风流。

桐庐厅睹论事叟

扰扰厅前走羸瘵,中有老人扶杖拜。天公霹雳耳不闻,犹为子孙争地界。

秋日桐江送裴秀才归淮南

《全唐诗》四九四题为《送裴秀才归淮南》,第二句"枫叶"《严陵集》作"桐树","夕"作"叶"。

题钓台兰若

山僧不钓台下鱼,几年空寄台边坐。有时手把干松枝,沿江乞得沙上火。

归分水留赠王少府

仙吏饮冰多玉声,新诗丽句遗狂生。不愁日暮归山去,故把隋珠入夜行。以上《严陵集》一

刘三复

寺 居 清 晨

《全唐诗》三〇五作刘复诗,第四句"虚光"《文苑英华》作"灵光"。

《文苑英华》二三六《寺院》。

张　祜 补录新印宋蜀本《张承吉文集》所缺者

忧　旱　吟

炎熇肆蒸溽，南薰日飘扬。田畴苦焦烈，龟坼无润壤。嘉禾碨为实，
灌注期穰穰。卓午火云炽，虐焰弥穹苍。桔橰置无用，何计盈仓箱。
老农力耕耨，扪心热衷肠。公租与私税，焉得俱无伤？今年已憔悴，
斗米百钱偿。富豪索高价，闭廪几绝粮。引领望甘雨，倾城祷林桑。
匹夫动天地，奚俟暴巫尪。浃旬竟弗验，神明果茫茫。彼苍岂降割，
以重吾民殃。《古今图书集成·庶征典》五九《旱灾部》

平望驿寄吴兴徐使君玄之[①]

故人为作郡，百里到吴兴。藻思江湖满，公平道路称。包山方峻直，
雪水况澄清。伫听司空第，遥知下诏征。《百城烟水》四《吴江》

> ①《嘉泰吴兴志》卷十四《郡守题名》云："徐玄之，开元七年自谏议大夫授，改邠王
> 府长史。《统纪》云：开元十五年。"郁贤皓《唐刺史考》从《统纪》之说。张祜约生于贞
> 元间，卒于大中中，于徐玄之不同时，诗显非其作。确作者不详，姑仍存此。

伊　山

晋代衣冠梦一场，精蓝往是读书堂。桓伊曾弄柯亭笛，吹落梅花万
点香。《古今图书集成·职方典》一二五三《衡州府部》

即席为诗献徐州节度王智兴

时于使院会饮赋诗。

古来英杰动寰区，武德文经未有馀。王氏柱天勋业外，李陵章句右

军书。《唐诗纪事》五十四王智兴名下引此诗，前三句作"十年受命镇方隅，孝节忠规两有馀。谁信将坛嘉政外（第四句同）。"又《全唐诗》三百五十四王智兴《徐州使院赋》，第一句"三十年前老健儿"，《剧谈录》作"平生弓剑自相随"，第四句"独"作"自"。附注于此。《剧谈录》上。

裴夷直

文　学　泉

　　《全唐诗》一二九作裴迪《西塔寺陆羽茶泉》，共八句，最后二句为此诗所无。题下注《统签》云："此诗杨慎以为见之石刻，然羽自在大历后，则非迪诗矣。"[1]　《舆地纪胜》七六《复州》。

[1]杨慎语见《升庵诗话》卷十二。按裴迪为玄、肃间人，代宗时似已不存；陆羽约生于开元末，卒于贞元末，与裴迪时代相接。然诗中云："景陵西塔寺，……曾经陆羽居。草堂荒产蛤，茶井冷生鱼。"似应为陆羽身后作。裴夷直长庆、大和间在世，与诗意正合。《统签》疑伪是，当从《舆地纪胜》归夷直。

杨　发

和李卫公漳浦驿留题

南尽封邮见好山，苍苍桂岭类商颜。谁怜后夜思乡处，白草黄茅旧汉关。《舆地纪胜》一三一《漳州》。又《康熙漳浦县志》十九《杂志·古迹》

李　郃

　　郃，字子玄，延唐人。大和间举贤良方正，擢进士第一，调河南府参军。时刘蕡对事切直，考官畏中官，不敢取。郃曰："刘蕡下第，我辈登科，能不厚颜。"又疏请以所受官让蕡，帝不纳。后历贺州刺史。

贺州思九疑作

我世家九疑,山在宅之阳。林丛倚虚壁,峭拔绝坤方。卓植斗杓南,
序列俨成行。烟岚缈相接,午影常中堂。去留如有期,胜览夸新妆。
少怀不羁思,那能系空桑?对此疑山高,目悬几成眶。飘风微我荡,
此兴顾然长。幸随长者车,身便神亦爽。讵仍手中扶,扶摇上翱翔。
云开跻峦顶,万丈诚孤亢。俯眴总群植,纤纤若毫芒。上与汗漫期,
倒景彻阆浪。璇玑盘胸次,灿烂皆文章。清风时掀髯,世虑浑相忘。
伸手叩元关,阊阖鸣金琅。九垓若可极,纵身托穹苍。四眺凭空忽,
兴尽思弓藏。翩然下其肩,稽首来帝旁。有严淑多士,登造皆贤良。
探怀摅忠荩,吾亦倾吾囊。锋铓避英锐,铅椠费挥张。胪传动天阍,
颜厚何可当。腾章控多逊,遗珠映奎光。蔽贤吾焉敢,亦将励名芳。
维皇怒斯赫,投檄并炎荒。怅望九峰云,母远在莲塘。夜分缉馀绪,
旦期褍衮裳。美人弗可见,此心中忙忙。朝哦甑巅松,夕把流霞觞。
何当解羁绁,量移慰凄怆。媦作卢敖游,愿为曼倩狂。长揖别临贺,
策马指延唐。时携二三子,葺彼山阿房。觅觅迹其故,馀复奚所望。

过九疑山有怀

晚度疑山道,依然想重华。云飘上苑叶,雪映御沟花。行叹戍麾远,
坐令衣带赊。交河通绝徼,弱水浸流沙。旅思徒漂梗,归期未及瓜。
两阶干羽绝,夜夜泣胡笳。

咏舜庙古杉

总负亿年质,高临千仞峰。贞心欺晚桂,劲节掩寒松。任彼风飘折,
挺然霜雪冲。茎凌霄汉表,根蟠龙窟中。仙客频栖舞,良工何渺逢。

枝头连理翠，拥护圣神宫。

游九疑黄庭观

《全唐诗》七八作骆宾王《游灵公观》，诗中字句多有异同。

灵峰标舜境，神府枕疑川。玉殿斜临汉，金堂迥架烟。断风疏晚竹，流水切寒弦。别有月帔上，寄怀骑鹤仙。① 以上《古今图书集成·山川典》一七〇《九疑山部》

①《文苑英华》卷二二六、江标影宋本《骆宾王集》卷中、《唐人三家集》本《骆宾王文集》（据影宋蜀刻本翻雕）卷四均收此诗为骆作，作李诗恐非是。

江全铭

旌德县江村人。大和间中明经科，官至侍御史。性好鹤。

还 故 居

路入丰溪上，超然绝世氛。懒寻书作伴，长与鹤为群。千虑净如水，一身闲似云。梅花领幽赏，疏雪隔帘分。 嘉庆《旌德县志》七《选举》及十九《艺文》

全唐诗续补遗卷七 晚唐一

杜 牧

九 华 山

昔年幽赏快疏慵，每喜佳山在邑封。江上重来六七载，云间略见两
三峰。凌空瘦骨寒如削，照水清光翠且重。却忆谪仙才格俊，解吟
秀出九芙蓉。《舆地纪胜》二二《池州》①

①吴在庆谓此诗又见于嘉靖《池州府志》卷八，仅录后四句。又云杜牧仅在会昌四
年九月至六年九月在池州任刺史，此外别无到池州之迹，亦无游九华山之作。而据
此诗前四句，显为诗人重游九华山之作，所谓"昔年"乃距重游时六七年，而这一情
况，显然与杜牧生平不合。因疑此诗非杜牧作。

雍 陶

句

江声秋入寺—作"峡"，雨气—作"色"夜侵楼。

又

闭门客到常疑—作"如"病，满院花开不似—作"未是"贫。以上《云溪友议》上
《冯生俊》。又《唐诗纪事》五六、《诗话总龟》三《知遇门》、《诗人玉屑》十《知音》、《唐才子
传》七

许　浑

题 阴 阳 井

仙人修炼地,玉井著神功。日月双轮见,阴阳两窍通。可堪清彻底,那更施无穷。尚冀丹砂力,当浇俗虑空。《弘治句容县志》八《题咏类》

白云潭禅院　在宁国白云山

一片白云千丈峰,殿堂楼阁架虚空。山僧不语卷帘坐,遥看世间如梦中。嘉靖《宁国府志》卷四、卷五两见

李商隐

晋 元 帝 庙

青山遗庙与僧邻,断镞残碑锁暗尘。紫盖适符江左运,翠华空忆洛中春。夜台无月照珠户,秋殿有风开玉宸。弓剑神灵定何处?年年春绿上麒麟。《浩然斋雅谈》①

　　①见《四库全书》本《浩然斋雅谈》卷中,四库馆臣注:"案此诗李商隐集不载,未详所据何本,疑姓名有误。"

缺 题

重午云阴日正长,佳辰早至浴兰汤。凉风入座无消扇,彩索灵符映羽觞。《锦秀万花谷别集》

咏 雪 句

郊野鹅毛满,江湖雁影空。《合璧事类》

咏 桃 句

酥胸酣暖日,玉脸笑春风。《锦秀万花谷》

郑 薰

桐 柏 观

深山桐柏观,残雪路犹分。数里踏红叶,全家穿白云。月寒岩障晓,
风远蕙兰芬。明日出云去,吹笙不可闻。《古今图书集成·山川典》一二六
《桐柏山部》①

　　①见《嘉定赤城志》卷三十。《天台前集》卷中题作《冬暮挈家宿桐柏观》。

赵 嘏

松 江

松江菰叶正芳繁,张翰逢秋忆故园。千里帆遮馆娃寺,一川风暖采
香村。潮声渐遇仙人宅,鹤市曾迷子夜魂。我有五湖烟艇在,不堪
残日动征鞍。《百城烟水》四《吴江》

题开元寺水阁 在宣州

年来独向此游频,谢氏青山与寺邻。朱槛夜飞溪路雪,碧林晴隔马
蹄尘。波穿十里桥连寺,絮压千家柳送春。《舆地纪胜》一九《宁国府》

广 陵

广陵城中饶花光,广陵城外花为墙。高楼重重宿云雨,野水滟滟飞
鸳鸯。同上三七《扬州》

句

太宗皇帝真长策,赚得英雄尽白头。《国史补》曰:"进士科得之艰难,其有老
死于文场者,亦无所恨。故诗云云。"《画墁录》以为赵嘏作。①

　　①李肇《国史补》无此则。《唐摭言》卷一录此二句,不云作者,《全唐诗》卷七九六收
　　作无名氏句。《画墁录》谓赵嘏作,未言所据。

韦　曾①

谒天柱山真君祠

天柱吐白云,仙宫隔青霭。新亭皇黄家,旧封传汉代。犹持蘋藻奠,
永荷 阎间泰。仿佛见群仙,凌风振青珮。仰攀丹凤翼,俯跃苍龙背。
暂息三峰前,还逐九霄外。灊岳高似掌,皖水遥疑带。半壁风雨来,
空林鬼神会。今我何为者,赤绂仍皂盖。远愧黄与龚,流芳及千载。
《古今图书集成·山川典》八六《灊山部》

　　①韦曾,原列入"无世次"作者。今考《元和姓纂》卷二韦氏西眷房有韦曾,为万年令
　　韦光朝之子,任舒州刺史、职方员外郎。《宝刻丛编》卷十八载韦曾贞元二十年撰
　　《巴郡太守严颜庙碑》。《郎官石柱题名》司勋员外郎有韦曾,劳格《郎官考》卷八录
　　山东益都元和十四年石刻《窦巩等题名》有"里行韦曾"字样。天柱山在舒州怀宁,
　　此诗当即韦曾任舒州刺史时作。

韦　膺①

丫髻岩

丫髻山头残月,腊岩洞口斜阳。啼鸟唤人归去,此身犹在他乡。同上
《职方典》一〇二六《温州府部》

　　①韦膺,原列入"无世次"作者。今考《新唐书》卷七四《宰相世系表》韦氏逍遥公房
　　有韦膺,为衢州刺史光辅之子。《元和姓纂》卷二载光辅为京兆杜陵人,任大理少

卿。《唐会要》卷六六载光辅大历十年任太府少卿,《宝刻丛编》卷十三载其贞元三年任衢州刺史。可知韦膺应为贞元以后人。嘉靖《瑞安县志》卷九有刺史韦庸,嘉庆《浙江通志》卷一一二载韦镛,宣宗时任温州刺史,同书卷一五六引《明一统志》云会昌中温州刺史韦庸兴水利而为民所颂,何乔远《闽书》卷五三载韦庸开成中自郢州刺史拜泉州刺史,后转温州刺史、鸿胪少卿。韦庸、韦镛,当均为韦膺之误。其任温州刺史的时间,当从《唐刺史考》作会昌中为是。(参张忱石考证)

姚 鹄

行桐柏山

际海礼冰碧,穿云来玉清。千山盘鸟道,十里入猿声。草木飘香异,云霞引步轻。谁言鳌顶上,此处是蓬瀛。《古今图书集成·山川典》一二六《桐柏山部》

马 戴

过灊岳

塞上征兵久,淮南赋敛多。抱琴方此去,为县欲如何。灊岳积苍翠,皖溪生素波。真君松庙近,公退为谁近过?《古今图书集成·山川典》八六《灊山部》

方城怀古 句

申胥枉向秦庭哭,靳尚终贻楚国羞。《唐语林》二《文学》① 今按:《全唐诗》五五六缺题,又无出处。

① 此则出《金华子杂编》,见原本《说郛》卷十一,《四库全书》辑本《金华子杂编》失收。

裴　休

题铜官山庙 <small>灵祐王祠在铜陵县铜官山</small>

浔阳贤太守，遗庙古溪边。树影入流水，石门当洞天。幡花凝宝座，
香案俨炉烟。若到千年后，重修事宛然。《嘉靖铜陵县志》八、又《嘉靖池州
府志》五

白鹿寺释迦瑞相诗

无相无亏有相圆，多生檀越种因缘。三千境见阎浮土，丈六身留兜
率天。绀目辉腾沧海月，玉毫光射宝炉烟。道人参到非非处，不是
丹霞破佛禅。《同治湖南通志》二三八《方外志·寺观·益阳县》

张毅夫①

东　林　寺

驻箳息东林，清泉洗病心。炉峰霄汉近，烟树荔萝阴。溪浚龙蛇隐，
嵒高雨露侵。猿声云壑断，磬韵竹房深。欲问吾师法，衰年力不任。
《永乐大典》六六九九江字韵引《江州志》

　　①张毅夫，原列"无世次"作者。今检《旧唐书》卷一六二《张正甫传》附其事迹，节引
如次：毅夫，南阳人。正甫之子。登进士第，位至户部侍郎、弘文馆学士判院事。《唐
仆尚丞郎表》卷三谓其任户部侍郎约在咸通间。《旧唐书·宣宗纪》载其大中十一
年四月自江西观察使为京兆尹，十二年正月出为鄂岳观察使。

郑 嵎

句

春游鸡鹿塞,家在鹧鸪天。《艺林伐山》十八

庄南杰

寄郑磋叠石砚歌

娲皇补天残锦片,飞落人间为石砚。孤峰削叠一尺云,虎干熊跪势
皆遍。半掬春泉澄浅清,洞天彻底寒泓泓。笔头抢起松烟轻,龙蛇
怒斗秋云生。我今得此以代耕,如探禹穴披峥嵘。披峥嵘,心骨惊,
坐中仿佛到蓬瀛。《文房四谱》三《砚谱》

英 才 疑为庄南杰之字①

明月湖醉后蔷薇花歌

《文苑英华》三三七《歌行》。《全唐诗》七八五无名氏第一首。

①《文苑英华》录诗皆署作者姓名,不署字,此说恐未允。

庄 布

《江南馀载》:庄布访皮日休,不遇。因以书疏其短失,世颇
传其文。日休子光邺尝为吴越王使江南,辄问:"江表何人近文
最高?"或对曰:"近世无闻,惟庄布《赠皮日休书》,家藏一本。"
光邺大惭。 《唐摭言》卷十:庄布谒皮日休不遇,因以长书疏

之,大行于世。

石　榴　歌

玳瑁壳皴枝婀娜,马牙硝骨绵敷裹。霜风击破锦香囊,鹦鹉啄残红豆颗。美人擎在金盘腹,错认海螺斑碌碌。满口含尝琼液甘,一堂齿冷敲寒玉。《古今图书集成·草木典》二八二《石榴部》①

　　①此诗见宋祝穆《事文类聚后集》卷二六、陈景沂《全芳备祖后集》卷六。

李　忱 宣宗

四面寺瀑布

穿山度石不辞劳,到底还他地步高。溪涧岂能留得住,终归大海作波涛。《古今图书集成·职方典》七八五《安庆府部》。又《全唐诗》以前二句为黄檗禅师联句,且文字多不同。

温庭筠

赠　隐　者

楚客隐名姓,围棋当薜萝。乱溪藏钓石,一鹤在庭柯。败堰水声急,破窗山色多。南轩新竹径,应许子猷过。《又玄集》中

蜂　蝶 句

蜜官金翼使,花贼玉腰奴。《清异录》三

段成式

与温庭筠云蓝纸绝句 并序

诗见《全唐诗》五八四。现补序。

一日辱飞卿九寸小纸，两行亲书，云要采笺十番，录少诗〔稿〕(为)。予有杂笺数角，多抽拣与人，既玩之轻明，复用殊麻滑。尚愧大庾所得，犹至四百枚，岂及右军不节，尽付九万幅。因知碧云棋上，重翻懊恼之辞，红叶沟中，更拟相思之曲。固应桑根作本，藤角为封，古拙不重蔡侯，新样偏饶桓氏。何啻奔墨驰骋，有贵长帘，下笔纵横，偏求侧理。所恨无色如鸭卵，状如马肝，称写《璇玑》，且题裂帛者。予在九江，出意造云蓝纸。既乏左伯之法，全无张永之功。辄分五十枚，并绝句一首，或得闲中暂当药饵也。原注：今《飞卿集》中有《播揩词》。　苏易简《文房四谱》四《纸谱》。①

　①据《知不足斋丛书》本《文房四谱》校改。另"碧云棋上"，作"碧联棋上"；"裂帛"，作"裂锦"；"全无张永之功"之"全"字作"今"字。

李　远

老僧续得贵妃袜 李群玉同作

坠仙遗袜老僧收，一锁金函八十秋。霞色尚鲜宫锦鞯，彩光依旧夹罗头。轻香为著红酥践，微绚曾经玉指构。三十六宫歌舞地，唯君独步占风流。《青琐高议前集》六

李群玉

李远获贵妃袜 <small>各赋诗一首</small>

故物犹存事渺茫，把来忍见旧时香。拗连绮锦分奇样，终合飞蝉饮瑞光。常束凝酥迷圣主，应随玉步浴温汤。如今落在吾兄手，无限幽情付李郎。《青琐高议前集》六

沧　洲①

童儿待郭伋，竹马空迟留。路指云汉津，谁能吟《四愁》。银壶傲海雪，青管罗名讴。贱子迹未安，谋身拙如鸠。分随烟霞老，岂有风云求。不逐万物化，但贻知己羞。方穷力命说，战胜心悠悠。不然蹲会稽，钩下二五牛。所期波涛助，煇赫呈吞舟。《四部丛刊》影宋本《李群玉诗集》卷上

　　①《全唐诗》卷五六八收作《洞庭驿楼雪夜宴集奉赠前湘州张员外》之后半篇，似误。王安石《唐百家诗选》卷十七亦以此诗自为一首。

李寿朋①

送群玉归别业 <small>句</small>

秦树有残蝉，澧浦将归客。《舆地纪胜》七十《澧州》

　　①作者原作"李朝士、李寿朋"。检《舆地纪胜》原文作"唐季朝士李寿朋"，知李寿朋为唐末朝士，非另有"李朝士"其人。兹删去"李朝士"三字。

韩 续

送李群玉 句

濡毫乱洒湘江月，整棹轻飞澧浦船。同上

李 频

望南郡城《全唐诗》引《方舆胜览》缺题

楚地八千里，槃槃此都会。巍峨数里城，远水相映带。《舆地纪胜》六五《江陵府》

寄旧友西乾耕隐童先辈

种竹参差长，栽松次第成。戎衣遍江汉，未厌子真耕。《四部丛刊三编》影明抄本《梨岳诗集·辑补》①

①原注："右见徐敦刊本。"

储嗣宗

送 春

无语共春别，细腰枝上红。来年又相见，还恐是愁中。江标影刻宋本《唐五十家小集》

霍 总

九 华 楼

东门带溪路，上有三丈楼。层基接重阜，一览山水周。天边九芙蓉，出没不可求。鸿惊晓霜净,花明雨初收。巍然倚圭璧,爽气凌尊筹。
主人金闺彦,高兴思穷幽。时来据绳床,山色供远眸。危峰曳游云,
岭月悬曲钩。吟啸意不浅,浩然追轲丘。明年鸡省梦,肯忘江上州。

楼　望

楼高九华近,极目望峰顶。云破松风寒,路浓山色迥。古刹轩层檐,
白水浮小艇。愿结一间茅,归来就丹鼎。以上《嘉靖池州府志》八

敬　相①

赠　妓

　　相牧庐州,有朝客留意饮妓,祖送短亭,妓车后至,相赠之曰:
望断苏娘小小坡,竹泥金雁展轻莎。客卿幸有凝情意,何必临尊始
转波?《诗话总龟》二三《寓情门》引《唐贤抒情》

　　①敬相,当作敬湘。《新唐书·宰相世系表五上》敬氏有"湘,庐州刺史",为敬括曾
孙。《郎官石柱题名考》卷十六金部员外郎有敬湘,约咸通末年任。原列"无世次"作
者,今移此。

郑　愚

泛石岐海

此日携琴剑,飘然事远游。台山初罢雾,岐海正分流。渔浦飔来笛,
鸿逵翼去舟。鬓愁蒲柳早,衣怯芰荷秋。未卜虞翻宅,休登王粲楼。
怆然怀伴侣,徒尔赋离忧。①《嘉庆广东通志》一○一《山川略·香山县》

　　①《全唐诗》卷五九七收"台山"以下四句,题为《幼作》。

刘 蜕

春日游南山 句

屏开十里画,江渡两歧风。《舆地纪胜》一五四《潼川府》

张 演

武 侯 墓

勋业伊周亚,经纶楚汉前。有才真命世,无地与中天。大统《春秋》意,誊章《说命篇》。吾家子房后,千载仰英贤。《关中胜迹图志》二十二《汉中府·古迹·郊邑》

全唐诗续补遗卷八 晚唐二

李郢

赠刘郎中

东南秀气动文星，天子应教扫内庭。湘渚雪晴孤鹤唳，锦江云尽一峰青。仁含楚树花先发，爽照宾〔筵〕□□□。□□定宜端剑珮，上仙风骨紫兰馨。

题水精钗

脉脉两条秋水色，农夫贱卖古城旁。何年偶堕青丝发，问价应齐白玉珰。插去定难分镜彩，看时长似滴珠光。人间更有不足贵，金雀徒夸十二行。

放鹧鸪

玉楼珠户养经时，放出雕笼久不飞。秦地游僧一弹指，楚城迁客重思归。岗田戏下晴风暖，茅垄惊啼返照微。山畔家家有罗网，莫教伤损好毛衣。

渡淮后却泗州秦处士

淮上风吹别酒醒，淮南潮落见沙汀。正愁客路逢山雨，更忆云外卧草亭。野鹭独飞仙嶂绿，农田□植晚苗青。何人得及秦居士，药化丹砂剑有灵。

山　中

清浊山中一气分，洞中仙籁静时闻。竹花生□□□□，桑叶抱玺蛾纷纷。夜月泛琴弦似磬，秋潭洗砚墨成云。海边兄弟无音息，斜日愁看绿峤曛。

送友生下第出关

天榜无名玉未焚，几飘凝泪泣青云。挈将孤剑家何在，叫断重阍帝不闻。花笑旅人惟赖酒，镜欺双鬓莫言文。糟床滴沥馀声尽，还典重裘又送君。

早春送友人归江南

洞庭归客莫相催，予忆沧江久未回。野渡遇霜杨柳尽，寒郊欲雪鹁鸰来。舟依青路帆初挂，鸟出红尘眼渐开。千里同来不同去，莫惊愁泪溅离杯。

读《汉武内传》

云锦囊开得画图，岳神森耸耀灵躯。青真小童捧诀箓，紫府道士携琼苏。金鼎未成悲浊世，玉缄时捧望青都。一辞仙姥长昏醉，方朔留言尽记无。

不　睡

沃洲山里苦心人，十五年来少睡身。诗句每多闲夜得，鬓毛终为半愁新。纷纷落烬看将久，历历寒更听转频。家寄江南断音信，一凭归梦去无因。

春晚思江上旧游寄城中知己

一春江上好韶光，刘阮相随醉几场。令节轻云著罗绮，晓天晴色在壶觞。紫云楼畔金丝发，红杏园中玉辇香。是日江头苦风雨，何人惊起睡鸳鸯？

寄友人乞菊栽

　　《全唐诗》八八四有缺字。第五句"及"《石渠宝笈》作"近"，第七句《全唐诗》缺首字"孺"，末句"鸠"《石渠宝笈》作"鸳"。

送涧水陕东二十里自江南来作

泠泠孤涧陕城东，我有飞泉此路通。行客莫惊黄叶尽，家山只在白云中。秋声可乱鸟鱼意，远色偏依蒲稗丛。过去多应不相待，殷勤重掬洒西风。

五　湖　冬　日

楚人家住五湖东，斜掩柴门水石中。猎猎夜山明远烧，骚骚寒苇动疏风。园林向腊停霜果，葭菼和烟宿暝鸿。范蠡扁舟不知处，一将前事话渔翁。

江南冬日喜遇故人

江南木落塞鸿飞，江汉离人久未归。客舍无成重相见，雪天留宿可相违。篇章只使容颜改，名利空教翰墨稀。终拟全家漾舟去，五湖高掩白云扉。

春　夜

街鼓初残百八声，小园芳树宿孤莺。人回野寺昏昏醉，月照闲房悄

悄明。杏酪香浓寒食近，梨花影散夜风轻。谁家静捻参差管，一曲
《霓裳》学凤清。

雨　夜

蛩声雨思夜迢迢，空馆何人问寂寥。寒烛细烟摇寝幌，湿萤微影缀
芭蕉。正当孤枕鸿初过，况复穷居叶尽凋。闲忆秋江钓船里，酒篷
沾浪听萧萧。

送僧游天台

《全唐诗》五九〇题作《送圆鉴上人游天台》。末句《石渠宝笈续编》作
"幽涧泠泠竹室开"。

试日上主司侍郎

十年多病到京迟，到日风霜逼试期。线不因针何处入，水难投石古
来知。青烟幂幂寒更恨，白发星星晓镜悲。可惜龙门好风水，何人
一为整鳞鬐。
石帆山下有灵源，修竹茅堂寄此村。闭户偶多乡老誉，读书精得圣
人言。来时已作青云意，试夜忧生白发根。十五年馀诗弟子，名成
岂合在他门。

送李商隐侍御奉使入关

梁园相遇管弦中，君踏仙梯我转蓬。《白云》咏歌人似玉，青云头角
马生风。相逢几日虚怀待，宾幕连期醉蝶同。如有扁舟棹歌思，题
诗时寄五湖东。

板　桥　重　送

梁苑城西蘸水头，玉鞭公子醉风流。几多红粉低鬟恨，一部清商驻

拍留。王事有程须仃仃,客身如梦正悠悠。洛阳浸畔逢神女,莫坠金楼醉石榴。

紫极宫上元斋日呈诸道流

《全唐诗》"日"作"次"。又诗中第五句"风拂乱灯山磬曙",《全唐诗》缺"曙"字。

赠 罗 道 士

子训成仙色似花,每人思见礼烟霞。气呵云液变白发,爪入水精尝绿瓜。五岳真官随起坐,百年风烛笑荣华。明朝又跨青骡去,三十三家到几家?

终 南 山

终南雨后绝纤埃,太乙先生石室开。汉史烟霞通楚塞,秦风章句有条梅。归逢四皓收灵术,几见千官祝寿杯。会得功成毕婚嫁,幅巾藜杖独归来。

春 山 夜 雨

诗成数盏兀忘思,瞑目昏昏倒接䍦。无病无愁且须醉,好风好月更何为。长留酒在花堆雪,不厌身闲鬓聚丝。一夕春山到明坐,杜鹃啼歇麕啼时。

骊山怀古 五首

武帝寻仙驾海游,禁门高闭水空流。深宫带日年年静,翠柏凝烟夜夜愁。鸾凤影沉归万古,歌钟声断梦千秋。晚来惆怅无人会,云水犹飞傍玉楼。

烟深树老蔽苍苍，楼殿参差隐夕阳。白玉砌寒苔自碧，真珠帘断月无光。骊山南去侵天尽，渭水东流入海长。唯有春风旧情在，不将花艳出宫墙。

紫府灵坛降玉真，华清台殿影长新。雪翻晓艳御阶秀，风送夜香宫树春。杉桂静同无梦客，烟花深似有愁人。自从霜落芙蓉死，空使秦山鬼哭频。

碧瓦雕墙拥翠微，泉声一去杳难期。不闻缑岭仙成日，空想钧天梦尽时。青嶂浅深当雨静，古松疏密向风悲。近来颜色无倾国，更锁宫门欲待谁？

当时事事笑秦皇，今日追思倍可伤。珠玉影摇千树冷，绮罗风动满川香。虽名金殿长生字，误说茅山不死方。独向逝波无问处，古槐花落路茫茫。

夜　思

轩墀寂寞夜如何，沙渚频惊候雁过。一点秋灯人梦觉，万重寒叶雨声多。酒冲肺腑愁生病，诗役心神渐有魔。出户漫漫天未晓，空山谁听《饭牛歌》？

赠李商隐赠佳人

金珠约臂近笄年，秋月嫦娥汉浦仙。云发腻垂香揉妥，黛眉愁入翠连娟。花庭避客鸣环珮，凤阁持杯泥管弦。闻道彩鸾三十六，一双双映碧池莲。

伤贾岛无可 《全唐诗》五九〇收此诗，文字异同较多，故重录

却到城中（《全唐诗》作"京师"）事事伤，惠休归去（寂）贾生亡。谁人收得章句（文章）箧，独我重（来）经苔藓房。一命未沾为逐客，万缘初尽别

空王。萧萧竹坞残(斜)阳在,叶拂(覆)闲阶雪拥墙。

阙 题

一道春江枕驿楼,闻君此处泊行舟。花当粉槛人闲立,燕拂青蘋水漫流。芳草引归南国梦,和风吹起故园愁。余今自是迷津者,为劝王孙莫远游。

阙下献杨侍郎

沧洲垂钓本无名,十月风霜偶到京。羸马未曾谙道路,片文谁为达公卿?听残晓漏愁终在,画尽寒灰计不成。心苦篇章头早白,十年江汉忆先生。

江 州 城 楼

滩头独鸟立枯楂,滩上行人踏浅沙。秋色池塘无限草,夕阳门外几千家。寺连山谷松声远,川绕阎闾水势斜。常恐郡城砧杵动,秋风吹尽古槐花。

春日题园林

东园落尽绿丝长,风触谁家酒瓮香。红粉人闲教鹦鹉,碧波池暖漾鸳鸯。新蒲长疾看齐岸,晚蝶飞高欲过墙。记取因逢卖樵客,嘱教春暮采松篁。

赠①

建阳门外柳千条,斜插鸾篦小错刀。紫袖握蝉声欲绝,红巾扑蝶势潜高。愁眉对照烟江柳,嫩脸初开露井桃。闲把金钗恼鹦鹉,乱声哑嘎落轻毛。以上《秘殿珠林石渠宝笈续编》②

①据《壮陶阁帖》卷二补。　②《秘殿珠林石渠宝笈续编》收李郢诗卷,原藏于淳化轩。卷末有乐全居士、柯九思、陈绎曾、周仁荣、张翥五人附跋。兹录前三人跋如次。

其一:李公尝出守房陵商州,有善政,以能诗闻诸公间,有文集行于世。此诗翰墨豪健,自成一家。宣和六年季夏一日,乐全居士书。(原注:张密学讳确,字子固。)

其二:右唐李郢字楚望书七言诗真迹,后有张乐全跋,曾入绍兴内府,合缝小玺具存。诗法清丽,笔意飘撇,自有一种风气。仆仅见宣和所收许浑诗稿,精致亦如之,足以见唐人所尚,流风馀韵,令人兴起。至治初,以佳本定武《兰亭》易得之,爱玩不能去手。丹丘柯九思识。

其三:唐李楚望 端公大中十年七言诗一卷。楚望以是岁登进士第,其上主司诗云:"闭户偶多乡老誉,读书精得圣人言。"视"一日看尽长安花",殆有间矣。宜其疏于驰竞,以藩镇从事终也。此纸乌丝栏绝精致,字画有欧柳意。楚望居馀杭,岂出于故家遗俗之所传者欤?泰定元年十月十三日,吴兴陈绎曾书。

平望驿感先辈李从实处士周锁二故人

芦苇风多驿堠长,昔年携手上河梁。青云才子鸳鸿季,白石山人芝木香。华骥欲陪先道路,大川斯济戢舟航。少微星没桂枝重,正挂孤帆过水乡。《百城烟水》四《吴江》

全唐诗续补遗卷九 晚唐三

李 澶 懿宗

赏 花 短 歌

长生白，久视黄，共拜金刚不坏王。谓菊花也。《清异录》二

皮日休

题惠山泉 二首

丞相长思煮泉时，郡侯催发只忧迟。吴关去国三千里，莫笑杨妃爱荔枝。

马卿消瘦年才有，陆羽茶门近始闲。时借僧炉拾寒叶，自来林下煮潺湲。元《无锡县志》卷四上辞章咏歌。又明《弘治无锡县志》二八《词章》

泰 伯 庙

蛮荆古服属南荒，大圣开基辟草堂。载造文明追二帝，尚馀揖让补三王。

望 虞 亭

盘回曲涧数峰青，云护皇山一古亭。千里月明回首望，飞烟冲起海虞滨。以上清初《梅里志》三《诗》

陆龟蒙

松江秋书

张翰深心怕祸机,不缘莼脆与鲈肥。如何徇世浮沉去,可要抛官独自归?风度野烟侵醉帽,雨来秋浪溅吟衣。无人好尚无人责,吟啸低头又掩扉。《百城烟水》四《吴江》

蓬　伞

吾江善编蓬,圆者柄为伞。所至以自随,清阴覆一埠。自吾为此计,蓑笠□□短。何须诣亭阴,风雨皆足缓。

谢人诗卷 句

谈仙忽似朝金母,说艳浑如见玉儿。以上吴聿《观林诗话》

司空图

訾光大师草书歌

羸病爱师书劲逸,翻作长歌助狂笔。乘高搥鼓震川原,惊迸骅骝几千匹。落笔纵横不离禅,方知草圣本非颠。歌成与扫松斋壁,何似曾题《说剑篇》。《六艺之一录》二九〇引朱长文《墨池编》十三原书目录作訾光诗①

①《四库全书》本《墨池编》卷四录此诗无作者,附司空图《书屏记》后。《宣和书谱》卷九录司空图赠訾光诗云:"看师逸迹两相宜,高适歌行李白诗",此诗中无。是否图作,颇可疑。

恭 州 界

旧《图经》及《寰宇记》、《九域志》皆曰渝州，《舆地广记》曰恭州。
山容地脉本清凉，不解为霖却作汤。草木龟鱼困薰煮，漫赢尘垢涴
僧坊。《舆地纪胜》一七五《重庆府》

春　晚 句

凭高怜酒韵，引满未能已。

抚事寄同游 句

春添茶韵时过寺。以上元李治《敬斋古今黄黈逸文》二

汪　遵①

　　遵，宣城人，与许棠同乡。幼为小吏。咸通七年登进士第。
流寓楚卒。王渔洋《五代诗话》作楚人。

过 平 泉 庄

　　李朱崖（德裕）平泉庄，佳景可爱。洛中士人诧于〔汪〕（江）遵，遵有诗
曰：
平泉风景好高眠，水色风光满目前。刚欲平他不平事，至今惆怅满
南迁。今按：此一首与《唐诗纪事》及《全唐诗》字句多不同。

　　①《四部丛刊》影印明刻本《诗话总龟》作江遵，周本淳校点本据清抄本改为汪遵，
今据改。下同。另参张忱石《全唐诗人名索引》附考。

又过杨相宅①

倚伏从来事不遥，无何平地起青霄。才到青霄却平地，门对古槐空

寂寥。以上《诗话总龟》二四《感事门》引《唐贤抒情》

　　①《万首唐人绝句》卷六九以此诗为尹璞作,文字稍异。《全唐诗》卷五一七收尹璞名下,并注出《抒情录》作江遵诗之异文。

童汉卿 《全唐诗》作"翰卿"

句

愿假中流便,滋兹发棹歌。《古今图书集成·友谊典·请托部》选句①

　　①此二句疑非童诗。但应为谁作,尚俟考详。又按:此为《全唐诗》卷七八〇朱休《春水绿波》末二句。

顾　云

咏　柳

灞桥晴来送别频,相偎相依不胜春。自家飞絮犹无定,争把长条绊得人。《诗话总龟》二一《咏物门》引罗隐《续本事诗》①

　　①按此处注出处引录有误。《诗话总龟》此条原注云:"《唐宋诗》云罗隐作。《续本事诗》。"《唐宋诗》指宋初人编《唐宋类诗》。《续本事诗》则为吴处常子作,非罗隐作。《全唐诗》卷六五七收作罗隐《柳》诗,另《甲乙集》卷三、《才调集》卷八、《文苑英华》卷三二四亦作罗诗。因《续本事诗》成书之时较早,姑仍两存之。

李山甫

代张孜幻梦李白歌

天使翰林生我前,相去殁一作"后"来二百年。英神杰一作"绝"气归玄天,日月星辰空矍然。我识翰林文,不识翰林面。上天知我忆其人,使向人间梦中见。瑞光闪烁天关一作"门"开,五云著地长裾来。华山秀作英雄骨,黄河泻作纵横才。巍峨宛似神仙客,一段风雷扶气魄。
低头语了却抬头,指点胸前称李白。梦中一面何殷勤,高吟大语喧
青云。自言天府偶闲暇,与我握手论高文。一论耳目清,再论心骨
惊,豁如混沌初凿破,天地海岳何分明。利若剑戟坚,健如虬龙争,
神机圣法说略尽,造化与我新精灵。不问尘埃人,不语尘埃事,樽前
酒半一作"半日"空,归云扫筵起。自言天上作先生,许向人间为弟子。
梦破青霄春,烟霞无去尘。若夸郭璞五色笔,江淹却是寻常人。①《鉴
诫录》九《梦太白》

> ①《全唐诗》卷六〇七收"华山"二句及末四句,卷八六八收"上天"二句,均误系于
> 张孜名下。

胡　曾

缑　山

缑山岗翠孕仙灵,古柏新松满洞馨。借问吹笙王子晋,定从何处上
□冥。《四部丛刊三编》影宋钞本《胡曾咏史诗》三

方　干

怀桐江旧居

长向新郊话故园,四时清峭似山源。春潮撼动莺花郭,秋雨闲藏砧
杵邨。市井多通诸国货,乡音自是一方言。此中别有无归计,唯把
归心付酒尊。

赠桐溪主人

岭猿沙鹤似同游,竹汊荷湾可漾舟。更入深溪见溪主,苍苔石上卧

垂钓。《严陵集》二

李 骘

骘，开成时为荆南判官，咸通中擢太常少卿、弘文馆学士。出为江南西道都团练观察处置等使、检校左散骑常侍兼洪州刺史、御史中丞。（《全唐文》七二四）

题惠山寺诗 并序

大和五年四月，予自江东将西归浔阳，路出锡邑，因肄业于惠山寺。居三岁，其所讽念《左氏春秋》《诗》《易》及司马迁班固史、屈原《离骚》、庄周、《韩非》、书记，及著歌诗数百篇。其诗凡言山中事者，悉记之于屋壁，文则不载。其寺会昌末经废毁，屋室殆无存者。去年蒙恩自禁职出镇钟陵，钟陵与毗陵路（一作地）不相远，而惠山居其属邑间。其寺后置。会锡邑宰去年过此，留宴数日，今于予为故人，因寓书请再题焉。呜呼！自太和癸丑至咸通己丑，三纪馀矣。念邑中居人与僧居在惠山、兴宁两寺者，今无人焉。染翰增悲，复何言耳。咸通十年二月一日，江南西道都团练观察处置等使、中散大夫、检校左散骑常侍、使持节都督洪州诸军事兼洪州刺史、御史中丞、上柱国、赐紫金鱼袋李骘题记。

读惠山若冰师诗集因题古院
一作"故园"五首 前三首《全唐诗》已收

阴阴垂露迹，苔壁几年书。种树青松老，传衣白发居。字工穷八体，诗律继三闾。岂是多年学，真空任性馀。

常闻凿洞碑,此立为冰师。意刻山泉解,功深造化疑。碧云终一谢,飞锡久无期。惆怅人间世,空传乐府词。元《无锡县志》卷四上《辞章咏歌》、又明《弘治无锡县志》二八《词章》

晨过昌师院

　　《全唐诗》二七一作窦群诗。《县志》第八句"满"作"漏"。　同前①。

　　①《窦氏联珠集》不收此诗,作窦诗疑误。

罗　邺

九华山协济祠

灵庙门依山半开,松庭潇洒绝尘埃。时闻樵者经过说,数有神仙变化来。龙起阴云生画壁,鸟归寒粟落苍苔。自从鼓吹喧阗日,千里封疆不复灾。《嘉靖池州府志》五。又《图书集成·职方典》八一〇《池州府部》

化　城　寺

庆云生处梵王宫,蹑磴攀萝一径通。金殿忽开青嶂里,天人疑在白云中。秋霄爽朗空潭月,暑气萧寥古柏风。况是慈悲清净地,香烟像设固无穷。《九华山志》八

周　朴

谢友人惠笺纸并笔

范阳从事独相怜,见惠霜毫与彩笺。三副紧缠秋月兔,五般方剪蜀江烟。宵征觉有文通梦,日习惭无子谅篇。欲着不将两处用,归山闲向墨池前。苏易简《文房四谱》四《纸谱》

温 宪 庭筠子

梨 花

绿阴寒食晚,犹自满空园。雨歇芳菲白,蜂稀寂寞繁。一枝横野路,数树出江村。怅望频回首,何人共酒尊。《古今图书集成·草木典·梨部》①

①见宋陈景沂《全芳备祖前集》卷九《梨花》。"蜂稀",《全芳备祖》作"蜂声"。

卢 携

留赠司空图

卢相携还朝,过陕虢,访图,深爱重,留诗曰:

氏族司空贵,官班御史雄。老夫如且在,未可叹途穷。《北梦琐言》三及《唐才子传》司空图下。《全唐诗》有此诗,与《纪事》同依据《南部新书》甲,多异文,故重录。

路 岩①

赠妓行云等感恩多词 句

路侍中岩,风貌之美,为世所闻。镇成都日,委执政于孔目吏边咸,以官妓行云等十人侍宴。移镇渚宫日,于合江亭离筵,赠行云等《感恩多》词。在"离魂"云云。至今播于倡楼也。

离魂何处断?烟雨江南岸。《唐语林》四《容止》、《北梦琐言》三

①《全唐诗》无路岩诗,兹据《旧唐书》卷一七七补传如次:路岩,字鲁瞻,阳平冠氏人。幼聪敏过人,方镇交辟,数年间出入禁署,累迁中书舍人、户部侍郎。咸通三年以本官同平章事,在相位八年。后出镇剑南、荆南。

吴　融

西昌新亭 句

暖漾鱼遗子,晴游鹿引麛。《唐诗纪事》五八《李洞》①

①出《唐摭言》卷十《海叙不遇》。

王　驾

永和县上巳

记得兰亭被禊辰,今朝兼是永和春。一觞一咏无诗侣,病倚山窗忆故人。桑世昌《兰亭考》十二①

①陆心源《宋诗纪事补遗》卷八八收此诗于事迹无考作者内。

唐　廪

冬日书黎少府山斋

爱此林亭绝,重游亦似新。山秋同鹤过,水落见鱼频。映沼荷全绿,侵檐柳尚春。惜哉无别墅,共作白云人。

云 盖 山 泉

危峤高高几十层,梵王宫里一泉澄。引来石窦明如玉,泻落山厨冷似冰。净影不关秋赋客,清音时警夜禅僧。从兹渡口潺湲去,势入沧溟岂可仍。

题蔡处士居

一亩周旋几十家,春轮相次好生涯。鹧鸪近晚啼深竹,鸂鶒新晴立

浅沙。沃衍共知多忝稷,宽平仍觉富桑麻。当年何事抛耕钓,木笏蓝衫两鬓华。以上《纯常子枝语》四十引《萍乡县志》①

①均见同治《萍乡县志》卷六。

唐 备

备,龙纪元年进士。工古诗,多极讽刺,颇干教化,非浮艳轻斐之作。

别 家句

兄弟惜分离,拣日皆言恶。《唐才子传》九

喻坦之

送友人南中访旧知

《全唐诗》五四三作喻凫诗。第五句"急",《文苑英华》作"接"。 《文苑英华》二八二《送行》①。

①席刻本《喻凫诗集》不收此诗。《全唐诗》收作喻凫诗,恐误。

裴 说

上岳守

入郭宽万里,岳阳堪画图。及窥贤太守,不见洞庭湖。《舆地纪胜》六九《岳州》

句

自己情虽切,他人未肯忙。《老学庵笔记》四

张　为

题 建 造 寺

叠嶂横空向郡西,迥然高峭众山低。树梢缺处见城郭,日影落时闻鼓鼙。《舆地纪胜》卷一三〇《福建路·泉州》

宿江馆 句

吟登晚驿亭,醉罢红灯落。《诗学指南》四①

①《吟窗杂录》卷十四正字王玄《诗中旨格》,"醉罢"作"醮罢",并云"此比君子欲仕于明时也"。

韩　氏 附于祐

　　于祐为儒士,曾晚步御沟,临流浣手,取得有题诗之秋叶,蓄于书笥宝之。祐亦题二句,书于红叶,置御沟上流水中,流入宫中。韩氏得红叶后又题一诗藏箧中。韩氏为僖宗时宫女,后帝禁宫人三千馀得罪,使各适人,寄居河中贵人同姓韩泳家。祐后累举不捷,乃依韩泳门馆。泳令人通媒妁,助祐与韩氏成婚。泳开宴时,韩氏又索笔为诗一首。诗均见下。僖宗幸蜀后还西都,祐以从驾得官,为神策军虞候。

　　红叶题诗《全唐诗》七九七作宣宗宫人诗。仅"流水何太急"一首,无以下各诗。

于祐题红叶二句

曾闻叶上题红怨,叶上题诗寄阿谁?

得于祐题诗后又作诗

独步天沟岸,临流得叶时。此情谁会得?肠断一联诗。

婚宴席上索笔为诗

一联佳句题流水,十载幽思满素怀。今日却成鸾凤友,方知红叶是
良媒。《青琐高议前集》①

①均见《青琐高议前集》卷五引张实《流红记》。按红叶题诗故事,唐诗已有数传,
《云溪友议》卷下记顾况与天宝宫人、卢渥与宣宗宫人事,《本事诗》亦载顾况事,
《北梦琐言》卷九作李茵与云芳子事,《全唐诗》卷七九九又有贾全虚与凤儿事。《流
红记》即张实据以上故事敷衍而成的小说。《苕溪渔隐丛话后集》卷十六云:"《青
琐》乃互窜二事,合为一传,曰《流红记》,仍托他人姓名。呜呼,孰谓小说可尽信
乎!"庞元英《谈薮》亦谓此篇"最为鄙妄"。宋人对小说的鄙夷虽不足取,但此篇为
宋人依说,当可据以论定。

可 朋 僧

观梦龟草书

欲尽金钟数斗馀,从容攘臂立踟蹰。先教侍者浓磨墨,不揖傍人欸
便书。画状倒松横洞壑,点粗飞石落空虚。兴来乱抹亦成字,只恐
张颠颠不如。《六艺之一录》二九四引陈思《书苑菁华》

崔 镕

岳阳悼贾岛

《全唐诗》七六八作安锜《题贾岛墓》,末一字"忡",《鉴诫录》作"忪"。
崔镕评事倅岳阳日,为诗悼贾岛。岳阳,普州地名。今因创墓在岳阳

山上，山下有岳阳池。　《鉴诫录》八《贾伫旨》

韩　喜①

水

　　《文苑英华》又有《柳》、《松》二首，《全唐诗》均作韩溉，应别出互见。
方圆不定性空求(柔)，东注沧溟早晚休。高截碧塘长耿耿，远飞青
嶂更悠悠。潇湘月浸千年色，梦泽烟含万古愁。别有岭头鸣咽处，
为君分(更)作断肠流。《文苑英华》一六三《地部》。又《诗话总龟》二《咏物门》引
《续本事诗》

　　①《全唐诗》卷六七一唐彦谦有《逢韩喜》诗，知韩喜为唐末人。原列入"无世次"作
者，今移此。

归处讷

　　处讷，吴人，侍郎融之曾孙。多游秦陇，言足是非，在事者
无不以金帛酒食弥缝之，畏其咏也。

见人衣鲜华作诗

昂藏骑马出朱门，服色鲜华不可论。尽是杀人方始得，一丝丝上有
冤魂。

咏尫汉

　　黄巢犯京后，守亮、守信等悉为杨军容复恭义儿，势夺诸侯，亦一时
之威也。归有不平之色，咏尫汉以刺之曰：
草头灰面恶形仪，尽是军容表里儿。昔日水牛攀角上，而今细马劈
腰骑。钱多内藏犹嫌少，位等三公尚厌卑。更有一般堪笑处，镀金

牙齿咬银匙。

咏 奸 汉

轻唇利舌傍侯门，送谄承颜日月新。爱与大官添弟子，能将小药献夫人。秤头不放分毫过，对面常如割骨贫。更有一般奸太嚣，聚钱唯趁买金银。

代村妇咏边将

紫袍金带不须夸，动便经年镇海涯。争似我家田舍婿，朝驱牛去暮还家。

咏石校书 钦若

　　石校书，本东川人。文章四六，与王超齐名。天复初应举，值大驾东迁，蜀路不通，干戈继起，遂客寄天水，荏苒一纪有馀。后知父亡，方乃举恸，广于寺院追荐 忏罪而已。归与石遽因小隙，荼毒咏之。石氏声名，因兹减价。诗曰：

十二年来匿父丧，三年之罪遣谁当。如今追荐应无益，已被牛头煮几场。以上《鉴诫录》十《归生刺》

张彦修①
游 四 顶 山

　　《方舆胜览》：四顶山在合肥县东南。《寰宇记》作四鼎。《郡国志》云：魏伯阳炼丹之所。

翠峦齐耸压平湖，晚绿朝红画不如。寄语商山闲四皓，好来各占一峰居。《光绪重修庐州府志》六《山川志》上②

①《新唐书》卷七二下《宰相世系表》二下河东张氏有彦修,为宪宗朝宰相张弘靖之孙,河南少尹张嗣庆之子。据张忱石考证,彦修当为文宗至僖宗时人。 ②见《舆地纪胜》卷四五《庐州》。

小 白 尝居南岳①

罗 浮

危阁闲登思渺漫,九天如在掌中看。游人莫著单衣去,六月飞雪带雪寒。

中 阁

棱层高阁倚岩扃,俯瞰尘寰仰摘星。昼夜泉声混天乐,游人好向静中听。以上《罗浮志》十《诗》

宿金庭观 在嵊县东南七十二里

羽客相留宿上方,金庭风月冷如霜。直饶人世三千岁,未抵仙家一夜长。《嘉庆浙江通志》二三一《寺观》②

①《增广圣宋高僧诗选后集》卷上收秀登《送小白上人归华顶》、《送贯微归天台》等诗,齐己《白莲集》中有寄赠贯微诗多首,因知小白亦应为齐己同时人。(参《全唐诗续拾》卷四一)原列入时代未详僧,今移此。 ②见宋高似孙《剡录》卷八,参前张说条。

清 尚①

赠樊川长老

《全唐诗》八二五作可止诗。 《瀛奎律髓》四七《释梵类》②。

①原列无世次作者。今检齐己《白莲集》卷三有《览清尚卷》，知为唐末人，故移此。

②另《唐诗纪事》卷七七作可止诗，《唐僧弘秀集》卷十作清尚诗。

全唐诗续补遗卷一〇 五代

李　琪

咏　石　砚

远来柯岭外，近到玉堂间。乍琢文犹涩，新磨墨尚悭。不能濡大笔，何要别秋山。《文房四谱》三《砚谱》

杨　焕　太常少卿

梁宗庙乐舞辞

《旧五代史·乐志》曰："梁开平初，太祖受禅，始建宗庙，凡四室，每室有登歌、酌献之舞：肃祖宣元皇帝室曰《大合之舞》，敬祖光献皇帝室曰《象功之舞》，宪祖昭武皇帝室曰《来仪之舞》，烈祖文穆皇帝室曰《昭德之舞》，登歌乐章各一首。"《五代会要》七《庙乐》曰："太常少卿杨焕撰。"

大合舞　献肃祖

象功舞　献敬(恭)祖

来仪舞　献宪祖

昭德舞　献烈祖

《乐府诗集》十二。诗见《全唐诗》十六《郊庙歌辞》。

孙 偓 字龙光,乾符五年状元
致 李 深 之

　　郑举举,巧谈谐,常有名贤醵宴。乾符中,状元孙偓颇惑之,与同年数人,多在其舍。一日,同年宴,而举举有疾不来,遂令同年李深之邀为酒纠。坐久,状元乃吟一篇曰:

南行忽见李深之,手舞如螴令不疑。任尔风流兼蕴藉,天生不似郑都知。曲内妓之头角者为都知。《北里志》①

　　①陶敏云此诗《全唐诗》卷七一五收作刘崇鲁《席上吟》。并谓《北里志》云:"今左史刘郊文崇及第年亦惑于举举,同年宴而举举有疾不来,其年酒纠多非举举,遂令同年李深之邀为酒纠,坐久,觉状元微哂,良久乃咏一篇曰……"文中之刘郊文崇即刘崇鲁,字郊文,文中脱一"鲁"字。文云"觉状元微哂,良久乃咏一篇",则"觉"与"咏"者均刘崇鲁。谓诗乃状元孙偓作,似于理未安。陶说可参。

韦洵美

　　洵美,后梁开平岁及第。邺王罗绍威辟为从事,不受。

答 崔 素 娥

　　《全唐诗》名媛有崔素娥《别韦洵美诗》,韦诗以小字附后。

别恨离群自古闻,此心难舍意难论。承恩必若颁时服,莫使沾濡有泪痕。《全五代诗》八详引《侍儿小名录》①

　　① 韦洵美二诗,皆出自《灯下闲谈》卷下《行者雪怨》。"离群",《灯下闲谈》作"离情"。

假僧榻闷吟

四壁纷纷蟋蟀声,背灯欹枕梦难成。人间有此不平事,何处人能报

不平。《万首唐人绝句》四十《鬼诗》①

①"纷纷"，《灯下闲谈》作"忙忙"。

清　澜 僧

　　清澜大德，歙县兴唐寺僧，性孤高。与婺州僧贯休以诗文往还。精舍往往有澜所为碑。

答杜荀鹤 句

　　杜荀鹤赠诗云："只恐为僧心不了，为僧心了总输僧。"澜答诗云：

如何即是僧心了，了得何心是了僧？《舆地纪胜》二十《徽州·仙释》。又见弘治《徽州府志》十。又康熙《志》十八

杨凝式

上　张　相

　　石晋时，张相从恩自南院宣徽使官才检校司徒权西京留守。到洛阳后未久，少师自东京得假，往洛阳数日，寄上张相云云。张公知其贫，赠遗甚厚。

南院司徒镇洛京，未经三月政声成。四方群后皆如此，端坐庸夫见太平。《全五代诗·补遗》引《洛阳缙绅旧闻记》①

①见《洛阳缙绅旧闻记》卷一《少师佯狂》。

唐朝美 庄宗时伶人

咏　橘

　　庄宗小酌，进新橘，命诸伶咏之。唐朝美诗先成云云。帝大笑，赐所御

软金杯。

金香大丞相,兄弟八九人。剥皮去滓子,若个是汝身。《全五代诗》九引《清异录》二

和 凝 以下后晋

洋 川

自陪台牭到洋川,两载优游汉水边。官闲最好游僧舍,江近应须买钓船。更待浃旬无事后,遍题清景作诗仙。[1]

①此处拼合未妥,另详《全唐诗续拾》卷四二。

题真符县 句

虽有黄金额,其如赤子贫。以上《舆地纪胜》一九〇《洋州》

陶 晟 以下后汉

晟,虢州人。汉高祖即位,以劝进功授虢州刺史。罢郡,由环卫出为蕃方副车军司马,终于荆州副使知州事。有集。

句

河经蕃地浊,山到汉家青。

又

拟抛丹禁去,试著白衣看。以上《全五代诗补遗》引《洛阳缙绅旧闻记》[1]

①见《洛阳缙绅旧闻记》卷一《陶副车求荐见忌》,后二句为“在环卫时诗”。

冯　道 以下后周

舌

口是祸之门，舌是斩身刀。闭口深藏舌，安身处处牢。《古今图书集成·
人事典》一四《口部》①

　　①见宋胡稚《增广笺注简斋诗集》卷四《寄新息家叔》注引。《群书通要丙集》卷一引
　　前二句。《喻世明言》卷三十八引此诗，不云作者。

李九龄

透　明　岩

　　　　亦名栖真岩，在大蓬山，前视空矿，俯瞰县郭。天气清明，渠、达诸山，
　　隐隐可数。县令李九龄诗云云。①

乍脱尘埃梦寐安，透明岩上一开颜。晚霞收处似闻雁，远目尽时犹
有山。仙迹不随岩桂老，禅心长共岭云闲。《舆地纪胜》一八八《蓬州·景
物》

　　①李九龄为宋初乾德间进士，其任县令，当在登第后。

李　度

　　　　度，显德中举进士。

句

　　　　度，工诗，有句云云，人多诵之。王朴为枢密，止以此一联荐于申文炳
　　知举，遂擢为第三。人嘲曰："主司只诵一联诗。"

醉轻浮世事，老重故乡人。《玉壶清话》七

田 敏

　　敏，淄州邹平人。梁贞明中登科，留为国子四门博士。后唐天成初，改为尚书博士，又为国子博士，转屯田员外郎，兼太常博士。改户部员外郎。清泰初，迁国子司业。晋天福四年授祭酒、检校工部尚书，兼户部侍郎。开运初，迁兵部侍郎、充弘文馆学士，改授检校右仆射，复为祭酒。汉乾祐中，拜尚书右丞、判国子监。周广顺初，改左丞，遣使契丹。世宗即位，拜太常卿、检校左仆射，加司空。显德五年，上章请老，迁工部尚书，改太子少保致仕，归淄州别墅。恭帝即位，加少傅。开宝四年卒，年九十二。

明德舞 后周宗庙乐舞辞。太祖庙堂

　　《五代会要》七《庙乐》曰："太祖圣神恭肃文武孝皇帝庙室酌献舞《明德之舞》，登歌乐章一首，太常卿田敏撰。（参《旧五代史》一四四《乐志》）惟彼岐阳，德大流光。载造周室，泽及遐荒。於铄圣祖，上帝是皇。乃圣乃神，知微知章。新庙弈弈，丰年穰穰。取彼血膋，以往烝尝，黍稷惟馨，笾豆大房。工祝致告，受福无疆。《乐府诗集》十二《效庙歌辞》①

　　①《全唐诗》卷一〇六《郊庙歌辞》收入，不署作者。

独孤贞节

瘗 笔 砖 文

　　赵光逢薄游襄汉，濯足溪上，见一方砖类碑，上题字云云。独孤贞节立。砖后积土如盎,微有苔藓,盖好事者瘗笔所在。

秃友退锋郎,功成鬓发伤。冢头封马鬣,不敢负恩光。《清异录》四

陶　穀

　　穀,字秀实,邠州新平人。本唐彦谦之孙,避晋讳改姓陶。历仕晋、汉至周,为兵部侍郎、翰林承旨。入宋,加尚书,卒赠右仆射。所著有《清异录》。

春—作"风"光好　今按:《全宋词》亦未收,故补之。

　　穀为学士,奉使。恃上国势,下视江左,辞色毅然不可犯。韩熙载命歌妓秦弱兰诈为驿卒女,每日敝衣持帚洒扫,陶悦之,与狎,因赠一词,名《春光好》云云。明日,后(一作中)主设宴于澄心堂,陶辞色如前。乃命弱兰歌前阕劝酒,陶大醉,为主礼所薄,即日还朝,止遣数小吏饯于郊亭。迨归京,鸾胶之曲已喧,陶因是竟不大用。

好因缘,恶因缘,奈何天,只行邮亭一夜眠,别神仙。　　琵琶拨尽相思调,知音少。待—作"安"得鸾胶续断弦,是何年?《玉壶清话》四,参《南唐近事》二①

①此词异说较多,举其要者有五说:一、陶穀于周世宗时使江南赠韩熙载歌妓秦弱兰之作,见《南唐近事》卷二。《苕溪渔隐丛话后集》卷四十引《靖康缃素杂记》事同,但不云作词。二、时在入宋后,事同,见《冷斋夜话》及《玉壶清话》。三、陶穀乾兴中使吴越时赠任社娘之作,见沈辽《云巢编》卷八《任社娘传》,《研北杂志》引其说。四、陶穀使钱唐日赠驿女词,见《苕溪渔隐丛话前集》卷二四引《本事曲》。五、曹翰使江南赠娼妓词,见前书引《江南野录》。以孰为是,尚俟考详。

献诗吴越王　句

　　陶穀又尝奉使两浙,献诗二十韵于钱俶,其末云云。时穀官是丞郎,

职为学士,奉命小邦,献诗已是失体,复有扫门之句,何辱命之甚也。
此生头已白,无路扫王门。《国老谈苑》一

张振祖[1]

句

沙门爱英,住池阳村,示人之语曰:"万论千经,不如无念无营。"时郡
娼满莹娘,多姿而富情,真妓女中麟凤。进士张振祖以无念无营,有情有
色,制一联云:
门前草满无无老,床底钱多有有娘。[2]《清异录》一

① 张振祖,《惜阴轩丛书》本《清异录》卷上、原本《说郛》卷六一引《清异录》,皆作
"汤振祖"。 ②"钱多",上引二本作"花多"。

胡 峤

峤,宿学雄材,未达,为耶律德光所虏。北去后,间道复归。

飞龙硐饮茶 句

沾牙旧姓馀甘氏,破睡当封不夜侯。《清异录》四

法 常

朗 吟

河阳释法常,性英爽,酷嗜酒,无寒暑阴雨常醉,醉即熟睡,觉即朗吟
曰:
优游麴世界,烂熳枕神仙。《清异录》四

福 全

汤 戏 注汤幻茶

馔茶而幻出物象于汤面者,茶匠通神之艺也。沙门福全生于金乡,长于茶海,能注汤幻茶成一句诗,并点四瓯。共一绝句,泛乎汤表,小小物类,唾手办耳。檀越日造门求观汤戏,全自咏曰:

生成盏里水丹青,巧画工夫学不成。却笑当时陆鸿渐,煎茶赢得好名声。《清异录》四

龚 霖①

诗 句②

但有路可上,更高人也行。《老学庵笔记》四

①龚霖,原列入"无世次"卷。今检王禹偁《小畜集》卷二十《左街僧录通惠大师文集序》云:"大师世姓高,法名赞宁","又得文格于光文大师汇征,授(应作"受",《十国春秋》八九所引不误。)诗诀于前进士龚霖,由是大为流辈所服。"知与赞宁同时。又曾上诗和凝,详后。《宋史·艺文志》有"龚霖集一卷"。故移置五代末。 ②《类说》卷十二引《纪异录》云:龚林有卷投和凝,《登太行山诗》云:'但得路可上,更高人也行。'"可据以补题。《纪异录》,全名《洛中纪异录》,宋秦再思撰。

张文伏①

苍 岭

绝壁不可攀,悬崖不可下。路险心自平,由来无取舍。稳稳须教著步行,前途荆棘胡从生?《古今图书集成·山川典》一二〇《括苍山部》

①张文伏,原列"无世次"作者。清戚学标《三台诗录》卷一有其传云:"字德昭,仙居

人。天成元年进士。授淮东安抚司,移刺太原,称循吏第一,晋大中大夫,锡二品服。未几,归隐盂川。周显德间及宋初屡诏皆不起,年八十馀卒"。今移此。

全唐诗续补遗卷一一一 十国一

杨 溥 后主 以下吴

渡 江

《十国春秋》三。前四句引《江表志》，后四句引《五国故事》。吴任
臣按：《南唐书》此李后主诗也，后人误以为吴睿帝作

《全唐诗》八作南唐后主李煜诗，题下注云：《江表志》作吴让皇杨溥
诗，题作《泰州永宁宫》。第四句"殿"，《十国春秋》作"榭"，第五、六二句为
"烟凝楚岫悉千点，雨滴吴江泪万行。"末句"闲坐"作"端坐"。①

① 此诗，郑文宝《江表志》卷上、佚名《江南馀载》卷下、佚名《五国故事》卷上作吴让
皇杨溥作，三书皆宋初人著，郑文宝先仕南唐后入宋；龙衮《江南野录》卷三、马令
《南唐书》卷五作李煜诗，此二书成于北宋中、后期。夏承焘《南唐二主年谱》考定应
为杨溥作，举证有：一、吴都江都，故诗云"广陵台殿"。二、诗中有"兄弟四人三百
口"之句，杨行密四子，杨溥为第四子，正与此句合。而李煜兄弟入宋时尚有六人。
三、《四库提要》谓"郑文宝亲事报主，所闻当得其真"。夏说可从。

殷文圭

楼上看九华 三首

九朵连云势欲腾，鸟飞难到最高层。谁家写在屏风上，岩下松间尽
九僧。

九条寒玉罩云中，雨外霞分海日红。疑是巧人新画出，与他天柱作

屏风。

四顾峦峰峭莫群,翠峰长与晓光分。尽分明处要清白,独倚青天绝片云。《嘉靖池州府志》八。又《九华山志》八有一三两首

黄冠道人

道人不知其名,自云钟离人。

歌 二章

高祖行密改元开国时,广陵殷盛,士庶骈阗。道人状如病狂,手持一竿,竿头悬一木,刻为鲤鱼形,行歌于市云云。其类此意者,凡数十章,时人莫能晓。后徐知诰禅代,复姓李氏,其言始应。

盟津鲤鱼肉为角,濠梁鲤鱼金刻鳞。盟津鲤鱼死欲尽,濠梁鲤鱼始惊人。

横排三十六条鳞,个个圆如紫磨真。为甚竿头挑着定,世间难遇识鱼人。《十国春秋·吴》十二。又《全五代诗》二十三转引①

① 见《钓矶立谈》。

李 璟 中主 嗣主 以下南唐
应 天 长

后主云:"先皇御制歌词。"墨迹在晁公留家。 王国维辑《南唐二主词》。今按:《全唐诗》八八九作李煜词。

李　煜 后主

金铜蟾蜍砚滴铭

舍月窟，伏棐几，为我用，贮清泚。端溪石，澄心纸，陈玄氏，毛锥子。
微我润泽乌用汝，同列无哗听驱使。《五代诗话》一①

①此则见郑方坤《五代诗话》卷十，原出元陆友《研北杂志》卷下，云"李仲芳家有南
唐金铜蟾蜍砚滴，重厚奇古，磨灭处金色愈明，非近世涂金比也。腹下有篆铭"云
云。铭文末二句原书互乙，似失韵。此归李煜名下，无确据。

子夜歌 《全唐诗》八九九词句只存首二句，题作《菩萨蛮》。

寻春须是先春早，看花莫待花枝老。缥色玉柔擎，醅浮盏面清。
　何妨频笑粲，禁苑春归晚。同醉与闲平一作"评"，诗随羯鼓成。南词
本注。参《历代诗馀》①

①《历代诗馀》卷九收此词，调属《菩萨蛮》，"羯鼓"作"叠鼓"。

谢新恩 六首

秦楼不见吹箫女，空馀上苑风光。粉英含蕊自低昂。东风恼我，才
发一襟香。　琼窗梦□留残日，当年得恨何长。碧阑干外映垂杨。
暂时相见，如梦懒思量。

二

樱花落尽阶前月，象床愁倚薰笼。远似去年今日恨还同。　双鬟
不整云憔悴，泪沾红抹胸。何处相思苦？纱窗醉梦中。

五

樱花落尽春将困，秋千架下归时。漏暗疑作"满阶"斜月迟迟，花在枝。

（缺二十字）彻晓纱窗下，待来君不知。

六

冉冉秋〔光〕(色)留不住，满阶红叶暮。又是过重阳，台榭登临处。

　　茱萸花坠，紫菊气，飘庭户，〔晚〕烟笼细〔雨〕(细)。嗈嗈新雁咽寒声，愁恨年年长相似。以上南词本注①

　　①据詹安泰《李璟李煜词》校改。

王贞白

娟楼行 句

龙脑香调水，教人染退红。《老学庵续笔记》

冯延巳

莫思归 即《抛球乐》

花满名园酒满觞，且开笑口对秾芳。秋千风暖鸾钗鬶，绮陌春深翠袖香。莫惜黄金贵，日日须教贳酒尝。《花草粹编》一

采 春 子

樱桃谢了梨花发，红白相催。燕子归来，几处香风绿户开。　　人生乐事知多少，且酹金杯。管咽弦哀，慢引萧娘舞袖回。《历代诗馀》①

　　①见《历代诗馀》卷十，调属《采桑子》。

玉 楼 春

雪云乍变春云簇，渐觉年华堪纵目。北枝梅蕊犯寒开，南浦波纹如

酒绿。 芳菲次第长相续,自是情多何处足。尊前百计得春归,
莫为伤春眉黛蹙。《尊前集》①

① 此词又见《欧阳文忠公近体乐府》卷二。

潘 佑

感 怀

幽禽唤杜宇,宿蝶梦庄周。席地一尊酒,思与元化浮。但莫孤明月,
何必秉烛游。①

① 见《法藏碎金录》卷六。

独 坐 句

凝神入混茫,万象成空虚一作"万有成虚空"。①《诗话总龟后集》四三《释氏门》
引《法藏碎金》。又《全五代诗》三一引

①《法藏碎金录》卷七收二句,作"凝神入混沌,万法成虚空"。同书卷六录前一句。

李建勋

爱敬寺 句

云散经窗湿,山晴石路香。《六朝事迹编类》卷下《寺院门·大爱敬寺》

句

墙阴沙岸静,岛色海山孤。《舆地纪胜》七《镇江府》

江 为

观山水障歌

适来一观山水障,万里江山在其上。远近犹如二月春,咫尺分成百般像。一岩嵯峨入云际,七贤镇在青松里。潭水澄泓不见波,孤帆混漾张风势。钓鱼老翁无伴侣,孑然此地轻寒暑。滩头坐久鬓丝垂,手把鱼竿不曾举。树婀娜,山崔嵬,片云似去又不去,双鹤如飞又不飞。良工巧匠多分布,笔头写出江山〔路〕(头)。垂柳风吹不动条,樵人负重难移步。《全五代诗》三九①

①见宋孙绍远《声画集》卷四。

句

竹影横斜水清浅,桂香浮动月黄昏。《紫桃轩杂缀》①

①明李日华《紫桃轩杂缀》谓林逋名句"疏影横斜水清浅,暗香浮动月黄昏"二句为改江为二句而成。所据不详。

张 泌

岳阳楼 句

槛外有天皆在照,望中无物敢潜行。《舆地纪胜》六九《岳州》

浣溪沙

词,《全唐诗》八九一作张曙词,第二句"苦",《花间集》作"两"。《花间集》四①

①《北梦琐言》卷八作张曙词,《全唐诗》沿之。或疑张曙、张泌为同一人。

沈　彬

送人游南海

白烟和月藏峦洞,明月随潮入瘴村。更想临高见佳景,越王台上酒
盈樽。《舆地纪胜》八九《广州》

句

龙约海船行有气,象限铜柱卧成痕。同上　○六《邕州》

朱　存

金　陵　览　古

《全五代诗》三二引《十国春秋》:保大时,存尝取吴大帝及六国兴亡
成败之迹,作《览古诗》二百章,章四句,地志家多援以为证。又《金陵诗
征》引《建康志》略同

北　渠　历代宫苑殿阁制度

金殿分来玉砌流,黑龙湖彻凤池头。后庭花落恩波断,翻与南唐作
御沟。①

　　①"南唐",张敦颐《六朝事迹编类》卷上(作杨修诗)引作"南塘"。

秦　淮　以下景物

一气东南王斗牛,祖龙潜为子孙忧。金陵地脉何曾断,不觉真人已
姓刘。

东 山

镇物高情济世才,欲随猿鹤老岩隈。山花处处红妆面,仿佛如初拥
妓来。①

①以上二首,又见《记纂渊海》卷十。

新 亭

满目江山异洛阳,昔人何必重悲伤。倘能戮力扶王室,当自新亭复
故乡。

天 阙 山

牛头天际碧凝岚,王导无稽亦妄谈。若指远公为上阙,长安应合指
终南。

石 头 城

五城楼雉各相望,山水英灵宅帝王。此地定由天造险,古来作恃作
金汤。

乌 衣 巷

人物风流往往非,空馀陋巷作乌衣。旧时帘幕无从觅,只有年年社
燕归。

段 石 岗

孙吴纪德旧刊碑,草没蟠螭与伏龟。惆怅岗头三段石,至今犹似鼎
分时。

玄 武 湖

《全唐诗》七五七及《全五代诗》三一只存此一首,题作《后湖》,第二句"三翼"《全唐诗》作"三异",第四句"下多时"《全唐诗》作"不多时"。

阿 育 王 塔

窣堵凝然镇梵宫,举头层级在云中。金棺舍利藏何处?铎绕危檐声撼风。以上《舆地纪胜》十七《建康府》。又《金陵诗征》四

钟 蒨

赋山别诸知己

暮景江亭上,云山日望多。只愁〔辝〕(解)辇毂,长恨隔嵯峨。有意图功业,无心忆薜萝。亲朋将远别,且共醉笙歌。《徐铉集》三。又《全五代诗》二九

乔 舜　一名匡舜,字亚元。

小 梅　句

徐铉《和亚元长歌》中有句云:"开缄试读相思字,乃是多情乔亚元。短韵三篇皆丽绝,小梅寄意情偏切"。自注:"亚元诗云云。此语尤嘉。"借问小梅应得信,春风新自海边来。《徐铉集》三

汤 悦

送季大夫牧舒州

却下乌台建隼旟,侯封归去袭龙舒。严霜尚满辞天阙,甘雨看随入境车。《舆地纪胜》四六《安庆府》

成文幹 彦雄

杨 柳 枝

欲趁寒梅趁得么,雪中偷眼望阳和。阳和若不先留意,这个柔条争奈何。《尊前集》

徐知证

东林寺天祚二年联句

古殿巍峨镇碧峰,晋朝灵应显神踪。林间野鸟惊朝梵,岭上孤猿听晓钟。蝶恋半岩花灼灼,鹿眠深谷草茸茸。游僧驻锡心皆佛,老树擎烟势似龙。竹荫禅扃青霭合,岚蒸幽径绿苔封。老来欲脱尘寰境,闲访空关不厌重。《永乐大典》六六九七江字韵引《九江府志》,又六六九九引《江州志》①

　　①《吉石庵丛书》本《庐山记》收此诗,为徐知证及其僚属虔修、孟拱辰等七人联句之作。又此处所录亦未完。另详《全唐诗续拾》卷四三。

皇甫继勋

　　继勋,江州节度使晖之子。幼以父荫为军校,累迁池州刺史,勤于吏事,入为诸军都虞候。

韵妙空 句

妙空,名守纳。嗣法于雪峰,卯一,斋住嘉祐禅院,江南李氏三召不
起,刺史皇甫继勋赠之诗云:

白面山南灵庆院,卯斋道者雪峰禅。《嘉靖池州府志》九

危仔昌

仔昌,南城人。乾符末黄巢党黄可思起事,仔昌从兄全讽
聚众保乡里。历官衢、抚、饶、信四州刺史,有捍御功。

喜贼平谒李将军祠

君向神重谒,天教君亦神。十年香火主,百物雨旸身。忠在偏诛贼,
恩多每济人。高歌震霄壑,朝野遍阳春。《上饶县志》二三

卢　郢

郢,金陵人。好学有才艺,膂力过人,善吹铁笛。南唐后主
时,试赋擢第一。尝代徐铉为文,铉以文进。后主曰:“语势似
非卿所作。”铉以实对,郢由是知名。后归宋,累官至南全守,有
治绩。

黄鹤楼 《宋诗纪事》亦未收

黄鹤何年去杳冥,高城千载倚江城。碧云朝卷四山景,流水夜传三
峡声。柳暗西州供骋望,草芳南浦遍离情。登临一晌须回首,看却

乡心万感生。《古今图书集成·职方典》一一二五《武昌府部》①

①见北宋熙宁间刻《鄂州杂诗碑》，参前"贾岛"条。又见《方舆胜览》卷二八。

唐希雅

希雅，嘉兴人。工金错书，善丹青，与徐熙同时齐名。李璟闻其名，欲召之，人谓其嗜酒，无人臣礼，乃止。

题　画

谁泼烟云六尺绡，寒山秋树晚萧萧。十年来往吴淞口，错认溪南旧板桥。《全五代诗》三六引《槜李诗系》①

①见《槜李诗系》卷一。

许　坚

小桃源　一题《入黟吟》。《舆地纪胜》二十作李白诗

未详其所自来，客游于黟，乐之，作诗云云，遂家焉。今桃源洞有许氏，盖其后裔云。或曰：坚即宣平，坚其名，宣平其字，未知是否①。

黟邑桃源小，烟霞百里宽。地多灵草木，人尚古衣冠。市向晡时散，山经夜后寒。吏闲民讼简，秋菊露溥溥。康熙《徽州府志》十七《流寓传》。又见《黟县志》十六

①此说误。《太平广记》卷二四引《续仙传》谓许宣平为景云中人，许坚则为南唐人，其间相隔二百馀年。又本诗前已收李白名下，惟此多末二句。

戢　兵　山

旧名石鼓山，在黟县北十五里，高百仞，周十里，有石鼓、石人、石驴。相传石鼓鸣即驴鸣，人哭而长官不利。后凿其鼓破之，遂不复鸣。唐天宝

六年改今名。

石鼓高悬蕴大音,白云峰顶始铺金。能来斯地鼓斯鼓,尽达曹溪圣
祖心。《弘治徽州府志》一《山川》

谦 明

  僧谦明,嗜酒,好为诗。独居一室,每日铛中煮肉数斤,醇
酒一壶,不俟烂熟,旋割旋饮,以此为常。

中秋咏月

  咏诗后,乘兴遂子夜鸣钟,烈祖闻之,不罪也。召问其所求,唯愿鹅生
四脚,鳖著两裙。

迢迢东海出,渐渐入云衢。此夜一轮满,清光何处无。《江南徐载》下

  《岁时广记》三十一《中秋》上《得佳联》引《漫叟诗话》:"南唐金轮寺
有僧曰明光者,先一年中秋玩月,得诗一联云:'团团离海角,渐渐出云
衢。'竟思下联不就。次年中秋,再得一联云:'此夜一轮满,清光何处无?'
遂不胜其喜,径登寺楼鸣钟。时有善听声者闻之:'此钟发声通畅,若非诗
人得句,即是禅僧悟道。'验之果然。好事者有诗云:'为思银汉中秋月,误
击金轮半夜钟。'"

  《全唐诗》八五一、《全五代诗》三九均作南唐失名僧《月诗》,前二句
作"徐徐东海出,渐渐上天衢"。《全五代诗》引《江南野录》:"李昇受禅之
初,忽半夜寺僧撞钟,一城皆惊,召将斩之,云夜来偶得月诗,乃云云。李
昇喜而释之。"①

①原以明光另列一则。今检《苕溪渔隐丛话前集》卷二十六引《漫叟诗话》作"南唐
僧谦明"诗,知明光之名为南宋时之别传,而非另有其人,故以明光一则移附于此。
另《钓矶立谈》谓作诗者为"头陀范志嵩"。《江邻几杂识》作"南唐一诗僧",当即为
《全唐诗》所本。

全唐诗续补遗卷一二 十国二

钱 镠 吴越武肃王 以下吴越

青史楼引宾从同登

云阁霞轩别构雄,下窥疆宇壮吴宫。洪涛日日来沧海,碧嶂联联倚
太穹。志仗四征平逆孽,力扶三帝有褒崇。如今分野无狼孛,青史
楼标定乱功。

石镜山 并序

咸通中,予方韶龀,尝戏玩临安山下。忽见一石屹然自立,当甚惊异。
自后便在军门四十馀年。昨回乡里,复寻此石,见岩峦秀拔,山势回抱,堪
为法王精舍。遂创禅关,以此石为尊像之坐。表其感应。因成七言四韵。

卯岁遨游在此山。曾惊一石立山前。未能显瑞披榛莽,盖为平凶有
岁年。昨返锦门停驷马,遂开灵岫种青莲。三吴百粤兴金地,永与
军民作福田。

筑 塘

天分浙水应东溟,日夜波涛不暂停。千尺巨堤冲欲裂,万人力御势
须平。吴都地窄兵师广,罗刹名高海众狞。为报龙神并水府,钱塘
且借作钱城。①

①《全唐诗》卷八据《吴越备史》收"传语龙王并水府,钱塘借与筑钱城"二句。

九日同群僚登高 并序

遥光素景,重九良辰,玉露将浓,霜天肃物。与群僚登高四望,兼颁锦
服,聊成七言四韵。

淡荡晴晖杂素光,碧峰遥衬白云长。好看塞雁归南浦,宜听砧声捣
夕阳。满野旌旗皆动色,千株橘柚尽含芳。锦袍分赐功臣后,因向
龙山醉羽觞。

功臣堂 并序

伏自九五降恩,远颁封册,皇华涉于大海,宣命正值青阳,两邦父老
喧然皆来相贺。时在功臣堂设乐,聊述七言。

今夕虽非丰沛酒,醥醨同醉洽吾乡。两邦父老趋旌府,百品肴羞宴
桂堂。宝剑已颁王礼盛,锦衣重带御炉香。越王册后封吴主,大国
宣恩达万方。

上元夜次序平江南

四朝双母显真封,古往今来事一同。志若不移册可改,何愁青史不
书功?

西 园 产 芝

五纪尊天立霸基,八方邻国尽相知。兴吴定越崇王道,珍物平凶建
国仪。忽有灵根彰瑞应,皆由和气感明祇。休言汉代芝房异,今日
吾邦事更奇。

罗汉寺偶题

九夏听蝉吟,已知秋气临。高梧上明月,深巷捣寒砧。好对吴山秀,

宜观浙水深。一登灵鹫阁,宝地胜黄金。

和高僧惠韵

岚高照目前,山下有蒙泉。云阁连天际,银河傍斗边。凉风宜散暑,清景好安禅。况是江山固,崇墉保万年。

造 寺 保 民

百谷收成届应钟,南方景象喜重重。三秋甘泽烟尘息,四序和风气色浓。播种勤耕盈廪庾,兆民兴让洽温恭。广崇至道尊三教,盖为生灵奉圣容。

秋 景

三秋才到退炎光,二曜分晖照四方。解使金风催物象,能教素节运清凉。天垂甘泽朝朝降,地秀佳苗处处香。率土吾民成富庶,虔诚稽颡荷穹苍。

百花亭题梅二首

秾华围里万株梅,含蕊经霜待雪催。莫讶玉颜无粉态,百花中最我先开。

吴山越岫种寒梅,玉律含芳待候催。为应阳和呈雪貌,游蜂难觉我先开。

和太师蕴让韵

罗汉亲崇建法台,龙峰凤岭四山隈。游人借问禅门路,还道吴王为佛开。

题罗隐壁

特到儒门谒老莱，老莱相见意徘徊。黄河信有澄清日，后代应难继此才。以上《吴越钱氏传芳集》

> 钱泳案："《吴越备史》云：'隐寝疾，王亲临抚问。因题其壁云："黄河信有澄清日，后代应难继此才。"隐起而续末句云："门外旌旗屯虎豹，壁间章句动风雷。"由是以红纱罩覆于其上。'"

隐岳洞 在石城山，五代时有隐岳寺

百尺金容连翠岳，三层宝阁倚青霄。手炉香暖申卑愿，愿降殊祥福帝尧。万历《新昌县志》三

钱元瓘 文穆王

元瓘，镠第七子，初名传瓘，嗣位后更今名。字明宝，长兴三年镠卒，袭封吴越国王。善抚将士，好儒学，善为诗。尝置择能院，选吴中文士录用之。然性奢侈，好治宫室。在位十年。天福六年，因火焚其宫，惊惧病狂卒，年五十五。谥文穆，著有《锦楼集》十卷。

送别十七哥

大伯东阳轸旧思，士民襦裤喜回时。登临若起鸰原念，八咏楼中寄小诗。

题得铜香炉 并序

太岁大渊献七月七日，婺州金华县招隐乡有民李满，于溪中得铜香

炉一枚。又沿溪行二十馀步,睹黄金天尊一躯,高一丈八尺,金色俨然。伏以玉京金门,至妙上真,圣功难量,玄功莫测。道气充盈者,可以身冲霄极,阴德及人者,必致福寿无边。莫尽赞扬,卒难叙述。今则清溪之内,先吐祥烟,绿水之中,复呈妙相。况今国家方以真金建制,太上仙客,才已圆成,适当庆礼,果符征应,获此嘉祥。因成短篇,用伸恭信。

莫记年华隐水中,忽于此日睹灵踪。三天瑞气标金相,五色龙光俨圣容。节届初秋兴典教,时当千载庆遭逢。仙冠羽服声清曲,共引金台入九重。以上《吴越钱氏传芳集》

钱弘佐 忠献王

弘佐,字元祐,元瓘第六子。年十三,袭封吴越国王。诸将皆欺其幼,弘佐初尚优容,后辄以法治之,由是诸将皆畏服。在位七年,后晋开运四年卒,年二十。谥忠献。

佳辰小宴寄越州七弟湖州八弟

角黍佳辰社稷宁,灵和开宴乐群英。樽前只少鸰原会,百里江城隔二城。

谒宝塔回赐僧录

佛日辉光最有灵,真身宝塔镇吴城。千寻独拔乾坤耸,八面齐含日月明。几曲朱栏瞻海浪,长时金铎振风声。祷祈只愿苍生泰,更仗高僧法供精。以上《吴越钱氏传芳集》

钱弘倧 忠逊王

弘倧,字隆道,元瓘第七子。兄弘佐卒,弘倧以次立。卑侮宿将胡进思，进思不能平。岁除，劫幽衣锦军，传位于弟弘俶。
徙居东府，即卧龙山置园亭。二十年卒，年四十四。谥忠逊。著
有《越中吟》二十卷。

登卧龙山偶成

暮山重叠势崔嵬，溢目清光入酒杯。几处烧残红树短，一帆航尽碧
波来。安民未有移风术，征句惭非梦锦才。四望楼台无限景，槛前
赢得且徘徊。

禹　庙

千古功勋孰可伦，东来灵宇压乾坤。尘埃共镣梁犹在，星斗俱昏剑
独存，蟾殿夜寒笼翠幌，麝炉春暖酻琼樽。会稽山水秋风里，长放松
声入庙门。①

　　①北宋孔延之《会稽掇英总集》卷八收此诗，署"钱倧"，异文较多，录如次："功勋"
作"英灵"，"东来"作"西来"，"灵宇"作"神宇"，"梁犹在"作"梅梁在"，"俱昏"作"俱
分"，"剑独存"作"剑镯存"，"笼翠幌"作"摇翠幌"，"山水"作"山下"。《嘉泰会稽志》
卷十二引"尘埃"二句，文字同《会稽掇英总集》。

登蓬莱阁怀武肃王

黄鹤摧残漫有名，建时方始珍罗平。飞栱叠栱重装束，刻槛雕甍又
葺成。十载兴隆吴与越，二邦安肃弟兼兄。从兹登赏云楼上，愿祝
江南永宴清。

再游圣母阁

　　　《舆地纪胜》十《绍兴府》诗摘第二联题《游天衣寺》。
越地灵踪多少处，伽蓝难上此楼台。有时风掣浪声到，半夜月排山

势来。极目烟岚迷远近,百般花木雕尘埃。可怜光景吟无尽,知我
登临更几回。① 以上《吴越钱氏传芳集》

①《会稽掇英总集》卷八收此诗,署"钱倧",题作《再游应天寺圣母阁》。第二句"难
上"作"难尚",第四句"山势"作"山影"。

钱弘偡 恭义王

弘偡,字惠达,元瓘第八子。明吏术,能为诗。官湖州刺史
(《湖州府志》九,开运三年任吴兴太守),有妖巫登大树,恣为
鬼神语,州人惊畏。弘偡严治之,州人咸服。累授同中书门下
平章事,封吴兴郡王。卒谥恭义。

飞英寺 句

两岸槿花红障步,一行山色绿屏风。《舆地纪胜》四《安吉州·景物》

钱弘俶 忠懿王 后王

弘俶,字文德,元瓘第九子。内牙统军使胡进思等废兄弘
倧,迎弘俶嗣吴越国王。历汉、周,累授天下兵马大元帅,凡三
十五年。太平兴国三年,纳疆土归宋。历封淮海国王、汉南国
王、南阳国王、许王,徙封邓王。雍熙四年(一作端拱元年)卒,
年六十,追封秦国王,谥忠懿。著有《政本集》十卷,陶穀为之
序。

过 平 望

风静度长川,清吟倚画船。未分山有树,惟见水连天。沙嘴牛眠草,

波心鸟触烟。宵征还有兴,皎皎玉轮圆。

读 圣 寿 诗

功格皇天伪国平,八方臣妾尽来庭。骏奔幸逐朝宗水,雀跃俄逢绕
电星。就日心虽悬紫阙,祝尧身尚处洪溟。寿山耸峙将何愿,泰华
千霄万仞青。

感皇子远降见迎

千年遭遇觐真王,敢望青宫赐显扬。只合承华趋令德,岂宜中道拜
元良。深思转觉乾坤大,力弱难胜雨露漭。早暮三思恩泰极,饱餐
丰馔饱亲光。

感降内夫人赐家室药物金器

鱼轩相逐拜龙轩,圣主俄推望外恩。锡宠便藩光石窨,内嫔迢递下
金门。嵩衡压地何曾重,鸡犬升仙未足论。臣憨已平难展报,只将
忠孝训儿孙。

金 陵

不用论京口,先须问石头。虎山终自伏,带水漫长游。青盖曾彰谶,
黄奴肯谶羞。分明前〔鉴〕(监)在,刚地弄戈矛。

过 楚 州

驻马楚城南,秋光带雨寒。地平无岛屿,淮近足波澜。圣德常柔远,
烝民赖此安。行吟复行酹,朝野正多欢。

陈　国

批破《陈书》后，都无御敌心。庭花春易尽，璧月夜难沉。臣爵妖姬醉，新诗〔狃〕（狭）客吟。江神如访问，教到井中寻。

路次再感圣恩

洪涛泛泛雨霏霏，芳草如茵柳袅丝。贴水碧禽飞一字。隔烟青嶂展双眉。南风入隙开襟久，西照临窗卷箔迟。惭愧圣恩优渥异，不教炎暑冒长歧。

小　窗

粉云牙贴小窗凉，坐见澄波泛夕阳。更持夜深方有意，半环新月上重床。

舟中偶书

轻舟画舸枕江滨，眼底波涛日日新。瞑目稳收双足坐，不劳询问醉禅人。

村　家

竹树参差处，危墙独木横。锄开芳草色，放过远滩声。稚子当门卧，鸡雏上屋行。骑牛带蓑笠，侵晓雨中耕。

渔　者

罟网是生涯，柴扉隔水遮。不辞粗俗气，惟取大鱼虾。贳酒方登陆，怜春亦种花。等闲乘一叶，放旷入烟霞。以上《吴越钱氏传芳集》

追 鲍 约

　　侍郎鲍约，颇从臾忠懿王纳土。及王归宋，约窜处海上，王以诗追之曰(见下)。迄今有遄追庙焉。

东遄追兮西遄追，鲍约何如罢钓归。《五代诗话》六引《十国春秋》①

　　①见《十国春秋》卷八七《崔仁冀传》附。

罗　隐

滕 王 阁

〔江神〕有意怜才子，欻忽威灵助去程。一席清风雷电疾，满碑佳句雪冰清。焕然丽藻传千古，赫尔英名动两京。若匪幽冥〔佑词〕客，至今佳景绝无声。《岁时广记》三五《重九》①

　　①据《醒世恒言》卷四十《马当神风送滕王阁》补缺文。《醒世恒言》录此诗，前四句除"一席"作"一夕"外，馀全同。后四句改动稍多，录如次："直教丽藻传千古，不但雄名动两京。不是明灵佑祠客，洪都佳景绝无声。""祠客"显为"词客"之误。

文选阁　在贵池城西五里西庙。贮梁昭明文选。有址

间生元子出萧梁，作选为书化万邦。三代已来成冠绝，六朝馀外更无双。今朝集是群英仰，昨日谈非众耻降。辅国安民新试阁，滕王空作问临江。《嘉靖池州府志》卷三《建置篇·宫室》

昭明太子庙

秋浦昭明庙，乾坤一白眉。神通高学识，天下鬼神师。同上卷五《祀典篇·庙祠》

下山过梅根

岸叶经秋坠晚枝，袅烟凌鬓促征期。家从泽国谁能问，路在侯门自

不知。但恐老侵多病日，每忧忙过少年时。可怜江上人堪笑，独倚残阳弄钓丝。同上卷八《杂著篇·艺文》

金 鸡 石

在东流县南二十五里。相传罗隐道经其地，题云云，石遂迸裂，鸡飞鸣而去。或曰：隐题后，其石震雷劈焉。

青山隐隐望长溪，独墩无伴只孤栖。草堂不见娄罗汉，金鸡不向五更啼。同上卷一

挂 剑 处

忠贞者必信，所信交道深。贤哉吴季子，可称莫逆心。《梅里志》三

题延和阁《全唐诗》八七五作讖记，诗题、小序、诗多有不同，故重录

时高骈欲继淮南王求仙方为妖乱，后为毕将军所害。隐作《妖乱志》以讥之，故有《题延和阁》云。

延和高阁势凌云，轻语犹疑太一闻。烧尽馀香无一事，开门迎得毕将军。《诗话总龟》三五《讥诮门》引《鉴诫录》

上 亭 驿

在梓潼武连二县之界。唐明皇幸蜀，闻铃声之地。又名琅珰驿。

山雨霏微宿上亭，雨中因想雨淋铃。贵为天子犹魂断，穷著荷衣好涕零。《舆地纪胜》一八六《隆庆府》。《全唐诗》六六五引《天中记》只存前二句①

① 《碧鸡漫志》卷五收此诗全篇，为七律，详《全唐诗续拾》卷四五。

任　翻

赋台州早春 句

岂堪沧海畔,为客十年来。《舆地纪胜》十二《台州》①

①《天台前集》存此诗全篇,详《全唐诗续拾》卷三十五。

屠环智 《全唐诗》误作璟智①

　　环智,字宝光,海盐人。少负勇略。吴越王兵拒黄巢,环智仗剑从之,时与谋议,授指挥使。天复二年,徐绾、许再忠叛,刺史高彦遣子渭同赴难,抵灵隐,为伏兵所害。

咏　志 《全唐诗》七九五只存前二句

轻身都是义,殉主始为忠。一夜西陵路,朱旗走大风。《全五代诗》七三引《槜李诗系》②

①此说未允。《全唐文》卷八九八收皮光业《屠将军墓志铭》、《十国春秋》卷八四皆作屠璟智。　　②见《槜李诗系》卷一,作者作屠璟智。

韦　谦

题常乐庵五云堂

　　常乐庵在崇德县西八十步。梁天监二年建。俗呼西寺。后入宋改悟空院。吴越时韦谦诗云云。

吾匠慕先哲,至理皆融通。一法果有至,五云疑在空。讲香浸辈几,夜月锁帘栊。弋者何由预,冥冥出塞鸿。同上①。

①《至元嘉禾志》卷三二收此诗,署"节度韦谦"。又见《槜李诗系》卷三七。

陈长官[①]

下 狱 有 作

按则增科不自由，未曾举笔泪先流。高田沙瘦常忧旱，沿海涂咸少有秋。要使茧丝殚地力，愿将骨肉伴枷头。一时种了黄连种，万代令人苦不休。《古今图书集成·食货典》一五三《赋役部》

①《十国春秋》卷八五："陈长官，事武肃王为宁海县令。会王命增州县赋税，长官上书极谏，王大怒，逮之狱。长官以死争之，得免。宁海故称剧县，租税视诸邑为独轻者，皆其力也，至今犹庙祀焉。"与其诗相合。原收入"无世次"卷，今移入本卷。

全唐诗续补遗卷一三 十国三

牛峤

评僧道二门论难

玄门清净等空门,虔奉天尊与世尊。金口说经十二部,玉皇留教五千言。鳌头宫殿波澜阔,鹫岭香花梦相存。莫向人间争胜负,须知三教本同源。《鉴诚录》六《旌论衡》

张蠙

刺贾岛[1]

少年为理但公清,鸿渐行中是去程。莫恨长江为短簿,可能胜得贾先生?《鉴诚录》八《贾忤旨》

[1]《鉴诚录》云:"后有一少年除长江簿,犹豫不赴,张蠙先辈为诗刺之。"此处所拟诗题不允,应作"刺少年"。

卢延让 避宋讳"让"改为"逊"

吊孟浩然 后二句

今按:《全唐诗》七一五引《海录碎事》,另有"高据襄阳播盛名,问人人道是诗星"二句,正可合为一首。[1]

汉水醉时波尚绿，鹿门吟处草犹生。《舆地纪胜》八二《襄阳府》

①二联格律不粘。疑原诗为七律，今仅存二联。

怀江上 句①

卢延逊五举方登第。②尝作诗云。"狐冲"二句，租庸张相濬每诵之。又"饿猫"二句，成中令讷激赏之。又"栗爆"二句，王中懿建爱之。卢尝谓人曰："平生投谒公卿，不意得猫儿狗子力也。"

狐冲官道过，犬刺客门开一作"狗判店门开"。③

饿猫临鼠穴，馋犬舐鱼砧。

栗爆烧毡破，猫跳触鼎翻。《北梦琐言》七、《诗话总龟》三九《诙谐门》。参见同书八《评论门》引《谈苑》

①《怀江上》之题，仅见《谈苑》引，为"饿猫"二句之题。另二联题未详。　②五举，《北梦琐言》作"二十五举"。　③"犬刺"，《北梦琐言》作"狗触"。

刘隐辞

隐辞，举子，仕蜀，为许宗宪掌书记。

咏白盐山

许太尉宗宪镇宁江日，辟刘隐辞为节度掌书记。宗宪武人，多为恣横，隐辞谏不听。遂咏《白盐山》、《滟滪堆》诗刺之云云。宗宪闻而发怒，将杀之。已而舍之，遂遁去。

占断瞿塘一峡烟，危峰迥出众峰前。都缘顽梗擅浮世，遮莫峥嵘倚半天。有树只知引一作栖鸟雀，无云不易驻神仙。假饶突兀高千丈，争及平平数亩田。

咏滟滪堆

滟滪崔嵬百万秋，年年出没几时休。未容寸土生纤草，能向当江覆

巨舟。无事便腾千尺浪,与人长作一堆愁。都缘不似蟠溪石,难使
渔翁下钓钩。以上《鉴诫录》五《因诗辱》

咏僧道二门论难

为僧为道两悠悠,若个能分圣主忧。各斗轮蹄朝紫殿,竞称卿监满
皇州。相嘲相咏何时了,争利争名早晚休。闲想边庭荷戈将,功成
犹自不封侯。同上六《旌论衡》

杨义方

　　义方,眉山人。王建时举进士,为秘书。执性强良,所为狂
简。曾以笔砚见用于宋枢密光嗣。因题九头鸟,宋疑杨见咏,
遂奏谴沈黎。至咸康元年,后主失位,宋亦遭诛,乃九头鸟之应
也。《十国春秋》云:义方长于吟咏,自谓才过罗隐。

题九头鸟

三百禽中尔最灵,就中恶尔九头名。数年云外藏凶影,此夜天边发
差声。好惜羽毛还鬼窟,莫留灾害与苍生。况当社稷延洪日,不合
鸣时莫乱鸣。《鉴诫录》六《怪鸟应》

冯　涓

生日歌　略

　　太祖为蜀王时,方构大业,莫不赋舆(一作"役")增益,转运烦苛,百
姓困穷,无敢言者。因太祖生辰,涓独献一歌,先纪王功,后陈生聚(一作
"众困")。太祖曰:"如卿忠谠,寡人王业何忧。"遂赐黄金十斤,以旌礼讽

谏，于是徭役稍减矣。议者以君臣道合，黎庶泰来，苟非明王，何以采纳。
《生日歌》略云：

百姓富，军食足，百姓足，军民欢。争那生灵饥且寒，吾王有术应不难。但令一斗征一斗，自然百姓富于官。

崄竿歌

山崄惊摧车，山崄怕覆舟。奈何平地不肯立，沿上百尺高竿头。我不知尔是人耶猿耶复猱耶，教我见尔为尔长叹嗟。我闻孝子不许国，我闻忠臣不忧家。尔即轻命重黄金，忠孝全亏徒尔夸。常将崄艺悦君目，终日贪心媚君禄。百尺高竿百度沿，一足参差一家哭。崄竿儿，听我语，更有崄竿崄于汝。解从上处失君恩，落向天涯海边去。崄竿儿，尔须知，崄处欲往宜尔思。上得欲下下不得，我谓此辈崄于崄竿儿。

酒 令

　　涓与王司空锴等小酌，巡故字令。锴举一字三呼，两物相似。锴令曰：乐乐乐，冷淘似馎饦。

　　涓曰云云，合座大哈，涓独不笑，但仰视长啸而已。

巳巳巳，驴粪似马屎。以上《鉴诫录》四《轻薄鉴》

尹 鹗

嘲李珣

　　宾贡李珣，字德润，本蜀中土生波斯也，少小苦心，屡称宾贡。所吟诗句，往往动人。尹校书鹗者，锦城烟月之士，与李生常为善友。遽因戏遇嘲之，李生文章，扫地而尽。诗曰：

异域从来不乱常,李波斯强学文章。假饶折得东堂桂,胡臭薰来也不香。《鉴诫录》四《斥乱常》

陈　裕

裕,秀才。下第游蜀,唯事唇喙,睹物便嘲。其中数篇,亦堪采择,虽无教化于当代,诚可取笑于一时。

咏浑家乐 二首

晨起梳头午不休,一窠精魅闹啾啾。阿家解舞《清平乐》,新妇能抛白木球。著绿桃牌吹觱篥,赐绯盟器和《梁州》。天明任你浑家乐,雨下还须满舍愁。

北郡南州处处过,平生家计一驴驮。囊中钱物衣装少,袋里燕脂胡粉多。满子面甜糖脆饼,萧娘身瘦鬼常娥。怪来唤作浑家乐,骨子猫儿尽唱歌。

过 旧 居

昔日颜回宅,今为裹饭家。不闻吟秀句,只见馎—作铺油麻。豆汁锅中沸,粗糕案上苞—作爬。朝朝唯早起,檐从自排衙。

有一秀才忽赎酒家青衣为妇—作活因嘲之

秀才何事太匆匆,琴瑟无媒便自通。新妇旋裙才离体,外姑托布尚当胸。菜团个个皆钳项,粳米头头尽髯鬇。一自土和逃走后,至今失却亲家翁。

咏大慈寺斋头鲜于阇梨

酒肉终朝没阙时,高堂大舍养肥尸。行婆满院多为妇,童子成行半是儿。面折掇斋穷措大,笑迎搽粉阿尼师。一朝若也无常至,剑树刀山不放伊。

放 生 池

> 大慈寺东北有池,号曰放生池。蜀人竞以三元日,多将鹅鸭放在池中。裕因谒主池僧不遇,当门书一绝句,自此放生稍息矣。

鹅鸭同群世所知,蜀人竞送放生池。比来养狗图鸡在,不那阇梨是野狸。

咏 深 沙

> 裕后咏深沙一绝,因暴疾而终,亦由神折天年,抑又神其灵也。诗曰:

瞋一作“横”眉努目强乾嗔,便作阎浮有力神。祸福岂由泥担汉,烧香供养弄蛇人。以上《鉴诫录》十《攻杂咏》

蒲禹卿

> 禹卿,成都人。自右补阙,出为秦州节度判官。

题 驿 门

> 禹卿会后主东游,上表极谏,及后主被诛,禹卿痛哭,题诗于驿门而遁。雍守捕之,禹卿已还蜀矣。

我王衔璧远称臣,何事全家并杀身。汉舍子婴名尚在,魏封刘禅事独新。非干大国浑无识,都是中原未有人。独向长安尽惆怅,力微

何路报君亲。《鉴诫录》七《陪臣谏》

卢　诰①

寄弟诗

　　唐末,卢拾遗议与郑中舍延休作赘,三年不归陕下。共兄诰以诗让之,诗意甚乖昆仲之礼。卢议呈其太山中舍,并女遣之。诰寄弟诗曰:三年作赘在京城,著个绯衫倚势行。夜夜贪怜红粉女,朝朝浑忘白头兄。亲情别后饥寒死,仆使归来气宇生。世上可能容此事,算来天道不分明。《鉴诫录》八《非告勒》

　　①郑延休官中书舍人为咸通末年事,详岑仲勉《翰林学士壁记注补》十二,因知卢诰即其时人。

马彦珪

　　彦珪,合州石镜宰。本遂州长江县富庶之子。晚亲文笔,未识风骚,谬学滑稽,语多讥诮。

因聘女自为内相醉酬新郎催妆之诗

　　诗意风艳之甚,亲族闻者,莫不笑之。
莫飞篇翰苦相煎,款款容人帖翠钿。不是到来梳洗晚,却忧玉体未禁怜。同上。

拓　善①

和韦庄贺陈咏归蜀　句

　　唐前朝进士陈咏,眉州青神人,有诗名,善弈棋。昭宗劫迁,驻跸陕郊,是岁策名归蜀,韦书记庄以诗贺之。又有乡人拓善者,属和韦诗,其略云云,讥其比涤器当垆也。谬称冯副使涓诗,以涓多谐戏故也。或云:蜀之拓善者作此诗,假冯公之名也。

让德已闻多士伏,沽名还得世人闻。[2]《北梦琐言》七

①拓善,《唐诗纪事》卷七十一引作"乡中有嫉善者",疑"拓善"并非人名。 ②《全唐诗》卷七九六收二句于无名氏下。

冯 铢

铢,仕前蜀武成为盘石令。

灵 岩 秋 月

青松崖上紫云生,崖下仙人约旧盟。驻马看碑惊化鹤,暮云回首万家城。《蜀中名胜记》八《成都府·资县》

范禹偁[①]

简 州 句

使君桥柳凝清镜,玉女山烟展画屏。

绕城山雪自妆点,三县人烟共接连。《舆地纪胜》一四五《简州》

①《全唐诗》无范禹偁诗,兹据《十国春秋》卷五三补传:范禹偁,九陇人。天成中登第,孟知祥以为蒙阳令,入侍太子。后蜀后主孟昶嗣位后,累兼翰林学士,曾兼简州刺史。蜀亡,从后主归宋,授鸿胪卿,开宝三年尚在世。(参张忱石考证)

贯 休

夏雨登干霄亭上宋使君 二首

霁色澄鲜鼙映红,干霄亭上望无穷。蝉惊残雨疑秋虿,雷傍严城报

岁丰。归庙片云衔紫电，立查双鹤唳仙风。自怜四郡干戈日，得在文翁教化中。

邹鲁封疆禾稼浓，清吟孤坐思重重。新诗几献蓬莱客，远梦仍归菡萏峰。野果一枝堪荐茗，落霞数片欲烧松。如何深得冥搜癖，月磬声声归去慵。

宋使君罢新定移出东馆 二首

无为政化更何为，到即生人妪煦肥，必似汉高三杰去，且将刘宠一钱归。玉阶香惹麒麟步，银汉风驱鸳鹭飞。为报蒸民莫惆怅，陶钧及尔更光辉。

祖筵四面烟花合，江馆深冬归思长。火旆画旗风焰焰，橘洲渔舍浪茫茫。听歌几入红兰榭，坐隐频升白玉堂。今数不如沙碛雁，天边一一得随阳。

寄杭州宋使君 公初罢睦州

一自双旌下钓台，望风吟苦冻云开。即归紫阙天非远，犹忆乌龙首独回。高节似僧僧共坐，暮潮如雪雪中来。应知新定苍生泪，洒向东风祝上台。

游严陵钓台

雪浪皑皑万古情，岸边台占子陵名。一时大器开将与，数尺渔竿谁不擎。危榭高碑镌籀字，沧洲老鹤识先生。游人到此慵归去，庭树孤猿有好声。

新定江边作

江边山顶深秋时，身闲潇洒心无为。石头青草取次坐，松风竹风撩

乱吹。数声好鸟来依我,一点征帆去是谁。惆怅古贤何处在,潺潺
夕照满江湄。日落山照耀,即此处也。以上《严陵集》二

送轩辕先生归罗浮山

　　　初,贯休诗名未振。时南楚才人,竞以诗送轩辕先生归罗浮山,计百
　　余首矣。后贯休因吟一章,群公于是息笔。
玉房花洞接三清,谩指罗浮是去程。龙马便携筇竹杖,山童常使茯
苓精。曾教庄子抛卑吏,却唤轩皇作老兄。再见先生又何日,只应
频梦紫金城。《鉴诫录》五《禅月吟》

杜光庭

题 天 坛

壁立三千仞,坛高接尾箕。顶藏青玉髓,腰隐紫金芝。月挂虚皇殿,
云封太乙池。洞天人迹少,鹤宿万年枝。《古今图书集成·山川典》四六《王
屋山部》①

　　①《正统道藏》本杜光庭《天坛王屋山圣迹记》收此诗于通真道人名下。通真道人生
　　平未详。乾隆《济源县志》卷十六作姚合诗。

上清宫　句

十年重到上清宫,石磴泉梯屈曲通。《舆地纪胜》一五一《永康军》

光 业

　　光业,僧门佑圣国师。

征李怀杲—作果嘲道门

云锁涪江水似天，又闻怀杲已升仙。强思齐见应催胆，张茂卿闻必耸肩强与张二玄士。三尺霜刀—作锋充绛节，两条朱棒替香烟。报伊广德先生道，社稷威灵为偶然。

山上擒来镇里收，天然模样已成囚。妄占气色为征兆，更引文章说御楼。长榜数张悬市内，短刀一队送江头。旋驱旋斩教随水，只此名为正道流。①

　　①以上二首原作一首，从赵遂之说分为二首。

嘲道门进《武成混元图》

夜深灯火满坛铺，拔剑挥空乱叫呼。黑撒半筐兵甲豆，朱书一道厌人符。重臣喂饲刚教活，圣主慈悲未忍诛。佛说毗卢三界了—作"乃三界，如何更有《混元图》。

杨德辉

　　德辉，道门威仪，住玉局观。

征青州长老嘲僧门

堪笑青州学坐禅，不供父母不耕田。口中虽道无诸相，心里元来有外缘。行者趁教门里卧，尼师留在脚头眠。高标不使观音救，徒说三千与大千。

出家比要离生缘，争是争名更在先。说法谩称狮子吼，魅人多使野狐涎—作禅。行婆饷送新童子，居士抄条施利钱。蚕食万民何所用，转教海内有荒田。①

①以上二首原作一首,从赵遂之说分为二首。

嘲僧门祝辟支佛牙

比来降诞为官家,堪笑群胡赞佛牙。手软阿师持磬钹,面甜童子执幡花。纵饶黎庶无知识,不可公王尽信邪。捧拥一函枯骨立,如何延得寿无涯。以上《鉴诫录》六《旌论衡》

李如实 以下后蜀

> 如实,初事梁末帝,以直谏谪郑州,再贬汝州副使。梁亡,入成都。后蜀孟知祥知其贤,拜户部侍郎,卒。

落韵诗 二首

路傍伤羸牛,羸牛身已老。两眼不能开,四蹄行欲倒。牛曾少壮时,岁岁耕田旱。耕却春秋田,驾车长安道。今日领头穿,无人饲水草。喘也不能喘,问也没人问。

炎蒸不可度,执一作候,又作赖尔生凉风。在物诚非器,于人还有功,殷勤九夏内,寂寞三秋中。想君应有语,弃我如秋扇。《鉴诫录》三《落韵贬》

令狐峤

> 峤,仕孟知祥父子,官至秘书监。

明庆节散后赠左右两街命服僧玄

却羡僧门与道门,元年今日紫衣新。可怜州县祁评事,尽向荷衣老却身。

咏有年官健

六十休论少壮时，尉迟功业拟奚为。高声念佛寻街者，尽是拗一作拘
停老健儿。以上《鉴诫录》四《蜀门讽》

郑云从

云从，后蜀秀才。

咏人祀圣君诗

祸福从来岂自主一作由，俗情淫祀也堪愁。拜时何用频偷眼，未必泥
人解点头。同前

向　瓒①

瓒初事孟知祥为行军司马，后累加仆射。

乘烟观蒋炼师

蒋甚伟，非妇人之状。　今按：《南唐近事》有陈沆讽庐山道士绝句，
与此大同小异。②

怪得盘跚不上升，白云蹋绽紫云崩。龙腰凤背犹嫌软，须问麻姑借
大鹏。同前。

①曹汛谓向瓒为何瓒之误。《全唐诗》卷七六九收何赞，亦应作何瓒。事迹见《新五
代史》卷二八本传。　②陈诗收《全唐诗》卷七五七。《鉴诫录》成书早于《南唐近
事》，诗以向作为近是。

勾龙逢

献贺捷诗

孟知祥入梓州,举子勾龙逢献诗云云,孟知祥嘉纳之。

唇齿论交岁月长,岂其率意忽颠狂。元戎统领三军战,巨孽奔冲一阵亡。莫讶潼江刚入寇,都缘锦浦合兴王。武功盖世光前后,堪向青编万古扬。《全五代诗》五七引《十国春秋》①

① 见《鉴诫录》卷一《知机对》、《十国春秋》卷四八《后蜀高祖本纪》。孟知祥入梓州,为长兴三年五月间事。

欧阳炯

凌霄花

凌霄多半绕棕榈,深染栀黄色不如。满树微风吹细叶,一条龙甲飐清虚。《古今图书集成·草木典·茗部》

杜仁杰

至真观 三言诗

仁杰善导气烹炼之术。孟知祥镇西川时,来蜀留诗至真观壁间。

坤所载,乾所帱,象与形,孰朕兆?纬五行,环二曜,流百川,何浩浩。四海晏,九河导,峙而山,亦多号。神有岳,山有峤,粤庙一作"天"坛,稽一作"极"道妙。巉孤峥一作"撑",未易到,日出没。见遗照。偃东西,绝海徼,倏光怪,来熠耀。大龙烛,细萤爝,不恒出,赴感召。笙嘹亮,鹤窈窕,羽人路,屯其要。青螺堆,玉簪峭。左参井,右丹灶,揭清虚,不二窍。昔王人,往昭告,始轩辕,末徽庙。接柴望,咸亲燎,莽劫灰,起天烧。摧栋宇,失朱缥。群鹿逐一作"豖",杂蓬蘲,予何为,一来吊,必胜废,乃大造。圣之作,贤者绍,矧玄元,语秘奥。探愈远,理益耀,征是理,万有耗。文虽径一作"怪"实非剽,庶今来,永为诏。《全蜀艺文志》二三、《十国春秋》五七①

①《正统道藏》本杜光庭《天坛王屋山圣迹记》末附录此诗,署"齐人杜仁杰撰",末署"至元二十六年五月□日"。至元为元代年号。台湾学者编《元人传记资料索引》有杜仁杰小传云:"杜仁杰,字仲梁,号止轩,原名之元,字善夫,济南长清人。金末隐内乡山中。至元中屡征不起。"为综合多种资料编成。姓名、籍贯、时代皆相符,是诗应即此人所作。《十国春秋》卷五七云其为孟知祥时人,不详所据。宋前典籍中无此记载。作五代人恐误。诗姑仍存,俟续考定。

张　峤

　　峤,字平云,蜀人。学释氏法,人谓之居士。著有《参玄录》、《玄珠集》、歌行句偈百馀篇。

偈　诗

毳流来问我家风,我道玲珑处处通。顷刻万邦皆遍到,途中曾未一人逢。

句

　　有勾居士问:"不拘生死者,愿师直指。"峤答云:
非干日月照,昼夜自分明。

　　又问:"百亿往来非指的,光明终不碍山河时如何?"峤答云:
红尾漫摇三尺浪,真龙透石本无踪。以上《茅亭客话》三

勾令玄

　　令玄，亦居士，蜀都人。宗嗣张峤。有学人问答，随机应响。著《火莲集》、《无相宝山论、》《法印传》、《况道杂言》百馀篇。

敬礼瓦屋和尚塔偈 瓦屋和尚名能光，日本国人。

大空无尽劫成尘，玄步孤高物外人。日本国来寻彼岸，洞山林下过迷津。流流法乳谁无分，了了教知我最亲。一百六十三岁后，方于此塔葬全身。同上。

　　①勾令玄，原作勾令元，为清人讳改，从穴研斋影宋本《茅亭客话》改。

淘沙子

　　居蜀大东寺养病院，不知所从来及名氏。辛酉岁隐迹携畚锸，日循街坊沟渠内淘泥沙，时获碎铜铁及诸物，以给口食，人呼为淘沙子。能诗，或讥讽时态，或警励流俗，或说神仙之事。后乃出去不归。

诗

九重城里人中贵，五等诸侯阃外尊。争似布衣云水客，不将名字挂乾坤。同上。①

　　①《全蜀艺文志》卷二三、《全唐诗》卷七六一收此诗为丁元和作，《全五代诗》卷六十云丁元和号淘沙子。《茅亭客话》卷四载丁元和事迹较详，与卷三所载之淘沙子似非一人。

宋自然①

遗　诗

心是灵台神是室，口为玉池生玉液。常将玉液溉灵台，流利关元滋百脉。百脉润，柯叶青，叶青柯润便长生。世人不会长生药，炼石烧丹劳尔形。《茅亭客话》四

①《全唐诗》无宋自然诗，兹据《茅亭客话》补其事迹：宋自然，长兴中遂州贫士，常于街市中行乞。孟知祥攻围遂州时，饿殍于州市。后有人云曾于潞州见之，又于其埋处得遗诗一纸。

慈　觉僧

慈觉，字法天，姓刘氏，自王蜀末游南方，至孟蜀初归住，称大觉禅师。有《禅宗至道集》行于世。

书妙圆塔院张道者屋壁

蜀大东门外有妙圆塔院，僧名行勤，俗姓张氏，人以其精于修行，因谓之道者。

成都有一张道者，五十年来住村野。只将淡薄作家风，未省承迎相苟且。南地禅宗尽偏参，西蜀丛林游已罢。深知大藏是解粘，不把三乘定真假。张道者，傍沙溪，居兰若，草作衣裳茅作舍。活计生涯一物无，免被外人来借借。寅斋午睡乐哈哈，檀越供须都不谢。沿身不直五分铜，一句玄玄岂论价。张道者，貌古神清不可画。鹤性云情本自然，生死无心全不怕。纵逢劫火未为灾，暗里龙蛇应叹讶。张道者，不说禅，不答话，盖为人心难诱化。尽奔名利谩驰驱，个个

何曾有般若。分明与说速休心，供家却道也烂也。张道者，不聚徒，甚脱洒，不结远公白莲社。心似秋潭月一轮，何用声名播天下。《茅亭客话》三

村寺僧

蒸　豚

　　王中令既平蜀，捕逐馀寇，与步队(队伍)相远，饥甚，乃入一村寺中。主僧醉甚箕踞，公怒，欲斩之。僧应对不慑，公奇而释之。间求蔬食，僧云："有肉无蔬。"公益奇之。馈以蒸豚头，食之甚美。公喜，问僧："止能饮酒食肉耶，抑有他技耶？"僧自言能诗。公令赋蒸豚诗，援(操)笔立成。诗云(见下)。公大喜，与紫衣，赐号为蜀中诗僧。

嘴长毛短浅含膘，久向山中食药苗。蒸处已将蒸叶裹，熟时兼一作"更"用杏浆浇。红鲜雅称食盘饤一作"贮"，软熟真堪玉筋挑。若把膻根来比并，膻根只合吃一作"唤"藤条。《五代诗话》七引《百斛明珠》。《全五代诗》六十引《东坡志林》①

　　①见《仇池笔记》卷下、《苕溪渔隐丛话前集》卷五十七。

王承旨　失名①

咏后主出降　《后山诗话》以为花蕊夫人作，但前二句多异文

蜀朝昏主出降时，衔璧牵羊倒系旗。二十万军齐拱手，更无一个是男儿。《鉴诫录》五《徐后事》

　　①王承旨，应即王仁裕，详《全唐诗续拾》卷四二。

全唐诗续补遗卷一四 十国四

詹敦仁

题 九 仙 山

太白歌中昔未闻,佛天高处却逢君。姓名不落人间世,何事今朝不望云?

题二石将军

屹然相对两将军,化石经年久卧云。待把山河还圣主,肯随方国策元勋?

题 佛 耳 山

我爱佛耳山,来偷一日闲。不见佛耳面,愧汗不开颜。有时见佛耳,与山重往还。以上《嘉靖安溪县志》七

介庵赠古墨梅酬以一篇

开屏展素看梅花,淡蕊疏枝蓦蓦斜。墨散馀香点酥萼,月留残影照窗纱。《永乐大典》二八一二"梅"字韵

清 隐 堂

一间茅屋宽容膝,半亩蔬园剩供厨。静把旧书重点勘,旋沽美酒养

疏愚。一本作"纵教穷鬼每揶揄"。同上七二三九"堂"字韵

题舫斋 原作詹时泽诗,敦仁字君泽,疑即一人。

尖头屋子不嫌低,上有青山下有池。一阵东风拂松响,恰如蓬底雨来时。同上二五四〇"斋"字韵

詹　珏
承清隐命访刘处士已殁因吊以诗

凤髻山前凤阁郎,耕云钓石久荒凉。我来吊旧多悲感,一纸哀辞酹一觞。《嘉靖安溪县志》七

雨后溪边见早梅

老干疏枝浸寒碧,浅香孤韵带微霜。迎风破萼未全折,含笑佳人对晓妆。

又　一　本

老干疏枝浸寒碧,浅香孤韵湛清晨。招魂不用开屏障,惟有诗情当写真。《永乐大典》二八〇八"梅"字韵

诏福建置惠民仓呈陈守御史

闽邦赤子近来王,圣主忧勤念远方。酌取古人救荒政,颁为今日惠民仓。备先水旱民亡瘠,弊在侵移数谩张。我愿丰君谨刑政,雨旸时若自平康。同上七五一八"仓"字韵引詹珏《清隐集》

慧　稜 僧

　　慧稜，海盐人。幼出家苏州通伭寺。天祐三年泉州刺史王
延彬请住昭庆。后闽王召居长乐府长庆院，号超觉大师。长兴
三年归寂。

　　慧稜参灵云问佛法。云曰："驴事未来，马事到来。"稜于是
往雪峰、玄沙。二十年间，坐破七蒲团，不明此事。一日卷帘，
忽大悟曰："也大差"云云。峰谓沙曰："此子彻去也。"沙曰："此
是意识著述，更须勘过始得。"至晚上堂，稜又口占一颂。峰乃
顾谓沙曰："不可更说是意识著述。"后得度者千五百众。

卷帘大悟

也大差，也大差，卷起帘来见天下。有人问我解何宗，拈起拂子劈觜
打。

又口占一颂

万象之中独露身，惟人自肯乃相亲。昔时谬向途中觅，今日看来火
里冰。《全五代诗》八七引《槜李诗系》①

　　①见《槜李诗系》卷三十。二诗最早出处为《景德传灯录》卷十八，又见《五灯会元》
卷七。"劈觜"，二书作"劈口"；"相亲"，二书作"方亲"；"看来"，《景德传灯录》作"看
如"。

清　豁 ①

过三岭苎溪

世人休说行路难，鸟道羊肠咫尺间。珍重苎溪溪〔畔〕(上)水，汝归

〔沧〕(苍)海我归山。《古今图书集成·职方典》一〇五二《泉州府部》②

①《全唐诗》卷八八八收清豁诗一首,无传,兹据《景德传灯录》卷二二、《宋诗纪事》卷九一补其事迹:清豁,福州永泰人,俗姓张。嗣睡龙道溥禅师,住漳州保福院。刺史陈洪进表奏,赐号性空禅师。太平兴国元年卒。原收入时代未详僧,今移此。

②《景德传灯录》卷二二以此诗为清豁"遗偈",今据以校改。

石仲元

仲元,字庆宗。五代末,桂林七星山道士。以能诗名。有《桂华集》。

阳 朔 道 中

平原翠削万琼瑰,顿觉尘沙眼暂开。文网牵人宁底急,未妨得意看山来。《全五代诗》六一①

①《古今图书集成·职方典》卷一四〇六《桂林府部》收此诗,题作《寿阳山》,第二句"暂"作"渐",第四句"得意"作"特特"。

马希振 以下楚

与何致雍僧贯徽联句

马希振为鼎州节度使,马氏诸子〔中〕白眉也。与门下客何致雍、僧贯徽联句。

青蛇每用腰为力。希振。 红苋时将叶作花。贯徽。

蚁子子衔虫子子。希振。 猫儿儿捉雀儿儿。致雍。①《五代诗话》六引《续归田录》②

①《续归田录》谓此二句为"又见蚁子缘砌"作。 ②见《增修诗话总龟》卷二引《续归田录》。

徐仲雅

潭　州 讽楚王之侈　今按:《全唐诗》只有后二句。

千里潇湘琴瑟流,因思旧宅在鳌头。凿开青帝春风浦,移下嫦娥夜月楼。《永乐大典》五七七〇"沙"字韵

王　元

元,字文元,桂林人,后终于长沙。

吊贾岛 句

江城卖药常将鹤,古寺看碑不下驴。《五代诗话》引《南唐逸史》①

　①见《增修诗话总龟》卷十一引《唐宋遗史》,云为"王元赠诗"。

曾　弼 《全五代诗》六四误作鲁弼

弼,长沙人,依逸人王元为诗友。①

宿玉泉寺 句

山偷半庭月,池印一天星。

君　山 句

翠压鱼龙窟,寒堆波浪心。以上《诗话总龟》十四引《雅言系述》

　①杨亿《武夷新集》卷八《刘氏太夫人天水县太君赵氏墓碣铭》:"一女适曾弼,举进士,终殿中丞。"赵氏卒于景德二年,年八十六。

翁　宏

宏,字大举,桂岭人,寓居韶、贺间。

南越行 句

因寻买珠客,误入射猿家。

细　雨 句

何处残春夜,和花落古宫。"古"一作"汉"

途中逢宫人 句

孤舟半夜雨,上国十年心。以上《诗话总龟》十一《雅什门》引《雅言系述》

塞上曲 句

风高弓力大一作满,霜重角声枯一作"乾"。

海中山 句

客帆来异域,别岛落蟠桃。

中秋月 句

寒清万国土,冷浸一作斗四维根。以上《诗薮杂编》四①
　　①以上三题,均见《增修诗话总龟》卷十一引《雅言系述》。

王　鼎

鼎,字则之,湖湘人。

鸂　鶒

栖息应难近小池,性灵闲雅众禽希。蒲洲日暖依花立,渔浦烟深贴浪飞。遗羽参差沾水沫,馀踪稠叠印苔衣。晚来林径微风起,何处相呼著对归。

洪州西山 句

林泉空有东西路,风月难寻十二家。以上《全五代诗》六二引《诗话总龟》①

①见《诗话总龟》卷三二引《拾遗》。

曹　崧①

衡阳人。《诗薮杂编》四列为五代。原按:"唐有曹松,即'一将功成万骨枯'者,非此也。"

题衡山寻仙观 句

千年松引东陵鹤,三级芝田草木香。

赠陈先生 句

读《太玄经》秋醮罢,注《参同契》夜灯微。

经罗大夫故居 句

鹿眠荒圃寒芜白,鸦噪残阳败叶飞。②以上《诗话总龟》十四《警句门》引《雅言系述》

①原作"松",据《四部丛刊》影明本《增修诗话总龟》卷十四校改。　②《全唐诗》卷七一七据《锦绣万花谷》误收此诗于舒州人曹松名下。

任　鹄

鹄，字〔射〕(躬)己，湘阴人，富有学问。

题 君 山

不碍扬帆路，盘根压洞庭。波涛四面白，云外一堆青。鱼跃晴波动，龙归石洞腥。才期托名画，为我簇为屏。

送王正己归山

五峰青拄天，直下挂〔飞〕(龙)泉。琴鹤同归去，烟霞到处眠。鼯跳霜叶径，虎啸夕阳川。独酌应怀我，排空树影连。以上《诗话总龟》十五引《雅言杂载》

陈　谊

谊，吉州人。

题 螺 江 庙

庙里杉松萧飒〔风〕(飒)，庙前江水碧溶溶。凭栏不见当时事，落日远山千万重。《诗薮杂编》四引《郡阁雅谈》①

①见《增修诗话总龟》卷十六引《郡阁雅谈》、《吟窗杂录》卷四九引《江表志》。据后书，陈谊应为南唐时人。

蒋维东

维东，字孟阳，零陵人。①

旅　中 句②

未有一夜梦,不归千里家。

落　花 句

流水从将去,春风解送来。以上《五代诗话》六引《零陵总记》③

①宋马永易《实宾录》卷十一《山长》条云:"五代零陵蒋维东好学,能属文。乾祐中
尝隐居衡岳,从而受业五十馀人,号维东为山长云。"　②《诗话总龟》题作《旅中书
怀》。　③见《增修诗话总龟》卷二十一引《零陵总记》。

胡　擢

　　擢,善画草木花鸟,博学能诗,气韵超迈,飘飘然有凌方外
之致。擢常谓其弟曰:"吾诗思若在三峡间闻猿声时。"其高逸
如此。(《宣和画谱》十五,参《人名大辞典》)

句

瓮中每酝逍遥药,笔下闲偷造化功。《五代诗话》六引《图画见闻志》①

①见《图画见闻志》卷二。

孟　蝦

　　蝦,连山人。性落拓,溺于歌酒赋咏。复捷江右士颇奇
之。①后仙去。

送 成 务 崇

　　宋初奄有金陵,孟宾于先居连上,蝦兴国中亦自吉水还故乡,逾年

卒。书生成务崇因游庐山,与蝦有忘年之分。兴国中见蝦,且言自连上来
游江左,时有诗送成务崇云云。务崇询于连上知交,皆言蝦卒已十馀年
矣。

同呼碧嶂前,已是十馀年。话别非容易,相逢不偶然。多为诗酒役,
早免利名牵。幸有归真路,何妨学上玄。《全五代诗》六五引《雅言杂
载》②

①"复捷江右士颇奇之",《诗话总龟》作"后捷名,不欲止,江左士人颇奇之"。　②
见《增修诗话总龟》卷四四引《雅言杂载》。

赠史虚白 句

诗酒独游寺,琴书多寄僧。《诗薮杂编》四引《郡阁雅谈》①

①与前条同见《增修诗话总龟》引《雅言杂载》。《诗薮》误作《郡阁雅谈》。

陆　蟾

　　蟾,寓居潭州攸县司空山。好神仙事,多辟谷累月。雍熙
中服药卒。①

题庐山瀑布

正源人莫测,千尺挂云端。岳色染不得,神功裁亦难。夏喷猿鸟浴,
秋射斗牛寒。流到沧溟日,翻涛更好看。②

春暮经石头城

六朝多少事,搘肘思悠悠。落日空江上,子规啼渡头。蒹葭侵〔坏〕
(废)垒,烟雾接沧洲。今古分明在,那堪向九秋?以上《诗话总龟》十五引
《雅言杂载》

①北宋释契嵩《镡津文集》卷十三有《陆蟾传》,云蟾为藤州镡津人,有王霸大略,以

能诗名于楚越间，后客死于攸县司空山。又引高阆语称为国初人。　②《陆蟾传》所引，题作《瀑布咏》，"正源"作"灵源"，"浴"作"凝"，"射"作"溅"，"流"作"待"，"翻"作"为"。

司空山闻子规

后夜入清明，游人何处听？花残斑竹庙，雨歇岘山亭。树罅月欲落，窗间酒正醒。众鸟方在梦，谁念尔劳形？《诗话总龟》十一引《雅言系述》

栖　岩 僧

题祝融峰 句

开云西边尽，浮世一齐低。《五代诗话》七引《青琐集》①

①见《青琐高议前集》卷九。栖岩，疑为栖蟾之误。《全唐诗》卷八四八收其南岳诗多首。

卖药道人

无 事 歌

　　长沙狱椽任福祖，〔拥〕(推)驺吏出行。有卖药道人行吟云云。福祖审思，岂非异人，急遣访求，已出城矣。

无事歌，呵呵亦呵呵，哀哀亦呵呵。不似荷 叶参军子，人人与个拜〔顷〕木，大作厅上假阎罗。《清异录》三①

①据商务排印本《说郛》卷六一引《清异录》校补。

蒋　肱

上成汭 句《全唐诗》七一九误作路德延

　　荆南旧有五花馆，待宾之上地也。故蒋肱上成汭诗云：

不是上台名姓字，五花宾馆敢—作"收"从容。《南部新书》癸

赵　节 北汉

　　节，蒲中人。博赡刚直，乡人敬之。

炉　火　诗

近冬附火为泰火，透春拥炉成否炉。用否随时有轻重，进身君子合知无。《清异录》一

全唐诗续补遗卷一五 无世次

史维翰

漳　州

漳溪郡有佳山水,迁客因之作胜游。怪石千峰耸晴巇,枯槎百尺拥寒流。《舆地纪胜》一三一《漳州》

吴　资

八　公　山

嘉庆志按《江南通志》引《纲目集览》云:"山在寿春者,淮南王与八公憩处;在巢县者,王遇八公处。"《方舆胜览》以为晋败苻坚处,非是。

幼度提晋师,胡卒惊鹤唳。城外军屯垒,可数不可计。至今风雨夜,鬼哭杂异类。《光绪续修庐州府志》六《山川志》上

教　弩　台

《方舆胜览》:教弩台在怀德坊明教寺。旧经云:昔魏武帝筑台,教强弩五百人,以御孙权棹船。唐大历间因得铁佛高一丈八尺,刺史裴绢奏请为寺。①

曹公教弩台,今为比丘寺。东门小河桥,曾飞吴主骑。同上十一《古迹志》②

①裴绢,疑应作裴谓,详《唐刺史考》卷一二九。 ②《舆地纪胜》卷四五《庐州》收以上二诗,题作《合肥怀古》。

李 渭

游北岩 句

淮阳清净理,永嘉山水心。《蜀中名胜记》八《成都府·资县》

①《新唐书·宰相世系表》赵郡李氏东祖房有李渭,为长洲主簿李暄之子。《蜀中名胜记》卷八引《蜀志补遗》云:"唐李渭为刺史,有游山诗云(诗略)。刻于等慈寺壁。"另参后文。 ②《舆地纪胜》卷一五七云:"李渭为本州刺史,有诗刻留等慈寺,时与前进士崔公辅同游,崔有诗略曰:淮阳清静理,永嘉山水心。"二句诗颂扬刺史善政多才,以崔作为近是。崔公辅为杜甫同时人,详《全唐诗续拾》。

李钦止①

汉武帝祈仙台

《三秦记》:"坊州桥山有汉武帝祈仙台,高百尺。"李钦止题诗云:
四方祸结与兵连,海内空虚在末年。漫筑此台高百尺,不知何处有神仙。《永乐大典》二六〇四"台"字韵

①李钦止,疑非唐人。《大典》殆据《类编长安志》卷三。

施 逵

丫 头 山

何不梳妆嫁去休,常教人唤作丫头。只因不信良媒说,耽阁千秋与万秋。《古今图书集成·职方典》二八四《黄州府部》①

①弘治《黄州府志》卷七作苏轼诗。又按:《西塘集耆旧续闻》卷六载南宋初施宜生

本名逸,曾至黄州作诗吊东坡,即此诗作者。

袁　吉①

金　华　山

金华山色与天齐,一径盘纡尽石梯。步步前登清汉近,时时回首白
云低。风偷药气名何限,水泛花光路即迷。洞口数声仙犬吠,始知
羽客此真栖。《古今图书集成·山川典》一二七《金华山部》

　　①光绪《金华县志》卷二称袁吉为"唐刺史"。

张　随

早春送郎官出宰

　　《全唐诗》七八一作袁求贤诗。　《文苑英华》一八九《省试》。

清远居士①

题透明岩安禄山题记后

　　透明岩,亦名栖真岩,在大蓬山。岩西曰禅窟,岩壁上有安禄山题记
云:"大唐先天二年,岁在辛丑,七月朔,安禄山敬造弥勒佛一龛。"有清远
居士题其后云云。王象之按:"先天二年即开元元年,是时禄山尚未显,以
相传之久,兼恐别有姓名偶同,姑两存之。"
妖胡作逆罪滔天,翠辇仓皇幸蜀川。千载业缘磨不尽。却来邀福向
金仙。《舆地纪胜》一八八《蓬州·景物》及《碑记》

　　①叶奕苞《金石录补》卷十二云:"居士不知何许人。颜鲁公于虎邱题咏,同游者亦
曰清远,未知即其人否。"

杨 逵

子 规

《全唐诗》二六七作顾况诗。 《文苑英华》三二九《禽兽》。

杨禹珪

题孟岩 句

郡虽饶胜境,偏爱此岩幽。《舆地纪胜》一五七《资州》

杨兴义[①]

和杜甫 句

莫嫌袍紫归家阻,且庆丰年雅俗安。

题秋风 句

霜风一夜将红叶,换尽江头万木青。《蜀中名胜记》二五《保宁府·巴州》

[①]《蜀中名胜记》称"唐进士杨兴义"。

厉 翼

送尹蔓回睦州

怜君授衣月,远作泛舟行。江阔桐庐岸,山深建德城。千寻乔木影,
七里暮滩声。兴尽当停棹,临流更濯缨。《严陵集》二

郑　详[①]

赠　妓

详纵情诗酒,至庐江谒郡守,留连吟醉,因赠妓曰:

台盘阔狭才三尺,似隔中当有阻艰。若不骑龙与骑凤,乐营门是望夫山。《诗话总龟》二三《寓情门》引《南部新书》

　①《登科记考》卷二二载会昌四年登进士第者有郑祥,汉南人,疑即此人。

独孤均[①]

题 莲 花 洞

路回千曲绕芝田,羽客相携访谪仙。石窦嵌空惟有迹,灵龛隐轸莫知年。来居洞里长无死,不出人间自有天。更欲不眠吟至晓,恐惊龙动起愁烟。

题含虚洞二首

高树猿啼乱水声,寻幽不觉洞中行。骊龙宿处云常暗,羽客归时路自明。别后已迷丹灶火,回来犹认玉童名。从今已去朝金阙,便隔人间五百生。

扪萝攀蹬步欹危,历览幽岩骇怪奇。泉石膏肓传亦久,神仙窟宅到何迟。真人鹿引非无路,洞府龙升自有时。但觉尘缘挹绝景,踌躇落笔愧题诗。以上《康熙徽州府志》二《婺源·山川》

　①光绪《婺源县志》卷六十二作独孤筠。

聂通志

经故宫女坟有感 二首

家国久随狂虏没，春芜又向冢头青。如今忆得当时事，为尔伤心一涕零。

长郊烟淡月华清，因醉荒坟半夜醒。失路孤吟不胜苦，暗中应有鬼神听。《万首唐人绝句》三五①

　　①此指明赵宧光、黄习远重订本。又见《才鬼记》卷七。

魏　证

沃　洲　山

一声清磬海边月，十里香风涧底松。何代沃洲今夜兴，倚栏干听赤城钟。《舆地纪胜》四《绍兴府》①

　　①《会稽掇英总集》卷四作魏微诗，为七律，此为后四句。然魏微平生未及东南，诗律成熟，亦非初唐所宜有。或另有魏证其人。参《全唐诗续拾》卷一。

清　范 岳麓僧

送芝上人游罗浮 二首

一瓶一锡十方游，挥麈湘南夜语投。四百好峰在何许？寄师双眼看罗浮。

此身政坐爱名山，投老求闲可得闲。遥夜相思千里月，想应骑虎度松关。《罗浮志》十《诗》

德　圆

云　门　寺

若耶溪边寺,幽胜绝尘嚣。一洞花将发,千岩雪未消。依阴生径竹,野色映溪桥。渐赏登高处,钟声应寂寥。《古今图书集成·山川典》一一四《云门山部》

澹　交

望　樊　川①

万树叶初红,人家树色中。疏钟摇雨足,积水浸云容。雪碛回寒雁,村灯促夜舂。旧山归未得,生计欲何从?《古今图书集成·职方典》五二〇《西安府部》

　　①《唐僧弘秀集》卷九、《瀛奎律髓》卷四七、《全唐诗》卷八二四收此作子兰诗,作澹交恐误。

觉　隐①

江　亭　晚　眺

独隐清江秋思长,晚潮初上水亭凉。海门云起双峦暝,一抹银花影夕阳。《古今图书集成·职方典》七八五《安庆府部》

　　①疑非唐人。

全唐诗续补遗卷一六 无名氏

战 城 南

战地何昏昏,战士如群蚁。气重日轮红,血染蓬蒿紫。乌鸟衔人肉,食闷飞不起。昨日城上人,今日城下鬼。旗色如罗星,鼙声殊未已。妾家夫与儿,俱在鼙声里。《文苑英华》一九六《乐府》

昭 君 怨

衔悲出汉关,落泪洒胡鞍。关榆三夏凉,塞柳九春寒。眉任愁中结,腰随带里宽。别曲易凄断,哀弦不忍弹。同上二〇四《乐府》

采 菱 女

白日期何去?青春只自矜,艳歌呈几曲,江畔采新菱。望浦思同济,轻舟喜共乘。翠—作叶将眉比色,声与调相应。荡漾微波散,清泠远水澄。更看池际影,若对玉壶冰。同上二〇八《乐府》

分柑子歌示诸小

痴男呆女愁杀人,偏呼小者大者嗔。粗衣粝食尽须一,何况异味兼时新。今朝楼下〔柑〕(甘)初熟,摘得一筐分不足。儿童岂待父母施,自各捻来—作"各自捻将"献兄叔。就中小女有所翳,(下缺)同上三三七《歌行》

哭从伯祭酒

剖符冯翊次,以疾拜司成。义重疏皆友,仁深怨不生。昔居南比省,
长话水云情。吟讽资高兴,丝纶发重名。经秋漳浦卧,一旦逝川声。
自古谁回得,重泉独往程。明灵辞魏阙,冬日冷秦宫。①孝子号天
护,铭旌引柩行。门阑容足迹,章句许才清。劣薄无因报,恩知岂谓
轻?扪膺词莫吐,奠酒泪先倾。从此阶前石,何人肯念贞?愚鲁献孤石
蒙赏孤峭　同上三○四《悲悼》

①"宫"字不韵,赵遂之校作"庭"。

杂　诗

旧山虽在不关身,且向长安过暮春。一树梨花一溪月,不知今夜属
何人?《万首唐人绝句》三八

碧 玉 潭

　　　潭在武康西一十里响应山之下,唐人有诗刻于岩上云:
水面平铺映碧空,夜深明月照龙宫。猿啼未响潭先响,一树花开两
树红。《舆地纪胜》四《安吉州·景物》

子 陵 山 洞

　　　在京山县南六十里,即严子陵隐所也。傍有石室名帝星井,寺曰净
　　安,尝有一星,光芒见井中。昔人赋诗云:
翩翩钓台翁,弊屣弃利禄。烟溪七里濑,风月一竿竹。平生知己谁?
故人刘文叔。三聘乃肯来,公卿指为辱。高风轻万乘,敢以足加腹。
居然动天象,下应太史卜。

帝　星　井

帝星胡为落此间？岂非此有子陵山。苍苍珉井一百丈，至今深夜光
芒寒。野老相传是陈迹，断碑摸索苔藓斑。往事恍惚不可问，青山
绿水空潺潺。以上《舆地纪胜》八四《郢州·古迹》。后一首又见《古今图书集成·职
方典》一一四七《安陆府部》

小　桃　源

　　曩有耕于小桃源得一铜牌，牌上有诗一绝云：

绰约去朝真，仙源万木春。要知窃桃客，定是会一作滑稽人。《舆地纪
胜》一六六《长宁军》

大力寺诗碣 巢县掘地得之

地去巢县十里分，招提名目古今存。风磨断础痕皴暗，雨剥残碑点
画昏。一道涧声飞石壁，两边山色锁云根。杜鹃花里啼幽径，往事
依稀似诉论。同上《补阙》三《无为军》

题　灵　鹫

灵鹫名山万古名，几回无事绕廊行。殿前流水晴尤急，塔上春云晚
自生。鹤傍经床听梵语，鸟窥斋钵候钟声。我来借得蒲团坐，归去
闲眠梦亦清。《咸淳临安志》八〇《寺观》

平　盖　山

平盖山高古木疏，昔人曾此筑仙居。井通八角寒泉涌，观毁三清劫
火馀。洗墨池边丹灶冷，系龙岩畔石潭虚。吟成独坐荒苔上，闲看
蜗牛学篆书。《蜀中名胜记》十二《眉州彭山县》

洞真观 在酃县北

玉洞瑶坛长冷落，真虚崖窦色常新。可怜城里悠悠者，不识潇湘四季春。同治《湖南通志》二三九《方外志·寺观》

沧浪寺 在沅江县南三十里

闲步沧浪野，栖禅竹作扉。浮生自有乐，尘虑总皆非。同上二四〇

玉乳泉壁间诗

骑马出门三月暮，杨花无奈雪漫天。客情最苦夜难度，宿处先寻无杜鹃。《重修丹阳县志》三四《艺文》

楚泊亭 二首

天垂六幕水浮空，霁月光风上下同。我向山头一舒笑，楚人还望白云中。

卷逃屈放两俱空，山止波流万古同。美恶不随天地老，断魂啼鸟一声中。《嘉靖常德府志》十九《赋咏》

黄　金　台

燕昭北筑黄金台，四方豪杰乘风来。秦家烧书杀儒客，肘腋之间千里隔。去年八月幽州道，昭君墓前哭秋草。今年五月咸阳关，秦家城外悲河山。河上关头车马路，残日青烟五陵树。见元人王恽《秋涧集》。《古今图书集成·职方典》二九《顺天府部》亦载此诗，题作《燕台》

题仙人洞石钟

我欲扣石钟，惊起洞中人。烟萝杳无际，空锁石门春。石洞何窈窕，

云是仙人庭。仙人渺何许？瑶草空自青。石洞窅且深，花落无人扫。仙翁去不还，何处寻瑶草。

盘　山

盘山高巍峨，半入青云里。中间最上峰，更向天边起。行行白石崖，六月不知暑。

题蓟州桃李寺

旧有桃花树，人呼寺故云。石危秋鹭上，滩远夜僧闻。汲井连黄叶，登台散白云。烧丹勾漏合，无处不逢君。以上孙承泽《天府广记》四二《失名唐人诗》，见石刻。

鲁　阳　城

豢术缘何竟醮龙，因迁僻壤隔云封。山迷故国芙蓉秀，水泻沙河玳瑁封。离黍何须发浩叹，荒城久矣属空墉。独怜辽鹤归何处，漫向深芊听晓钟。

思　父　台

驻马空山亲舍迷，不堪回首白云低。王师为国驱锋镝，争向儿家杖履追。以上《古今图书集成·职方典》四八八《汝州部》

桃川宫 方士，失名

流水回环日夕澄，烟萝石壁四时新。清风台上生瑶草，夜雨松根老茯苓。九转丹砂龙虎伏，千年剑气鬼神惊。道人今向蓬莱去，白鹤归来月满庭。同上一二六二《常德府部》。又同治《湖南通志》二四〇《方外志·寺观·桃源县》

圣寿寺 三首

石罅题诗纪别年,风烟南北各凄然,菖蒲坐我灵山下,犹借高人半日缘。

夕籁鸣寒雨,晴峰出翠屏。风尘吾独愧,鸿鹄下苍冥。

趺坐丛林下,朗吟白石巅。一丘盘曲处,中有老龙眠。《古今图书集成·职方典》一〇八五《兴化府部》

寒 亭

朔风凛凛雪漫漫,未是寒亭分外寒。六月火云天不雨,请君来此凭栏杆。同上一一四七《安陆府部》

缑 山 庙

独挹榴花夜向阑,诗情高寄碧云间。不知鹤驾人何在,笙月亭亭满故山。同上《山川典》六三《缑山部》

牡 丹

倾国姿容别,多开富贵家。临轩一赏后,轻薄万千花。同上《草木典》二八九《牡丹部》

纪 信 墓

纪信生降为沛公,草荒古冢卧秋风。不知青史缘何事,却道萧何第一功。乾隆《直隶秦州新志》十一《艺文·诗》

却 鬼 丸

走鹿枯风吼夜阑,颂花还喜向椒盘。人情此日非前日,岁事新官对

旧官。竹〔叶〕(里)莫辞终日醉,梅花已拚隔年看。书生但恐寒为祟,
不用朱泥却鬼丹。《岁时广记》五《元旦》

上元词 句

金吾不禁元宵,漏声更莫催晓。同上十《上元》引《唐西京新记》

中秋诗 句

端正月临端正树,韵香人在韵香楼。端正树,韵香楼,皆明皇故事。同上三一
《中秋》

句

　　东坡曰:"此唐人得意句。"

一鸠鸣午寂,双燕话春愁。《苕溪渔隐丛话前集》二四引《西清诗话》

简　池 句

　　简池独刘氏三溪号一郡之胜。

入蜀最宜游简郡,寻山须是访刘家。《舆地纪胜》一四五《简州》①
　　①诗后原注:"此古诗也,简池独刘氏三溪号一郡之胜。"刘氏指刘昊,北宋天圣中
　　人,其先人唐僖宗时迁简州。

东周诗 句

钟会垒边山月白,武侯桥畔水风清。同上一八六《隆庆府》

任氏行 句二

兰膏新沐云鬟滑,宝钗斜坠青丝发。
蝉鬓尚随云势动,素衣犹带月光来。《锦绣万花谷》十七①
　　①日本大江维时《千载佳句》谓《任氏行》为白居易作。

奉和咏雪应制 和太宗

寒云垂广幕，飘霰下天津。无辙方祇至，有感瑞气新。色映姑山质，舞对洛川神。忽奉瑶池韵，渐和郢中春。《文苑英华》一七三《应制》

句

　　开元中，有儒士登终南山，得句云："野迥云根阔，山高树影长。"私心自负，吟讽之际，忽闻空中语云："未若天河云云。"儒士不胜喜，以为己有。归夸于僧，智潜掩鼻笑曰："臭气可掬，何足多也。"儒士惊愕，遽以实告。自此又号为鉴文大师，有《浮沤篇》行于世。

天河虽有浪，月桂不闻香。《诗话总龟》八《评论门》引《零陵总记》

编入乐府词四首

山川虽异所，草木尚同春。亦如溱洧地，自有采花人。
受律辞元首，相将讨叛臣。咸歌《破阵乐》，共赏太平人。
四海皇风被，千年德水清。戎衣更不著，今日告功成。
主上开昌历，臣忠奉大猷。君看偃革后，便是太平秋。《万首唐人绝句》
三盛唐后①

　　①以上四首，原列卷三盖嘉运名下，按《万首唐人绝句》收盖嘉运《编入乐府词》凡十四首，应为指盖嘉运采辑奏进之作，而非指其所自作。十四首中，《全唐诗》已收入十首，皆非盖作。此四首，"山川虽异所"一首见《乐府诗集》卷七十三，题作《于阗采花》，作无名氏诗；其馀三首，《乐府诗集》卷二十均作《唐凯乐歌辞》，分别题作《破阵乐》、《贺圣欢》、《君臣同庆乐》，并引《唐书·乐志》云："太常旧有《破阵乐》、《应圣期》两曲歌辞，至大和三年始具仪注，又补撰二曲为四曲。"今据以移归无名氏之作。又按：《全唐诗》卷一五已收"山川"、"四海"、"主上"三首。

和渔父词 十五首

　　《颜鲁公集·逸诗存目》云："公与陆鸿渐、徐士衡、李成矩共和玄真

子(张志和)《渔父词》共二十五首。今惟志和词存,见《续仙传》。"系张志
和同时诸人倡和词,《直斋书录解题》有《玄真子渔歌碑传集录》一卷,可
参考。

远山重叠水萦纡,水碧山青画不如。山水里,有岩居,谁道侬家也钓
鱼。

钓得红鲜劈水开,锦鳞如画逐钩来。从棹尾,且穿腮,不管前溪一夜
雷。

桃花浪起五湖春,一叶随风万里身。车宛□,饵轮囷,水边时有羡鱼
人。

五岭风烟绝四邻,满川凫雁是交亲。风触岸,浪摇身,青草灯深不见
人。

雪色髭须一老翁,时开短棹拨长宛。微有雨,正无风,宜在五湖烟水
中。

残霞晚照四山明,云起云收阴又晴。风脚动,浪头生,定是虚篷夜雨
声。

极浦遥看两岸花,碧波微影弄晴霞。孤艇小,信横斜,那个汀洲不是
家。

洞庭湖上晓风生,风触湖心一叶横。兰棹快,草衣轻,只钓鲈鱼不钓
名。

胙艋为舟力几多,江头雷雨半相和。珍重意,下长波,半夜潮生不奈
何。

垂杨湾外远山微,万里晴波浸落晖。击楫去,本无机,惊起鸳鸯扑尘
飞。

冲波棹子橛头船,青草湖中欲暮天。看白鸟,下长川,点破潇湘万里
烟。

料理丝纶欲放船,江头明月向人圆。尊有酒,坐无毡,抛下渔竿踏水

眠。

风搅长空浪搅风,鱼龙混杂一川中。藏远淑,系长松,尽待云收月照空。

舴艋为家无姓名,胡芦中有瓮头清。香稻饭,紫莼羹,破浪穿云乐性灵。

偶然香饵得长鲟,鱼大船轻力不任。随远近,共浮沉,事事从轻不要深。《金奁集》

答张籍 句

元和中,长安有沙门(不记名氏)善病人文章,尤能捉语意相合处。张水部颇恚之,冥搜愈切,因得句曰:"长因送人处,忆得别家时。"径往夸扬。乃曰:"此应不合前辈意也。"僧微笑曰:"此有人道了也。"籍曰:"向有何人?"僧乃吟曰:(见下)籍因抚掌大笑。

见他桃李树,思得后园春。《唐摭言》十三

诮失婢榜诗 原情寄嘲 三首

抚养在香闺,娇痴教不依。纵然桃叶宠,打得柳花飞。晓露空调粉,春罗枉赐衣。内家方妒杀,好处任从归。

偷锁出深闺,风花何所依?想因乘月去,难道绰天飞。烛暗新垂泪,香凝旧舞衣。恩情如不断,还向梦中归。

揭榜讳因依,千声叫不归。头盘红缕髻,身著紫罗衣。夹带无金玉,窝藏有是非。请君看赏格,惆怅信音稀。汪立名辑本《白香山诗集·补遗》注引《尧山堂外纪》

咏二游女

大中年,有江淮郡守名郎,登楼纵饮,见二游女罗衣飘飘,目送久之,因咏曰：

两朵红英值万金，教人不负看花心。高楼日晚东风急，吹落千家何处寻？

摄中郎将作诗

在省日，宣宗顾问称旨，摄中郎将，有诗曰：（见下）风神俊迈。后拥节旄。

宫娃引入玉为行，金殿齐趋近御床。不见圣明亲顾问，如何得摄汉中郎？以上《诗话总龟》二三《寓情门》引《南部新书》

潜书七言四句

僖宗辛丑年，黄巢在京，尚让为相，改乾符之号为金统元年。见在百司，并令仍旧。忽一日，有人潜书七言四韵帖在都堂南门，讥讽颇深。伪相大怒，应堂门子及省院官并令剜眼倒悬，以令三省。又奏请宣下诸军火队内，收得文官会吟诗者，宜令就营屏除；如只是识字者，宜令将内役使。是时京城内外，杀戮三千馀人，百司惊惶，皆悉逃窜。其七言四韵诗曰：

自从大驾去奔西，贵落深坑贱出泥。邑号尽封元谅母，郡君变作士和妻。扶犁黑手翻持笏，食肉朱唇却吃齑。唯有一般平不得，南山依旧与天齐。《鉴诫录》一《金统事》

商 山 馆

商山馆中窗颊上有八句诗云云，不知何人作。净君、凉友，是帚与扇明矣。

净君扫浮尘，凉友招清风。炎炎火云节，萧然一堂中。谁知鹿冠叟，心地如虚空。虚空亦莫问，睡起照青铜。《清异录》三

宫 词

落絮濛濛立夏天，楼前槐树影初圆。传闻紫殿深深处，别有薰风入

舜弦。

送　春

斜风细雨趱春归,何不从容奈妾时。未办三杯相别酒,先吟一首送行诗。再三留得鸧鹒晚,千万休教杜宇知。纵若苦留留不住,明年早早到南枝。

题　壁

一团茅草乱蓬蓬,篾地烧天篾地空。争似满炉煨榾柮,慢腾腾地暖烘烘。① 以上江标影刻南宋书棚本《唐人五十家小集》②

　　①《许彦周诗话》称宣和癸卯年游嵩山峻极中院,见法堂后檐壁间有此诗,"字画极草草",旁有司马光书"勿毁此诗"四字。又见《贵耳集》卷上。　②以上三,原收归韦毂名下,今移作无名氏诗,详《修订说明》。

钱氏雷威琴

　　李巽伯云:"先公得雷威琴,钱氏物也,中题云云。故号忘味,为当代第一。"

峄阳孙枝,匠成雅器。一听秋堂,三月忘味。《全五代诗》七四引《西溪丛话》上

嘲曹翰

　　曹翰事世宗为枢密承旨。性贪侈。常著锦袜金线丝鞋。朝士有托无名子嘲之者,诗曰:

不作锦衣裳,裁为十指仓。千金包汗脚,惭愧络丝娘。《清异录》三

水香劝盏嘲扈载 酒令

　　扈载畏内特甚。未仕时,欲出,则谒假于细君。细君滴水于地,指曰:

"不乾须前归。"若去远,则然香印掐至某所,以为还家之验。因筵聚,方三行酒,载色欲逃遁。朋友默晓,哗曰:"扈君恐砌水隐形,香印过界耳,是当罚也。吾徒人撰新句一联,劝清酒一盏。"众以为善,乃俱起。一人捧瓯吟曰(诗略)。逼载饮尽。别云(诗略)。别云(诗略)。别云(诗略)。别云(诗略)。载连沃六七巨觥,吐呕淋漓。既上马,群噪曰:"若夫人怪迟,但道被水香劝盏留住。"

解禀香三令,能遵水五申。

细弹防事水,短艺戒时香。

战兢思水约,匍匐赴香期。

出佩香三尺,归防水九章。

命系逡巡水,时牵决定香。*《清异录》一*

玄 卿 镜 铭[①]

玄卿镜,文笔古雅似六朝,字体圆润似李唐,疑是隋末唐初之物。玄卿,铸镜字也。广州某氏所藏。

日初升,月初盈,纤尘不生,肖兹万形。是曰撄宁,莹虏太清。嘉庆《广东通志》二〇〇《金石略》

① 玄卿,原均作元卿,清人讳改,今改回。《金石萃编》卷一一八录铭文,注云"庙讳"。民国《重修信阳县志》卷四录邑贡生刘海涵藏镜,即题《唐玄卿镜》,文同。又见《小檀栾室镜影》卷四。原以元卿列目,未允,今移此。

高 宗 时 谣[①]

胡楚宾,秋浦(贵池)人。善属文,高宗召为右史、兼崇贤直学士,预选与诸儒论禁中,撰《臣轨》等书千馀篇。朝廷疑议表疏密使参处,以分宰相权,号北门学士。楚宾为文甚敏,必酒中下笔。高宗每命作时,常以金银杯斛酒饮之,文成辄赐焉。其英资豪颖,与李白伦,故当时谣曰:

《全唐诗》八七八《胡楚宾谣》,以为与晚唐顾云、张乔、殷文圭等为同时人,文字有不同。②

前有胡楚宾,后有李翰林。词同三峡水,字值万黄金。《嘉靖池州府志》七《人物篇·贤哲》

　　①谣中"李翰林"即李白,玄宗时人,是此谣至早亦应为天宝间李白居秋浦后方可能出现,题误甚明。似仍当从《全唐诗》题作《胡楚宾谣》为妥。　　②《全唐诗》以楚宾与顾云等人皆为秋浦人,非谓与诸人同时。

开元时谣

　　《杨妃外传》:开元十载上元日,杨家五宅夜游,与广宁公主骑从争西门市。杨氏奴鞭公主衣,公主堕马,驸马程昌胤扶主,因及数捶。主泣奏,上令决杀杨家奴,昌胤停官。于是杨家转横。时谣云:

生女勿悲酸,生男勿喜欢。《岁时广记》十一《上元》①

　　①最早见陈鸿《长恨歌传》,又见乐史《杨太真外传》卷上。

三高僧谚

　　道标,富阳人。姓黎氏,一作秦氏。年七岁,有大沙门过而识之,劝令出家。为灵隐山白云峰海和尚弟子。至德二年诏白衣通佛经七百纸者,命为比丘,标首中选,即日得度居南天竺寺。尝于灵鹫峰之南西岭下,葺茅为堂,号西岭草堂,称西岭和尚。经营之外,尤练诗章。当时吴兴清昼(皎然)、会稽灵澈,相与酬唱。谚云(见下)。又陆羽云:"夫日月云霞为天标,山川草木为地标,推能归美为德标,居闲趣寂为道标。"长庆三年卒,年八十四。(《高僧传》参《西湖高僧事略》)

雪之昼,能清秀。越之澈,洞冰雪。杭之标,摩云霄。雍正《浙江通志》一九八《仙释传·杭州府》①

　　①见《宋高僧传》卷十五《唐杭州灵隐山道标传》。首二句又见同书卷二九《唐湖州杼山皎然传》,中二句又见卷十五《唐会稽云门寺灵澈传》。

国学新修五经壁歌 并记

　　初,大历中,名儒张参为国子司业,始详定五经书于论堂东西厢之壁,辩齐、鲁之音取其宜,考古今之文取其正。繇是诸生之师心曲学,偏听臆说,咸束之而归于大同。揭揭高悬,积六十岁,崩剥污蔑一作"秽",澳然不鲜。今天子尚文章,尊典籍,于苑囿不加尺椽,而成均以治学上言,遽赐千万。时祭酒皞实尸之,博士公肃实佐之。国庠重严,过者必式。遂以羡赢,再新壁书。惩前土涂不克以寿,乃析坚木负墉而庇之。其制如版牍而高广,其平如粉泽而洁滑,背施阴关,使众如一,附离之际,无迹可寻,堂皇靓深,两庑相照。申命国子能通法书者,分章挨日,逊其业而缮写焉。笔削既成,雠校既精,白黑彬班,瞭然飞动。以蒙来求,焕若星辰,以敬来趋,肃如神明,以疑来质,决若菁蔡。由京师而风天下,覃及九译,咸知宗师,非止服逢掖者钻仰而已。于是学官陈师正等暨生徒凡四百二十有八人,请金石刻,且歌之曰:(见下)时余为礼部郎,凡黉宗之事,得以关决,故书之以移史官,宜附于艺文志云。

我有学宇,既倾而成之。我有壁经,既昧而明之。孰规摹之?孰发挥之?祭酒维齐,博士维韦。俾我学徒,弦歌以时。切切祁祁,不敖不嬉。庶乎遒人,来采我诗。《刘梦得集》二六《记》①

①此歌原收刘禹锡名下,然按记中所述,应为国学生徒所作,故移归无名氏。

高黎贡山谣

　　高黎贡山在永昌西,下临怒江,左右平川,谓之穷赕汤浪,加萌所居也。朝济怒江登山,暮方到山顶。冬中山上积雪苦寒,夏秋又苦穷赕汤浪毒暑酷热。河赕贾客,在寻传羁旅未还者,为之谣曰:

冬日欲归来,高黎贡山雪。秋夏欲归来,无那穷赕热。春时欲归来,囊中络赂绝。原注:络赂,财之名也。《蛮书》二、《永昌府文征》一

签　词

　　卢多逊相生曹南,方幼,其父携就云阳道观小学。时与群儿诵书废坛上,有古签一简,竞往抽取为戏。时多逊尚未识字,得一签,归示其父。词

曰云云。父见颇喜,以为吉谶,留签于家。迨后作相,及其败也,始因遣堂
吏赵白阴与秦王廷美连谋,事暴,遂南窜,年五十二卒于朱崖。签中之语,
一字不差。

身出中书堂,须因天水白。登仙五十二,终为蓬海客。《玉壶清话》三

全唐诗续补遗卷一七 神仙鬼怪

程太虚

　　隋程太虚,西充人。自幼学道,精修勤苦。隐居南岷山,绝粒,有二虎侍左右。九井十三峰,皆其修炼处也。一夕,大风雨,砌下得碧玉印,每乞符祈年,印以授之。辄获丰稔。唐元和中解体,后迁神于元宫,容貌不变。宣宗命人求之,过商山,宿逆旅,蹑险有居第如公馆。青童引见,一道士自称程太虚,祖居西充。且嘱曰:"明岁君自蜀至南岷,无忘我。"及至蜀,视画像,与前见者无异。宋赐号道济大师(《古今图书集成·职方典·顺庆府部》引《总志》)

磨　剑　泉

源泉岩溜漾清波,淬出光铓利太阿。桥下斩蛟馀事耳,断除天下几妖魔。

清　心　泉

飞泉触石玉玎珰,中隐神龙岁月长。多少人间烦苦事,只消一点便清凉。

漱 玉 泉

瀑布横飞翠壑间,泉声入耳送清寒。天然一曲非凡响,万颗明珠落
玉盘。

洞 阳 峰

南岷胜概压诸方,东壁奇峰出洞阳。丈五月轮才晃曜,大千世界便
辉光。扶开华岳烟云渺,显得蓬莱日月长。世道废兴原有数,浮沉
聚散亦何伤。

醮 坛 峰

苍松老桧拥华坛,鹤唳猿啼白昼闲。烟篆香残凌汉表,风飘仙乐响
山间。高烧华岳金莲炬,齐到黄冈玉笋班。独步苍苔寻故址,恍然
咫尺觐天颜。以上《古今图书集成·职方典》六○二《顺庆府部》

何仙姑

　　仙姑,增城何泰女。生唐开耀间,紫云绕室,顶有六毫。四
岁能举一钧。事亲孝,性静柔,游罗浮为仙。今有祠在增城县
南,有井尚存,即其旧宅。唐赐仙姑朝霞帔一袭。

　　原案:《太平广记》:广州有何二娘,以织鞋为业。后飞去上
罗浮山为仙。唐开元中敕令黄门使往广州求何氏,得之。后又
踊身而去,不知所之。《孔氏六帖》:增城何氏女,有神仙之术云
云。《舆地纪胜》:女仙中增城何氏女下有何仙云。《会仙观
记》:昔有何仙居此,食云母。唐景龙中白日升仙。窃疑何二娘、
何氏女、何仙乃一人,即世俗八仙中之何仙姑也。

今按:《古今图书集成·神仙部》及《中国人名大辞典》又杂引《安庆府志》、《歙县志》、《祁阳县志》、《浙江通志》及《福建通志》,各有异说。

凤台云母

所居春冈,地产云母。尝梦老人授服饵丹法,渐觉身轻健。有诗曰(见下)。后果有凤来集其上,遂改名凤台云。

凤台云母似天花,炼作芙蓉白云芽。笑杀狂游勾漏令,更从何处觅丹砂?

将游罗浮留诗

江北与罗浮山相望,尝曰:"将游罗浮。"父母怪之,私为择配,结缡之夕,忽不知所之。留诗屏砚间曰(见下)。明早起视家侧井径,有遗履而已。

麻姑怪我恋尘嚣,一隔仙凡道路遥。去去沧洲弄明月,倒骑黄鹤听鸾箫。

有道士自罗浮之增城口占三绝寄家

顷之,有道士来自罗浮,见姑在麻姑石上,顾谓道士曰:"而之增城,属吾亲收拾井上履,口占三绝寄其家曰(见下)。其后增城李令世英与谢草堂者表其事。李令为天台黄岩人,始悟仙语无一不有验云。

铁桥风景胜天台,千树万树梅花开。玉箫吹过黄岩洞,勾引长庚跨鹤来。

寄语童童与阿琼,休将尘事恼闲情。蓬莱弱水今清浅,满地花阴护月明。

已趁群真入紫微,故乡回首尚迟迟。千年留取井边履,说与草堂仙子知。

柔珠庵东壁题诗 句

仙姑又尝于柔珠庵东壁题一绝,字比晋人差清婉少骨。壁后半毁,惟餘"百尺"十三字,其下必"风"字也。后二句无人能续之者。

百尺水帘飞白虹,笙箫松柏语天〔风〕。嘉庆《广东通志》三二九《释老传》转引《罗浮山志会编》引明孙蕡《何仙姑记》①

　　①何仙姑诸诗,当皆出宋以后人依托。

张　巡

铁笔歌　今按:疑为后人所作,录附参考。

皇天生我兮男子,君王用我兮熊罴。力拔山兮势雄,气贯日兮虹霓。月正明兮磨枪砺剑,星未落兮击鼓掀旗。捣贼室兮焚寨,脔贼肉兮充饥。食马革兮计尽,杀妻妾兮心悲。为厉鬼兮身被铁甲,为明神兮手执金锤。亦莫指我为张毅,亦莫指我为张飞。我乃唐之张巡,与许远兮同时。在东岳兮押案,都统使兮阴司。事蓬莱兮殿直,任酆都兮狱推。景祐真君兮阳间封爵,忠烈大夫兮天上官资。漫濡毫而为翰,俾世人而皆知。《古今图书集成·职方典》三九九《归德府部》①

　　①康熙《商邱县志》卷十八收此诗,注:"公降乩所作。"

嗜酒道人

刘处静赠金不受

　　刘处静,字道游,彭城人。其先避地遂昌,因家焉。遇异人,授以吐纳之道。尝召见,赐绯衣,退居仙都山隐真岩,结庐金龙洞侧,门人欲塑其像。一日,有嗜酒道人来成之,处静留饮旬日,以黄金三十铢赠其行,相送金龙洞前。及回,得片纸书云云十六字,裹原金在焉。于是顿悟,遂豫筑玄垆于庐后,自撰其志。咸通十四年六月辛酉日解化。

子与吾金,吾授子真。真抱子形,形全于神。雍正《浙江通志》二〇一《仙释传·处州府》引《仙都志》

钟离权

诗寄太原学士 题元祐七年九月九日书。为宋人依托

颍川庄绰跋云："昔维扬有何仙姑者,世以为谪仙,能与真灵接。一日,钟离过之,使治黄素,乃书此诗。吕公亦跋其后,令俟王学士至而授之。后数日,王古敏仲自贰卿出守会稽,至维扬访姑,即以与之。王秘不以示人。"

风灯泡沫两相悲,未肯遗荣自保持。颔下藏珠当猛取,身中有道更求谁?才高雅称神仙骨,智照灵如大宝龟。一半青山无买处,与君携手话希夷。《云麓漫钞》卷二

吕　岩

一作嵒,字洞宾。　吕岩诗词,多宋人依托,虽经《全唐诗》广为收录,仍多遗漏,现缘前例补之。

西 灵 观

在新喻县西五十里瑞仙山下,晋永和八年许真君建。

八月秋高气渐清,再携琴剑宿西灵。蕊珠新换当年殿,函谷重开往日经。晋代宰王香馥馥,周朝柱史烛荧荧。一声鹤唳人间晓,吟起晴空彻杳冥。隆庆《临江府志》十三

朗州戏笔 二首

贾墨遨游到朗州,无端太守问因由。家居北斗星辰下,剑挂南山月角头。朝觐玉皇登宝殿,暮随王母宴琼楼。知君相见不相识,回首

白云归去休。

数年不到鼎城游,反掌俄经八十秋。刘氏宅为张氏宅,谢家楼作李家楼。千金公子皆空手,三岁孩儿尽白头。惟有两般依旧在,青山长秀水长流。嘉靖《常德府志》十九

白 云 岩

古木丛林号白云,高岩更去谒观音。路登青嶂上头上,寺隐白云深处深。法鼓震开天地眼,飞轮推出圣凡心。时人到此如中悟,何必南岩海上寻。

过 水 坪

山巅云起日初辰,山径霜清绝点尘。林下支锅炊饭客,道旁背笼贩盐人。白崖岭峻藏风洞,碧涧泉音露石垠。跋涉不知残腊尽,劬劳宁复计冬春。以上《古今图书集成·职方典》一一六二《郧阳府部》

游 灵 显 观

素衣丹壑寄生涯,相近衡茅共几家。卧听松音临水石,坐看山色老烟霞。林中有鹤窥来客,岩畔无人见落花。但把琴书消白昼,不须炉里炼丹砂。同上三三五《潞安府部》

吕 剑 留 泉

五百年前此地来,碧桃移向石坛栽。三春绿柳千条缕,万线清泉一剑开。红日照残新殿阁,白云堆破旧楼台。昔年踪迹今何在?尚有馀霞点翠苔。同上一二八八《靖州部》

印山亭即事

谁道凭虚不可楼，波心一点注中流。鱼游过影知空相，人到惊云动远眸。隔断红尘飞不到，回旋青气望来收。江天寂寞难穷目，烟火渔灯乱客愁。同上一四二八《平乐府部》

集虚观留题 在岳池县郭南门外。 又作《寓云洞桥夜题石壁》

青蛇炼影月一作"就自"徘徊，夜静云间尚未一作"开向此"来。应是有人新换骨，暂留踪迹到天台。《舆地纪胜》一六五《广安军・仙释》。《古今图书集成・职方典》六〇二《顺庆府部》。又一二七〇《辰州府部》

题 昌 元 驿

东西南北留踪迹，纵意风狂到处觅。朝朝暮暮去寻人，及至人寻还不识。《永乐大典》一八二二四"像"字韵引《舆地纪胜》

飞云山留题

飞云山王氏道院，去蒲村镇五里，昔有道人过之。留题云云。以逐句第三字合成"吕洞宾来"，主人觉而异之，已失道人所在矣。
携筇来此步飞云，钱满宾阶绿藓匀。江上同归共谁去，不堪回首不逢人。《舆地纪胜》一五一《永康军・仙释》

题壁二绝

展旗邀我过天聪，玉女双鸾展笑容。卓笔醮乾龙鼻水，等闲题破石屏风。
昔时曾卧龙湫水，今日止兹续旧游。何处酒家堪醉月，兴酣解却白狐裘。《广雁荡山志》二十一《艺文》作回道人

桃花溪 以下咏景十首

东风昨夜落奇葩，散作春江万顷霞。从此渔郎得消息，溯流直到是仙家。

桃川仙隐

说着神仙岂偶然，神仙名不是虚传。岩洞石洞今还在，流水落花经几年？

秦人洞

洞门深锁白云封，九节丹崖第几重？欲向山中询甲子，秦人尽日不相逢。

缆船洲

笑抛渔艇入苍茫，岂意壶中岁月长。归到荒洲无觅处，萋萋芳草对斜阳。

空心杉

古木槎牙树底空，学仙游子坐空中。自从白日飞升去，几度寒鸦噪晚风。

炼丹台

谁筑斯台学炼丹？丹成飞上紫云端。空馀遗址在人世，满目青山碧草寒。

遇 仙 桥

几回秦女夜吹箫,洞底松风送寂寥。不作巫阳云雨梦,却寻仙侣到蓝桥。

仙 径 亭

紫气南来第一关,道人家在白云间。山门深锁无人到,流水落花春昼闲。

归 鹤 峰

鹤归华表几千年,鸡犬随丹尽上天。开遍碧桃春不老,千岩万壑锁苍烟。

梅 溪 烟 雨

摩挲睡眼望山凹,非雾非烟景四郊。一幅生绡不收拾,被风展却挂林梢。以上《嘉靖常德府志》十九。又《古今图书集成·职方典》一二六二《常德府志》及《山川典》一六二《桃源山部》

大 圆 山

大圆山有光尘子墨迹云云。傍书宋乾道壬辰年,相传以为吕仙作矣。三山相接欲飞腾,高下来为半日登。合向中间著夫子,大员道士小员僧。《蜀中名胜记》十八《重庆府·定远县》

登平都访仙 二首　题吕纯阳

盂兰清晓过平都,天下名山总不如。两口单行谁解识,王阴空使马蹄虚。

一鸣白鸟出青城，再谒王阴二友人。口口惟言三岛乐，抬眸已过洞
庭春。同上十九《鄞都县》

嵩山观 题吕岩

两日行山兴尚稠，尘缘未断且回头。一天风雨吹凉阁，四面藤萝伴
客留。著眼尽难为业障，平生无过是浮沤。何须底死言名利，寻得
清闲即便休。同上三十《潼川州·遂宁县》

题酒家门额

　　唐末，冯翊城外酒家门额，书云云。于王字末，大书酒也。字体散逸，
非世俗书，人谓是吕洞宾题。

飞空却回顾，谢此含春王。《清异录》四

西江月 六首 以下词

　　原八首，前二首已见《全唐诗》，此六首，《全宋词》亦未收。

世有学人无数，愚痴妄意如麻。汞铅错认结为沙，运火欲觅黄芽。
　千日虚劳心力，人人尽破其家，真铅似玉本无瑕，将风欲比狂鸦。

至道不烦不远，至人只在目前。淮王炼石得冲天，汉世已经千年。
　全在低心下人，事该缘分偶然。安炉置鼎尽周圆，须得汞去投铅。

听说金公两字，何物唤作金孙。寻枝寻叶必知根，无智便乃心昏。
　若用凡铅为体，都来少魄无魂。水银渐结必难存，秘诀要处谁论。

真假两般元字，金公所料重迷。凡铅纵与岳山齐，不肯假与金妻。
　听说真铅住处，他家跳在深溪。两情恩爱事因媒，义重争向东西。

水火运来周岁，四六勿错如初。水多火少失功夫，胜地方始安炉。
　直须认鼎与药，却如鸡子无殊。内黄外白结凝酥，一颗圆明汞珠。

彼此离于生处，火遭水破惊忙。分身各自拟深藏，半路再遭萧郎。

夫为无衣素体,妻因水浸衣黄。丙丁甲乙有形相,刚遣令合阴阳。
《古今图书集成·神异典》三〇二《静功部》

西 江 月

落日数声啼鸟,香风满路吹花。道人邀我煮新茶,荡涤胸中潇洒。

　世事不堪回音,梦魂犹绕天涯。风停桥畔即吾家,管甚月明今夜。
《湖海新闻夷坚续志后集》一

沁 园 春

昨日南京,今朝天岳,倏焉忽焉。指洞庭为酒,渴时浩饮,君山作枕,醉后高眠。谈笑自如,往来无碍,半是风狂半是仙。随身在,有一襟风月,两袖云烟。人间,放浪多年,又排辨东华第二筵。把珊瑚砍倒,栽吾琪树,天河放浅,种我金莲。捶碎王京,踢翻蓬岛,稽首虚皇玉案前。无难事,信功成八百,行满三千。隆庆《岳州府志》十八

沁 园 春

琳馆清标,琼台丽质,何年天上飞来。扬州暂倚,后土为深栽。独立乾坤一树,春风占,万朵齐开。天然巧,蕊珠圆簇,玉瓣轻裁。见一花九朵,类玲珑玉斝,错落琼杯。得满盛香露,洗荡尘埃。是真元孕育,有仙风道骨,岂是凡胎。问真宰,难留下土,携尔上蓬莱。《扬州琼花集》①

　　①此词调并非《沁园春》,原书误题。赵遂之谓当作《满庭芳》。

失 调 名

别无巧妙,与你方儿一个。子后午前定息坐,夹脊双门昆仑过。恁你得气力,思量我。《夷坚丁集》十八

附 罗浮山八仙石题诗

旧志云:"石在药槽之下,流杯池上。相传有八仙饮于此,饮毕题诗云云。镌诸石上,岁久,字犹未甚漫灭。

溜流青嶂泻溪湾,漱石飞云湍复旋。琥珀杯深谁共饮?八仙齐会贺尧年。《古今图书集成·山川典》一八九《罗浮山部》,又见《罗浮山志》十

虞　皋

皋,福州永贞人,以鬻黄精为业。延钧时人。

歌

故人朱当敏归时,皋及宾客皆送之。至洞门,客以尺八击玉磬,皋和而歌云云。歌毕,忽然俱去。

朝为雄兮暮为雌,天地终尽兮人生几时。《全五代诗》八七引《榕阴新简》①

①《全闽诗话》卷八、《十国春秋》卷九九引《榕阴新检》,云虞皋入罗喜洞后作此歌,及出洞已为明洪武十二年,则此诗显出明人附会。

宁化九龙进士　神

安济庙,在清流县南梦溪洞口,即九龙阳数潜灵王庙也。自唐有之,莫详创始封爵之由。庙前有滩险甚,往来之舟非祷于祠下不敢行。宋朝赐今额。嘉祐中,枢密直学士蔡化襄知泉州,有布衣上谒,自称宁化九龙进士。公与坐,莫测其为神。及送之庭除,忽不见,始异之。取刺而观,于中得诗五十六字,寻加访问。明年,递诗于庙,尸祝不虔,失其真迹。大观间,县尉

张龟龄尝序其事。今林木森阴,观者必敬。诗云云。末题闽通文二年四月封明威校尉,永隆二年正月封兴瑞将军,九月封阳数潜灵王。

诗

远远青青叠叠峰,峰前真宰读书翁。半岩冷落高宗雨,一洞凄凉吉甫风。溪隐豹眠寒雾露,井凋凤宿旧梧桐。九龙山下英雄气,尽属君王宇宙中。《永乐大典》七八九二"汀"字韵引《临汀志·祠庙》

蜀宫人

月 夜 吟

李西美帅成都,士人陈甲馆于便斋。月夜有危髻古衣裳妇人数辈,笑语花圃中,有甚丽者诵诗云云。忽不见。今府第,故蜀宫,岂当时宫女犹有鬼耶?

旧时衣服尽云霞,不到迎仙不是家。今日楼台浑不识,只馀古木记宣华。按《蜀梼杌》。宣华,故苑名。

小雨廉纤梅子黄,晚云收尽月侵廊。树阴把酒不成醉,何处无情枉断肠。《全五代诗》六十引《闻见后录》①

①见《邵氏闻见后录》卷三十。李璆字西美,绍兴中帅蜀。

附录　友邦

晁　衡

　　晁衡，一作朝衡，日本人，原名阿部仲麻吕。十六岁留学长安，在唐朝历任校书、左补阙、秘书监等职，与李白、王维、储光羲等为友。五十馀岁时与鉴真和尚同时渡海回国，鉴真历险到达日本，晁衡却漂流海上，幸在中南半岛登岸，两年后重返长安，任镇南都护。大历五年在中国逝世，年七十三岁。

思　归

慕义名空在，输忠孝不全。报恩无有日，归国定何年？《古今和歌集》（《光明日报》一九七八年八月二十日王仁波文引）①

　　①《古今和歌集》无此诗。张步云《唐代逸诗辑存》据《阿倍仲麻吕研究》一五七页引《国史》录此诗，"报恩"作"报国"。

金地藏

　　金地藏，新罗国僧。至德间渡海，居青阳九华山。尝以岩间白土杂饭食之，人以为异。年九十九，忽召徒众告别，但闻山鸣石陨，俄顷趺坐于函中。泊三稔，开将入塔，颜貌如生，舁之而动，骨节若撼金锁焉。（《全唐诗》八〇八作新罗国王子。）

酬惠米诗

弃却金銮衲布衣，修身浮海到华西。原身自是皇太子，慕道相逢柯
用之。未敢叩门求地语，昨叩送米续晨炊。而今飡食黄精饭，腹饱
忘思前日饥。①以上《嘉靖池州府志》九

①周赟《九华山志》卷十考订此诗与李白次韵诗皆为伪作，其说云："无论太白时未
有次韵之习，金地藏未为天子第，此等诗真令人见而欲呕。曾学为诗者亦不鄙俚至
此，此并未尝学为诗而托名太白地藏者也。"并据费冠卿《化城寺记》，考金地藏为
新罗王子而非世子，卒于贞元十一年，寿九十九，应生于武后神功元年。

《全唐诗外编》修订说明

陈尚君

　　应中华书局文学编辑室之约,我对一九八二年出版的《全唐诗外编》(即前附《补全唐诗》、《补全唐诗拾遗》、《全唐诗补逸》、《全唐诗续补遗》四种合编)作了修订。修订工作涉及到以下几个方面。

　　一、校对原引各书。遇有异文,凡所据版本与原辑者所据版本一致,或版本较为单一之书,异文显为誊录、排印时所造成者,即予径改;其馀情况,或改动文字而保留原文,或出校记说明之。避讳字径予改回。俗写字可确定者,亦改为通行字。原辑本仅注书名而缺漏卷次者,亦随见补出之,不另出校记。由于条件所限,有几种典籍寻检未获,未能覆校,请读者谅鉴。

　　二、补录书证。提供佚诗较早的出处,对确定诸诗的可靠性十分重要。修订时就所见补录了书证,凡原据明清两代典籍而唐宋元著作中已见征引者,原引宋元典籍而唐代已见引录者,皆为注出之。原辑本有据后出典籍转引存世前代典籍者,亦尽可能覆按原书,予以说明。他书中有可补录原辑各诗诗题、诗序及文字上的缺误者,也尽量录出。

　　三、考订作者事迹。原辑本中作者缺事迹或事迹过略者,就所见补其事迹。原辑本列为无世次作者而今得以考知其世次者,将其人移入相应的卷次。此点一般仅限于新见作者。凡《全唐诗》有传者,一般不再考及。

四、删除重收、误收之诗。具体又可分为以下五类情况。

甲、重收诗。即同一作者诗,《全唐诗》已收,而辑本又重录者,概予删除。《全唐诗补逸》与《全唐诗续补遗》二书中有十馀例诗重收,一般均删后者而存前者,出处不同者另注出。有二例前者误而后者是,则保存后者。此类不另作说明。

乙、误收诗。凡唐立国以前或五代入宋以后作者之诗,无论其人误作唐人或其诗误归唐人名下,凡可考定者,概予剔除。五代入宋诸人,情况较为复杂。修订时参酌了《全唐诗》旧例及原辑者的意见,凡一般视为唐人者,其诗仍予保留;一般视为宋人者,仅存其入宋前所作诗及作年不详之诗,其可确知作于入宋后之作则删却。此类诗删除的依据,均于后文说明之。

丙、互见诗。此类情况最为复杂,甄别也较困难。一诗互见二人或数人名下,在唐代已然,流传千年,讹误层出不穷。仅录异说而不加甄辨,读者难以征信。修订时尽可能地对这些诗作作了考订,凡《全唐诗》是而他书所录有误者,均从删,删却的依据均于后文加以说明;凡《全唐诗》误而他书是者,仍保留之,并将考订的意见附该条下;一时尚无从断定者,仍存旧文,以俟博识。考订的主要依据,一是该诗历代的著录情况,二是诗中所涉及的史实、人事等所提供的线索。应该 说明的是,《永乐大典》、《古今图书集成》、《渊鉴类函》等大型类书,由于部帙巨大,材料丛杂,以致错误叠出;明补本《万首唐人绝句》错误很多,而李调元《全五代诗》则是编纂态度很不严肃、带有极大随意性的著作,这些书与《全唐诗》互见之诗,除个别例子外,均以《全唐诗》为是,尽管如此,修订时还是尽可能地作了逐一的考证。

丁、铭、赞、箴、述、戒、祭文等文体,习惯上视为文而不视为诗。

《全唐诗续补遗》收入四十馀篇,于例未允。凡《全唐文》已收入者,均予剔除;个别《全唐文》未收者及五言类诗之作,仍予保存,以便参考。凡此类删除之作,不另作说明。

戊、日本、新罗人诗作,仅保存在唐期间所作汉文诗,其馀均从删。此类一般亦不另作说明。

后人依托唐代的神仙鬼怪诗,如吕岩、何仙姑等之作,虽可断定非唐代之诗,但考虑到尚有一定的参考价值,故仍予保留。

王重民两种辑本未见重收、误收诗,互见诗为数甚少,故未作删节。

五、改动了《全唐诗续补遗》的部分卷次。除无世次作者据已考知事迹移归相应卷次外,一些卷次因删去诗较多而并合。此外,原分散在各卷内的无名氏诗作,一律移至书末的无名氏卷中,神仙鬼怪诗多出依托,也一律移至书末,另编一卷,以引起读者注意。

六、除前文提及的几种情况外,修订时一般不改动原辑本的文字,修订意见另加注注出。修订意见除上举各项外,还涉及到其他一些有关的情况,主要是征文献,备异说,在此不一一列举。文字校勘方面,吸取了今人的一些校订意见,但未作全面校勘,望读者谅解。

七、全书一律改用新式标点。

在修订过程中,参考了国内学者近几年来有关《全唐诗外编》的考订意见,得到很多启发。所见论著主要有:

蒋礼鸿《〈补全唐诗〉校记》(重订稿本,原刊甘肃人民出版社编《敦煌学论集》);

项楚《〈补全唐诗〉二种续校》(刊《四川大学学报》一九八三年第三期);

陶敏《〈全唐诗续补遗〉辨证》(一、二、三)(刊《湘潭师专学报》

一九八四年第三期、第四期、一九八五年第一辑);

　　陶敏《〈全唐诗续补遗〉重收、误收考》(此为一九八五年中国文献学会年会论文,未刊);

　　吴企明《〈全唐诗续补遗〉溯源志异》(节刊于《苏州大学学报》一九八三年第三期,又承借未刊稿本,凡二万馀字);

　　王达津《读〈全唐诗外编〉》(未刊稿本);

　　房日晰《〈全唐诗续补遗〉校读》(《内蒙古大学学报》一九八四年第四期);

　　房日晰《〈全唐诗续补遗〉校读续》(《西北大学学报》一九八五年第二期);

　　赵遂之《〈全唐诗外编〉校勘记》(未刊稿本);

　　张忱石《〈全唐诗〉“无世次”作者事迹考索》(《文史》二十二辑,其中考及《全唐诗外编》);

　　熊飞《〈全唐诗外编〉“逸诗”考索》(《咸宁师专学报》一九八五年第二期、一九八七年第三期);

　　胡可先《〈全唐诗外编〉杂考》(《贵州文史丛刊》一九八七年第三期);

　　拙撰《〈全唐诗〉补遗六种札记》(《中国古典文学丛考》第二辑)。

　　此外还引用了一些涉及具体作品的论著,已随文注出,在此不一一列举。修订时还就一些疑难问题请教了辽宁省文物考古研究所曹汛、厦门大学吴在庆、安庆师院周建国等,得到指点。在此谨向以上各家一并致谢。为避免行文烦琐,修订说明中仅引录了一些独到的见解,未能一一列举。引用时仅列举姓名,不举出处。修订时提及今人姓名,一律不加“先生”“同志”一类敬称。

　　本人学植浅薄,读书不多,修订中误谬疏漏之处,幸望原辑者及海内方家批评指正。

以下将修订中删去误收、互见诗的情况，分别予以考订说明。文中引到的卷次，均指一九八二年版的卷次。

第一部分 《全唐诗补逸》中删去诸诗的说明

卷一，虞世南《乘舆》，录自《四明丛书》本《虞秘监集》。按此为宋之问诗，见《全唐诗》卷五二，题作《泛镜湖南溪》，另《文苑英华》卷一六六、《四部丛刊续编》影明本《宋之问集》卷二亦收作宋诗。今存之问诗中，在越中所作者甚多。虞世南为越州馀姚人，而诗末云："犹闻可怜处，更在若耶溪。"显为客游者口吻。《虞秘监集》为清人所辑，较后出，诗题《乘舆》，为摘首二字拟题。

卷三，韦元旦《奉和圣制出苑游瞩应制》，录自《永乐大典》卷八八四四，《全唐诗》卷六七作贾曾诗。按《文苑英华》卷一七九、《唐诗纪事》卷十三皆作贾诗，后书并注云："时为太子舍人，使在东都。"《旧唐书》卷一九〇载玄宗在东宫时，贾曾任太子舍人。韦元旦未任此职。

卷五，张说《澧湖作》，录自《永乐大典》卷二二六七，《全唐诗》卷九八作赵冬曦诗。按此为赵诗，原附收于《张说之文集》(《四部丛刊》影印明龙池草堂本)卷七，因误为张诗。张说有《和赵侍御澧湖作》诗，见《全唐诗》卷八六。

卢象《题武林临草堂》，录自《渊鉴类函·居处部七》。按此应为阳浚诗，见《文苑英华》卷三一四、《全唐诗》卷一二〇，惟二书误为杨浚。

王维《江上别流人》，录自《永乐大典》卷三〇〇六。按此为孟浩然诗，见影宋刊蜀刻本《孟浩然诗集》卷下、《四部丛刊》影明刻本《孟浩然集》卷一、《全唐诗》卷一五九。

　　刘长卿《送曲山人归衡州》，录自《永乐大典》卷三〇〇四，《全唐诗》卷二九二作司空曙诗，题中"归"作"之"。按《极玄集》、《文苑英华》卷二三一、影宋书棚本《司空文明诗集》卷中、《唐诗鼓吹》卷五皆收作司空诗，非刘作。

　　孟浩然《寻裴处士》，录自《永乐大典》卷一三四五〇。按此为孟郊诗，见《孟东野诗集》卷九、《全唐诗》卷三八〇。

　　同人《上张吏部》，辑自郑振铎校本《孟浩然集》（即《世界文库》本），《全唐诗》卷一二二作卢象诗，题作《赠张均员外》。岑仲勉《读全唐诗札记》云明刊本《孟浩然集》卷二、汲古阁本《孟襄阳集》卷一均收此诗。另影宋蜀刻本《孟浩然诗集》卷中、明铜活字本《孟浩然集》卷三亦收，知并不始于郑本。然收诗止于天宝十二载的殷璠《河岳英灵集》卷下作卢象诗，时孟去世未久，卢尚在世，最可信。后《文苑英华》卷二五〇、《唐诗纪事》卷二六皆归卢。周必大等校《文苑英华》时注："见集本。"知宋时《卢象集》亦收入。又作孟诗者缺末四句，不全。

　　韦应物《经无锡县醉吟寄邱丹》，录自清沈谦《临平记》卷四。按此为赵嘏诗，见《文苑英华》卷二九四、席刻本《赵嘏诗集》卷一、《全唐诗》卷五四九，题作《经无锡县醉后吟》。清人误作韦诗，"寄邱丹"三字亦疑为后人妄加。

　　同人《晓经荒村》，录自《永乐大典》卷三五八一，《全唐诗》卷三五二作柳宗元诗，题为《秋晓行南谷经荒村》。按《柳河东集》卷四三收此诗，是。柳集为刘禹锡编，宋人重分卷次，其诗未乱，无伪诗混入，作韦诗非是。

　　岑参《奉和春日幸望春宫应制》，录自《四部丛刊》影明本《岑嘉州诗集》卷四及《世界文库》本《岑嘉州集》。原按："《全唐诗》收苏颋、刘宪、李适、崔湜等人《奉和春日幸望春宫应制》诗各一首，又收阎朝隐、崔日用、韦元旦等人《奉和圣制春日幸望春宫应制》诗各一首。苏、刘、李、崔等皆武后、中宗时人,间有及于开元前期者。于时岑参尚未弱冠,与苏、刘等侍从不相接。诗,疑非岑作。"所疑是,此为岑参祖岑羲之作,见《唐诗纪事》卷九、《全唐诗》卷九三,题作《立春内出彩花应制》。诗作于景龙四年正月八日,见《唐诗纪事》卷九"李适"条。

同人《送萧李二郎中兼中丞充京西京北覆粮使》,注云:"士礼居钞本《岑嘉州集》有此诗。"按《全唐诗》卷三五七收此为刘禹锡诗,题作《送工部萧郎中刑部李郎中并以本官兼中丞分命充京西京北覆粮使》。陶敏云:"诗见未曾散佚之《刘梦得集》前集卷二八,当为刘作无疑。诗中刑部李郎中当是李石,大和五年自工部郎中改刑部郎中(两《唐书·李石传》),时刘禹锡正在长安为官。"其说是。

同人《送刘山人归洞庭》,录自《永乐大典》卷三〇〇四。按《全唐诗》卷五八八收此为李频诗,卷八八四又重收。此应为李诗,《文苑英华》卷二三二、《唐百家诗选》卷十六、《唐诗纪事》卷六十、《四部丛刊三编》影明钞《梨岳诗集》皆收入,作岑诗误。

同人《沈询侍郎除昭义节度作游仙绝句》,录自《永乐大典》卷一四七〇七,原按云:"唐丁居晦《重修承旨学士壁记》:'沈询,大中元年五月十二日自右拾遗集贤院学士充,二年正月二日,思政殿召对赐绯。其年七月六日,特恩迁起居郎,并依前充。'据此,知沈询之为侍郎,又当在大中二年后。时岑参卒已八十许年,则此诗非岑参作也甚明。"按此为《全唐诗》卷六四一所收曹唐《小游仙诗》之第十九首。沈询,两《唐书》皆有传附其祖沈既济、父沈传师后。其任昭义节度,为咸通初年事。曹唐咸通中累任使府从事,诗应为其作。

同人《送郑侍御谪闽中》,录自《四部丛刊》本《岑嘉州集》卷三。按《全唐诗》卷二一四作高适诗,《四部丛刊》影明活字本《高常侍集》卷六亦收入。刘开扬《高适诗集编年笺注》谓诗有"闽中我旧过"之语，而"岑参行迹不及江汉，遑论闽中"，而高适父曾任韶州长史，其诗中亦谓曾至吴越，闽中之行或系随父南宦时事。其说可参。陈铁民等《岑参集校注》亦不取此诗。

　　李栖筠《桂花曲》，录自南宋范晞文《对床夜语》卷五。原书云："李赞皇《桂花曲》云：'仙女侍，董双成，桂殿夜凉吹玉笙。曲终却从仙官去，万户千门空月明。'钱起云：'曲终人不见，江上数峰青。'虽词约而深，不出前意也。赞皇诗人少知之，而钱以此名也，亦可见幸不幸耳。"原按谓钱诗承李诗而变化之，"仲文为大历间诗人，则此赞皇公者，宜指栖筠也甚明"。此说未允。北宋许颙《彦周诗话》引此作"李卫公作《步虚词》"之前四句（首句"仙"下增"家"字），邵博《邵氏闻见后录》卷十九引作"李太尉文饶"《迎神曲》，吴曾《能改斋漫录》卷十六则云为李太白词，并云武当有石刻。《全唐诗》卷八九○收作李白《桂殿秋》词，然治李诗者均疑为伪作。李栖筠、李德裕祖孙皆可称李赞皇，而"李卫公"、"李太尉文饶"则必指李德裕。钱起诗，《旧唐书》卷一六八《钱徽传》以为闻鬼吟而得。范氏所云较含糊，率尔议论，并不足据。《全唐诗续补遗》卷九收李德裕名下，近是，今删此存彼。

　　郭良《早春寄朱放》，录自方回《瀛奎律髓》卷十四。按《全唐诗》卷二七三作戴叔伦诗，是，《又玄集》卷上、《文苑英华》卷二三二、《唐百家诗选》卷七、《会稽掇英总集》卷十二、《唐诗纪事》卷二六皆收作戴诗。郭良，《国秀集》收录其诗，可知为天宝以前人，而朱放则为大历、贞元间人，时代相接，但并非同辈之人。

　　卷六，欧阳詹《宣阳所居白蜀葵花咏简诸公》，录自《分门纂类唐歌诗》残本第五册《草木虫鱼类》卷四。按此为武元衡诗，见《全唐诗》卷三一六，"宣阳"作"宜阳"，又见席刻本《武元衡诗集》卷上。

《欧阳行周集》保存其诗文较完备，集外之作甚罕。

皇甫曾《婕好怨》，录自《瀛奎律髓》卷三十一，《全唐诗》卷二四九作皇甫冉诗。按唐令狐楚《御览诗》、宋郭茂倩《乐府诗集》卷四三、《四部丛刊三编》影明刊《皇甫冉诗集》卷三皆作皇甫冉诗，可从。

钱起《早朝》，录自《四部丛刊》影明活字本《钱考功集》。熊飞云此为杨巨源诗，见《全唐诗》卷三三三。熊说是。王安石《唐百家诗选》卷十二、方回《瀛奎律髓》卷二、席刻本《杨少尹诗集》皆收此为杨诗。宋葛立方已指出钱起未入中书，今人续有考辨，此诗内容显然与其经历不合，故从删。

郎士元《峡口送友人》，录自《永乐大典》卷三〇〇五，《全唐诗》卷二九二作司空曙诗。按《才调集》卷四、《万首唐人绝句》卷二八、席刻本《司空文明诗集》卷二皆收作司空诗，作郎诗恐误。

李端《秋日》，录自《又玄集》卷上。熊飞云此为耿沣诗，见《全唐诗》卷二六九，是。《极玄集》卷上、《才调集》卷四、《文苑英华》卷一五一、《唐文粹》卷十八、《唐诗纪事》卷三十、影宋书棚本及席刻本《耿沣诗集》皆收此为耿沣诗。

同人《赠秋浦张明府》，见《永乐大典》卷一一〇〇〇，《全唐诗》卷六九二作杜荀鹤诗。按席刻本《杜荀鹤文集》卷一收此诗。杜荀鹤为石埭人，秋浦去石埭不远，同属池州。诗云"吏才难展用兵时"，又云"农夫背上题军号，贾客船头插战旗"，知时值战乱之时，为唐末景况。诗末云："他日亲知问官况，但教吟取杜家诗。""杜家诗"显为自指。可断定非李作。

司空曙《华清宫》，录自《唐三体诗》卷一。按此为王建诗，见《才调集》卷一、《万首唐人绝句》卷五八、席刻本《王建诗集》卷九。

同人《自河西归山》，出处同前则。按此为司空图同题二首之一,见《全唐诗》卷六三三。司空图居河中王官谷,世乱归隐,此诗即其时作,非司空曙诗。此因姓同而误。

同人《送神》,见《永乐大典》卷二九五二,《全唐诗》卷二一、卷五〇五皆作王睿诗,后者题作《祠渔山神女歌》。按《乐府诗集》卷四七、《万首唐人绝句》卷三八皆作王睿诗,共二首,此为迎神曲,另一为送神曲,二者适成一组。作司空诗误。

同人《鱼山送神曲》,见《永乐大典》卷二九五二。《河岳英灵集》卷上、《乐府诗集》卷四十七、《全唐诗》卷一二五并作王维诗,另《王右丞集》卷一、《唐文粹》卷十七亦收入。非司空曙诗。

戴叔伦《东湖作》,录自《永乐大典》卷五七七〇。按此为刘威《游东湖黄处士园林》之前四句,刘诗见《唐百家诗选》卷十九、《唐诗纪事》卷五六、《众妙集》、《唐诗鼓吹》卷五、《全唐诗》卷五六二。

张籍《遇李山人》,见《永乐大典》卷三〇〇四。按此为施肩吾诗,见《万首唐人绝句》卷三三、《全唐诗》卷四九四。

同人《赠故人马子乔六首》,见《永乐大典》卷三〇〇五。按此六首为南朝宋鲍照诗,见梁徐陵《玉台新咏》卷四(收二首)、《鲍参军集》卷六、《先秦汉魏晋南北朝诗·宋诗》卷八。

同人《边上送故人》,见《永乐大典》卷三〇〇五,《瀛奎律髓》卷三十及《全唐诗》卷二九九并作王建诗,题作《塞上送故人》。另《唐百家诗选》卷十三及席刻本《王建诗集》卷五皆作王建诗,可从,作张诗误。

同人《兴善寺贝多树》,录自《永乐大典》卷一四五三六,《全唐诗》卷六三九作张乔诗。按《文苑英华》卷三二六、席刻本《张乔诗集》卷三皆作张乔诗,可从,作张籍似误。

同人《遇王山人》,见《永乐大典》卷三〇〇四,《全唐诗》卷四九四作施肩吾诗。按《天台前集》卷中、《万首唐人绝句》卷三四皆作施诗，非张作。

孟郊《岸花》，见《永乐大典》卷五八三八，《全唐诗》卷三八六作张籍诗。按《四部丛刊》影明刻《张司业诗集》卷五、卷七两收此诗，《万首唐人绝句》卷八四亦作张诗，作孟郊误。

王建《柘枝词》，录自中华书局校印本《王建诗集》卷二，云据席本补，诗有残缺。按《乐府诗集》卷五十六、《全唐诗》卷二十二皆收作无名氏诗，是。《乐府诗集》此诗前为王建《霓裳辞十首》，席本据以认为此亦王建诗而补入，实因未明《乐府诗集》之体例而致误。

同人《塞上》，见中华书局校印本《王建诗集》卷五，亦云据席本补，《全唐诗》卷五五五作马戴《塞下曲》诗。按《文苑英华》卷一九七、《乐府诗集》卷九二、《唐诗纪事》卷五四（录后二句）、影宋书棚本《马戴诗集》皆收作马戴诗，席本误补。

权德舆《送户部侍郎潘孟阳》，见《永乐大典》卷七三〇四，《全唐诗》卷三三〇作潘孟阳诗，题作《和权载之离合诗》。原按谓"此诗疑以属潘孟阳""为是"，甚是。潘诗原附收于《权载之文集》卷八，为和权德舆《离合诗赠张监阁老》之作，《永乐大典》因而误收作权诗。

卷七，段文昌《题曾口寺》："曾听阇黎饭后钟。"录自赵万里辑《元一统志》卷三。按此句最早见载于《北梦琐言》卷三，注云："或云王播相公未遇题扬州佛寺诗，及荆南人云是段相，亦两存之。"《唐语林》卷六转引之。《唐摭言》卷七载王播所作，凡七绝二首，题于扬州惠昭寺木兰院。诗中有"木兰花发院新修"之句，亦与王播经历相合。此句虽自五代时已传为段文昌作，但从记载的完整性及诗中文字看，当以王作为是，《全唐诗》卷四六六已收。

徐凝《送人》，见《永乐大典》卷三〇〇六，《全唐诗》卷八〇二作徐月英诗。按《北梦琐言》卷九、《唐诗纪事》卷七九、《增修诗话总龟》卷四一引《古今诗话》、《万首唐人绝句》卷六九皆作徐月英诗，作徐凝误。

白居易《题东林白莲》、《观盆池白莲》，均见《分门纂类唐歌诗》残本第五册《草木虫鱼类》卷四，《全唐诗》卷八三九、卷八四七分别收作齐己诗。按齐己《白莲集》卷二、卷十收二诗，较可信。《白莲集》由齐己门人西文收集，孙光宪序行，传本未曾窜乱。作白诗误。

坎曼尔《诉豺狼》。按《文学评论》一九九一年三期刊杨镰文，考定所谓《坎曼尔诗签》为本世纪六十世纪初伪撰，举证确凿，毋容置疑，今据删。

卷十二，朱庆馀《岭南路》，见《新编事文类纂翰墨全书》第四十四册，《全唐诗》卷九九作张循之诗，题作《送泉州李使君之任》。原按云："《全唐诗》卷五一四朱庆馀别有《岭南路》诗一首，题或作《南岭路》，七言四句，与此诗全异。疑此原属张循之诗，纂书者误作朱庆馀诗耳。"其说甚是。

陈上美《过洞庭湖》，录自《又玄集》卷下，《全唐诗》卷六〇三作许棠诗。按此应为许棠诗。《又玄集》目录载"陈上美、许棠"，而正文中却脱漏许棠之名。此诗原次陈上美《咸阳怀古》诗后，应即许作，传本脱名。《唐诗纪事》卷七十、席刻本《文化集》皆作许棠诗。许棠世称许洞庭，即因此诗。

李群玉《感旧》，录自《又玄集》卷中，《全唐诗》卷五三四作许浑《重游练湖怀旧》诗。陶敏云："此诗见岳珂《宝真斋法书赞》卷六许浑自书乌丝栏诗真迹，题为《尝与故宋补阙次都秋夕游永泰寺后湖今复登赏怆然有感一首》，诗为许浑作无疑。"

李频《酬彭伉明府》，见《永乐大典》卷一一〇〇〇。按此为李涉诗，见《万首唐人绝句》卷二一、《全唐诗》卷四六六，题作《酬彭伉》。《登科记考》载，李频为大中八年进士，而彭伉则为贞元七年进士，其间相隔六十馀年，作李频诗误。

曹邺《别主人》,见《永乐大典》卷三〇〇四,《全唐诗》卷八六二作木客诗。此诗出自唐人小说,《苕溪渔隐丛话前集》卷五八据《续法帖》录此诗,为鬼诗。作曹诗误。

同人《答人》,见《永乐大典》卷三〇〇六,《全唐诗》卷七八四作太上隐者诗。按《全唐诗》所据为《增修诗话总龟》卷十三引《古今诗话》。其实,所谓太上隐者为北宋中叶与滕宗谅同时的历山隐士,见《王状元集注分类东坡先生诗》卷四《赠梁道人》注引《池阳集》。作曹诗亦误。

同人《村行》,见《永乐大典》卷三五八一,《全唐诗》卷七五九作成彦雄诗。按洪迈《万首唐人绝句》卷一〇〇收此为成诗。宋时成集尚存,洪迈所录可信。

同人《伏日》,见《永乐大典》卷一九七八三,《全唐诗》卷七一七作曹松诗,题作《夏日东斋》。按《唐百家诗选》卷十九、《万首唐人绝句》卷九三、席刻《曹松诗集》卷二皆作曹松诗,是。此因同姓而误。

高骈《洞庭湖诗》,见《永乐大典》卷二二六一,《全唐诗》卷二三五作贾至诗,题作《君山》,另《太平广记》卷二〇四引《博异志》作湘中老父诗。余嘉锡《四库提要辨证》卷十八承明胡震亨说,考定《博异志》作者谷神子即郑还古。郑为开成、会昌间人,《博异志》成书时高骈年尚幼,甚或尚未出生,此诗断非其作。

卷十三,许棠《赠处士》:"乾坤清气蔼山川,尽入诗人旧简编。却羡厉生勤苦志,集成佳句世相传。"见《永乐大典》卷一三四五〇。原按:"厉生疑谓厉霆,'集成佳句世相传',意谓厉霆有集前贤诗句之作传于世也。"集句至北宋中期始出现,厉霆应为宋或宋以后人,详后厉霆条考证。

司空图《长安门》,见《永乐大典》卷三五二七,《全唐诗》卷三〇一作王建诗,题作《长门烛》。按影宋书棚本《王建诗集》卷九、《万首唐人绝句》卷五八皆作王诗,可从。另附按云《永乐大典》卷二六〇五收《突厥三台》一首,署司空图名。《全唐诗》卷二六据《乐府诗集》卷七一收之,不署名,是。《万首唐人绝句》卷十三谓为盖嘉运天宝中所进诗,《云溪友议》卷二谓大中间李讷曾闻盛小丛歌此诗,云为其父梨园供奉南不嫌所授。作司空图诗为误署。

唐彦谦《别商明府》,见《永乐大典》卷一一〇〇〇,《全唐诗》卷六五三作方干诗,题作《别殷明府》。按《玄英先生集》卷六、《万首唐人绝句》卷五九皆作方干诗,方干另有《新安殷明府家乐方响》,为与同一人之作,非唐彦谦诗。

罗隐《仿玉台体》二首:"一寸春霏拂绮寮,蕙花江上雪初销。伤心燕子重来地,无复人吹紫玉箫。""主人流落委荒坟,燕子还来坏戟门。惟有桃花古时月,端端正正照啼痕。"见《永乐大典》卷二六〇五。按影印本《诗渊》第六册第四一三九页引此作南宋张良臣诗,是。《江湖小集》卷九十一引张良臣《雪窗小集》收此二诗。

同人《长安亲故》,见邵裴子《唐绝句选》卷九,《全唐诗》卷四百七十作卢殷诗。按令狐楚元和中所进《御览诗》已收此为卢殷诗。时罗隐尚未出生,非其诗。

韦庄《酬张明府》,录自《永乐大典》卷一一〇〇〇。按此为皎然诗,见《全唐诗》卷八一九、《万首唐人绝句》卷六三。

徐铉《和陈处士在雍丘见寄》、《送汪处士还黟歙》,见《永乐大典》卷一三四五〇。按此二诗均见《徐公文集》卷二十一。按《徐公文集》三十卷,前二十卷在南唐作,《全唐诗》已收其诗;后十卷入宋后作,《直斋书录解题》卷十七、《四库全书总目》已论定,《唐音戊签馀》卷二九不录,《全唐诗》沿其例,甚是。

李昉《赠襄阳妓》,录自《宋诗纪事》引《能改斋漫录》。按《能改斋漫录》卷十一云此诗为李昉于建隆四年往南岳祭拜后,归途经襄阳时作,于例不当收。

同人《昌陵挽诗》句,录自《宋诗纪事》引《历代吟谱》。按诗题当依《六一诗话》作《永昌陵挽辞》。永昌陵为宋太祖陵。《全五代诗》卷十五有此全诗。

符彦卿《知汴州作》,录自《宋诗纪事》卷二,最早见《青琐高议前集》卷五。陶敏谓此为王彦威诗,见《全唐诗》卷五一六,是。李宗谔《先公谈录》(《宋朝事实类苑》卷三九引)录其父李昉语云:"东京明德门,即唐时汴州宣武军鼓角楼⋯⋯其上有节度使王彦威诗石尚在。彦威明于典礼,仕贞元、元和间为太常博士,累官至大僚。其诗曰(诗略)。即彦威龌龊官男儿之言,亦有憾尔。其石至太祖重修官职,不复存矣。"《唐诗纪事》卷五一、《增修诗话总龟》卷三引《谈苑》皆采其说。王彦威于开成五年至会昌五年任宣武节度使,见《唐方镇年表》卷二。符彦卿,《宋史》卷二五二有传,未曾知汴州。又汴州自朱梁时为京城,沿及宋代,已非外镇。《青琐高议》误改,不足据。

杨徽之《嘉州作》,录自《宋诗纪事》卷二引《方舆胜览》。按《宋史》卷二九六有《杨徽之传》,为浦城人,南唐时潜入汴洛,显德中举进士,历官至右拾遗。宋平蜀后,出为峨眉令。峨眉为嘉州属县,此诗应即其时作。

同人《汉阳晚泊》,见《瀛奎律髓》卷三十四。按《宋史》本传,徽之入宋前未至汉阳,宋太宗时出为山南东道行军司马,诗应即其时作。

同人《寒食中寄郑起侍郎》,见《瀛奎律髓》卷四十二。郑起,《宋史》卷四三九有传,入宋前历官尉氏主簿、右拾遗、直史馆、殿中侍御史。其官侍郎,为入宋以后事。

同人《嘉阳川》四句,见《宋诗纪事》卷二。亦应为任峨眉令时作,详前。

　　卷十七，檀约《阳春歌》，录自明张之象《唐诗类苑》卷十，另《全唐诗续补遗》卷二十亦据《文苑英华》卷一九三录此诗。按檀约应为南齐人，其诗原附收于谢朓《谢宣城诗集》卷二，署"檀秀才"。又见《乐府诗集》卷五一。《先秦汉魏晋南北朝诗·齐诗》卷六已收此诗，惟缺名应补。

　　裴羽仙《寄夫征衣》，见清管韫山《读雪山房唐诗钞》卷十二，《全唐诗》卷七二〇作裴说《闻砧》诗。原按引毕沅《关中金石记》卷四《寄边衣诗》条云："乾化四年刻，唐裴说撰，释彦修草书。在西安府学。"知此诗梁时刻石，至清代犹存。又宋陈思《宝刻丛编》卷七亦著录。另《后山诗话》、《唐诗纪事》卷六五、《直斋书录解题》卷十九皆称引之，可断为裴说诗。又传云"裴羽仙，裴说之妻"，亦似无确证。

　　厉霆，据《永乐大典》录诗九首，其中二首为集句。《全唐诗》无厉霆其人。按集句之作，肇自北宋，宋人或云始于王安石，或云创自石延年，唐五代之时并无此体。厉霆《野望怀故乡集句》引李中句"野外登临望"，为李中《碧云集》卷一《春日野望怀故人》一诗中句。《碧云集》有孟宾于开宝六年序，其后二年南唐亡。厉霆取其句入诗，无疑应为宋或宋以后人。前录许棠诗有"却羡厉生勤苦志，集成佳句世相传"句，许为咸通间人，不可能见到厉霆以李中诗集句。许诗伪，厉霆亦非唐人，共生活时代俟考详。

　　茅盈《赋上清神女催妆》，见《永乐大典》卷六五二三。按《全唐诗》卷八六二已据《太平广记》卷五十引李玫《纂异记》收此诗，茅盈为嵩岳诸仙之一。其人相传为汉哀帝时人，后仙去，润州茅山即因其而得名，见《太平广记》卷十一《大茅君》条。

　　何光远《催妆》二首，见《永乐大典》卷六五二三。按《全唐诗》卷八六四已据《万首唐人绝句》卷六八引《宾仙传》收于明月潭龙女下。《宾仙传》已佚。

芦中《江雨望花》,见《分门纂类唐歌诗》残本第六册《草木虫鱼类》卷六,《全唐诗》卷六七九作崔涂诗。按《宋史·艺文志七》著录《芦中诗》二卷,注云:"不知作者。"《万首唐人绝句》卷三八从该集录诗八首,均崔涂作,或即涂集。赵孟奎据此集采录诗歌,即径以集名署之,非人名。

平可正《杨梅诗》,录自清编《渊鉴类函·果部·杨梅四》。按此诗宋代两见收录。《事文类聚后集》卷二七收入,作者为可正平。同书《前集》卷八、卷十、《后集》卷四,亦录可正平诗多首。《全芳备祖后集》卷六所收,亦署可正平,列苏轼、曾几诗间。宋人著作中,未见可正平的传记。偶检《能改斋漫录》卷十七有云:"释可正平工诗之外,其长短句尤佳,世徒称其诗也。"《嘉定镇江志》卷二十云:"僧祖可,字正平,后湖苏养直之弟。元名序,后为僧,易今名。"因知其人即列名《江西诗社宗派图》的北宋末诗僧祖可。宋人以其法名与表字联称为释可正平,省作可正平,又乙为平可正。

舒信道《甘蔗诗》,录自《渊鉴类函·果部·甘蔗五》。按舒信道即宋人舒亶,《宋史》卷三二九有传,字信道,兰溪人。治平二年省元。王安石当国时,任御史中丞。崇宁三年卒,年六十三。

高辅尧《登顶》,录自《永乐大典》卷一一九五一。按《宋史》卷四八三《荆南高氏世家》载,高辅尧为荆南三主高保融之弟高保寅之子,入宋登进士第,太宗时历知同、汝二州,卒。其诗不应视为唐诗,应入宋。

徐璧《催妆》,见《永乐大典》卷六五二三,《全唐诗》卷七六九作徐安期诗。按徐璧为徐璜之误,《全唐诗续补遗》卷三所录不误,今删此存彼。

无名氏《水光镜诗》:"玉匣邪开盖,轻灰拭夜尘。光如一片水,影照两边人。"录自《金石萃编》卷一○八。按此为庾信《镜》诗之前四句,诗见《庾子山集注》卷四,另《艺文类聚》卷七十、《初学记》卷二五亦收入。唐时坊间铸镜,多喜取徐庾艳诗为铭文,详沈从文《〈唐宋铜镜〉序》。

同前《祀岳庙残诗》,录自《金石萃编》卷八十。陶敏云此为周墀《酬李常侍景让立秋日奉诏祭岳见寄》诗,见《全唐诗》卷五六三。另《唐诗纪事》卷五五亦收。《金石萃编》录诗末有自注:"常侍曾领此郡,故有□(当是"末"字)句。"《全唐诗》缺此注。

卷十八,太易《宿天柱观》,录自《又玄集》卷下,《全唐诗》卷八○九作灵一诗。按高仲武《中兴间气集》卷下收此为灵一诗。高仲武为灵一、太易同时人,所收较可信。另《文苑英华》卷二二六、《会稽掇英总集》卷九、《唐诗纪事》卷七二、《洞霄诗集》卷一、影宋书棚本《灵一诗集》皆收作灵一诗。又《才调集》卷九亦作太易诗,似即据《又玄集》转引。

吴筠《天柱隐所答韦应物》,录自《洞霄诗集》卷一,《全唐诗》卷二八七作畅当诗,题作《天柱隐所重答江州应物》。检《权载之文集》卷三三《吴尊师集序》,知吴筠卒于大历十四年。据今人考证,韦应物大历间仕宦未及江南,守滁、江、苏三州,均为建中、贞元间事。畅当与韦有较多过往,此诗《唐诗纪事》卷二七已录归畅当,作吴诗误。

同人《第五将军入道因寄》,出处同前则,《全唐诗》卷六六四作罗隐诗,题作《第五将军于馀杭天柱宫入道因题寄》。按《甲乙集》卷十、《文苑英华》卷二二九皆作罗隐诗,作吴诗误。

广利王女《雪溪神歌》,录自《永乐大典》卷二九五二。按《全唐诗》卷八六四已据《太平广记》卷三○九引《纂异记》(从明钞本)收入水神《雪溪夜宴诗》,为雪溪神所歌。

第二部分 《全唐诗续补遗》删去诸诗的说明

卷一李世民《破阵乐》，引自明人补本《万首唐人绝句》卷十一。按《全唐诗》卷二七收此诗入《杂曲歌辞》，云"失撰人名"。卷五一一又收张祜名下。今检此诗最早见于《乐府诗集》卷八十，解题云："按《破阵乐》本舞曲，唐太宗所造。"任半塘《唐声诗》下编第十三云："李世民于《破阵乐》仅制舞，不云制辞。此辞风格远异初唐，更非李世民所有。"参《旧唐书·音乐志》、《通典》卷一四六、《唐会要》卷三三等书记载，其说可视为定论。又《全唐诗》作张祜诗，亦非是。影宋本《张承吉文集》无此诗。《乐府诗集》卷八十收张祜《上巳乐》，其后九题十二首，均无作者名，《全唐诗》均录归张祜。今检《戎浑》为王维《观猎》之前四句，《墙头花》之二为崔国辅《怨词二首》之一，《思归乐》之二为王维《送友人南归》之前四句，可知不应统归于张祜名下。此诗应归为无名氏之作。

同人《黄河》，录自《古今图书集成·山川典·河部》。按《全唐诗》卷五五八作薛能诗，是。诗收《许昌集》卷三。诗云："润可资农亩，清能表帝恩。"为臣工语气，可断非太宗诗。

同人《登骊山高顶寓目》，录自毕沅《关中胜迹图志》卷二，《全唐诗》卷二作中宗皇帝诗。按作中宗诗为是。《唐诗纪事》卷一记此次赋诗事甚详，同作者有刘宪、苏颋、武平一等人，《文苑英华》卷一七○另有李峤、赵彦昭、张说、崔湜和诗，诸人均为中宗时人。此诗误属太宗，始于明刻本《文苑英华》，清人复沿其失。

褚亮《梁甫吟》，注出《西溪丛语》卷上。陶敏云："按此乃乐府《梁甫吟》古辞之首六句，《乐府诗集》卷四一、《艺文类聚》卷十九均题诸葛亮作，《古文苑》卷四未题作者姓名，然非唐人褚亮作则无可疑。""意者，此诗流传时被附会为诸葛亮作，后脱去'葛'字，又讹

‘诸’为‘褚’，遂成褚亮。"

李义府《忆伊川有赋》，录自《古今图书集成·山水典·伊水部》。按《全唐诗》卷三一八收作李吉甫诗，是。李德裕《会昌一品集别集》卷九《平泉山居诫子孙记》云："先公每维舟清眺，意有所感，必凄然遐想，属目伊川，尝赋诗曰：‘龙门南岳尽伊川，草树人烟目所存。正是北州梨枣熟，梦魂秋日到郊园。'吾心感是诗，有退居伊洛之志。"李德裕为李吉甫之子，其所记必无误。

王绩《绩溪岭》："羸马缘溪湾复湾，乾坤别自一区寰。林深村落多依水，地少人耕半是山。磴道险如过栈道，丛关高似度函关。观风欲问苍生事，旋采童谣取次删。"注出康熙《徽州府志》卷二《绩溪山水》。检原书，并未云为唐人。陶敏云："嘉庆《绩溪县志》卷十一列明人诗，新发现吕才原编王绩五卷集亦无此诗。"韩理洲云："此诗又全体合律，王绩时代七律尚未完成，故不可信。"（见《王无功文集（五卷本会校）》）王绩平生似亦未到过皖南。《明清进士题名碑录》载明景泰五年进士有王绩，直隶华亭人，疑即此诗作者。

张昌龄《赠兄昌宗》句："昔日浮丘伯，今同丁令威。"出孟棨《本事诗·嘲谑》。按此二句为崔融《和梁王众传张光禄是王子晋后身》中句，诗见《文苑英华》卷二二七、《全唐诗》卷六八。《旧唐书》卷七八《张行成传》云："行成族孙易之、昌宗。……时谄佞者云：昌宗是王子晋后身。……辞人皆赋诗以美之，崔融为其绝唱，其句有‘昔遇浮丘伯，今同丁令威。中郎才貌是，藏史姓名非'。"《本事诗》误作张昌龄句。《旧唐书》卷一九〇《文苑传》载张昌龄于贞观间入仕，乾封元年卒，不及见张昌宗得宠于武氏。昌龄有兄昌宗，与行成族孙同名，为另一人，《本事诗》当因此而误。

张九龄《岘山汉水》："岘山思驻马，汉水忆回舟。丹壑常如霁，青林不换秋。"出《舆地纪胜》卷八二《襄阳府》。按此为《唐诗纪事》

卷二五、《全唐诗》卷一二四所收徐安贞五律《题襄阳图》中二联。《云溪友议》卷中《衡阳遁》有"徐侍郎（指徐安贞）曾吟'岘山思驻马，汉水忆回舟'"云云。作张诗误。

宋之问《寒食》："马上逢寒食，春来不见饧。洛中逢甲子，何日是清明。"出《岁时广记》卷十五。陶敏云："按《全唐诗》卷九六沈佺期《岭表逢寒食》，首云：岭外无寒食，春来不见饧。洛阳新甲子，何日是清明？'卷五二宋之问《途中寒食题黄梅临江驿寄崔融》首云：'马上逢寒食，愁中属暮春。'此乃将宋诗首句与沈诗二、三、四句捏成一诗。"又云《刘禹锡嘉话录》中已将"马上逢寒食"、"春来不见饧"二句误合为一联，作宋之问诗，《能改斋漫录》卷四、《野客丛书》卷七已辨其误。

沈佺期《白鹿观应制》，《全唐诗》卷二作中宗《登骊山高顶寓目》。诗应为中宗作，详前李世民条考辨。《唐诗纪事》卷十一沈佺期名下两录《白鹿观应制》，前首为沈作，后首则属误收，同书卷一不误。

同人句："五湖三亩宅，万里一归人。"录自《诗人玉屑》卷三。按此为王维《送丘为落第归江东》五、六两句，见《全唐诗》卷一二六。《唐诗三百首》收此诗。

同人句："身经火山热，颜入瘴乡消。"录自《舆地纪胜》卷一〇八《梧州》、《永乐大典》卷二三四〇及二三四三。按此为宋之问《早发韶州》中句，文字稍异，见《全唐诗》卷五三。

同人句："静夜思鸿宝，清晨朝凤京。"据《艺林伐山》卷十八。按此为沈佺期《同工部李侍郎适访司马子微》诗中句，《全唐诗》卷九五已收录。

卢照邻《陇头水》，出《古今图书集成·职方典·平凉府部》及《巩昌府部》。《全唐诗》卷九六作沈佺期诗。按卢、沈皆有同题之作，

《文苑英华》卷一九八均收入。卢诗为"陇坂高无极"一首,《全唐诗》卷四二已收。此指"陇山风落叶"一首,应为沈作。

同人《诗》,据《韵语阳秋》卷七补题解,注云:"此诗见《全唐诗》卷四十一,为《咏史》第四首中之四句。但《全唐诗》无题解,故并存以供参考。"所谓题解实为《韵语阳秋》作者葛立方对卢诗中所用典故的诠释,并非卢氏自作,不应补出。

王勃《春中喜王九相寻》,出《古今图书集成·岁功典·仲春部》,《全唐诗》卷一六〇作孟浩然诗。按作孟诗是。王九即王迥,为孟浩然在襄阳的友人,孟另有《鹦鹉洲送王九之江左》、《同王九题就师山房》、《赠王九》、《上巳洛中寄王九迥》诸诗,可证。作王诗误。

同人《题九江英烈庙》:"碧瓦烟笼翠,朱门映日开。万邦金作栋,千片玉推阶。帝重亲书额,臣钦相篆碑。真心扶社稷,风雨应时来。"录自《古今图书集成·神异典·神庙部》。王达津云:"按九江英烈庙系明初所建,此诗似为明朝人诗。"陶敏云:"乃南宋后人作,九江清凉寺昭明太子庙,宋嘉定甲申方赐号英烈。"(《江西通志》卷七七《坛庙》)今据删。

同人《宿长城》,出《古今图书集成·职方典·大同府部》及《陕西总部》。《全唐诗》卷二十、卷四六九作长孙佐辅诗,所据当为《唐百家诗选》卷十一、《乐府诗集》卷三七,非王勃诗。

同人《陇上行》:"负羽到边州,鸣笳度陇头。云黄知塞近,草白见边秋。"出《古今图书集成·职方典·秦州府部》及乾隆《秦州新志》卷十一。按《全唐诗》卷三四六收作王涯诗。《唐诗纪事》卷四二收此诗归王涯,卷末云:"右王涯、令狐楚、张仲素五言七言绝共作一集,号《三舍人集》,今尽录于此。"此集今尚存。复旦大学图书馆藏明钞本《唐人诗集八种》,为清初曹溶、朱彝尊旧藏,其中即有此集,题作《元和三舍人集》,存诗数与《唐诗纪事》同,益可证《陇上行》非王勃所作。

同人《田家》三首，蒋清翊《王子安集注》卷三据杨一统刊本《王勃集》补录，童氏据以辑出。《文苑英华》卷三一九、《全唐诗》卷三七均作王绩诗，五卷本《王无功文集》卷二亦收入，断非王勃作。

同人《有所思》，出处同前。《文苑英华》卷二〇二、《盈川集》卷二、《全唐诗》卷五十皆作杨炯诗，当可从。

骆宾王《灵隐寺》："鹫岭郁岧峣，龙宫锁寂寥。楼观沧海日，门对浙江潮。桂子月中落，天香云外飘。扪萝登塔远，刳木取泉遥。霜薄花更发，冰轻叶互凋。夙龄尚遐异，搜对涤烦嚣。待入天台路，看予渡石桥。"录自《四部丛刊》影明本《骆宾王集》。《全唐诗》卷五三收归宋之问。按《本事诗·征异》云宋之问游灵隐寺，先成首二句，"第二联搜奇思，终不如意"。有老僧续以"楼观沧海日，门对浙江潮"二句，宋"讶其遒丽"，取以续成全篇。后寺僧告以老僧即骆宾王。骆宾王兵败后，或云被杀，或云逃遁，难以究诘。骆、宋二人有文字过从，似不应见面而不识，故此传说近人多疑之。即以《本事诗》说，亦仅二句为骆作。吴企明引《封氏闻见记》卷七："垂拱四年三月，月桂子降于台州临海县，十馀日乃止。……宋之问台州作诗云：'桂子月中下，天香云外飘。'"认为诗中所述皆台州景色，原诗应是游台州时所写，后人凑泊《本事诗》，乃妄改诗题为《灵隐寺》。其说可参。

同人《陇头水》，出《古今图书集成·职方典·巩昌府部》。《全唐诗》卷四二作卢照邻诗，是，《文苑英华》卷一九八、《乐府诗集》卷二一、《幽忧子集》卷二皆作卢诗收入。《古今图书集成》于此题诸诗下署名错位，误以沈诗归卢，卢诗归骆。

陈子昂《望荆门》，录自《古今图书集成·职方典·安陆府部》。按此为刘长卿诗，见《全唐诗》卷一四九，题作《江中晚钓寄荆南一二相识》，又见《文苑英华》卷二五二、《刘随州诗集》卷五。

薛稷《四言诗》："悠悠洛邑，渺渺伊壖。屡移寒暑，频经岁年。丹蜃几变，陵谷俄迁。不睹碑碣，空悼风烟。"出《六艺之一录》卷三二五《历代书谱》。按此为《全唐文》卷二七五所收薛稷《唐杳冥君铭》之第一段铭辞。

杨敬述《婆罗门》，出《乐府诗集》卷八十。《全唐诗》卷二八三作李益《夜上受降城闻笛》。此为唐诗名篇，作者并无异说。《乐府诗集》引《乐苑》云："《婆罗门》，商调曲，开元中西凉府节度杨敬述进。"杨所进为《婆罗门》之曲调，非指本诗，诗为后世乐师采李益诗以入此曲调。《唐声诗》下编第十三对此考订较详，可参看。

李泌《赠衡岳僧明瓒》："粪火但知黄独美，银钩唯识紫泥新。尚无情绪收寒涕，谁有工夫问俗人？"见同治《湖南通志》卷二四一引《南岳总胜集》。按此为宋僧惠洪《读古德传八首》之四，见《石门文字禅》卷十五。又《林间录》卷下录明瓒事后云："予尝见其像，垂颐瞑目，气韵超然，若不可干者，为题其上曰（诗略）。"即引此首。《南岳总胜集》卷中误作"使者李侯赠诗"。

卷二，丰干《诗谒（当作"偈"）》，出雍正《浙江通志》卷二〇〇，并注："按此诗《全唐诗》八四七齐己《日日曲》首二句和末二句，文字略有出入。"按此诗见《白莲集》卷十，该集为齐己门人西文在齐己逝世后不久嘱孙光宪编次成集，时在后晋天福中，其集基本未乱。《全唐诗》卷八〇七收丰干诗二首，余嘉锡《四库提要辨证》卷二十考定为宋代俗僧伪托。此首既知为齐己诗，非丰干诗殆无可疑。

司马退之《赋罗浮山》，出《古今图书集成·山川典·罗浮山部》，《全唐诗》卷八六七作袁少年诗。洪迈《万首唐人绝句》卷九八录袁诗三首，除此首外，尚有《赋君山》、《赋南岳庙》，并注袁为"猿"。其所据故事出处，今已无可考。

　　抛球妓《抛球诗》,为李真言梦中所得,录第二首,注云:"《诗话总龟后集》四二《鬼神门》引《侯鲭录》,原注:'《今古诗话》中载此诗,只有二首,不及此详备,故尽录之。'又《全唐诗》七七〇只有一三两首,作李谨言《水殿抛球曲二首》,又七八六无名氏有此诗第三首。"按:李真言,或作李慎言、李谨言。赵令畤《侯鲭录》卷二云"余少从李慎言希古学",赵为苏轼门人,绍兴初卒,可推知李慎言应为北宋仁宗、神宗之际人。沈括《梦溪笔谈》卷五称为"海州士人李慎言",录二首,即《全唐诗》所采者。沈括于至和间曾任海州沭阳县主簿,所记或为当时闻见。其诗收作唐诗,始于洪迈《万首唐人绝句》卷六九,胡震亨《唐音癸签》卷三一已批评洪书误取宋人李慎言之诗。详《文史》二十四辑刊拙文《〈全唐诗〉误收诗考》。

　　卷三,张谓《情人玉清歌》,出《古今图书集成·闺媛典·闺艳部》,注云:"《文苑英华》三四六《歌行》作张南容诗,疑南容为谓之字。《全唐诗》二五五作毕曜诗。"按《登科记考》卷四载张谓为景龙二年进士,卷八载张南容为开元二十三年登第,其间相去近三十年,可断非一人。《文苑英华》署张南容,《乐府诗集》卷九一署毕曜(应作"耀"),归属较难确定。《杜工部草堂诗笺》卷十二《逼侧行赠毕曜》注谓唐李康成《玉台后集》收毕诗二首。《全唐诗》收毕诗三首,除《赠独孤常州》外,《古意》及本诗皆咏妇女生活之作,疑即李康成所取者。李、毕为同时人。

　　包融《浔阳陶氏别业》、《送东林廉上人还庐山》,均出《古今图书集成》,前者见《职方典·九江府部》,后者出《山川典·庐山部》。按收诗迄于天宝十二载的殷璠《河岳英灵集》卷上均作刘脊虚诗,最为可靠。前诗《全唐诗》卷二五六已归刘名下,后诗则收于卷一四〇王昌龄名下,亦误。本书另录入刘名下,是。作包诗误。

　　张子容《送内兄李录事归故里》,录自《唐才子传》卷一,《全唐诗》卷一五一作刘长卿诗，题作《送李录事兄归襄邓》。按李录事即李穆，刘长卿之妻兄，《刘随州集》中收二人唱和诗多首，可证。周本淳《唐才子传校正》疑《唐才子传》"后值乱离"以下皆刘长卿事，"子容诗中无经乱痕迹可寻"。其说是。

崔国辅《侠客行》《清水西别李参》，分别录自《文苑英华》卷一九五、卷二八七。按《全唐诗》卷一四五皆收作李嶷诗，是。前诗，《河岳英灵集》卷下作李嶷《少年行》之三，《国秀集》卷中则题作《游侠》。后诗仅见《国秀集》，题作《读前汉外戚传》，诗云："人录尚书事，家临御路傍。凿池通渭水，避暑借明光。印绶妻封邑，轩车子拜郎。宠因宫掖里，势极必先亡。"显然为读史而非送别之作。《国秀集》录李诗前恰为崔国辅诗，崔诗末首题为《渭水西别季仑》。由此可推知《清水西别李参》即由《渭水西别季仑》传讹而成，疑《文苑英华》编者所见《国秀集》，李嶷诗前作者名及篇名皆脱去，遂连上误作崔诗。

同人《甘州》二首、《濮阳女》《金殿乐》《甘州》，均录自明赵宧光、黄习远补本《万首唐人绝句》，《全唐诗》卷二七作《杂曲歌辞》，无著者姓名。除《濮阳女》外，《全唐诗》卷五一一均收张祜名下。按《乐府诗集》卷八十不署作者，应属无名氏，作崔国辅、张祜诗皆误。参前李世民、杨敬述条考证。

王维《从军行三首》《游春曲二首》《游春辞二首》《秋思二首》《秋夜曲二首》《太平乐二首》《塞上曲二首》《塞下曲二首》《平戎辞二首》等十九首，分别录自《乐府诗集》卷三三、卷五九、卷七六、卷八二、卷九二、卷九三、卷九五，《全唐诗》卷三四六、卷三六七分别录作王涯、张仲素诗。按诸诗自明季顾元纬刊入王集，颇多争讼。赵殿成《王右丞集笺注》卷十五虽收入外编，但并不以为王维作，附跋云："洪迈辨《游春词》等三十首为王涯所作，而诸本俨然犹载集中。虽其诗亦佳丽可诵，较之鱼目混珠，瑉玞乱玉，大有径庭，然究非摩诘本来面目矣。"《文学遗产增刊》十三辑韩维钧《王维现存诗歌质疑》，论证诸诗非王维作，证据甚有力。今尚应补充证定的是，复旦大学藏《元和三舍人集》诸诗均收入，《唐诗纪事》卷四二引《三舍人集》也作王涯等诗（详前王勃条考证），最为可信。王涯、张仲素、令狐楚三人元和中为舍人，《重修翰林学士壁记》载之甚详，可参看。以王涯等诗误归王维，始终宋刻本《乐府诗集》，因"维"、"涯"二字形近而误，今中华书局校点本已予改正。顺便应说及，《唐诗纪事》、《乐府诗集》、《万首唐人绝句》录三舍人诗，在具体篇章的归属上稍有出入，凡此均当以存本《三舍人集》为正。

同人《华清宫》，录自清毕沅《关中胜迹图志》卷五。按影宋蜀刻《张承吉文集》卷四、《全唐诗》卷五一一均作张祜诗，是。作王维诗为清人误系。

崔颢《早朝大明宫》，录自《文苑英华》卷一九〇，《全唐诗》卷二〇一作岑参诗。按早朝大明宫唱和倡自贾至，和者王维、杜甫、岑参，为唐诗人著名盛会，《杜工部集》、《王右丞集》皆全收诸人诗，作者无异说。唱和时地，为乾元元年在长安。检《旧唐书》卷一九〇，崔颢卒于天宝十三载，早于唱和四年。此诗显然不是崔作。

孟云卿《赠张彪》："善道居贫贱，洁服蒙尘埃。行行无定心，坎壈难归来。"出辛文房《唐才子传》卷三。按此为张彪《北游还酬孟云卿》中间四句，全诗见元结编《箧中集》。元结为张、孟之诗友，必不误。傅璇琮《唐才子传校笺》谓"辛氏盖误读原文"。张诗见《全唐诗》卷二五九。

闾丘晓《无锡东郭送友人游越》，出《古今图书集成·职方典·浙江总部》，《全唐诗》卷一四九作刘长卿诗。按此应为刘诗，见《刘随州集》（《四部丛刊》本、席刻本）卷五。

　　韦应物《金陵怀古》，出《舆地纪胜》卷十七《建康府》，《全唐诗》卷二九二作司空曙诗。按此应为司空曙诗，见《文苑英华》卷二五四、席刻本《司空文明诗集》卷二。

　　同人《突厥三台》，出《乐府诗集》卷七五及《全唐诗》卷二六《杂曲歌辞》。注云："《万首唐人绝句》十三作盖嘉运编进乐府词，《全唐诗》八百二又作盛小丛诗。""此一首在韦应物《三台》六言二首及未署名《上皇三台》五言一首之后。按《乐府诗集》编排通例，后二题均当为韦诗。《全唐诗》二六转抄《乐府》，一九五韦诗均只以《上皇》一首为韦诗，而遗《突厥》一首，今特补之。"按此说误。《乐府诗集》凡同时收一人的数首诗，均于每首下分别署名，如卷七五收王建《宫中三台二首》、《江南三台四首》，皆署作者名。而作者不详者，则多不署作者，而并非指与前列之诗为同一作者。韦应物所作，仅六言《三台二首》而已，其次之《上皇三台》、《突厥三台》皆非韦作，《韦江州集》皆不收。《全唐诗》以《上皇三台》收韦名下，已属误收。《全唐诗》另归盛小丛，亦误。据《云溪友议》卷上及《会稽掇英总集》卷十、《全唐文》卷四三八载李讷诗序，小丛仅为歌者，而非作者。

　　高适《感五溪茅菜》，录自《四部丛刊》影印明活字本《高适集》，《全唐诗》卷七三二作高力士诗。按此为高力士诗，首见于郭湜《高力士外传》（约成书于大历间），唐宋间笔记、诗话以至正史转引者甚众。力士晚贬巫州，与诗意正合，非适诗。

　　吴筠《登二妃庙》，录自《古今图书集成·山川典·湘水部》。按此为南朝梁吴均诗，《先秦汉魏晋南北朝诗·梁诗》卷十一收入。《文苑英华》卷三二〇收此诗，置梁人间，署"吴筠，"筠"为"均"之误，中华书局影印本新编目录已改正。《文苑英华》未收唐吴筠诗。

　　卷四，李白《会别难》，录自《才调集》卷六，《全唐诗》卷一五七作孟云卿《今别离》。按元结编《箧中集》收此为孟诗，当可从。元结此集编成于乾元三年,时李、孟皆在世,元、孟又为挚友,所录较可信。

同人《入清溪行山中》,录自《文苑英华》卷一六六,原列李白同题诗后,《全唐诗》卷一三〇作崔颢诗,题作《入若耶溪》。按此应为崔诗,见《会稽掇英总集》卷八,平冈武夫《唐代的诗歌》引静嘉堂文库藏明钞本《文苑英华》署为崔颢作。王琦《李太白全集》卷三十亦云此"当是颢作也"。

同人《鹤鸣九皋》,录自《文苑英华》卷一八五《省试》。按李白平生未赴礼部试,此诗断非其所作。明刊本《文苑英华》原未署名,中华书局影印本新编目录作李白,不详何据,不可从。《全唐诗》卷七八七作无名氏诗,较为妥当。

同人《庐山东林寺夜怀》二首。曹汛谓其一前四句为李白绝句《别东林寺僧》,见《全唐诗》卷一七四。后十句为王昌龄《送东林廉上人归庐山》,《全唐诗》卷一四〇已收。其二与《全唐诗》卷一八二所收仅有二处异文,今均删。

同人句:"玉颜上哀啭,绝耳非世有。"录自王琦辑注《太白集》附录。按此为韦应物《拟古》之四中句,见《全唐诗》卷一八六。

同人《菩萨蛮》:"游人尽道江南好,游人只合江南老。未老莫还乡,还乡空断肠。绣屏金屈曲,醉入花丛宿。春水碧于天,画船听雨眠。"录自《尊前集》。按此为拼合韦庄同题词而成。韦词见《花间集》卷二,凡五阕。此词以韦词第二阕的首二句为首二句,末二句作三四两句,而以三四两句作末句,另以第三阕的五六两句植入,仅个别文字有所不同。显非李白词。韦词见《全唐诗》卷八九二。

杜甫《九日》,录自《岁时广记》卷三五《重九》,《全唐诗》卷五二二作杜牧《九日齐安登高》。按此诗收入杜牧外甥裴延翰所编的《樊川文集》卷三,齐安即黄州,杜牧曾任州牧,杜甫则未至该地。

同人《七夕》"腹中书籍幽时晒，肋后医方静处看"二句，录自《岁时广记》卷二八。按此为《全唐诗》卷二六一严武《寄题杜拾遗锦江野亭》中句。严诗原附于《杜工部集》，因而被误作杜诗。

薛奇童《思归乐》二首，录自明人补本《万首唐人绝句》卷二。按《乐府诗集》卷八十不署作者名，《全唐诗》卷二七收入，亦不署名，是。《全唐诗》卷五一一又作张祜诗，亦误，详前李世民条考证。此作薛奇童，恐出明人臆题，不足据。

郭良《早春寄朱放》，已详前《全唐诗补逸》同人条之考证。

程弥纶《乌江女》，出《古今图书集成·闺媛典》，《全唐诗》卷二〇三作屈同仙诗。按《国秀集》卷下载此为屈诗，同书亦载程诗，今存二人诗皆因此集始得存，必不误。

郑放《秋祭恒岳晨望有怀》，录自《古今图书集成·职方典·大同府部》、《山川典·恒山部》、《神异典·北岳恒山之神部》，《全唐诗》卷八八七作李复诗，题无"秋祭"二字。按顾炎武《求古录》卷二九、《金石文字记》卷六、叶奕苞《金石录补》卷二三皆据石刻定为李复诗。《金石萃编》卷七三谓此诗题于《大唐北岳府君之碑》碑阴，题作《五言晚秋登恒岳晨望有怀》，署"定州司马李复"。

包佶《岭下卧疾寄刘长卿员外》，录自明人补本《万首唐人绝句》卷二七。陶敏、吴企明均云此为包何诗，见《全唐诗》卷二〇八，题作《送乌程王明府贬巴江》。诗云："一片孤帆无四邻，北风吹过五湖滨。相看尽是江南客，独有君为岭外人。"乃送人贬岭外而非己在岭下寄人之作，以《全唐诗》之题为是。包佶另有《岭下卧疾寄刘长卿员外》，为五言排律，原附入《刘随州诗集》，刘亦有《酬包谏议佶见寄之作》，《全唐诗》均已收。

刘长卿《重别严维》，录自董斿《严陵集》卷一。按《全唐诗》卷二六三收此为严维诗，题作《答刘长卿七里濑重送》，是。严诗原附收于《刘随州诗集》,董荥不慎作刘诗编入。

严武《巴江喜雨》,录自《蜀中名胜记》卷二五《保宁府·巴州》。道光《巴州志》卷十谓此为宋人"判府大中冯公"所作,刻石在老君洞,清时犹存。《金石苑》卷五全录此段石刻,凡存诗三十二首,题作"判府太中先生冯公诗什",无刻石年月。此诗列第二首,题作《继而稍旱祷而复雨喜而作诗》,诗全同。诗刻中有《端午前三日观坡诗首夏官舍即事因次其韵》,因知作者应为北宋中期以后人。

陆羽《陆子泉》:"千羡万羡西江水,曾向竟陵城下来。"录自《舆地纪胜》卷七六《复州古迹》。按《全唐诗》卷三〇八收陆羽《歌》之末二句云:"惟向西江水,曾向金陵城下来。"与前稍异。陆羽此诗,各书所录差异较大,《全唐诗》所据当为《唐诗纪事》卷四十,此外如《国史补》卷中、《因话录》卷三、《太平广记》卷二〇一引《传载》所引皆不同,兹录差异较大的《国史补》所引诗如次:"不羡白玉盏,不羡黄金罍。亦不羡朝入省,亦不羡暮入台。千羡万羡西江水,曾向竟陵城下来。"

卷五,皇甫冉《送陆鸿渐采茶相过》,录自明人著《金陵梵刹志》卷四《全唐诗》卷二一〇作皇甫曾诗。按《文苑英华》卷二三一、《唐诗纪事》卷四十、《四部丛刊三编》影明刻《皇甫曾诗集》皆以此为皇甫曾诗,当可从。

皇甫曾《西陵渡寄一公》,录自《文苑英华》卷二一九,《全唐诗》卷二四九作皇甫冉诗。陶敏云:"一公即诗僧灵一。《全唐诗》卷八〇九有灵一《酬皇甫冉西陵见寄》,即为酬答此诗而作,故诗为皇甫冉作无疑。"

同人《同杜相公对山僧》,出《文苑英华》卷二一九,《全唐诗》卷二五〇作皇甫冉诗。按《中兴间气集》卷上收此诗为皇甫冉作,当不误。

张荐《月中桂》句："影高群木外,香满一轮中。"录自《诗人玉屑》卷三。王达津云:"见《全唐诗》卷六三八张乔《试月中桂》诗中,当是张乔作。"王说是《唐摭言》卷十云咸通末京兆府解,张乔以此诗擅场。

张继《泊枫桥》,录自《舆地纪胜》卷十《绍兴府》。按《全唐诗》卷二五〇收作皇甫冉诗,题作《小江怀灵一上人》,是,见《皇甫冉诗集》卷六、《万首唐人绝句》卷一〇一,另洪迈《容斋三笔》卷十五《六言诗难工》条,叙及张、皇甫唱和诗什时,也举此篇为皇甫之作。

韩翃《送友人喻坦之归睦州》,录自《严陵集》卷二,《全唐诗》卷五八九作李频诗。按《唐才子传》卷九云喻坦之"咸通中举进士不第","与李建州频为友"。与韩翃不同时。李频此诗,见收于《文苑英华》卷二八二、《四部丛刊三编》影明钞本《梨岳诗集》。

同人《渡淮》,出《古今图书集成·职方典·汝宁府部》,《全唐诗》卷四四七作白居易诗。按诗见《白氏长庆集》卷二四。白集为作者手编,后世传本虽已失初貌,但并无他人诗羼入。

同人《丹阳送韦参军》,录自《重修丹阳县志》卷三四。按《全唐诗》卷二六三作严维诗,是,《万首唐人绝句》卷二七及席刻本、江标影宋本《严维诗集》皆收入。

王隋句:"一声啼鸟禁门静,满地落花春日长。"录自《诗人玉屑》卷三《唐人句法》。辑者注:"韩翃有《赠王隋》诗。"此说误。此二句为宋仁宗初名臣王随之诗。江少虞《宋朝事实类苑》卷三六《王章惠》条谓:"王公随惟嗜吟咏,有《宫词》云:'一声啼鸟禁门静,满地落花春日长。'……皆公应举时行卷所作也。"《宋诗纪事》卷九据《历代吟谱》收录。《唐人句法》所录,如王胄、悟清、沈君道、庾信、刘孝标、吴均、王淡交等皆非唐人,去取并不严格。

独孤及《芜城》,录自《舆地纪胜》卷三七《扬州》。按《文苑英华》卷二五六、《唐诗纪事》卷二八、《全唐诗》卷二七二皆收作朱长文诗,题作《春眺扬州西上岗寄徐(《唐诗纪事》作"于")员外》。非独孤诗。

郎士元《早春登城》二句。曹汛谓此为《全唐诗》卷二五○皇甫冉《奉和王相公早春登徐州城》之五、六句。

卢纶《送吉中孚校书归楚中旧山十一首》,录自明人补本《万首唐人绝句》卷四。按《全唐诗》卷二七六、《文苑英华》卷二七三、席刻本《卢纶诗集》卷一皆收此诗为五古一首,作十一首为明人误析,且《全唐诗》于篇末已注出"一本此篇分作绝句十一首"另补未允。

周郭藩《谭子池》,录自《古今图书集成·神异典·神仙部·列传》引《仙传拾遗》。按《全唐诗》卷四八八收作郭周藩,诗全同。《全唐诗》所据为《唐诗纪事》卷四九,该书并云郭为"河东人,登元和六年进士第。"作周郭藩的最早记载为谈刻本《太平广记》卷二十引《仙传拾遗》。此为一个姓名记载有异,并非别有一人,诗不必补。《唐诗纪事》曾参检唐人《登科记》一类书,或得其实。

王之涣《山行留客》,录自《古今图书集成·山川典·山总部》,《全唐诗》卷一一七作张旭诗。按洪迈《万首唐人绝句》卷七二收此为张旭诗,所据当为张旭诗草(见《宣和书谱》著录),非之涣诗。

卷六,顾况《望夫石》句,录自《后山居士诗话》。按此即《全唐诗》卷二九八所收王建同名诗之后二句,作顾诗为陈师道误记,宋人所著《能改斋漫录》卷三、《艇斋诗话》、《优古堂诗话》等均曾指出。

崔何《桃花源》,录自《舆地纪胜》卷六八《常德府》,《全唐诗》卷一四三作王昌龄《武陵开元观黄炼师院三首》之二。按此为王诗,《万首唐人绝句》卷六七、日本宽政间刊《王昌龄诗集》卷五皆收入,其集中有《武陵龙兴观黄道士房问道因题》、《答武陵田太守》、《武陵田太守席送司马卢溪》、《留别武陵袁丞》等诗，皆同时之作。

赵微明《古别离》，录自《文苑英华》卷二〇二。按此为张彪诗，见《箧中集》，《全唐诗》卷二五九据以收入。

韦夏卿《奉同丘院长丹题惠山寺谌茂之旧居二首》，录自《元无锡县志》卷四上，第一首《全唐诗》卷二七二已收，第二首《全唐诗》卷二八三作李益诗。按此次唱和时在贞元六年，由丘丹、吕渭首倡，同作者有湛贲、韦夏卿、李益、于頔等人，人作一首，韦夏卿不应有二首。此应为《元无锡县志》脱署李益名而致误，《咸淳毗陵志》卷二二所引不误。《二酉堂丛书》本《李尚书诗集》亦收此为李益诗。

朱长文《赠别》句：“春山子敬宅，古木谢敷家。”录自《诗人玉屑》卷三。按此为《全唐诗》卷八〇九灵一《酬皇甫冉将赴无锡于云门寺赠别》中句，此诗收入《中兴间气集》卷下。

张少博句：“惭非朝谒客，空有振衣情。”据《古今图书集成·交谊典·请托部·选句》，按此为严巨川《太清宫闻滴漏》诗末句，见《全唐诗》卷七八一。

张溢《寄友人》句：“共看今夜月，独作异乡人。”录自《诗人玉屑》卷三。王达津云：“见《全唐诗》卷七〇二张蠙《别后寄友生》。”为此诗三四两句。王说是。王安石《唐百家诗选》卷十九、影宋书棚本《张蠙诗集》皆收此为张蠙诗。

杨凌《木槿》，录自《佩文斋咏物诗选》卷二九五。曹汛云：“原为张文姬诗，题作《双槿树》，见《全唐诗》卷七九九。”曹说是，《文苑英华》卷三二六已收为张诗。

王烈《古挽歌》，录自《文苑英华》卷二一一，《全唐诗》卷二五九作赵微明诗。按元结编《箧中集》录此为赵诗，当不误。

王建《求仙行》，录自《古今图书集成·神异典·神仙部》，《全唐诗》卷三八二作张籍诗。按此应为张诗，见《四部丛刊》本《张司业诗集》卷一、《续古逸丛书》影宋蜀刻本《张文昌文集》卷四。

于鹄《秋夕》，录自《古今图书集成·岁功典·昼夜部》，《全唐诗》卷二七一作窦巩诗。按洪迈《万首唐人绝句》卷三四已收此为窦巩诗，作于鹄诗误。

郑常《谪居汉阳白沙石阻风因题驿亭》，录自《古今图书集成·职方典·汉阳府部》，《全唐诗》卷五〇三作周贺《杪秋登江楼》。按《全唐诗》卷三一一已收郑常同题之诗。《杪秋登江楼》为周贺诗，《文苑英华》卷三一二、《唐诗纪事》卷七六已收入。

李彦远《章仇公席上咏真珠姬》，录自《古今图书集成·闺媛典·闺艳部》，《全唐诗》卷三一一作范元凯诗。按章仇公指章仇兼琼，开元末镇蜀（《全唐诗》误注"大历中蜀州刺史"），范元凯与李白同时，时正相值，李彦远为大历、贞元间人，为时稍后，恐非。

刘氏《杜羔不第将至家寄以二绝》之二，录自《万首唐人绝句》赵凡夫重订本卷四十《宫闱》，《全唐诗》卷七八六作无名氏诗。按《唐诗纪事》卷八十引唐顾陶《唐诗类选》即作无名氏诗，最早记载杜羔妻诗的《玉泉子》仅引一首赠诗，《南部新书》卷丁引二首。此诗作杜羔妻诗，当出明人附会，如《名媛诗归》卷十亦收入。诗云："传闻天子访沉沦，万里怀书西入秦。早知不用无媒客，恨别江南杨柳春。"显然是入京应诏试失意者所作，所应科目大约是特诏求草泽遗贤，如天宝六载之考试一类，与杜羔妻诗中对杜羔下第的调侃之意并不相合。仍当作无名氏诗为是。

卷七，权德舆《金陵》，录自《古今图书集成·职方典·江宁府部》，《全唐诗》卷五二七作杜牧诗。按《景定建康志》卷五十收作杜牧诗，《唐音戊签》卷四据以采入，为《全唐诗》所本，当可从。

同人《平蔡州》，录自《古今图书集成·职方典·汝宁府部》，《全唐诗》卷三五六作刘禹锡同题诗之第二首。按刘禹锡所作凡三首,均收入《刘宾客文集》卷二五,非权诗。

同人《韦使君亭海榴咏》,录自明人补本《万首唐人绝句》卷二六。陶敏云此为皇甫曾诗,见《全唐诗》卷三一〇,其说是,《四部丛刊三编》本《皇甫曾诗集》有此诗,洪迈原编《万首唐人绝句》卷七三作皇甫曾诗,明补本误改。

张登《醉题》:"闲游灵沼送春回,关吏何须苦见猜。八十老翁无品秩,也曾身到凤池来。"录自《唐才子传》卷五。周本淳《唐才子传校正》云:"按此为宋退傅张士逊诗,辛氏误。盖因《增修诗话总龟》卷十七引《古今诗话》或误为'退傅张登',辛氏不察而致误。张士逊亦称张邓公,转抄脱误。"周说是。此诗最早见载于北宋文莹《湘山野录》卷中,作"退傅张邓公士逊"诗,其所经南薰门、金明池、宜秋门,皆汴京地名。辛文房改宜秋为宜春,即抄撮入书,失于检察。

邵偃《河出荣光》,据《古今图书集成·庶徵典·光异部》,按此诗为段成式作,见《全唐诗》卷五八四。

武元衡《崿岭四望》,录自《古今图书集成·山川典·嵩山部》,《全唐诗》卷七三四作许鼎诗。按此非武元衡诗,作许鼎诗亦误。《全唐诗》卷二一〇又收作皇甫曾诗,另《万首唐人绝句》卷七三、《四部丛刊三编》本《皇甫曾诗集》亦作皇甫诗,当可从。

杨巨源《别嶲州一时恸哭云日为之变色》,录自《永乐大典》卷一一〇七七,《全唐诗》卷五一八作雍陶诗。按此为雍陶所作《哀蜀人为南蛮俘虏五章》之四,所记为大和三年南诏入侵后事,《云溪友议》卷上、《唐百家诗选》卷十七、《唐诗纪事》卷五六皆收其诗,断非杨巨源诗。

令狐楚《思君恩》,录自《古今图书集成·宫闱典·宫女部》,《全唐诗》卷三六七作张仲素诗。按《唐诗纪事》卷四二据《三舍人集》收此为张诗,可从,参前王勃、王维条所考。

李锜《劝少年》,录自明人补本《万首唐人绝句》卷二七,《全唐诗》卷七八五作无名氏诗。按此诗最早见载于杜牧《樊川文集》卷一《杜秋娘诗》注,诗云:"秋持玉斝醉,与唱《金缕衣》。"引全诗后注云:"李锜长唱此辞。"按文意,杜秋娘、李锜皆为唱者,非作者,《才调集》卷二、《唐诗纪事》卷八十、影宋书棚本《无名氏诗集》皆收此为无名氏之作,当可从。《乐府诗集》卷八二误署李锜,今人校点本已驳之。王士禛《万首唐人绝句选》及孙洙《唐诗三百首》署杜秋娘作,亦未允。

王涯《太平词》,录自明人补本《万首唐人绝句》卷七,《全唐诗》卷三六七作张仲素诗。按此应为张诗,根据同前令狐楚条。

李纹《吊王涯》句,录自《南部新书》壬卷,《全唐诗》卷五六二作李玖诗之末二句。此诗最早见载于《太平广记》卷三五〇引《纂异记》,为作者悼念甘露被难诸人所作小说。作者之名,有攻、政、玫、纹、玖之异(详程毅中《古小说简目》),综合起来分析,当从《新唐书·艺文志》作李玫为是。

欧阳詹《拜母氏坟》,录自《舆地纪胜》卷一三〇《泉州古迹》。按《全唐诗》卷四九〇收作陈去疾诗。陶敏谓据韩愈《昌黎集》卷二二《欧阳生哀辞》所述,知欧阳詹卒时父母尚在。其说可从。

柳宗元《送叔平学士知青州》,录自嘉靖《青州府志》卷十八。按此为北宋名臣韩琦诗,收入其《安阳集》卷四。叔平为赵概字,《宋史》卷三一八有其传,谓其"加直集贤院、知青州",《北宋经抚年表》考定为景祐三年至宝元二年在职。

刘禹锡《重别柳柳州》、《三赠柳柳州》,录自《刘梦得集》卷三七,《全唐诗》卷三五一均作柳宗元诗,题作《重别梦得》、《三赠刘员外》。按诗为刘柳元和十年再贬岭南时于衡阳分歧时作,《柳河东集》卷四二全收二人三次唱和诗,此二首为柳作,刘另有和诗,《全唐诗》已收。《柳集》为刘所编，必不误。此为宋敏求编《刘宾客外集》时所误辑。

张仲素《汉苑行》，录自明人补本《万首唐人绝句》卷二七。按《全唐诗》卷三四六作王涯诗，所据为《唐诗纪事》卷四二引《三舍人集》，是。参前王涯、令狐楚条。

卷八，孟郊《岁暮归南山》，辑自《又玄集》卷上，《全唐诗》卷一六〇作孟浩然诗。按收诗迄于天宝十二载的殷璠《河岳英灵集》卷中已收此为孟浩然诗，孟郊生于天宝十载，诗显非其作。

同人《叹疆场》，录自明人补本《万首唐人绝句》卷六，《全唐诗》卷二七不署著者姓名。按《乐府诗集》卷八十收此即无著者姓名，《孟东野诗集》亦不收，作孟诗当出明人附会，不足据。

同人《过龙泉寺精舍》，录自《古今图书集成·职方典·汝州部》。按《全唐诗》卷一六〇作孟浩然诗，题作《疾愈过龙泉寺精舍呈易业二公》，是，影宋蜀刻本《孟浩然诗集》卷上收此诗，《文苑英华》卷二三四亦作浩然诗，孟浩然另有《宿业师山房期丁大不至》，业师与业公当为同一僧。

同人《行至汝坟寄卢徵君》，录自《古今图书集成·职方典·汝宁府部》。按《全唐诗》卷一六〇、《文苑英华》卷二三〇、影宋蜀刻本《孟浩然诗集》卷上皆收此诗为孟浩然作，是，卢徵君即卢鸿，为开元间人，与孟浩然同时。

同人《送王九之武昌》，录自《古今图书集成·职方典·武昌府部》。按此亦孟浩然诗，见《全唐诗》卷一五九，题作《鹦鹉楼送王九之江左》，影宋蜀刻本《孟浩然诗集》卷下亦收入。王九即王迥，孟浩然友人，集中赠其诗甚多。

马异《观开元皇帝东封图》，录自乾隆《泰安县志》卷二一，《全唐诗》卷五五六作马戴诗。按此应为马戴诗，《文苑英华》卷一八〇收此为马戴府试诗,席刻本《马戴诗集》亦收入。此因"戴"字缺讹而致误。

贾岛《海棠》二首:"名园对植几经春,露蕊烟梢画不真。多谢许昌传雅什,蜀都曾未遇诗人。""昔闻游客话芳菲,濯锦江头几万枝。纵使许昌持健笔,可怜终古愧幽姿。"录自《古今图书集成·草木典·海棠部》。按二诗中所提到的"许昌",均指薛能,以赋《海棠》诗著名。检《唐方镇年表》卷二,薛能帅许在乾符、广明间,而贾岛则卒于会昌间,世传苏绛所撰其墓志可证。其间相差近四十年,诗断非贾岛作。《锦绣万花谷前集》卷四前首署贾岛,后首署晏殊;陈思《海棠谱》卷中以前诗为宋初人凌景阳作,后首亦属晏殊;《全芳备祖前集》卷七收二诗皆不署名,列郑谷诗后,王禹偁诗前。当以《海棠谱》所载为是。

无可《送新罗人归本国》,录自《古今图书集成·边裔典·新罗部》,《全唐诗》卷五四四作刘得仁诗。按《文苑英华》卷二七九作刘诗,当可从。

白行简《春云》,录自《古今图书集成·乾象典·云霞部》,《全唐诗》卷四六六及《文苑英华》卷一八二皆作裴澄诗。按此为贞元间省试诗,同作者尚有焦郁、邓倚,非白行简诗。

卢贞《九老会》:"眼暗头旋耳重听,惟馀心口尚醒醒。今朝欢喜缘何事?礼彻佛名百部经。"录自明人补本《万首唐人绝句》卷二七。按此为白居易《欢喜二偈》之二,见《白氏长庆集》卷三七、《全唐诗》卷四六○。此诗之传误。当因《香山九老诗》(今见《四库全书》本)一书。香山九老会,仅七人年逾七十,"时秘书监狄兼谟、河南尹卢贞以年未七十,虽与会而不及列"(白居易诗序)。并未作诗。而作伪者即取白《欢喜二偈》分归狄、卢二人,以应九老之数。兹录题为狄作的一首于次,以见作伪之迹:"得老加年诚可喜,当春对酒亦宜欢。心中别有欢喜事,开得龙门八节滩。"

　　长孙佐辅《楚州盐墟古墙望海》,录自《古今图书集成·山川典·海部》,《全唐诗》卷一四九作刘长卿《登东海龙兴寺高顶望海简演公》。按《全唐诗》卷四六九已收长孙佐辅同题之作,此首应为刘诗,《古今图书集成》收录时缺漏作者及诗题而误附长孙诗下。

　　李逢吉《太和初赠洛都歌妓》,录自《本事诗·情感》。《全唐诗》卷三六一作刘禹锡诗。检《本事诗》,此诗为"太和初有为御史分务洛京者"投献东都留守李逢吉诗,并非李作。《太平广记》卷二七三谓此诗为刘禹锡作,宋敏求编《刘宾客外集》时,又据《南楚新闻》连刘损的三首诗一并收入。但刘禹锡从未以御史身份"分务洛京",李逢吉留守东都在大和五年,刘禹锡仅是年冬途出洛阳时拜见过李,李设宴饯行,刘有诗申谢,后刘历守苏、汝,二人无缘相见。故此诗亦非刘作,应归无名氏。(据卞孝萱《刘禹锡年谱》、吴企明《唐音质疑录·读诗偶识》)

　　徐凝《普照寺》,据《咸淳临安志》卷八四《寺观》。按此为朱庆馀《与石画秀才遇普照寺》诗,见影宋书棚本《朱庆馀诗集》、《全唐诗》卷五一四。

　　柳公权《百丈寺》,录自《古今图书集成·职方典·南昌府部》,《全唐诗》卷五四四作刘得仁《宿僧院》。按《文苑英华》卷二三七已收此为刘诗,可从。

　　坎曼尔二首。为今人伪作,说见前。

　　卷九,李德裕《感遇》,录自《古今图书集成·草木典·萍部》。按此为梁德裕诗,见《国秀集》卷下、《全唐诗》卷二○三。

　　同人《润州》、《寄题甘露寺北轩》,均录自《古今图书集成·职方典·镇江府部》。《全唐诗》卷五二二、卷五二三收作杜牧诗,是,二诗见《樊川文集》卷三、卷四。

　　同人《缺题》二首,录自明人补本《万首唐人绝句》卷十七及席刻《唐诗百家集》。按此二诗为《全唐诗》卷五八三温庭筠七律《题李卫公诗二首》的后半截。但作温诗亦误。《太平广记》卷二五六引《卢氏杂说》首录二诗,云李德裕"武宗朝为相,势倾朝野,及罪谴,为人作诗"云云。《南部新书》卷癸谓温庭筠作。夏承焘《温飞卿系年》以为仇家嫁名于温,后人误取入集。

　　李绅《辛若吟》,录自《古今图书集成·食货典·农桑部》。按此为于濆诗,《又玄集》卷下、《才调集》卷九、《唐诗纪事》卷六一、《全唐诗》卷五九九皆收录,非李绅诗。

　　卢宗回《及第后谢座主》,录自《古今图书集成·交谊典·主司门生部》,《全唐诗》卷四九○作周匡物诗。按《唐诗纪事》卷四五收此为周诗,《吟窗杂录》卷二九引末二句,题作《谢恩门》,作卢诗误。

　　周贺《赠卢长史》、《游南塘寄王知白》句,录自《诗人玉屑》卷三。陶敏谓此二联为《全唐诗》卷五八三、卷五八二温庭筠同题诗中句,是,《文苑英华》卷二六一已收二诗为温作。

　　李虞《闻莺》,录自《古今图书集成·禽虫典·莺部》。按《文苑英华》卷三二九、《全唐诗》卷三一八作于敖诗,是,非李虞诗。

　　白敏中《桃花》,录自《古今图书集成·草木典·桃部》。按此为宋人向敏中诗,见《全芳备祖前集》卷八,《宋诗纪事》卷三据以录入。向敏中,《宋史》卷二八二有传,太平兴国进士,真宗时由参政入相。此因"向"、"白"形近而误。

　　张祜《京口》:"日月光先到,山河势尽来。地从京口断,人自海门回。"录自王象之《舆地纪胜》卷九(应作卷七)《镇江府》。按此前二句为《全唐诗》卷五一○张祜《题润州甘露寺》中句,后二句为卷五一一卢肇《题甘露寺》中句。《云溪友溪》卷上、《唐诗纪事》卷五五合引二人诗句,王象之不审,径作张祜诗收入,实误。

　　同人《九华山》,录自《古今图书集成·职方典·池州府部》。按本书卷十又收此为杜牧诗,凡八句,此仅四句,不全,今删此存彼。

　　萧仿《冬夜对妓》句:"银龙衔烛尽,金凤起炉烟。"录自《诗人玉屑》卷三。按此为北齐萧放《冬夜咏妓诗》中的三、四两句,全诗见《初学记》卷十五、《文苑英华》卷二一三、《先秦汉魏晋南北朝诗·北齐诗》卷一。

　　刘得仁《桐江春望》,录自《严陵集》卷二,《全唐诗》卷八三六作贯休《春晚桐江上闲望》。按《禅月集》卷二一收此诗,作刘诗误。

　　卷十,杜牧《金陵怀古》,录自《舆地纪胜》卷四六《安庆府·景物》,《湘山野录》卷中作薛能诗。按《全唐诗》卷五三三收此为许浑诗,是。《宝真斋法书赞》卷六引许浑自书乌丝栏诗真迹中有此诗,作杜牧、薛能皆误。

　　李商隐《鱼龙山》,录自嘉靖《池州府志》卷一,《全唐诗》卷三一〇作于鹄诗,题作《秦越人洞中咏》。按此为于鹄诗,《文苑英华》卷二二五、席刻本《于鹄诗集》均收入。周建国谓李商隐平生行迹未至池州一带,故非李作。

　　同人《题剑门关寄上西蜀司徒杜公》,录自《舆地纪胜》卷一九二《剑门关》及《锦绣万花谷续集·利州路题咏》,《全唐诗》卷五四八作薛逢诗。按此应为薛诗,《文苑英华》卷二六三收入。西蜀司徒杜公指杜悰,大中间两次出镇西蜀,第一次为大中二年,与李商隐有过从。第二次于大中十三年出镇,始进官司徒,而李商隐已于其前一年辞世。冯浩《玉溪生诗集笺注》卷三亦云此诗"体格于薛极类"。

　　同人《咏三学山》,录自《锦绣万花谷续集·潼川路怀安军题咏》。陶敏云此"乃宋人王雍诗,见《宋诗纪事》卷三四"。陶说是《宋诗纪事》所据为《方舆胜览》卷六五。《蜀中名胜记》卷八作"宋王雍

《题云顶山》诗"。王雍为王旦之孙,元祐中通判濠州。

同人《嘉兴社日》,录自《岁时杂咏》。按《全唐诗》卷四六八、《万首唐人绝句》卷七五均收作刘言史诗,是。冯浩云:刘"集中有润州、处州之作,则当经嘉兴矣。义山虽有江东之游,未知嘉兴否,且诸集本皆不载也"。并不以为李作。周建国云:"义山幼年漂泊两浙,成年后踪迹未至嘉兴,应删。"

同人《征步郎》,引自《永乐大典》卷七三二九。应从《乐府诗集》卷八十、《全唐诗》卷二七作无名氏诗。

同人《骰子换酒》,《诗话总龟》卷二三引《古今诗话》作杜牧与张祜联句。注云"《南部新书》谓此诗乃李义山作"。按杜张联句首见于《唐摭言》卷十三,《全唐诗》卷七九二据以收入。陶敏云:《全唐诗》卷五七〇又收此诗为李群玉《戏赠姬人》,《四部丛刊》影宋本《李群玉诗集》卷五、《才调集》卷九亦作李群玉诗。盖李群玉字文山,《南部新书》所谓"李义山"当为"李文山"之误。今本《南部新书》无此条。

薛逢《伊州歌入破第三叠》,辑自《古今图书集成·戎政典·兵制部》。按当依《乐府诗集》卷八十、《全唐诗》卷二七作无名氏《水鼓子》诗。《乐府诗集》卷七九收《伊州歌》十首,无此首。

元孚《寄南山景禅师》、《哭刘得仁》,录自明人补本《万首唐人绝句》卷三九,《全唐诗》卷八二三均作栖白诗。按二诗应为栖白作,均收入《唐僧弘秀集》卷八,《哭刘得仁》又见于《又玄集》卷下、《才调集》卷九、《唐摭言》卷十、《唐诗纪事》卷五三、卷七四。《吟窗杂录》卷二七引后二句作刘得仁死后赠栖白诗,亦误。

马戴《送淮阳县令》,录自《古今图书集成·山川典·淮水部》。按此为温庭筠诗,题作《送淮阴孙令之官》,见《全唐诗》卷五八二、《文苑英华》卷二七九。

裴休《灵隐寺》二句。曹汛谓此为张祜《题天竺寺》之五六两句，见《张承吉文集》卷八、《全唐诗补逸》卷九。

张固《游东观》，录自《古今图书集成·职方典·桂林府部》，《全唐诗》卷五九七作张丛诗。按应为张丛诗。此诗最早收入唐末人莫休符《桂林风土记》，二人分别于大中、咸通间任桂管观察使，且皆在东观题诗，莫休符称张固为"前政张侍郎名固，大中年重阳节宴于此"，称张丛则为"咸通年前政张大夫重游东观"，后人不察，遂以为指同一人。汪森《粤西诗载》卷二二亦同此误。《全唐诗》不误。

彦升《和李讷尚书命妓盛小丛饯崔元范侍郎》，录自《诗话总龟》卷四一引《古今诗话》，《全唐诗》卷五六六作封彦卿诗。按此诗最早见载于《云溪友议》卷上，作者为"观察判官封彦冲"，"冲"当作"卿"，《会稽掇英总集》卷十不误。封彦卿为封敖之子，《旧唐书·封敖传》附其事迹。此作"彦升"，为讹传所致，并非另有一人。

崔鲁《送友人归武陵》。曹汛谓《文苑英华》卷二八三、《全唐诗》卷七〇二作张蠙诗。

庄南杰，据《才调集》卷十及影宋书棚本《无名氏诗集》补《春二首》、《夏》、《秋》、《冬》、《鸡头》、《红蔷薇》、《斑竹簟》、《听琴》、《石榴》、《秦家行》、《小苏家》、《斑竹》、《天竺国胡僧水精念珠》、《白雪歌》、《伤哉行》、《宴李家宅》、《长信宫》、《骊山感怀》等十九首。《全唐诗》卷七八五均录作无名氏诗，《红蔷薇》、《伤哉行》二首，《全唐诗》卷八八四、卷四七〇又收作庄南杰诗，《骊山感怀》，为李郢同题诗五首之一，见作者手书诗卷，已收入本书卷十二。按以诸诗为庄南杰作，首倡于李嘉言《〈全唐诗〉辨证》（《国文月刊》十九期），谓《春》以下十七首风格似李贺体，似同出一人之手，其中二首已知为庄作，因推测其馀十五首"亦南杰诗也"。童氏增证仅一：《明月湖醉后蔷薇花歌》，《文苑英华》署"英才"，"英才可能即南杰之字"。但《文苑英华》诸诗均署名，并不署字，其说非是。仅就风格无从定作者，晚唐学李贺为诗亦非仅庄南杰一人，如牛峤、张碧、刘言史、韦楚老、刘光远、赵牧等皆效李贺为诗。其中二首为南杰作，并不能据以推定其他诗皆属其作。《才调集》卷二、卷十录无名氏诗五十首，较为芜杂，今可考知者即有赵嘏、许浑、李郢、严恽、刘损、李白（一作高迈）等人诗，且上列十九首，在原书中即非连收于一处。书棚本《无名氏诗集》，情况也较紊乱，除录《才调集》诸诗外，另录宋之问等人诗，《题壁》一首，宋人见原题于嵩山峻极院，为唐为宋亦难确定。南宋时有《庄南杰集》一卷行世，《直斋书录解题》卷十九著录，赵孟奎《分门纂类唐歌诗》录南杰佚诗四首，当即出此集，但并未有人指出《才调集》中无名诗为其所作。赵孟奎所录四首，仅《红蔷薇》一首与无名氏诗同，而其馀三首，《才调集》及《无名氏诗集》均不收。据此分析，上列诸诗均出庄南杰之手的证据尚十分薄弱，仅可视为一种推测，不应遽断。

卷十一，温庭筠《思桐庐旧居便送鉴上人》，录自《严陵集》卷二，《全唐诗》卷五六二作方干诗。陶敏云："方干睦州人，而温未曾至睦州。"另温庭筠曾到越地行游，均自称客旅。《文苑英华》卷二二三已收作方干诗。

同人《留别裴—作"刘"秀才》、《瓜州留别李诩》，均录自席刻《唐诗百名家全集》。按此二首皆为许浑诗，见《全唐诗》卷五三三、五三五。前诗见《文苑英华》卷二八八及《宝真斋法书赞》卷六许浑自书乌丝栏诗真迹，后诗见《文苑英华》卷二八八，又二诗均收入《四部丛刊》影宋钞《丁卯集》卷上。

同人《华清宫二首》，录自席刻《唐诗百名家全集》，《全唐诗》卷五一一作张祜同题四首之前二首。按影宋蜀刻本《张承吉文集》卷四及《文苑英华》卷三一一皆作张祜诗,可从。

李群玉《澧州》,录自《舆地纪胜》卷七十《澧州》,《全唐诗》卷五二四作杜牧诗,题作《登澧州驿楼寄京兆韦尹》。按此诗出《樊川外集》。缪钺《杜牧年谱》据杜《窦列女传》"大和元年予客游浔阳"之诗,定此诗为大和元年作。影宋本《李群玉诗集》无此诗,恐非其作。

曹邺《风人诗》,录自《永乐大典》卷三〇〇五。按《全唐诗》卷六二七作陆龟蒙同题四首之三,是,诗见《甫里先生文集》卷七、《松陵集》卷十,皮日休有和诗。

朱超《和于武陵夜泊湘江》,录自《古今图书集成·山川典·湘水部》。按此为于武陵《客中》诗,见《全唐诗》卷五九五,另影宋书棚本《于武陵诗集》、《文苑英华》卷二九四、《唐百家诗选》卷七、《唐诗纪事》卷五八、《瀛奎律髓》卷二八均收入。唐未闻有朱超其人。南朝梁代有朱超,恐因此而传误。

霍总《九华贺两吟》,录自嘉靖《池州府志》卷八。按《唐诗纪事》卷六八、《全唐诗》卷七〇七作殷文圭诗,是。诗云:"陶公焦思念生灵,变旱为丰合杳冥。"陶公当即唐末景福间由杨行密署为池州团练使的陶雅。殷文圭亦事杨行密为官。

郑愚《茶》,录自《古今图书集成·食货典·茶部》,《全唐诗》卷五九七所收缺最后二句。按此为五代间郑遨诗,见《唐诗纪事》卷七一、《全唐诗》卷八五五。《全唐诗》另作郑愚,已属误收。

冯衮《子规》,录自《古今图书集成·禽虫典·杜鹃部》。按《唐诗纪事》卷四九、《全唐诗》卷四七二作蔡京诗,是。

裴虔馀《赤壁》,录自《古今图书集成·山川典·江部》,《全唐诗》卷三七一作吕温《刘郎浦口号》。按《吕衡州文集》卷二收此诗,非裴作。

缺名《有朝士同在外地睹野花追思京师旧游》,录自《诗话总龟》卷二四引《杂志》。按《全唐诗》卷七八四已收作唐末朝士诗。

缺名举子《闻许卒二千没于蛮乡》，录自《北梦琐言》卷二。按《全唐诗》卷七八四收此为懿宗朝举子诗，亦误。此诗即皮日休《三羞诗》之二，见《皮子文薮》卷十，《全唐诗》卷六〇八亦收入。《北梦琐言》所录诗不全，又未言作者。

蕙兰，即鱼玄机。《北梦琐言》卷九云："唐女道鱼玄机，字蕙兰，甚有才思。"所补二联《全唐诗》卷八〇四已收。

卷十三，陆龟蒙《松江秋书》又一首，录自《百城烟水》卷四，《全唐诗》卷五一一作张祜诗，题作《吴江怀古》。按影宋蜀刻本《张承吉文集》卷五收此为张祜诗，作陆诗误。

司空图《晋光大师草书歌》，录自《六艺之一录》卷二九〇引朱长文《墨池编》。按《全唐诗》卷八三七、《文苑英华》卷三三八、《书苑菁华》卷十七皆收此诗为贯休作，非司空图诗。

周繇《送客入庐山》，录自《古今图书集成·山川典·庐山部》，《全唐诗》卷六四二作来鹄诗，题作《宛陵送李明府罢任归江州》。按《才调集》卷七已收此为来诗，可从。

张乔《过洞庭湖》，录自《古今图书集成·山川典·洞庭湖部》。按此为裴说诗，见《全唐诗》卷七二〇、《文苑英华》卷二九五。

罗邺《金陵野步望宫柳》句，据《六朝事迹编类》卷上《形势门·朱雀航》。按此为黎逢《小苑春望宫池柳色》诗中句，见《全唐诗》卷二八八。

同人《牡丹》句："可怜韩令功成后，辜负浓华过一春。"录自元李治《敬斋古今黈》卷八。按此为《全唐诗》卷六五五所收罗隐《牡丹花》末二句，仅末二字不同。罗邺另有《牡丹》诗，《全唐诗》卷六五四已收。

同人《乐府水调第三叠》，录自《古今图书集成·选举典·荫袭部》。按当从《乐府诗集》卷七九、《全唐诗》卷七九作无名氏诗。

郑谷《登第后宿平康里作诗》，录自《诗话总龟》卷三引《古今诗话》。按《全唐诗》卷六六七收此为郑合敬诗，是，其本事见孙棨《北里志》，后《唐摭言》卷三、《唐诗纪事》卷六七皆转引之。《唐诗纪事》云合敬"乾符三年登上第，终谏议大夫"。《新唐书·宰相世系表》载其为郑涯之子。

韩偓《刺桐花》："闻得乡人说刺桐，叶先花后始年丰。我今到此忧民切，只爱青青不爱红。"录自《舆地纪胜》卷一三〇《泉州》。按《全芳备祖前集》卷十九、《方舆胜览》卷十二均载此为宋人丁谓诗。陶敏云："丁谓曾'以太子中允为福建路采访'（《宋史·丁谓传》），韩偓则于天祐三年避乱居闽中，玩'我今到此'句，作者当是入闽为官而非流寓者，诗风格亦与韩偓《香奁集》迥异，当为丁谓作。"

同人《柳枝词》，录自《诗话总龟》卷二四引《鉴诫录》，《全唐诗》卷五六五作韩琮诗。按此为韩琮诗，《知不足斋丛书》本《鉴诫录》卷七引作韩舍人，即指韩琮，《蜀梼杌》卷上亦作韩琮，可证。《诗话总龟》引录时误改。

栖白《闲诗》二句。曹汛谓此即《全唐诗》卷八四九修睦《秋日闲居》之三四两句。

可朋《滕王阁》："洪州太白方，积翠倚穹苍。万古遮新月，半江无夕阳。"录自《古今图书集成·职方典·南昌府部》。按最早记载此诗的北宋刘攽《中山诗话》云："洪州西山与滕王阁相对，一僧尽览诗板，告郡守曰：'尽不佳。'因朗吟曰（诗略）。守异之，遣出。闽僧有朋多诗，如：'虹收千嶂雨，潮展半江天。'又曰：'诗因试客分题僻，棋为饶人下著低。'亦巧思也。"未言此僧时代。《全五代诗》卷三九作南唐西山僧，显出臆断。其实，此诗系偷用陈抟题华山西峰诗中"几夜碍新月，半山无夕阳"二句（全诗见《全唐诗补逸》卷十八）

改写而成。有朋为北宋泉州尊胜院僧,宣和六年卒,见《嘉泰普灯录》卷六。但《唐诗纪事》卷七四即将有朋二联诗误为可朋收入,《全唐诗》卷八四九沿之。《古今图书集成》误以《滕王阁》为可朋诗,即与上述原因有关。

弘秀《贾岛墓》,录自《蜀中名胜记》卷三十《潼川州蓬川县》。按此为可止《哭贾岛》诗,见《全唐诗》卷八二五、《唐诗纪事》卷七七、《唐僧弘秀集》卷五。

李浣,《全唐诗》卷六八八作李沇,是,诗已收。

潼关士子《待试诗》,录自黄宗羲《行朝录自叙》(《国粹学报》第十九《朝撰录》引)。按此为孙棨诗,见其自著《北里志》,《全唐诗》卷七二七收入时题作《戏李文远》。

卷十四,杜荀鹤《叙雪寄喻亮》,据《文苑英华辨证》卷七《脱文》引《唐宋类诗》收录,《全唐诗》卷六五作方干诗,"喻亮"作"喻凫"。按《文苑英华辨证》云:"前篇《唐宋类诗》以为杜荀鹤作,而杜集亦无之。"并不认为杜作。《唐宋类诗》为北宋人编,已佚,从周心大等校录《文苑英华》时引录之该书文字看,此书错误甚多,不足为据。本诗为方干作,又见《文苑英华》卷一五五、《唐诗纪事》卷五一。

同人《春日巢湖书事》,录自嘉庆《合肥县志》卷三一,《全唐诗》卷七六四作谭用之诗。按《唐诗鼓吹》卷九作谭诗,当可从。《新唐书·艺文志》著录《谭藏用诗》一卷,今佚。今存谭诗除《塞上》二首及残句外,皆出《唐诗鼓吹》,其集当时应尚存,故得以选取。

同人诗:"世乱奴欺主,年衰鬼弄人。海枯终见底,人死不知心。"录自《古今图书集成·文学典》引《老学庵笔记》。今检见陆游《老学庵笔记》卷四,同条皆录唐人句。今检李山甫《自叹拙》三四句云:"世乱僮欺主,年衰鬼弄人。"(《全唐诗》卷六四三)即为前二句所本,陆游引录时误记。后二句为杜荀鹤《感寓》末二句,见《全唐诗》卷六九三。

朱休之《家大（应作"犬"）歌》，录自《诗话总龟》卷四六引《诗史》。按《艺文类聚》卷八六、《太平御览》卷八八五、卷九〇五引《述异记》、《太平广记》卷四三八引《集异记》，皆云为刘宋元嘉间事，《诗史》附会为梁亡之谶。

李从珂《赐李专美》，录自《南部新书》卷癸，《全唐诗》卷七三七作韩昭裔诗。按《南部新书》云："清泰朝，李专美除北院，甚有舟楫之叹。时韩昭裔已登庸，因赐之诗曰（诗略）。"按文意自应是韩昭裔（应作"昭胤"，宋人讳改）诗。"清泰朝"仅指明时间而已。

和凝句："桃花脸薄难成醉，柳叶眉长易搅愁。"录自《诗薮·杂编》卷四引《诗话总龟》。曹汛云：此为韩偓《复偶见三绝》之二的前两句，载见《全唐诗》卷六八三。《苕溪渔隐丛话前集》卷六十引此二句为《香奁集》中句，《诗薮》因误以《香奁集》为和凝作而将此二句引为凝诗。

郑邀句："相看临远水，独自上孤舟。"录自《苕溪渔隐丛话前集》卷十二及《诗人玉屑》卷十。曹汛云：此为郑谷《别同志》之三四两句，载见《全唐诗》卷六七四，《唐诗纪事》卷七十谓是谷诗精华。

王著《赠梦英大师》，录自《全五代诗》卷十三。按此诗为入宋后作。《金石萃编》卷一二六《赠梦英诗碑》，为咸平元年建，录宋初名公二十馀人诗，王著、许仲宣、郭从义等人诗皆在。王著诗署衔为"翰林学士中书舍人知制诰王著上"。《宋史》卷二六九《王著传》云其"宋初加中书舍人"。

许仲宣《清洛喜英公大师相访》，出处同上。亦见上举诗碑，署衔为"中散大夫给事中知河南府兼留守司事上柱国赐紫金鱼袋许仲宣"。检《宋史》本传，应为雍熙末年之职。

钟离权《草书诗》，录自《全五代诗》引《夷坚志》及《宋诗纪事》

卷九十,《全唐诗》卷八三七作贯休诗。按此为贯休《山居诗二十首》之十九,《禅月集》收卷二三。《夷坚支丁》卷十云为南宋淳熙间人所见,显出依托。

李涛《春昼回文》,录自《全五代诗》卷十二。按此为南宋同名之江湖诗人诗,见《江湖小集》卷八三李涛《蒙泉诗稿》。《两宋名贤小集》卷二八一有其传:"李涛,字养源,临川人。"

刘兼《旅中早秋》、《塞上作》、《七夕》、《伤曾秀才马》,均录自江标影刻宋本《唐五十家小集》,《全唐诗》卷五六二作刘威诗。按此均应为刘威诗,见明朱警《唐百家诗》本《刘威诗集》,《七夕》又见《唐诗纪事》卷五六及《古今藏时杂咏》卷二六。江标影宋本《刘兼诗集》第二页误用《刘威诗集》的版页,以致第三页第一首《秋夕书事》亦误承上用刘威诗题《早秋游湖上亭》。又刘兼应为宋初人,曾预修《旧五代史》,后出知荣州。

何承裕《寄宣义英公》,录自《全五代诗》卷十五。此为宋时诗,详前王著条。诗碑署衔为"侍御史赐紫金鱼袋"据《宋史·文苑传》,此为其开宝三年后所历官。

郭从义《赠梦英大师》,出处同前。石刻署衔为"护国军节度使检校太师守中书令行河中尹"。检《宋史》本传,此为其乾德二年后官守。

王周《赤壁》:"帐前研案决大议,赤壁火船烧战旗。若使曹瞒忠汉室,周郎焉敢破王师。"录自《湖北通志》卷六《舆地志·山川》。按《全唐诗》卷七六五所收之王周,为北宋真宗、仁宗时明州人,大中祥符五年中进士,后知无锡县,庆历间以司封郎中知明州,详《文史》二十四辑拙文《〈全唐诗〉误收诗考》。此处所录之一首,不见《王周诗集》,原书亦未云时代,疑亦非《全唐诗》误收之王周。

卷十五,栖一《怀赠武昌》,录自明人补本《万首唐人绝句》卷十。曹汛云：此是贯休《怀武昌栖一二首》之二的前四句，原诗见《全唐诗》卷八三〇。后人截为绝句，且误将题下二字作作者名。

李璟《浣溪沙》，录自王国维辑《南唐二主词》引《草堂诗馀》。按此为晏殊名世之作，《珠玉词》收入，宋人亦屡有称述。检《四部丛刊》影明本《草堂诗馀前集》卷下，此词收李璟二词后，失署作者名，但词后附晏殊作此词的本事，知《草堂诗馀》编者并不谓此为李璟词。

李煜《无题》，录自《诗话总龟》后集卷四十引东坡语及同书前集卷六引《百斛明珠》。按此为顾况诗，题为《归山作》，见《全唐诗》卷二六七。又作张继诗，见《全唐诗》卷二四二。周义敢《张继诗注》考证应为顾作。苏轼语见《东坡题跋》卷二，谓"李主好书神仙隐遁之词"，知此为李煜所书前人诗。

同人："青鸟不传云外信，丁香空结雨中愁。"录自《五代诗话》引《翰府名谈》。按此为中主李璟《摊破浣溪沙》词中句，见《全唐诗》卷八八九。

同人《更漏子》，录自《尊前集》，《花间集》卷一作温庭筠词，《全唐诗》卷八九一亦作温词。按《花间集》成书于孟蜀广政三年，时李煜年尚幼，应为温词。

同人《后亭花破子》："玉树后亭前，瑶草妆镜边。去年花不老，今年月又圆。莫教偏和月和花，天教长少年。"注出陈旸《乐书》，误。《乐书》仅云"《后亭花破子》，李后主、冯延巳相率为之"，并未录词。此词见明弘治高丽刊本《遗山乐府》，王国维已断言此为元好问作。

同人《三台令》，录自《历代诗馀》引《古今词话》。《全唐诗》卷一九五作韦应物诗，亦误，当依《乐府诗集》卷七五作无名氏诗，详前韦应物条考证。沈雄《古今词话·词辨》卷上引《教坊记》谓此为后主作，殊不知《教坊记》所记为天宝间事，不可能记及后主之作。

　　李从益句：“咫尺烟江几多地，不须怀抱重凄凄。”录自《五代诗话》卷六引马令《南唐书》。按此为李煜《送邓王二十弟从益牧宣城》末二句，见《全唐诗》卷八。此诗最早见郑文宝《江表志》卷上，马氏《南唐书》卷七节引之，亦云后主“自为诗序以送之”，引录者误解文意而视为李从益诗。

　　王贞白《晚夏逢友人》，录自《全五代诗》卷三十，《全唐诗》卷二九○作杨凝诗，卷六○一作李昌符诗。按此应为李昌符诗，见席刻本《李昌符诗集》，而席刻本《杨凝诗集》无此首。

　　李建勋《泗滨得石磬》，录自《古今图书集成·乐律典·磬部》，《全唐诗》卷七八○作李勋诗。按《文苑英华》卷一八四载此为唐人省试诗，作者李勋疑即《北梦琐言》卷三所载与薛能同时曾“策名第”官至尚书者。李建勋未历科场。《李丞相诗集》亦无此诗，非其所作。

　　同人《初过汉江》，录自《古今图书集成·山川典·汉水部》，《全唐诗》卷七八五作无名氏诗，卷六七九作崔涂诗。按诗云：“襄阳好向岘亭看，人物萧条值岁阑。为报习家多置酒，夜来风雪过江寒。”知作于襄阳。然南唐势力并未达到襄阳附近，建勋平生行迹亦仅限于东南一隅，显非其诗。

　　张泌《九日巴丘杨公台上宴集》，录自《古今图书集成·职方典·岳州府部》，《全唐诗》卷五六九作李群玉诗。按影宋本《李群玉诗集》卷二收此诗，应为李作。《全唐诗》卷二四二又收作张继诗，亦误。

　　同人《九日陪董内诏登南岳》，录自《古今图书集成·山川典·衡山部》，《全唐诗》卷七四○作廖匡图诗。按此诗以廖作为是。廖氏兄弟居衡山，仕楚，诗意正合。今存张泌诗，皆出《才调集》卷四，《全唐诗》所增《送容州中丞赴镇》、《赠韩道士》二首，为误收杜牧、戴叔伦诗。

同人《边上》，录自《古今图书集成·边裔典·北方诸国部》，《全唐诗》卷七四一作江为诗，题作《塞下曲》。按《乐府诗集》卷九二、《万首唐人绝句》卷三九已收此为江为诗，作张诗误。

李翱《金山寺》："万古波心寺，金山名目新。天多剩得月，地少不生尘。石室堪容膝，云堂可憩身。我来登眺处，能有几闲人？"辑自《全五代诗》卷三一。按此诗前四句为孙鲂同题诗之前四句，全诗见《全唐诗》卷七四三、《江南野录》卷七、《唐诗纪事》卷七一、《诗话总龟》卷三七。清周伯义《京口三山志·金山志》卷九录李诗，前四句作"山载金山寺，鱼龙是四邻。楼台悬倒影，钟磬隔嚣尘"，亦误，此四句为马氏《南唐书》卷十三录孙鲂诗之前四句，《全唐诗》已注出。此诗后四句应为谁作，尚不详。自明郎瑛《七修类稿》提出五代另有一李翱之说后，《金山志》、《全五代诗》皆从之，然参稽唐宋文献，并无其人，当属明人逞臆之说。

徐道晖《金山寺》，录自《全五代诗》卷三一，云为"南唐时人"，实误。今检叶适《水心集》卷十七《徐道晖墓志铭》云："徐照，字道晖，永嘉人。"照为永嘉四灵之一，卒于嘉定四年。此诗见其所撰《芳兰轩集》（知不足斋影宋刊《南宋八家集》本），题作《题江心寺》。《全五代诗》收诗十分紊乱，不可遽凭。

唐仁杰，《全唐诗》卷七九五作庸仁杰，皆误，当依马氏《南唐书》卷十四、《十国春秋》卷三一作康仁杰为是。所补二句，《全唐诗》已收。

行因偈："前朝诏住栖贤寺，雪夜逃居岩石间。想见煮茶延客处，直缘生死不相关。"录自《辟寒录》。按此篇最早见于《增修诗话总龟》卷三二："庐山佛手岩在绝顶。李氏有国日，行因禅师居焉。李氏诏居栖贤寺。未几，一夕大雪，逃归旧隐，尝煮茶延僧，起托岩扉立化。余作偈曰（偈略）。"可知偈非行因作，而是此则文字的作者有感于行因事而作，惜《诗话总龟》未注出处。行因，《宋高僧传》卷十三录其事迹。

卷十六，李翰《朱都知嘉禾屯田纪绩诗》，录自《全五代诗》卷七三引《槜李诗系》。按此为李翰《苏州嘉兴屯田纪绩碑颂》末的颂辞，文见《唐文粹》卷二一、《全唐文》卷四三〇。李翰为大历间人，此误归吴越。

处默《咏西施》，录自《古今图书集成·闺媛典·闺艳部》，《全唐诗》卷八五四作杜光庭诗，卷八五五又作郑邀诗。按最早见何光远《鉴诫录》卷五，应为郑邀作，作杜光庭、处默皆误。

缺名《书陈环墓》，录自《全五代诗》卷七四引《槜李诗系》。按此为佚名撰《唐故陈府君（环）墓志铭》末的铭辞，文见《全唐文》卷九九七、《唐文拾补》卷六七。陈环卒于会昌二年，当年入葬，此云五代人题诗，尤谬。

卷十七，王衍《妆镜词》："炼形神冶，莹质良工。当眉写翠，对脸傅红。如珠出匣，似月停空。绮窗绣幌，俱涵影中。"录自《全五代诗》卷五六引《十国春秋》。按此为隋唐铜镜中常见之铭文，如《学斋占毕》卷三、王士伦《浙江出土铜镜选集》、沈从文《唐宋铜镜》、孔祥星《隋唐铜镜的类型与分期》（收入《中国考古学会第一次年会论文集》）、《文物》一九九〇年一期皆曾著录此镜铭，非王衍所撰。

牛峤《西溪子》，录自《蜀中名胜记》卷二《成都府》。按此为毛文锡词，见《花间集》卷五、《全唐诗》卷八九三。

韦庄《游牛首山》。曹汛谓此即《全唐诗》卷二二七所收杜甫《望牛头寺》，非韦诗。

杨义方《偶题》，录自《全五代诗》卷四六，《全唐诗》卷七〇〇作韦庄《即事》诗。按《万首唐人绝句》卷九四已收此为韦庄诗，作杨诗误。

　　贯休《送崔峒使往睦州兼寄薛司户》、《九日登高》、《送薛居士和州读书》、《馀姚奉寄鲍参军》、《谢诸公宿镜水宅》、《题茅山李尊师所居》，均录自江标影宋本《唐五十家小集》。按《全唐诗》卷二六三收以上六诗为严维作，卷二六〇又收末首为秦系诗。按以上六首皆当为严维诗。六诗均见席刻本及江标影宋本《严维诗集》，《文苑英华》卷二七三、卷二三〇、卷二五五、卷二一七、卷二二六收第二首以外的五首为严诗，皎然《诗式》卷五摘引《九日登高》中的二句。诗题中崔峒为大历十才子之一，鲍参军即鲍防，皆严维同时人。作贯休诗非是。

　　刘保乂《闺夜曲》，录自《全五代诗》卷五九。按此即《尊前集》、《全唐诗》卷八九九所收刘侍读《生查子》词。《全五代诗》多以五代人词任意改换篇题，作诗收入，此即其一例。又以刘侍读作刘保乂，亦尚无确证。

　　李尧夫《盆池》，录自《全五代诗》卷五九，《全唐诗》卷七〇二作张蠙诗。按《文苑英华》卷一六五收作张诗，是。李尧夫有同题二句，见《全唐诗》卷七九五。

　　尔鸟《春雨送僧》，录自《全五代诗》卷六十，《全唐诗》卷八三七作贯休诗，题作《春送僧》。按此诗见《禅月集》卷二四，可确定为贯休作。另《全唐诗》卷八五一收尔鸟诗二句，出《增修诗话总龟》卷八，而宋吴坰《五总志》引二句为僧鸾作，因知尔鸟二字为"鸾"字所拆开，唐并无其人。

　　朱长山《苦热诗》句："烦暑郁蒸无处避，凉风清冷几时来？"录自《玉壶清话》卷六。按《能改斋漫录》卷五引宋初蜀人睦台符《岷山异事》，考定此二句应为"梓潼山人李尧夫"诗，举证较有力。《全唐诗》卷七九五已收李尧夫名下。按诸书引《古今诗话》，或作"朱山长",或作"李山长"(详《宋诗话辑佚》),疑李称山人,或作山长,"李"以形近而讹成"朱","山长"倒文作"长山",因而传误。

韦縠,据《才调集》卷十、江标影宋书棚本录诗十二首,二书皆作无名氏诗,辑者据李调元说收入。李说云:"縠选《才调集》,末卷附以无名氏,而笔有鬼工,自成一家。考之他本皆无,应是己作而附入者。且其诗实出于縠之选,而縠反无传,归之本人,亦以不没其善云。"其说显然有悖情理,缺乏求是态度。"考之他本皆无",亦为不负责任之说。据《才调集》补出诸诗中,已注出有许浑、严恽、李白之诗,未注出者,《游朱坡故少保杜公林亭》亦许浑诗,见《全唐诗》卷五三三;《经汉武泉》为赵嘏诗,见《全唐诗》卷五四九;《杂诗》三首之二、之三为刘损诗,见《全唐诗》卷五九七。《全唐诗》无名氏下不收诸诗,显然曾经过具体的考订。此外,辑者又据江标影宋本《无名氏诗集》补录李调元未及的五诗,亦属想当然而已。今除已知为宋之问、李郢(《宫词三首》之一"迎春燕子尾纤纤",胡可先云为李郢诗,见《全唐诗》卷五四二)所作的二首外,统移归书末无名氏诗。

卷十八,崔道融《思妇吟》,录自《古今图书集成·闺媛典》,《全唐诗》卷七一八作苏拯诗。按影宋书棚本《苏拯诗集》收此诗,非崔作。

林楚材《怨诗》,录自《全五代诗》卷六一,《全唐诗》卷七七三作李暇诗。按《乐府诗集》卷四二收此作李诗,凡三首,列初盛唐间。明吴琯《盛唐诗纪》卷一〇七收入,注明出李康成《玉台后集》,因知李暇为天宝前人。非林诗。

钟允章《绝句》,出《全五代诗》卷六一,《全唐诗》卷七七二作欧阳宾《訾家洲》诗。按此诗见莫休符《桂林风土记》,作欧阳诗,是书成于光化二年,时钟尚年幼。又《全唐诗》卷七九五收钟诗二句,出《吟窗杂录》卷四八,足本《诗话总龟》卷四八引《古今诗话》作伶人诗。钟允章无诗存世。

王定保《下第题长乐驿壁》，录自《全五代诗》卷六一，《全唐诗》卷七八六作无名氏诗。按此诗出王定保撰《唐摭言》卷三，云："大中十年，郑颢都尉放榜，请假往东洛觐省，生徒饯于长乐驿。俄有纪于屋壁曰(诗略)。"为王定保出生前事(王生于咸通十一年，见同书同卷)，非其自作。

谢孚《苍梧即事》："近岸江声急，孤舟下杳冥。峡泉飞暴雨，滩石走群星。水有潇湘色，猿同巴蜀听。令人思舜德，一望九疑青。"录自《全五代诗》卷六一。按《粤西诗载》卷十收此为南宋诗，置方信孺、吕愿中之间，《宋诗纪事》卷八二据收。谢孚事迹见宋胡寅《斐然》收《谢君墓志》。《全五代诗》多将唐宋无考作者题湖湘诗录归马楚，咏岭南之作归南汉，又不言出处，均不可信。下二例同。

徐噩《绿珠渡》，录自《全五代诗》卷六一。《粤西诗载》卷六收作宋人，《宋诗纪事》卷八二据《名胜志》收入，是。陆心源《宋诗纪事小传补正》卷四载其事迹：字伯殊，白州人。仁宗朝乡举，摄宜州。讨区希范有功，授白州长史。皇祐中死于侬智高之役。诗有"日落白州城"，为在白州任上作。

林衢《题广州光孝寺》："开池曾记虞翻苑，列树今存建德门。无客不观丞相砚，有人曾悟祖师幡。旧煎诃子泉犹冽，新种菩提叶又繁。无奈益州经卷好，千丝丝缕未消痕。"录自《全五代诗》卷六一，仅云为长乐人。按《宋诗纪事》卷八二据《名胜志》收此诗。林衢事迹待考，大抵可信为宋人。据道光《广东通志》载，此寺唐代称王园寺，南宋初改报恩广孝寺，其后始改光孝寺。

王元《答史虚白》句："饭僧春岭蕨，醒酒雪潭鱼。"录自《诗薮·杂编》卷四。按《全唐诗》卷七四〇据《增修诗话总龟》卷十四引《雅言系述》收作廖凝诗，是。《诗薮》误记为王元作。

罗道成，据《全五代诗》引《古今诗话》录《游岳》、《投郭主簿》诗二首。按《僧修诗话总龟》卷四五引《古今诗话》云："庆历中有一闲人游岳，谒主簿郭及甫。既坐，视其刺乃罗道成也。询其乡里，言郴州人。"下录诗三首。《全五代诗》转录时，擅改"庆历中"为"宋初"，以收入五代，殊不知庆历距宋开国已八十馀年。

伊用昌《题攸县司空观仙坛》、《题黄蜀葵》二句，录自《全五代诗》卷六五引《雅言杂载》。按《增修诗话总龟》卷四五引《青琐后集》作伊梦诗，《全唐诗》卷八六二收伊梦昌名下。伊用昌、伊梦昌，大致可确定为一人名字之异传，但尚难确定以孰为正，《全唐诗》分录，恐误。

许碏《梦入琼台》，辑自明人补本《万首唐人绝句》卷四十。按《太平广记》卷七十引卢肇《逸史》作"进士许瀍"诗，《本事诗》则作许浑诗，《全唐诗》卷五四二、卷五三八互收之。此诗以许瀍作近是。明人误作许碏，无据。

文喜《失鹤》句："一向乱云寻不得，几回临水待归来。"录自《五代诗话》卷七引《青琐集》。按宋刘斧《青琐高议前集》卷九《诗渊清格》（原注：本朝名公品题诗。）云："湘南僧文喜为《失鹤》诗云（诗略）。僧曾以此诗上潭州刘相，大见称赏。"所谓"潭州刘相"，指刘沆，《宋史》卷二八五有传，字冲之，吉州永新人。天圣八年进士，庆历前后两次知潭州，至和中为相。《十国春秋》卷七六已误以文楚为马楚时人。《宋诗纪事》卷九一据《历代吟谱》收文喜此二句诗，是。唐末有同名僧，见《宋高僧传》卷十二、《景德传灯录》卷十二，为另一人。

尚颜《短歌行》、《汶歌行》、《宿巴江》、《游边》、《赠南岳去秦禅师》、《居南岳怀沈彬》、《寄问政山聂威仪》、《南中怀友人》，均录江标影宋本《唐五十家小集》，《全唐诗》卷八四八均作栖蟾诗，《汶歌行》作《送迁客》，"去秦禅师"作"玄泰布衲"。按宋李龏《唐僧弘秀集》卷十收以上八诗为栖蟾作，《唐诗纪事》卷七六收《宿巴江》、《游边》、《短歌行》、《寄南岳玄泰布衲》为栖蟾诗，二书皆收尚颜诗，成书亦不迟于宋书棚本，较可信。玄泰，《宋高僧传》卷十七有传，作去秦误。《送迁客》，诗有"谏频甘得罪，一骑入南深"、"蒙雪知何日，凭楼望北吟"等句，与题合；《唐僧弘秀集》作《放歌行》，"汶"为"放"之误。虚中有《赠屏风岩栖蟾上人》(《全唐诗》卷八四八)、齐己有《闻西蟾从弟卜岩居岳西有寄》(《白莲集》卷十)，屏风岩在南岳，皆与前诗中"居南岳"之意合。此组诗误作尚颜，当亦为影宋书棚本错叶所致。八诗皆见该本《尚颜诗集》五六两页。

卷十九，尹孝逸《题历城房家园》句："风沦历城水，月倚华山树。"录自《酉阳杂俎前集》卷十二《语资》。原书云："历城房家园，齐博陵君豹之山池。……曾有人折其桐枝者，公曰：'何谓伤吾凤条？'自后人不敢复折。公语参军尹孝逸曰……孝逸尝欲还邺，词人饯宿于此，逸为诗曰(诗略)。"博陵君豹，即房豹，《北齐书》卷四六有传。孝逸为其参军，自应为北齐人。"还邺"，邺为北齐京城。王士禛《池北偶谈》卷十八亦谓："此自北齐诗。《诗纪》未采。《诗薮》误作中唐。"其说是，惜《先秦汉魏晋南北朝诗》尚未及采辑。

王倚《笔管上刻从君行》句："亭前琪树已堪攀，塞北征人尚未还。"录自《诗话总龟》卷二七引《古今诗话》，云"唐德州刺史王倚家有笔一管，……刻《从军行》，……刊两句曰(诗略)"。按此为隋卢思道名篇《从军行》中句，诗见《文苑英华》卷一九九、《乐府诗集》卷三二、《先秦汉魏晋南北朝诗·隋诗》卷一。乐史《杨太真外传》卷下谓唐明皇曾歌此二句，知在唐代甚流行。王倚笔管上刻此二句，非其自作。

丘希范《江门洞》，录自《永乐大典》卷一三〇七四。按丘希范即南朝梁丘迟,字希范,《梁书》卷四九、《南史》卷七二有传。《先秦汉魏晋南北朝诗》缺收此首,可补入。

丘齐云《王伯固邀游赤壁》,录自《古今图书集成·山川典·江部》。按丘齐云为麻城人,明嘉靖四十四年进士,见《明清进士题名碑索引》。湖北黄冈地区博物馆编《东坡赤壁诗词选》据《吾兼亭集》录此诗,小传谓其曾任湖州知府。

朱绎《春女怨》,录自明人补本《万首唐人绝句》卷二一,《全唐诗》卷七六九作朱绛诗。按"绎"为"绛"形近而误。《才调集》卷七、《唐诗纪事》卷二八引顾陶《唐诗类选》皆作朱绛,是。

朱延龄《祓禊曲》,录自《古今图书集成·岁功典·秋部》,当从《乐府诗集》卷八十、《全唐诗》卷二七作无名氏诗。

吴象之《乐府伊州歌》,录自《古今图书集成·闺媛典》。应从《乐府诗集》卷七九、《全唐诗》卷二七作无名氏诗。

宋邕《饮马长城窟》,录自《古今图书集成·职方典·大同府部》,《全唐诗》卷二八三作李益《盐州过胡儿饮马泉》。按令狐楚《御览诗》已收此诗,时李益尚在世。

李伟《岳麓》,录自《古今图书集成·山川典·衡山部》。按诗云:"儒宫迥清肃,环堵抱山院。向来讲道地,遽尔经斗战。断荒出遗址,构木耸层殿。"按所谓"儒宫"、"讲道地",当皆指岳麓书院。书院始建于北宋开宝间。其地北宋末被兵甚暂,诗中所云"经斗战",疑指南宋末之战事。

李章《太和第三曲》,录自《古今图书集成·闺媛典》。当从《乐府诗集》卷七九、《全唐诗》卷二七作无名氏诗。

沈君道《应令》句,录自《诗人玉屑》卷三。按沈君道为陈隋间人,《隋书》卷六四附见其子沈光传:初仕陈为吏部侍郎,入隋,杨勇署为学士,又为杨谅府掾。所补二句,《先秦汉魏晋南北朝诗·隋诗》卷七已据《初学记》卷十四、《文苑英华》卷一七九收全诗，题作《侍皇太子宴应令诗》。

长安贫儿《镂臂文》，录自《少室山房笔丛·艺林学山》二，《全唐诗》卷八七三作宋元素诗。按此诗出《酉阳杂俎前集》卷八，云为"高陵县捉得镂身者宋元素"臂上所刺诗。杨慎引作张安贫儿，胡应麟纠其失，但未举姓名耳。

侯台《闲吟》："学道全真在此生，愚人待死更求生。此生不在今生度，纵有生从何处生。"录自明人补本《万首唐人绝句》卷三八。按《全唐诗》卷八五二收此为徐灵府《自咏二首》之二，并注："一作侯台闲吟。"文字稍异。按洪迈《万首唐人绝句》卷六九、赵道一《历世真仙体道通鉴》卷六皆收此为徐诗。侯台非人名，而为其吟诗之地。

查蘦仲木《题崇胜温泉》及句，录自《舆地纪胜》卷一七五《重庆府》。原书不言时代。按《宋诗纪事》卷三一据《锦绣万花谷》收入，作"查仲本"。《绵绣万花谷续集》卷十二收其诗于宋鲜于侁后。检马永卿《懒真子》卷五云："仆尝与陈子直、查仲本论将无同。"知为南北宋之交人。

胡幽贞《喜韩少府见访》，录自明人补本《万首唐人绝句》卷二七。按此为胡令能（即胡钉铰），最早见收于《云溪友议》卷下，《全唐诗》卷七二七已收，非胡幽贞诗。

孙处《咏黄莺》，录自《古今图书集成·禽虫典·莺部》。按此为李峤诗，见《文苑英华》卷三二八，《全唐诗》卷六十收作《莺》诗之别本。孙处玄有《咏黄莺》诗，疑后之编诗者将同类诗收于一处，李峤诗缺名而顶冒为孙诗，又缺"玄"字而误作孙处。

徐资用《九鲤湖》，据《古今图书集成·山川典·九鲤湖部》收录，仅六句。按乾隆《仙游县志》卷五十收此诗，为七言排律，凡二十四句，列明人间。徐资用事迹，县志未载，似可肯定为宋以后人。诗长,不具录。

唐颖《钓台》。曹汛谓《全唐诗》卷八二三收此为神颖诗,题作
《宿严陵钓台》。《严陵集》殆以唐神颖误为唐颖。

唐绩《灵岩寺呈锐公禅师》,题注:"寺在桃源县北百里。"录自
同治《湖南通志》卷二四〇。按明廖道南《楚纪》卷四三载:唐绩,字
公懋,零陵人,举北宋元符三年进士,除衡山令,通判鼎州,迁福建
运判。宋时桃源县归鼎州辖,此诗应即其任鼎州通判期间作。

马麐,《全唐诗补逸》卷三作马友鹿,今删此存彼。

张凡《赠薛鼎臣》句,录自《诗人玉屑》卷三。按此为《全唐诗》卷
五一〇张祜《赠薛鼎臣侍御》中句,《张承吉文集》卷一亦收此诗。唐
未闻有张凡其人。

张侣《送王相公赴幽州》,录自《诗人玉屑》卷三。按此为《文苑
英华》卷二七二、《全唐诗》卷二四二所收张继同题诗中句。唐未见
有张侣其人。

张元宝《阆中山》,辑自《蜀中名胜记》卷二四《保宁府·阆中
县》。按《全唐诗》卷八六六作张仁宝《题芭蕉叶上》诗。陶敏云:"张
仁宝、张元宝当是一人。《太平广记》卷三五四作张仁宝,作元宝当
是转录致误。"

卷二十,陈菊南《赤壁山》:"往事何消问阿瞞,到头吞不去江
山,自从羽舰随烟尽,惟有渔舟竟日闲。"录自《古今图书集成·职
方典·武昌府部》。按陈菊南为元人,见《元诗选癸集》卷上。

温婉女《华山》,录自《华岳志》卷五。按此诗最早见《青琐高议
后集》卷八蔡子醇《甘棠遗事后序》,事迹则见同书卷七清虚子撰
《温婉传》。温婉为甘棠娟,字仲圭,司马光同时人。《华岳志》误作
唐人,又于其姓名下误添"女"字。

黄孟良《九鲤湖》,录自《古今图书集成·山川典·九鲤湖部》。

按《丽廔丛书》影元刻无名氏撰《三教源流搜神大全》卷七《九鲤湖仙》条云:"本朝黄孟良感其事,赋诗一律以祀之。"此所录为其中间四句。黄孟良当为宋元间人。

贾牧《送友人赴天台幕》句,录自《舆地纪胜》卷十二《台州》。《方舆胜览》卷八收二句为杜牧诗。《全唐诗》卷五二七已收,惟缺题,可据补。

刘臻《河边枯树》,录自《文苑英华》卷三二六。按刘臻为隋人,《隋书》卷七六有传,字宣挚,沛国相人,梁末举秀才,元帝时为中书舍人,历仕后梁及北周,入隋官至太子学士,开皇十八年卒,年七十二。《先秦汉魏晋南北朝诗·隋诗》卷二收此诗。

潘滔《文斤山》,录自《古今图书集成·职方典·宝庆府部》。按此为《全唐文》卷七一三所收潘滔《文公祠记》末之铭文。

蔡祯《扬雄山》,录自《蜀中名胜记》卷十一引《嘉州新志》。检原书不云时代。同治《嘉州府志》卷四一云:"蔡祯,字伯禧,嘉定州人。洪武中进士第三人。累官刑部郎中、广东布政使左参政。"即此人。

郑休范《赠妓天仙歌》,录自《唐宋白孔六帖》卷六二。曹汛云:郑仁表字休范,此诗已收入《全唐诗》卷六〇七,题作《赠妓仙哥》。

鲁三江《张超谷》,录自《华岳志》卷五。按《宋诗纪事》卷十二据《前贤小集拾遗》录此诗,题作《游华山张超谷》,小传云:"鲁交,字叔达,梓州人。仕至虞部员外郎。有《三江集》。"约为真宗、仁宗间人。

熊渠《虞庙怀古》,录自《古今图书集成·职方典·永州府部》,《全唐诗》卷七八六作无名氏《永州舜庙诗》,注云:"按志旧载谓汉戴侯熊渠作,不知何谓,诗乃唐人作。"《楚风补录》谓熊渠为西汉戴侯。另参下二条。

刘鹗《和熊渠虞庙怀古作》,出处同前则。按刘鹗为宋人,张忱石考定其于咸平二年由秘书丞直集贤院,五年为太常博士,大中祥符元年出监涟水军商税,著有《地理手镜》十卷。另光绪《道州志》卷四载其大中祥符二年知道州,《宋诗纪事小传补正》卷二记其为雍熙二年进士。

张吉甫《前题》,出处同前二则。张忱石据《宋会要辑稿·职官四三》及《续资治通鉴长编》卷二五四考定其于宋神宗熙宁二年任都官员外郎,神宗与王安石曾论其辞上界勾当公事职。

可齐《咏萍》:"盆池本不种青萍,春杪无根也自生。人道一宵生九叶,不知谁数得分明?"录自《古今图书集成·草木典·萍部》。按《全芳备祖后集》作可斋诗,列宋人间。宋理宗时人李曾伯号可斋,著有《可斋杂稿》。此诗即其所作。

处一《题黄公陶韩〔日录"翰"〕别业》,录自《文苑英华》卷三一八。按《全唐诗》卷八〇九作灵一诗,诗题"陶韩"作"陶翰",卷七八三又归苏广文,诗题作《自商山宿陶令隐居》。从著录看,《又玄集》卷上最早,作苏诗,而《唐僧弘秀集》卷二、影宋书棚本《灵一诗集》卷下则作灵一诗。处一其人,《宋高僧传》卷二载为武后时译经僧,与陶翰不同时。《英华》错舛较多,"处一"当即灵一之误。苏广文开元末为"弘文馆学生"(据《千唐志斋藏志》开元二十九年《苏咸墓志》),灵一卒于宝应元年,均与陶翰同时。究为谁作,尚俟考详。

卷二十一,无名氏《洛阳道》,录自《文苑英华》卷一九三。按此为李白诗,见《李太白集》卷五、《乐府诗集》卷二十三、《全唐诗》卷一六四。

同前《云》,录自《文苑英华》卷一五六。按此为李峤诗,已收《全唐诗》卷五七。

同前《望仙楼》,录自《蜀中名胜记》卷十八《重庆府·铜梁县》。按原书云:"治西百步,有望仙楼,为唐刺史赵延之建。延之刺合州,破贼有功,后得道仙去。"而诗云:"奉使客来才十日,登仙人去已千秋。"显然为后代人所作,原书亦未云为唐人诗。

同前《听谗诗》,录自《鹤林玉露》(丙编)卷六。原书云:"世传听谗诗云(诗略)。不知何人作,词意明切类白乐天。"末句谓此诗近于白体。《鹤林玉露》为宋末罗大经作,当时所传诗,不应视为唐诗。

同前《咏烛》,录自《鹤林玉露补遗》。按此为唐韦承贻策试夜潜记长句之后四句,全诗见《唐摭言》卷十五、《唐诗纪事》卷五六、《全唐诗》卷六〇〇。

同前《怀木兰将军》:"出塞男儿面。归来女子身。尚能降北虏,断不慕东邻。"录自《古今图书集成·职方典·黄州府部》。按此为南宋刘克庄诗,见《诗林广记》卷六。

同前《再游木兰寺》,出处同前则。按此为唐人王播诗,见《唐摭言》卷七、《全唐诗》卷四六六。

同前《采葛歌》,录自《古今图书集成·食货典·葛部》。按此诗见东汉赵晔撰《吴越春秋》卷八,谓"采葛,越之妇人,伤越王用心,乃作若何之歌",歌十三句,此处所录为一、四、五、六、七句,不全。

同前《金谷园花发怀古》,录自《古今图书集成·交谊典·请托部》。按此为《全唐诗》卷二八一王表《赋得花发上林》诗之末四句。此处所录诗题误。

同前《鱼腹丹书》,录自《夷坚志支乙》卷十。按《全唐诗》卷八六七已收。

同前《题西山寺》句,录自《诗话总龟》卷四八引《遁斋闲览》。按本书卷十三已录作可朋诗,亦误,详前考。

同前《题金山寺》句,出处同前则。按此为孙鲂诗中句,见《全唐诗》卷七四三。

同前《嘲失节妇》句,录自《诗人玉屑》卷三。王达津云此为《全

唐诗》卷五三六许浑《赠房千里博士》中句,同书卷八〇〇互收作赵
氏诗。

同前句:"一生不得文章力,百口空为饱暖家。"录自《诗薮杂
编》卷四,云为孙光宪吟昔人诗。按《三楚新录》卷下及《类说》本《荆
湖近事》皆谓孙吟刘禹锡诗。按《全唐诗》卷三六〇已收刘名下,题
作《郡斋书怀寄江南白尹兼简分司崔宾客》。

同前诗一首"杨柳袅袅"云云,录自《古今图书集成·文学典·
诗部杂录》引《幽怪录》及《少室山房笔丛·艺林学山》一。按《全唐
诗》卷八六六据《玄怪录》卷二收作夷陵女鬼诗。此处首句"杨柳"二
字脱重文。

晁衡《望乡》,原出《古今和歌集》卷九,原为和文,录文为今人
所译,故删去。

金地藏《陈岩诗》:"八十四级山头石,五百馀年地藏坟。风撼塔
铃天半语,众僧都向梦中闻。"录自嘉靖《池州府志》卷九。按清周赟
《九华山志》卷八收此为元人陈岩作,小传云:"陈岩,字清隐,生宋
季,负大志,不遂而宋亡,遂隐清隐岩下,号九华山人。有《九华诗》
一卷。"诗中"五百馀年地藏坟",可知作于金地藏殁后五百馀年。金
地藏至德间来唐,至宋亡恰已五百馀年。

一九八八年八月于复旦大学一舍

全唐诗续拾

陈尚君补辑

前　言

　　一九七八年秋，我考入研究生，随朱东润先生学习唐宋文学。朱先生要求我们多读古人原著，尽量以自己的眼光来读书，不要人云亦云。其后几年，在朱先生严格而富有启发性的指导下，我涉猎了大量的唐宋典籍。读书中发现《全唐诗》未收的篇什，即随时佥出，积以时日，所得渐多，只是其时并未有结集成书的计划。一九八三年初见到刚出版的《全唐诗外编》，发现尚有不少佚诗未曾收入。同时，我将《全唐诗》已用书目与存世唐宋典籍的情况作了调查比较，发现尚有不少书籍前人未及检用，已用诸书亦有用而未尽之病。有鉴于此，我决意有计划、有目的地翻检群书，广搜唐人遗诗，以期为唐代文学的研究提供系统的资料。经过几年的努力，先后翻检了数千种古籍，作了大量的考证辨伪工作，至一九八五年初完成初稿。中华书局文学编辑室初审后，提出了许多中肯的修订意见。在最近一年里，我对初稿作了较大幅度的增删修改，终得定稿。全书凡分六十卷，收作者逾千人，逸诗四千三百馀首，残句千馀则，另移正、重录、补题、补序、存目、附录之诗二百馀首。本书以前的唐诗补遗专著已有五、六种之多，本书继踵前贤而续有所得，因名曰《全唐诗续拾》。

　　本书纂辑体例，已另详《凡例》，兹不赘言。以下就纂辑过程中几个较重要的问题稍作申述。

　　一、辑录佚诗的依据。《全唐诗》编成后不久,朱彝尊编有《全唐诗未备书目》,但他只是据唐宋书志列举书名,不少书在宋代已经亡佚,这个书目显然无补于事。我在着手纂辑之初,排列了几种书目:据两《唐·志》考察唐人著述概况;据宋人书志了解宋人能见的唐代书籍情况,据《全唐诗》及《全唐诗外编》排出前人已用书目;据清人及今人所编书目了解存世典籍总况,特别是康熙以来新发现古书的情况,将这些目录综合比较后,确定以唐宋典籍为主要依据,以前人未用或新发现典籍为重点,对宋以后亡佚的古籍,亦广搜佚文,以便利用。但各类书籍情况不同,拟略作说明。

　　甲、唐宋四部典籍。唐人录当代诗,最为可靠,即使有异说,也足资考证。宋代去唐不远,后代亡佚的书不少当时尚存,故宋人著作中保存资料也值得重视。相比较而言,南宋人所编总集、类书,地方总志及凭记忆传闻写成的笔记、诗话一类书,错误稍多一些。

　　乙、佛藏。本书所用以《大正藏》及日本《续藏经》为主,也参用了一些单行之书。佛藏中除个别伪书外,一般均著录有绪,著作年代及作者亦较明确,因而征引较多。

　　丙、道藏。曾翻检《正统道藏》、《道藏辑要》等。但道书多不著录年代,宋元间人依托之书尤多。本书仅选录了一些相对来说可靠的诗作,其馀只能割弃。

　　丁、元明清著作,本书用得较多的是石刻碑帖及地方文献两部分。前者多出唐人石刻或真迹,最为可靠。个别碑帖前代未见著录,亦可能出于伪托,虽亦收入,终存疑窦。后者可包括地理总志、州府省县志、山水寺观志及郡邑诗文总集等。这类书的编修者,为表彰乡贤往哲,称扬山水风物,常常误植或伪托前人作品,再加历代修志者相沿传讹,作者张冠李戴、时代前后倒置、作品改题换意的情况多不胜举。尽管如此,这类书中仍保存了相当数量的唐人佚诗,其中一部分是承袭了已亡佚的宋元志书中珍贵资料,如录自明清六合、仪征县志中的郏滂诗,其记载可追溯到南宋的《嘉定六合县志》。此外,如由后裔保存的先人著作、地方上保存的古本秘籍、私家谱牒中保存的文献、地方上出土的诗石碑刻之类,也不能一概疑伪。应说明的是,本书因涉及面较广,有些方志未能引用存世最早的志书,望读者引用时有所注意。

戊、敦煌遗书。其中保存诗歌数量较大,情况较复杂。本书仅收录了一些有名诗人的作品,未能作全面董理。

己、日本、朝鲜人著作中所存唐诗,仅就所见搜罗,恐缺漏尚多。

庚、有些疑伪之书,本书亦曾引用,原因不一。如《清异录》,或疑非陶谷作,但可断定为北宋前期书;《云仙杂记》,是否冯贽作于唐末,尚可存疑,但可断定为南宋以前书;《琅嬛记》中唐人事,多出附会,但多据唐人诗敷衍成故事,事伪诗未必伪,故亦取用。馀可类推。

有些古籍如《万宝诗山》、《晏公类要》、《东文选》等,为条件所限未及寓目,只能俟诸异日。

二、诗与非诗的区别。此点看似简单,具体处理时则颇感困难。本书以既尊重传统,又循名责实的态度以定取舍。赋、铭、赞、颂等韵文,六朝以来均视为文而不视为诗,尽管并不科学,但历代沿守,自无必要改变。但也有特殊情况,如唐人屡以七言歌行称为赋;唐人辞赋中间或篇末,常附入歌诗;隋唐铜镜中常以六朝或当时人诗作镜铭;碑志一般系以铭颂,但也有个别作者不称铭颂而称为诗歌;有些作者的五七言诗用铭、箴、赞、颂之类命篇。凡此之类,本书均酌情予以收入,以便研究。此外,本书还收录了一些天文、医药、农牧、艺术方面的歌诀，这些作品文学价值虽不高，但作为社会实用的诗歌，对研究者还是有用的。

本书收入了较多数量的释氏偈颂。此类作品，《全唐诗凡例》认为"本非歌诗之流"而不收，但如《景德传灯录》所附大量宣扬佛理的歌诗亦不取，可知原因并不在"非歌诗"。《全唐文序》解释不取偈颂原因为"以防流弊，以正人心"，始道出个中原因。既称全诗，却又将不利教化的作品删去，于例显然不允。

有必要对佛教偈颂的本意及流变作一简略的考察。梵文Gatha，本意为联美辞而颂佛功德之作，汉文音译为偈陀、伽陀或伽他，简作偈，意译为颂，音意并举即为偈颂。早期译经中之偈颂，各句字数相等，一般不少于四句，而押韵则并不讲究。六朝及唐初部分僧人所作，尚多沿旧式。大约从六朝后期开始，僧人偈颂日趋诗律化。唐初如道世诸颂，已为纯熟的五言古诗。中晚禅宗僧人偈颂，在押韵、平仄、对仗等方面，已与时人的五七言律绝无有二致。在唐人看来，诗、偈已无明显区别，因而"诗偈"、"诗颂"一类提法屡见不鲜。拾得诗云："我诗也是诗，有人唤作偈。诗偈总一般，读者须子细。"即指出二者的相通性。《宗镜录》收其逸诗二首，即题作"颂"。诗僧齐己谓偈颂为"吟畅玄旨"之作，"虽体同于诗，厥旨非诗也"（见本书卷四十八引）。二者的区别在于内容不同。近人丁福保《佛学大辞典》释"偈荝"云："佛家作诗曰偈，作文曰荝。"甚是。自唐以降，诗、偈互称的例子不胜枚举，如《全唐诗》所收道会、庞蕴、李翱、段怀然、谦光、无作等人诗，在唐宋人著作中最初引录时均称为偈颂，宋以后诗歌总集中以偈颂入选者亦甚多。唐人偈颂句式多变化，诗意俚俗，多存俗语方音，近年来已引起研究唐代文学、语辞、音韵等学者的广泛注意。有鉴于此，本书打破旧例，收录此类作品，以期为研究者提供检索的便利。为避免所收过于冗滥，《凡例》中规定了若干条不收的准则，其中如四言之作不收，是表示对以四言赞颂为文的传统分类法的尊重；不押韵者不收，则是企图将原来意义上的偈颂与唐人新变之作加以区分。这些取舍准则只是希望以尽可能划一的标准，将唐人偈颂中有研究价值的部分撷取出来，是否妥当，尚待读者鉴定。

三、逸诗的征信辨伪。唐诗的传误，在唐代已然，后世流传千载，作者讹错、时代误署、伪托附会之类问题层见迭出，不胜枚举。如不加甄别，有见即录，读者将无所适从。在本书纂辑过程中，我所作考订工作，主要有以下几方面。

甲、尽可能地追溯逸诗的最早出处，今存典籍，一般不据他书转引，以期避免后人辗转征引时造成的错误。

乙、通过作者事迹的考证，特别是《全唐诗》未收作者事迹的钩稽，提高逸诗的信值。如逸诗内容与作者生平契合，即使出处较迟，也足以征信。宋人类书、地理总志、笔记、诗话中保存了大量唐代不太知名的作者的零章断句，本书尽可能地加以网罗鉴别，并提供了作者经历。异代姓名相同者，也就所知作了甄辨。旧籍中误署时代者，只要觅得确证，概予剔除。作者姓名有讹误时，亦作了订正。

丙、互见诗，《全唐诗》均两收之，不加考证。这样似乎审慎，但读者使用时颇不便。我从群书中检出与《全唐诗》所署作者不同的诗篇多达千首以上，经过逐一考证，分别作了处理：凡《全唐诗》误而他书是者予以移正之，仅得四十馀首；凡《全唐诗》是而他书误者一概不取；难以判定者仅以少数较早的异说存目，其馀暂不收入。

丁、附录了前人著录、征引、考订逸诗的文字，并对前人有疑议歧说者提出了看法。有必要时对所据典籍也略作说明。

戊、伪托之诗，如托名王朴之《太清神鉴》、托名宋齐丘之《玉管照神局》、托名吕岩之《吕帝诗集》、署杨筠松撰的《撼龙经》等书所录诗,皆不收录。疑似但尚难定伪者,以及依托但仍可能出唐人之手者,皆附存之,并将有关意见附后。

尽管作了不少努力,本书在这方面仍有不少问题悬而未决,只能待诸异日。

四、编次体例的改变。《全唐诗》先帝王,次臣工,次闺秀、释道,反映了当时的观念。另以神仙鬼怪列目,也未尽妥当。如仍循旧例,显然不妥。今人或以四唐之分来编次,但将上千名作者归入各段,总难免武断,各人间前后次第也无从排列。经斟酌再三,本书采用了杨守敬倡之于前,逯钦立行之于后的以作者卒年先后为次第的编次方法。书中所收每一位作者,均曾考察事迹以确定其在书中的位置,但具体依据则均未注出。

本书末八卷体例与前有所不同。卷五十三、卷五十四收世次无考作者,以姓氏笔画为序,僧道附后。卷五十五录日本旧藏《赵志集》,因集中诗归属尚难确定,姑以集名为目。卷五十六为无名氏诗。卷五十七为神仙鬼怪诗,按出处先后分为三大类。唐人小说有演六朝事者,其中所引诗应出唐人手笔,《先秦汉魏晋南北朝诗》未收这些诗。卷五十八收歌、谣、谶记、嘲谑、谚、语。这部分利用了杜文澜《古谣谚》的成果,但也增收了不少杜氏未收之作。最末二卷为先宋诗。这些作品可断定为宋以前之作,但具体时代已难确指。有些逯钦立在《先秦汉魏晋南北朝诗后记》中曾提及,因觉有作于唐代的可能而割弃。菩提达摩、傅翕、宝志三人确为六朝人,前者之谶可肯定为唐代禅僧依托,后二人诗作则世人多疑出伪托,其说即便可信,至迟也应为唐人依托。今统予收入,殿于书末,以便学者。

本书纂辑之初,张步云同志发表了《唐代逸诗辑存》(《文学遗产》一九八三年第二期)。本书初稿交出后,又先后见有多种唐诗补

遗之文发表,所见有:

陶敏《〈全唐诗〉、〈全唐诗外编〉佚诗抄存》(《湘潭师专学报》一九八四年第二期、一九八五年第二期);

张靖龙《唐五代逸诗辑考》(《温州师专学报》一九八五年第二期)、《延寿及其佚诗——唐五代佚诗辑考续》(同前一九八六年第三期)、《〈景德传灯录〉中的唐五代佚诗考》(《温州师范学院学报》一九八七年第一期)、《〈全唐诗〉拾遗考》(乌兰察布盟师专《文科教学》一九八七年第一、二期);

邹志方《唐诗补录》(《绍兴师专学报》一九八五年第一期、第三期);

陈耀东《全唐诗拾遗》(《浙江师范大学学报》一九八六年第四期、一九八八年第一期);

祝尚书《全唐诗小补》(《四川大学学报》一九八六年第四期)。

本书定稿时,根据中华书局文学编辑室的意见,将张步云同志所辑全部补入,其馀各家所辑有为初稿未辑出者,亦据以补入。另陶敏、张忱石、王小盾、张靖龙等同志还将他们所辑而尚未发表的逸诗录示。以上所采入者,均已于各条下注明。

本书较充分地吸取了近十年来唐代文学研究和古籍整理的成就。本书得以完成,是与这些成就分不开的。凡所参用之处,均已予以说明。

本书纂辑过程中,得到了众多师友的热忱支持和鼓励,使我难以忘怀。复旦大学图书馆以及中文系、古籍所、哲学系、历史地理所资料室的有关同志,为我提供了资料利用的莫大方便。中华书局文学编辑室对本书初稿提出了不少具体的修订意见,使本书得以顺利定稿。

在此,谨向有关学者和师友致以诚挚的谢意。

书中的缺点错误，欢迎专家、读者批评指正。

陈尚君

一九八五年一月初稿于复旦七舍

一九八八年九月重写于复旦一舍

凡　例

一、本书收录《全唐诗》、《全唐诗逸》及《全唐诗外编》（一九八二年版）未收之唐五代人诗。

二、收诗时间，起自李唐王朝开国，讫于五代十国入宋，与《全唐诗》同。自五代十国入宋之作者，仅收其入宋前所作诗，其入宋后诗一概不取。其作年难以确考之作品，凡在其故国区域内所作诗均收入，作者生活时期主要在五代十国者酌情收入。日本、新罗诗人，仅收其入唐期间所作汉文诗。

三、全书序次，以作者卒年先后排列。卒年不可确考者，以其可考之生平最后事迹为依据。年代不可确考者，则依其世次及酬答往还者事迹推定。惟十国作者，情况较特殊，故仍从《全唐诗》分国编列，其后复依卒年为序。世次无考作者、无名氏作品、托名神仙鬼怪歌诗、歌谣谚语，以及可确定作于宋以前然无从甄别为唐朝人抑或为六朝人所作诸诗，分列全书最后数卷。

四、凡唐人歌诗，无论完整残缺，一概收录，以存一代文献。

五、释氏偈颂，至唐时一变，中唐以降，日趋诗律化，最终与歌诗合流。今有选择地予以收录。具体标准是：甲、唐人所译经论中偈颂一概不取；乙、仪赞文字一律不收；丙、四言偈颂一般不收；丁、不押韵之作不收；戊、对句而未成篇者不收。

六、凡所引录，皆注明出处及卷数，以便覆检。所据书为通行本者,皆不详注版本。

　　七、各诗异文,仅就所见录出,一般情况下仅照录异文,注于各字句下,尽可能少作改动,以保持原貌。凡改动之处,增改之字用方括号括出,删误之字仍注其下,用圆括号括出。

　　八、各诗诗题,尽可能地保持原状。凡有改动,均作说明。原出处无题者,遇以下几种情况时予以拟题:甲、酬赠之作,据他人诗拟题;乙、有作诗本事记载者,据前后文意拟题;丙、类书及分类总集中诗,据其所属部类拟题;丁、地志中诗,按其所咏山川景物拟题。其馀一般不据诗意拟题。凡拟题皆注出,以示区别。

　　九、《全唐诗》及后人补遗著作中已有小传之作者,除个别事迹过简者及事迹误置者外,均不重拟小传。凡初见之作者,皆广征文献,拟出简要的小传。其事迹出处,皆附注传后。凡事迹与诗作出处相同者,传后不重注出处,以免冗累。

　　十、诗后所附有关资料及纂辑者按语,皆旨在征信订讹,裨益读者。所附资料主要为如下几项:甲、作诗本事的记载;乙、有资征信之各代著录情况;丙、有关作者事迹、作品归属及作品真伪之前人考辨文字。纂辑者按语除对前人异说予以考辨外,主要是对各诗收录、处理的依据予以说明。

　　十一、凡《全唐诗》及后人补编误收入他人名下之诗作,有确凿证据可定谳者,今为移正另录之。移正根据皆予说明。但无名氏诗误收某人名下者不予另录。

　　十二、《全唐诗》与他书所收同一诗而作者不同时,处理原则是:甲、确为《全唐诗》误者,予以重录,详前条;乙、确为他书误者,皆摒弃不录;丙、无从甄辨者,视情况而定。凡唐代及北宋著作所录者,予以存目,以待鸿博。南宋以降,去唐日远,纷歧日繁,欲录则录不胜录,今一概不取,以免枝蔓尘杂。

　　十三、《全唐诗》及补编所收诗有残缺，今据较早出处或善本典籍可补出者，予以重录。《全唐诗》所收诗与较早典籍征引该诗文字有大幅度不同者，予以重录。

　　十四、诗题、诗序均为诗歌之组成部分，有助于了解诗意。凡《全唐诗》及补编所录诗缺题、缺序而据可靠出处得以补出者，予以补录。有诗题者，遇以下两种情况时予以补录：甲、作者原题较长，《全唐诗》所录经后人删削，过于简略者；乙、增补部分有一定史料价值者。其馀仅属文字歧异、字数繁简者，皆不另录。补题不另拟题。

全唐诗续拾卷一

庾　抱

咏史得韩非

说难徒有美，孤愤竟无申。定是名伤命，非关犯逆鳞。见《十万卷楼丛书》本唐释皎然《诗式》卷三。

　　按：此诗原署"庾抱一"。同书卷五又收庾抱一《骏马》四句，为《全唐诗》卷三九庾抱《骢马》之后四句，知庾抱一当即庾抱。《骢马》全诗出《文苑英华》卷二〇九。

陈子良

学　小　庾　体

拂篸承花落，开帘待燕归。见《四部丛刊》本《后村先生大全集》卷一七七《诗话续集》引唐李康成《玉台后集》。

　　按：《玉台后集》，天宝间李康成所选，收梁陈至天宝间二百九人诗六百七十首，明中叶后失传。刘克庄自郑子敬家得该集，摘其可存者录入《诗话》。

陈叔达

入阙咏空镜台诗

即今装饰废，凋零衢路间。姮娥与明月，相共落关山。见中华书局排印本唐徐坚等纂《初学记》卷二十五。

法　琳

　　法琳，姓陈，颍川人，寓居襄阳。少出家，住荆州青溪山玉泉寺。游猎儒释，博通内外词旨。隋季入关，舍僧服归俗。武德初复为僧，住京师济法寺。贞观初移住龙田寺。十三年冬，因谤讪罪下狱，陈书自诉，诏不加罪，敕移于益郡僧舍。次年六月，行至百牢关因疾而卒，年六十九。著作甚多，传世有《破邪论》、《辨正论》等。诗五首。（《全唐诗》无法琳诗。事迹据《续高僧传》卷二四本传、《开元释教录》卷八本传及《法琳别传》。）

别 毛 明 素

叔夜嗟幽愤，陈思苦责躬。在余今失候，枉与古人同。草深难见日，松迥易来风。因言得意者，谁复免穷通？《大正新修大藏经》第五十册唐释彦悰撰《唐护法沙门法琳别传》卷中。

敕放迁益部临行赋诗 题拟

仆秉屈原操，不探渔父篇。问言蓬转者，答言直如弦。

辞诀友人诗 题拟

非意延非罪，离友复离亲。山川万里隔，方劳七尺身。游魂长去楚，分念独留秦。自匪相知者，谁怜死别人。

言　志

草命如悬露，轻生类转蓬。所嗟明夜月，难与古人同。均见同前书卷下。

青溪野老诗 题从《续古文苑》卷四

元淑世位卑,长卿宦情寡。二顷且营田,三钱聊饮马。悬峰白云上,
挂月青山下。中心欲有言,未得忘言者。见法琳《辨正论》卷七,《大正藏》本。

朱子奢

五言早秋侍宴应诏

殿阁炎光尽,池台爽气归。荷香风里歇,树影日中衰。蝉声出林散,
鸟路入云飞。承恩方未极,无由驻落晖。见贵阳陈田影刻本日本尾张国真
福寺藏唐卷子本《翰林学士集》。

　　按:此诗已收入张步云《唐代逸诗辑存》。《翰林学士集》收唐贞观间
　　君臣唱和诗六十首,集名为后人臆加。据拙考,此集实为《许敬宗集》卷二
　　的残卷。

魏　徵

宿沃洲山寺

峥峒山叟到江东,荷杖来寻支遁踪。马迹几经青草没,仙坛依旧白
云封。一声清磬海边月,十里香风涧底松。何代沃洲今夜兴,倚杖
来听赤城钟。见《会稽掇英总集》卷四。

　　按:《全唐诗续补遗》卷二十据《舆地纪胜》卷四,录此诗之后四句,作
　　者作魏证。陈耀东《全唐诗拾遗》据同治《嵊县志》卷二四收本诗。魏徵平
　　生未至越中,友人赵昌平谓此诗格律非唐初所有,因疑非徵作。因出处较
　　早,姑仍录存。
　　又按:《会稽掇英总集》,宋孔延之熙宁五年编。《四库全书总目》卷一
　　八六该集提要云:"延之以会稽山水人物,著美前世,而纪录赋咏,多所散

佚。因博加搜采，帝及碑版石刻，自汉迄宋，凡得铭志歌诗等八百五篇，辑为二十卷。"今自该集辑出唐人佚诗达百首之多。

缺题五古诗

大道夷且长，窘路狭且促。修翼无卑栖，远趾不步局。舒吾凌霄羽，奋此千里足。超迈绝尘驱，倏忽谁能逐？贤愚岂常类，禀性在清浊。富贵有人籍，贫贱无天录。通塞苟由己，志士不相卜。陈平敖里社，韩信钓河曲。终居天下宰，食此万钟禄。德音流千载，功名重山岳。灵芝生河洲，动摇因洪波。兰荣一何晚，严霜瘁其柯。哀哉二芳草，不植泰山阿。文质道所贵，遭时用有嘉。绛灌临衡宰，谓谊崇浮华。贤才抑不用，远投荆南沙。抱玉乘龙骥，不逢乐与和。安得孔仲尼，为世陈四科。见上海大众书局《古今碑帖集成》。

　　按：诗帖为大楷，云出静木斋藏。末署："贞观三年。"原连作一首，详诗意及押韵，当为二诗。此帖前代未见著录，静木斋亦不详为谁，是否魏徵所作，甚为可疑。今姑录出，以俟考详。

王　绩

元正赋附歌

献岁风光早，芳春节会多。径潘三月内，恣意饱相五卷本作"经"过。伯二八一九卷，又五卷本《王无功文集》卷一。

灵　龟 并序

　　灵龟，君子有悔也。言明不若昧，进不若退。

彼灵龟兮，潜伏平坻。文列八卦，色合四时。出游芳莲，入负神蓍。吐故吸新，何虑何思？赫赫王会，峨峨天府，谋猷所资，吉凶所聚。尔有前鉴，尔既余李抄本作"馀"将，尔有嘉识，尔既余李抄本作"馀"辅。爰施长网，载沈密罗，于沼于沚，于江于沱。既剔既剥，是钻是灼，姑取供用，焉知其佗。鸣呼灵龟，孰谓尔哲？本缘末丧，命为才绝。山木自寇，膏火自灭，敢陈明辞，以告来裔。

按：序文十六字，原与正文连写。今据文意析出。

郊　园

汾川胜地，姑射名辰。月照山客，风吹俗人。琴声送冷，酒气迎春。闭门常乐，何须四邻。

被征谢病

汉朝征隐士，唐年访逸人。还言北山曲，更坐东河滨。枌榆三晋地，烟火四家邻。白豕祠乡社，青羊祭宅神。拓畦侵院角，蹙水上渠漘。卧病刘公干，躬耕郑子真。横裁桑节杖，竖翦竹皮巾。鹤警琴亭夜，莺啼酒瓮春。颜回惟乐道，原宪岂伤贫？藉草邀新友，班荆接故人。市门逢卖药，山圃值肩薪。相将共无事，何处犯嚣尘！

按：《韵语阳秋》卷十一录"巾"、"春"、"贫"三韵，题作《被召谢病》。《全唐诗》卷三七收入，注出《西清诗话》，系沿《增修诗话总龟后集》卷四五之误。

春日山庄言志

平子试归田，风光溢眼前。野楼全跨迴，山阁并临烟。入屋欹生树，当阶逆涌泉。翦茅通磵底，移柳向河边。崩砂犹有处，卧石不知年。入谷开斜道，横溪渡小船。郑玄唯解义，王烈镇寻仙。去去人间远，谁知心自然。

独 坐

托身千载下,聊思《韵语阳秋》作"游"万物初。欲令无作有,翻觉实成虚。周文方定策,秦帝即焚书。寄语无为者,知君悟有馀。

按:《韵语阳秋》卷十一、《文献通考》卷二三一《经籍考》引《周氏涉笔》收前四句,《全唐诗》卷三七收入。

咏 怀

桑榆汾水北,烟火浊河东。未必寻归路,居然息转蓬。故乡行处《全唐诗》作"云"是,虚室坐间同。日落西山暮,方知天下空。

按:《韵语阳秋》卷十一、《全唐诗》卷三七收后四句。

山 夜

仲尼初返鲁,藏史欲辞周。脱落四方事,栖遑万里游。影来徒自责,心尽更何求?礼乐存三代,烟霞主一丘。长歌明月在,独坐白云浮。物情劳倚伏,生涯任去留。百年一如此,世事方悠悠。

游山赠仲长先生子光

试出南河曲,还起北山期。连峰无暂断,绝岭互相疑。结〔藤〕(縢)标往路,刻树记来时。沙场聊憩路,石壁旋题诗。叶秋红稍下,苔寒绿更滋。幽寻多乐处,勿怪往还迟。

春 晚 园 林

不道嫌朝隐,无情受陆沉。忽逢今旦乐,还遂少时心。卷书藏箧笥,移榻就园林。老妻能劝酒,少子解弹琴。落花随处下,春鸟自须吟。兀然成一醉,谁知怀抱深?

按:《客野丛书》卷十九录"老妻能劝酒,少子解弹琴"二句。

赠薛学士方士

昔岁寻周孔,今春访老庄。途经丹水岸,路出白云乡。窈窕开皇道,
深沉指太方。物情争逐鹿,人事各亡羊。月明看桂树,日下觅扶桑。
寄语悠悠者,谁知此路长。

春 庄 走 笔

野客元图静,田家本恶喧。枕山通箓阁,临磵创茅轩。约略栽新柳,
随宜作小园。草依三径合,花接四邻繁。野妇调中馈,山朋促上樽。
晓羹犹未糁,春酒不须温。卖药开东铺,租田向北村。梦中逢栎社,
醉里觅桃源。猪肝时入馔,犊鼻即裁裈。自觉勋名薄,方知道义尊。
所嗟同志少,无处可忘言。

泛 船 河 上

初晴何以慰?薄暮理轻舟。白云销向尽,黄河曲复流。随风依北岸,
逐浪向南洲。波澜浩淼淼,怀抱直悠悠。自觉生如寄,方知世若浮。
蓬莱何处在?坐使百年秋。

过程处士饮率尔成咏

莫道山中泉石好,莫畏人间行路难。蜀郡炉家何必闹,宜城酒店旧
来宽。杯至定知悬怪晚,饮尽只应速唱看。但使百年相续醉,何愁
万里客衣单。

解六合丞还

我家沧海白云边,还将别业对林泉,不用功名喧一世,直取烟霞送

百年。彭泽有田唯种黍,步兵从宦岂论钱?但愿朝朝长得醉_{李抄本此}^{句作"但使百年相续醉",}何辞夜夜瓮间眠。

山 中 独 坐

试逐游山去,聊观避俗情。引流还当井,凭树即为楹。酒中添药气,
琴里作松声。石炉煎玉髓,土釜出金精。水碧连年服,云丹计日成。
还看市朝路,无处不营营。

题 画 幛 背

云霞图幛子,山水画屏风。不应须对许,坐惯青溪中。

春 园 兴 后

比日寻常醉,经年独未醒。回瞻后园柳,忽值数行青。定是春来意,
低头更好听。歌莺辽乱动,莲叶绕池生。散腰追阮籍,招手唤刘伶。
隔架窥前〔空,未馀几〕_{据李抄本补}小瓶。风光须用却,留此待谁倾。

山 园

幽人养性灵,长啸坐山扃。二月兰心紫,三春柳色青。卷帘看水石,
开牖望园亭。琴曲唯留古,书名半是经。风烟长入咏,几杖悉为铭。
切直平生尽,何为劳是形?

> 按:《文献通考·经籍考》引《周氏涉笔》录"琴曲唯留古,书多半是
> 经"二句,《全唐诗》卷三七收入。

春 日 还 庄

居人姓仲长,端坐悦年光。地形疑谷口,川势似河阳。傍山移草石,
横渠种稻粱。滋兰依旧畹,接果著新行。自持茅作屋,无用杏为梁。

蓬埋张仲径,藜破管宁床。浴蚕温织室,分蜂暖蜜房。竹密连阶暗,
花飞满宅香。坐棠思邵伯,看柳忆嵇康。自得终焉趣,无论怀故乡。

寻苗道士山居

抱琴欲隐去,杖策访幽潜。青溪无限曲,丹障几重帘。水声全绕砌,
树影半横檐。甑尘炊暂佛,炉香尽更添。短茅新缚荐,细藟始编檐。
写咒桃为板,题经竹作签。紫文千岁蝠,丹书五月蟾。三山今近远,
飞路幸相兼。

端 坐 咏 思

张衡赋《四愁》,梁鸿歌《五噫》。慷慨□□□,憔悴将焉如?纷吾独
无闷,高卧喜闲居。世途何足数,人事本来虚。三王无定策,五帝有
残书。咄嗟建城市,倏忽观丘墟。明治若不足,昏暴常有馀。寄言
忘怀者,归来任卷舒。

按:《野客丛书》卷二十录"咄嗟建城市"一句。

山 中 采 药

采药北岩阴,乘兴独幽寻。涧尾泉恒细,山腰溪转深。石横疑路断,
云暗觉峰沉。薄暮归来去,松丘横夜琴。

晚 秋 夜 坐

园亭物候奇,舒啸乐无为。芰荷高出岸,杨柳下欹池。蝉噪黏远举,
鱼惊钩暂移。萧萧怀抱足,何藉世人知?

在 边 三 首

客行秋未归,萧索意多违。雁门霜雪苦,龙城冠盖稀。穹庐还作室,

短褐更为衣。自怜书信断,空瞻鸿雁飞。

羁旅滞胡中,思归道路穷。犹擎苏武节,尚抱李陵弓。漠北平无树,关南迥有风。长安知远近,徒想灞池东。

昔岁衔王命,今秋独未旋。节毛风落尽,衣袖雪沾鲜。瀚海平连地,狼山峻入天。何当携侍子,相逐拜甘泉。

冬夜载酒于乡馆寻崔使君善为

思君夜渐阑,载酒一相看。野馆含烟冷,山衣犯雪寒。停车聊捧袂,倒屣共临盘。今夕山阴赏,谁知逢道安。

读《真隐传》见披裘公及
汉滨老父因题四韵

被褐延陵径,耕田汉水阴。由来欢击壤,何处视遗金?季子停骖谢,张温下道寻。世人无所识,谁知方寸心?

性不好治产兴后言怀

自有人间分,何须郭外田?和光游聚落,独兴入山泉。河曲编萧坐,灵台结絮眠。还应多藏客,辛苦没残年。

山家夏日九首

寂寞坐山家,萧条玩物华。树奇李抄本作"倚"全拥石,蒲长半侵砂。池光连壁动,日影对窗斜。石榴兼布叶,金蓥唯作花。落藤斜引蔓,伏笋暗抽芽。高卧长无客,方知人事赊。

隐士长松壑,先生孤竹丘。溪深常抱冻,碉冷镇含秋。九春宁解褐,五月自披裘。谁信汤年旱,山燋金石流?

山中旧可安,无处不盘桓。岭涩攀藤易,岩崎策杖难。药供无限食,石起自然坛。树密檐偏冷,泉深阶镇寒。松根聊入酿,竹实试调丹。
孔淳书数帙,朝朝还自看。

岩居何啻好,野性本规闲。青松生户侧,奔泉涌砌间。老父循浑沌,
稚子服蝙蝙。自得为巢许,无劳买却山。

追凉剩不归,高卧隐松闱。野竹栏阶种,岩花入户飞。碉幽人路断,
山旷鸟啼稀。不特嫌周粟,时时须采薇。

山人李抄本作"中"有敝庐,竹树近扶疏。傍岩开灶井,横碉引庭除。障
子游仙画,屏风章草书。谁言非面俗,更欲赋《闲居》。

幽居枕广川,长望郁芊芊。北岩采樵路,东坡种药田。碉泉通院井,
山气杂厨烟。向夕林庭旷,萧条鸣一弦。

山居自可安,乐道不为难。甲乙题书卷,梧桐数药丸。树阴连户静,
泉影度窗寒。抱琴聊倚石,高眠风自弹。

避暑长岩东,萧条趣不穷。密藤成斗帐,疏树即檐枕。槿花碍前浦,
荷香栏上风。寄言覆苔客,无事果园中。

洛水南看汉王马射

君王马态骄,蹀躞过河桥。雨息铜街静,尘飞金埒遥。铁丝缠箭脚,
玉片抱弓腰。日□矜百中,唯看杨柳条。以上三十九首均见北京图书馆藏
清陈氏晚晴轩抄本五卷本《王无功文集》卷二。

全唐诗续拾卷二

王　绩

驾过观猎

天巡总禁营，诘旦拥戈城。旗常纷出没，縠骑郁纵横。围尘千里暗，猎火四山明。兽竭郊原迥，禽殚灌莽平。割鲜同饮至，振旅以休兵。动作威容备，周旋军令成。金铙清御道，玉鼓节神行。别有磻溪叟，无日战逢迎。

山中独坐自赠

幽人似不平，独坐北山楹。携妻梁处士，别妇许先生。摈俗劳长叹，寻山倦远行。空山斜照落，古树寒烟生。解组陶元亮，辞家向子平。是非何处在？潭泊苦纵横。

自　答

公子澹无为，非关怀□移。老莱犹〔有〕据李抄本补妇，王霸岂无儿。人世何劳隔，生涯故可知。溪流无限水，树长自然枝。竹林横□□，梧桐倚惠施。杨朱那早计，烦此泣途歧。

过郑处士山庄二首

凿溪南浦曲，栽援北岩阿。野膳调藜苣，山依缉薜萝。钓潭因旧迹，樵路起新歌。欲知幽赏处，青青松桂多。

僻处开三径，幽居无四邻。横文彪子襦，碎点鹿胎巾。断篱栖夜雉，
荒砌起朝麕。薄暮东溪上，犹言在渭滨。

病后醮宅

公干苦沉绵，居山畏不延。白驴迎蒯子，青牛下葛仙。度符南灶曲，
写咒北阶前。龙行初禁火，鸟步即凌烟。净席三天坐，香炉五帝筵。
埋沙禳疫气，镇石御凶年。鬼用泥为壁，神将纸作钱。山精愁镜厌，
野魅怯灯然。今日扬雄宅，应堪草《太玄》。

过乡学

杖藜寻学舍，抠衣向讲堂。杏坛花正落，槐市叶新长。聚徒疑鲁国，
游人即郑乡。先生坐不议，弟子入成行。邴元韩理洲云应"作邴原"供洒
埽，刘俊脱衣裳。组带填中塾，青衿溢下庠。佩犴情已变，术蚁艺应
光。寄语安眠者，无为粪土墙。

春庄酒后

郊扉乘晓辟，山酝及年开。柏叶投新酿，松花泼旧醅。野妻临瓮倚，
村竖捧瓶来。竹瘤还作杓，树瘿即成杯。北潭因醉往，南亩带星回。
田家多酒伴，谁怪玉山颓？

题酒店楼壁绝句八首

欲识幽人伴，非是俗情量。有业开屠肆，无名坐饼行。
或问游人道，那能独步忧？饮时含救药，醉罢不能愁。
仲任书卷尽，平君韩理洲疑为"君平"之倒文，即严君平不韩校改为"卜"数充。
相逢何以慰？细酌对春风。

按:《全唐诗》卷三七收入其一、其二、其三、其六、其七等五首,题作
《过酒家五首》。

山 中 避 暑

幽人自可怜,避暑更萧然。片云堪度雨,小树即生烟。岩雪频经夏,
溪冰定几年?横阶看卧石,隔牖听飞泉。地使炎凉变,人疑岁序迁。
讵知来遁俗,更似得逃年。

围 棋

饱食端居暇,披襟〔弈〕(奕)思专。雕盘屡胫饰,帖局象牙缘。裂地四
维举,分麾两阵前。攒眉思上策,屈指计中权。劲卒衡^{韩校疑为"冲"}围
度,奇军略地旋。鱼鳞张九拒,鹤翅拥三边。逐征何待应,争锋岂厌
先。双关防易断,只眼畏难全。将骄多受辱,敌耻屡摧坚。骤睹成
为败,频看绝更连。许知愁越复,恤弱贵邢迁。诽俗韦弘嗣,邀名葛
稚川。分阴虽可重,小道讵宜捐?相公摧屐日,樵客烂柯年。唐尧
犹不弃,孔父尚称贤。博术存书录,壶经著礼篇。寄言陆士衡,无嗤
王仲宣。

按:《韵语阳秋》卷十七、《全唐诗》卷三七收入"全""边"二韵,题作
《围棋长篇》。

咏 隐

独有幽栖趣,能令俗网赊。耕夫田作业,巢叟树为家。晚令柔残黍,
春园扫落花。恝然乘兴往,何必御云车?

春夜过翟处士正师饮酒醉后自问答二首

樽酒泛流霞,相将临岁华。酣歌吹树叶,醉舞拂灯花。对饮情何已,

思归月渐斜。明朝解酲处，为道向谁家？

春来物候妍，夜饮但留连。晚枪交鬓侧，残樽倚膝前。纵横抱琴舞，
狼籍枕书眠。解酲须及曙，路远莫言旋。

被举应征别乡中故人

皇明照区域，帝思属风云。烧山出隐士，治道送征君。自惟〔蓬〕
（逢）艾影，叨名兰桂芬。使君留白璧，天子降玄纁。山鸡终失望，野
鹿暂辞群。川气含丹日，乡烟间白云。停骖无以赠，握管遂成文。

> 按：祝尚书《〈全唐诗〉小补》云宋潘自牧《记纂渊海》卷六九引"自惟
> 蓬艾影，叨名兰桂芳"二句。

同蔡学士君知咏云

固阳阴正密，侍族□方知。巫山臣作赋，汾水帝为歌。绘色还成锦，
轻飞更作罗。《无衣》昔有咏，飘转独如何？

赠山居黄道士

洁身何必是，避俗岂能全？动息都无隔，浮沉最可怜。嵇山《高士
传》，庄叟《让王篇》。逃名遂得志，□□若为传？

新 园 旦 坐

林宅资馀构，园亭今创营。〔接梨过半箸〕据李抄本补，从此近全生。凿
沼三泉漏，为山九仞成。草香罗户穴，茅茹结檐楹。松栽一当伴，柳
种五为名。独对三春酌，无人来共倾。

阅 家 书

张氏前抄本，班家旧赐馀。尚应千许帙，何啻五盈车。缝悉龟文印，

题皆龙爪书。牙签过半在,玉轴已全疏。麝系防黏蠹,芸香辟纸鱼。
下帷堪发愤,闭户足为储。为向扬雄说,无劳羡石渠。

九月九日

九日重阳节,三秋季月残。菊花催晚〔气〕据《古今岁时杂咏》补,萸房避
早寒。霜浓鹰击远,雾重雁飞难。谁忆龙山外,萧条边兴阑?

　　　　按:《古今岁时杂咏》卷三十三以此诗为崔善为作,《全唐诗》卷八八
二据以收入。今移正重收。

登陇坂二首

客行登陇坂,长望一思归。地险关山密,天平鸿雁稀。转蓬无定去,
惊叶但知飞。目极征途远,劳情歌《式微》。
陇坂三秦望,游人万里悲。何关鸣咽水,自是断肠时。风高黄叶散,
日下白云滋。怅望东飞翼,忧来不自持。

游山寺

赤城仙观启,青山梵宇裁。中天疏宝座,半景出香台。雁翼金桥转,
鱼鳞石道回。经文连树刻,仙影对岩开。别有迷方者,终惭无碍才。
抠衣只杖锡,敛袂谒浮杯。暂识嵯阛岭,联询劫烬灰。持花龙女至,
献果象王来。讲坐真乘阐,谈筵外法催。方希除八难,从此涤三灾。

观石壁诸龛礼拜成咏

万里疏烟壁,千龛对日宫。瞻颜犹不暇,合掌更难穷。岭路横携断,
山心暗凿通。真如何处泊?坐费计人功。

久客斋府病归言志

君王〔邸茅〕据李抄本补宽,〔修〕(行)竹正檀栾。构山临下杜,穿渠入上

兰。天人多晏喜，宾采盛鹈鸾。玉舄镇花簟，金环□果盘。斗鸡新
市望，走马章台看。别有恩光重，恒嗟报答难。沉绵赴漳浦，羁旅别
长安。玄渚芦花白，黄山梨叶丹。故人傥相念，应知归路寒。

秋 园 夜 坐

秋来木叶黄，半夜坐林塘。浅溜含新冻，轻云护早霜。落萤飞未起，
惊鸟乱无行。寂寞知何事？东篱菊稍芳。以上二十八首均见北京图书馆藏
清陈氏晚晴轩抄本五卷本《王无功文集》卷三。此本承郑永晓同志抄示。另参校之李抄
本，即东武李氏研录山房抄本，转引自韩理洲同志校点本《王无功文集》(五卷本会校)。

　　按：《王无功文集》五卷本所录王绩诗题，有几首与《全唐诗》所录者
有较大不同，录如次：《夜还东溪中口号》，《全唐诗》作《夜还东溪》；《题黄
颊山壁》，《全唐诗》作《黄颊山》；《山中别李处士播》，《全唐诗》缺"播"字；
《秋夜喜遇姚处士义》，《全唐诗》作《秋夜喜遇王处士》；《过山观寻苏道士
不见题壁四首》，《全唐诗》作《游仙四首》；《卢新平宅赋古题得策杖寻隐
士》，《全唐诗》仅作《策杖寻隐士》；《裴仆射宅咏妓》，《全唐诗》作《咏妓》。

陆　揩

　　陆揩，字大绅，吴郡人。隋仁寿中，召补春宫学士，大业中
为燕王记室。唐贞观中，授朝散大夫、魏王府文学。诗一首。
(《全唐诗》无陆揩诗，传据《吴郡志》卷二一引《大业杂记》，从
张忱石说)

四言曲池醼饮座铭

群公醼饮，列坐水湄。花飘翠盖，叶覆丹帷。俱倾圣酒，争摘雅诗。
下国贱隶，含毫无辞。《翰林学士集》

　　按：此诗署"越王文学陆揩"。越王即李泰，后徙魏王。张步云《唐代逸

诗辑存》收入本诗。

刘　泊

五言春日侍宴望海应诏

巨壑观无际，灵异蕴难详。寻真游汉武，架石驻秦皇。方丈神仙复，蓬莱道路长。俱由肆情欲，非为恤封壃同"疆"。何如应顺动，鸣銮事省方。徘徊临委输，迢遰极扶桑。滔滔四渎府，浩浩百川王。浮天还纳汉，浴日乍翻光。夷洲暖淑景，郁岛丽时芳。幸属沧波谧，欣逢宝化昌。《翰林学士集》

　　按：此诗原署"侍中清苑县开国男臣刘泊上"，"泊"为"洎"之误。张步云《唐代逸诗辑存》收本诗。

岑文本

五言春日侍宴望海应诏

五材□水流，千流会谷王。委输绵厚载，朝宗极大荒。浮天纳星汉，浴日吐扶桑。奔涛疑叠岛，惊浪似浮航。云撤青丘见，雾卷碧流长。金台焕霞景，银阙藻春光。九夷骄巨壑，五辂出辽阳。朝神泛弘舸，鞭石济飞梁。曜戈威海□，振楫落星芒。幸厕〔歌〕旅□，极望恶成章。《翰林学士集》

　　按：此诗原署"中书令江陵县开国子弘文馆学士臣岑文本上"。张步云《唐代逸诗辑存》收此诗。

郑元璹

元璹，字德芳，荥阳开封人。隋封莘国公，大业末为文城郡守。入唐,官太常卿。尝使突厥,被留数年,归拜鸿胪卿。贞观间封沛国公,二十年卒。诗一首。(《全唐诗》无郑元璹诗,传据《旧唐书》卷六二本传)

四言曲池醋饮座铭

离醋将促,远就池台。酒随欢至,花逐风来。鹤归波动,鱼跃萍开。人生所盛,何过乐哉。《翰林学士集》

　　按:此诗原署"沛公郑元璹"。张步云《唐代逸诗辑存》收此诗。

沈叔安

四言曲池醋饮座铭

天地开泰,日月贞明。政教弘阐,至治隆平。三阳应节,百卉舒荣。憇流方外,醋饮上京。《翰林学士集》

　　按:此诗原署"武康公沈叔安"。张步云《唐代逸诗辑存》收入。

高士廉

　　士廉,渤海蓨人。隋大业中,为治礼郎,贬朱鸢主簿。入唐,累迁雍州治中。贞观初,拜侍中,封义兴郡公,进许国公,官至尚书右仆射。二十一年卒,年七十二。诗一首。(《全唐诗》无高士廉诗,传据《旧唐书》卷六五本传)

五言春日侍宴次望海应诏

玉律应青阳,鸾驾幸春方。簪云陈罕罼,亘野列旗常。雕弓连月彩,雄剑聚星光。观兵辽碣上,停骖渤澥傍。浮天既淼淼,浴日复沧沧。

水映红桃色，风飘丹杷疑为"桂"字香。屓结疑楼峙，涛惊似盖张。三韩沐醇化，四郡仁唯良。深仁苞动植，神武詟遐荒。愿草登封礼，簪绂奉周行。《翰林学士集》

　　按：此诗原署"开府仪同三司申国公臣高士廉上"。张步云《唐代逸诗辑存》收入。

郑仁轨

　　仁轨，贞观间为龙宗卫率府长史弘文馆直学士。诗一首。（《全唐诗》无郑仁轨诗）

五言奉日侍宴望海应诏

御龙称曩载，仙驾纪前皇。直谓穷游览，非为务省方。大君弘覆焘，禁暴抚遐荒。观兵临碣石，极目眺扶桑。周区廓灵府，接汉委归塘。淼淼经纶阔，悠悠控注长。标空映绝岛，跨日起飞梁。银阙浮朝气，金台映晚光。荡秽符神略，安流表会昌。徒欣奉奇观，倾蠡讵可量？《翰林学士集》

　　按：此诗原署"左宗卫率府长史弘文馆直学士臣郑仁轨上"。张步云《唐代逸诗辑存》收入。

谢　偃

杂　言　诗

嘉辰令月欢无极，万岁千秋乐未央。见《日本古典文学大系》七三册收日人藤原公任一〇一八年左右纂《和汉朗咏集》卷下《祝》。

　　按：题据川口久雄校注引架藏私注本。

褚 亮

祀五方用舒和歌

笙歌龠舞属年韶,鹭鼓凫钟展时豫。调露初迎绮春节,承云遽践苍霄驭。见《唐诗纪事》卷四。

> 按:《祀五方上帝五郊乐》,《旧唐书》卷三十《音乐志》三云"贞观中魏微等作"。《全唐诗》卷三一均收魏微名下,实误。《纪事》以此首为亮作,必有所据,故录出之。

宗庙九德之歌辞

皇祖诞庆,于昭于天。积德斯远,茂绪攸一作"攸绪"先。继天应历一作"维文应历"神武弘宣。肇迹妫水,成功版一作"坂"泉。道光覆载,声穆乾元一作"吉先"式备牺象,用洁牲牷。礼终九献,乐展四悬。神贶景福,遐哉永年。见中华书局排印本《初学记》卷十三。

> 按:《全唐诗》卷八八二《补遗》已收此诗,有缺文,故重录出。注"一作"者,为《全唐诗》所收本异文。

祭太社乐章八首

> 存目。 见《旧唐书》卷三十《音乐志》三。

> 按:《旧唐书》谓此组诗"贞观中褚亮等作"。然孰为亮作,则已无从考详。诗已收《全唐诗》卷十二,不重录。

享太庙乐章十三首

> 存目。 见同书卷三十一《音乐志》四。

> 按:《旧唐书》谓此组诗"贞观中魏微、褚亮等作"。《全唐诗》卷三十一均收魏微名下,未允。然孰为亮作,亦无从甄别,姑存目以备考。

杨师道
五言早秋〔仪鸾殿〕侍宴应诏

秋气洒云景，高弦韵早风。雕梁尚飞燕，洛浦未惊鸿。水泛芙蕖影，
桥临芒桂丛。称觞奉高兴，长愿比华嵩。见清末贵阳陈田影刊日本尾张国
真福寺藏唐卷子本《翰林学士集》。

　　　　此诗原署："中书令驸马都尉安德郡开国公臣杨师道上。"

五言奉和行经破薛举战地应诏

凤纪初膺箓，龙颜昔在田。鸣祠凭陇嶂，召雨窃泾川。受律威丹浦，
扬兵震阪泉。止戈基此地，握契聿斯年。六辔乘秋景，三驱被广壖。
凝笳入晓啭，析羽杂风悬。塞云衔落日，关城带断烟。回舆登故垒，
驻跸想荒阡。岁月方悠复，神功逾赫然。微臣愿奉职，导礼翠华前。
同前。

　　　　按：此诗原署"太常卿驸马都尉安德郡开国公臣杨师道上"。张步云
《唐代逸诗辑存》收录本诗。

李百药
笙　歌 二首

新声虽自知，旧宠会应移。无令枣下吹，便作一枯枝。
为相雍门叹，当思执烛游。不惜妾身难再得，方期君寿度千秋。见中
华书局影印本《文苑英华》卷七一李百药《笙赋》。

太宗皇帝李世民
赐 李 百 药

项弃范增善,纣妒比干才。嗟此二贤没,余喜得卿来。《册府元龟》卷九
七《帝王部·礼贤》。此首承陶敏先生录示。

五言悼姜确 题拟

凿门初奉卫,伏节始临戎。振鳞方跃浪,骋翼正凌风。未展六骑术,
先亏一篑功。防身不足智,徇命有馀忠。悲骖嘶向路,哀笳咽远空。
凄凉大树下,流悼满深衷。《册府元龟》卷一四一《帝王部·念良臣》。

> 按:《全唐诗》卷一录前八句题作《伤辽东战亡》。

魏徵葬日登凌烟阁赋七言诗 题拟

劲筱逢霜摧美质,台星失位夭良臣。唯当掩泣云台上,空对馀形无
复人。唐王方庆纂《魏郑公谏录》卷五。

> 《魏郑公谏录》云:"公葬日,敕京官文武九品以上及计吏并送至开远
> 门外。太宗幸苑西楼望哭尽哀,令晋王宣敕祭之。太宗因望远作诗曰(诗
> 略)。御撰碑文及挽歌词,仍亲为书。太宗思之不已,遂登凌烟阁观其画,
> 又赋七言诗送灵座焉。其辞曰(诗略)。"今按,所引二诗,前一首已收《全
> 唐诗》卷一,所据当为《初学记》卷十四。后一首失收。

五言塞外同赋山夜临秋以临为韵

边城炎气沉,塞外凉风侵。三韩驻旌节,九野暂登临。水净霞中色,
山高雪下半字原卷缺。似为"云"字里心。浪帷舒百丈,松盖偃千寻。毁桥
犹带石,目阙尚横金。烟生遥岸隐,月落半峰阴。连洲《初学记》卷三

“洲”作“山”惊鸟乱，隔岫断猿吟。早花初密菊，晚叶未疏林。凭轼望寰宇，流眺极高深。河山非所恃，于焉鉴古今。见贵阳陈田影刊日本尾张国真福寺旧藏唐卷子本《翰林学士集》。

　　　　按：《全唐诗》卷一据《初学记》卷三收入本诗，仅存“烟生遥岸隐”以下四句，为类书删节之文，今为补出全诗。

五言延庆殿集同赋花间鸟

露园芳蕊散，风树□莺新。啼笑非忧乐，娇庄复对人。色映枝中锦，歌飞叶里尘。所嗟非久质，共视歇馀春。同前。

五言咏棋 二首

手谈标昔美，坐隐逸前良。参差分两势，玄素引双行。舍生非假命，带死不关伤。方知仙岭侧，烂斧几寒芳。

治兵期制胜，裂地不要勋。半死围中断，全生节外分。雁行非假翼，阵气本无云。玩此孙吴意，怡神静俗气。同前。

　　　　按：以上三首，张步云《唐代逸诗辑存》收入。

赞姚秦三藏罗什法师诗

秦朝朗现圣人星，远表吾师德至灵。十万流沙来振锡，三千弟子共翻经。文含金玉知无朽，舌似兰荪尚有馨。堪叹逍遥薗里事，空馀明月草青青。清陆耀遹《金石续编》卷二十。

　　　　按：《金石续编》谓此诗石刻为正书，在陕西鄠县。诗后有题记云：“维那僧定瑞、副寺僧祖瞻、祖肦、监寺僧祖□、祖曦，正大乙酉岁仲冬望日，主持传法沙门义金重录立石。长安樊世亨刊。”正大为金哀宗年号。既云重录，当有所自，惜未见更早记载。民国二十二年刊《鄠县县志》卷七云：“其石刊旧存草堂寺，今佚。”

焚　经　台

门径萧萧长绿苔，一回登此一徘徊。青牛谩说函关去，白马亲从印
土来。确实是非凭烈焰，要分真伪筑高台。春风也解嫌狼籍，吹尽
当年道教灰。见《四部丛刊初编》影宋本释法云《翻译名义集》卷七"续补译师"条注。
日本《续藏经》本宋释子升、如祐辑《禅门诸祖师偈颂》卷下之下称此诗为"唐太宗《题白
马寺》"。

　　按：《全唐诗》卷七八六以此诗归无名氏，云"其声调不类，要是后人
妄托"。然此诗征引甚早。《翻译名义集》亦非伪妄之书。同卷录义净三藏
诗，亦初唐时人。恐馆臣之意不在声类，而在此诗有玷太宗之盛德耳。义
净诗亦误录。岑仲勉先生《读全唐诗札记》已斥其妄。初唐七律传世甚
少。故重录之。

缺　题　赞

功成积劫印纹端，不是南山得恐难。眼睹数重金色润，手擎一片玉
光寒。炼时百火精神透，藏处千年莹彩完。定果薰修真秘密，信心
莫作等闲看。见《大正新修大藏经》第五十二册元释详迈撰《辨伪录》卷五，云出元如
意长老《圣旨特建释迦舍利灵通感通之塔碑文》。《佛祖统纪》卷四五作宋太宗《佛牙
赞》。

李　靖

　　靖，本名药师，雍州三原人。少有文武材略，初仕隋，为长
安县功曹、驾部员外郎、马邑郡丞。唐高祖时，任行军总管，从
李孝恭征萧铣，复度岭招抚岭南诸州，屡立军功。太宗时，历任
刑部尚书、兵部尚书、尚书右仆射等职，先后击败东突厥、吐谷
浑。初封代国公，改卫国公。贞观二十三年卒，年七十九。诗

一首。(《全唐诗》无李靖诗。事迹据《旧唐书》卷六七本传)

舞 剑 歌

陟崇冈兮望四围,□□闪□兮断虹飞,嗟嗟三军唱凯归。见《钦定盘山志》卷一、《日下旧闻考》卷一一六。

按:顾炎武《金石文字记》卷五《盘山题名》云:"蓟州西北三十里盘山上有'李靖舞剑台,李从简曾游'十大字,刻于石。"复引《册府元龟》谓从简为文宗开成初人。

又按:《全芳备祖前集》卷十一收李靖"泽兰多众芳,妍姿不相匹"为李德裕诗,已收入《全唐诗》卷四七五。此因二人皆封卫国公而致误。

萧 翼

宿云门东客院

路入山西又向《兰亭考》作"路更"西,雨和春雪旋成泥。风吹叠嶂云头散,月照平湖雁影低。拄杖负书寻远寺,倩童牵鹿渡深溪。今朝独宿岩东院,唯听猿吟与鸟啼。见《会稽掇英总集》卷六、桑世昌《兰亭考》卷十。

《兰亭考》附高似孙跋云:"右萧翼诗辞不多见,此二诗在云门作,所谓'拄杖负书'者,正访兰亭时也。似孙题。"所云二诗,另一为《留题云门》,已收《全唐诗续补遗》卷一。

同书桑世昌跋:"世昌近于东墅阅高续古校书法名画,方见此诗及跋。使御史不有此行,乌得是清绝语。故具载之。"

《六艺之一录》卷一六〇《禊帖类林目录》著录萧翼《题云门寺诗二首》。

辨 才

赴 召

云霄只疑当作"思"尺别松关,禅室空留碧嶂间。纵使朝廷卿相贵,争如心与白云闲。见《古今禅藻集》卷七。

李君武

　　君武,赵郡人,唐初蔚州司马。诗一首。(《全唐诗》无李君武诗)

咏　泥

椒涂香气溢,芝封玺文生。色逐梨阳紫,名随蜀道清。一丸封汉塞,
数斗浊秦泾。不分一作"晓"高楼妾,特况别离情。见《十万卷楼丛书》本皎
然《诗式》卷三。参《四友斋丛说》卷二十四。

　　按:《诗式》收此诗置隋人间。今考《新唐书》卷七二《宰相世系表》二
赵郡李氏东祖房有"君武,蔚州司马"。其从伯孝端,为隋获嘉丞。其子思
贞,文明元年自婺州刺史改越州刺史,见《会稽掇英总集》卷十八。因知君
武以作唐初人为是。逯钦立编《先秦汉魏晋南北朝诗》未收此诗。

王威德

　　威德,唐初人。(《全唐诗》无王威德诗)

戏贾元逊

千具殁齁皮,唯裁一量鞁。见《历代笑话集》所收开元十二年敦煌写本侯白《启
颜录》。

贾元逊

　　元逊,唐初人。(《全唐诗》无贾元逊诗)

戏王威德

千丈黄杨木，空为一个梳。同前。

《启颜录》云："国初，贾元逊、王威德俱有辩捷，旧不相识，先各知名，
无因相见。元逊髭须甚多，威德鼻极长大。尝有一人置酒唤客，兼唤此二
人。此二人在座，各问知姓名，然始相识。座上诸客及主人即请此二人言
戏。威德即先云（略）。诸人问云：'馀皮既多，拟作何用？'威德曰：'拟作元
逊颊。'元逊即应声云（略）。诸人又问云：'馀木拟作何用？'元逊答云：'拟
作威德枇子。'四座莫不大笑。"

按：前人多以侯白为隋人，然王利器先生将六本《启颜录》汇为一帙，
其中载白在唐时事甚众。此条所云"国初"，当指唐初。另《新唐书》卷七五
《宰相世系表》五有殿中丞贾元逊，为中唐人，与此处所云者无涉。

薛开府

诗

昨望巫山峡，流泪满征衣。今赴长安道，含笑逐春归。《陕两金石志》卷
六五《唐故魏州昌乐县令孙君（义普）墓志铭》引。

按：孙义普卒于高宗上元二年，年九十三。墓志谓其临终前恒咏薛开
府此诗，知薛应为高宗前人。一说即隋道衡。

全唐诗续拾卷三

刘子翼

　　子翼,字小心,常州晋陵人。隋大业初,历秘书监。唐贞观间拜吴王府功曹,迁著作郎、弘文馆直学士,预修《晋书》。永徽初卒。有集二十卷。诗二首。(《全唐诗》无刘子翼诗,传据《旧唐书》卷八七本传)

五言奉和咏棋应诏

一枰位才设,两敌智俱申。势危翻效古,行〔险〕乍为新。称征非御寇,言劫讵侵人。欲知情虑审,鸿雁不留神。

锐心争决胜,运功□图全。眼均须执后,气等欲乘先。引行遥下雁,徇地远侵边。借问逢仙日,〔何〕如偶圣年?《翰林学士集》

　　　　按:此诗原署"承议郎守著作郎弘文馆学士刘子翼上"。张步云《唐代逸诗辑存》收入。

张文琮

四言曲池酺饮座铭

和风习习,落景沉沉。俯映绿水,仰睇翠林。友朋好合,如□瑟琴。勉矣君子,俱奉尧心。《翰林学士集》

按:此诗原署"鄪王友张文琮"。张步云《唐代逸诗辑存》收入。

张后胤

　　张后胤,字嗣宗,苏州昆山人。义宁初,为齐王文学。武德中,擢员外散骑侍郎。贞观间,历官国子祭酒、散骑常侍。永徽中致仕,卒年八十三。诗一首。(《全唐诗》无张后胤诗,传据《旧唐书》卷一八九本传)

四言曲池醄饮座铭

公侯盛集,醄宴梁园。莺多谷响,树密花繁。波流东逝,落照西奔。人生行乐,此外何论。《翰林学士集》

　　按:此诗原署"燕王友张后胤"。张步云《唐代逸诗辑存》收入。

长孙无忌

五言〔仪鸾殿〕早秋侍宴应诏

金飙扇徂暑,玉露下层台。接绥芳筵合,临池紫殿开。日斜林影去,风度荷香来。既承百味酒,愿上万年杯。《翰林学士集》

　　按:此诗原署:"司空赵国公臣长孙无忌上。"

五言春日侍宴望海应诏

灵夒振穷发,淑景丽青阳。千乘隐雷转,万骑俨腾骧。目极三山崄,流睇百川长。仙湖遥蔼蔼,蜃气远苍苍。下物深逾广,引浊清讵伤。带雾含天碧,浮霞映日光。楼台自接影,云岛间相望。春波飞碣石,晓浪拂扶桑。喧声骋游泳,旅浴恣翾翔。群鸥心久狎,如何谷稻粱?

同前。

五言奉和行经破薛举战地应诏

天步昔未平，陇上驻神兵。戈回曦御转，弓满桂轮明。屏尘安地轴，
卷雾静乾肩。往振雷霆气，今垂雨露情。高垣起新邑，长杨布故营。
山川澄素景，林薄动秋声。风野征翼骏，霜渚寒流清。朝烟澹云罕，
夕吹绕霓旌。鸣銮出雁塞，叠鼓入龙城。方陪东观礼，奉璧侍云亭。同前。

五言侍宴延庆殿同赋别题得寒桂丛应诏

根连八树里，枝拂九华端。风急小山外，叶下大江干。霜中花转馥，
露上色逾丹。自负凌霏性，岩幽待岁寒。同前。

　　　　按：以上三首皆署"司徒赵国公臣长孙无忌上。"以上四首，张步云
《唐代逸诗辑存》收入。

萧　钧

　　　　钧，梁宗室之后。父琮，隋迁州刺史、梁国公。钧博学有才
望。贞观中，累除中书舍人，为房、魏所重。永徽二年，历迁谏
议大夫，兼弘文馆学士，寻为太子率更令，兼崇贤馆学士。显庆
中卒。撰《韵旨》二十卷，有集三十卷，均不传。诗一首。(《全
唐诗》无萧钧诗，传据《旧唐书》卷六三本传)

晚景游泛怀友诗

龙门丁误作"开"依御沟，凤辖转芳洲。云峰初辨《御览》作"辩"夏，麦气早
迎秋。山翠馀烟积，川平晚照收。浪随文鹢转，渡《御览》作"波"逐彩鸳

浮。风花轻未落《御览》误作"洛"，岩泉咽不流。一辞金谷苑，空想丁注："一作思"竹林游。见《初学记》卷十八，以《太平御览》卷四一〇、丁福保辑《全梁诗》卷十参校。

　　按：《初学记》收此诗，题为"梁萧钧"，《御览》则仅云"萧钧"，不注朝代。丁福保辑入《全梁诗》，然作者小传则采《南齐书》卷四五齐太祖十一子钧传，另注云："按《唐书》亦有萧钧，萧瑀从子也，仕至太子率更令。"又於诗题下注："此诗类唐人作，当为唐萧钧也。《初学记》作梁。"其说是。南齐之萧钧，於海陵初立未久即遇害，未入梁，不得称梁人。此其一。齐梁之际，南北分割，南人除了出使或奔降，无缘入洛。此诗明言龙门御沟，非南朝人所作甚明。南齐萧钧自十馀岁领江州刺史，至二十二岁遇害，皆在江南，仕历甚明，无入洛事。此其二。唐之萧钧，其曾祖萧岿为后梁宣帝，祖岿为后梁明帝，父㛹入隋复封梁国公，恐徐坚等即因此而误署其为梁人。此其三。唐史称钧"博学有才望"，屡为舍人、学士，其集三十卷，开元《古今书录》收入。其身份、经历均与诗合，徐坚亦得以采撷。此其四。综以上诸证，故收入。今人逯钦立编《先秦汉魏晋南北朝诗》不收此篇，甚是。

静　泰

　　静泰，显庆间洛邑僧。诗一首。（《全唐诗》无静泰诗）

嘲道士李荣 题拟

李荣乌鼼，何异蛞蝓。先师米贼，汝亦不良。见《大正新修大藏经》第五十二册释道宣撰《集古今佛道论衡》卷丁。

　　按：此诗为显庆五年八月二人辩论时作。文长不录。

义　褒

　　义褒，俗姓薛，常州晋陵人。初住苏州明法师所，又往婺州

缙云山旷法师所,次住东阳金华山法幢寺。显庆三年至长安,
参预佛道论辩。后住京师慈恩寺。龙朔元年后卒,年五十一。
诗三首。(《全唐诗》无义褒诗,传参《续高僧传》卷十五)

嘲道士 题拟

般若非愚智,破愚叹为智。道士若亡愚,我智药亦遗。
一弹弹黄雀,已射两鸧鹒。弹弹黄雀足,射射鸧鹒腰。
两人助一人,三愚成一智。昔闻今始见,斯言无有从一作"有从记"于
时。同前。

李　荣

嘲义褒 题拟

僧头似弹丸,解义亦团乐。同前。

嘲洛邑僧静泰 题拟

静泰语,莫憚惶。我未发,汝剩扬。同前。

灵　辩

灵辩,姓安氏,襄阳人。年十五出家,精习三论大乘诸经。
龙朔二年为大慈恩寺沙门,后在西明寺译经,未详所终。诗七
首。(《全唐诗》无灵辩诗,兹依《集古今佛道论衡》及《宋高僧
传》卷四《唐京师西明寺圆测传》录事迹)

嘲道士李荣 题拟

老子两卷本未研寻,庄生七篇何曾披读?头戴死谷皮,欲似钝啄木。

荣未及对又嘲

闻君来蜀道,蜀道信为难。何不乘凫游帝里,翻被枷项入长安。敕追荣入京日著枷。

又　嘲

槁木犹应重,死灰方未然。既逢田甲尿,仍遭酷吏悬。

又　嘲

柱枷异支策一作"荣",擎枷非据一作"据"梧。闭口临枷柄,真似滥吹竽。

又　嘲

区区蜀地老,窃号道门英。已摧头上角,何用口中鸣?

又　嘲

众僧本来斋洁,故当餐饭进蔬。道士唯当醮祭,应须酌醴焚鱼。

又　嘲

道士当谛听,沙门赠子言:鸿鹤疑应作"鹄"已高逝,燕雀徒自喧。均见《集古今佛道论衡》卷丁。

　　按:以上七首均龙朔三年与李荣辩论时作。

上官仪

五言辽东侍宴山夜临秋同赋临韵应诏

奉驾凌稽阜，同御掩岜岑。肆赏乖濡足，穷览悖乾心。一德光神武，万象镜冲襟。御辩辽山夕，凝麾溟海浔。帷殿《初》作“殿帐”清炎气，辇道含秋阴。凄风移汉筑，流水入虞琴。云飞送断雁，月上净疏林。滴沥露枝响，空濛烟壑深。抚躬谢仁智，泉石忝登临。信美陪仙跸，长歌〔慰〕（尉）陆沉。见影日本藏唐卷子本《翰林学士集》，以《初学记》卷三引诗参校。

　　按：《全唐诗》卷四十据《初学记》、《唐诗纪事》收入本诗，仅存“殿帐清炎气”以下八句。卷子本诗题下署：“秘书郎弘文馆直学士臣上官仪上。”

五言奉和咏棋应诏

宝局光仙岫，瑶棋掩帝台。图云双阵起，雁写两行开。固节修常道，侵边慎祸胎。□□□储妙，空捃季长才。
定位资裨将，制变伫中权。重关舍宿并，六出带花圆。引寇疏疑绝，窥强怯未前。金枰自韫粹，玉帐岂能传。同前。

　　按：此二诗题下署：“起居郎弘文馆直学士臣□□□上。”姓名处适残缺。《文学遗产》一九八三年第二期刊张步云同志《唐代逸诗辑存》收作缺名诗。今考定应为上官仪作。《旧唐书》卷八十《上官仪传》云：“举进士。太宗闻其名，召授弘文馆直学士，累迁秘书郎。时太宗雅好属文，每遣仪视草，又多令继和，凡有宴集，仪尝预焉。俄又预撰《晋书》成，转起居郎，加级赐帛。”前诗署仪官为“秘书郎弘文馆直学士”，此作“起居郎弘文馆直学士”，正与本传相合。《晋书》撰成于贞观二十年，太宗幸辽东则为前一年事，时序亦合。二诗可确定为仪作。

五言春日侍宴望海应诏

青丘横日域，碧海贯乾纲。奇怪储神府，朝宗擅谷王。灵官耀三岳，
仙槎泛□□。蜃楼朝气上，鸡树早花芳。别岛春潮驶，连汀宿雾长。
惊湍荡云色，沓浪倒霞光。宸行肃辽隧，降望临归塘。夹林朱鹭澈，
分空翠凤翔。凭深体妫后，徒御叶周王。游圣沾玄泽，讵假濯沧浪。
同前。

五言奉和行经破薛举战地应诏

策星暎霄极，飞鸿浃地区。鲔水胜周驾，涿鹿惊轩弧。荣河开秘篆，
柳谷荐灵符。天游御长策，侮食被来苏。秋原怀八阵，武校烛三驱。
投石埋旧垒，削树委荒途。□野惊〔宵〕（霄）燐，颓墉噪晚乌。毒泾晦
凉雨，塞井蔽荒芜。冲情朗金镜，睿藻邃玄珠。□恩奉御什，抚己滥
齐竽。同前。

五言侍宴延庆殿同赋别离得凌霜雁应诏

凉沙起关塞，候雁下江干。流声度迥月，浮影入长澜。系书天路远，
避缴晓风寒。□□□□曲，先惊霜翮残。同前。

> 按：以上三诗皆署"秘书郎弘文馆直学士臣上官仪上。"张步云《唐代
> 逸诗辑存》收以上三诗。

假作屏风诗

绿叶霜中夏，红花雪里春。去马不移迹《诗格》作"足"，来车岂动轮。《诗
格》作"尘"。此首为直言志。

假作赠别诗

离情弦上急《诗格》作"怨"，别曲雁边嘶。低云百种一作"千过"郁，垂露几

一作"千"行啼。此首为比附志。

假作幽兰诗

日月虽不照，馨香一作"多"要自丰。有怨生幽地，无由《诗格》作"情"逐远风。此首为寄怀志。

假作赋得鲁司寇诗

隐见通荣辱，行藏备卷舒。避席谈曾子，趋庭诲伯鱼。此首为起赋志。

假作田家诗

有意嫌千石，无心羡九卿。且悦丘园好《诗格》作"死"，何论冠盖生《诗格》作"未甘冠盖荣"。此首为贬毁志。

假作美人诗

宋腊何须说，虞姬未足谈。颊态花翻愧，眉成月倒悬《诗格》作"妆罢花更丑，眉成月对愁"。此首为赞誉志。以上六首皆见《文镜秘府论》地卷《六志》引上官仪《笔札华梁》。《吟窗杂录》卷一引托名魏文帝《诗格》每首各引二句。

按：《文镜秘府论》原注"《笔札》略同"，《笔札》即指《笔札华梁》。王梦鸥《初唐诗学著述考》考证伪题魏文帝《诗格》，实即《笔札华梁》之删节本，又谓"其'假作某诗'云云，其诗疑即上官仪诗"。王利器《文镜秘府论校注》云："盖无适例，故尔假作也。"今据以收归上官仪名下。

于志宁

四言曲池酺饮座铭

泾抽冠筝，源开绶花。水随湾曲，树逐风斜。始攀幽桂，更折疏麻。再欢难遇，聊赏山家。《翰林学士集》

按:此诗原署"兵部侍郎于志宁"。张步云《唐代逸诗辑存》收录本诗。

玄　奘

　　玄奘,俗姓陈,名祎,洛州缑氏人。十三岁出家,历住成都、荆州、赵州、长安等地。贞观三年西行求法,历游天竺各地,历十七年始还。后住长安译出经籍一千三百馀卷。麟德元年二月病逝,年六十五。诗五首。(《全唐诗》无玄奘诗,事迹据《大慈恩寺三藏法师传》,参《中国佛教》第二册游侠文)

题西天舍眼塔 在西天

帝释倾心崇二塔,为怜舍眼满千生。不因行苦过人表,岂得光流法界明。

题尼莲河七言

尼莲河水正东流,曾浴金人体得柔。自此更谁登彼岸,西看佛树几千秋。

　　　　按:《大唐西域记》卷八《伽耶城与伽耶山》云:"戒贤伽蓝西南行四五十里,渡尼连禅可。"

题半偈舍身山 在西天

忽闻八字超诗境,不借丹躯舍此山。偈句篇留方石上,乐音时奏半空间。

　　　　按:《大唐西域记》卷三有《大石门及王子舍身饲虎处》条。

题童子寺五言 在太原□□北京

西登童子寺,东望晋阳城。金川千点渌,汾水一条清。

题中岳山七言 在京南

孤峰绝顶万馀嶒,策杖攀萝渐渐登。行到目边天上寺,白云相伴两
三僧。以上五首均见斯三七三卷。

　　按:《题西天舍眼塔》前署"大唐三藏",应即指玄奘。其前抄李存勖诗
五首。

玄　逵

　　玄逵,润州江宁人,俗姓胡。童子出家,南往广州,欲西渡
求法。染疾归,卒,年仅二十五六岁。诗一首。(《全唐诗》无玄
逵诗,事迹据《大唐西域求法高僧传》)

言离广府还望桂林
去留怆然自述赠怀云尔

标心之梵宇,运想入仙洲。婴痼乖同好,沉情阻若抽。叶落乍难聚,
情离不可收。何日乘杯至,详观演法流。录自《大正新修大藏经》第五十一
册唐释义净撰《大唐西域求法高僧传》卷下。

　　按:《全唐诗》卷八〇八收此诗于义净名下,实误。详诗意及义净所叙
前后文意,此诗应为玄逵作,义净不过钞录入传而已。义净另有伤玄逵二
诗,亦见同书,《全唐诗》已收入。《古今禅藻集》卷一收三诗皆归玄逵,亦
误。又日本《天理图书馆善本丛书》影印古写本《大唐西域求法高僧传》,
"玄逵"皆写作"玄达"。未详孰是,谨录出备考。

明　解

　　明解,字昭义,俗姓姚,吴兴武康人。京师普光寺僧。龙朔

元年八月卒。补诗一首。(《全唐诗》卷八六五鬼诗中录明解卒后《遗画工诗》一首)

因致酒欢会述志为诗

一乘本非有,三空何所归?幸得金门诏,行背玉毫晖。未能齐物我,犹怀识是非。赖尔同心契,知余志不违。幕齐云叶卷,酒度榴花飞。寄语绳床执,辞君匡坐威。见《卍续藏经》本唐释怀信撰《释门自镜录》卷中。《续高僧传》卷三五录首二句。

张敬之

　　敬之,字叔謇,襄阳人。柬之弟。以门荫补成均生,高第,授将仕郎。后以述作为务。咸亨四年卒,年二十五。诗一首。(《全唐诗》无张敬之诗)

赋城上乌勒归飞二字 题拟

灵台自可依,爰止竟何归?只由城上冷,故向日轮飞。见《襄阳冢墓遗文》收《唐将仕郎张君墓志铭》引。

许敬宗
四言奉陪皇太子释奠诗一首应令

天钧初播,流形磅分。应图作极,执契为君。经邦测景,命秩颁云。功弘海谧,□洽风薰。其一。
彝典潜敷,至淳冥歘。六位斯辨,九畴爰设。叔世时讹,滔天作孽。雅诰咸荡,微言殆绝。其二。

皇灵拓统，帝宅遐光。驰威日域，浃化乾纲。网罗千代，并吞百王。
祯凝国太疑应作"泰"，庆袭元良。其三。

前星降彩，猗兰挺秀。少海扬清，若华腾茂。仙簧妙响，长琴雅奏。
具体生知，克昌宸〔构〕。其四。

天庭朗玉，睿掌晖珠。问安昏定，奉礼晨趋。照宣离景，几亚神抠。
承纶太极，肆业鸿都。其五。

望苑方春，震宫将旦。吟箭顺动，连旗远焕。册府开扃，儒庠引泮。
回轮驰道，增华甲观。其六。

尊师上德，齿学崇年。登歌畅美，崒爵思虔。雯童鼓箧，硕老重筵。
辞雕辩囿，矢激言泉。其七。

九宫率职，六聪张步云疑为"聪"咸事。济济飞缨，昂昂践位。栝箭成德，
璪瑜为器。仰仞齐高，升堂写秘。其八。

初芳候律，新咔谐音。磬喧浮泗，弦静淄林。珪珇炫目，璧水澄心。
蕊飘蹊霭，叶满帷深。其九。

缛礼光备，文思可纪。日驷轮斜，云门祝止。景福垂裕，受釐延祉。
严训一尊，澄湮万汜。其十。《翰林学士集》

　　按：本诗原署："银青光禄大夫中书侍郎行太子右庶子弘文馆学士高
　阳县开国男臣许敬宗上。"

四言曲池醑饮座铭

日月扬彩，爟烽撤候。赐饮平郊，列筵春岫。露鲜芳薄，影华清溜。
倒载言旋，骊歌贰奏。同前。

　　按：本诗原署："给事中高阳县开国男臣许敬宗上。"

五言辽东侍宴山夜临秋同赋〔临〕韵应诏

稽山腾禹计，姑射荡尧心。岂如临碣石，轩卫警拟金。辕门萦□水，

大斾掩长岑。复属高秋夜,澄空素景临。曾岩多丽色,幽涧有清音。含星光浅濑,褰雾静疏林。高明兴睿赏,仁知辅冲襟。湛露浮仙爵,凄风韵雅琴。秋令生威远,寒光被物深。方怀草封禅,陪礼泰山阴。同前。

按:本诗原署:"太子右庶子高阳县开国男弘文馆学士臣许敬宗上。"

五言侍宴延庆殿同赋别
题得阿阁凤应诏

帝台凌紫雾,仙凤下丹霄。层巢依绮阁,清歌入洞箫。逸彩桐〔间〕艳,浮声竹外娇。自欣栖大厦,率俛为闻韶。同前。

按:本诗原署:"银青光禄大夫行右庶子高阳县开国男弘文馆学士臣许敬宗上。"

五言侍宴延庆殿集
同赋得花间鸟一首应诏

落花飞禁蔺,时鸟咔芳晨。飘香入绮殿,流响度天津。千笑千娇切,一啭一惊新。方知物华处,偏在上林春。同前。

按:本诗原署:"中书侍郎臣许敬宗上。"

五言后池侍宴回文诗一首应诏

凉气澄佳序,碧泚澹遥空。篁林下仪凤,彩鹢间宾鸿。苍山带落日,丽苑扇薰风。长筵列广宴,庆洽载恩隆。同前。

按:本诗原署与前诗同。

五言奉和咏棋应诏

鱼丽新整阵,鹤□忽争先。八围规破眼,略野务开边。分行渐云布,乱点逐星连。胜是精神得,非关品格悬。

拂局初料敌,阴谋比用师。观形已决胜,怯下复徐思。抟战类相劫,
图全且自持。宸襟协尧智,游艺发初丝。同前。

　　按:本诗原署:"银青光禄大夫行太子右庶子高阳县开国男弘文馆学
　　士臣许敬宗上。"以上许敬宗诗十七首,张步云《唐代逸诗辑存》已收入。

五言七夕侍宴赋得归衣飞机一首应诏

一年衔别怨,七夕始言归。破涕开新靥,微步登云梯。天回兔渐没,
河旷鹊停飞。那堪尽今夜,复往弄残机。同前。

　　按:《全唐诗》卷三五据《唐诗纪事》录《七夕赋咏成篇》,为七律,中有
　　四句与本诗相近,今人或疑七律为后人伪作,实无的据。七律见收于宋绶
　　《岁时杂咏》(见《古今岁时杂咏》卷二五)。诗句重用,古人多有。今另作一
　　首收入。

句

白雪装梅树。见李壁《王荆文公诗笺注》卷二九《次韵王胜之咏雪》。

李元礼

　　李元礼,高祖第十子,武德四年封郑王。贞观六年改徐王。
历刺郑、徐、绛、潞等州。咸亨三年卒。(《旧唐书》卷六四本
传)

诫杀生文

麟甲羽毛诸□类,秉性与我元无二。只为前生作用愚,致使今生头
角异。或水中游,或林里戏,争忍伤残供品味。磨刀着火欲烹时,口

不能言眼还视。我闻天地之大德曰生,莫把群生当容易。残双贼命伤太和,□子劝妻夸便利。只知合眼恣无明,不悟幽冥毫发记。命将终,冤对至,面睹阴官争许讳。人□为兽兽为人,物里轮回深可畏。不杀名为大放生,免落阿毗无间地。《八琼室金石补正》卷一一一。为北宋政间和登封石刻。

全唐诗续拾卷四

王　勃

采莲赋附歌

荣华息，功名恻，以上二句，《英华》作"芳草俱修名"，周必大等校《英华》引集本作"芳华俱功名"，奇秀兮异植，红光兮碧色。禀天地之淑丽，承雨露之沾饰周引集本作"华饰"，莲有藕兮藕有枝，才有用兮用有时，何当婀娜花《英华》作"华"实移，为君含香藻凤池。见《四部丛刊》本《王子安集》卷二，校以《文苑英华》卷一四八。

观音大士神歌赞

南海海深幽绝处，碧绀嵯峨连水府，号名七宝恪迦山，自在观音于彼住。宝陁随意金鳌藏，云现兜罗银世界。众玉装成七宝台，真珠砌就千花盖。足下祥云五色捧，顶上飞仚歌万种。频伽孔雀尽来朝，诸海龙王齐献供。宝冠晃耀圆光列，缨络遍身明皎洁。脸如水面瑞莲芳，眉似天边秋夜月。绣衣金缕披霞袂，缥缈素服褊袒臂。玻珈珂珮响珊珊，云罗绶带真珠缀。红纤十指疑酥腻，青莲两目秋波细，咽颈如同玉碾〔成〕(咸)，罗纹黛染青山翠。朱唇艳莹齿排河，端坐昂昂劫几何。化身百亿度众生，发愿河沙救鼻阿。我惭我愧无由到，遥望观音拜赞歌。大圣大慈垂愍念，愿舒金手顶中摩。见《选印宛委别藏》本《古清凉传》附大元丘兹盛熙明述《补陁耝洛迦山传》引王勃《观音大士赞》附。

按：此篇疑为后人托名之作。

孙思邈

道林养性歌二首 题拟

美食须熟嚼，生食不粗吞。问我居止处，大宅揔林村。胎息守五藏，气至骨成仙。

日食三个毒，不嚼而自消。锦绣为五藏，身着粪扫袍。见《备急千金要方》卷二七《养性·道林养性》。

养生铭 《悦心集》题作《摄生咏》

怒甚偏伤气，思多太损神。神疲《悦心集》作"虚"心易役，气弱病相侵。勿被《悦心集》作"使"悲欢《悦心集》作"观"极，当令饭《悦心集》作"饮"食均。再三防夜醉，第一戒晨嗔。亥《悦心集》作"夜"寝鸣云《悦心集》作"雷"鼓，《悦心集》注："谓叩齿。"寅《悦心集》作"晨"兴漱玉津《悦心集》注："谓燕唾。"妖邪《悦心集》作"神"难犯己，精气自全身。若要无诸《悦心集》作"百"病，常当节五辛。安神宜悦乐，惜气保和纯。寿夭休论《悦心集》作"言"命，修行本在人。若能《悦心集》作"时时"遵此理，平地可朝真。旧题孙思邈撰《孙真人海上方》、清世宗编《悦心集》卷一。

枕　上　记

侵晨一碗粥，夜食《海上方》作"饭"莫教足。撞动景阳钟，扣齿三十六。大寒与大热，且莫贪色欲。醉饱莫行房，五脏皆翻覆。火艾《海上方》作"艾火"漫烧身，争如独自宿。坐卧莫当风，频于暖处浴。食饱行百步，常以手摩腹。莫食无鳞鱼，诸般禽兽肉。自死禽与兽《海上方》作"兽与禽"，食之多命促。土木为形象，求之有恩福。父精母生肉《海上

方》作"母血生",那忍分南北。惜命惜身人,六白光如玉。日本汲古书院出
版《和刻本类书集成》本南宋陈元靓《新编群书类要事林广记己集》卷二、原题唐孙思邈
撰《孙真人海上方》末附。

　　按:此诗原题《孙真人枕上记》。以上二首皆附见于《孙真人海上方》,
　　疑为伪托。因《枕上记》南宋时已被引录,故仍录存。另《孙真人海上方》收
　　七言绝句一百二十一首,为托名孙思邈作,伪托时代仅知在明中叶以前。
　　以下录附首二首,以见一斑。

暑月伤热

途中大暑最堪怜,急取车轮土五钱。盏内澄清汤服尽,身轻体健即安然。

伤寒咳嗽

伤寒咳嗽夜无眠,细碾明矾末一钱。半夏橘皮姜共煮,煎汤调下化粘涎。

保 生 铭

人若劳于形,百病不能成。饮酒忌大醉,诸疾自不生。食了行百步,
数将手摩肚。睡不苦高枕,唾涕不远顾。寅丑日剪甲,理发须百度。
饱则立小便,饥乃坐漩溺。行坐莫当风,居处无小隙。向北大小便,
一生昏幂幂。日月固然忌,水火仍畏避。每夜洗脚卧,饱食终无益。
忍辱为上乘,谗言断亲戚。思虑最伤神,喜怒伤和息。每去鼻中毛,
常习不唾地。平明欲起时,下床先左脚。一日免灾咎,去邪兼辟恶。
但能七星步,令人长寿乐。酸味伤于筋,辛味损正气。苦则损于心,
甘则伤其志。咸多促人寿,不得偏耽嗜。春夏任宣通,秋冬固阳事。
独卧是守真,慎静最为贵。财帛生有分,知是将为利。强知是大患,
少欲终无累。神气自然存,学道须终始。书于壁户间,将用传君子。
《正统道藏·洞神部·方法类》。此首亦疑为伪托之作。

窥　基

　　　　窥基,姓尉迟,字洪道,长安人。玄奘弟子。入慈恩寺随师

译经,著作甚多。世称慈恩大师。永淳元年卒,年五十一。诗
一首。(《全唐诗》无窥基诗,传据《宋高僧传》卷四)

出 家 箴

舍家出家何所以,稽首空王求出离。三师七证定初机,剃发染衣发
弘誓。去贪嗔,除鄙悋,十二时中须_{一作"常"}谨慎。炼磨真性若虚空,
自然战退魔军阵。勤学业_{一作"习"},寻师匠,说与行_{一作"同"}人堪倚仗。
莫教心地乱如麻,百岁光阴等闲丧。踵前贤,效先圣,尽假闻思修所
_{一作"得"}证。行住坐卧要真_{一作"精"}专,念念无差始相应。佛真经,十
二部,纵横指示菩提路。不习不学_{一作"听"}不依行,问君何日心开
悟。速须救_{一作"究"},似头燃,莫待明年与后年。一息不来即后世,谁
能保得此身坚。不蚕衣,不田食,织妇_{一作"女"}耕夫汗血力。为成道
果_{一作"业"}施将来,道果_{一作"业"}未成争消得。哀哀父,哀哀母,咽苦
吐甘大辛苦。就湿回干养育成,要袭门风继先祖。一旦中_{一作"一旦辞}
_{亲"},求剃落,八十九十无倚_{一作"依"}托。若不超凡越圣流,向此因循
全大错。福田衣,降龙钵,受用一身求解脱。若将_{一作"因"}小利系心
怀,彼岸涅槃争得达_{一作"达得"}。善男子,汝须知,修行_{一作"遭逢"}难得
似今时。若得_{一作"既遇"}出家披缕褐,犹如浮木值盲龟。大丈夫,须猛
利,紧束身心莫容易。倘能行愿力相扶,决定龙华亲授记。_{日本《续藏}
_{经》宋释子升、如祐编《禅门诸祖师偈颂》卷下之下。校以《大正藏》本明袾宏《缁门警训》}
_{卷二。二书皆称作者为"慈恩大师"。}

江满昌 _{一作"江满昌文"}

江满昌,曾任特进行门下侍郎兼镇西员外都督。诗一首。
(《全唐诗》无江满昌诗)

大唐大慈恩寺大师画赞

慈恩大师尉迟氏，讳大乘基长安人。族贵五陵光三辅，鄂公敬德是
其亲。智勇冠世超卫霍，李唐之初大功臣。文皇崇师称大圣，生立
碑文垂丝纶。羯罗蓝位多正梦，〔汉〕(漢)月入口母方娠。金人持神
珠宝杵，托干胎中吉兆频。身相圆满载诞育，〔彤〕(肜)云成盖覆果
唇。眼浮紫电夏天影，面驻素娥秋夜轮。少少之时早拔萃，龆龀之
间含慈惇。依止三藏学性相，三千徒里绝等伦。七十达者四贤圣，
就中大师深入神。亚圣具体比颜子，穷源尽性同大〔钧〕(鈞)。三性五
重唯识义，博涉学海到要津。百部疏主五明祖，著述以来谁得均？字
字句句不空置，皆有证据永因循。伯牙响琴徒秘典，卞和泣玉独沾
巾。论鼓一振疑关破，他宗望风自委尘。对龙象众能降伏，升师子
座檀顿伸。每月必造慈氏像，一生偏慕兜率身。每日必诵菩萨戒，
唯杖木叉制波旬。一时高楼秋灯下，有人窥见偷逡巡。大光普照观
自在，金手染翰显其真。不图汉土化等觉，开甘露门利兆民。自书
般若何所至，清凉山晓五台春。瑞光赫赫庆云起，文殊正现示宿因。
游博陵原制玄赞，法华颐旨传远宾。当宝塔品人有梦，诸佛证明遍
照邻。二十八字一挑句，文章微婉柢获麟。传导大师以此偈，千佛
灭度赞大仁。不嫌暗漏作章疏，齿牙焕炳光曜新。咫尺龙颜奉凤诏，
出入金殿陪紫〔宸〕(震)。天不与善化缘尽，岁五十三俄已泯。永淳二
年十一月，仲旬三日为忌辰。先师慕疑当作"墓"侧行祔礼，风悲云愁
惨松筠。本愿不回奉弥勒，生第四天奉华茵。名垂万古涉五竺，玄
踪虽多难尽陈。见《卍续藏经》本《玄奘三藏师资丛书》卷下，原署"特进行门下侍郎
兼镇西员外都督江满昌文"。卷首目录署"唐江满昌文撰"。

　　按：唐代史乘未见江满昌事迹，颇可疑。而按之诗意，则显然为窥基
卒后不久作。疑其人应为日本或新罗人而入唐者。

道　世

道世，俗姓韩，字玄恽，伊阙人。后避太宗讳以字行。年十二出家，显庆中诏居京师西明寺。所著有《法苑珠林》、《诸经要集》、《四分律讨要》、《金刚经集注》等。卒于总章元年后。一云弘道元年卒。诗六十二首。（《全唐诗》无道世诗，传据《宋高僧传》卷四、《释氏疑年录》卷四）

颂六十二首

騄骥资鞭策，兰蕙伫薰风。至理信难见，非人孰可通。输心仰圆寂，莹晒入玄中。总辔超三有，抟飞上四空。簪缨犹忽梦，财利若尘蒙。高揖谢时俗，萧洒出烦笼。见《大正新修大藏经》第五四册道世《诸经要集》卷二《三宝部》。

按：《古今禅藻集》卷一收此首为隋无名释作，题作《顺益颂》，实误。

遗身八万塔，宝饰高百丈。仪凤异灵鸟，金槃代佛一作"盘代仙"掌。积拱承雕月一作"角"，高檐挂树网。宝地若池沙，风铃如积响。刻削生千变，丹青图万像。烟霞时出没，神仙乍来往。晨雾半层生，飞幡接云上。游蜺不敢息，翔鹍讵能仰。福地下金绳，天报岂虚枉一作"圣变无穷端，感福岂三两"。愿假舟航末一作"木"，彼岸谁云广？见同书卷三《敬塔部》。注一作者，为《法苑珠林》卷五一《敬塔篇》之异文。

牧一作"没"杖信为急，调弦贵不奢。腾猨安可制，逸马本难罝。驱驰习声色，冠盖竞豪华。既入王孙第，还向季伦家。静心澄业累，省念勖身瑕。庶兹凭七觉一作"宝"，时用免三邪。见同书同卷《摄念部》。

三山羽化竟无成，五热殷忧徒自萦。并入繁一作"樊"笼处尘馆，何如寂虑出危城。镜智圆规光且净，月行驰轮皎复晴。侧径崎岖尔回辙，通庄达老岂同征。见同书卷四《入道部》。

玄亮吐清气，神响彻幽笼一作"聋"。登台发春咏，高兴避希一作"希避"
踪。乘虚感灵觉，鱼一作"渔"山振思童。摹写天歌梵，冀布法音同。哀
婉一作"忘高"故不下，飘一作"飙"飏数彻中。比丘歌声呗，人畜振心钟。
斯由畅玄句，即感雁游空。神朝一作"期"发筌悟，谿尔自灵通。见同书
同卷《呗赞部》。注一作者，为《法苑珠林》卷五十《呗赞篇·音乐部》之异文。

久厌无明树，方欣柰苑鲜。始入香山路，终逢不坏身。定花发智果，
神灯照梵天。霞幡同锦色，芬馥合炉烟。宛转腾空飏，倒下似红莲。
夙夜风吹转，香叠轮王因。攀仰无厌足，结侣感留瞻。何知色中彩
一作"来彩"，招福寿延年。见同书同卷《香灯部》。

令月建清斋，佳辰召无强一作"疆"。四部依时集，七众会升堂。萧条
清梵举，哀宛一作"怨"动宫商。香气腾空上，乘风散遐方。叹德研冲
邃，词辩畅玄芳。折烦呈妙句，临时拆婉章。缁素相依托，财法发神
光。神田今夕满，恩慧一作"惠"导存亡。见同书卷五《受请部》。注一作者为
《法苑珠林》卷一百九之异文。

禁饕缘芳味，持声唯节俭。一坐肃容仪，五万丰馀敛。戒香飞且馥，
情关闭愈一作"逾"掩。勿言徒辛苦，终然越危崄。见同书卷六《受斋部》。
亏功九仞罢崇山，顿驾千里倦长路。改涂悔善因芳音，易情染恶良
妖姬。五福精修既不成，八关守戒谁能护。攸攸极夜尔何期，森森
爱流安可度。见同书同卷《破斋部》。

韫石谅非真，饰瓶信为假。宠一作"窃"服高一作"皋"门上，滥吹缁轩
下。风一作"凤"祀结惊心，鴡文终好野。真相岂或一作"式"昭，浮荣未
能舍。迹殊冠冕客，事袭驱驰者。已矣歇郑声，天然乱周雅。富贵
空争名，宠辱虚相骂。须臾风火烛，幻泡何足把。见同书同卷《富贵部》。
注一作者，为《法苑珠林》卷七十之异文。

浮云南北竟无归，子客东西何可依。原宪糟糠窃有望，田氏膏腴讵

敢希。蔼蔼庇庭绝车马,寂寂蓬门掩席扉。宿昔偷光吝馀照,今日
穷途空自欺。见同书同卷《贫贱部》。

建志诚心愚,高慕欣朋俦。相与立弘誓,舍俗慕闲丘。萧散人物外,
晃朗免绸缪。寂寂求戒一作"诚"真,亹亹励心柔。警策修三业,激切
澄四流。兴心愿弘誓,救溺运慈舟。嘉期归妙觉,善会涅槃修。存
心八正道,立志三衹休。见同书卷七《奖导部》。注一作者,为《法苑珠林》卷六一
之异文。

含识皆畏死,有命惧崄危。如鱼困池涸,难逢流水希。亲疏皆父母,
何得不悲时一作"辄相欺"。何慈救厄苦一作"慈悲救危苦",福报自然随。见
同书卷八《放生部》。注一作者,为《法苑珠林》卷八二之异文。

瞻蔔改蓬心,伊兰变芳树。规轮时有缺,皓丝不常素。三益窃所忻,
四隙行当护。勖哉深自勉,诚之诚可慕。见同书卷九《择交部》。

寻因途乃异,及舍趣犹并。苦极思归乐,乐极苦还生。岂非罪福别,
皆由封著情。若断有漏业,常见法身宁。见同书卷十一《业因部》。

五欲昏神识,五盖蔽福力。六根成苦集,六贼乱心色。欲浪逐情飘,
爱网随心织。三毒障人空,四流漂不息。至金虽改秋,斩筹方未极。
观鸽既无穷,猿攀此焉一作"乌"伏。自非绝欲盖,何能远升陟。齐驭
一作"轼"届宝城,共睹能仁德。见同书卷十二《欲盖部》。注一作者,为《法苑珠
林》卷八九之异文。

业理信多绪,生途非一门。安危诚易辙,清浊岂同源。坠质空遗貌,
寻香有去魂。幽衢下寮落,晻路上飞翻。凝阴凄复紧,声威耽已喧。
投身庇茅屋,怿虑入花园。伉俪情多乱,贪嗔坐自昏。遍知称自觉,
挑手独为尊。见同书同卷《四生部》。

惰学迷三教,问者不知一。合蕚不结核,敷华何得实。徒生高慢心,
凌他非好毕。坠落幽暗道,开闭牢深密。一入百千年,万亿苦逼切。
对苦悔无知,方由堕慢媟。至人善取譬,立志须明律。英雄慢法时,

焉知悔今日。见同书卷十六《堕慢部》。又见百卷本《法苑珠林》卷五四。

生来死还送，日往月复旋。弱丧昏风动，流浪逐物迁。愚戆失正路，
漂没入重渊。一坠幽暗处，万劫履锋辛—作"铤"。六道旋寰—作"环"
苦，三业未曾全。坠—作"随"流无人救，凄伤还自怜。归诚观像物，方
知虚妄筌。苦海深河趣，思登般若船。见同书卷十八《地狱部》。注一作者，
为《法苑珠林》卷十二《地狱部之馀》之异文。

高堂信逆旅，怀—作"坏"业理常牵。玉匣方委观，金台不复延。挽声
随径远，萝影带松悬。讵能留十念，唯应逐四缘。幻工作同异，变弄
巧—作"作"多声—作"身"。愚俗净人我，谁复非谓真。谬者疑久固，达
者知幻宾，升沉苦乐异，徒祭哭苍天。一作"亲疏既无定，何劳非苍旻"。见同
书卷十九《送终部》。注一作者，为《法苑珠林》卷一百十六之异文。

百旬芥易尽，三灾理自倾。石火无恒焰，电光非久停。饥窭自相嗷，
刀兵竞相征。疫病无医效，空劳怨苦声。亲戚无相救，残害有馀情。
遗文虚满笥，徒欣富贵盈。太息波川迅，悲斯苦业萦。生灭恒敦逼，
煎迫未安宁。见《法苑珠林》卷四《大三灾部之馀》。

火气上升烟，云气暧甗云。神龙吐津雾，飏埃坋人尘。酒为放逸门，
淫为生死源。金银生患重，邪命坏戒根。见同书卷七《失候部》。

经行林树下，求道志能坚。既有神通力，振锡远乘烟。一登四弘誓，
至道莫能先。不贪旷劫寿，何论延促年。见同书卷二七《违损部》。

封迷昏暗久，徘徊梦里藏。心尘既未洗，怖沾甘露浆。慈颜发晖曜，
烛我见朝阳。忽逢善知友，开导益神光。稍悟心澄静，方骹俗苍茫。
缁徒既肃肃，法侣亦锵锵。见者心欢喜，归诚向道场。若存信邪倒，
来苦未何殃。见同书卷二九《大乘部》。

五欲混神因，六贼乱心色。幻焰逐情飘，爱网随心织。铸金虽改秋，
斩筹方未极。观鸽既无辩，攀猿此焉息。见同书卷三十《奸伪部》。

冬狐理丰毳，春蚕绪轻丝。形骸翻为阻，心识还自欺。韶乱歌鼓腹，

平生少年时。驱车追侠客,酌酒弄妖姬。但念目前好,安知後世悲。
惕然一以愧,永与情爱辞。愿识真妄本,染净自分离。羞惭滞五盖,
焉知同四依。见同书卷三一《引证部》。

贤人轨玄度,弱丧升虚迁。师通资自发,神光照有缘。应变各殊别,
圣录同灵篇。乘乾因九五,逸响亮三千。法鼓振玄教,龙飞应人天。
恬智冥微妙,缥眇咏重玄。磐纡七七纪,嘉运苍中艟。挺此四八姿,
映蔚华林园。见同书卷三四《见解篇》。

善恶宿薰习,感报各殊方。曾为鬼害怨,或作狼雠殃。屠儿忆杀业,
须蜜戏猕乡。宿祐除患者,在处游天堂。触类兴清遘,目击洞兼忘。
凡圣钦嘉会,贤愚庆流芳。四生行善业,六趣感神光。苦乐虽殊别,
同知命短长。见同书卷三五《五通部》。

志诚抱冰雪,暮齿迫桑榆。太息波川迅,悲哉人代拘。岁聿皆采获,
冬晚惧严枯。精诚求施戒,忍精定慧眸。结侣同共远,胜地心相符。
商人不顾死,罗刹未能逾。求宝竭大海,神怖捧明珠。寄言求道者,
立志菩提株。见同书卷三六《济难部》。

求宝失舟济,飘浮思救形。幼媚多方趣,妖魅诳人情。假接度海难,
虚发亲爱声。自非马王负,危苦讵安宁。见同书卷四二《妖怪篇》。

静念遗志虑,有虑非理尽。境来投虚空,虚空何所轸。托阴游重冥,
冥亡影迹陨。四果皆欣求,一乘独玄泯。见同书卷四六《摄念部》。

贤人慕高节,志愿菩提因。御鹤翔伊水,策马出王田。本祈立弘誓,
感报弥陁身。能仁修八正,超逾九劫前。声流遍三界,慈化通大千。
掩尘息妄想,凡圣并欣然。含生同志趣,保益启心神。生死必永尽,
岂同庄老仙。见同书同卷《发愿篇》。

藕树交无极,华云衣数重。织竹能为象,缚荻巧成龙。落灰然蕊盛,
垂油湿昼峰。天宫傥若照,灯王复可逢。见同书卷四八《然灯部》。

宝刹承高露,绮彩映空天。宛转云间扬,倒下似红莲。霞艟开锦色,

香气合炉烟。飘飖无定所,只为本轻旋。池沼万影现,泉弄百华鲜。
夙夜风吹动,重叠轮王因。攀仰无猒足,结侣感流瞻。何知色中彩,
招福寿长年。见同书同卷《悬幡篇》。

久猒无明树,方欣奈苑华。始入香山路,仍逢火宅车。慈父屡引接,
幼子背恩赊。虽悟危藤鼠,终悲在篋蛇。鹿苑禅林茂,鹫岭动枝柯。
定华发智果,乘空具度河。法雨时时落,香云片片多。若为将羽化,
来济在尘罗。见同书卷四九《华香篇》。

玄风冠西土,内范轶东矜。大川开宝匣,福地下金绳。绣松高可暎,
画栱甄相承。日驭非难假,云师本易凭。阳楼疑难燧,阴轩类凿冰。
迥题飞星没,长楣宿露凝。旌门曙光转,辇道夕云蒸。只桓多灵物,
竹园满休征。虚薄笔难纪,微驱窃自凌。优游从可恃,恩荫永难胜。
见同书卷五二《致敬部》。

金躯遗散骨,宝塔遍天龙。创开于十塔,终成八万兴。珠盖灵光变,
刹柱吐芙蓉。屡开朝雾露,数示晓灵征。红霓相映发,风摇响和钟。
仙鸾往往见,神僧数数从。独超群圣上,合识普生恭。砧碓击不碎,
方知圣叵穷。见同书卷五三《感福部》。

按:《明州阿育王山志》卷十录此首,题作《颂佛舍利》。

法会设佳供,斋日感神灵。普召无别请,客主发休祯。凡圣俱晨往,
灾难普安宁。良由慈善力,翻恶就福城。见同书卷五五《施福部》。

六情无福志,四摄启幽心。俭约避人物,偃息慕山林。曲峒停驼响,
交枝落慢阴。池台聚冻雪,檐牖参归禽。石来无新故,峰形讵古今。
大车何杳杳,奔马送骎骎。何以修六念,虔诚枉一音。未泛慈舟宝,
徒劳抒海深。见同书卷五九《俭约篇》。

业风恒泛滥,苦海涛波声。漂我常游浪,远离涅槃城。忽遇一作"何
时"慈舟至,运我出爱瀛。是一作"寔"知高慕友一作"施",惩过改凡一作
"顿舍贫穷"情。罪垢蒙除结,神珠启暗冥。释一作"贵"门光丽景一作"景

丽"，俗务苦重萦一作"贱业永休宁"。冀除五昏盖，方悟六尘轻。自非乘宝辂，何以息焰宁。一作"志求八解脱，誓舍六尘萦。傥遇慈父诲，开我心中经"。见同书卷六十《惩过篇》。注一作者，为同书卷七一《贫女部》之异文。

善恶自相违，明暗不同止。圣人愍迷徒，乘机入生死。慕德祛嚣尘，征心见真理。择交恶自终，出苦方有死。见同书卷六四《择交篇》。

峨峨王舍城，郁郁灵竹园。中有神化长，巧诱入幽玄。善人募授福，恶友乐雠怨。善恶升沉异，薰莸别路门。见同书同卷《恶交篇》。

　　按：《古今禅藻集》卷一、《古诗纪》卷一二八收此首为隋无名释诗，丁福保、逯钦立皆从之，实误。

眷属多孜扰，染著乱心神。亲疏未可定，何得偏憎怜。乾城无片实，渴鹿净焰尘。息心上空响，废念心真源。见同书卷六五《离著部》。

枢机巧对辩，善诱令心伏。八水润焦芽，三明启瞽目。来问各不同，酬答皆芬郁。冀舍四龙惊，亦除二鼠逼。意树发空华，心莲吐轻馥。喻此沧海变，譬彼庵罗熟。妙智方缛锦，词深同雾縠。善学乖梵爪，真言异镖腹。见同书卷六六《罗汉部》。

爱网结心暗，贪痴背智明。虽蒙慧炬照，愚昧犹自盲。顽戆恒不觉，慧种未开萌。自非慕高友，何得悟神英。见同书同卷《杂痴部》。

正邪乖明昧，善恶异相征。大慈降梵志，乘空各变形。六千俱舍执，七众各休祯。邪徒虚抗志，镖腹浪求名。身子多才智，陵化照机庭。四辩无不可，六通奋英情。乘权摧异见，伏邪同幽冥。自知萤光劣，徒净太阳精。见同书卷六八《破邪篇》。

贵富净人我，贪贱自然羞。强弱相辜负，斗讼未曾休。耻恨相侵夺，觅便报其仇。怨结恒对值，累劫常苦愁。见同书卷七二《诤讼篇》。

沉痾诚已久，痼疾实难痊。四魔恒相娆，六贼竞来牵。困厄无人救，惟忻大慈怜。遥愍愚心网，振锡远乘烟。授兹甘露药，邪见莫能先。消灾除业累，拔济苦相煎。恩流振玄教，普利该大千。自非神咒力，何能益延年。见同书卷七五《杂咒部》。

玄言始开阐，云雾上升天，暧瞹垂下布，驶雨遍山园。百草俱滋茂，五谷皆熟田。自非慈福力，岂感乐丰年。见同书卷七九《河海部》。

祇园感神夹，鹿苑化拘邻。圣人居福地，贤士乐山园。乍闻千叶现，时动百华鲜。香草皆满地，灵芝遍房前。甘池流八水，神井涌九泉。华旛高飘飏，应感下飞仙。鸟弄千声啭，人歌百福田。盛哉兹胜处，谁见不留连。见同书卷八十《种子部》。

能仁矜幻苦，圣意愍重昏。哀愚开摄受，训诱方便门。法身遍法界，摄化指祇园。俱销五道缚，共解四魔怨。三修祛爱马，六念静心猿。禅池澄定水，觉意动声喧。慧风吹法鼓，振我无明尘。常须近善友，开我未曾闻。见同书卷八一《观苦部》。

普亲皆眷属，隔世即相欺。但求现在乐，不知来苦资。牵我入三涂，楚痛受万危。自非慈放舍，何得命延时。见同书卷八二《放生篇》。

盛年好放逸，凶猛劝不移。天长晓露促，生老病来资。百节俱酸痛，千痾并著时。华堂相一舍，幽涂万苦批。见同书卷八四《地狱部》。

寻因途乃异，及舍趣犹并。苦极思归乐，乐极苦还生。岂非罪福别，皆由对著情。若断有漏业，常见法身宁。见同书卷八八《福行部》。

四生诚易转，五阴病难痊。寿报虽延促，终成丘墓尘。徒知饵六色，会当悲九泉。复愍轮回趣，难成不坏身。见同书卷八九《五生部》。

邈邈爱王城，峨峨欣鹫岭。业结三界狱，利钝十使颈。浊恶顺下趣，断漏升上顶。著我甘苦报，怖象投丘井。翘翘羡化伦，念念除心瘿。宿祐遇释尊，高慕大仙颖。既破无明结，还同欣鹫岭。荷戢怡冲心，随懖靡不静。见同书卷九十《断障部》。

五体悔前朝，三屈忏中夕。鸣椎诚旭旦，哀我苦劳役。引目寓金言，悲伤尘垢积。咄哉形非我，嗟往恒沉溺。踟蹰歧路嵁，挥手谢中折。洗涤归诚忏，皎洁凌云释。萧索业苦离，升陟随缘益。虽未齐高踪，且免幽途历。见同书卷一百三《洗忏部》。

大慈振法鼓，开悟无明聋。炉冶心秽垢，防非如利锋。护鹅不惜命，
守草养生同。五篇遮轻重，七聚荡心胸。晨朝宣宝偈，夕夜虔诚恭。
近求出苦海，远念法身踪。七支净三业，五分满金容。各愿坚固戒，
净土得相逢。见同书卷一百七《三聚部》。

愚夫贪世利，俗士重虚名。三空既难辨，八风恒易倾。物我久空性，
色心仍自萦。盛年爱华好，老死丘墓成。居高非虑祸，持满不忧盈。
名利甘刀害，将非安久祯。凡愚苟求利，譬犬见秽精。不知祸来至，
焉知怨苦声。见同书卷一百十一《利害篇》。

啖他身血肉，贪毒无慈矜。养兹身秽质，虫寓内消融。不护僧净器，
受此厕中虫。后报入地狱，苦痛未知穷。见同书卷一百十三《便利部》。

紫纨未可得，漳滨徒再离。一逢犬马病，贲育罢驱驰。既无九转术，
复阙万金奇。不看授盐掌，唯梦莲华池。见同书卷一百十四《安置部》。

龚胜无遗生，季业有穷尽。嵇叟理既迫，霍子命亦殒。屡屡厚霜指，
纳纳冲风菌。邂逅竟既时，修短非所愍。恨我君子志，不得严上泯。
送心正觉前，斯痛久已忍。既知人我空，何愁心不谨。唯愿乘来生，
怨亲同诚朕。见同书卷一百十五《舍身篇》。

韦敬辨

　　敬辨，永淳元年官都云县令，后任廖州大首领、检校廖州
刺史。诗一首。(《全唐诗》无韦敬辨诗)

澄州无虞县清泰乡都万
里六合坚固大宅诗 五言

近渍纵横越，募岱去来阑。千岑为□绝，三峡以衢难。庶捷犹求跨，

郡攘□能观。苦固于兹第,永世保无残。见广西上林县麒麟山唐永淳元年
立《六合坚固大宅颂》碑附,转录自《广西少数民族地区石刻碑文集》。

薛元超

咏　竹 卒章

别有邻人笛,偏伤怀旧情。廖彩梁《乾陵稽古》收崔融撰《大唐故中书令赠光禄
大夫秦州都督薛公墓志铭》引。墓志为近年于乾陵陪葬墓出土。

　　《薛公墓志铭》:"八岁,善属文。时房玄龄、虞世南试公咏竹,援毫立
就,卒章云(诗略)。玄龄等即公之父党,深所感叹。"

全唐诗续拾卷五

王梵志

诗 并序

但以佛教道法,〔无〕(并)我苦空。如先薄之福缘,悉后微之因果。撰修劝善,诚晶张改作"罪"非〔违〕(达)。目录虽则数条,制诗三百馀首,且言时事,不浪虚谈。王梵志之贵文,习丁郭之要义。不守一作"受"经典,皆陈俗语。非但智士回意,实易(项校作"乃",黄校作"亦")愚夫改容。远近传闻,劝惩令善。贪婪之吏(一作"史"),稍息侵渔;尸禄之官,自当廉谨。各虽愚昧,情极怆然。一遍略寻,三思无忘。纵使大德讲说,不及读此善文。逆子定省翻成甚孝(张谓"甚"字衍),懒妇晨夕事姑嫜。查郎翱子生惭愧,诸州游客忆家乡。惴夫夜起〔□□□〕,懒妇彻明对绢(项谓应作"缉")筐。〔悉〕(羡)皆咸臻知罪福,勤耕恳苦足糇粮。一志五情不改易,东州西郡并称扬。但令读此篇章熟,顽愚暗蠢〔悉〕(羡)贤良。

遥看世间人,村坊安社邑。一家有死生,合村相就泣。张口哭他尸,不知身去急。本是长眠鬼,暂来地上立。欲似养儿毡,回干且就湿。前死深埋却,后死续即入。

吾富有钱时,妇儿看我好。吾若脱衣裳,与吾叠袍袄。吾出经一作"经"求去,送吾即上道。将钱入舍来,见吾满面笑。绕吾白鸽旋,恰似鹦鹉鸟。邂逅暂时贫,看吾即貌哨戴密微校作"藐峭"。人有七贫时,七富还相报。徒《大正藏》作"从",项、袁谓通"图",不误财不顾人,且看来时道。

家口总死尽,吾死无亲表张改作"衰",郭校作"哀"。急首卖一作"买"资产,
与设逆修斋。托生得好处,身死雇人埋。钱财邻保出,任你自相差。
身如圈里羊,命报恰一作"怜"相当。羊即披毛走,人著好衣裳。脱衣
一作"却"赤体立,刑一作"则"役不如羊。

羊即日日死,人还日日亡。从头捉将去,还同肥好羊。羊一作"人"即
辛苦死,人去无破伤。命绝逐他走,魂魄历他乡。有钱多造福,吃著
好衣裳。愚人广造罪,志张改作"智"者好思量。

可笑世间人,痴多黠者少。不愁死路长,贪著苦烦恼。夜眠游鬼界,
天晓归人道。忽起相罗拽,啾唧索租调。贫苦无处得,相接被鞭拷
一作"捽"。生时有苦痛,不如早死好。

他家笑吾贫,吾贫(五贫)极快乐。无牛亦无马,不愁贼一作"贱"抄掠。
你富户役高,差一作"差"科并用却。吾无呼唤处,饱吃长展脚。你富
披锦袍,寻常被缠缚。穷苦无烦恼,草衣随体著。

大有愚一作"禺"痴君,独身无儿子。广贪多觅财,养奴多养婢。伺张
改作"司",项以为不误命门前唤,不容一作"客"别邻里。死得四片板,一条
黄衾被。钱财奴婢用,任将别经一作"经"纪。有钱不解用,空手入都
市一作"示"。

沉沦三恶道,家内无人知。有衣不能著,有马不能骑。有奴不能使,
有婢不相随。有食不能吃,向前恒受饥。冥冥地狱苦,难见出头时。
依巡一作"相逐"次第去,却活知有谁。

沉沦三恶道,负持一作"时",松尾良树谓应作"特"愚痴鬼。荒忙身卒死,即
遍张改"道",项校作"属"伺张改作"司"命使。反缚棒打走,先渡奈何水。倒
拽至厅前,枷棒这张改"遍",郭云不误身起。死经一七日,刑名受罪鬼。
牛头铁叉杈,狱从项说补卒此字据《大正藏》补把刀揭。碓〔捣〕(梼)砧磨
身,覆生还覆项校作"复"死。

撩乱失精神,无由见家里。妻是他人妻一作"事",儿被后翁使。驱马

被金鞍,镂登银鞦鞚。角弓无主张,宝剑抛著地。设却百日斋,浑家
忘却你。钱财他人用,古来寻常事。前人多贮积,后人无惭愧。此
是守财奴,不兑张改作"免"贫穷事。

夫妇相对坐,千年亦不足。一个病着床,遥看手不〔触〕(辜)。正报到
头来,徒费将钱卜。宝物积如山,死得一棺木。空手把两拳,口里徒
含玉。永离台上镜,无心开一作"关"衣眠戴、松尾校作"服"。镜里戴、项校作
"匣"尘满中,剪刀生衣醭。

平坐歌舞处,无由更习曲。琵琶绝巧一作"咲"声,琴弦断不续。花帐
一作"帐"后人眠,前人自薄福。生坐七宝堂,死入土角触郭校作"髑"。丧
车相勾牵,鬼朴还相哭。日理项、松尾校作"埋"几千般,光影急迅速。

富者办棺木,贫穷席裹一作"里"角。相共唱奈河周校作"何",送着空冢
各项校作"阁"。千休即万休,永别生平乐。志张改作"智"者入西方,愚人
堕地狱。掇一作"鹏",黄、项校作"缀"头入苦海,冥冥不省觉。擎头乡里
行,事当逞靴袄。有钱但著用,莫作千年调。

百岁乃有一人,得七十者稀。张眼看他死,不能自觉知。痴皮裹脓
血,顽骨强相随。两步行衣架,步步入阿鼻。双盲不识鬼,伺命急来
追。赤绳串著项,反缚棒脊一作"背"皮。露头赤脚走,身上无衣被。
独自心中骤,四面被兵围。向前十道挠张改"税"、戴、蒋校"挽"、黄校"挽",
背后铁锤锤。伺命张弓射,苦痛剧刀锥。使者门前唤,忙怕不容一作
"客"迟。倮张校作"裸"体逐他走,浑舍共号悲。宅舍无人护,妻子被人
欺。钱财不关己,庄郭校"藏"收永长离。三魂无倚住,七魄散头飞。
善劝诸贵等,□□□□□。火急造桥梁,运度身得过。福至生西方,
各难知厌足。身是有限身,程期太剧促。纵有百年活,徘徊如转烛。
憨人连脑痴,买锦妻装束。无心造福田,有意事奴仆。只得暂时劳
项校"牢",旷身入苦毒。

傍看数个大憨痴,造宅舍拟作万年期。人人百岁乃有一,纵令长命

七十稀。少少撩乱死。□□□□期却半,欲似流星光暂时。中途少
少辽乱死,亦有初生婴孩儿。无问男夫及女妇,不得惊忙审三思。年
年相续罪根重,月月增长肉身肥。日日造罪不知足,恰似独养神猪
儿。不能透圈四方走,还须圈里待死时。自造恶业还自受,如今痛
苦还自知。以上十八首均录自张锡厚《王梵志诗校辑》卷一。张氏所据本为斯七七
八、斯五七九六、斯五四七四、斯一三九九卷,并以《大正藏》第八十五册《王梵志诗集》
参校。

　　按:本卷所录王梵志诗,皆据张锡厚《王梵志诗校辑》,另曾参校《大
正藏》本及《敦煌掇琐》。录诗的原则是,尽可能地保持王诗的原貌。凡原
文可通者,尽可能保持原文。原文显误,张氏所改为无可移易者,即予改
正。原文虽误,张氏所作改动尚难成定论者,则仍保留原文,而以张说附
收其下。各本有异文者,择其善者为正文,异文注出"一作某"。张锡厚为
王梵志诗的校录、写定作了十分可贵的努力,本卷充分利用了他的成
果,笔者只在少数诗章的分篇及文字的定夺上提出了自己的看法,这是
应该在这里说明的。

吾家多有田,不善戴校"若"广平王戴校"玉"。有钱怕项校"惜"不用,身死
留何益?承闻七七斋,暂施鬼来吃,永别生时盘,酒食无踪迹。配罪
剔张改"别",衰谓不误受苦,隔命绝相觅。

借贷不交通,有酒深藏善张改作"窖",项校"着"。有钱怕人知,眷属相轻
薄。身入黄泉下,他吃他人着。破除不由你,用尽遮他莫。

道士头侧方,浑甚张改作"身"总着黄。无心礼拜佛,恒贵天尊堂。三教
同一体,徒自〔浪〕(朗)褒扬。一被项校"种"沾贤圣,无弱〔亦〕(赤)无
强。莫为分别相,师僧自设长。同尊佛道教,凡恪项、戴校"俗"送衣裳。
粮食逢医药,垂死续命汤。救取一生活,应报上天堂。

观内有妇人一作"女",号名是女官。各各服梳皰项谓通"略",悉带芙蓉
冠。长裙并金色,横披一作"被",张改作"帔"黄俫单。朝朝步虚赞,道声
数千般。贫无巡门乞,得谷相共餐。常住无贮积,铛釜当房安。眷

属王侵张改作"役"苦，衣食远求难。出无夫婿见，病困绝人看。乞就一作"与活"生缘活，交即免饥寒。

道人头兀雷郭谓即"兀碑"，例头肥特肚。本是俗家人，出身胜地立。饮食哺盂中，衣裳架上出。每日趁斋家一本"家"前有"时"字，即礼七拜佛。饱吃更索钱，低头着门出。手把数珠行，开肚元无物。生平未必识，独养肥没忽。虫蛇能报恩，人子何处出。

寺内数个尼，各各事威仪。本是俗人女，出家挂佛衣。徒众数十个，诠择补〔纲〕(刚)维。一一依佛教，五事总合知。莫看他破戒，身自牢住持。佛殿元不识，损一作"捐"坏法与衣。常住无贮积，家人受寒饥。众厨空安灶，粗饭当房吷项校作"吹"，"为""炊"音讹。只求多财富一作"宝"，馀事且随宜。富者相过重，贫者往还稀。但知一日乐，忘却百年饥。不采生缘瘦，唯愿当身肥。今多损却宝，来生更若为？

生即巧风吹，死须业道过。来去不相知，展脚阳坡卧。只见生一作"主"人悲，不闻鬼唱祸。子细审三思，慈母莫生我。

佐史非一作"作"台补，任官州县上。未是好出身，丁儿避征防。不虑弃家门，狗偷且求养。每日求行案，寻常恐进仗。食即众厨餐，童儿更护当。有事检一作"机"案追，出帖付里正。火急捉将来，险语唯须胱一作"就"。

前人心里怯，乾唤愧曹长。纸笔见续到，仍送一缣箱一作"想"。钱多早发遣，物少被颉颃。解写除却名，楷项校"揩"赤将头放。

得钱自吃用，留着柜里重。一日厥摩师，空得纸钱送。死入恶道中，量张改作"良"由罪根重。埋向黄泉下，妻嫁别人用。智者好思量，为一作"乃"他受枷棒。

当乡何物贵，不过五里官。县局南衙点，食并众厨餐。文簿乡头执，馀者配杂看。差科取高户，赋役数千般。处分须平等，并檑出时难。职任张改作"事"无禄料，专仰笔头钻。管户无五百，雷同一概看。愚者守直一作"宿"，蒋谓即"冥冥"坐，黠者驳驳看。

愚人痴涳涳，锥刺不转动。身着好衣裳，有钱不解用。贮积留妻儿，死得纸钱送。好去更莫来，门前有桃棒。

愚人痴涳涳，常守无明冢。飘入阔海中，出头兼没顶。手擎金玉行，不解随身用。昏昏消好日，顽皮不转动。广贪世间乐，故故招枷棒。罪根渐渐深，命绝何人送。积金作宝山，气绝谁将用。

兀兀一作"杌杌"贪生业，憨人合脑痴。漫作千年调，活得没多时。急手求三宝，愿入涅槃期。杓柄依僧次，巡到厥摩师。

一种同翁儿，一种同母女。无爱亦无〔憎〕(增)，非关后父母。若个与好言，若个与恶语。耶娘无偏颇，何须怨父母。男女孝心我，我亦无别肚。

你若是好儿，孝心看父母。五更床前立，即问安稳不。天明汝好心，钱财横入户。王祥敬母恩，冬竹抽笋与。孝是韩伯〔俞〕(伦)，董永孤养母。

你孝我亦孝，不绝孝门户。只见母怜儿，不见儿怜母。长大取得妻，却嫌父母丑。耶娘不采括张改作"睬睬"，专心听妇语。生时不恭一作"供"养，死后祭泥土，如此倒见贼，打煞无人护。

父母生男女，没娑可怜许。逢着好饮食，纸里将一作"相"来与。心恒意一作"忆"不忘，入家觅男女。养大长一作"将"成人，角睛项校"眼"难共语。五逆前后事，我死即到汝。

兴生市郭儿，从头市内坐。例有百馀千，火下三五个。行行皆有铺，铺里有杂一作"新"货。山郢买物来，巧语能相和。眼勾稳物著，不肯遣放过。意尽端坐取，得利过一倍此字失韵。

□□□□□，分毫擘眼净。他买项、蒋校"卖"抑遣贱，自买即高擎。心里无平等，尺寸不分明。名沾项校"帖"是百姓，不肯远征行。不是人强了，良由方孔兄。

有钱惜不吃，身死留－作“由”妻儿。只得纸钱送，欠少元不知。门前空言语，还将纸作衣。除非梦里见，触体更何时。独守深泉下，冥冥长夜饥。忆想－作“相”平生日，悔不著罗衣。

生－作“坐”时同饭瓮－作“翁”，死则同食瓶。火急早掘冢，不遣暂时停。永别世间乐，唯闻哭我声。四海交游绝，籍帐便除名。

见有愚痴君，甚富无男女。不知死急促，百方更造屋。死得一棺木，一条衾被覆。妻嫁他人家，你身不能护。有时急造福，实莫相疑悮。

虚沾一百年，八十最是老。长命得八十，不解学修道。悠悠度好日，无心念三宝。根－作“报”，张改作“抱”，项校作“把”拳入地狱，天堂无人到。圻项校“坼”破五戒身，却入三恶道。一入恒沙劫，不须自懊恼。

说钱心即喜，见死元不愁。广贪财色乐，时时度日休。平生不造福，死被业道收。但看三恶处，大有我般流。

好住四合舍，殷勤堂上妻。无常煞鬼至，火急被追〔催〕(摧)。露头赤脚走，不容得着鞋。向前任料理，难见却回来。有意造一佛，为设百人斋。无情任改嫁，资产听将陪。吾在惜不用，死后他人财。忆〔想〕(相)生平日，悔不唱《三台》。

地下须夫急，逢头取次捉。一家抽一个，勘数申项校作“由”，通“犹”未足。科出排门夫，不许私遮却戴谓此字衍曲。合去取正身，名字付司录。棒驱火急走，向前任缚束。

奉使亲监铸，改故造新光。开通万里达，元宝出青黄。本姓使流传，涓涓亿兆阳张改作“扬”。无心念贫事，□□□□□。有时见即喜，贵重剧耶娘。唯须家中足，时时对孟常张改“尝”，项校“光”。

怨家煞人贼，即是短命子。生儿拟替翁，长大抛我死。债主暂过来，征我夫妻泪，父母眼干枯，良由我忆你。好去更莫来，门前有煞鬼。来如尘暂〔起〕(去)，〔去〕(起)如一坠项校“队”风。来去无形影，变见极忩忩。不见无常急，业道自迎君。何处有真实，还凑入冥空。

兄弟义〔居〕(君)活,一种有男女。儿小教读书,女小教针补。儿大与郭校"须"娶妻,女大须嫁去。当房作私产,共语觅嗔处。好贪竞盛吃,无心奉父母。外姓能蛆妩,啾唧由女妇。一日三场斗,自分不由父。近逢穷业至,缘身一物无。披绳兼带索,行时须杖扶。四海交游绝,眷属永还张改作"远"疏。东西无济着,到处即女君张改"安居",项、戴校作"汝居"。以上录自张锡厚《王梵志诗校辑》卷二,原卷为伯三二一一、斯五四四一、斯五六四一。以《敦煌掇琐》三一参校。

　　　　按:《全唐诗续补遗》卷二据《敦煌掇琐》录伯三二一一卷收其中二
　　十六首为缺名《五言白话诗》。张锡厚考证此卷为王梵志作,可以定论。
　　今将童氏未收之作皆录出。

前缺人去像还去,人来像以明。像有投镜意,人无合像情。镜像俱磨灭,何处有众生。

一身元本别张、项校作"利",四大聚会同。直似风吹火,还如火逐风。火强火项校"风"炽疾,风〔疾〕(即)火〔愈〕(逾)烘。火风俱气尽,星散总成空。

以影观他影,以身观我身。身影何处昵?身共影何亲?身行影你张改作"作"伴,身住影为邻。身影百年外,相看一聚尘。

观影元非有,观身亦是空。如采水底月,似捉树吹张改作"头"风。揽之不可见,寻之不可穷。众生随〔业〕(叶)转,恰似寐梦中。

雷发南山上,雨落北浮张改作"泽",戴校"海",项校"溪"。中。雷惊礴砺张改作"霹雳"火,雨激咆哮风。倏忽威灵歇,须臾势乃穷。天地不能以,如女为身空。

非相非非相,无明〔无无〕(元元)明。〔相〕(伤)逐妄中出,明从暗里生。明通暗即尽,妄绝〔相〕(明)还清。能知寂灭乐,自然无色声。

但看蛾项改"茧"作蛾张改作"卵",不忆蚕生箔。但看睡寐时,还将梦为乐。蛾既不羡蚕,梦亦不为乐。当作如是观,死生无好恶。

黄母化为鳖，只为鳖为身。牛里项校"衰"化为虎，亦是虎为人。不忆当时〔业〕（叶），宁知过去因。死生一变化，若个是师亲。

古来服丹石，相次入黄泉。万宝不赎命，千金不买年。有生即有死，何后复何先。人人总色活，注项改"拄"著上头天。

死竟土底眠，生时土上走。死竟不出气，生时不住口。早死一生旱张改作"畢"，谁论百年后。召我还天公，不须尽出手。

行善为基路，偷盗五不作，耶細张谓以上三字为衍文五不当戴校二句作"偷盗吾不作，邪淫吾不当"。不解谇朝廷，不解佞君王。不能行左道，于中说一伤张改作"场"。一直逢阎天，尽地取天堂。

前业作因缘，〔今〕（金）身都不记。今也项、郭校"世"受苦拙张改作"惱"，〔未〕（末）来当富贵。不是后身奴，来生作事地。不如多温酒，相逢一时醉。

少年何必好，老去何须嗔。祖公日日故，孙子朝朝新。只道人祭鬼，何曾鬼祭人。暂来何项疑"还"须去，知我是谁亲？张锡厚录作二首。

悲喜相缠绕，不许暂蹦蹦。东家比葬地，西家看产图。生者歌满路，死者哭盈衢。循环何太急，槌凿二字从戴校补相〔催〕（崔）驱。

无常元不避，〔业〕（叶）项谓通"业"到即须行。从项校"徒"作七尺影，俱坟一丈坑。妻儿啼哭送，鬼子唱歌迎。故来皆有死，何必得如郭疑"长"生。

造化成为我，如人弄郭郎。"郎"字出韵，似当从《颜氏家训》作"郭秃"为是。魂魄似绳子，形骸若柳木。掣取细腰肢，抽牵动眉目。绳子作张改作"乍"断去，即是干柳模。

观此身意相，都由水火风。有生皆有灭，有始皆有终。气聚即为我，气散即成空。一群泊项校"怕"死汉，何以张改"似"，项校"异"叫项校"叩"头虫。以上三首，张锡厚分为五首，似未允。

贪暴无用汉，资财为他守。惜衣不盖形，〔惜〕（借）食不供口。积聚万金花，望得千年有。不知名张改作"冥"道〔中〕(忠)，车子来相受。

亡张改"妄"随项校"玉髓"长生术，金刚不坏身。俱伤生死苦，谁兑项校"免"涅槃因。精魂归寂灭，骨肉化灰尘。释老由自气戴校"犹自去"，项校"犹自弃"，何况迷遇项校"愚"人。

差着即须行，遣去莫求住。名字石函里，官职天曹注。钱财鬼料量，衣食明分付。进退不由我，何须满优衢张改作"忧惧"。

向郭、项校"伺"命取人鬼，〔屠〕(暑)儿杀羊客。鬼识人兴料，客辨羊肉厄。人自不觉死，羊亦不觉搦。恰似园中瓜，合熟即须摘。

运命满悠悠，人生浪眊眊。死时天遣死，活时天遣活。一旦罢因缘，千金须判割。饶君铁瓮子，走藏不得脱。

官职亦须求，钱财亦须觅。天雨麻点孔，三年著一滴。王相张改作"妄想"逢便宜，参差著局席。〔兀兀〕(瓦瓦)舍底坐，饿你眠张改作"眼"赫赤戴校"饶你眼赫赫"。

生时不须歌，死时不须哭。天地捉秤量，鬼神用斗斛。体上须得衣，口里须得禄。人人觅长命，没地可种谷。

运命随身搏张改作"缚"，袁谓不错，戴校"转"，人生不自觉。业厚即福来，业强项疑"薄"之讹福不著。淳善皆安稳，蛊害总煞却。身作身自当，将头来自斫。

先因崇福德，今日受肥胎。果报迎先种，桥梁预早开。夺我先时乐，将充死后媒。改头换脚张改作"却"面，知作阿须项校"谁"来？

兀兀身死后，冥冥不自知。为人〔何〕(可)必乐，为鬼何〔必〕悲。〔竞〕(竟)地徒张眼，净官慢竖眉。窟〔里〕(裹将)长〔展〕〔鹿〕脚，〔将〕知我是谁(友)？均从项校。

请看汉武帝，请看秦始皇。年年合〔仙〕(山)药，处处求〔医〕(酱)方。结构千秋殿，经营万寿堂。百年有一倒，自去遣谁当。

饶你王侯〔职〕(识)，饶君将相官。蛾眉珠玉佩，宝马金银鞍。锦绮嫌不着，猪羊死不餐。口中气朴_{项改"新"、张改作"扑"}断，眷属不相看。
自死与鸟残，如来相体〔恕〕_(怒)。莫养图口肠，莫煞共盘箸。铺头钱
买取，饱啖何须虑。傥见阎罗王，亦有分疏取。

众生眼盼盼，心路甚堂堂。三衰、_{项校"一"}种怜儿女，一种逐耶娘，一
种惜身命，一种忧死亡。侧长恭勉_{张改作"抛"}面，长生跪拜羊。口中不
解语，情下极荒忙。何忍刺他煞，曾无阡许惶。牛头捉得你，镬里熟
煎汤。

男婚藉嘉偶，女娉希好仇。但令捉如息，何尤无公侯。菩萨常梳发，
如来不剃头。何须秃兀碑，怨_{项校"然"}始学薰修。荣官赤赫赫，灭族
黄发人_{郭谓"人"为叠字符号}。

死王羡活鼠，宁及寻常人。得官何须喜，失职何须忧。不可将财觅，
不可智力求。傥来可柜突_{张改作"柜藏"}，□_{张补"任"}，_{项疑"运"}去不可留。
_{二句戴校"傥来不可拒，俄去不可留"。}任来还任去，智_{戴、项校"知"}命何须愁。

索须得好妇，自到更须求。面似三拳作，心知一代休。遮莫你崔卢，
遮_(郑)莫你〔郑〕_(彭城)刘。若无主物子_{项校"主子物"}，谁家死骨头。

思量小家妇，贫奇恶行迹。酒肉独自抽_{项疑"袖"}，糟糠遣他吃。生活
九牛挽，〔唱〕_(喝)叫_{苏一四八七卷作"说唱"}百夫敌。自著紫臭翁，馀人赤
羖羺。索得屈乌爵，家风不禁益。

谗臣乱人国，姤妇破人家。客到双〔眉〕_(媚)肿，夫来两手掔_{项、戴校}
_{"拿"}。丑皮不忧敌，面面却憎花。亲姻共欢乐，夫妇作荣花。

前身有何罪，色_{项、戴谓通"索"}得涅_{项校"鸠"}槃茶。天下恶风俗，临丧命
独_{项校"椟"}车。男婚不_{项校"傅"}香粉，女嫁著钗花。尸柝_{项疑"厝"}阴地
卧，知堵_{项校"者"}是谁家。

古人数下毕，今我_{项校"代"}少高门。钱少婢不嫁，财多奴共婚。各各
服_{项校"贩"}父祖，家家卖子孙。自言望性_{项校"姓"}望，声尽不可论。
敬他还自敬，轻他还自轻。骂他一两口，他骂几千声。触他父母

（净）讳，他触祖公名。欲觅无嗔根项校"报"，少语最为精。

难〔忍〕傥能忍，能忍最为难。伏肉虎不食，病鸟人不弹。当时虽恃张改作"碃"堵，过后必身安。唾面不须拭，从风自荫干。

负恩必须酬，施恩慎勿（色）索。得他一石面，还他十斗麦。得他半匹练，还他二丈帛。瓠芦作杠车，棒莫作出客。

敬他保自贵，辱他□□□戴补"招自耻"，吕朋林补"实辱己"。张补"还自受"三字，不韵，恐非是。你若敬项校"计"，下同算他，他还敬算你。勾他一盏酒，他勾十巡至。子细审思量，此言有道理。

不知愁大小，不知愁好丑。为当面似鸡，为当面似狗。道愁不爱食，闻愁偏怕酒。剩打三五盏，愁应来张改作"如"尸走。

本巡连索索，樽主告平平。当不怪来晚，覆盏可怜精。门前夜狐哭，屋上鸱枭鸣。一种声响音，何如刮钵声。

我家在何处，结对张改作"队"守先阿戴校"结草守山阿"、项校"结宇对山阿"。〔院〕（陇）侧狐狸窟，门前乌鹊窠。闻〔莺〕（应）便下种，听雁即收禾。闷遣奴吹笛，闲令婢唱歌。如郑振铎改"男"，项云通"儿"即教诵赋，女即学调梭。寄语天公道，宁能那我何。

第一须景行，第二须强明。律令波涛〔涌〕（诵），文词花草生。心神激张改作"激"前项校"箭"直，怀抱彻沙清。观察总如此，何愁不太平。

天子与你官，俸禄生项校"坐"地张改作"由他"授。饮响戴、项校"飱"不知足，贪婪得动手。每怀劫贼心，恒张饿狼口。〔枷〕（加）锁忽然至，饭盖遭毒手。

百姓被欺屈，三官须为申。朝朝团坐入，渐渐曲精戴、项校"情"新。断榆翻作柳，判鬼却为人。天子抱冤屈，他于张改作"扬"陌上尘。

〔代〕（伐）天理百〔姓〕（性），格戒项校"式"亦须遵。官喜律即喜，官嗔律即嗔。总由官断法，何须法断人。一时截却项，有理若为申。

天下恶官职，未过御史台戴校"寺"。好眉福张眼戴、项、袁校"努眉复张眼"，何须弄师子。傍看甚可畏，自家困求死。脱却面头皮，还共人相似。
家同张改作"僮"须饱暖，装束唯粗疏。俗人作怜爱，处置失形模。衣裤
白如鹤一作"衣苦自如鹳"，头巾黑如乌。裌袍实夸戴校"姱"锦，衫改项校
"段"高机芦张改作"纻"。未羡霍去病，谁论冯子都。此是丈夫妾，何关
曹主奴。他道恒项校"肥"饱食，我瘦我项校"饿"欲死。唯须学一种，勿
复青当张改作"当青"史。行年五十馀，始学无张改作"悟"道理。回头义戴
校"议"，张改作"忆"经营，穷因只由你。

鸿鹄尽项校"昼"飞扬，蝙蝠夜陵项校"纷"泊。幽显虽不同，志性不相博
张改作"搏"，袁谓不误。他家求官官张改作"宦"，我专慕客作。斋得贰斗
米，锴前交撅脚。脱帽安怀中，坐儿膝头著。不羡荣华好，不羞贫贱
恶。随缘适世间，自得恣情乐。无事强入选，散官先即著。年年愁
上番，猕猴带〔斧〕(父)凿。

父子相怜爱，千金不肯博。忽死贱如泥，遥看畏近着。东家杓项疑
"钉"桃符，西家县赤索。蕶张改作"蘽"头唱奈何，相催早埋却。

平生不吃著，于身一世错。一日命终时，拔釜交樛杓。若有大官职，
身苦妻儿乐。叉手立公庭，终朝并〔两〕(雨)脚。得禄奴婢餐，请赐妻
儿著。一日事参差，独自煞你却。

人生能几时，朝夕不可保。死亡今古传，何须愁此道。有酒但当饮，
立即相看老。兀兀信因缘，终归有一到。

王二羊项、蒋校"美"年少，梵志亦不恶。借问〔今〕(金)时人，阿谁肯伏
弱？

忍辱收珍宝，嗔□捐福田。高心难见佛，下意得生天。

嗔恚灭功德，如火燎毫毛。百年修善业，一念恶能烧。

三年作官二年半，修理厅馆老痴汉。但知多□张补"少"字与梵志，头
□张补"戴"字笠子雨里判。

六贼俱为患，心贼最为灾。东西好游浪，南北事同张改作"周"回。疾姤

终难却,悭贪去即来。自非通达者,迷性若为开。

官职莫贪财,贪财向死亲。有即浑家用,曹张改作"遭"罗唯一身。法律
〔刑〕(形)名重,不许浪推人。一朝图圄里,方始忆清贫。

人受张改"寿"百岁不长命,中道仍有死伤人。唯能纵情造罪过,未能
修善自〔防〕(坊)身。

积善必馀庆,积恶必馀殃。钱财不能入,三宝先你□张补"亡"字。五色
衣裳□,□□□□□。

出门拗头戾跨,自道行步趋锵。伺命把棒忽至,遍体白汗如浆。撮
你不得辞别,俄尔眷属分张。合村送就旷野,回来只见空床。

若言余浪语,请君看即知。回头面北卧,寸步更不移。终身不念食,
永世不须衣。此名无常住,垂张改作"无"、项改"谁"人辄得知。

愚夫痴机机,常守无明窟。沉沦苦海中,出头还复没。顶戴神灵珠,
随身无价物。二鼠数相侵,四蛇推项校"摧"命疾。似露草头霜,见日
一代毕。更愚丸项校"遇刀",张改"遇炎"风吹,彼此俱无匹。贮得满堂金,
知是谁家物。以上皆录自张锡厚《王梵志诗校辑》卷三,原卷为伯三八三三、伯二九
一四、苏一四八七、二八七一。该卷有五首已收入《全唐诗补逸》卷二。

慧心一作"眼"近空心,非关一作"开"髑髅孔。对面说不识,饶你母姓
董。见张锡厚《王梵志诗校辑》卷六,出敦煌本《历代法宝记》。

　　　　按:《历代法宝记》谓无住禅师引王梵志此诗,《全唐诗续补遗》误收
　　　入无住名下,今移正。

此身如馆舍,命似寄宿客。客去馆舍空,知是谁家宅。见张锡厚《王梵志
诗校辑》卷六,出伯三〇二一卷佛书引。人是无常身。同前。

　　　　按:本卷及下卷所录今人校订意见,皆录自郭在贻《王梵志记汇校》
　　　(中国训诂学会第四届年会论文),引录诸家有项楚(简称项)、袁宾(简称
　　　袁)、蒋绍愚(简称蒋)、周一良(简称周)、黄征(简称黄)、松尾良树(简称
　　　松尾)、戴密微(简称戴)及郭在贻(简称郭)等。承袁宾同志提供资料。

全唐诗续拾卷六

王梵志

诗

我今一身_{任录作"生"}内，修营等一国。管□□□尸_{项楚校作"管属八万户"}，随我债衣食。外相_{项校"想"}去三尸，□_{陈补"内"字}思除六贼。贪望出累身，□□入净域。

生亦只物生，死亦只物□_{任、陈皆补"死"字}。□□□_{项补"来去不"}相知，苦乐何处是？唯见生人悲，未闻啼哭鬼。以此好□_{任、陈皆补"思"字}量，未必生胜死。

世间不信我，言我□造恶。不能为俗情，和光心自各。财色终不染，妻子不恋著。共□_{任、陈皆补"你"字}□□_{陈补"同"字}尘，至理求不错。智惠_{陈校作"慧"}浑一愚，我心常离缚。君自未识真，余身桓_{任录、项校均作"恒"}□_{陈补"坦"字、项补"快"字}乐。

王二语梵志：俗间无我师。心中不了义，闻者尽不知。我今得开悟，先身已受持。寻经醒无我，披《老》悟无为。君身_{项校"神"}自寂灭，君身若死尸。神身一分_{任录作"六"}解，六识自开披。万事都无著，怜_{项校作"冷"}然无所之。漏尽无烦恼，神澄自靡斯。心高鹄共驾，一举出天池。

梵志与王生，密敦胶〔漆〕（柒）友。共喜〔歌一〕乐，同欣咏五柳。适意叙诗书，清淡杯_{一作"盂"}渌〔酒〕。莫怪频追逐，只为相〔知〕久。

　　　按：此诗原卷中两见，兹据另一重抄处校补。

俗人道我痴，我道俗人〔骏〕。两两相排拨，喽啰不可解。世人重荣华，我心今已罢。惟有如意珠，撩渠不肯买。耽浮〔五〕欲乐，几许难开解。任录此下别作一首。

嗟世俗难有，为住烦恼处。尘危三业障，心造恒游生死因。不觉四蛇六贼藏身内，贪痴五欲竞相催。

回　波　乐

回波〔尔〕(来)时〔六〕(大)均从任校贼，不如持心断惑。纵使诵经千卷，眼里见经不识。不解佛法大意，徒劳排文数黑。头陀兰若精进，希望后世功德。持心即是大患，圣道何由可克。若悟生死之任校作"如"梦，一切求心皆息。

　　　　按：原卷此首前题"王梵志回波乐"六字，以下连抄。任录谓此首及以
　　　　下六首皆属《回波乐》之作。

法性大海如如，风吹波浪沟渠。我今不生不灭，于中不觉愚夫。〔憎〕(增)从任、陈校恶若为是恶，无始流浪三涂。迷人失路但坐，不见六道清虚。

心本无双无只陈校作"侲"，深难到底渊洪。无来无去不住，猹陈校作"犹"、任校作"独"如法性虚空。复能出生诸法，不迟不疾容任改作"从"容。幸愿诸人思忖原作"恃"，从项校改，自然法性通同。

但令但贪但呼，波陈校作"般"若法水不枯。醉时安眠大道，谁能向我停居。八苦变成甘露，解脱更欲何须。万法归依一相，安然独坐四衢。

凡夫有喜有虑，少乐终日怀愁。一朝不报明冥，常作千岁遮头。财色□陈补"只"字缘不足，尽夜栖摢规求。如水流向东海，不知何时可休？

不语谛观如来，逍遥独脱尘埃。合眼任心树下，跏趺端坐花台。不惧前后二际，岂著水火三灾。只劝陈谓"只"字衍，任谓"劝"字衍遣荣乐〔静〕(靖)坐，莫恋妻子钱财。称体宝衣三事，等任录作"葬"身锡杖一枚。常持智〔慧〕(惠)刀剑，逢者眼目即开。

法性本来常存，茫茫无有边畔。安身取舍之中，被他二境回换。敛念定任录作"之"想坐禅，摄意安心觉观。木人机关任录作"挟开"修道，何时可到彼岸？忽悟诸法体空，欲似热病得汗。无智人前莫说，打破君头万段。

　　　按：项楚谓本首及前"回波尔时六贼"一首均系据宝志《大乘赞》改写而成。宝志之作见本书卷五十九。

隐去来，寻空有，空有〔毕〕(必)竟两无名，二境安心欲何守？不长不短鉴空心，若任录作"君"见空心还是有。空有俱遣法无依，智者融心自安偶。隐去来，勿浪波波走。

隐去来，隐去游朝市。不离烦恼原，无希真妙理。对境息贪痴，何假求高士？是非不二见，法界同昆季。隐去来，大乐无基项疑"机"止。

教君有男女，但令遣出家。如山覆一墙项校"壖"，通"簀"，似草始生牙。剃头并去发，脱俗服袈裟。闻钟即礼拜，见佛献香花。不思五等贵，宁贪驷马车。此即菩萨道，何处觅佛家？

危身不自在，犹如脆风坏。命尽骸归土，形移更受胎。犹如空尽月，凡数几千回。换皮不识面，知作阿谁来？

若个达苦空，世间无有一。不见己身非，唯都项校"睹"他家失。贪儿觅长命，论时熟痴汉。终归不免死，受苦无崖畔。非但少衣食，王役偏差唤。不如早窀陈校作"瘗"地，愁苦一时散。

世间何物亲？妻子贵于珍。一朝身命谢，万事不由人。财钱任他用，眷属不随身。何须人哭我，终是一聚尘。

可惜千金身，从来不惧罪。见善不肯为，值恶便当意。煞猪请恩福，宁知自损己？所以有贫富，良田陈校作"由"先业起。

梦游万里自然，觉罢百事忧煎。欲见神身分别，思此即在眼前。圣人无梦无想，达士无我无缘。且寄身为庵屋，就里养出神仙。

多缘饶烦恼，省事得心安项乙作"安心"。若能绝妄想，果成坚固林。舍〔邪〕(耶)归六趣，毕竟去贪嗔。无尘复无垢，何虑不成真。

不虑天堂远，非愁地狱虚。心中一种惧，唯怕土庵庐。迥静丘荒外，寂寂远村墟。泉门一闭后，开日定知无。

自有无用身，观他有用体。子(细)细好推寻，论时几许骏。佛性五荫中，眼看心不解。终日求有为，屈屈向他礼。

壮年凡几日？死去入土庵。论情即今汉，各各悉痴惚项校作(憨)。唯缘二升米，是处即生贪。礼佛遥言之，彼角仍图摊。贪钱险不避，逐法易成难。即今不如此，宁随体上寒。乍可无馀仗项谓应作"伏"，为"服"之音误，愿得一身安。无为日日悟，解脱朝朝喰陈校作"餐"。死去天堂(堂)上，遣你斫额看。

若能无著即如来，身中宝藏自然开。一切生死皆消灭，判不更畏受胞胎。悞陈校作"悟"时刹那不移虑，父子相见付珍财。众魔外道皆宾仗项校"伏"，诸天空中唱善哉。

世人重金玉，余希衣内珍。细细辞名利，潮项校"渐"渐远嚣尘。贪痴日日灭，智境朝朝新。语你世上汉，阿都项校"堵"是良田。

王二与世人，俱来就梵志。非为贪与赏，与你论愚智。凡夫累劫中，不解思量事。见善不肯为，见恶喜无睡。昏昏似梦人，未饮恒如醉。荣利皆悉争，畏死复贪生。心神为俗网，蠢蠢暗中行。寄言虚妄者，何日出迷坑？

他见见我见，我见见他见。二见亦自见，不见喜中面。手把车钏镜，终日向外看。唯见他长短，不肯自洮练项校"拣"。竟竟口合合，犹如冶排扇。逢人即作动，心舌常交战。不肯自看身，看身善不善。如此痴冥人,只是可恶贱。劝君学修道,含食但自哩。且拔己饥渴,五邪邪毒箭。获得身中病,应时乃一现。安住解脱中,无碍未别见。住是分别有,任用法界遍。纵起六十二,非由无罪_{项校"最"}殿。所以得如斯,有大善方便。

人生一世里,能得几时活?回己审思量,何忍相劫夺。自命惜求死,煞他不记活。布施觅声名,不肯救饥渴。口道愿生天,不免地狱撮。礼佛至顶尽,终归被怆割。一往陷三涂,穷劫不得脱。寄语世间人,可_{项校"不"}可浪夸阔。各愿寻其本,努力弃劫末。回心一念顷,万事即解脱。

我不畏恶名,恶名不须畏。四大亦无主,信你痛谤诽。你自之于我,于我何所费? 不辞应对你,至到_{项校"对"}无气味。

可笑世间人,为言恒不死。贪□_{原作"儒",抹去,旁改字漫漶,陈补"吝"字}不知休,相憎不解止。背地道他非,对面伊不是。埋著黄蒿中,犹成薄媚鬼。

一旦游尘境,念俗爱荣华。不觉三涂苦,八难更来遮。飘流生死海,托受在毛家。食蒭无厌足,头上著绳麻。

纵使千乘君,终齐一个死。纵令万品食,终同一种屎。释迦穷八字,老君守一理。若欲离死生,当须急思此。夜梦与昼游,本不相知尔,梦恶便生懊,梦好觉便喜。你信斋戒身,本自不识你。欲验死更生,方斯以类此。你今意况大聪,不语修道有功。亦无二边不著,亦复不住太空。众生不解执有,只为心里不通。迷人已南作北,又亦不〔辨〕(辩)西东。念个痴人学道,终日竟夜怂怂。只都_{项校"睹"}小儿无智,何异世谛盲聋。大丈夫,游荡出三途。荣名何足舍,妻子士_{陈校作"有",项谓"视"}之讹如无。法忍先将三毒共,佛性常与六情俱。但信研心性妙宝,何烦衣外觅明珠。

大丈夫,性识本清虚。无心妨世事,触物任情居。

学问莫倚聪明，打却我慢贡高。出家解脱无年_{项校"事"}，永离三界逍
遥。坐禅解空无相，皆皆实觅□□。□□□□□□，□□□□□□。
法界以为家舍，任从自在条条_{项校"艑艑"}。形下缺。

慎事罪不生，忍嗔必有□。□□□□□□，□□□□□□。□□□部宰，
捉此用为心。高下缺。

众生发大愿，□□□□□。□□在前亡，论时依大道。病得子孙扶，
□□□□□。□□□□□，□须更懊恼。

□□□□□错。终归一聚尘，何用深棺椁。土下蝼蚁餐，
但□□□□_{张录作"众生发大愿"}。□□□□□，平章自埋却。

□□□□□，儿大君须死。天使遣如然，两俱不得止。愚夫无所知，
欲得见□□。□□□□□，□□□欲死。

儿子有亦好，无亦甚其精。有时愁□□，□□□□□。不愁你亦是，
一种大星星。

□□□□料，并是天斟酌。贮积拟孙儿，论时几许错。死活并由天，
贫富□□□，□_{陈补"己"字}饿畏儿饥，从头少一杓。以上皆见苏联科学院东
方学研究所列宁格勒分所藏敦煌写卷，卷末题："大历六年五月□日抄王梵志诗一百一
十首，沙门弘忍写之记。"写卷前半不存。转录自《敦煌学》第十二辑（一九八七年出版）
刊陈庆浩《法忍抄本残卷王梵志诗初校》。所据为苏联藏列一四五六卷。另参项楚《列一
四五六号王梵志诗残卷补校》又张锡厚《王梵志诗校辑补遗》收七首残诗，任半塘先生
《敦煌歌辞总编》卷三录《回波乐》七首、《隐去来》二首，附收诗七首，今均取以参校。

世有一种人，可笑穷奇物。闲则著五欲，急时便□□_{项补"依佛"}。
□□□□□，□□持戒律。好结无情伴，招唤共放逸。心净不〔礼〕
□，□□□□□。

天下大痴人，皆悉争名利。闻好耳卓坚，道□□□□。□□□□□，
各自称贤智。一朝粪袋冷，合本总失智。

教你修道时，使你得长年。他物实莫取，自物亦□□。□□□□□，
□□□□缘。若无自他见，何处有心偏。如斯不得道，从君更问天。

知足即是富,不假多钱财。谷深塞易满,心浅最难填。盛衰皆是一,生死亦同然。无常意可见,何劳求百年。

千年与一年,终同一日活。昨宵即是空,今朝焉得脱。无事损心神,内外相宗撮。驱驱劳你形,耳中常聒聒。

凡夫真可念,未达宿因缘。漫将愁自缚,浪捉寸心悬。任生不得生,求眠不得眠。情中常切切,燋燋度百年。

我身若是我,死活应自由。死既不由我,自外更何求。死生人本分,古来有去留。如能晓此者,知复更何忧。

悟道虽一饷,旷大劫来因。释迦登正觉,却礼发心人。身本不离佛,佛本不离身。迷心去处暗,明神即辨真。

由心生妄相,无形本会真。但看气新断,妻子即他人。魂魄归五道,尸骸谢六尘。验斯柏〔项校“怕”〕散坏,何处有君身。

福门不肯修,福失竞奔驰。熟见苦乐别,偷生伴不知。安身染著欲,贪世竟无疲。故知地狱罪,怨佛无慈悲。

莫言己之是,勿说他人非。道是失其是,道非得其非。白珪之玷尚可磨,斯言之〔玷〕(理)不可为。

我有你不喜,你有我不嗔。你贫憎我富,我富怜你贫。行好得天报,为恶罪你身。你若不信我,你且勘经文。

任意随流俗,凡夫信是非。日常三顿饭,年恒两覆衣。不问单将复,谁论稠与稀。但令无外事,只尔自然肥。

学行百千般,澄心遍照看。泥犁映兜率,因生有涅槃。世间诸法相,浩浩亦其宽。欲说深心义,无求最大安。

吾有方丈室,里有一杂物。万像俱悉包,参罗亦不出。日月亮其中,众生无得失。三界湛然安,中有无数佛。

有此幻身来,寻思不自识。言从四大生,别有一种贼。能悉佛性眼,还如暗里墨。计此似神通,轮回有智力。若欲具真如,勤苦修功德。

佛在五荫中,努力向心克。

若欲觅佛道,先观五荫好。妙宝非外求,黑暗由心造。善恶既不二,
元来无大小。设教显三乘,法门奇浩浩。触目即安心,若个非珍宝。
明识生死因,努力自研考。

人心不可识,善恶实难知。看面真如相,腹中怀蒺藜。口共经文语,
借猫搦鼠儿。虽然断夜食,小家行大慈。

贪痴不肯舍,徒劳断酒肉。终日说他过,持斋空饿腹。三毒日日增,
四蛇不可触。天堂未有因,箭射入地狱。

道从欢喜生,还从瞋恚灭。佛性〔盈两〕(两盈)间,由人作巧拙。天堂
在目前,地狱非虚说。努力善思量,终身须急结。斩断三毒箭,恩爱
亦难绝。明识大乘因,镬汤亦不热。

断诸恶,细细詃项校"去"贪嗔。若使如罗汉,即自绝嚣尘。将刀且割
无明暗,复用利剑断亲姻。究竟涅槃非是远,寻思寂灭即为邻。只
是众生不牵致,所以沉沦罪业深。努力努力遵三宝,〔何〕愁何虑不
全身。一生不作罪,又复非修福。腾腾处俗间,游游觅衣食。衣食
才以足,不事凡荣饰。此则是如来,何劳住西域。

我本野外夫,不能恒礼则。为性重任真,吃著随所得。既与万物齐,
方项校"于"□张锡厚拟补"中"字守静默。一身逢太平,五内无六贼。见斯
四二七七卷,转录自《中华文史论丛》一九八四年第二辑刊张锡厚《斯四二七七残卷考
释》。

　　　按:斯四二七七卷,原无作者名。张锡厚初拟题为梵志体诗。后经与
　　苏藏列一四五六卷重新缀合,确定此卷亦应为王梵志诗,今从其说收入。

上缺剥削。贮积千年调,拟觅□□□。□□□□□,□□〔□□〕恶。
方便还他债,驱遣耕田□。□鼻断领牛,杖打过腿膊。自造还自受,
努力只当却。

人间养男女,直项校"真"成鸟养儿。长大毛衣好,各自觅高飞。女嫁

他将去，儿心戴校"征"死不归。夫妻一个死，喻如黄蘗皮。重重被剥削，独苦自身知。生在常烦恼，死后无人悲。寄语冥路道，还我未生时。〔□□□〕有死，来去不相离。常居五浊地，更亦取头皮。纵百年活此句缺一字，须臾一向子。彭祖七百岁，终成老烂鬼。托身得他乡，随生作名字。轮回〔□〕动急，生死不〔□〕你。身带无常苦，长命何须喜。

不见念佛声，满街闻哭〔响〕(向)。生时同毡被，死则嫌尸妨。髐秽不中停，火急须埋葬。早死无差科，不愁怕里长。行人展脚卧，永绝呼征防。生促死路长，久住何益当。

父母生儿身，衣食养儿德。暂托寄出来，欲似相便贷。儿大作兵夫，西征吐蕃贼。行后浑家死，回来觅不得。儿身面向南，死者头向北。父子相分擘，不及元不识。

身是五阴一作"荫"城，周回无里数。上下九穴门，脓流皆髐瘘。湛然脓血间，安置八万户。馀有九一作"四"千家，出没同居住。攘攘相食啖，贴贴无言语。总在粪尿中，不解相蛆蛣。身行城即移，身卧城稳具一作"住"。身死城破坏，百姓无安处。

生死如流星，涓涓向前去。前死万年馀，寻入微尘数。中死千年外，骨石化为土。后死百年强，形骸在坟墓。续续死将埋，地窄无安处。已后烧作灰，飏却随风去。

前死未长别，后来亦非久项校"非久亲"。新坟影旧冢，相续似鱼鳞。义陵秋节远，曾逢几个春。万劫同今日，一种化微尘。定知见土里，还待一作"得"昔时人。频开积代骨，为坑埋我身。

　　　项谓此首为北周释亡名《五盛阴诗》之改作。

不净脓血一作"流"袋，四大共为因戴校"身"。六贼都成体，败坏一时分。风者吹将散。火者焰来亲。水者常流急，土者合成人。体骨变为土，还归足下尘。

前人敬吾重，吾敬前人深。恩来即义往，未许却相寻。有一作"前"能赐白玉，吾亦奉黄金。君看我莫落，还同陌路人。

不思身去促，能贪无限财。生平惜一作"借"不用，命尽如粪堆。虫蛆内攘攘，食脉烂穴开。罗锦缠尸送，枉屈宝将埋。宁知入土后，二节变为灰。

一生无舍坐，须行去处宽一作"魂"。少食巡门乞，衣破忍饥寒。迥独一身活，病困遣谁看。命绝抛坑里，狼狐一作"狐狼"恣意餐。

祭四时八节日此句衍一字，家家总哭声。侍养不孝子，酒食祭先灵。将一作"总"被外鬼哭，家亲本无名。一郡巡门鬼，噇尽挽鸣一作"椀名"声。身项校"闻"强被一作"避"却罪，修福只心勤。专意涓涓念，时时报佛恩。得病不须卜，实莫浪求神。专心念三报一作"宝"。莫乱自家身。十念得成就，化佛自迎君。若能自安置，抛一作"块"却带囚一作"田"身。

年一作"牛"老造新舍，鬼来拍手哭。身一作"舍"得暂时坐，死后他人一作"将"卖。千年换百主，各自想还一作"将回"改。前死后人坐，本主何须项校"相"，即"厢"在。

身体骨崖崖，面皮千道皱。行时头即低，策杖与人语。眼中双泪流，鼻涕一作"满"垂入口。腰似断一作"就"弦弓，引气嗄喘急一作"嗽"。口里无牙齿，强嫌寡妇丑。闻好不惜钱，急送一榼酒。前人许赐一作"赐许"婚，判命一作"死"向前走。迎得少年妻，褒扬殊面首。傍边干咽唾，恰一作"怜"似守碓狗。舂人收糠将，舐略项校"掠"空唇口。忽逢三煞头，一棒即了手。

父母怜一作"焓"男女，保爱一作"受"掌中珠。亦张改作"一"死手遮面，将衣即覆头。死朴哭真鬼，连夜不知休。天明奈何张改作"河"送，埋着棘嵩丘一作"高坵"。耶娘肠一作"腹"寸断，曾祖共悲愁。独守丘荒界一作"野"，不知春夏秋〈冬〉。但知坟下睡，万事不能忧。寒食〔墓〕（嘉）边哭，却被鬼耶一作"邪"由。

富儿少男女，穷汉生一群。身上无衣着一作"挂"，长头草里存一作"蹲"。到大一作"例头"肥没忽，直似饱糠牝一作"胜"，项校"胜"。长大充兵朴一作"兵夫来"，未解起项校"弃"家门。积代不得富，号曰一作"名"穷汉村。仕人作官职，人中第一好。行即食天厨，坐时一作"即"请月一作"日"料。得禄四季一作"贵"领，家口寻常饱。职田佃人送，牛马足踏草。每日勤判案，曹司无阆闹。差科能均平，欲似车上道。依一作"衣"数向前行，运转处处到。既能强一作"经"了官，百姓省烦恼。一得清一作"青"白状，二得三上考。选日通好名，得官入京兆。

童子得出家，一生受快乐。饮一作"欲"食满盂中，架上选衣着。平明欲一作"饮"稀粥，食手调羹臛。饱一作"饮"吃取他钱，此是口客作。天一作"大"王元不朝，父母反拜却。黠儿苦读经，发愿离浊恶。身心并出家，色欲无染着。同时小去一作"少出"家，有悟亦有错。憨痴求身肥，每日服石一作"食"药。生戴校"圣"佛不拜礼一作"供养"，财色偏染着。白日趁身名，兼能夜逐乐。不肯逍遥行，故故相缠缚。满街肥统统，恰似鳖无脚。

出家多种果，花蕊竞来新。庵罗能逸熟，获得未来因。后园多桃李，花盛乱迎春。花繁条一作"枝"结实，何愁子不真。努力勤心种，多留与后人。新人食甘果，惭一作"愧"贺项校"荷"种花人。悉达追远福，学道莫辞贫。但能求生路，同证一作"登"四果身。

今得入新年，合家蒙喜庆。人人皆发愿，远离时气病。岁日食他肉，肉是他家命。今朝入新年，昨暮煞他命一作"煞他竟"。论时大罪过，食肉身招病。一则自短命一作"寿"，二则一作"即"还他命。负债早还却，门前无喧竞。怨怨来相雠，何时解适项校"释"竟。

父母是怨家，生一忤逆子。养大长成人，元来不得使。身役不肯料，逃走皆张改作"离"，项、蒋校"背"家里。阿耶替役身，阿娘气病死。腹中怀恶来,自生煞人子。此是前生恶,故故来相值。虫蛇来报恩,人子合如此。前怨续后怨,何时逍祖唯。

有钱不造福,甚是老愚痴。自身不吃着,保^{张改作"报"}投受^{戴校"持授"}妻儿。打脊眼不痛,十指不同皮。饱吃身自^{一作"自身"}稳,饿肚身自饥。积十年调宁^{项改"贮积千年调"},知身得几时^{张改二句作"莫积千年调,宁知得几时"}。一朝身磨灭,万事不能竞^{项校"窥",张改作"究"}。妻嫁后人妇,子变他家儿。奴婢换曹主,马即别人骑。闻强急修福,莫于^{项校"逾"}百年期。

暂时自来生,暂时还即死。〔死〕后却还家,生时寄住鬼。不愁麦不熟,不怕少谷米。佯^{张改作"阳"}坡展脚卧,不来^{项校"采"}世间事。死去长^{一作"常"}眠乐,常恐五浊地。

身是上阵兵,把刀被煞死。你若不煞我,我还煞却你。两既忽相逢,终须一个死。死亦不须忧,生亦不须喜。^{原本二句互乙。}须入涅槃城,速离五浊地。天心^{张改作"公"}遣我生,地母收我子。生死不由我,我是长流水。

世间乱浩浩,贼多好人少。逢着光火贼,大堡^{戴校"太保"}打少保^{项校"小堡"}。贱价得他物,钱亦不还耀^{张改作"㮰"、项校"还钱亦不㮰"}。自买^{张改作"卖"}索钱多,他买还钱少。不得万万年,营作千年调。

兀兀^{张改作"营营"}自免身,拟觅妻儿好。切迎^{张改"巧遇"}打脊使,穷汉每孝冯^{项校"年枵"}。枉法剥众生,财是人髓脑。报绝还他债,家家总须到。智者星星^{项校"惺惺"}行,愚人自缠绕。

世间何物重?夫妻敢^{项、蒋校"最"}是好。一个厥磨^{张改作"摩"}师,眼看绝行道。懔懔^{张改作"熏熏"}莫恨天,业是前身报。妻儿嫁与鬼,你向谁边告。教你别取妻,不须苦烦恼。

吾头何谓自^{张改作"为白"},子孙满堂宅。吾今与纪年,尽被时催迫。要须在前去,前客避后客。于^{项校"逾"}时未与死,眼看天地〔窄〕(官)。

朝庭来相过,设食因杯酌。四海同追由项校"游",五郡为劝乐。义故及三代,死活相凭托。合去正身行,不容君戴校"名"字错。雇人即棒脊,急手摄你脚。

知识相伴侣,暂时不觉老。面皱黑发白,把杖入长道。眼中冷泪下,病多好时少。怨家乌枯眼,无睡张录作"眠"字天难晓。朝夕乞暂时,百长张改作"年"谁肯保。使者门前唤,手脚婆罗草。

五体一身内,蛆虫塞破袋。中间八万户,常无啾唧声。脓流遍身绕,六贼腹中停。两两相唊食,强弱自相征张改作"争"。平生事人我,何处有公名张改作"平"。

吾家昔富有,你身穷欲死。你今初有钱,与吾昔相何张改作"似"。吾今乍无初,还同〔昔〕(借)日你。可〔惜〕(借)好靴牙,翻作破皮底。

夫妻拟百年,妻即在前死。男女五六个,小弱未中使。衣破无人缝,小者肚露一作"路"地。更娶阿娘来,不肯缝补你。入户徒衣食,不肯知家事。合斗遗啾唧,阿娘嗔儿子。家内既不和,灵神张将二字互乙不欢喜。后母即后翁,故故来相值。〔□□□□□〕,故来寻常事。欲得家里知,孤养小儿子。以上三十六首皆录自前国立中央研究院历史语言研究所专刊之二刘复辑《敦煌掇琐》三〇,原件编号为伯三四一八。据张锡厚《王楚志诗校辑》卷五参校。张氏另参用了伯三七二四、斯六〇三二及苏二八五二卷点校。

按:刘复《敦煌掇琐》目录谓此卷卷残,抄出者共五十二首。童养年辑《全唐诗续补遗》卷二据以选录十首。今将童氏未录者全部录出,合计共得诗四十二首,不及刘氏所言之数,因篇章分合不同之故耳。又刘氏于末首眉批:"原本似未写完。"然细审诗意及押韵,似第十七句脱去,全诗已抄完。原卷首残尾不残。

按:上录伯三四一八、伯三七二四、伯六〇三二等三卷所录五言诗,原皆不题作者。张锡厚考为王梵志作。然此组诗内容与王梵志诗有较大不同,是否即王梵志作,尚可讨论。今姑从张说,录存于王诗之末,以俟考详。

全唐诗续拾卷七

高宗皇帝李治

咸亨殿宴近臣诸亲柏梁体 题从《全唐诗》

帝（即高宗皇帝李治）　皇太子（即章怀太子李贤）　霍王元轨（高祖第十四子，封霍王，垂拱四年卒）　相王轮（即睿宗皇帝李旦戴至德相州安阳人，历官西台侍郎、同东西台三品，转户部尚书，迁尚书右仆射。仪凤四年卒）　来恒（扬州江都人，上元中官至黄门侍郎、同中书门下三品）薛元超

屏欲除奢政返淳。帝。叨恩监守恋晨昏。皇太子。圣德无为同混元。霍王元轨。长欢膝下镇承恩。相王轮。天皇万福振长源。右仆射戴至德。策蹇叨荣青琐门。黄门侍郎来〔恒〕（尝）。鹓池滥职奉王言。中书侍郎薛元超。《册府元龟》卷一一〇《帝王部·宴享二》。

　　按：《册府元龟》又云："自馀群臣，以次继作。"知所录尚未完。《全唐诗》卷二据《玉海》仅录存高宗一句，馀皆失收。

五言过栖岩寺

旋骕登雪岭，飞旆驻香城。路盘高下骑，峰回出没旌。云衣缝涧户，霞绮织山楹。扬刹移虹影，携风引梵声。岫馥炉烟合，岩悬叠溜萦。空结笼檐网，虚谷响台铃。簇野千丛暗，长河一带明。散望禅林外，方弘拯溺情。见清胡聘之纂《山右石刻丛编》卷五。参北京图书馆藏石刻拓本。

　　按：诗末原署"咸亨三年十一月八日"。为武后时所刻。胡聘之谓刻石

在蒲州府东南十五里,"河东县文林郎韩怀信书"。

守　岁

今宵冬律尽,来朝丽景新。花馀凝地雪,条含暖吹分。绶吐芽犹嫩,
冰台已镂津。薄红梅色冷,浅绿柳轻春。送迎交两节,暄寒变一辰。

见上海图书馆藏明抄本宋蒲积中《古今岁时杂咏》卷四一。

　　按:《全唐诗》卷二收本诗有缺文,今重录。

高智周

　　　智周,常州晋陵人。高宗时仕至黄门侍郎同中书门下三
品。永淳二年卒,年八十二。(《全唐诗》无高智周诗,事迹据
《旧唐书》卷一八五本传)

湖州精舍寺诗

院古皆种杉。见《永乐大典》二二七八,《嘉泰吴兴志》卷二十缺后三字。

道镜　善导

　　　道镜,唐初僧人,与善导同时。(《全唐诗》无道镜诗)

　　　善导,俗姓朱,临淄人。幼从密州明胜出家,后周游各地。
贞观十五年赴并州玄中寺,师道绰;十九年,赴长安,盛弘念佛
法门。永隆二年卒,年六十九。后世尊为莲社第二祖。(《全唐
诗》无善导诗,传据《中国佛教》第二册林子青文)

修西方十二时

平旦寅,被衣出户整心神。合掌焚香望极乐,殷勤遥礼紫金身。

日出卯,不应念佛论多少。安在专心系一缘,勿为妄境相侵扰。

食时辰,念佛先须伏我人。若将念佛恃人我,何始何成净土因。

禺中巳,进修净土须决志。如喰甘露自知甜,且莫谤人道不是。

正南午,想念吾师如目睹。无边业障自然消,岂要云为枉辛苦。

日昳未,浩浩生死诚堪畏。不取西方迷疾门,尘沙劫海须沉坠。

晡时申,急急须持净土因。阒健不能勤念佛,一朝虚作世间尘。

日没酉,想知光景何能久。看看无常即到来,莫教佛学离心口。

黄昏戌,勿使身心多过失。十恶虽然亦往生,何如上品莲开疾。

人定亥,深心念佛真三昧。十地高人尚尔修,将知不信宁非罪。

夜半子,朝朝念佛常如此。皆乘莲华一往生,从兹决定无生死。

鸡鸣丑,壮盛俄然即衰朽。忙忙刹海更无亲,唯有弥陀独招手。

修西方十劝

劝君一,长时念佛须真实。归依佛语莫生疑,制护心猿无放逸。

劝君二,唯思念佛无馀事。澄心决定愿西方,临终自见如来至。

劝君三,念佛先须断爱贪。临终心净见如来,似月清光照碧潭。

劝君四,莫令念佛心移志。临终极乐宝华迎,观音势至俱来至。

劝君五,莫辞念佛多辛苦。思惟长劫生死轮,更向何人求出路。

劝君六,念佛时中恒相续。假使不念顺凡情,何日得离生死狱。

劝君七,念佛莫令三业失。专专敬礼愿西方,去见弥陀无上日。

劝君八,教修念佛牟尼法。应须遵奉本师言,命尽得往弥陀刹。

劝君九,念佛真心为上首。临终化佛共来迎,七宝莲华随愿诱。

劝君十,念佛常须心口急。思量业海苦轮深,生死忙忙悔难及。以上
二十二首均见《大正新修大藏经》第四十七册唐道镜、善导共集《念佛镜》。参《续藏经》
本。

王　拊

王拊,初唐人。诗二首。(《全唐诗》无王拊诗)

别故人赋得凌云独鹤

单嘶凌碧雾,风飏入青云。九皋空顾侣,千里会离群。望海飞恒急,摩天影讵分? 欲知凄断意,琴里自当闻。《文苑英华》卷二八五。

咏霜朝城上乌

霜旦早晖通,城乌渐飏空。声喧高叠疑外,曲韵楚琴中。楼寒映晓日,竿迥噪朝风。虽狎金墉上,独一作"犹"畏虎贲弓。同书卷三二八。

　　按:王拊事迹不详。《英华》录前诗于王胄诗后,骆宾王前,录后诗于杨师道诗后,李峤诗前,因知为初唐人。

颜　曹

颜曹,初唐人。诗一首。(详附按)

古　意

逶迤临云雨,蛾眉戏琼一作"瑶"台。对酒自娇笑,君王肯下来。击鼓雷阗阗,选妓纷呈才。锡宴池上子,精魄辞不回。指日穷所乐,岂知殷运开。孤舟一遥放,曾构成尘埃。见《文苑英华》卷二〇五。

　　按:《文苑英华》卷三〇六收颜胄《适思》一首,《全唐诗》卷七七六收入。疑胄、曹为一人,惜其事迹无考,无以定夺。《文苑英华》收颜诗于卢照邻前,因知为初唐人。

释　岸 一作"惟岸"

　　释岸，并州交城人。净土宗僧人。垂拱元年卒，年八十。诗一首。(《全唐诗》无释岸诗)

赞观音势至二菩萨 题拟

观音助远接，势至辅遥迎。宝瓶冠上显，化佛顶前明。俱游十方刹，持华候九生。愿以慈悲手，提奖共西行。《宋高僧传》卷十八《唐岸禅师传》，宋王日休《龙舒增广净土文集》卷五作"惟岸"。

刘仁轨

　　仁轨，汴州尉氏人。武德间为陈仓尉，太宗时擢栎阳丞、新安令、给事中。高宗初为青州刺史、带方州刺史，乾封后屡次入相。垂拱元年卒，年八十四。所著有《河洛行年记》。(《全唐诗》无刘仁轨诗，据《旧唐书》卷八四本传录其事迹)

句

天将富此翁。《白氏长庆集》卷三四《自题酒库》注引刘仁轨诗。

魏玄同

　　玄同，字和初，定州鼓城人。举进士，累转司列大夫，坐与上官仪文章属和，配流岭外。上元初赦还，累迁至吏部侍郎。弘道初转文昌左丞兼地官尚书、同中书门下三品。永昌初为周兴

所构赐死,年七十三。诗一首。(《全唐诗》无魏玄同诗。传据
《旧唐书》卷八七、《新唐书》卷一一七本传)

流所赠张锡

黄叶因风下,甘从洛浦隈。白云何所为,还出帝乡来。见《十万卷楼丛
书》本皎然《诗式》卷三。

　　按:此诗作者原署作"韦玄同"。张锡,《旧唐书》卷八五有传附其叔张
　　文瓘传后,则天时为相,约卒于睿宗时。检初唐史传,无韦玄同其人。魏玄
　　同曾配流岭外,与张锡恰同时,"韦"、"魏"读音又极相近,因知此诗应为
　　魏玄同作,作韦玄同为音近而误。《全唐诗》卷九九误作章玄同诗,今移
　　正。

杨　炯

幽兰之歌

幽兰生矣,于彼朝阳。含雨露之津润,吸日月之休光。美人愁思兮,
采芙蓉于南浦;公子忘忧兮,树萱草于北堂。虽处幽林与穷谷,不以
无人而不芳。《杨盈川集》卷一《幽兰赋》附。

竹 题拟

森然几竿竹,密密茂成林。半室生清兴,一窗馀午阴。俗物不到眼,
好书还上心。底事忘羁旅,此君同此襟。见《全芳备祖后集》卷十六"竹类"。

赵元淑

　　元淑,杨炯同时人。诗一首。(《全唐诗》无赵元淑诗)

闻杨炯幽兰之歌作 <small>题拟</small>

昔闻兰叶据龙图,复道兰林引凤雏。鸿归燕去紫茎歇,露往霜来绿叶枯。《杨盈川集》卷一《幽兰赋》附。

刘希夷

独　鹤　篇

西山日没人独归,东江月明鹤孤〔飞〕(非)。秋风四起声切切,边心一听泪〔霏霏〕(非非)。嵩岳灵泉摇玉羽,蓬丘仙雾下金衣。自〔怜〕(狑)流落烦岁暮,唯有悲凉人事非。见伯二六八七卷。

初度岭过韶州灵鹫广果二寺其寺院相接故同诗一首

五岭分鸢徼,三天峙鹫峰。法堂因嶂起,香阁与严重。寒水千寻壑,禅林万丈松。日将轻影殿,风闲响传钟。佛帐珠幡绕,经函宝印封。野鸣初化鹤,岸上欲降龙。北牖泉埃散,南阶石癣浓。净花山木槿,真蒂水芙蓉。古塔留奇制,残碑纪胜踪。一音三界晚,十善百灵恭。流宕同飘荇、登临暂杖筇。摄衣趋福地,跪膝对真容。忽似毗耶偈,还如舍卫逢。宿心常恳恳,尔日更颙颙。苦业娿前际,危光迫下春。已知空假色,犹念吉除凶。覆护如无爽,归飞庶可从。

江　上　羁　情

独下三江路,飘如一叶浮。卧查冲险洑,欹树压平流。岸枝时冒挽,渖沙或碍舟。出没见帆影,远近闻棹讴。浦花春似雪,江气晓如秋。白云乖帝里,舟徽下缺。以上二首均见伯二六七三卷。

　　按：以上二诗原收于刘希夷《北邙篇》之次，疑亦为其所作，姑收希夷下，俟考。

谒诸葛祠

孤云何其高，明月不可系。灼灼抱此心，与世自泾渭。释来从所欢，感乱亦歔欷。咨惟今之人，窃国未云耻。白首入吴市，秋风恐燕水。区区袁与曹，等是刺客耳。而我于其间，秉义不敢坠。哀音回衡飚，清义动幽邃。天心固难亮，吾独信所履。溶溶日间云，漠漠点寒砌。饥鼯堕苍瓦，澹薄公所憩。静然想英姿，孤怀亦差慰。《道藏辑要》本明诸葛曦基辑《汉丞相诸葛忠武侯集》卷十二。

仁　俭

　　仁俭，师禅宗五祖弘忍法嗣安国和尚，住洛阳奉先寺，时谓之腾腾和尚。天册万岁中，诏入殿前，进短歌十九首，令写歌辞传布天下。长寿元年卒。今存诗一首。(《全唐诗》无仁俭诗，传据《景德传灯录》卷四、《释氏稽古略》卷三)

乐道歌 一作《了元歌》

〔修〕(问)从《灯录》改道道无可修，问法法无可问。违人不了性一作"色"空，智者本无违顺一作"悟者无逆顺"。八万四千法门，至理不离方寸。不要一作"用"广学多闻，不要辩才聪隽。识取自家城郭，莫谩游他州一作"寻他乡"郡。《灯录》二句在"不用"二句前。烦恼即是菩提，净花一作"华"生于泥粪。若有人求问答一作"人来问我若为"，谁一作"不"能共他讲一作"伊谈"论。不知月之大小，亦不知一无"亦"字、"知"作"管"岁之馀闰。《灯录》二句在"烦恼"二句前。辰时以一作"寅期用"粥充饥，仲一作"斋"时更餐一作

"飡"一顿。今日任运腾腾,明日腾腾任运。心中了了总知,只没一作"且作"佯痴缚钝。见影印日本花园大学藏南唐静、筠二僧撰《祖堂集》卷三。注"一作"者,为《四部丛刊三编》影宋本宋释道原撰《景德传灯录》卷三十之异文。

魏元忠

武三思席上咏绮娘 题拟

倾国精神掌上身,天风惊雪上香裀。须臾舞彻《霓裳曲》,骇却高堂满座人。《新编分门古今类事》卷二引《甘泽谣》。

苏　焜

苏焜,武后时拾遗。诗一首。(《全唐诗》无苏焜诗)

武三思席上咏绮娘 题拟

紫府开樽召众宾,更令妖艳舞红裀。曲终独向筵前立,满眼春光射主人。《新编分门古今类事》卷二引《甘泽谣》。

武则天

听《华严》诗 并序

暂因务隟,听讲《华严》。观辩智之纵广,睹龙象之蹴踏。既资薰习,顿解深疑,故述所怀,爰题短制。

法席开广方,缁徒满胜筵。圣众随云集,天华照日鲜。座分千叶华,香引六铢烟。钟声闻有顶,梵响韵无边。一音宣妙义,七处重弘宣。唯心明八会,涤虑体三禅。既悟无生灭,常欣佛现前。《卐续藏经》本唐释法藏《华严经传记》卷三《智俨传》。为永昌元年作。

赐姚崇 题拟

依依柳色变,处处春风起。借问向盐池,何如游涔水?见胡聘之《山右石刻丛编》卷五高宗《过栖岩寺》诗附韦元晨《六绝纪文》引。作于长安二年。时姚崇按察蒲州盐池事返,赐以此诗。题据韦文拟。

武三思

五言和波仑师登佛授记阁一首

帝宅开金地,神州列宝坊。龙宫横雾术,雁塔亘霞庄。窈窕分千仞,参差耸百常。绣欂悬叠槛,画拱映雕梁。宝座开千叶,金绳下八行。青龙浮刹柱,白马对祠场。树踊金银色,莲开日月光。东西分闲庑,左右控池隍。瑞叶擎朝露,祥花送晚香。天衣随劫拂,仙梵逐风扬。忽有三空士,来宣七觉芳。银函承宝帙,玉札下雕章。辟膈青云外,披轩紫□傍。山川横地轴,辰象丽天〔□。□□□□□,□〕绳待慈航。日本藏唐抄本《唐诗卷》,日本大阪市立美术馆编《唐抄本》影印本。

韦承庆

九 成 宫 山

有水鱼争乐,无人鸟共歌。见《吟窗杂录》卷三七。

权龙襄

神龙中自容山追入上诗

无事向容山，今日向东都。陛下敕进来，令作右金吾。录自汪绍楹校本
《太平广记》卷二五八引唐张鷟《朝野佥载》、赵守俨校本《朝野佥载》卷四。

　　按：《全唐诗》卷八六九据《唐诗纪事》卷八十录权龙褒诗五首，其中
岭南归后献诗云："龙褒有何罪，天恩放岭南。敕知无罪过，追来与将
军。"而以此诗作别本注出。然《朝野佥载》为记载权诗最早之著作，《广
记》亦早于《纪事》，当以其所录诗为正。其名亦当以"龙襄"为是。又《纪
事》所录，疑出后人补拟之作。今重录之以订前失。

富嘉谟

丽色赋附歌

涉绿水兮采红莲，水漫漫兮花田田。舟容与兮白日暮，桂水浮兮不
可度。见《文苑英华》卷九六。

宗楚客

应　制

敬举天杯饮。宋叶廷珪《海录碎事》卷十引李宗楚诗。
仪乾开宝历，御极转金轮。同前书同卷引宗楚客诗。

　　按：《海录碎事》卷十录初唐人应制诗句，中署宗楚客作者四联，《全
唐诗》卷四六收入三联，其中"七萃銮舆动，千年瑞检开"二句，为李峤《奉
和拜洛应制》之首二句，叶氏误署。《全唐诗》未收之"殷荐三神享，明祠万
玉陪"，为李峤同诗中句，文字略异。同卷另录李宗楚诗一句，当为宗楚

客之讹，今录入。

卜天寿

　　天寿，景龙四年年十二，为西州高昌县宁昌乡厚风里义学生。诗二首。（《全唐诗》无卜天寿诗）

五言诗二首

写书今日了，先生莫〔嫌迟〕(咸池)。明朝此字仅存左边上半截是〔假〕(贾)日，早放学生归。

　　《光明日报》一九七二年二月十五日刊郭沫若同志《卜天寿论语抄本后的诗词杂录》云："这首诗，无疑是卜天寿自己做的。十二岁的孩子便能做诗，而且平仄韵脚大体上合乎规律，首句如改为'今日写书了'，那就成为正规的绝诗了。虽然写了几个别字……但正足证明诗是卜天寿自己做的。"

他道侧书易，我道侧书〔难〕。侧书还侧读，还须侧眼〔看〕。二诗均录自郭沫若著《出土文物二三事》附一九六九年吐鲁番阿斯塔那唐墓出土卜天寿抄本《论语郑氏注》卷末诗词照片。原诗有讹缺，从郭沫若、龙晦二人说增改。

　　前引郭沫若文云："五个'侧'字疑是'札'字的误写。我所理解的诗的大意是这样：有人说从书本上札要抄录是容易事，其实不容易；因为你要札要抄录总要札出句读来，而且还要有札录的眼识。"并以为此诗看来也是抄写旧诗。

　　《考古》一九七二年第三期刊龙晦《卜天寿论语抄本后的诗词杂录研究和校释》云："'侧'校作'札'，于音变通转无据……而且'札读''札眼看'都很难讲得过去。我觉得侧字并没有错，卜天寿这个小孩子可能如郭沫若同志所说，比较调皮，字虽写得好，可能姿势不正，甚至有侧起写字的习惯。所以他说：'你说侧起写容易吗？我说侧起写可不容易啊！侧起写还要侧起读,还要你侧起看呢?'"

　　按:卜天寿《论语》抄本后写有《十二月三台词》一首又一句半、五绝六首。前者显然为抄录时曲。后六首,郭沫若以为仅第一首为卜天寿自作,另五首皆系抄录民间流传的旧诗。龙晦则以为第五首亦为卜天寿自作。今从二人说系二诗于卜天寿名下,馀皆录入本书卷五十六无名氏诗内。

韦元旦

五言奉和姚元崇相公过栖岩寺诗 题拟

岩突金银台,登攀信美哉!白林丛万壑,珠缀结三台。应物尽标胜,冥心无去来。鼗明巾铁柱,长欲助盐梅。录自清胡聘之《山右石刻丛编》卷五。

　　按:此诗刻于姚崇五言《过栖岩寺》后,题仅作"五言奉和",下署:"前朝议郎行左台监察御史摄宫尹司直韦元旦。"

全唐诗续拾卷八

陈元光

题 龙 湖

环堤森雾伏,璧水湛天枢。带雨金龙甲,朝天锦鲤鱼。楼船摇月鉴,
阁鼓肃冰壶。扣枻歌三叠,飞觞泻百枯。犀燃神鬼泣,剑射斗牛虚。
怀古标遐轨,龙湖第一途。

其 二

一戈探虎穴,万里到龙湖。原上千花雨,湖边百草埔。分曹驱鹿豕,
犄角困獐狐。野女妍堆髻,山獠醉倒壶。气清消雾冷,路险迫云衢。
虎帐风霆肃,龙旃日月舒。芟除尽荆棘,雨交鉴湖娱。

其 三

地极绥安镇,天随使节存。民风移丑陋,土俗转酝醇。野服迎旌佩,
獠草避阵云。宣威雄剑鼓,导化动琴樽。石裂磨刀处,溪留饮马痕。
龙湖鱼鸟眼,认此第三巡。

其 四

望望龙湖上,鱼龙薄汉云。鸿濛开半月,蛇豕破孤军。一鉴生风翰,
千章涣浪纹。法慈敷教化,清静加弥纶。法慈剪凶丑,凛冽回春温。

龙湖三五夜，榮戟四回轮。

其　五

只骑登南服，五龙开洞门。未有登临者，天留好使君。湖心涵万象，湖口合千春。久玩天机动，昭回汉表文。迢遥天侣上，磊落野人群。促命茅君起，雄挥记五巡。

南獠纳款

南薰阜物华，南獠俨庭实。野味散芳芬，海肴参茂密。胸篆飞瑞烟，蜒珠媚炎日。掩嫣笼白鹇，盐章闷鹧鹕。归化服维新，皇朝重玄〔质〕(盾)。筮辰贡龙颜，表子躬逢吉。

观　雪　篇

不敢希酿泉，忻然睹香雪。圭璧充庭辉，山林变瑶阙。农郊卜岁丰，帅阃和民悦。触檐鸣瑀珩，拂荷凛铁钺。藻台净冰鉴，茶壶团素月。圣恩宏海陬，边臣效芹说。

平　獠　宴　喜

玉铃森万骑，金鼓肃群雄。扫穴三苗窜，旋车百粤空。风生云无帐，雪压碧油〔幢〕(憧)。火烈消穷北，呈祥应岁东。朝端张孝友，炮鳖待元戎。

山　游　怀　古

迅烈驱黎瘴，委蛇陟翠微。汉宫尘漠漠，随社黍离离。圣远津稀问，蟾升树亦辉。晨昏童冠浴，夜静士民嬉。边檄兴师旅，秋深近阻饥。仲由刚协力，曾点志同时。倚曲酬歌去，宣尼正哂而。

旋 师 之 什

雪尽青山昏,师旋赤眉至。皇天监有光,边帅却非义。六月张貔貅,
万弓发羊豕。海岳皆效灵,苗民悉循纪。卷舒如祥云,进止若时雨。
薄暮天为阴,衔枚肃我旅。一火空巢窝,群凶相籍死。《采芑》歌言
旋,记此非黩武。

喜雨次曹泉州

上帝将垂遣,边臣惊不宁。徬徨劳野马,乾曝俯龙亭。精意馨穹昊,
阳和正郁蒸。细缊云作瑞,黮黯雨成声。原湿枯随发,生灵死复苏。
刑牲崇礼报,作颂庆升平。

其 二

羲和停火轮,霖霖深民福。年康收筐文,庭实陈秋获。土产若未腴,
勤绥功则博。九五垂衣裳,千万监忠朴。铜虎谨深悬,木铎今始作。
诰敕常佩吟,酒色难涵惑。愿皇钦福多,锡民无灾瘝。载答圣皇恩,
转输赴河洛。

望 阙 谢 恩

御庞褒忠勇,官符再佩箴。遐陬蒙一体,服马赫遥临。海岭知天瑞,
欢忻荷圣心。排衙香御胸,应郭撒妖祲。讲武勤西狩,呼嵩拜北钦。
天颜严咫尺,夙夜敢荒淫。

教 民 祭 蜡

玉垒陈醽酪,金盌荐芳饎。父老吹龙笛,官僚仗虎墀。山川出云雨,
神祇回耀辉。舞蹈幽明洽,趋跄礼度微。祈禳称世世,民社两无违。

祀后土

天启鉴湖清,灵源浸天碧。不为潜龙盘,上翊飞龙续。花气喷龙香,
河光溥龙德。福以龙德钟,寿以龙仁益。百礼祀龙神,九歌感龙格。
龙湖配天长,万叶复千亿。

修文语土民

庙算符天象,干旄格有苗。三军歌按堵,万骑弛鸣镖。虔岭顽民远,
朝阳寇逆招。偃文休众士,锡命自皇朝。莫篆天然石,惟吹洛下箫。
声闻神起舞,气感海无妖。方叔猷元壮,相如赋未饶。成周放牛马,
林野任逍遥。

半径庐居语父老

寒猿号岭表,添我哭声哀。极浦驱潮至,愁连拨不开。二州诸父老,
百里载牲来。窭窬成堆玉,坊戎未砌阶。菜芜间半径,金石耀双台。
感怆千秋恨,期消四境埃。阴扶祈大母,显相赖殊才。兽舞梁山下,
龙眠潮海涯。三杯酬地杰,一杖陟山回。环拜诸公罢,拈香莫晚罍。

其　二

丹心忠老母,白首媚萱堂。万里提兵路,三苗葬子方。桑田多变海,
萱草独凌霜。华洁凝秋色,葳蕤灿晚芳。山灵驱毒蛰,神女靓明妆。
剥落千花后,舒迟百岁康。如何龄九五,霞佩陟云房。语罢成追暮,
群然泪雨茫。

　　　　原按:《志铭》:总章己巳,闽广之交,獠蛮啸聚。高宗命陈政公出抚
　　　　之。至界,以兵少请援,朝命二兄敏、敷领兵南下。太母魏氏见三子之闽,
　　　　乃与俱往。至浙之江山县,敏、敷病疽。至浦城,孙子亦疽。魏母提兵至镇,

政得进屯云霄营。政卒,孙元光将军,代领其众,奉建州治。垂拱四年,魏氏卒,将军以支孙承重,付州事于许天正,葬祖母于半径山,结庐守制。漳人称为半径将军。故有《庐居语父老》之作。

语州县诸公敏续

总角趋朝对,雄飞出禁城。人才当翊国,世赏可辞荣。怜厥神童子,寻为壮友生。南方承父镇,北阙列儒名。移孝为忠吉,由奢入俭宁。长安瞻日月,岭海肃风霆。败事诚因酒,增高必自陵。尊年须养老,使士要推诚。寅协无他式,清勤慎不矜。

其　　二

敦伦开野叟,勤学劝生儒。列爵虽殊分,同仁本一途。云泥如有隔,水火岂相资。饮露知蝉洁,观颜觉鉴虚。潜光同隐豹,出宰必悬鱼。适国无先后,梯云有卷舒。天文回北极,水势赴东都。定策参耆宿,输忠奉简书。弥年勋业懋,开国负称孤。

和王采访重九见访

河北推儒雅,嵩高降岳神。明径通桂掖,飞幰渡荆津。明快宜朝美,疏通亦我怜。怒同雷电厉,喜沛雨霖恩。乔木家声旧,严轺帝命新。心交今管〔鲍〕(㿺),筹运访张陈。是日登高节,伊谁送酒频。江州华胄使,携榼再殷勤。

公庭春宴

东风驱冻去,万品破阳辉。红紫妆春媚,罍樽试酒奇。公庭开月榭,农槚荐时牺。兴逐芳芬发,杯同蜂蝶飞。谁云佳节会,独与赏心违。信手捻红〔瓣〕(辧),粘衣尽紫薇。阴移来日者,各赠满须归。

酬裴使君王探公

百粤临南海，儒冠任使辒。馈我兼金佩，和之美玉箫。清风生四座，
丽日正良霄。意气宜令契，公忠岂古饶。简书频诵读，玉烛要均调。
冰鉴秋霄察，君门万里遥。骊骓歌四牡，谔谔答清朝。

晚春旋漳会酌

帝德符三极，皇风振四夷。将辒春暮饮，士卒岭南驰。马啸腥风远，
兵歌暖日怡。妖云驱屏迹，芳卉媚迎诗。拍掌横弓槊，徘徊索酒卮。
阴处窜蛇豕，暗笑使君迷。

故国山川写景

浮光昂岳望，固始秀民乡。第宅参文武，姻娅半帝王。珠楼帘结绮，
花苑水流香。礼节传家范，簪缨奕世芳。飞鞭驰道坦，聚盖艳阳光。
箫鼓迎欢会，桐麻遣啙丧。勋臣扶景运，风树配天长。

神湖州三山神题壁

孤随不尊士，幽谷多豪杰。三山亦隐者，韬晦忘其名。胜迹美山水，
妙思神甲兵。精诚谅斯在，对越俨如生。木石森骀伏，云烟拂旆旌。
雨旸祈响应，龙凤敕碑铭。清泚符神洁，香芹契德馨。三山耀神德，
万岁翊唐灵。

其　　二

孤云悦我心，一点通神意。流泉濯巨灵，深谷豁神智。魑魅神之兵，
黎庶神所庇。精气烛彼天，名山妥灵地。岭表开崇祠，辽东建神帜。
六字动天威，九重颁岁祭。相期翊国忠，我与三神契。

其　三

孤征东岭表，〔冒〕(胄)雨一登临。再拜烟雾霁，群峰奎璧森。独山峰
耸阁，中谷水鸣琴。明山卉木翳，遥林云雾深。瞻庙开明觇，平辽断
秽祲。神颰号万籁，列宿献千禽。树尾扬旌帛，山头镢革金。葵阳
烘固介，华露润华簪。鼎立峥嵘势，钟闻杳霭阴。绾荷权口勾，掬水
洗怀襟。瀑石流觞咏，丰碑驻马吟。三山香火地，万古帝王钦。

至人行

至人平念虑，好恶归其衷。试剑三苗罪，同车盖世雄。断蛟驱猛虎，
附凤翙飞龙。际会风云上，清平岭海中。穷民加保惠，勋士禄功庸。
姝子干旌纰，妖淫桎〔梏〕(桔)凶。热筹消沴气，精盖启宸聪。卓尔三
才立，岿哉一道同。

云　龙

乾坤成列神流通，纯阳附阴生神龙。伸屈妙运参帝功，一鼓细缊油
云从。飞翔四海雨域〔中〕(十)，万汇焦枯仰化融。苦时潜德来奋踪，
群生渴想心忡忡。雷鸣云起德斯普，变化循环自今古。

风　虎

乾坤义气为虎神，咆哮尚阒谁相亲。浮云满谷随相震，啸地生风鼓
气新。日入山林膳百兽，时清效数宗麒麟。忍饥渡河知仁人，威彰
挥爪雄武臣。戴王秉义无忘噬，行政行苛何诛夷。

圣作物睹

乾坤正气钟圣神，聪明天纵临生民。四灵百端皆符身，九夷八蛮咸

来宾。制作百为开彝伦,明禋千载秋又春。物睹之圣为何人,〔羲〕(义)农尧舜禹汤文。万古帝王咸准则,只令万物睹龙德。

真 人 操

阴阳妙教生真人,名山胜地隐其身。吹嘘濑气完元神,升降雪外离烟尘。轩辕乘龙万岁春,穆观王母存昆仑。青牛出关避世纷,招呼鸾鹤引霞樽。秦王汉武心尘土,欲求真仙恶得睹。

恩 义 操

天尊地卑分君臣,乾男坤女生男孙。怀恩抱义成人伦,入有双亲出有君。行义显亲亲以尊,隆恩敦君君以仁。君仁亲尊恩义纯,双全忠孝参乾坤。春秋乱贼纷然起,仲尼一笔扶人纪。

其 二

岭海物产知君臣,黑鲤朝北葵向曛。岭海物产知慈仁,寒獭祭鱼乌哺亲。吴起学曾斯学〔荀〕(笋),欺君害民丧不奔。禄养生成忘义恩,不如鸡犬司门晨。

忠 烈 操

乾生男子坤生姝,国有君王家有夫。委〔质〕(盾)结褵托其躯,三纲五常与命俱。一朝凶变违常途,匡扶弗得将何如?英英烈烈〔他〕(地)虑无。舍生取义终不〔渝〕(瑜)。《柏舟》之诗王蠋语,千古芳名耀青史。

候夜行师七唱

一从长发离京城,侍父寒暄经万程。上吁玄天低吁地,朝瞻红日夜

瞻星。诸君喜抵王师所,四顾伤为荆莽坰。群落妻孥凄泣声,俄然
戎丑万交横。司空淑人频劝谕,英雄死义无求生。马皮远裹伏波骨,
铜柱高标交趾惊。振旅龙江修战具,移文凤阙请增兵。

其　二

魏母咸亨奉敕文,府兵云众成营屯。屹然一镇云霄末,渐尔群言花
柳春。男生女长通蕃息,五十八氏交为婚。火田黄稻俱甘旨,纲水
金鱼沿醉。寇戎不测纷如雪,甲胄何时不出门。夜祀天皇弘德泽,
日将山獠化编民。一声谯鼓月初出,戍楼西北望皇阍。

其　三

戍楼西北望皇阍,日暖桃绯京国春。公子踏青陪御辇,官民结彩庆
姻门。上林花木胭脂媚,边境桑麻戟剑屯。乳燕东风相对语,老亲
上冢劝温存。采茶喜钻新榆火,修〔禊〕(禊)争驱旧房氛。尽醉韶华
三月暮,谁闻更鼓二更巡。

其　四

戍楼西北望皇家,夏永南征岭海赊。殿阁凉生梅浦雨,葵柳红映锦
江霞。侮凌烽火心如水,变幻风云眼未花。犀照湖花消魍魉,龙呈
剑气射虚邪。赤鸟黑马流红汗,绿柳金莺冒翠华。淬砺戈矛寻石上,
沉浮瓜李戏江涯。蕙兰纫佩生香满,荷芰缝衫御暑嘉。较斧开林驱
虎豹,施罟截港捕鱼虾。火田畬种无耕犊,阴隙戎潜起宿鸦。夜柝
重门防暴客,三更三点尚排衙。

其　五

戍楼西北望皇州,宿卫曾随上苑游。明月芦花迷曲岸,西风梧叶报

清秋。凤凰台上几声笛，鹦鹉洲边一苇舟。对菊渊明怀刺史，抛梭
织女弄牵牛。娟娟万里江河烂，耽耽孤星大火流。白雁远传苏武札，
银鲈细切〔季〕(李)鹰〔羞〕(差)。露凄霜肃吴砧捣，马壮兵强楚戍愁。
报道四更笳鼓响，衔枚袭虏献俘囚。

其　六

戍楼西北望泉山，十载干戈暑又寒。红锦飘来枫树醉，黄金废尽菊
花残。故园橙橘小春闹，圣席圆汤冬至闲。剑戟百磨岩石裂，骅骝
群饮泽泉乾。雪花散杂梅花媚，白水前为墨水餐。河腹冰坚防虏骑，
边陲雨冻弊征鞍。水窗向北因风寒，密垒开东得月看。迭起寒鸡犹
未唱，铜壶先滴五更阑。

其　七

黄昏候夜到更阑，爆竺惊闻把剑看。士友同仇袭共敌，丈夫努力饭
加餐。星移物换鬓花白，月落参横烛泪干。怨女鸾孤来绕枕，征夫
马健不离鞍。量弘宇宙无遗壤，令肃风霆欲裂山。义重同胞堪搏虎，
身轻战甲不号寒。灰飞葭管阳初复，拍落梅花歌未残。歌啸未残胡
虏却，东南取道夕长安。以上均录自厦门图书馆古籍部藏《颍川陈氏开漳族谱》，
原注出《龙湖公集》。此谱为陈祯祥撰，民国五年印。陈元光诗皆承厦门大学中文系吴在
庆同志录示。

　　按：《文献》一九八七年第三辑刊何池《新见唐陈元光佚诗》，云龙海
县东园乡潭头村藏《陈氏族谱》，亦收有陈元光诗，文字稍异。惜未获见
参校。

复　礼

　　复礼，京兆人，俗姓皇甫氏。住京兆大兴善寺。永隆二年

撰《十门辨惑论》。诗一首。(《全唐诗》无复礼诗,传据《宋高僧传》卷十七)

真 妄 偈

真法性本净,妄念何由起?从真有妄生,此妄何所止?无初即无末,有终应有始。无始而无终,长怀懵兹理。愿为开玄妙,析之出生死。《林间录》卷上。

宋之问

忆 云 门

树闲烟不破,溪静鹭忘飞。更爱幽奇处,斜阳艳翠微。见《会稽掇英总集》卷六。

西施浣纱篇

西施旧石在,苔藓日于滋。几处沾妆污,何年灭履綦?岸花羞慢脸,波月敩嚬眉。君将花月好,来比浣纱时。影印本《诗渊》第一册第六三页。

潜 珠 篇

夜光四寸今所无,闻有入海求大珠。大珠自爱潜不发,希世一见比明月。灵物变化讵可寻?几人皓首死闽越。泥蟠沙卧海底沉,何知结爱美人心。可怜曜乘十二乘,谁惜黄金七百金。越乡祈宝诚非易,涉险捐躯名与义。天生至宝自无伦,如何真伪人莫分。古来贵耳而贱目,恐君既见不及闻。世有南山采薇子,从来道气凌白云。今乃千里作一尉,无媒为献明圣君。同前七一页。

游嵩岳待寄诗诮之

嵩峰高不极，上有玉琅玕。佳游竟不至，何以慰长叹？同前七四四页。

钱江晓寄十三弟

晓泊钱塘渚，开帘远望通。海云张野暗，山火彻江红。客泪常思北，边愁欲尽东。从来梦兄弟，未似昨宵中。同前七五八页。

缑 山 诗

缑山连嵩岑，近带洛阳陌。洛京游宦子，不知虚直宅。北入养龙豁，势如夏云积。褰涉穷水府，跻攀倚霞壁。柽栝穿虹蜺，萝茑曳金碧。鉴嵌天盖小，路转石门窄。还顾杳亏蔽，前瞻浩攒玠。态繁赏屡移，形变魂方惕。洞隐息心士，源潜度世客。渔樵或迷途，志刻述往迹。安仁实载诞，子晋曾所历。王元拜隐侯，吾祖挹仙伯。永兴白华感，久列丹台籍。弊庐对石堂，虚坐留玉舄。泊余爱羽化，洗心向禅寂。志结颜始红，岁阑发已白。愧无兼济美，独营弱丧魄。归来缉衰暮，敦本事膏液。始愿期傥从，挥手弄烟策。同前第三册第二〇八五页。

北 邙 古 墓

君不见邙山苑外上宫坟，相接累累紫蔓草。宫亭远识南宫树，逶迤辇作南宫道。一朝形影化穷尘，昔时玉貌与朱唇。锦衾香覆青楼月，罗衣娇弄紫台云。越娃楚艳君不见，赵舞燕歌愁杀人。游魂倏掩寂无晤，蛾眉何事须相妒。九重先日闭鸳鸯，三泉今夕开狐兔。驻马倚车望洛阳，御桥天阙遥相当。佳人死别无归日，可怜行路尽沾衣。同前第二一八八页。

陆浑南桃花汤

氛氲桃花汤,去都三百里。远峰益稠沓,具物尽奇诡。借问采药人,
冥奥从此始。泪吾尚清净,荤血久誓止。览彼□□鲜,自谓形骸泽。
重敦永劫愿,无负神泉水。坐驰意屡惬,身践心益死。长妹梵筵众,
拙妻道门子。提携游二山,岁暮此已矣。同前第二一八八页。

花　烛　行

帝城九门乘夜开,仙车百两自天来。列火东归暗行月,浮桥西渡响
奔雷。龙楼锦障连连出,遥望梁台如昼日。梁台花烛见天人,平阳
宾从绮罗春。共迎织女归春幄,俱送常娥下月轮。常娥月中君未见,
红粉盈盈隔团扇。玉樽交引合欢杯,珠履共蹋鸳鸯荐。漏尽更深斗
欲斜,可怜金翠满庭花。庭花灼灼歌秾李,此夕天孙嫁王子。结褵
初出望园中,和鸣已入秦箸里。同心合带两相依,明日双朝入此微。
共待洛城分曙色,更看天下凤凰飞。同前第二册第一三九二页。

卧闻嵩山钟

卧闻嵩山钟,振衣步蹊樾。槁叶零宿雨,新鸿叫晴月。物改兴心换,
夜凉清机发。昔事潘镇人,北岑采〔薇〕(微)蕨。倚岩顾我笑,谓我有
仙骨。铭德在青春,徇禄去玄发。悔往自昭洗,练形归洞窟。同前第
一四三五页。

初承恩旨言放归舟

一朝承凯泽,万里别荒陬。去国云南滞,还乡水北流。泪迎今日喜,
梦换昨宵愁。自向归魂说,炎方不可留。同前第一四九八页。

题九州院双鹤

君门九重闭,中有天泉池。可怜双白鹤,飞下碧松枝。吹楼多清管,
鸣舞共差池。常欲万里去,怀恩终在斯。同前第四册第二八〇一页。

江行见鸬鹚

江畔鸬鹚鸟,迎霜处处飞。北看疑是雁,南客更思归。岭上行人绝,
关中音信稀。故园今夜里,应为捣寒衣。同前第二八二七页。

陆浑水亭

昔予登兹楼,感爱川岳奇。别来虽云远,夜梦常在斯。更以沉痾日,
归卧南山陲。弊庐不可见,云林相蔽亏。同前第五册第三一二八页。

宴郑协律山亭

朝英退食回,追兴洛城隈。山瞻二室近,水自陆浑来。小径藤间入,
高窗竹上开。砌花连菡萏,溪柳覆莓苔。舞席归云断,歌筵薄景催。
可怜郊野际,长有故人杯。同前第三四八五页。

忆嵩山陆浑旧宅

世德辞贵仕,天爵光道门。好仙宅二室,受药居陆浑。清白立家训,
偃息为国藩。乔树南勿翦,弊庐北尚存。自惟实蒙陋,何颜称子孙。
少秉阳许意,遭逢明圣恩。挥翰云龙署,参光天马辕。一身事扃闼,
十载隔凉暄。陈力试叨进,祗宠固幽源。况以沉疾久,睽辞金马垣。
天子犹未识,讵敢栖丘樊。昼怀秘书谷,夕梦子平村。撷芳岁云晏,
投绂意弥敦。皇私傥以报,无负青春言。同前第三五二九页。

茅斋读书

清轩临夕池，微径入寒树。暝还探旧史，颇知古人趣。明一诱道心，吹万成世务。猎精自补阙，安能守章句？同前第六册第四一四九页。

题会福塔院诗

如涌浮图近紫霄，芙蓉仙苑礼群僚。海天遥奉金轮日，尽遣祯祥归圣朝。见清修《日下旧闻考》卷一二五引《宋延清集》。

按：此塔院清时称三塔寺，在永清县，其上有唐圣历元年石刻。

陪王都督登楼诗

暝日登楼望，江山一半天。见宋乐史《太平寰宇记》卷一六二、王象之《舆地纪胜》卷一〇三《静江府》。

按：《全唐诗》卷五三《桂州陪王都督暝日宴逍遥楼》首二句云："暝节高楼望，山川一半春。"此录二句当即其异文。因其出处甚早，有五字不同，韵脚亦异，故另录出。《全唐诗》卷七九五作王浚诗，误。

则天挽歌

还应鼎湖剑，千载忽同归。见《十万卷楼丛书》本皎然《诗式》卷四。

夔　州 题拟

路入巴渝通两蜀，江连荆楚接三川。见宋佚名《锦绣万花谷续集》卷十二"夔州"。

句

高树阴疏鸟不留。见宋李壁《王荆文公诗笺注》卷二三《宜春苑》注引。

法　达

　　法达,洪州丰城人。七岁出家,诵《法华经》。后参六祖慧能而悟佛法。诗一首。(《全唐诗》无法达诗)

偈

经诵三千部,曹溪一句亡。未明出世旨,宁歇累生狂。羊鹿牛权设,初中后善扬。谁知火宅内,元是法中王。见《景德传灯录》卷五、《六祖大师法宝坛经》。

万　回

　　万回,俗姓张,虢州阌乡人。住法云寺。景云二年卒,年八十。诗一首。(《全唐诗》无万回诗,传据《释氏疑年录》卷四)

歌

黑白两回开佛眼,不系一法出莲丛。真空不坏灵智性,妙用恒常无作功。圣智本来成佛道,寂光非照自圆通。见《大正新修大藏经》第四十八册吴越释延寿《宗镜录》卷十八。

智　藏

　　智藏,日本僧人,俗姓禾田氏。淡海帝世,遣学唐国,就吴越高学尼受业。六七年中,学业颖秀。同伴忌害之,遂被发阳狂,密写三藏要义,盛以木筒,负担游行,同伴视为鬼狂,遂不

为害。太后天皇世归日本，升座敷演，辞义峻远，帝嘉之，拜僧
正，时年七十三。诗二首。（《全唐诗》无智藏诗，传节录《怀风
藻》本传）

五言玩花莺一首

桑门寡言晤，策杖事迎逢。以此芳春节，忽值竹林风。求友莺媂一作
"娇"树，含香花笑丛。虽喜邀游志，还丑乏雕虫。

五言秋日言志一首

欲知得性所，来寻仁智情。气爽山川丽，风高物候芳。燕巢辞夏色，
雁渚听秋声。因兹竹林友，荣辱莫相惊。均见《日本古典文学大系》六九册
《怀风藻》。

　　　　按：《怀风藻》目录称"僧正吴学生智藏师"。智藏在唐居住时间甚
　　久，至暮年始返国。二诗作年不可考。疑即在唐日作。

宋务光

七夕感逝

生代日何短，徂迁岁欲期。始闻春鸟思，溢见凉云滋。皎皎河汉匹，
三秋会有期。嗟嗟瑟琴偶，一去无还时。晴壁看遗挂，虚檐想步綦。
流芳行处歇，空色梦中疑。昔有秦嘉赠，今为潘岳诗。百忧人自老，
玄发新成丝。

七夕

牵牛遥映水，织女正当车。星桥通汉使，机石逐仙槎。隔河相望近。
经秋离别赊。愁将今夕恨，复看明年花。见宋蒲积中《古今岁时杂咏》卷二

五。

　　按：《古今岁时杂咏》误将务光二诗收入六朝。

高　迈

　　迈，中宗初年人，有赋一卷。今存诗一首。（《全唐诗》无高迈诗，传据《新唐书·艺文志》、《全唐文》卷二七六）

三五七言体诗

秋风清，秋月明。落叶聚还散，寒乌栖复惊。相思相晃知何日，此时此夜难为情。见《吟窗杂录》卷十五《炙毂子诗格》引。

　　按：《全唐诗》卷一八四收此诗为李白诗，然《才调集》卷十收作无名氏诗，严羽《沧浪诗话》则以为郑世翼作，杨齐贤、王琦定为李白作，未举证。今人詹锳《李诗辨伪》以为非李白作，论证甚详瞻。《炙毂子诗格》，晚唐王叡作。时去高迈、李白时代甚近，其说当可信。

刘处约

　　处约，宣州人。曾任吏部员外郎、考功郎中。孙长卿，以诗名世。诗一首。（《全唐诗》无刘处约诗。兹据《元和姓纂》卷五、劳格《郎官石柱题名考》卷四、卷九录其事迹）

下山逢故人

妾身本薄命，轻弃城南隅。庭前厌芍药，山上采蘼芜。春风胥纨袖，零落湿罗襦。羞将颣颈日，提笼逢故夫。见《永乐大典》卷三〇〇五引唐李康成《玉台后咏》。《全唐诗》卷八一作乔知之诗，恐误。

　　按:《吟窗杂录》卷三七收刘处约《亡奴诗》二句:"丹籍生年浅,黄泉旧路深。"《初学记》卷十九收刘夷道《伤死奴》诗,前二句仅二字不同,《全唐诗》卷七六九已收入。颇疑夷道与处约为一人。然《郎官石柱题名考》卷四"吏部员外郎"据石刻分录二人事迹,亦难以遽断。处约孙长卿以天宝后期第进士,据以推之,处约当为高宗、武后时人,今姑列初唐之末。

全唐诗续拾卷九

李 峤

池

日落天泉暮,烟虚习池静。镜潭明月辉,锦帧流霞景。花摇仙凤色,
云浮濯龙影。欲识江湖心,秋来赋潘省。

筝

蒙恬芳轨设,游楚清音列。形通天地规,弦写阴阳节。郑音既寥亮,
秦声复凄切。君听陌上桑,为辨罗敷洁。以上见《佚存丛书》本《李峤杂咏百
二十首》卷下。

> 按:《佚存丛书》本《李峤杂咏百二十首》,所录诸诗文字与《全唐
> 诗》所载者差异较大。以上二诗完全不同,故另录出。有一句或数句不同
> 者,录如次。仅个别文字不同者从略。
>
> 《风》首二句作"落日正沉沉,微风生北林"。
>
> 《雾》三四两句作"别有丹山雾,玲珑素月明"。
>
> 《梨》五六两句作"春暮条应紫,秋来叶正红"。
>
> 《楼》三四两句作"落星临画阁,井干起高台"。
>
> 《桥》后四句作"巧作七星影,能图半月辉。即今沧海宴,无复白云
> 威"。
>
> 《帘》首二句作"晓风清竹殿,初日映秦楼"。第三句作"暖暖笼珠网"。
> 第五句作"窗中月影入"。

《扇》第二句作"蒲葵实晓清"。第五句作"逐暑含风转"。第七句作"还取同心契"。

《墨》第六句作"皂迭映逾沉"。

《刀》第五句作"割锦红鲜里"。

《弹》首句作"侠客遥相望"。三四两句作"共持苏合弹,来此傍垂杨"。末二句作"莫欣黄雀至,须惮微躯伤"。

《琵琶》首句作"裁规势渐团"。

《珠》末二句作"谁怜被褐者,怀宝自多才"。

《绫》第二句作"为衾值汉君"。五六两句作"色带冰绫影,光含霜雪文"。

《素》五六两句作"碪杵调风响,绫纨写月辉"。

《锦》第七句作"若逢朱太守"。

《布》三四两句作"瀑泉飞挂鹤,浣火有炎光"。末句作"来穆采花芳"。

另伯三七三八卷存李峤杂咏二首又四句,斯五五五卷存六首又三句,其文字与《全唐诗》有较多不同,录其要者如次。

伯三七三八卷载《凤》第六句作"频过颍水汤"。《兔》五、六、七三句作"汉殿跧容伏,梁园隐迹微,方知感纯孝"。

张栖贞

栖贞,河间人。历任户部员外郎、吏部员外郎、汝州刺史等职。开元间在世。诗一首。(据《新唐书·宰相世系表》、《郎官石柱题名考》卷四、卷十二)

五言登禅定阁一首

鹿苑传金地,龙宫出铁围。阁里山河近,楼上落星稀。独园登彼岸,双树遂忘归。具疑应作"贝"叶含峰入,芦花逐雁飞。云㪻拟留盖,萝悬

似拂衣。言倍列棘赏,同赴握兰期。禅林当月路,更似偶仙扉。日本
藏唐抄本《唐诗卷》。

郭　震

发　馆　陶

促䇿数残更,似闻鸡一鸣。春风马上梦,沙路月中行。笳鼓远多思,
衣裘寒始轻。稍知田父稔,灯火闻柴荆。录自光绪十一年刊刘家善纂《馆陶
县志》卷十一。

按:《青琐高议》、《皇朝文鉴》、《锦绣万花谷后集》、《舆地纪胜》另
录郭震诗多首,为宋太宗时成都隐士郭震作,不录。

玄　觉

玄觉,字明道,俗姓戴,永嘉人。总角出家,住龙兴寺。后
诣韶州谒慧能,留一宿而悟佛法,世称一宿觉和尚。先天二年
卒,年四十九。诗一首。(《全唐诗》无玄觉诗,传录《宋高僧
传》卷八)

永嘉证道歌

君不见,绝学无为闲道人,不除妄想不求真。无明实性即佛性,幻化
空身即法身。法身觉了无一物,本源自性天真佛。五阴浮云空去来,
三毒水泡空出没。证实相,无人法,刹那灭却阿鼻业。若将妄语诳
众生,自招拔舌尘沙劫。顿觉了,如来禅,六度万行体中圆。梦里明
明有六趣,觉后空空无大千。无罪福,无损益,寂灭性中莫问觅。比
来尘镜未曾磨,今日分明须剖析。谁无念?谁无生?若实无生无不

生。唤取机关木人问，求佛施功早晚成。放四大，莫把提，寂灭性中随饮啄。诸行无常一切空，即是如来大圆觉。决定说，表真僧，有人不许任情征。直一作"真"截根源佛所叩，摘叶寻枝我不能。摩尼珠，人不识，如来藏里亲收得。六般神用空不空，一颗圆光色非色。净五眼，得五力，唯证乃知难可测。镜里看形见不难，水中捉月争拈得。常独行，常独步，达者同游涅槃路。调古神清风自高，貌悴骨刚人不顾。穷释子，口称贫，实是身贫道不贫。贫则身常披缕褐，道则心藏无价珍。无价珍，用无尽，利物应机终不吝。三身四智体中圆，八解六通心地印。上士一决一切了，中下多闻多不信，但自怀中解垢衣，谁能向外夸精进。从他谤，任他非，把火烧天徒自疲。我闻恰似饮甘露，销融顿入不思议。观恶言，是功德，此即成吾善知识。不因讪谤成冤亲，何表无生慈忍力。宗亦通，说亦通，定慧圆明不滞空。非但我今独达了，恒沙诸佛体皆同。师子吼，无畏说，百兽闻之皆脑裂。香象奔波失却威，天龙寂听生欣悦。游江海，涉山川，寻师访道为参禅。自从认得曹溪路，了知生死不相关。行亦禅，坐亦禅，语默动静体安然。纵遇锋刀常坦坦，假饶毒药也闲闲。我师得见然灯佛，多劫曾为忍辱仙。几回生，几回死，生死悠悠无定止。自从顿悟了无生，于诸荣辱何忧喜。入深山，住兰若，岑崟幽邃长松下。优游静坐野僧家，阒寂安居实萧洒。觉即了，不施功，一切有为法不同。住相布施生天福，犹如仰箭射虚空。势力尽，箭还坠，招得来生不如意。争似无为实相门，一超直入如来地。但得本，莫愁末，如净琉璃含宝月。既能解此如意珠，自利利他终不竭。江月照，松风吹，永夜清宵何所为？佛印戒珠心地印，雾露云霞体上衣。降龙钵，解虎锡，两股金环鸣历历。不是标形虚事持，如来宝杖亲踪迹。不求真，不断妄，了知二法空无相。无相无空无不空，即是如来真实相。心镜明，鉴无碍，廓然莹彻周沙界。万象森罗影现中，一颗圆光非内外。豁达空，拨因果，漭漭荡荡招殃祸。弃有著空病亦然，还如避溺而投火。舍妄心，取真理，取舍之心成巧伪。学人不了用修行，深成认贼将为子。损法财，灭功德，莫不由斯心意识。是以禅门了却心，顿入无生知见力。大丈夫，秉慧剑，般若锋兮金刚焰。非但能摧外道心，早曾落却天魔胆。震法雷，击法鼓，布慈云兮洒甘露。龙象蹴踏润无边，三乘五戒皆惺悟。雪山肥腻更无杂，纯出醍醐我常纳。一性圆通一切性，一法遍含一切法，一月普现一切水，一切水月一月摄。诸佛法身入我性，我性还共如来合。一地俱足一切地，非色非心非行业。弹指圆成八万门，刹那灭却阿鼻业。一切数句非数句，与吾灵觉何交涉。不可毁，不可赞，体若虚空勿涯岸。不离当处常湛然，觅则知君不可见。取不得，舍不得，不可得中只么得。默时说，说时默，大施门开无壅塞。有人问我解何宗，报道摩诃般若力。或是或非人不识，逆行顺行天莫测。吾早曾经多劫修，不是等闲相诳惑。建法幢，立宗旨，明明佛敕曹溪是。第一迦叶首传灯，二十八代西天记。法东流，入此土，菩提达摩为初祖。六代传衣天下闻，后人得道何穷数。真不立，妄本空，有无俱遣不空空。二十空门元不著，一性如来体自同。心是根，法是尘，两种犹如镜上痕。痕垢尽除光始现，心法双忘性即真。嗟末法，恶时世，众生福薄难调制。去圣远兮邪见深，魔强法弱多怨害。闻说如来顿教门，恨不灭除令瓦碎。作在心，殃在身，不须冤诉更尤人。欲得不招无闲业，莫谤如来正法轮。旃檀林，无杂树，郁密深沉师子住。境静林间独自游，走兽飞禽皆远去。师子儿，众随后，三岁便能大哮吼。若是野干逐〔一作"随"〕法王，百年妖怪虚开口。圆顿教，勿人情，有疑不决直须争。不是山僧逞人我，修行恐落断常坑。非不非，是不是，差之毫厘失千里。是即龙女顿成佛，非即善星生陷坠。吾早年来积学问，亦曾讨疏寻经论。分别名相不知休，入海算沙徒自困。却被如来苦诃责，数他珍宝有何益。从来蹭蹬觉虚行,多年枉作风尘客。种性邪,错知解,不达如来圆顿制。二乘精进勿道心,外道聪明无智慧。亦愚痴,亦小骏,空拳指上生实解。执指为月枉施功,根境法中虚捏怪。不见一法即如来,方得名为观自在。了即业障本来空,未了应须偿夙债。饥逢玉膳不能餐,病遇医王争得差。在欲行禅知见力,火中生莲终不坏。勇施犯重悟无生,早时成佛于今在。师子吼,无畏说,深嗟懵懂顽皮靼音折。只知犯重障菩提,不见如来开秘诀。有二比丘犯淫杀,波离萤光增罪结。维摩大士顿除疑,犹如赫日销霜雪。不思议,解脱力,妙用恒沙也无极。四事供养敢辞劳,万两黄金亦销得。粉骨碎身未足酬,一句了然超百亿。法中王,最高胜,河沙如来同共证。我今解此如意珠,信受之者皆相应。了了见,无一物,亦无人,亦无佛。大千沙界海中沤,一切圣贤如电拂。假使铁轮顶上旋,定慧圆明终不失。日可冷,月可热,众魔不能坏真说。象驾峥嵘谩进途,谁见螳螂能拒辙。大象不游于兔径,大悟不拘于小节。莫将管见诳苍苍,未了吾今为君决。见《四部丛刊三编》影宋本《景德传灯录》卷三十、冒广生刊《永嘉诗人祠堂丛刻》第一册释玄觉《永嘉集》附录。

　　《永嘉集》附录杨亿《无相大师行状》云:"著《禅宗悟修圆旨》,自浅之深,庆州刺史魏静缉而序之成十篇,目为《永嘉集》,及《证道歌》一首,并盛行于世云尔。"

慧　能

偈

菩提本无树,明镜亦无台。佛性常清净,何处有尘埃?
心是菩提树,身为明镜台。明镜本清净,何处染尘埃?见敦煌本《南宗顿教最上大乘摩诃般若波罗蜜经六祖慧能大师于韶州大梵寺施法坛经》。

　　按：《全唐诗续补遗》卷二收惠能偈一首，原出于法海本《坛经》，与敦煌本异，今重录。

无相颂 亦名《灭罪颂》

愚人修福不修道，谓言修福而是道。布施供养福无边，心中三恶元来造。若将修福欲灭罪，后世得福罪元在。若解向中除罪缘，各自性中真忏悔。若悟大乘真忏悔，除邪行正即无罪。学道之人能自观，即与悟人同一类。大师令传此顿教，愿学之人同一体。若欲当来觅本身，三毒恶缘心中洗。努力修道莫悠悠，忽然虚度一世休。若遇大乘顿教法，虔诚合掌至心求。同前。

修 行 颂

说通及心通，如日处虚空。惟传顿教法，出世破邪宗。教即无顿渐，迷悟有迟疾。若学顿教法，愚人不可悉。说即须万般，合离还归一。烦恼暗宅中，常须生惠日。邪来因烦恼，正来烦恼除。邪正悉不用，清净至无馀。菩提本清净，起心即是妄。净性在妄中，但正除三障。世间若修道，一切尽不妨。常见自己过，与道即相当。色类自有道，离道别觅道。觅道不见道，到头还自恼。若欲见真道，行正即是道。自若无正心，暗行不见道。若真修道人，不见世间过。若见世间非，自非却是左。他非我无罪，我非自有罪。但自去非心，打破烦恼碎。若欲化愚人，是须有方便。勿令彼有疑，即有菩提现。法元在世间，于世出世间。勿离世间上，外求出世间。邪见是世间，正见出世间，邪正悉打却，菩提性宛然。此但是顿教，亦名为大乘。迷来经累劫，悟则刹那间。同前。

付 法 颂

心地含情_{契嵩本作"诸"}种，法雨即花生_{契嵩本作"普雨悉皆萌"}。自悟花情
种_{契嵩本作"顿悟华情已"}，菩提果自成。同前。

拟达摩和尚颂二首 题拟

心地邪花放，五叶逐根随。共造无明业，见被业风吹。
心地正花放，五叶逐根随。共修般若惠，当来佛菩提。同前。

自性真佛解脱颂

真如净性是真佛，邪见三毒是真魔。邪见之人魔在舍，正见知人魔
则过。性中邪见三毒生，即是魔王来住舍。正见忽除三毒心，魔变
成佛真无假。化身报身及法身，三身元本是一身。若向身中觅自见，
即是成佛菩提因。本从化身生净性，净性常在化身中。性使化身行
正道，当来圆满真无穷。淫性本是清净因，除淫即无净性身。性中
但自离五欲，见性刹那即是真。今生若悟顿教门，悟即眼前见世尊。
若欲修行云觅佛，不知何处欲求真。若能心中自见真，有真即是成
佛因。自不求真外觅佛，去觅总是大痴人。顿教法者是西流，救度
世人须自修。今报世间学道者，不于此见大悠悠。同前。

示志诚偈二首

生来坐不卧，死去卧不坐。一具《灯录》作"元是"臭骨头，何为立功课《灯
录》作"过"。
心地无非《灯录》作"一切无心"自性戒，心地《灯录》作"一切"无痴自性慧。
心地无乱自性定《灯录》无此句，不增不减《灯录》作"退"自金刚，身去身来
本三昧。见契嵩本《六祖大师法宝坛经》、《景德传灯录》卷五。

示 智 通 偈

自性具三身，发明成四智。不离见闻缘，超然登佛地。吾今为汝说，谛信永无迷。莫学驰求者，终日说菩提。同前。

示 智 常 偈

不见一法存无见，大似浮云遮日面。不知一法守空知，还如太虚生闪电。此之知见瞥然兴，错认何曾解方便。汝当一念自知非，自己灵光常显现。同前。

示法达偈三首

礼本折慢幢，头奚不至地？有我罪即生，亡功福无比。

汝今名法达，勤诵未休歇。空诵但循声，明心号菩萨。汝今有缘故，吾今为汝说。但信佛无言，莲华从口发。

心迷法华转，心悟转法华。诵经久不明《灯录》作"诵久不明已"，与义作雠家。无念念即正，有念念成邪。有无俱不计，长御白牛车。同前。

示 智 通 偈

大圆镜智性清净，平等性智心无病，妙观察智见非功，成所作智同圆镜。五八六七果因转，但用名言无实性。若于转处不留情，繁兴永处那伽定。契嵩本《六祖大师法宝坛经》。

僧举卧轮禅师偈作此相示 题拟

惠能没伎俩，不断百思想。对镜心数起，菩提作麽长。同前。

临灭偈 题拟

兀兀不修善,腾腾不造恶。寂寂断见闻,荡荡心无者。同前。

无 相 颂

心平何劳持戒,行直何用修禅? 恩则孝养父母,义则上下相怜。让则尊卑和睦,忍则众恶无喧。若能钻木取火,淤泥定生红莲。苦口的是良药,逆耳必是忠言。改过必生智慧,护短心内非贤。日用常行饶益,成道非由施钱。菩提只向心觅,何劳向外求玄。听说依此修行,天堂只在目前。同前。

昙　伦

> 昙伦,即卧伦(一作"卧轮")禅师,住上都。诗一首。(《全唐诗》无昙伦诗)

偈

卧轮有伎俩,能断百思想。对境心不起,菩提日日长。见契嵩本《六祖大师法宝坛经》。

法　海

> 法海,韶州人。嗣慧能。诗一首。(《全唐诗》无法海诗)

偈

即心元是佛,不悟而自屈。我知定慧因,双修离诸物。见《景德传灯录》

卷五、契嵩本《六祖大师法宝坛经》。

智　通

　　智通，寿州安丰人。嗣慧能。诗一首。(《全唐诗》无智通诗)

偈

三身元我体，四智本心明。身智融无碍，应物任随形。起修皆妄动，守住匪真精。妙旨因师晓，终亡染污名。同前。

智　常

　　智常，信州贵谿人。嗣慧能。诗一首。(《全唐诗》无智常诗)

偈

无端起知见，著相求菩提。情存一念悟，宁越昔时迷。自性觉源体，随照枉迁流。不入祖师室，茫然趣两头。同前。

义　净

题 取 经 诗

晋宋齐梁唐代间，高僧求法离长安。去人成百归无十，后者安知前者难。路远碧天唯冷结，沙河遮日力疲殚。后贤如未谙斯旨，往往将经容易看。《四部丛刊》本宋法云撰《翻译名义集》卷七"续补译师"条引唐义净三藏诗。《禅门诸祖师偈颂》卷下之下录此为"义净三藏《诫看经》"。

　　按:《全唐诗》卷七八六收此诗于无名氏卷,注云:"载《翻译名义集》,云唐义净三藏作。"岑仲勉先生《读全唐诗札记》云:"按义净诗今收十二函一册,何不类附而别出于无名氏之下,岂编者未知义净三藏即义净欤。然此诗只据《翻译名义集》录,集又署名义净三藏,终不得谓曰无名氏也。"今承斯旨而重录归义净名下。

沈佺期

古　镜

凿井遭古坟,古坟衬沦没。谁家青铜镜,送此长波月。长夜何冥冥,千岁光不彻。玉匣历穷泉,金龙潜幽窟。鞶组已销散,锦衣亦亏阙。莓苔翳清池,虾蟆蚀明月。埋落今如此,照心未当歇。愿垂拂拭恩,为君鉴云髮。见斯二七一七《珠英学士集》残卷,据吴企明先生录本(未刊)。《全唐诗》卷九五仅存末六句,今补全重录。残卷原缺题,今从《全唐诗》补。

琼　州 题拟

异哉寸波中,露此横海脊。举首玉簪插,忽去银钉掷。身大何时见,夭矫翔霹雳。见《舆地纪胜》卷一二四《琼州》。

句

先朝六驾日,远虞附已深。见《海录碎事》卷十。

诗 附存

万里赴戎机,关山度若飞。朔气传金柝,寒光照铁衣。见明刻本宋佚名编《锦绣万花谷后集》卷十四"将帅"类。

　　按:此四句即《木兰诗》中后人以为极似唐人所作之句。《万花谷》

收佺期《塞北二首》摘句后,又收此四句,署"前人"。未详编者另有所据
抑疏忽致误。今人或主《木兰诗》为唐初人所作。今姑录出附存佺期名
下,以供研究者采择。

　　又按:同治《泉州府志》卷七有沈佺期大小潘山七律二首。佺期未
入闽,二诗亦不类初唐诗,疑为后代同名者作,今不录,附识于此。

韦希损

　　希损,字又损,京兆杜陵人。起家国子生擢第,历官城固主
簿,渭南、蓝田尉,京兆府功曹,开元七年卒,年六十三。诗二
句。(《全唐诗》无韦希损诗)

应制和蔡孚偃松篇

大厦已成无所用,唯将献寿答尧心。《唐文拾补》卷十八韦璞玉撰《大唐故朝
议郎京兆府功曹上柱国韦君墓志铭》引。

魏知古

奉酬龙门北溪作 存目

　　按:《文苑英华》卷一六六以此诗为知古作。《唐诗纪事》卷十四则
以为魏奉古诗,《全唐诗》卷九一据以收入。《全唐诗》同卷知古小传称
"存诗五首",实收仅四首,或即因临时抽出此诗而未及改传。龙门北溪
唱酬为先天元年事,韦嗣立首倡,继和者有张说、崔日知、崔泰之等。张
说序仅称崔、韦,未言魏。时知古已入相,奉古则位尚卑。以情理揆之,以
作奉古诗为近是。因《英华》成书较早,姑存目以备考。

刘 义

义，开元间官魏州司功参军。残诗一首。(《全唐诗》无刘义诗，事迹据石刻下署衔)

训崔长史公石桥〔咏〕

□壮雄规□，□□在□□。□空歇灭下缺雍下缺。见《文物参考资料》一九五七年第三期刊俞同奎《安济桥补充文献附石刻拓片》。

按：刘义诗附崔恂诗后，惜漫漶太甚，仅馀十数字。崔恂诗已收入《全唐诗补逸》卷五。俞文又谓同时所有另一石，前半已漫漶，后数行尚可辨，可确定二诗作年，录如次：□元八年九月□□□□□李；于时□□□□□崔恂；任深州□史□□□还；此桥过喜其壮丽命；旧诗云□志并七年春"。俞同奎考定"□元八年"为开元八年，并谓崔恂七年春另有一诗刻石，迄未发现。

姚 崇

五言过栖岩寺

鹫岭高不极，延睇俯何宫？城郭千年在，烟云万里通。坐忘荣与利，行悟□将□当为"空"字。愿假慈悲力，微资变理功。见清胡聘之《山右石刻丛编》卷五。

按：此诗原刻高宗诗后。题下署："凤阁侍郎同凤阁鸾台平章事姚元崇。"

奉使蒲州返辔奉答圣制 题拟

归来朝帝□，忽□疑为"逢"字钧天响。悬知潞水游，绝胜汾川赏。见前书同卷高宗《过栖岩寺》附刻韦元晨《六绝纪文》引。

　　　按:此诗为"大周长安二年"作,诗题据韦文拟。

郑惟忠

古 石 之 歌

江东藏瑞简,济北蕴兵书。若非平固湖中雁,定是昆明池里鱼。见《文苑英华》卷三一《古石赋》附。

崔日用

赠崔沔 题拟

棣华袭桦萼,桂树连芳根。

又

接闻共怀铅,齐生俎贾玉。见《文苑英华》卷七〇二崔祐甫《齐昭公崔府君集序》引。

　　　按:崔祐甫文称为"赠祐甫先君左仆射"诗,系以祐甫身份而言,非日用诗题。今另拟题。

包 融

桃 源 行

武陵川径入幽遐,中有鸡犬秦人家,家傍流水多桃花。桃花两边种来久,流水一道何时有?垂条落蕊暗春风,夹岸芳菲至山口。岁岁年年能寂寥,林下青苔日为厚。时有仙鸟来衔花,曾无世人此携手。

可怜不知若为名，君任一作"往"从之多所更。古驿荒桥平路尽，崩湍怪石小溪行，相见维舟登览处，红堤绿岸宛然成。多君此去从仙隐，令人晚节悔营营。见《文苑英华》卷三三二。

　　按：明刻本《文苑英华》收此诗失署名，《全唐诗》卷七八六遂收归无名氏。按《吟窗杂录》卷四六收包融《武陵桃源送人》一首，前二句与此诗二句同，后二句作"先时见者为谁耶，源水今流桃复花"。《全唐诗》卷一一四已收入。《吟窗杂录》为北宋末蔡传编，保存唐诗甚丰，惟多为节录。其录为包融诗，当可信。《英华》所录前三句，疑脱去一句。

江油令

　　江油令，姓名不详，约为开元前期人。诗一首又二句。（《全唐诗》无江油令诗）

咏江上溺死女子 题拟

二八谁家女，漂来倚岸芦。鸟窥眉上翠，鱼弄口傍珠。

赋 山 火 诗

野火烧山去，人归火不归。均见《唐诗纪事》卷十八引《彰明逸事》。

全唐诗续拾卷一〇

道　慈

　　道慈，俗姓额田，日本漆下郡人。少小出家，聪敏好学。长安元年入唐留学，学业颖秀，妙通三藏，曾入宫讲经。开元六年归日本，拜僧纲律师。晚年受命造成大安寺。诗一首。(《全唐诗》无道慈诗)

在唐奉本国皇太子

三宝持圣德，百灵扶仙寿。寿共日月长，德与天地久。日本淡海三船《怀风藻》。

辨　正

　　辨正，俗姓秦，日本人。少年出家。长安间入唐，学三论宗。曾以善棋入临淄王李隆基藩邸。客死于唐。诗二首。(《全唐诗》无辨正诗)

在唐忆本乡

日边瞻日本，云里望云端。远游劳远国，长恨苦长安。《怀风藻》。

与 朝 主 人

钟鼓沸城闉，戎蕃预国亲。神明今汉主，柔远静胡尘。琴歌马上怨，杨柳曲中春。唯有关山月，偏迎北塞人。同前。

　　按：道慈、辨正诗，张步云《唐代逸诗辑存》已放入。

张 嵩

　　嵩，一名孝嵩。初举进士，常以边任自许。代郭虔瓘为安西都护，开元十年转太原尹。诗二首。（《全唐诗》无张嵩诗，据《旧唐书》卷一〇三录传）

云中古城赋附歌

魏家美人闻姓元，新声巧妙今古传。昔日流音遍华夏，可怜埋骨委山樊。城阙摧残犹可惜，荒郊处处生荆棘。寒飚动地胡马嘶，若个征夫不沾臆。人生荣耀当及时，白发须臾乱如丝。君不见魏都行乐处，只今空有野风吹。
云中古城郁嵯峨，塞上行吟麦秀歌。感时伤古今如此，报主怀恩奈老何！见《文苑英华》卷四五。

苏 颋
大唐封东岳朝觐颂附诗

天子圣兮天孙崇，登以封兮报以功。受命再惟皇代，天之赉人所载。士马山岰，戈矛山沓，祯符山杂，灵响山答，天与人合。我铺衍兮长粹清，太元册兮太一精，休光光我之庆成，舜四朝而禹万国，莫之我京。见《唐文粹》卷十九。

智 威

智威,姓陈,江宁人。依天宝寺统法师出家。嗣法持,住金陵牛头山。开元十七年卒,年七十七。诗一首。(《全唐诗》无智威诗)

示慧忠偈 题拟

莫系念,念成生死河。轮回六趣海,无见出长波。见《景德传灯录》卷四、《五灯会元》卷二。

余本性虚无,缘妄生人我。如何息妄情,还归空处坐。见《五灯会元》卷二。

慧 超

摩诃罗国娑般檀寺述志 题拟

不虑菩提远,焉将鹿苑遥。只愁悬路险,非意业风飘。八塔难诚见,参著经劫烧。何其人愿满,目睹在今朝。

南天路言怀 题拟

月夜瞻邙路,浮云飒飒归。减书参去便,风急不听回。我国天岸北,他邦地角西。日南无有雁,谁为向林飞。

哀求法汉僧 并序 题拟

山中有一寺,名那揭罗驮娜。有一汉僧于此寺身亡。彼大德说:"从中

天来,明闲三藏圣教,将欲还乡,忽然违和,便即化矣。于时闻说,莫不伤
心。便题四韵,以悲冥路。五言。

故里灯无主,他方宝树摧。神灵去何处,玉貌已成灰。忆想哀情切,
悲君愿不随。孰知乡国路,空见白云归。以上三诗均出《大正新修大藏经》
第五十一册慧超撰《往五天竺国传》。参伯三五三二卷。

缺　名

五言□□观□明府携 下缺

春山桂实奇,露□苍江垂。下缺。□疏□□识,幽□□人知。赖
□□□□,□□□□□。《文博》一九九〇年第一期刊张沛《唐黄土磨崖刻石试
析》录陕西旬阳城东禹穴侧磨崖石刻。

　　按:据张文介绍,此石刻为楷书,凡五十四行,行约三十字,漫漶甚严
重。自十一行以后,录唱和诸人诗什。首十行似叙唱和缘起,录残文如次:
"(上缺三行)土牛(下缺)幽桂一□□□里(下缺)焉睹其仙(下缺)衣绣
之(下缺)石□泉□□雉(下缺)而□人花可摘以清一(下缺)元十七年春
王正月庶(下缺)"张文据黄土县之置改,考定此组诗作于开元十七年,可
为定论。第一首诗作者姓名、官职皆不详。从第二首诗题看,似即□州(疑
即金州)别驾。

□州司马

　　□州司马,姓名不详。开元十七年在世。

□□州别驾□皇□从□□□闻之 下缺

闻□□□才,□春复赏梅。咏□幽山桂,传声□□□。□□□□□,
□□□□□。□□□君酒,花□妓女杯。淮南有便使,□摘一枝来。

□□□史下缺。同前。

□　同

　　□同，姓不详。玄宗开元间密州刺史。

□　和

上缺影□□□□□□□□□□□丹。□轼□黄土，□琴□武城。醴泉飞汉曲，芳桂□山□。□丹□伶□，群英□雁声。□□□德，攀□遂留情。□□□靡□，□□□□□。□□香可□，□□□□□。同前。

　　按：此诗题仅存"和"字，知为和前诗之作。

冯□原

　　冯□原，开元十七年为黄土县令。

同〔前〕

上缺如。淮南桂□林，幽□武城隅。□白无人识，□□□杨殊。影□岩□□，□□□□□。□侐公子至，香拂舞童□。不被王孙□，何由得鉴欤？□转□□□，□□□□□。同前。

　　按：以下诸诗，皆署"同前"，知为同时唱和之作。

□　冯

　　□冯，开元十七年为黄土县令。

同 前

上缺芳下缺□□游□浦,弄鸟戏兰陔。石□吟□□,山□奏落梅。寿
□半□□,□□□□□。□□临江酌,舞席倚泉开。□留□□□,□
醉□岩□。同前。

　　按:冯□原、□冯,皆署为黄土县令,疑为前后任。

杨 潜

　　杨潜,开元十七年任黄土县丞。

同 前

上缺 □□□□ 抚,幽 岩 有 □ 香。□□□□□,□□ 舞 □ 庄。
□□□□□,□□□□□。□□□□化,叨毗制锦□。□□□□□,
□□□□阳。同前。

杨 □

　　杨□,开元十七年为黄土县主簿。

同 前

王□重幽赏,携樽对□□。□□□□□,□□□□□□。□□□□□,
□□□□□。鸟鸣欺□度,人娇舞实□。独□□□□,□□□□□。
同前。

黄土县尉

黄土县尉,姓名不详,开元十七年在职。

同　前

□□□幽□,携樽玩桂□。□□□□□,□□□□□。□□□□□,
□□□□□。□□□月□,欺曲彩云中。□□□□□,合□□□□。
同前。

杨　□

杨□,名不详,开元十七年署为前海州东海县主簿。

同　前

上缺□□丹桂□,旖旎绿岩垂。□□露下缺人□花飘□袖宜
□□□□□□虽下缺。同前。

雍州率□□□

雍州率□□□,姓名不详,官职仅存此三字,当为雍州率
府参军之残。

同　前

上缺在□□□□岩前□华历畿下缺人昈王孙实□甄得因下缺。同前。

孙 □

孙□，名不详，开元十七年任石泉县令。

同 前

上缺□□火□修□上罩天□孙下缺□□承□妓，香风韵管弦。下缺。同前。

　　按：此下尚有□阳隐士、前西城县尉二人之残诗，□阳隐士诗存："□□□胜□□履（下缺）云□草□空不期□□□□得□□圣（下缺）"前西城县尉诗存："□□地零落□□□□□□□殊香（下缺）醉□□□□仙□□□曲□□能（下缺）皆已不可读，不另立目，姑附于此。

李 昂

戚夫人楚舞歌

定陶城中是姜家，姜年二八颜如花。闺中歌舞未终曲，天下死人如乱麻。汉王此地因征战，未出帘栊人已荐。风花菡萏落辕门，云雨徘徊入行殿。日夕悠悠非出乡，飘飖处处逐君王。玉闺门里通归梦，银烛迎来在战场，从来顾恩不顾己，何异浮萍寄深水。逐战曾迷只轮下，随君几陷重围里。此时平楚复平齐，咸阳宫阙到关西。珠帘夕殿闻钟漏，白日秋天忆鼓鼙。且矜容色长自持，且遇乘舆恩幸时。香罗侍寝双龙殿，玉辇看花百子池。君王纵恣翻能误，吕后由来有深妒。不奈君王容发衰，相存相顾能几时。黄泉白骨不可报，雀钗翠羽从此辞。君楚歌兮妾楚舞，脉脉相看两心苦。曲未终兮袂更扬，君流涕兮妾断肠。已见谋臣归惠帝，徒留爱子付周昌。《才调集》卷三、伯二五六七卷。

　　按：伯二五六七卷存此诗之后半篇，今参《才调集》补足之。《全唐诗》
　　卷一二〇收此诗，缺"且矜容色长自持"以下四句，故重录之。此则承汤华
　　泉同志见告。

赵冬曦

三门赋附歌

申负石兮空自奇，客乘查兮何远为。君不见虚舟之泛泛，浩浩乘流
而不羁。见《文苑英华》卷三四。

张　说

白　杨　篇

欲识前王塔鞍处，正北苗抽一小枝。《文苑英华》卷八七六令狐楚《白杨新庙
碑》引。此则承陶敏先生告知。

句

分班晓入翔鸳阁，直舍旁连浴凤池。见明刻本《锦绣万花谷后集》卷十。

朱评之

　　评之，开元间为殿中侍御史。诗一首。（详附按）

咏三御史 题拟

韦子凝而密，任生直且狂。可怜元福庆，也学坐痴床。见《太平广记》卷

二五〇韩琬《御史台记》引。

《御史台记》云："唐元福庆,河南人,拜右台监察。与韦虚名、任正名颇事轩昂。殿中监察朱评之咏曰(诗略)。正名闻之,乃自改为'俊且强'。"

按:谈刻本《太平广记》录前段文字,适缺"朱"字。《全唐诗》卷八七二收入此诗,其祖本当即谈刻本,未察"评之"为人名,因列入无名氏谐谑诗。人民文学出版社排印本《太平广记》,为汪绍楹先生校本,此处据明抄本补"朱"字,今即据以重录。评之时代,系参据任正名事迹而定。

张 果

玄 珠 歌

解采玄珠万恶除,尽令得道入清虚。乾符显出真金行,备在逍遥三卷书。

宫阙楼台表道躯,不留命本敌洪炉。元神散走枯庭在,抛尽玄珠一物无。

尘心不识体中天,空敬灵仪拟觅仙。自有玄珠不知处,何年归命入丹田。

多恃聪明强是非,纵闻法要亦相违。若能不出长生宝,结作玄珠透紫微。

谩求土塑及丹青,空看经文道岂成。自有玄珠无价宝,几时觉悟驻神精。

明暗同源人不知,若能晓了自幽奇。玄珠定是含光主,永住金宫月魄池。

落崖溪畔整神机,能把金光闭命扉。为得玄珠镇灵府,一真行处一光辉。

元真散走不能局,积毒纵横坏百灵。豁尽玄珠无上宝,醉中生死几时醒。

冲和海里育元精，中有玄珠寿命成。不炼不凝抛欲尽，何如黑处顿教明。

解通神息体藏珍，与道相违便失真。若遇玄珠结中道，自然成就化金巾。

凡情激浊污天门，岂识玄珠性命根。生处莫令流浪去，当时清净不迷昏。

玄珠振动被魔群，照著生门白黑分。向里修持坚固后，道成方识九霄君。

欲采玄珠日月奔，先须火发制灵根。朝元万过金精结，此是登真第一门。

玄珠常处洞房居，日月融来浑太虚。真遣琼环随液化，光明不绝照神庐。

玄珠玉树有根苗，水际连天永不凋。真火含虚如赤日，金华结魄六时潮。

早须烹取太阳酥，吃著元神永不枯。若要形超化金骨，玄珠向里有醍醐。

逍遥常饮月魂津，灌溉灵根道德新。留宝去尘光不散，玄珠照耀五通身。

往来出入改婴孩，顺逆参差致祸灾。尽有玄珠同一处，因师与指住灵台。

玄珠鼓吹法雷霆，雨满中池变八琼。从此光明彻天上，五云行驾到蓬瀛。

用心万种事多端，何以归元向里观。捉得玄珠令换骨，形超碧落驾金鸾。

安闲日夜不曾奔，里有玄珠开一门。荡尽尘劳分日月，直交至宝入昆仑。

因师传秘顿无争,抽却玄光一道明。天乐至今声不绝,玄珠果满赤
龙迎。

点检光芒八道分,解吞真火体中焚。玄珠开决三清界,待了齐驱五
色云。

未悟真元恍惚惊,任心贪欲恣三彭。玄珠到处无能染,宝满琼池达
上清。

玄珠得了永无争,不出丹元结宝成。因转淘澄轮似月,寻常清净颗
中明。

玄珠失却落丘墟,流浪轮回错卷舒。魂魄若凝如日月,体同天地合
清虚。

玄珠结魄一时冲,送入琼楼最上宫。恰似蟾光能出没,自然轻举入
云中。

从前搬运几多人,只把凡形顿出尘。千万天仙行此术,玄珠照耀一
元真。

因师指动日光随,解把玄珠化羽衣。功满得成天上道,未登云路没
人知。

逍遥著述显虚无,不出身田指道躯。内秘分为上中下,寻踪尽道得
玄珠。见《正统道藏·洞玄部·众术类》。

　　　　按:《崇文总目》卷四著录《玄珠歌》一卷,不题撰人。《通志·艺文略》
　　　　署通玄先生。

金虎白龙诗

铅汞传来百万秋,几人认得几人修。若教世上知灵药,天上神仙似
水流。

大道分明在目前,时人不会谩求铅。黄芽本是乾坤气,神水根基与

汞连。

姹女初生醉似泥,千朝暗室不东西。虔心日夜勤调火,莫遣灵丹气不齐。

天地初生日月高,状如鸡子状如桃。阴阳真气知时节,直待三年始脱胞。

世人何处觅黄芽,此物铅中是我家。铅汞共成真地气,脱胞方始见灵砂。

满世黄芽人不识,识得黄芽家不贫。黄芽岂使世人识,纵识黄芽不得门。

二气丹砂不足灵,真成真气用黄轻。铅中有物丹中汞,人自迷津落路行。

合于天地合于玄,子母相并不敢言。先汞后铅真大道,莫教失伴鹤归天。

此物从分二八传,吉年吉月入炉安。千朝火候知时节,莫遣芽成汞不干。

汞在中宫芽在南,先须斟酌莫教参。黄芽不是难求药,人自无知口不缄。

满市黄芽无不归,世人轻宴治尘微。公卿尽识真灵药,至死贪娄斗晓晖。

日月延人人自忙,分明真道不穷阳。家家尽有铅和汞,使得迷人入渺茫。

明明五运自推寻,汞中铅中理最深。铅汞既知人世有,坚须穷道莫沉吟。

大道遗留一卷经,自然匹配作仪形。天生铅汞人间有,何得他州问药名。

用铅须得汞相和,二姓为亲女唱歌。炼到紫河车半地,白云相伴鹤回过。

甲乙神驱造化图,潜龙知是好铅酥。分明制出何难会,却道仙家谜语浮。

青龙白虎合为胎,十月炉中满始开。此是黄芽亲口诀,世人何处觅三才。

铅汞居乾不在山,三关昼夜好追攀。少年纵却疏狂性,渐觉尪羸作鬼颜。

道须心向北方穷,黄芽生长在铅中。丹砂姹女真灵药,得伴相将去大蓬。

大道从来不负人,分明铅汞弃如尘。莫言世上无灵药,二气丹砂水火真。

此物天生人不知,阴阳真气兑为离。坎宫五世求名姓,认得黄芽作圣基。《正统道藏》本宋佚名《内丹秘诀》引。

　　按:《通志·艺文略》道类收张果(通玄先生)《玄珠歌逍遥歌内指黄芽歌》一卷。《玄珠歌》已见前录。本组诗多述黄芽,疑即《内指黄芽歌》。

五子守仙丸歌

返老成少是还丹,不得守仙亦大难。愁见鬓斑令却黑,一日但服三十丸。松竹本自无艳色,金液因从火制乾。五子可定千秋旨,百岁如同一万年。《正统道藏》本《悬解录》。又《云笈七签》卷六四。

　　按:《悬解录》卷首有唐大中九年序。据《新唐书·艺文志》、《通志·艺文略》,并参陈国符先生所考,此序为纥干臮作。

白履忠

　　白履忠,陈留浚仪人。博涉文史。隐居于古大梁城,时号

为梁丘子。景云中,征拜校书郎,寻弃官而归。开元十年,被荐
入阁侍读。十七年,被征赴京师。留数月,即以老病归。寻寿
终。著有《三玄精辩论》一卷,文集十卷,又注《老子》及《黄庭内
景经》。诗一首。(《全唐诗》无白履忠诗,传据《旧唐书》本传)

还丹口诀

水中铅,火里铅,水火二铅同一原,不知咫尺是神仙。敬将朱砂酒醋
煎,千千万万化为烟。假如伏火只成顽,欲得人间作地仙。炼取五
行四象全,阴功济世真上天。后蜀无名氏《大还丹照鉴》。

司马承祯

太上升玄消灾护命妙经颂

太上本来真,虚无中有神。若能心解悟,身外更无身。
假名元始号,元始虚元老。心源是元始,更无无上道。
七宝为林苑,五明宫殿宽。人身皆备有,不解向心观。
三世诸天圣,相因一性宗。一身无万法,万法一身同。
放出光明照,无央世界中。乾坤明表里,日月觉朦胧。
妙观无静苦,自性不能知。妄想随缘去,何时有出期。
生灭何时尽,相因浩劫来。似环蝼蚁转,如穀碾尘埃。
谁言河海阔,深浅尚能知。爱欲情无底,何年有出时?
水鸟及风林,咸归一法音。如何颠倒性,自起万般心。
虚无含有象,有象复归无。心若分明了,知权呼有无。
无空空不空,无色色不色。若能知色空,色空皆自得。
有有兼无有,无无及有无。虚心能不动,妙道自来居。
如人入黑暗,目睹又何曾。若要分明见,须凭浩劫灯。

有相兼无相，迷惑终不知。未能明觉性，安得决狐疑。

众生情行劣，迷失道根源。特谓宣宗旨，教令入妙门。

物向无中有，道从有里无。莫生无有见，迷执自消除。

空色互相生，相缠如纠墨。要知空色理，自莫分空色。

道性本虚无，虚无亦假呼。若生无有见，终被法来拘。

不空是真空，不色是真色。空色便为真，真法何曾得？

是空及是色，究竟总非干。要认真空色，回心向己观。

空色宜双泯，不须举一隅。色空无滞碍，本性自如如。

妙音喻虚性，虚心非妙音。认他毫发事，难得〔自〕(目)由心。

一心观一切，一切法皆同。若能如斯解，方明智慧通。

了悟性根源，名为入妙门。妙门方便法，是法勿留存。

决破疑惑网，有无都不干。正心长自在，如〔隼〕(准)入云盘。

心静六根清，六根随性行。性能无著物，邪障那边生。

妙经无碍性，权立妙经名。故为众生说，令教悟此经。

一真度一切，如楫济横流。真性随身有，勿于身外求。

传教虚无理，世间散布行。诵经能万遍，其义自分明。

真性号神王，飞天无定方。破邪能自外，坚固喻金刚。

灵童即正性，无染号真人。威猛喻师子，名殊一法身。

诸天诸圣众，无一亦无二。性不逐波流，是名真侍卫。

语默及游息，无生一念思。忘形归恍惚，神鬼不能窥。

正法度邪法，众生见处偏。若生无有见，即被染心田。

天尊重说偈，直为指心源。汲引迷惑者，令归解脱门。

道非干视听，视听转生疑。应物临机用，虚心即可知。

心疑随万境，随境认心田。道非有为有，方名离种边。《正统道藏》鸟字号。

王希明

　　希明,开元中任右拾遗内供奉。著有《太一金镜式经》十卷、《丹元子步天歌》一卷。诗三十一首。(《全唐诗》无王希明诗,传据《新唐书·艺文志》)

丹元子步天歌

东 方 七 宿

角,两星南北正直著,中有平道上天田,总是黑星两相连,别有一乌名进贤。平道右畔独渊然,最上三星周鼎形,角下天门左平星,双双横于库楼上,库楼十星屈曲明。楼中五柱十五星,三三相著如鼎形。其中四星别名衡,南门楼外两星横。

亢,四星恰如弯弓状。大角一星直上明,折威七子亢下横。大角左右摄提星,三三相似如鼎形。折威下左顿顽星,两个斜安黄色精。顽下二星号阳门,色若顿顽直下跻。

氐,四星似斗侧量米。天乳氐上黑一星,世人不识称无名。一个招摇梗河上,梗河横列三星状。帝席三黑河之西,亢池六星近摄提。氐下众星骑官出,骑官之众二十七。三三相连十次一,阵车氐下骑官次,骑官下三车骑位。天辐两星列阵傍,将军阵里振威霜。

房,四星直下主明堂。键闭一黄斜向上,钩钤两个近其傍。罚有三星植键上,两咸夹罚似房状。房下一星号为日,从官两个日下出。

心,三星中央色最深。下有积卒共十二,三三相聚心下是。

尾,九星如钩苍龙尾。下头五点号龟星,尾上天江四横是。尾东一个名傅说,傅说东畔一鱼子。龟西一室是神宫,所以列在后妃中。

箕,四星形状如簸箕。箕下三星名木杵,箕前一黑是糠皮。

北 方 七 宿

斗,六星其状似北斗。魁上建星三相对,天弁建上三三九。斗下圆
安十四星,虽然名鳖贯索形。天鸡建背双黑星,天龠柄前八黄精,狗
国四方鸡下生。天渊十星鳖东边,更有两狗斗魁前,农家丈人狗下
眠,天渊十黄狗色玄。

牛,六星近在河岸头。头上虽然有两角,腹下从来欠一脚。牛下九
黑是天田,田下三三九坎连。牛上直建三河鼓,鼓上三星号织女。左
旗右旗各九星,河鼓两畔右边明。更有四黄名天桴,河鼓直下如连
珠,罗堰三乌牛东居。渐台四星似口形,辇道东足连五丁。辇道渐
台在何许,欲得见时近织女。

女,四星如箕主嫁娶。十二诸国在下陈,先从越国向东论。东西两
周次二秦,雍州南下双雁门。代国向西一晋伸,韩魏各一晋北轮。楚
之一国魏西屯,楚城南畔独燕军。燕西一郡是齐邻,齐北两邑平原
君。欲知郑在越下存,十六黄星细区分。五个离珠女上星,败瓜珠
上瓠瓜生。两个各五瓠瓜明,天津九个弹弓形。两星入午河中横,
四个奚仲天津上,七个仲侧扶筐星。

虚,上下各一如连珠。命禄危非虚上呈,虚危之下哭泣星。哭泣双
双下垒城,天垒团圆十三星,败臼四星城下横,臼西三个离瑜明。

危,三星不直旧先知。危上五黑号人星,人畔三五杵臼形。人上七
乌号车府,府上天钩九黄晶。钩上五鹝字造父,危下四星号坟墓。墓
下四星斜虚梁,十个天钱梁下黄。墓傍两星能盖屋,身著黑衣危下
宿。

室,两星上有离宫出。绕室三双有六星,下头六个雷电形。垒壁陈
次十二星,十二两头大似升。阵下分布羽林军,四十五卒三为群。壁
西四星多难论,子细历历看区分。三粒黄金名铁钺,一颗真珠北落
门。门东八魁九个子,门西一宿天纲是。电傍两星土功吏,腾蛇室

上二十二。

壁，两星下头是霹雳。霹雳五星横著行，云雨次之口四方。壁上天
厩十圆黄，铁锁五星羽林傍。

西 方 七 宿

奎，腰细头尖似破鞋。一十六星绕鞋生，外屏七乌奎下横。屏下七
星天溷明，司空左畔土之精。奎上一宿军南门，河中六个阁道形。附
路一星傍道明，五个吐花王良星，良星近上一策名。

娄，三星不匀近一头。左更右更乌夹娄，天仓六个娄下头。天庾四
星仓东脚，娄上十一将军侯。

胃，三星鼎足河之次。天廪胃下斜四星，天囷十三如乙形。河中八
星名太陵，陵北九个天船名。陵中积尸一个星，积水船中一黑精。

昴，七星一聚实不少。阿西月东各一星，月下五黄天阴名。阴下六
乌刍藁营，营南十六天苑形。河里六星名卷舌，舌中黑点天谗星，砺
石舌傍斜四丁。

毕，恰似爪叉八星出。附耳毕股一星光，天街两星毕背傍。天节耳
下八乌幢，毕下横列六诸王。王下四皂天高星，节下团圆九州城。毕
口斜对五车口，车有三柱任纵横。车中五个天潢精，潢畔咸池三黑
星。天关一星车脚边，参旗九个参车间，旗下直建九斿连，斿下十三
乌天园，九斿天园参脚边。

觜，三星相近作参蕊。觜上坐旗真指天，尊卑之位九相连。司怪曲
立坐旗边，四鹑大近井钺前。

参，总有十星觜相侵。两肩霅足三为心，伐有三星足里深。玉井四
星右足阴，屏星两扇井南襟。军井四星屏上吟，左足下四天厕临，厕
下一物天屎沉。

南 方 七 宿

井，八星横列河中净。一星名钺井边安，两河各三南北正。天樽三

星井上头,樽上横列五诸侯。侯上北河西积水,欲觅积薪东畔是。钺下四星名水府,水位东边四星序。四渎横列南河里,南河下头是军市。军市团圆十三星,中有一个野鸡精。孙子丈人市下列,各立两星从东说。阙丘二个南河东,丘下一狼光蒙茸。左畔九个弯弧弓,一矢拟射顽狼胸。有个老人南极中,春秋出入寿无穷。

鬼,四星册方似木柜。中央白者积尸气,鬼上四星是爟位。天狗七星鬼下是,外厨六间柳星次。天社六个弧东倚,社东一星是天纪。

柳,八星曲头垂似柳。近上三星号为酒,享宴大酺五星守。

星,七星如钩柳下生。星上十七轩辕形,轩辕东头四内平。平下三个名天相,相下稷星横五灵。

张,六星似轸在星傍。张下只是有天庙,十四之星册四方。长垣少微虽向上,星数歌在太微傍,天尊一星直上黄。

翼,二十二星大难识。上五下五横著行,中心六个恰如张。更有六星在何许?三三相连张畔附。必若不能分处所,更请向前看野取。五个黑星翼下头,欲知名字是东瓯。

轸,四星似张翼相近,中央一个长沙子。左辖右辖附两星,军门两黄近翼是。门下四个主司空,门东七乌青丘子。青丘之下名器府,器府之星三十二。以上便为太微宫,黄道向上看取是。以上二十八首均录自郑樵《通志》卷三八《天文略》第一。

太微宫

上元太微宫,昭昭列象布苍穹。端门只是门之中,左右执法门西东。门左皂衣一谒者,以次即是乌三公。三黑九卿公背傍,五黑诸侯卿后行。四个门西主轩屏,五帝内坐于中正。幸臣太子并从官,乌列帝后从东定。郎将虎贲居左右,常陈郎位居其后。常陈七星不相误,郎位陈东一十五。两面宫垣十星布,左右执法是其数。宫外明堂布政宫,三个灵台候云雨。少微四星西南隅,长垣霎霎微西居。北门西外接三台，与垣相对无兵灾。

北极紫微宫

中元北极紫微宫，北极五星在其中。大帝之坐第二珠，第三之星庶
子居。第一号曰为太子，四为后宫五天枢。一云："第三明者帝之居，第四名
曰四庶子，最小第五天之枢。"左右四星是四辅，天一太一当门路。左枢右
枢夹南门，两面营卫一十五。上宰少尉两相对，少宰上辅次少辅。上
卫少卫次上丞，后门东边大赞府。门西唤作一少丞，以次却向前门
数。阴德门里两黄聚，尚书以次其位五。女史柱史各一户，御女四
星五天柱。大理两星阴德边，勾陈尾指北极颠，勾陈六星六甲前。天
皇独在勾陈里，五帝内坐后门是。华盖并杠十六星，杠作柄象盖伞
形。盖上连连九个星，名曰传舍如连丁。垣外左右各六珠，右是内
阶左天厨。阶前八星名八谷，厨下五个天棓宿。天床六星左枢在，
内厨两星右枢对。文昌斗上半月形，希疏分明六个星。文昌之下曰
三公，太尊只向三公明。天牢六星太尊边，太阳之守四势前。一个
宰相太阳侧，更有三公相西偏，即是玄戈一星圆。天理四星斗里暗，
辅星近著开阳淡。一本云："文昌之下三师名，天牢六星四势前。更有三公相西偏，
即是太阳一星圆。天理四星斗里暗，辅星近著闿阳淡。"北斗之宿七星明，第一主
帝名枢精，第二第三璇玑星，第四名权第五衡，闿阳摇光六七名。

天　市　垣

下垣一宫名天市，两扇垣墙二十二。当门六角黑市楼，门左两星是
车肆。两个宗正四宗人，宗星一夔亦依次。帛度两星屠肆前，候星
还在帝坐边。帝坐一星常光明，四个微茫宦者星。以次两星名列肆，
斗斛帝前依其次，斗是五星斛是四。垣北九个贯索星，索口横者七
公成。天纪恰似七公形，数著分明多两星。纪北三星名女床，此坐
还依织女傍。三元之象无相侵，二十八宿随其阴。水火土木并与金，
以次别有五行分。以上三首录《通志》卷三九《天文略》第二。

《崇文总目》辑本卷四《天文占书类》有"《丹元子步天歌》一卷,王希明撰"。

《新唐书·艺文志》"天文类"云:"王希明《丹元子步天歌》一卷。"

黄伯思《东观馀论》卷下《校正〈崇文总目〉十七条》云:"《丹元子步天歌》,此但记列星所在,并其象数,使人易识耳,非占说也。"

郑樵《通志·天文略》云:"隋有丹元子者,隐者之流也。不知名氏,作《步天歌》,见者可以观象焉。王希明纂汉晋志以释之,《唐书》误以为王希明也。……此本只传灵台,不传人间,术家秘之,名曰《鬼料窍》。世有数本,不胜其讹,今则取之,仰观以从稽定。"

晁公武《郡斋读书志》(袁本)卷三上录《步天歌》一卷:"右未详撰人。二十八宿地歌也。三垣颂、五星凌犯赋于后。或云唐王希明,自号丹元子。"

王应麟《困学纪闻》卷九《天道》云:"《步天歌》,《唐志》谓王希明丹元子。今本司天右拾遗内供奉王希明撰,乔令来注。二十八宿歌、三垣颂、五行吟,总为一卷。"次引郑樵之说,末谓"然则王希明丹元子盖二人也"。

钱大昕《十驾斋养新录》卷十四云:"《丹元子步天歌》,不著撰人姓名。相传以为唐王希明所撰。郑樵独非之。以为丹元子隋之隐者,与希明各是一人。然歌词浅陋,不似隋人文字,《隋书·经籍志》亦无此书,其非隋人明矣。古天文家未有以太微、天市配紫宫为三垣者,《太史公书》,太微属南宫,天市属东宫。《晋》、《隋》二志,则分中外宫与二十八宿为三列,而太微、天市杂叙于中宫之次。使丹元子果隋人,则唐初李淳风修《隋志》,何不一述三垣之说乎?渔仲好异而无识,欲取俚鄙之歌,驾乎前志之上,所谓弃周鼎而宝康瓠者也。"

沈曾植《海日楼札丛》卷三云:"世或谓《丹元子步天歌》是隋时人作,郑渔仲《天文略》亦谓丹元子隋人撰歌,王希明唐人撰释。然《通志》天文书目:《丹元子步天歌》一卷,注云:'唐右拾遗内供奉王希明撰。'固无丹元子隋人之说也。《唐志》五行类,王希明《太一金镜式经》十卷,注'开元中诏撰',则希明乃术数学家,非天文专家。"

　　罗振玉《雪堂校刊群书叙录》卷下云:"郑氏《通志·天文略》谓撰《步天歌》之丹元子乃隋人,于前籍无征,恐未可信。"

　　本组歌曾请上海天文台江晓原同志校阅。

全唐诗续拾卷一一

许景先

若耶春意

越水正逶迤,艳阳三月时。中有婵娟子,含怨望佳期。鲜肤润玉泽,微昐动蛾眉。解珮遗中浦,折芳怀所思。彩色岂不重,环艳难久滋。一歌江南曲,再使妾心悲。见《会稽掇英总集》卷七。

王　翰

答 客 问

龙跃汤泉云渐回,龙飞香殿气还来。龙潜龙见云皆应,天道常然何问哉！见宋敏求《长安志》卷十五"临潼""阴盘城"条。

《长安志》云："开元八年冬,乘舆自南入,行至半城,黑气自城东北角起,倏忽满城,从官皆相失。上策马逾城赴官路下,至渭川,云气稍解。侍臣分散寻求乘舆所在,既谒见,悲喜迸涕,上亦怅然。自是还宫,数日不出。翰林学士通事舍人王翰作《答客问》上之,词曰(略)。"

杜　伟

伟,京兆人。开元二十二年自殿中侍御史谪为宣州司户。

诗一首。（详附按）

过琴溪 并序

二十二年冬，予自柱史谪掾宣城。明年九月，连率班公下阙。
州府谪宦居，邑城摄官苣。悠悠泾川适，佳期此相迟。灵溪知几曲，
曲曲各殊致。仙岭多巉颜，前峰特超类。穿崇势旁倒，屹岈下无地。
洞穴盘龙蛇，空岩隐魑魅。蘋开秋水绿，竹动寒山翠。远嶂数瀑悬，
疏林一猿坠。依然弹素弦，流我望乡泪。席上红泉飞，樽前白云至。
中山是隐居，缅想故心醉。忽睹邢武辞，聆其金石备。神交十载得，
良愿三人遂。诗见嘉庆十二年刊洪亮吉纂《泾县志》卷三一，序据附录蒋之奇文补。

清赵绍祖《泾川金石记》"开元摩崖诗碑"条引宋蒋之奇《磨崖诗
序》略云："予游泾川，过琴溪，浮舟钓台，道旁见石崖苍苍，上摩穹旻，意
其下必有璜观焉。既还至水西，泾令陈中裕饯余岩硙寺，尉刘公曼云：
向所观石崖古刻尚在。唐玄宗开元甲子，河间邢巨、沛国武平一，尝游
是溪，题绝句其下。又刻一长篇，尤雅淡有清思。其序云：'二十二年冬，
予自柱史谪掾宣城，明年九月，连率班公（原注：下阙）。'读其诗，有云：
'忽睹邢武辞，聆其金石备。'以诗序考之，盖是人也。后邢、武一纪而来，
疑其即杜伟也。"

同书"杜伟《周公亭记》"条引同人《琴溪钓台诗序》略曰："钓台旁山
临溪，上有古碑，皆漫灭残剥，仅有数字可辨。其上篆四字曰'周公亭
颂'，其馀字皆八分，云：'前殿中侍御史宣城郡司户京兆杜伟篆。'（下
略）"

按：《泾县志》录此诗，署"亡名氏"，无序。末跋云："疑杜伟作。伟以开
元二十年谪掾宣城，今《全唐诗》但收'忽睹邢武辞'二句，即作杜伟。"今
参蒋之奇熙宁间所作二序，可决知此诗为杜伟所作。《全唐诗》卷七九五
据蒋文录二句，归杜伟，无小传，今据蒋氏二序补之。

韩 休

驾幸华清宫赋附歌

素秋归兮玄冬早,王是时兮出西镐。幸华清兮顺天道,琼楼架虚兮灵仙保,长生殿前兮树难老,甘泉流兮圣躬可澡,俾吾皇兮亿千寿考。见《文苑英华》卷五八。

张子容

缺 题

在家娇小女,卷〔幔〕(慢)爱花丛。不畏罗衣湿,折花风雨中。见《四部丛刊》本《后邨先生大全集》卷一七七《诗话续集》引李康成《玉台后集》。

徐 峤

峤,字巨山,湖州长城人。开元中为驾部员外郎,集贤院直学士,迁中书舍人、内供奉、河南尹。又曾任湖州刺史、洺州刺史、润州刺史等职。诗一首。(《全唐诗》无徐峤诗。兹据《新唐书》卷一九九《徐齐聃传》附传、《嘉定镇江志》卷十四、《嘉泰吴兴志》卷十六录其事迹)

游 石 门 山

维舟清溪泊,徐步石门瞻。窦屈借岩洞,空□□□纤。□飞下习□,响下缺。见光绪元年王棻纂《青田县志》卷六《金石》。

按:《县志》云此诗残刻在青田县石门洞石壁,题下署:"敕采访大使、润州刺史徐峤。"徐诗后尚存张愿和诗残刻,录如次:"题石门山瀑布八韵敬赠□□□公并序。吴郡守兼江东采访使张愿。所历名山观瀑布者多矣,至于飞流若布,远近如(中缺)。百步石壁千寻急流成(后缺)。"《县志》又录云舫跋云:"张刻第三行有奉和某某使游石门山数小字参于其间。"张诗无残存,故不另录,姑附此以备考。

薛令之

草 堂 吟

草堂栖在灵山谷,勤读诗书向灯烛。柴门半掩寂无人,惟有白云相伴宿。春日溪头垂钓归,花笑莺啼芳草绿。猿鹤寥寥愁转深,携琴独理仙家曲。曲中哀怨谁知妙,子期能识宫商调。鱼未成龙剑未飞,家贫耽学人争笑。君不见苏秦与韩信,独步谁知是英俊。一朝得遇圣明君,腰间各佩黄金印。男儿立志需稽古,莫厌灯前读书苦。自古公侯未遇时,萧条长闭山中户。见《高岑三廉薛氏宗谱》,转录自《唐代文学论丛》第九期刊施景西《薛令之〈灵岩寺〉诗及其写作年代》。

　　按:《全唐诗》卷二一五仅收此诗之首四句,题作《灵岩寺》。据施景西考,《灵岩寺》诗题为咸通元年后的辑录者所加。

崔希逸

　　崔希逸,字里不详。开元九年任万年县尉,宇文融奏为劝农判官,迁监察御史。曾任吏部郎中。二十二年自郑州刺史改任江淮河南转运副使。二十四年秋,以右散骑常侍知河西节度事。二十六年,改河南尹,不久即卒。封博陵县公,谥成。诗二首。(《全唐诗》无崔希逸诗,传据《郎官石柱题名考》卷三、《唐

刺史考》卷四九）

燕 支 行 营

天平四塞尽黄砂,塞冷三春少物华。忽见天山飞下雪,疑是前庭有落花。

阳乌黯黯暎山平,阴兔微微光渐生。戍楼往往云间没,烽火时时碛里明。见伯三六一九卷。

孟浩然

归 旧 隐

北阙辞天子,南山隐薜萝。见《吟窗杂录》卷十四正字王玄《诗中旨格》引。

　　　　按:此二句疑为浩然《归故园作》"北阙休上书,南山归弊庐"之异文。

赠 韩 襄 客

只为阳台梦里狂,降来教作神仙客。见《增修诗话总龟前集》卷十三引《诗史》。

韩襄客

　　襄客,汉南女子,与孟浩然同时。为歌诗,知名襄汉间。（《全唐诗》卷八〇二收韩襄客诗二句,缺题,传仅云"汉南妓",亦误。今重录之）

闺 怨 诗

连理枝前同设誓,丁香树下共论心。同前。

张九龄

九 度 仙 楼

谁断巨鳌足？连山分一股。谁跨海上鹏？压作参差羽。应是女娲辈，化工挥巧斧。掀翻煮石云，大块将天补。渣滓至今在，县瓴分注乳。磊落掷遐荒，龃龉不合土。忙惊日月过，晃漾空中舞。哀益问巨灵，谽谺碍臂武。塞罅制逆流，努力迹骈拇。神禹四载仆，九年梗作雨。纡回杀坳区，澎湃乱飞鼓。漫下祖龙鞭，六丁攫舟府。漫发熊绎矢，非石又非虎。数狭不能制，伊谁可再侮。曾把蓬莱输，难将此物赌。罗浮亦可移，此物不可取。肋斗出盘山，粗能踞地主。芝田第九层，最上蕙生圃。见同治十三年刊《直隶澧州志》卷二四。

　　　　按：嘉庆《石门县志》卷四九收此诗，署"唐张九渊"。

游洞门题陈氏丹台诗

鸡头西畔洞门开，陈氏丹升劫仞台。赖鬼《体道通鉴》作"魁"昔年诚誓否？至今犹说鬼肩栽。见《宛委别藏》本宋陈田夫《南岳总胜集》卷中"洞门观"条。又见《历世真仙体道通鉴》卷三三。

开元儒士

　　　　开元儒士，姓名不详。自号为鉴文大师，有《浮沤篇》行于世。诗二句。

登终南山得句

野迥云根阔，山高树影长。见《增修诗话总龟》卷八引《零陵总记》。

按:《全唐诗》卷七九六收二句于无名氏下。

王位之

位之,开元二十八年任滑州匡城县主簿。诗一首。(《全唐诗》无王位之诗)

五言晚泛灵溪之作

溪水晚澄鲜,虚无含万象。窥临时见底,胜异如在掌。鱼□□起伏,灵□犹影响。心惧出人寰,神清资偃仰。掉舟□□□,聊复惬新赏。香风袭蕙兰,秋日浮清朗。如何得真趣,更此缨时网。坐啸人事闲,悠然思独往。见光绪二十二年刊蒋师辙纂《光绪鹿邑县志》卷十下。

按:此诗见于石刻《唐开元神武皇帝道德经注碑》右侧,诗题下署:"□□采访使下都检校官滑州匡城主簿王位之"。诗末有"自书"二字。诗刻后有题名五行:朝散郎行临涣县尉李岊;□义□;奉敕修功德□□□□;陈忠盛开□□□□岁次庚辰;临涣主簿孙奉璋因题庙内额至此。另详后跋。

邢　□

邢□,名不详,天宝元年为封丘主簿。残诗一首。(《全唐诗》无邢□诗)

五言晚游灵溪泛舟作

晚□照灵溪,溪澄水□绮。维舟平岸□,□下□□□。□□□□□,事闲亦念此。以下四行阙。同前。

　　按：此诗见于石刻《唐开元神武皇帝道德经注碑》左侧，署"都知造作□□封丘主簿邢□"。诗后有题名五行：□古书；敕监修功德内使梁令深监内供奉京肃明□□□；玄元庙等□功□天宝元年岁在壬午□□；敕修功德京同；内使判官车□。

　　《鹿邑县志》附跋云："右碑二面皆刻字，下半全没土中，盖自宋以后，悬境屡有河患，淤填已甚也。掘地数尺，若陷穿然，龟趺乃见。碑阳漫漶过半，阴殆全泐，后亡年月，不知何时立。(注：唐明皇开元二十三年颁《注道德经》，碑内有'廿三祀帝载'云云，情事正合。)碑右侧刻匡城主簿王位之诗五言八十字，具有左司风格，字亦遒逸，盖才而沦于下位者。下列题名凡四人，同时与否，未敢决。岁次庚辰，当是开元二十八年，是岁敕修宫宇，《唐书》无徵。左侧封丘主簿邢□诗，才馀十数字，似不逮王作。下列题名皆内使监修功德者，时在天宝元年，距开元廿八年仅二载，疑是一役久而未竟也。"

张　旭

杂　咏

既作湖阴客，如何更远游？章江昨夜雨，送我过扬州。

见　远　亭

高亭□可望，朝暮对溪山。野色轩楹外，霞光几席间。

晚　过　水　北

寒川消积雪，冻浦渐通流。日暮人归尽，沙禽上钓舟。

三　桥

北临白云涧，南望清风阁。出树见行人，隔溪有鱼跃。均见《式古堂书画

汇考》卷七引《张长史四诗帖》。此帖末有柯九思、高仁卿、陶宗仪等跋。陶跋云此贴"《宣
和书谱》所载,初为蔡忠惠公(襄)家藏,后入御府"。

智 封

　　智封,俗姓吴,怀安人。初于本州清静寺落发,后住河中府
安国院。诗二句。(《全唐诗》无智封诗)

对州牧卫文升使君问 题拟

日从濛汜出,照树全无影。《宋高僧传》卷八《唐郓州安国院巨方传》附。

怀 玉

　　怀玉,俗姓高,丹丘人。住台州涌泉寺,天宝元年卒。诗一
首。(《全唐诗》无怀玉诗)

偈

清净皎洁无尘垢,莲华化生为父母。我修道来经十劫,出示阎浮厌
众苦。一生苦行超十劫,永离娑婆归净土。见《宋高僧传》卷二四。

王 乔

望 石 门 作

高峰隔半天,长崖断千里。鸡鸣清涧中,猿啸白云里。瑶波逐空开,
霞石触峰起。见《舆地纪胜》卷三十。

慈　和

慈和,开元间遵善寺尼。诗一首。(《全唐诗》无慈和诗)

昙一师歌　题拟

昙一师,解毗尼。大聪明,更无疑。《宋高僧传》卷十四《唐会稽开元寺昙一传》。

张彦雄

彦雄,曲阿人,开元间处士。诗二句。(《全唐诗》无张彦雄诗,事迹据《新唐书》卷六十《艺文志》四)

句

云壑凝寒阴,岩泉激幽响。见《吟窗杂录》卷二六《历代吟谱》引殷璠语引。

殷璠曰:"彦雄诗但责潇洒,不尚绮密,至如'云壑凝寒阴,岩泉激幽响',亦非凡俗之所能至也。"今按:此为璠辑《丹阳集》佚文,详拙文《殷璠〈丹阳集〉辑考》(刊《唐代文学论丛》第八辑)。

蔡隐丘

句

草径不闻金马诏,松门唯见石人看。见《吟窗杂录》卷二六《历代吟谱》。

冯待徵

　　冯待徵,开元间蒲州进士。(参《新唐书·李尚隐传》)

虞 美 人 怨

　　按:《全唐诗》卷七七三收此诗,题作《虞姬怨》,第二十句缺三字。伯三一九五卷作"帐下娥眉随李结"。此卷异文较多,录如次:第四句"年华"作"容华",第六句"结发"作"结带",第九句"事征战"作"征战间",第十一句"罗衣"作"罗襦","沾"作"裹",第十二句"不辞"作"宁辞",第十三句"定"作"王",第十五句"误"作"悟",第十八句"智穷计屈"作"致穷势屈",第二十一句作"君王死时遗神彩",第二十二句"貌"作"色",第二十七句"本来"作"元来"。

全唐诗续拾卷一二

辛替否

送贺秘监归会稽诗

送君青门外，远诣沧海汜。凫舄游帝乡，羽衣飞故里。术妙焚金鼎，丹成屑琼蕊。追饯会群僚，属文降天旨。秦吴称异域，少别犹千祀。黄鹤寓辽阳，应明城郭是。见孔延之《会稽掇英总集》卷二。

    郑樵《通志》卷七十《艺文略》第八"诗总集类"有"《贺监归乡诗集》一卷"。

    王楙《野客丛书》卷十七云："仆寻考《会稽集》，得明皇所为送贺老归越之序与诗，及朝士自李适〔之〕以下三十七人饯别之作，是时正天宝三载正月五日也。"

    按：王楙所见《会稽集》，当即《会稽掇英总集》。该集卷二收明皇以下三十七人送贺诗，与楙所云正合。除明皇、李白、李林甫、姚鹄等四首已收入《全唐诗》外，馀均失收，以下分别辑出。其中王铎、严都、李慎微三首，系晚唐人拟作，分别收入本书卷三十一、卷三十三、卷三十五。

王 瑀

    瑀，天宝初人。诗一首。（《全唐诗》无王瑀诗）

送贺秘监归会稽诗

父子承恩日，遗荣拜职辰。挂冠辞圣主，佩印奉严亲。举代称贤智，当朝劝孝仁。退归将适越，攀饯乃倾秦。同前。

王　濬

濬，天宝十二载为陈留郡太守。诗一首。(《全唐诗》无王濬诗，传据《唐刺史考》卷五五)

送贺秘监归会稽诗

业盛王公秩，名高绛老年。遗荣谢珪组，得志学神仙。去国风为驭，还乡海作田。何当曳凫舄，万里更朝天。同前。

按：《新唐书》卷七二中《宰相世系表》琅邪王氏房有"濬，南昌丞"。其祖弘让，贞观中为中书舍人。若濬长寿，亦可活至开、天之世。然尚无确证定为一人，姑附识于此，以俟考详。

宋　鼎

送贺秘监归会稽诗

紫气朝明主，丹丘送老臣。谁知探穴处，更有散金人。陌上神仙日，城东梅柳春。遥知归隐处，烟浪隔嚣尘。同前。

李彦和

彦和，天宝初人。诗一首。(《全唐诗》无李彦和诗)

送贺秘监归会稽诗

遗荣辞上国,解印适稽山。圣主流深眷,群公祖别颜。彩帆收鉴水,紫气度函关。应是辽阳鹤,千年始一还。同前。

胡嘉鄢

嘉鄢,天宝初人。诗一首。(《全唐诗》无胡嘉鄢诗)

送贺秘监归会稽诗

帝乡辞宠命,羽服表华年。地变君臣礼,门荣父子仙。凤书开紫观,鹤驾待青田。归舸蓬莱近,宸章日月悬。迹光三乐美,声重二疏贤。即此过函谷,应留《道德篇》。同前。

按:《全唐文》卷四○二有胡嘉隐,亦开、天间人,疑为嘉鄢之昆从辈。

崔　璘

璘,博陵人。从父玄晖,相武后、中宗。父升,刑部侍郎。璘天宝间仕至冯翊郡太守兼采访使。诗一首。(《全唐诗》无崔璘诗,事迹据《新唐书》卷七二《宰相世系表》崔氏博陵大房补。另清河小房亦有崔璘,时代较后,非是)

送贺秘监归会稽诗

轩冕朝恩盛,霓裳祖帐荣。倏然谢时客,高步尚遗名。魏阙鸳行断,稽山鹤驾迎。相期下凫舄,谒帝会承明。同前。

张博望

博望,天宝初人。诗一首。(《全唐诗》无张博望诗)

送贺秘监归会稽诗

紫绶朝中贵,黄冠物外高。孰能知止足,君独避尘劳。已晓青霞志,方从碧落遨。轩车傥来物,从此贱吾曹。同前。

张　绰

绰,天宝初人。诗一首。(《全唐诗》无张绰诗)

送贺秘监归会稽诗

北阙皇恩重,东门紫气飞。为看宾客去,何似买臣归。迎绶旋江国,题舆入侍闱。千年旧迹在,七日故人非。别涕沾霓服,离筵著锦衣。无因伴仙羽,空此羡光辉。同前。

按:《全唐诗》卷八六一收仙人张辞诗四首,《桂苑丛谈》、《增修诗话总龟前集》卷四四均作张绰,惟《太平广记》卷七五引作张辞,疑应作"张绰"为是。仙人张绰传为咸通初人,与本诗作者时代不合,为另一人。

韩　宗①

宗,天宝初人。诗一首。(《全唐诗》无韩宗诗)

送贺秘监归会稽诗

遗老去朝行，登真返旧乡。轩车成羽驾，缨绶换霓裳。明主怀江外，群公祖道傍。青门有前事，千载共辉光。见《会稽掇英总集》卷二。

① 陶敏云：光绪杜氏浣花宗塾刊本《会稽掇英总集》作朝宗，疑即韩朝宗。

韩　偵

偵，京兆长安人，休弟，仕至左庶子、殿中丞。诗一首。（《全唐诗》无韩偵诗。事迹据《元和姓纂》卷四、《旧唐书》卷九八《韩休传》、《新唐书》卷七三上《宰相世系表》）

送贺秘监归会稽诗

子綦南国隐，周氏北山居。羽客轻簪绶，霓裳下里闾。仙帆归海近，云气度关虚。今日辞明主，深恩宠汉疏。同前。

魏　盈

盈，天宝初人。孙扶，相宣宗。诗一首。（《全唐诗》无魏盈诗。事迹参《新唐书》卷七二中《宰相世系表》）

送贺秘监归会稽诗

东门挂冠处，西汉祖筵开。乃是黄庭老，言辞丹阙来。方称四皓德，更仰二疏才。今日青溪路，何时谒帝回。同前。

张　鼎

古铜雀台歌 题拟

铜雀苍苍对古馗,清风切切有馀悲。试忆望陵三五夜,便是西园明月时。见《文苑英华》卷五二《古铜雀台赋》附。

郭慎微

慎微,京兆万年人。初为李林甫主书记,后任金部郎中,天宝间终于司勋郎中、知制诰。诗一首。(《全唐诗》无郭慎微诗,传据《郎官石柱题名考》卷七、卷十五、《元和姓纂四校记》卷十)

送贺秘监归会稽诗

承明常谒帝,函谷坐成仙。少别商山下,长探禹穴前。云迎出关驭,花待过江船。欲识恩华重,宸章七曜悬。见《会稽掇英总集》卷二。

梁　涉

涉,开元十五年为右卫胄曹。开元后期至天宝初,历任司勋员外郎、户部郎中、兵部郎中、中书舍人等职。善碑版行书,撰书碑志甚众。诗一首。(《全唐诗》卷七七八收梁陟诗一首,无事迹。"陟"为"涉"之讹,兹据《郎官石柱题名考》卷八、《宝刻类编》卷三录其事迹)

送贺秘监归会稽诗

尚道遗朝绂,从天降羽衣。储安四皓去,荣足二疏归。垂耀珠随转,驰轩鹤送飞。轻舟镜湖上,宸翰作光辉。同前。

齐　澣

送贺秘监归会稽诗

君家在四明,崇道复遗荣。霓服辞丹禁,天文诏玉京。义方延永锡,真篆受长生。举手都门外,白云江上行。见《会稽掇英总集》卷二。

陆善经

善经,吴郡人。官河南府仓曹参军,开元末为集贤学士。天宝五载刊定《月令》,时为集贤直学士。官至国子司业、集贤殿学士。有《续古今同姓名录》,又注《孟子》七卷。诗一首。(《全唐诗》无陆善经诗。兹据《元和姓纂》卷十、《新唐书》卷五九《艺文志》三、《唐会要》卷十三、《白氏长庆集》卷四一《张诫碑》、《函海》本《古今同姓名录》录其事迹)

送贺秘监归会稽诗

至贵不忘初,辞荣返旧居。霓裳因宠锡,鹤驾欲凌虚。丹禁倾三事,青门祖二疏。函关遇真隐,应演道家书。同前。

寓泊罗芭蕉寺

寒泉泻破青山腹,青山不改寒泉绿。幽人一派泉石心,倚溪著此数橡屋。窗外飘喷万斛珠,枕边玲珑一片玉。山间金龙啸欲飞,涧底银蟾清可掬。敲磬愁惊晓鹭眠,停经坐看昏鸦浴。香浮茗雪滋肺腑,响入松涛震崖谷。清净耳聆绝弦琴,广长舌相无生曲。客来坐此亦忘归,溪南溪北千竿竹。同治《平江县志》卷五四。此首为陶敏先生录示。

贺知章

春　兴

泉喷_疑横琴膝,花黏漉酒巾。杯中不觉老,林下更逢春。日本藏唐抄本《新撰类林抄》卷四,转引自日本京都大学《中国文学报》一九五九年第十一期刊小川环树《〈新撰类林抄〉校读记》。

放 达 诗

落花真好些,一醉一回颠。《诗式》卷一。

　　按:《全唐诗》卷一一二录二句,缺题,今补录之。

韦　坚

　　坚,京兆万年人。家世荣盛,早从官叙。开元二十五年为长安令,以干济闻。天宝元年擢为陕郡太守、水陆转运使,引浐水开广运潭,以通漕运,诏褒奖之。三载,改刑部尚书。五载,李林甫诬其谋立太子,贬为缙云太守,再贬江夏员外别驾,长流岭南,寻杀之。诗一首。(《全唐诗》无韦坚诗,传据《旧唐书》卷一〇五本传)

送贺秘监归会稽诗

解印辞荣禄,游真奉德音。赠行天藻下,饯席上台临。远驭仙山鹤,常怀帝里心。无因同执袂,相望但沾襟。《会稽掇英总集》卷二。

李適之

送贺秘监归会稽诗

圣代全高尚,玄风阐道微。筵开百僚《广卓异记》作"壶"饯,诏许二疏归。仙记题金箓,朝章换《广卓异记》作"披"羽衣。悄然承睿藻,行路满光辉。同前。以乐史《广卓异记》卷三所录相校。《广卓异记》原署:"左丞相李適之。"

李　邕

游　法　华　寺

山势转深看更好,岭霞黦雾没楼台。异时花向阴崖发,远处泉从青壁来。世界自知千古促,贤愚悉被四时催。须知此地堪终老,七窍终成一片灰。见《会稽掇英总集》卷八。

日　赋　附　歌

披云睹日兮日则明,就日瞻云兮心若惊。日尔一日兮何道,时哉几时兮此生。见《文苑英华》卷二。

题滑州公府大厅梁上　题拟

大厦中构,山屹云斗。黄河畎浍,太行培塿。整庶宣风,缉戎备寇。镇宁一方,光辅元后。见民国二十一年铅印本王蒲园等纂《重修滑县志》卷十二《金石》录宋赵世长《天禧二年滑州公府大厅记》引。

秋夜泊江〔渚〕(诸)

夜闻木叶落，疑是洞庭秋。中宵起□望，正见沧江流。□风□□□，
山月隐城楼。〔浔〕(寻)阳几万里，朝夕泛孤〔舟〕。
我有方寸心，安在六尺躯。怀山复怀□，□□□□□。水能澄不浑，
剑用持复酬。珠已含报恩，□□□□□。□□贫与富，但愿一相知。
以上二首见伯三六一九卷。

李 璀

　　璀，高宗第四子许王素节之少子。神龙初，封嗣许王。开
元十一年为卫尉卿，因事被谴为鄂州别驾。累迁邠州刺史、秘
书监、守太子詹事。天宝六载卒，赠蜀郡大都督。诗一首。
(《全唐诗》无李璀诗。传据《旧唐书》卷八六本传。原传有误文，
以《新唐书》卷八一本传参校)

送贺秘监归会稽诗

官著朝中贵，才传海上名。早年常好道，晚岁更遗荣。授箓归三洞，
还车谒四明。东门诏送日，挥涕尽群英。见《会稽掇英总集》卷二。原署"嗣
许王璀"。

杜昆吾

　　昆吾，字景山，京兆人。开元十一年前为卫州司马。天宝
初贬为中部郡司马，六载为郡太守，卒于官。诗一首。(《全唐
诗》无杜昆吾诗。兹据《元和姓纂》卷六、《唐文续拾》卷五二张

□《杜昆吾石像凭铭》、岑仲勉《元和姓纂四校记》卷六引河南
博物馆藏开元十一年《李氏志》录其事迹。《元和姓纂》作仕至
坊州刺史,按其时官称应作中部郡太守为是)

送贺秘监归会稽诗

辰象降星精,登朝隐吏并。求珠谢轩冕,放舄指蓬瀛。掷地文章逸,
匡储羽翼成。江边丹障起,云外绿舆迎。落落神仙意,凄凄离别情。
圣恩殊未已,何独厌承明? 同前。

王　琚
奉　答　燕　公

谁道零陵守,东过此地游。友僚同省阁,昆弟接荆州。我逐江潭雁,
君随海上鸥。屡伤神气阻,久别鬓毛秋。疑岭春应遍,阳台两欲收。
主人情未尽,高驾少淹留。
语别意凄凄,零陵湘水西。佳人金谷返,爱一作"游"子洞庭迷。旧馆
逢花发,他山值鸟啼。江天千里望,谁见绿蘋齐? 均见《结一庐丛书》本
《张说之文集》卷七。

　　按:结一庐本此二诗下署"王琚"。《四部丛刊》影印龙池草堂刊本《张
说之集》收张说《赠赵公》后,无署名。《全唐诗》卷九八均收赵冬曦名下,
实误。赵公为王琚之封爵,岑仲勉先生《唐集质疑·赵公》已有考证,可参
看。友人陈祖言撰《张说年谱》云:"前一首第三句'友僚同省阁',琚先天
元年八月擢拜中书侍郎,说二年七月为中书令,即为'同省阁'。……而冬
曦无此经历。两首诗俱言及零陵守,冬曦亦无此经历。又前首五、六句'我
逐江潭雁,君随海上鸥',冬曦为从六品下之侍御史,阶卑辞谦,在其他唱
酬诗中均无此等平起平坐之语。且说离岳赴荆,冬曦送之,说则未尝送冬
曦也,故知必非冬曦诗。"

席　豫

蒲津迎驾

回鸾下蒲坂,飞斾指秦京。雕上黄云送,关中紫气迎。霞朝看马色,月晓听鸡鸣。防拒连山险,长桥压水平。省方知化洽,察俗觉时清。天下长无事,空馀襟带名。见唐芮挺章编《国秀集》卷上。

　　按:《全唐诗》卷六四误作宋鼎作,今移正。

送贺秘监归会稽诗

南山四皓德,东海二疏名。功遂知身退,心微觉道成。霓裳明主赐,鹤驾列仙迎。诏饯出中野,朋欢留上京。灞桥春水溢,稽岭白云生。此去三千里,那堪长别情。见宋孔延之编《会稽掇英总集》卷二。

何千里

　　千里,开元十二年以奉天尉充宇文融劝农判官,又历任监察御史、殿中侍御史并内供奉。诗一首。(《全唐诗》无何千里诗,传据《唐会要》卷八五、《御史台精舍题名考》卷二)

送贺秘监归会稽诗

锡鼎升天几万春,裔孙今复出嚣尘。姓名当系上清箓,齿发不知何代人? 暂应客星过世主,旋归吴市作遗民。辽东鹤驾忽飞去,挥手无言辞紫宸。同前。

吴　兢

拟采桑曲

罗敷十五六,采桑城南道。见宋陈元龙《片玉集注》卷十《早梅芳》之二注引。

李　岩

岩,赵州人。中宗时,年十馀岁,授右宗卫兵曹参军。历洛阳尉,累迁兵部郎中。天宝中迁谏议大夫,封赞皇县伯。以礼部侍郎知天宝六至八载贡举。终兵部侍郎。诗一首。(《全唐诗》无李岩诗,传据《新唐书》卷一九七本传、《唐语林》卷八)

送贺秘监归会稽诗

远节忘荣趣,全真悟道微。登朝四皓客,辞老二疏归。圣主钦玄德,台臣钱羽衣。丹丘不可接,凫舄几时飞。见《会稽掇英总集》卷二。

郭虚己

虚己,京兆人,一作太原人。历任侍御史、朔方节度行军司马、关内道采访处置使、工部侍郎、户部侍郎、剑南节度使、工部尚书,天宝九载卒。诗一首。(《全唐诗》无郭虚己诗。兹据《元和姓纂》卷七、岑仲勉《元和姓纂四校记》卷七、《唐方镇年表》卷六、同书《考证》卷下录其事迹)

送贺秘监归会稽诗

白首轻轩冕，黄冠重隐沦。严陵垂钓日，疏广散金辰。北阙辞明主，东门别故人。以兹敦雅俗，玄化尽归真。同前。

李　璆

　　璆，璀弟。开元初封嗣泽王，以继伯父泽王上金之后。后因事降为郐国公、宗正卿同正员，特封襄信郡王。进《龙池皇德颂》，迁宗正卿、光禄卿、殿中监。天宝初，重拜宗正卿，加金紫光禄大夫。九载卒，赠江陵大都督。诗一首。（《全唐诗》无李璆诗，传据《旧唐书》卷八六本传）

送贺秘监归会稽诗

止足人高尚，遗荣子独前。诣台飞乌日，辞阙挂冠年。象服归丹扆，霓裳降紫天。仙舟望不及，朝野共推贤。同前。原署"襄信郡王璆"。

李林甫

中书壁画山水

八载忝司存。见《全唐诗》卷一一八孙逖《奉和李右相中书壁画山水》注引。

康　珽　一作〔珽〕

　　珽，天宝间人。历任殿中侍御史、监察御史、大理少卿。诗一首。（《全唐诗》无康珽诗，传据《御史台精舍题名考》卷二）

送贺秘监归会稽诗

解绶申知足,归元道益真。离章垂睿作,祖帐别群臣。紫禁辞明主,青溪访羽人。赏延忠孝著,荣耀故乡春。见宋孔延之《会稽掇英总集》卷二。

　　按:《会稽掇英总集》此诗作者作"康珪"。今检《御史台精舍题名》及《金石录》卷七录《唐康珽告》、《宝刻丛编》录《复斋碑录》收《大理少卿康公夫人河间郡君许氏墓志》诸石刻,皆作"康珽",故从之。

崔　颢

和黄三安仁山庄五首

春到郭园静,冰开水木清。俄闻北山客,虚淡迟声荣。不独闲为贵,兼将山自名。古人情亦尔,君识古人情。

结宇因青嶂,开门对绿畴。树交花两色,谿合水同流。竹径春来扫,兰樽暝不收。无心亦无事,鼓腹醉中游。

车马东城路,寻君至北山。为从人境出,弥觉世情闲。月在清潭上,风归暗筱间。此时心最得,长啸不能还。

耕种春须了,幽人晚到家。琴中来远吹,竹里映残霞。谷鸟牵垂叶,池鱼泄疑水花。朝留半樽酒,细酌倚山槎。

幽客岩疑中坐,农人野外居。报来禾近种,城去麦堪锄。夏色归舟壑,春光逐碧虚。君开山海记,共我摘园蔬。日本藏唐抄本《新撰类林抄》卷四。

　　按:《国秀集》卷中、《文苑英华》卷三一八、《全唐诗》卷二五八收第二首为蒋洌诗,《全唐诗》卷二〇〇又误作岑参诗,均题作《南溪别业》,文字稍异。今仍重收,俟考详。

李　颀

西亭即事

桃李皆开尽，芳菲渐觉阑。鸟声愁暮雨，花色寂_疑春寒。倚石攀藤蔓，窥林数竹竿。葛巾常半著，何处似当闲。

陈十六东亭

馀春伴蝴蝶，把酒听黄鹂。最是淹留处，残花三两枝。同前。以上二首据日本大阪市立美术馆编《唐抄本》影印本校。

送李大贬南阳

鸿声断续暮天远，柳影萧疏秋日寒。《千载佳句》卷上《四时部·暮秋》。

　　按：《全唐诗》卷二三九作钱起诗，题作《送李九贬南阳》，此为三四两句。

全唐诗续拾卷一三

乔 潭

潭,字德源,梁人。师元德秀。天宝十三年进士,后官陆浑
尉。诗四首。(《全唐诗》无乔潭诗。兹据《新唐书》卷一九四
《卓行传》、《全唐文》卷三一七、卷四五一、《登科记考》卷九录
其事迹)

裴将军剑舞赋附歌

洸洸武臣,耀雄剑兮清边尘。威戎夷兮率土来宾一作"威远夷兮率来
宾",焉用轻裙之妓女,长袖之才人。见《文苑英华》卷八二。

群玉山赋附歌

彼天子兮尘外镳,登灵台兮意飘飘。吾君得道兮异于是,不自求兮
自逍遥。同前书卷二十九。

秋晴曲江望太一纳归云赋附歌

节彼南山兮人所瞻,施此云雨兮济君欲。信轨物不僭,奚百姓之不
足?

同前赋附归云之曲

归云之状兮不一,归云之趣兮难俦。云不以朝脯而异赏,士不以前

后而异求。诚在位之如是,知夫鸿渐之高秋。均见《文苑英华》卷十一。

李康成

河阳店家女　仅存六句

因缘苟合会《适园丛书》本及《文献通考·经籍考》皆作"会合",万里犹同乡。运命傥不谐,隔壁无津梁。传语王家子,何为不自量? 见宋刘克庄《后村先生大全集》卷一七七《诗话续集》引康成辑《玉台后集》。

　　刘克庄云:《玉台后集》"中间自载其诗八首,……如《河阳店家女》长篇一首,押五十二韵,若欲与《木兰》及'孔雀东南飞'之作方驾者。末云:'因缘……津梁。'亦佳。但木兰始代父征伐,终洁身来归;仲卿妻死不事二夫,二篇庶几发乎情性,止乎礼义。店家女则异是。王姹儿虽蓬头历齿,母许婿之矣,女慕郑家郎裘马之盛,背母而奔之,康成卒章都无讥贬,反云:'传语王家子,何为不自量?'岂诗人之义哉!"

　　按:《文献通考·经籍考》摘录后村语,仅至"亦佳"止,《全唐诗》卷二百三据以收入,缺末二句,本事亦未详。今具录之,以供治盛唐诗者参详。

范　液

　　液,天宝间人。有口才,所向不偶。补诗一首。(《全唐诗》卷七七五有范夜《失题诗》一首。当出《南部新书》庚卷,列世次爵里俱无考作者间。"夜"实"液"之误。)

自　咏

长吟太息问皇天,神通由来也已偏。一名国士皆贫病,但是裨兵总有钱。见唐封演《封氏闻见记》卷十。

　　《封氏闻见记》云:"范液有口才,薄命,所向不偶。曾为诗曰:'举意三江竭,兴心四海枯。南游李邕死,北望守珪殂。'液欲投谒二公,皆会其沦殁,故云。然宗叔范纯家富于财,液每有所求,纯常给与之非一。纯曾谓液曰:'君有才而困于贫,今可试自咏。'液命纸笔立操而竟。其诗曰(诗略)。纯大笑曰:'教君自咏,何骂我乎?'不以为过。"

　　按:前一诗《全唐诗》已收入,"守珪"误作"宋珪",守珪指张守珪,与李邕皆天宝间卒,因知液为天宝间人。

李　解

　　解,嗣许王瓘子。天宝十四载嗣王位,终宗正少卿。诗一首。(《全唐诗》无李解诗,兹据《新唐书》卷七十《宗室世系表》、卷八一《许王素节传》录其事迹。)

凤凰之歌

处分明兮系舒惨,一人庆兮万物感。羽族犹得以效珍,微生何久于习坎。见《文苑英华》卷八四《凤凰仪赋》附。

蒋　冽

古　意

昨夜巫山中,失却阳台女。今朝妆阁里,独伴楚王语。见《文苑英华》卷二百五。

　　按:《才调集》卷十收此诗为蒋蕴作,《全唐诗》卷七九九收入。未详孰是,今两存之。

褚朝阳

观会稽图

良使求图籍，工人巧思饶。全移会稽郡，不散浙江潮。夏禹犹卑室，秦皇尚断桥。宛然山水趣，谁道故乡遥。见孔延之《会稽掇英总集》卷十五。

崔国辅

秦中感兴寄远上人 存目
夜度湘江 存目
渡浙江问舟中人 存目

　　按：以上三首，《四部丛刊》影明本殷璠《河岳英灵集》卷中作崔国辅诗，同书附孙毓修校记引毛斧季、何义门校本，为二卷本，较近殷氏原本，卷下亦以诸诗属崔。然《全唐诗》卷一六〇均收作孟浩然诗。孟诗初由王士源辑集，宋以后流传渐紊。另《国秀集》卷中收《渡浙江》为孟作。此三诗究为谁作，尚俟考详。因其出处甚早，姑存目。

齐光乂

　　光乂，初姓是。开元十五年任郴州博士。廿二年，任秘书省正字，上《十九部书语类》。开元末授集贤院修撰，赐姓齐。预定《礼记月令》，时为集贤直学士。天宝五载刻《删定月令表》，署为宣州司马。十四载为宣州长史，终于秘书少监。诗一首。（《全唐诗》无齐光乂诗，传据《全唐文》卷三五四、《元和姓纂四校记》卷六、《新唐书·艺文志》一、《李太白全集》卷二八《赵公西侯新亭颂》。)

送贺秘监归会稽诗

晚岁朝真隐,皇情谅不违。辞家五十载,今日复东归。祖帐临青道,天章降紫微。顾嗟轩冕者,谁与比光辉? 见《会稽掇英总集》卷二。

李遐周

谶　句

木易若逢山下鬼,定知此处丧金环。见《新编分门古今类事》卷十四引《青琐高议》佚文。

蔡希寂

句

象筵列虚白,幽偈清心胸。见《吟窗杂录》卷二六《历代吟谱》,又见吴琯《盛唐诗纪》卷三。

祖　咏

句

搘颐笑来客,头上有朝簪。《诗式》卷四。

按:《全唐诗》卷二三八钱起《春暮过石龟谷题温处士林园》末二句与此同。

杨贵妃

句

迎　娘歌喉玉窈窕，蛮儿舞带金葳蕤。《断肠诗集前集》卷六《会魏夫人席上……》郑元佐注引《群玉杂俎》引《杨妃外传》引。今本《杨妃外传》无此二句。诗当出依托。

娄玄颖

玄颖，天宝时进士。诗一首。(《全唐诗》无娄玄颖诗，传录《全唐文》卷四〇八)

泰阶六符赋附歌

君臣穆兮纯化清，玉衡正兮泰阶平。嘉历数兮无极，配乾坤兮永贞。见《文苑英华》卷九。

吕令问

令问，河东人，玄宗时任校书郎、新丰尉。诗二首。(《全唐诗》无吕令问诗，传据《国秀集》目录、《元和姓纂》卷六。)

掌上莲峰赋附歌

苔至滑兮石无踪，道不可得，仙不可逢。傥赐一丸生羽翼，愿轻举于三峰。见《文苑英华》卷二八。

驾幸天安宫赋附邑老田父歌

岁既稔而时清，我后来兮应天行。东都士庶扶轮送，西土诸侯扫地迎。君之德兮德无有，路旁劳赉皆牛酒。乘舆一至长安城，千秋万岁南山寿。见前书卷五八。

陶　翰

新安江林 存目

　　按：见《才调集》卷七。《全唐诗》卷二八一收作章八元诗。

王昌龄

吊轵道赋附邵平歌

道不虚行兮，史鳅没位，吾宁范伯之徒欤，感夷齐而多愧。麟凤远去，龙则死之，河水洋洋兮，先师莫归。往者不可谏，来者吾谁欺？始退身以进道，曷扬言而受非，彼萧相国知予乎布衣。见《文苑英华》卷一三〇。

云 山 清 晓

苍深翠浅瀑峥潺，岂谓讥秦始爱山。一炬咸阳机冢赤，紫霄巍立晓云间。见《古今图书集成·山川典》卷一七三。此首当出后人依托。

四时调玉烛

祥光长赫矣，佳号得温其。见宋葛立方《韵语阳秋》卷三。

梅　诗

落落寞寞路不分,梦中唤作梨花云。见《苕溪渔隐丛话前集》卷四、《野客丛书》卷六引曾慥《高斋诗话》、龙榆生《东坡乐府笺》卷二《西江月》注引南宋傅藻注引。

　　按:《墨庄漫录》卷六载此诗全篇,以为王建作,详本书卷十八。然曾慥时代较早,当有所据。苏轼《西江月》词末句云:"不与梨花同梦。"自跋云:"诗人王昌龄梦中作梅花诗。"傅注因引此二句。其时代较曾慥更早。今互收。

送　别

河口饯南客,进帆清江水。

送友人之安南

还舟望炎海,楚叶下秋水。均见《文镜秘府论》地卷《十七势》引王昌龄《诗格》。市河世宁《全唐诗逸》卷上收四句,缺题,今重录。

句　附存

王维诗天子,杜甫诗宰相。见宋叶廷珪《海录碎事》卷十九引《王昌龄集》。似出后人依托。

　　按:《全唐诗》卷一四一收昌龄《小敷谷龙潭祠作》,第十九句缺一字。汲古阁本《唐诗纪事》卷二四引此诗不缺,此句作"奔飞振吕梁"。

韦　斌

　　斌,安石子。尚文艺,与兄陟齐名。景云初授太子通事舍人。开元十七年迁秘书丞。天宝间历任国子司业、中书舍人、礼部侍郎、太常少卿。五载,坐事贬巴陵太守,移临安太守。十

四载，为安史乱军所得，伪授黄门侍郎，忧愤而卒。诗一首。（《全唐诗》无韦斌诗，兹据《旧唐书》卷九二本传录其事迹）

送贺秘监归会稽诗

抗情遗黻冕，高步出氛埃。横海鸿飞远，登仙鹤语催。希微馀第宅，恍惚视婴孩。桃实三千岁，何当献寿来？见孔延之《会稽掇英总集》卷二。

韦　述

送贺秘监归会稽诗

二疏方告老，四皓尽归山。蔼蔼都门别，仍看衣锦还。霓裳标逸气，丹灶理童颜。一遇真仙侣，群心难可攀。见孔延之《会稽掇英总集》卷二。

哥舒翰

翰，突骑施哥舒部之裔，世居安西。初为安西节度使王忠嗣衙将，擢为大斗军副使。拒吐蕃有功，迁陇右节度副使，后代忠嗣知节度事。天宝末，加河西节度使，封西平郡王。禄山乱，率军守潼关，兵败被执，遂降，后被杀。诗一首。（《全唐诗》无哥舒翰诗，事迹录《旧唐书》卷一〇四本传）

破　阵　乐

西戎最沐恩深，犬羊违背生心。神将驱兵出塞，横行海畔生擒。石堡岩高万丈，雕窠霞外千寻。一喝尽属唐国，将知应合天心。见伯三六一九卷。转录自任半塘先生《唐声诗》下编第十附录。

题 凤 凰 山

彩凤双飞翼,宛然半岩间。《记纂渊海》卷二十五。

罗公远

　　罗公远,鄂州人。青城山道士。开元中,玄宗召其入禁中,颇宠幸之。去后不知所之。天宝末玄宗幸蜀时复遇之。诗十二首。(《全唐诗》无罗公远诗,传据《太平广记》卷二十二)

白金小还丹歌

法药变化,无非水精。六芝润色,黄芽自生。阳光不起,阴流无声。
道方秘易,学者难成。
既养黄男,先禁家鬼。尽死扶金,馀生制水。世人能明,并穷斯理。
亲奉圣言,事难自揣。
笼虚其底,免被炎驰。知白守黑,清黄一支。能忌阴秽,不逾百时。
延生大道,易解难知。
黄子淳淑,自娶玄妃。金成力厚,药就身肥。土宅三分,火房二仪。
至德消阴,纯阳幽微。
一味白金,固人衰朽。杂性难防,同心易守。服食千粒,百日无咎。
万疴渐除,天地同寿。
言依口诀,亲贵手传。七日自伏,万刻牢坚。千炼万煮,托在五贤。
好蕴金器,不绝玄关。
赭涂四壁,丹守圆扉。一居火匣,二处灰池。五蟾可保,三乌无疑。
道情未速,益日加奇。
一黄二白,三铢两作。养至满蟾,生其高鹤。事忌他非,道身自乐。

传受非人，天殃地虐。

芽属黄男，药属玄女。外助无非，玉芝清醋。俗士多闻，道君少语。
用物参差，虚受辛苦。

铜铁坏形，丹灰损力。欲验其神，须存本色。一阴一阳，事易候则。
异族同群，自种荆棘。

杀青龙，须白虎，自然感化无风雨。雪花飞，雪花飞，魂归魄亦归。聚
散既由壬癸水，玉神华盖体无为。涌泉水，涌泉水，春夏秋冬深无
底。要行天下时，厚暖自然制。见《正统道藏》本元阳子辑《还丹歌诀》卷上。此
书为北宋前之著。

　　按：此组诗原题作"青城罗真人上明皇《白金小还丹歌》"，诗前有小
　　引云："帝问真人曰：'道本无二，同归乎一。药有多功，身宁济惠。愿垂悯
　　念，速救馀生。'真人曰：'身在和炁，药同元滋，二道符机，衰朽自差，莫希
　　大药，日月难期。一味白金，延年益寿，仙人保秘，不妄虚传，但能秘之，无
　　轻泄尔。'凡一十二首。"似为后人所加。《太平广记》卷二二云公远"因以
　　《三峰歌》八首以进焉，其大旨乃玄素黄赤之使、还缨溯流之事"。今不存。

大还丹口诀

世人不知丹有神，试吃狼毒必害人。将知世上有善恶，何不将身近
善邻。女娲炼得五常气，变化成形补天地。三十六筹世间知，七十
二石列具位。天得一而能长，地得一而方久。金得火而转精，木成
炭而不朽。故知唯炼唯精，大还如何不有？凝我神，定我心，志精可
以成黄金。河车本向铅中取，姹女还须汞里寻。傍思之物谩周彰，
太一出水入公量。淮南调鼎彭祖尝，得道同归不死乡。固济精研须
缄密，一文一武莫疏失。釜下唯铺渌海盐，炉中少用槽桑日。紫烟
碧焰喷人香，赫奕鱼鳞透日光。须同魏伯云中去，莫学姮娥月里藏。
酆都落名天府记，地下阴官大怖畏。兵刃水火不能忤，何但虫蛇兼

虎儿。亭亭金骨皆坚牢,郁郁绿身遍绿毛。曾观东海几回变,数度曾偷王母桃。乘龙驾鹤倾城市,驱策雷公使神鬼。七日应归缑氏山,千年少别辽东水。道是易,亦大难,青龙白虎自相盘。阴车湿,阳车干,夫妻相对卦中安。四方未住沾颜色,五个王侯尽罢官。《正统道藏》本后蜀佚名著《大还丹照鉴》。

张司马

张司马,名不详,乾元中任剑州司马。著有《玄晋苏元明太清石壁记》三卷。诗二首。(传据《新唐书·艺文志》)

还 丹 口 诀

九九之中乾体开,华池金液自徘徊。阴阳鼎上先光彩,铅花炉里考三才。即知造化由人手,术正药真神自来。到此修时应出世,四时不用苦相催。五代后蜀人著《大还丹照鉴》。

歌

其色光辉耀日月,无穷改变不思议。但住铅砂成宝后,歇头一任丙丁吹。同前。

崔玄真

崔玄真,号岷山子。天宝间隐居岷山。著有《灵沙受气用药诀》一卷、《云母论》二卷,今皆逸。存诗一首。(《全唐诗》无崔玄真诗,传据《新唐书·艺文志》,惟"玄"作"元")

大还丹口诀

岷山宝室九仙居，日月萦回洞底虚。为有真人常镇此，玉留盘结气
长舒。曾游海峤崑丘客，远控龙骈亦探赜。炼得精华九转成，中有
白银相韫积。月中玉兔坎中阳，外柔形容内有刚。二象雄雌同一体，
还如金向水中藏。金水相合是魂魄，三才变异诚难测。倏然龙虎两
交并，化得龙儿在杳冥。状似凝酥黄芽雪，亦如玄圃玉华结。本非
世上起机心，元是真人留秘诀。留秘诀，不参差，晃山石室有丹砂。
至道之人依此法，飞取青龙作一家。季魂周天成气质，重与水银相
固密。似子还婚小女儿，苏张下说情难失。相传此物是黄芽，重重
金鼎贮金华，制成雄黄偃药砂。六一缄封须秘密，莫教神室有纤瑕。
火候初从一阳起，乾坤两卦成终始。文经武纬启灵机，一法先王传
秘旨。蟾蜍天上尽还生，丹鼎开时见道情。每度恢奇别起象，璘瑞
红紫状难名。却取金合雄作匮，世光流尽赤龙飞。烧金学道岷山子，
亲得真人受玄旨。玄旨唯论汞与铅，修得黄芽身不死。炼丹炼志兼
炼神，不营名利显清芬。逃名远去尘埃外，栖托空闲契上真。莫学
人寰嚣薄士，役役终身爱名利。虽然有意慕椿年，未免将身在朝市。
后蜀无名氏著《大还丹照鉴》。

许　远

　　许远，杭州盐官人。初任碛西支度判官，继任剑南从事，因
得罪章仇兼琼，贬为高要尉。安禄山叛后，受荐任睢阳太守，与
张巡拒守经年，城破后被俘遇害。诗一首。(《全唐诗》无许远
诗，传据两《唐书》本传)

题 泗 水 亭

春风落东林,绿叶翳重阴。流莺坐花坞,宛转来清音。和光沛天地,乐意同人心。卷帘出庭户,独立苍苔深。《海昌胜迹志》卷二。此首承陶敏先生录示。

张 垍

同房侍御竹园新亭与邢大判官同游

隐隐春城东,朦胧陈近深。君子顾榛莽,兴言伤古今。决河道新流,疏径踪旧林。开亭俯川陆,时景宜招寻。肃穆逢使轩,寅犹事登临。忝游芝兰下,还对桃李阴。峰远白波来,气喧黄鸟吟。因睹歌颂作,始知经济心。灌疑坛疑县小川环树疑此字涉下文而衍有遗风,单父多鸣琴。谁得久州县,苍生怀德音。日本藏唐抄本《新撰类林抄》卷四。

　　按:《高常侍集》卷三、《全唐诗》卷二一二以此为高适诗。

浑惟明

　　浑惟明,天宝间人,事永王李璘。至德初,李璘兵败时,奔江宁。诗二首。(《全唐诗》无浑惟明诗,传据《旧唐书》卷一○七《玄宗诸子传》)

谒 圣 容

法雨震天雷,祁山一半颓。鳞鳞碧玉色,寂寂现如来。缧髻从烟合,圆光满月开。从兹一顶谒,永劫去尘埃。

吐蕃党舍人临刑

生死谁能免，嗟君最可怜。幼男犹在抱，老母未终年。为复冥徒任，为当命合然。设将泉下事，时向梦中传。均见伯三六一九卷，原署"浑维明"。

史　昂

　　史昂，浑惟明同时人。诗三首。（《全唐诗》无史昂诗）

述　怀

昔在爕疑应作"滦"河外，征马倦风尘。今来洛阳道，人事复艰辛。有策怀明主，无媒托近臣。君门不可见，归去渌山春。

野外遥〔占〕浑将军

山头一队欲陵当作"凌"云，白马红旗缨此处衍一字出众群。诸人气色不如此，只应者个是将军。见伯三六一九卷、伯三八八五卷。

张怀瓘

　　怀瓘，海陵人。任鄂州司马，开元中任翰林院供奉。工书，以书法评论名世。开元十二年作《书断》，天宝十三载作《书估》，乾元元年作《书议》，三年作《二王书议》。另撰《玉堂禁经》、《评书药石论》等。诗二首。（《全唐诗》无张怀瓘诗，传据窦蒙《述书赋注》及《全唐文》卷四三二、上海书画出版社《历代书法论文选》所收各文考定）

书　诀

剡纸易墨，心圆管直。浆深色浓，万毫齐力。先临告誓，次写《黄庭》。骨丰肉润，入妙通灵。努如直槊，勒若横钉。虚专妥帖，殴斗峥嵘。开张凤翼，耸擢芝英。粗不为重，细不为轻。纤微向背，毫发死生。工之未尽，已擅时名。

诗

向展右背，长伸左足。峻角一支，潜虚半腹。已放则留，无垂不缩。分若抵背，合若并目。似侧映斜，似斜附曲。覃精一字，工归自得。盈虚统视联行，妙在相承起伏。均见宋朱长文《墨池编》卷二引张怀瓘《玉堂禁经》。

史思明

　　思明，本名窣干，宁夷州突厥杂种胡人。天宝初，以军功至将军知平卢军事，迁北平太守。十一载，除平卢兵马使。安禄山反，代贾循为范阳留后。乾元二年，杀安庆绪，僭称大圣燕王。上元二年，为子朝义缢杀。诗二首。（《全唐诗》卷八六九收思明诗一首，缺传，今据《旧唐书》卷二〇〇本传补传）

石　榴　诗

三月四月红花里，五月六月瓶子里。作刀割破黄胞衣，六七千个赤男女。见唐姚汝能《安禄山事迹》卷下。

以樱桃赐子朝义及周贽 题拟

樱桃一笼子,半赤一半黄。《太平广记》卷四九五引《芝田录》此句作"半已赤,半已黄"。一半与怀王,一半与周贽。同前。

　　按:《全唐诗》卷八六九收此诗,首句缺二字,今重录。

王　维

长　生　草

老根那复占春晴,能住虚根自发生。见《剡录》卷十。疑伪。

本　净

　　本净,俗姓张,绛州人。幼入曹溪,后住司空山无相寺。天宝三年,玄宗遣中使入山礼问,召赴京,与两街名僧共论佛理。上元三年卒,年九十五。诗七首。(《全唐诗》无本净诗)

四大无主偈

四大无〔主〕(心)从《景德传灯录》改复如水,遇曲逢直无彼此。净秽两处不生心,壅决何曾有二意。境触《景德传灯录》作"触境"但似水无心,在世纵横有何事。

见闻觉知偈

见闻觉知无障碍,声香味触常三昧。如鸟空中只没《景德传灯录》作"么"飞,无取无舍无憎爱。若会应处本无心,方《景德传灯录》作"始"得名为观自在。

无 修 偈

见道方修道,不见复何修。道性如虚空,虚空何处《景德传灯录》作"所"
修。遍观修道者,拨火觅浮沤。但看弄傀儡,线断一时休。

背道逐教偈

道体本无修,不修自合道。若起修道心,此人未《景德传灯录》作"不"会
道。弃却一真性,却入闹浩浩。忽逢修道人,第一莫向道。

真 妄 偈

穷《景德传灯录》作"推"真真无相,穷妄妄无形。返观推穷心,知心亦假
名。会道既《景德传灯录》作"亦"如此,到头亦只宁。

善恶二根不实偈

善既从心生,恶岂离心有。善恶是外缘,于心实不有。舍恶送何处,
取善令谁守?伤嗟二见人,攀缘两头走。忽悟无生本《景德传灯录》作
"若悟本无心",始会《景德传灯录》作"悔"从前咎。

来往如梦偈

亦知《景德传灯录》作"视生"如在梦,睡《景德传灯录》作"梦"里实是闹。忽觉
万事休,还同睡时觉《景德传灯录》作"悟"。智者会悟梦,迷人信梦闹。会
梦无《景德传灯录》作"如"两般,一悟无别悟。富贵与贫贱,更亦无别道
《景德传灯录》作"更无分别路"。《祖堂集》卷三、《景德传灯录》卷五、《五灯会元》卷二。

全唐诗续拾卷一四

卢 象

紫阳真人歌 并序

先生紫阳真人，□耳河目，神气有异。年八十六而道心益固，时人方
之赤松子。去年寝疾累日，冥然如梦，长男曾子求于神鬼，长请于天，窃司
命之籍，与鬼神相竞而角抵焉。而告真人，乃泠然而归。于是表请辞官，乞
以父子入道，俱还故乡，仍以山阴旧宅为观焉。皇帝嘉尚其事，寻而见许，
择日度之，与男田。时公卿大夫观者如堵，皆曰贤才也。正月五日，上令周
公、邵公，洎百寮饯别青门之内。玄鹤摩于紫霄，吹笙击鼓，尽是仙乐，闻
者莫不增叹，轻轩冕焉。余与真人相知，不以年，不以位，俱承太公之后，
见赏王粲之词。悠悠此别，不觉流涕，辄赠古歌辞一首，庶为真人传用之
耳。

君不见先生耳鼻有仙骨，自号狂生中有物。金华侍讲三十年，儿戏
公卿与簪笏。青门抗行谢客儿，健笔连羁王献之。长安素绢书欲遍，
主人爱惜常保持。每叹二疏不足道，复言四皓常枯槁。去年寝疾弥
数旬，神鬼盈庭谋一老。长男泣血求司命，少女〔颦〕（频）眉诵《灵
宝》。还如简子复归来，更与洪崖同寿考。上书北阙言授箓，税驾东
州愿修道。初闻行路犹未信，果达吾君谓之好。山阴旧宅作仙坛，
湖上闲田种芝草。镜湖之水含杳冥，会稽仙洞多精灵。须乘赤鲤游
沧海，当以群鹅写道经。皇恩赠诗四十字，明主赐金三十镒。供帐
倾朝一送归，双童驷马从兹出。回看紫绶若轻尘，远别青门嗟故人。

鸳鹭差池攀羽盖,虹霓天夭翊车轮。田田列侍浮丘伯,曾子荣过朱买臣。余高若是有先觉,灭迹归根从大朴。千载悠悠等令威,十洲漫漫思方朔。归去来,青牛顿足少迟回。忽然云雾不相见,唯有飘飘香气来。见宋孔延之编《会稽掇英总集》卷二。

寄云门亮师

玄度常称支道林,南山隐处白云深。一去人间长不见,千峰万壑树森森。同前书卷七。

玄宗皇帝李隆基

诗送玄静先生赴金坛 题拟

紫府烟霞士,玄宗道德师。心将万籁合,志与九仙期。绝俗遗尘境,同人喜济时。访经游玉洞,敷教入瑶墀。茅岭追馀迹,金坛赴远思。阴宫春旧记,阳观饬新祠。缅想埋双璧,长怀采五芝。真灵若可遇,鸾鹤伫来兹。详后。此首又见《嘉定镇江志》卷二十。

  按:《茅山志》卷二收玄宗赐李玄静先生敕书二十四通,此诗见第三道敕内。此敕书全文录如次:"敕。广陵李炼师,上清品人也。抗志云霞,和光代俗。为予修福灵迹,将赴金坛,故赋诗宠行,以美其志。(诗略)尊师抱一守中,探微昭远,能回贞洁,发挥道门。遂与太和先生启是仙宗,起予虔奉,崇饬灵迹,广求真经。则诗以宠行,物将厚意,永慰歧路,以彰礼贤也。所谢知。"又按,据同书同卷所附玄静先生等表奏,知此诗为天宝六载九月二十五日作,由高力士宣赐。

诗送玄静先生暂还广陵 并序

  玄静先生禀和清真,乐道虚极。顷来城阙,善利同人,缅思林泉,洗心外俗。予嘉焉重焉,式遂其意,言念于迈,赋诗宠行。

杨许开真箓,夫君密契传。九星连紫盖,双景合丹田,玉简龟台职,
金坛洞府仙。犹期御风便,朝夕候泠然。

诗送玄静先生归广陵　并序

　　炼师气远江山,神清虚白,道高八景而学兼九流。每发挥玄宗,启迪
仙箓,延我〔以〕玉皇之祚,保我以金丹之期。敬焉重焉,深惜仳别,因赋诗
以饯行云耳。(此下录诗。详后)尊师以道枢弘济,以真宗启迪,来致玄妙,
去还云山,诗以见怀,用彰惜别也。

默受王倪道,逾深尹喜师。欣同八景会,更叶九丹时。鸾鹤遥烟境,
江山渺别思。当迁洞府日,留念上京期。以上三首并见《正统道藏》本元刘
大彬撰《茅山志》卷二。

　　按:据同书同卷所附玄静先生等表奏,前二诗中之一首为天宝十载
九月十四日由内侍袁思艺宣敕。又,玄静先生即李含光,为茅山宗第十三
代宗师,事迹详《颜鲁公文集》卷七《有唐茅山玄靖先生广陵李君碑铭》。
《舆地纪胜》卷十七《建康府》"碑记"云:"《赐李炼师诗诏》,唐道士任
良友书。玄宗所赐诗,凡三首,贞元十四年刻石。在茅山。"

送道士薛季昌还山　补序

炼师初解簪裾,栖心衡岳。及登道箓,慨然来兹,愿归旧居。以守虚
白。不违雅志,且重精修,尚遇灵药,尚望时来城阙也。乃赋诗一首
宠行云。

　　按:此诗《全唐诗》卷三已收入。兹据唐李冲昭《南岳小录》补序。《大
正新修大藏经》第五十一册收宋陈田夫《南岳总胜集》卷下,载此序异文
较多,另录如次以备考:"炼师志慕玄门,栖心南岳。及登道箓,忽然来辞,
愿归旧山,以守虚白。不违雅志,且重精修,若遇真人灵药,时来城阙也。"

批答安禄山贺雪兼赐口号　题拟

腊月忻三〔白〕(日),嘉平安四邻。预知天下稔,先为物华春。见上海古

籍出版社排印本《安禄山事迹》卷上。

《安禄山事迹》：“其(天宝九载)冬，久无雪，至十二月十四日乃雪，禄山表贺焉。玄宗批答兼口号以赐之曰(诗略)。其见重如此。”

赵　昂

昂，冯翊郃阳人。至德中自大常博士充祠部员外郎，又曾任司封郎中，卒于驾部员外郎。诗一首。(《全唐诗》无赵昂诗，兹据《元和姓纂》卷七、《郎官石柱题名考》卷五拟传)

攻玉赋附卞生追怨之歌

昔之玉在石，石在山，山有玉兮隐其间。今则石为错，玉为环，环亦献兮君解颜。遂与生兮为比，与郤桂同攀。岂辛勤于道路，徒抱泣于荆蛮。见《文苑英华》卷一一五。

李　白

江夏送倩公归汉东　并序

昔谢安四十，卧白云于东山；桓公累征，为苍生而一起。常与支公游赏，贵而不移。大人君子，神冥契合，正可乃尔。仆与倩公一面，不忝古人，言归汉东，使我心痗。夫汉东之国，圣人所出，神农之后，季良为大贤。尔来寂寂，无一物可纪。有唐中兴，始生紫阳先生。先生六十而隐化，若继迹而起者，惟倩公焉。蓄壮志而未就，期老成于他日。且能倾产重诺，好贤攻文，即惠休上人与江、鲍往复，各一时也。仆平生述作，罄其草而授之。思亲遂行，流涕惜别。今圣朝已舍季布，当征贾生，开颜洗目，一见白日，冀相视而笑于新松之山耶？作小诗绝句,以写别意。

彼美汉东国,川藏明月辉。宁知丧乱后,更有一珠归。录自影宋蜀刻《李
太白文集》卷二十七。

别 匡 山

晓峰如画碧参差碑作"参差碧",藤影风摇拂槛垂。野径来多将犬伴,
人间归晚带碑作"待"樵随。看云客倚啼猿树,洗钵僧临失鹤一作"鹭",
或作"鸶"池。莫怪无心恋清境,已将书剑许明时。见光绪《重修江油县志》
卷二十四。

　　《光明日报》一九八三年三月一日陈广福《李白的〈别匡山〉诗考》谓
　　江油县匡山书院存宋熙宁元年《敕赐中和大明寺住持碑》,碑文云:"玄
　　宗朝翰林学士李白字太白,少为当县小吏,后于此山读书,于乔松滴翠
　　之平有十载。"文中录此诗。

太 华 观

厄磴层层上太华,白云深处有人家。道童对月闲吹笛,仙子乘云远
驾车。怪石堆山如坐虎,老藤缠树似腾蛇。曾闻玉井金河在,会见
蓬莱十丈花。同前。

观伙飞斩蛟龙图赞

伙飞斩长蛟,遗图画中见。登舟既虎啸,激水方龙战。惊波动连山,
拔剑曳雷电。鳞摧白刃下,血染沧江变。感此壮古人,千秋一作"载"
若对面。见《李太白文集》卷二十八。

地藏菩萨赞

本心若虚空,清净无一物。焚荡淫怒痴,圆寂了见佛。五彩图圣像,

悟真非妄传。扫雪万病尽，爽然清凉天。赞此功德海，永为旷代宣。
同前。

独坐敬亭山 其二

合沓牵数峰，奔来镇平楚。中间最高顶，仿佛接天语。见《宛陵郡志备
要》。又见嘉庆廿年刊洪亮吉纂《宁国府志》卷二四。

秀华亭

遥望九华峰，诚然是九华。苍颜耐风雪，奇态灿云霞。曜日凝成锦，
凌霄增壁崖。何当馀荫照，天造洞仙家。见《青阳县志·艺文志》及《九华山
志》卷八。

　　《李白在安徽》云：秀华亭在九华山麓，五溪桥侧，延寿寺前。亭已圮，
　　遗址犹存。

炼丹井

闻说神仙晋葛洪，炼丹曾此占云峰。庭前废井今犹在，不见长松见
短松。见《宛陵郡志备要》卷一。又见嘉庆《宁国府志》卷二四。

　　《李白在安徽》云：井在九华山卧云庵北面。

宿无相寺

头陀悬万仞，远眺望华峰。聊借金沙水，洗开九芙蓉。烟岚随遍览，
踏屐走双龙。明日登高去，山僧孰与从？禅床今暂歇，枕月卧青松。
更尽闻呼鸟，恍来报晓钟。详后。以上四首，皆转录自常秀峰等著《李白在安
徽》。

　　《李白在安徽》云：此诗刻于清道光十年《重建无相寺碑记》。无相寺
　　在九华山头陀岭下，旁有一泉，名金沙，李白在九华时曾游此。无相寺建
　　于唐初，治平元年赐额，道光间重修。此诗保存有两种可能：一，无相寺旧

时碑文刻有此诗；二，为康熙时礼部尚书吴襄收藏，吴姓修寺捐资最多。

咏 方 广 诗

圣寺闲栖睡眼醒，此时何处最幽清？满窗明月天风静，玉磬时闻一
两声。见宋陈田夫《南岳总胜集》卷中。

上清宝鼎诗二首 附存

朝披梦泽云甲、乙、戊本作"云梦泽"，笠钓青茫茫。寻丝甲作"流"、乙作"绿"
得双鲤，中有三乙作"二"元章。篆字若丹蛇，逸乙作"绕"势如飞翔。归
来问天老甲、戊作"姥"，奥甲、戊作"妙"义不可量。金刀甲作"刃"割青素甲作
"紫"，灵文烂煌煌。咽甲、戊作"燕"服十二环戊作"镮"，奄甲、戊作"想"见仙
人房。暮跨丙作"骑"紫鳞丙作"麟"去，海气侵肌凉。龙子善戊作"喜"变
化，化作梅花妆。赠甲、戊作"遗"我累累乙作"叠叠"珠，靡靡甲作"非"明月
光。劝我穿绛乙作"络"缕甲、戊作"楼"，系作裙戊、丁作"裾"间裆甲作"当"戊作
"珰"。挹甲、戊作"揖"子甲作"予"、丁、戊作"余"以携甲作"疾"、乙作"词"、丁、戊作
"辞"去，谈笑闻遗甲、乙、戊作"馀"香。

　　按：《全唐诗》卷一八五据《王直方诗话》录"房"、"凉"、"光"三韵，《全
　　唐诗续补遗》卷四录"茫"、"凉"二韵。

人生烛上花，光乙作"火"灭巧妍尽。春风绕树头，日与化戊作"花"工丁
作"花工"进。只戊作"惟"知雨露贪，不闻丁、戊作"念"零落尽甲无以上二句。
我昔乙、戊作"昔我"飞骨时，惨见当涂坟。青松蔼朝丁、戊作"明"霞，缥缈
山戊作"上"下村。既死明月魄，无复丁、戊作"彼"玻璃乙、戊作"璨"魂。念此
一脱洒戊作"酒"，长啸祭甲、乙、戊作"登"昆仑。醉著鸾皇甲、丁、戊作"凤"
衣，星斗俯可扪。见瞿蜕园、朱金城《李白集校注》卷三十《诗文补遗》录苏轼书李白
诗墨迹。出校各本，甲本为赵令畤《侯鲭录》卷二，乙本指《增修诗话总龟》卷十一引《王
直方诗话》，丙本指《全唐诗》卷一八五引《王直方诗话》，丁本指《李白诗校注》据《唐宋
诗醇》所录校语，戊本指《津逮秘书》本《东坡题跋》卷二。

《东坡题跋》卷二:"余顷在京师,有道人相访,风骨甚异,语论不凡,自云常与物外诸公往还,口诵此二篇,云东华上清监清逸真人李太白作也。"

《侯鲭录》卷二:"东坡先生在岭南,言元祐中有见李白酒肆中诵其近诗云:'朝披梦泽云,笠钓青茫茫。'此非世人语也。少游尝手录其全篇。少游叙云:'观顷在京师,有道人相访,风骨甚异,语论不凡。自云尝与物外诸公往还,口诵二篇,云东华上清监清逸真人李白作也。'"

《王直方诗话》:"元祐八年,东坡帅定武,李方叔、王仲弓别于惠济,出示南岳典宝东华李真人像,又出此二诗,曰此李真人作也。近有人于江上遇之得此,云即李太白也。"

《苕溪渔隐丛话前集》卷五引东坡云:"予都下见有人携一纸文书,字则颜鲁公也,墨迹如未干,纸亦新健,其诗曰:'朝披梦泽云,笠钓青茫茫。'此语非太白不能道也。"

今按:此诗第二首云:"我昔飞骨时,惨见当涂坟。"显然非李白所作。就前所录北宋诸家有关获得此诗的记录而言,其作者约有以下几种可能:其一,北宋道士托名李白作;其二,李真人作,后传成李白作;其三,北宋道士录唐时遗诗而献于东坡;其四,东坡自作而伪称得之于他人,亦如解《八阵图》而称少陵托梦之类。今莫详孰是。因此二诗出处甚早,《全唐诗》及今贤补遗已录存其片断,故为补足而附存之。

句

眼前有景道不得,崔颢题诗在上头。见《苕溪渔隐丛话前集》卷五引李畋《该闻录》、《后村诗话前集》卷一。

王严光

严光,自称钓鳌客。安史乱后任棣州司户。诗二句。(《全唐诗》无王严光诗)

诗

郡将虽乘马,群官总是驴。见唐封演《封氏闻见记》卷十。

> 按:《封氏闻见记》云:"王严光颇有文才,而性卓诡。既无所达,自称
> 钓鳌客。……兵乱之后,严光年须已衰,任棣州司户。时刺史有马,州佐已
> 下多乘驴,严光作诗曰(略)。对众吟诵,以为笑乐。"按:封演为大历间人,
> 因知兵乱即指安史之乱。

王志安

> 志安,官补阙,尝游恒、赵。诗一首。(《全唐诗》无王志安
> 诗)

刺当涂者

末劫兰香科下人,衣冠礼乐与君臣。如来若向阎浮出,莫现从来丈
六身。同前。

> 按:《封氏闻见记》云:"补阙王志安晚不得志,久游恒、赵之间,人畏
> 其口,莫敢引用。志安作诗以刺当涂者云(略)。见者弥增怨忌。"

神 迥

> 神迥,里籍不详。幼出家,节高行峭。住越州大禹寺。宝
> 应间慕称心寺大义禅师,同习三观于天台宗。辞笔弘赡,华藻
> 纷纭,所撰《朗师真影赞》、《法华经文句序》冠绝于时。(详附
> 按)

怀欧阳山人严秀才

鸦鸣东牖曙，草秀南湖春。《十万卷楼丛书》本皎然《诗式》卷四。

　　按：《诗式》误作"祖迥"，今据《吟窗杂录》卷三十二、《四友斋丛说》卷二十四、《全唐诗》卷八五一定为神迥作。《吟窗杂录》题作《怀欧阳山人》。《全唐诗》收此二句，缺题。又其小传云："临晋人。姓田。贞观间流化岷峨，为道俗宗仰。"殆据《续高僧传》卷十五。按唐有二神迥，另一为宝应间越州僧，见《宋高僧传》卷二九。检《诗式》录其诗于严维、皇甫冉等诗后，知应为肃代间人。诗中提到之南湖，亦在越中。诗题中之严秀才，疑即长期居于越中之严维。因知此诗应为越州僧神迥作，《全唐诗》误，今为移正补题重录。

寒　山

诗

梵志死去来，魂识《天圣广灯录》作"魄"见阎老。读尽百王书，未免《天圣广灯录》作"不免"受捶拷。一称南无佛，皆以成佛道。见《续藏经》本五代风穴延沼禅师《风穴语录》、《天圣广灯录》卷十五、《古尊宿语录》卷七《风穴禅师语录》、《五灯会元》卷十一引。

井底生红尘，高峰起波《五灯会元》作"白"浪。石女生石儿，龟毛寸寸长。若要学菩提，但看此榜《五灯会元》作"模"样。《天圣广灯录》卷二三、《五灯会元》卷十五。

拾　得

颂

无瞋是持《五灯会元》作"瞋即是"戒，心净是《五灯会元》作"即"出家。我性与汝《五灯会元》作"你"合，一切法无差。见吴越释延寿《宗镜录》卷二十四、宋普济《五灯会元》卷二。

　　按：《全唐诗续补遗》卷二误收此首为寒山诗。

东阳海水清，水清复见底。灵源流法泉，斫水刀无痕。我见顽愚士，灯心拄须弥。寸樵煮大海，足抹大地石，蒸沙成饭无，磨砖将为镜。说食终不饱，直须著力行。恢恢大丈夫，堂堂六尺土。枉死埋冢下，可惜孤标物。同前书卷三十三。此条承陈允吉师告知。

全唐诗续拾卷一五

苏　寓

喜陆侍御破石埭草寇东峰亭赋诗

独坐理戎行,安边策最长。霜台雷电振,云汉翼箕张。决策威千里,
除妖静一方。林峦开罨画,泉石韵宫商。戍罢泾川外,烽闲句水阳。
肃清淮海后,谁不咏时康。见嘉庆十一年刊洪亮吉纂《泾县志》卷三十。

　　　按:赵绍祖《泾川金石记》载北宋熙宁二年蒋之奇跋此诗文,知之奇
当时曾重刻此碑。清代碑已不存,而诸诗则载于县志中。同唱五人,惟寓
诗《全唐诗》失收。

严　向

　　　向,同州朝邑人。乾元中为凤翔尹,宝应中授太常员外卿。
广德二年卒,年八十五。诗一首。(《全唐诗》无严向诗,传录
《旧唐书》卷一九一《严善思传》附传)

送贺秘监归会稽诗

孤云去住本无机,却指苍梧下翠微。锡鼎为传仙族在,泛槎还入海
烟归。客星一夜凌光武,华表千年送令威。闻道葛洪丹灶畔,至今
霜果有金衣。见《会稽掇英总集》卷二。

郑　虔

与林元籍郊行举对 _{题拟}

石压笋斜出。虔。谷阴花后开。元籍。见《全浙诗话》卷五引《三台诗话》

> 《三台诗话》云："郑司户虔初至台，见风俗朴野，选民间子弟教之。一
> 日与弟子林元籍辈郊行，举一对曰(略)。元籍应声云(略)。司户大惊异
> 曰:何教化神速如是。"

苗晋卿

奉和圣制雨中春望诗

雨后山川光正发,云端花柳意无穷。

奉和行幸诗

接仗风云动,迎军鸟兽舞。均见清赵殿成《王右丞集笺注》卷二十二《魏郡太守
河北采访处置使上党苗公德政碑》、《吟窗杂录》卷二六《历代吟谱》。

高　適

饯 故 人

祈君辞丹壑_{孙疑为"丹墀"之误},负仗_{孙疑为"杖"字之误}归海隅。离庭自萧
索,别心何郁纡。天高白云断,野旷青山孤。欲知肠断处,明月照江
湖。

> 孙钦善云："此诗原集缺佚,据敦煌残卷伯三六一九补。当作于天宝
> 十一载秋,时在长安。"

送萧判官赋得黄花戍

君不见黄花曲里黄，戍日萧萧带寒树。孙云："以上二句疑有缺字，姑作此断。"楼上篇孙云"借作偏"临北斗星，门前宜孙云"当作直，与上句偏成对文"至西州路。每到爪时孙云："爪，《集韵》：'本又作叉，或作蚤、骚。'爪时，即早时。"今按："爪时"应为"瓜"时之误，用《左传》典。作早时解亦不可通更卒来，只对黄花□□□。孙云："此句末字模糊不清。"今按：此句疑缺末三字楼中几度哭明月，笛里何人吹《落梅》？多君莫不推才杰孙云："原作桀，杰俗字"，欲奏平戎赴天阙。辕门杯酒别交亲，去去云霄羽翼新。知君马上貂裘暖，须念黄花久戍人。以上三首均录自孙钦善《高适集校注》。

　　孙钦善云："此诗作于任职哥舒翰幕府期间。原集缺佚，据敦煌残集伯三一九五补。"

奉赠贺郎诗一首

报〔贺〕(驾)郎，莫潜藏。障门终不免，何用漫思量。清酒浓如鸡，臛豚与白羊。不论空蒜醋，兼要好椒姜。姑娣能无语，多言有侍娘。不知何日办，急共妇平章。如其意不决，请问阿耶娘。见伯二九七六卷。

　　按：原卷连录四首诗，不署作者。前三首为《自蓟北归》、《宴别郭尚书》、《题李别驾壁》(原卷缺题)，皆高适作，疑此诗亦为其所作。

释玄宗

　　释玄宗(清刻本作元宗)，俗姓吴氏，永嘉人。唐开耀二年生。少时出家于本部永定山宝寿院。得戒后诸方游学，谒江陵朗禅师。复至寿州紫金山留行禅观。大历二年卒，年八十六。诗二首。(《全唐诗》无玄宗诗，传据《宋高僧传》卷二十)

题石门

双扉启《咸淳临安志》作"起"岩石，尘客过应稀。千古掩不得，从教云夜归。见清释广宾《西天目祖山志》卷五。

按：此诗最早见收于南宋潜说友《咸淳临安志》卷二十六，谓"世传唐玄宗有诗"云云。明皇平生行迹未及东南，诗显非其所作。

题石门洞

密竹流泉不居热，洞门深沉风雨歇。洗出清风快活天，醉弄江南谢家月。见《康熙青田县志》卷十二《艺文》下"七言绝"。以上二首，皆承张靖龙同志录示。

□　钊

钊，姓不详，大历间人。诗一首。(《全唐诗》无□钊诗)

沙门崇惠登刀梯歌　并序　题拟

大唐大历三年戊申之岁十月二十八日，奉敕于章敬寺建道场。时有江东沙门崇惠，登刀梯，升油树，涉油炭镬，坐锥剑床。是日也，百官星驰，万人云集，莫不惊魂，叹未曾有。钊稽首翘足而为歌曰：

百尺凌空倚剑梯，千峰回疑应作"迥"拔一作"枝"接天霓。鏖炉霜明鸟道一作"边"斋，龙泉金镮生虹霓。刀为树，剑作山，应真飞锡游其间。一步一登，挥手攀毛，七星璨烂光斑斑。干将剑刃两离披一作"被"，碧光焰，上人履之不为岭；镆铘刀，铦锋锐锷可吹毛，如今蹈之不足劳。白若雪，青如冰，龟甲鱼鳞几百层，四部睹之，战战兢兢，万仞峰头见一僧。宾铁文，青蛇色，蒨薮峥嵘寒岌嶷。不伤不损难可测，方是大悲解脱力。自古武臣矜剑术，舞之㪋疑为"投"字之皆不失。视之胆摄一作"榗"身栗栗,谁道挥戈移白日?李广旧传百战功,何如今日见神通?紫衣褵褵飞入空,出没纵横〔蹈〕白刃一本多"中"字兮,〔蹈白刃兮〕光翡翠,黯黯精光和能利。见《大正新修大藏经》第五十二册释圆照集《代宗朝赠司空大辨正广智三藏和上(即不空)表制集》卷六。其后尚收《崇惠登刀梯颂》及崇惠《谢赐紫衣并贺表》。

张 诚

诚,字老莱,吴郡人。年十八,以通经中第,授苏州长洲尉。后服丧退归,复选授左武卫骑曹参军。肃宗时授密县主簿,迁砀山县令。岭南节度使李勉奏授试大理评事,充岭南观察推官。未赴而卒,时为大历三年十一月,卒年五十五。(《全唐诗》无张诚诗)

咏 怀

论成方辩命,赋罢即归田。见《白氏长庆集》卷四十一《唐赠尚书工部侍郎吴郡张公神道碑铭》。

太 易

湘 夫 人 祠

灵祠古木合,波扬大江溃。未作湘南雨,知为何处云。苔痕涩珠履,草色妒罗裙。妙鼓彤云瑟,羁臣不可闻。见明刻本《唐僧弘秀集》卷八、《古今禅藻集》卷四。

按:《全唐诗》卷八一〇收此诗,有阙文,今重录。

慧 忠

慧忠,俗姓王,润州人。嗣智威,住金陵牛头山。大历四年卒。诗二首。(《全唐诗》无慧忠诗)

答智威偈 题拟

念想由来幻,性自无终始。若得此中意,长波当自止。

虚无是实体,人我何所存。妄情不须息,即泛般若船。见《五灯会元》卷二。

岑 参

感旧赋附歌

东海之水化为田,北溟之鱼飞上天。城有时而复,陵有时而迁,理固常矣,人亦其然。观夫陌上豪贵,当年高位,歌钟拂天,鞍马照地,积黄金以自满,矜青云之坐致,高馆招其宾朋,重门叠其车骑。及其高堂倾,曲池平,雀罗空悲其处所,门客肯念其生平?已矣夫!世路崎岖,孰为后图?岂无畴日之光荣,何今人之弃予。彼乘轩而不恤尔后,曾不爱我之羁孤。叹君门兮何深,顾盛时而向隅。揽蕙草以惆怅,步衡门而踟蹰。强学以待,知音不无。思达人之惠顾,庶有望于亨衢。见《文苑英华》卷九一。

江行遇梅花之作

江畔梅花白如雪,使我思乡肠欲断。摘得一枝在手中,无人远向金闺说。愿得青鸟衔此花,西飞直送到我家。胡姬正在临窗下,独织留黄浅碧纱。此鸟衔花胡姬前,胡姬见花知我怜。千说万说由不得,一夜抱花空馆眠。见伯二五五五卷,转录自《文献》十三辑廖立《敦煌残卷岑诗辨》。

　　李嘉言《岑诗系年》云:"案岑参江陵人,而足迹不及江陵以东。此曰'西飞直送到吾家',其非岑作明矣。"

　　廖立云:"今核对胶片,此诗题下署名为岑参,不知何故《系年》未提此点。""诗中所言胡姬,恐怕也是寄托之辞,勿须考证岑参家中是否真有一个胡姬。这是写诗,不是写史,香草美人,均非实指。《江行》为岑参之作,似勿须多辨。"

杜　甫

寒食夜苏二宅

寒食明堪坐,春参夕已垂。好风经柳叶,清月照花枝。客泪闻歌掩,归心畏酒知。佳辰邀赏遍,忽忽更何为?见宋蒲积中《古今岁时杂咏》卷十一。

　　按:《古今岁时杂咏》各类诗均分为古诗、今诗二部分,古诗为宋绶《岁时杂咏》原编,今诗始为蒲积中所辑。宋绶为宋敏求之父,卒于庆历初。其时王洙本《杜工部集》虽已编成,尚未刊布。宋绶所据材料,有为王洙未及见者。《古今岁时杂咏》在宋明二代流布未广,故治杜诗者多未见之。此诗各本《杜集》皆失收,今亟录出,以供治杜者研究。

阆　中　行

豺狼当路,无地游从。《云溪友议》卷上《严黄门》。

　　按:此二句疑即杜甫《发阆中》首句"前有毒蛇后猛虎"之异传。

石文诗　附存

诗王本在陈芳国,九夜扪之麟篆熟,声振扶桑享天福。见冯贽《云仙杂记》卷一引《文览》。

　　按：此诗可断定非杜甫作。《云仙杂记》一书，传为唐末人冯贽作，后人虽有疑其为宋人伪托者，然所举诸证尚不足以定谳。今仍从旧说视作唐人之作姑附存杜甫名下。

句

猕掷寒条马见惊。见《增修诗话总龟前集》卷二引《杨文公谈苑》。

　　按：《诗话总龟》卷十六引《零陵总记》录杜陵《朝阳岩歌》一首，《全唐诗》卷二四一收作元结诗。

皇甫冉

顺心上人山池

南荣对庐霭，宴坐日于斯。细草汀洲色，轻风杨柳枝。磬声催暮鸟，泉影入春池。则异人间世，唯当幽客知。

题陈胜林园

闭门不肯偶时人，荒竹闲园莫厌贫。腊后春风能几日？家中芳草自相亲。均见日本藏唐抄本《新撰类林抄》卷四。

元　结

醉　歌

元子乐矣。元子。何乐亦然，何乐亦然？和者。我云我山，我林我泉。元子。

元子乐矣。元子。何乐然尔，何乐然尔？和者。我鼻我目，我口我耳。元子。见《唐文粹》卷四三元结《心规》。

恶圆之士歌

宁方为皂，不圆为卿。宁方为污辱，不圆为显荣。见《唐文粹》卷四三元结《恶圆》。

桃　花　题拟

桃源自有长生路，却是秦皇不得知。见《全芳备祖前集》卷八"桃花"门。

　　按：《淳熙三山志》卷三十六收元结《赠灵石俱胝诗》云："万计千谋总不真，虚将文字役心神。俱胝只念三行咒，自得名超一世人。"元结平生未至闽中。《淳熙三山志》云："灵石俱胝院，……唐武宗时僧元修始庵于此，诵七俱胝咒治疾祟。"事亦在元结身后。疑此诗为北宋官闽之元绛作。

于休烈

　　休烈，河南人。幼与包融、贺朝为文词之友。举进士，又应制策登科，授秘书省正字。累迁右补阙、集贤殿学士、比部郎中，出为中部太守。安史乱后赴行在，擢给事中、太常少卿、工部侍郎。代宗立，拜右散骑常侍、工部尚书，封东海郡公。大历七年卒，年八十一。有集十卷。诗一首。（《全唐诗》无于休烈诗，传录《旧唐书》卷一四九本传）

送贺秘监归会稽诗

飞名紫府内，抗手白云乡。道与松乔匹，荣辞园绮行。夫君既鹤驾，幼子复霓裳。少别留宸藻，东南归路光。见《会稽掇英总集》卷二。

周 存

授衣赋附歌

愁霜落兮岁已终,秋雁吟兮悲远空。短褐不完兮忧思充,庭萧萧兮冷暮风。见《文苑英华》卷一一三。

杜 寂

　　寂,代宗时历任膳部郎中、度支郎中、职方郎中。(《全唐诗》无杜寂诗,传据《文苑英华》卷三九〇常衮《授杜寂职方郎中制》)

逢乡友

苦吟吟不足,争忍话离群。见《吟窗杂录》卷十三梅尧臣《续金针诗格》。

李 华

江州卧疾送李侍御歌 题拟

江沉沉兮雨凄凄,洲渚没兮玄云低,伤别心兮闻鼓鼙。见《文苑英华》卷七二〇李华《江州卧疾送李侍御序》。

咏双涧

千峰排碧落,双涧合清涟。《记纂渊海》卷九。

明　瓒

　　明瓒，嗣普寂。住南岳。世称懒瓒和尚、懒残和尚。天宝间为执役僧。李泌在南岳，尝与游。诗三首。(《全唐诗》无明瓒诗。传据《祖堂集》卷三、《宋高僧传》卷十九、《林间录》、《南岳总胜集》。《丽楼丛书》影元刻《三教论衡搜神大全》卷六载其事独详，然迹近小说，今不取)

题　像

携筇小步踏苍苔，遥指青山云正开。涧水松风听不绝，又教童子抱琴来。

辞　名

三十年来独掩关，使符那得到青山？休将琐末人间事，换我一生林下闲。以上二首均见《沅湘耆旧集》卷十。

乐　道　歌

兀然无事无改换，无事何须论一段。直心无散乱，他事不须断，过去已过去，未来更《灯录》作"犹"莫黄庭坚书本作"何用"算。兀然无事坐黄作"事"，何曾有人唤？向外觅功黄作"工"夫，总是痴顽汉。粮不畜一粒，逢饭但知餐黄作"知喝"，《灯录》同黄，注："陟立切"。世间多少黄作"事"人，相趁浑不及。我不乐生黄作"升"天，亦不爱福田。饥来吃饭黄作"饥来一钵饭"，困来即卧黄作"展脚"，《灯录》无"卧"字眠。愚人笑我，智乃知贤《灯录》作"焉"，黄作"愚人以为笑，智者谓之然"。不是痴钝，本体如然。此下黄多"非愚亦非智，不是空中去"二句。要去即去，要住即住二"即"字，黄皆作"如是"。身被

《灯录》作"披"一破〔衲〕（纳）从《灯录》改，脚著娘生裤。多言复多语，由来反相悮黄作"误"。若欲度众生，无过且自度。莫谩求真佛，真佛不可见。妙性及灵台，何曾受〔薰〕（勋）从《灯录》改炼黄作"鍊"。心是无事心，面是娘生面。劫石可移动黄作"动摇"，个中难《灯录》作"无"改变。无事本无事黄无以上三字，何须读文字？削除人我本，冥合个中意。种种劳筋骨，不如林间《灯录》作"下"睡兀兀。举头见日高黄作"出"，乞饭从头喂《灯录》、黄作"掉"。将功用功，展转冥朦。取则《灯录》作"即"不得，不取自通。吾有一言，绝虑〔忘〕（志）从黄书本改，《灯录》作"亡"缘。巧说不得，只用心传。更有一语，无过直与。细如黄作"极"毫《灯录》作"豪"末，〔大〕（本）从《灯录》改无方所，本自圆成，不劳机杼。世事悠悠，不如山丘。青松蔽日，碧涧长流黄作"常秋"。卧藤萝下，块石枕头。山云当幕《总胜》作"赏慕"，夜月为钩《灯录》、《总胜》、《沅湘》二句均在"卧藤"二句前。不朝天子，岂羡王侯。生死《总胜》二字至乙无虑，更须《灯录》等均作"复"何忧？水月无形，我常只《总胜》作"自"宁。万法皆尔，本自无生《总胜》作"不死不生"。兀然无事坐《总胜》作"个事"，春来草自青。见《祖堂集》卷三，以《四部丛刊三编》影宋本《景德传灯录》卷三十、《宛委别藏》本《南岳总胜集》卷下、《沅湘耆旧集》卷十引《林间录》及《王梵志诗辑校》卷六据石刻拓本录黄庭坚书此诗对校。

按：《全唐诗续补遗》卷二据清高士奇《江村消夏录》卷二《黄庭坚书梵志诗卷》收此诗归王梵志，分作十一首，实误。《江村消夏录》收该卷后有庭坚自跋，并未以为梵志诗。以此诗归梵志，始于卷末董其昌跋。今唐宋多种典籍皆作懒残作，其昌逞臆之说，应予否定。

郑　辕

游枋口　并序

吾与崔君全素、薛生晏同游枋口山水，访得泉原，名之曰"蒙泉"；过壁多薜荔，品之曰"薜荔壁"；有石笋拂云，呼为"石笋高"。赋三韵以旌其名。

蒙　泉

丹洞吐细泉，宛转苍苔里。凝碧时含光，流泄复如此。谁知山下泉，
来洗幽人耳。

薜　荔　壁

薜荔生空山，幽姿媚苔壁。根封石燕泥，花似乳窦滴。灵均没已久，
荣落谁人惜。

石　笋　高

竦干青山下，卓立白云际。濯似春筼茎，奇如夏峰势。赏者空往来，
亭亭几千里。见乾隆二十四年刊萧应植纂《济源县志》卷十六。

　　《县志》跋云："郑辕以下三人，《旧志》列于明时，今改正。《全唐诗》旁
搜博采，有郑辕，馀无考。"

　　清孙星衍《寰宇访碑录》卷四著录河南济源唐代石刻有"监察御史郑
辕诗，正书，无年月"。

崔全素

　　全素，郑辕同时人。诗三首。(《全唐诗》无崔全素诗)

与郑辕薛晏游枋口同赋三韵诗　题拟

蒙　泉

溪转闻鸣泉，林疏渲苍藓。葳洁来潺湲，凝光散清浅。未知适所从，
空山漫流衍。

薜　荔　壁

芳姿抱青峦，根蔓殊众品。水净隐帘珠，云开露屏锦。沥沥岩风来，
幽香泄清凛。

石　笋　高

石笋生孤标，屹立青冥直。根横晓浪痕，箨卷春云色。棱棱长钓锋，
应使山魅惕。同前。

　　　　按：三诗原收郑辕诗后，题作"同赋"，今重为拟题。

薛　晏

　　晏，蒲州汾阴人。父江童，天宝间为陈留太守。晏仕至岭
南推官。诗三首。（《全唐诗》无薛晏诗，兹据《新唐书》卷七十
三《宰相世系表》三下、劳格《郎官石柱题名考》卷六录其事迹。
郑辕为大历九年进士，与晏时代正相合）

与郑辕崔全素游枋口同赋三韵诗 题拟

蒙　泉

喷苏出深窦，欣然傍欹壁。清漱疏林澄，光净寒石白。一劳意渴甚，
挽玩此水碧。

薜　荔　壁

谁种薜荔花？盘根上幽石。玲珑珠缀晓，香霭岑岚夕。却误贪寝人，
遗衣挂苔壁。

石　笋　高

峭笋倚溪堨，雄标屹霞境。云披看卷箨，波静见垂影。顿翼已栖林，
残阳方在顶。同前。

　　　　按：三诗原收郑辕、崔全素诗后，题作"同赋"，今重为拟题。

应 真

应真，住吉州耽源山，南阳国师慧忠法嗣。大历十年，忠将寂，请造无缝塔，帝问塔样，忠谓应真知之。忠既葬，帝问应真，乃述偈。诗一首。（《全唐诗》无应真诗）

偈

湘之南，潭之北，中有黄金充一国。无影树下合同船，琉璃殿上无知识。见《景德传灯录》卷六、《五灯会元》卷二、《佛祖历代通载》卷十四、《释氏稽古略》卷三、《江西诗征》卷八七、日本《大灯国师语录》卷下。

李幼卿

题琅琊山寺道标道揖二上人东峰 禅室时助成此□□筑斯地

佛寺秋山里，僧堂绝顶边。同依妙乐土，别占净居天。转壁千林合，归房一径穿。豁心群壑尽，骇目半空悬。锡杖栖云湿，绳床挂月圆。经行蹑霞雨，跬步隔岚烟。地胜情非系，言忘意可传。凭虚堪喻道，封境自安禅。每贮归休巅，多惭爱深偏。助君成此地，一到一留连。

安徽人民出版社出版《琅琊山石刻选》载拓片。此诗承周勋初先生录示。

无 住

无住，俗姓李，凤翔郿县人。开元中从军朔方。天宝中于太原出家。具戒后，巡礼诸方。乾元二年，至成都净泉寺。传禅法于蜀中。大历九年卒,年六十一。

偈

妇是没耳伽,男女兰单柤。尔是没价奴,至老不得走。《历代法宝记》。

茶　偈

幽谷生灵草,堪为入道媒。樵人采其叶,美味入流杯。静虚澄虚识,明心照会台。不劳人气力,直笋法门开。同前。

全唐诗续拾卷一六

赵　迁

迁，大历间为左领军卫兵参军、翰林待诏，不空俗弟子。撰《不空行状》。诗二首。（《全唐诗》无赵迁诗）

故功德使凉国公李将军挽歌词二首

业盛唐尧际，功成文子军。累承三帝宠，六比五臣勋。画角悲寒吹，愁笳咽晓云。圣朝忠义骨，今日委荒坟。

大树悲风起，将军去不回。抚棺心益痛，临穴泪难裁。晓月繁霜草，幽泉掩夜台。更闻歌伴哭，触物尽成哀。见《大正新修大藏经》第五十二册释圆照集《代宗朝赠司空大辨正广智三藏和上（即不空）表制集》卷五。

按：二诗题下署"前左领军卫兵曹参军翰林待诏赵迁"。同书卷六有同人大历十一年《贺平李灵曜表》。同人撰《不空行状》见《大正新修大藏经》第四十九册。

独孤及

扬州崔行军水亭泛舟望月宴集赋诗 并序

言同者无约束而信，心同者未谴浪而乐。声应情至，则不俟外奖，况遗言之言，造适之笑，与杯中物、池上月、风中弦，五者合以贶余，观其可胜既乎！于时众君子栖公翰林，如翔鸟之得茂树也，至是登于仙舟，泳彼新流，掇芳玩奇，以永今日。日不足，故用夜漏继之。羽觞未及数覆，银河横而金波上，乐作神王，百忧如失，而弦繁管清，悲欢交乎其闲，则高歌争进。或道旧以泣，酒酣意真，乐极感至故也。当斯时，视身后之竹书鼎铭，犹稊米刍狗也，况细故乎？二三子醉犹能赋，且酌且咏，余属而和之，其诗云：

明月借秋兴，流光在此池。山公顾我厚，酩酊称未疲。勿谓嘉会易，但忧离别随。饱君醉中德，敢使松心移。见《四部丛刊初编》影清赵怀玉刊本《毗陵集》卷十六。

任公叔

　　公叔，大历十二年进士。诗一首。（《全唐诗》无任公叔诗，传据《登科记考》卷十一）

登姑苏台赋附歌

中心不必兮子胥何为？怀直道而骤谏，遭重昏之见危。将渔父以抗迹，且垂钓于江湄。见《文苑英华》卷五二《登姑苏台赋》附。

张　谓

句

家无阿堵物，门有宁馨儿。见宋庄季裕《鸡肋编》卷下、高似孙《纬略》卷一。

崔　峒

句

石梯青嶂下,茅屋白云间。见明刻本《锦绣万花谷》卷二十五"隐逸"门。

吴　筠

句

家住青山下,时向青山上。见宋谈钥《嘉泰吴兴志》卷四"青山"条。

垂花临碧涧,清翠依丹巘。《全芳备祖后集》卷七《枣》。

崔载华

载华,行九,曾官法曹、录事,贞元间在世,与戴叔伦、刘长卿、权德舆有过往。诗一句。(《全唐诗》无崔载华诗。传据《全唐诗》卷一四七、卷一五〇刘长卿诗、卷二七四戴叔伦诗、卷三二二权德舆诗)

消暑楼诗

卷帘对斜桥。见《嘉泰吴兴志》卷十九"霅溪支港"条。

张　继

望归舟

暮春《适园丛书》本《后村诗话》作"莫莫"望归客,依依江上船。潮落犹有信,去楫未知旋。见《后村先生大全集》卷一七七《诗话续集》引李康成《玉台后集》。

代书索镜

情亲留故镜,贱子感遗簪。汉月经时掩,胡〔尘与〕岁深。珠还仍向浦,鹊绕会归林。早晚清光至,窥予白发亲。影印本《诗渊》第二册第一五三二页,所缺二字据《诗式》卷四补。

剡县法台寺灌顶坛诗

九灯传像法,七夜会龙华。月静金田广,幡摇银汉斜。香坛分地位,宝印辨根牙。试问因缘者,清溪无数沙。《剡录》卷八。

送　客

频年独对鸳鸯绮,计日双飞鹦鹉洲。见宋王象之《舆地纪胜》卷六七《鄂州》。

苗　发

酬李端得山中道友书见寄之作 题拟

马融方直校,阅检复持铅。素业高风继,青春壮思全。论文多在夜,宿寺不虚年。自署区中职,同荒郭外田。山邻三径绝,野意八行传。煮玉矜新法,留符识旧仙。涵苔溪溜浅,摇浪竹桥悬。复洞潜栖燕,疏杨半翳蝉。咏歌虽有和,云锦独成妍。应以冯唐老,相讥示此篇。见江标影宋书棚本《李端诗集》卷三。

　　按:《全唐诗》卷二八六以此诗为李端诗,题作"酬前驾部员外郎苗发",实误。检影宋书棚本此诗附于李端《得山中道友书寄苗钱二员外》后,题作"酬前",下署"驾部员外郎苗发",殆为苗发酬答李端见寄之作而附入李端集者。后代辗转刻印,误将苗发职衔与诗题相连,遂误成端诗。类似情况，在唐人原集中甚常见，如窦叔向诗误归张继之类，岑仲勉、李嘉言二先生已指出。苗发与张芬诗误归李端，亦属同类型错误。

李子卿

垂白之老击壤歌 题拟

功成作乐兮帝力则那，乐正崇德兮雅颂则多，云门之典兮大吕之歌，金石节奏兮丝竹骈罗，天地已正兮神人以和，两阶舞羽兮三边止戈，击壤鼓腹兮不识其他。客有献成功之颂，九重深兮其若何！见《文苑英华》卷七四《功成作乐赋》附。

授衣歌 题拟

天之高兮无不覆，君之大兮无不祐。生人殖物，既庶且富。尔在 原注："疑"于时，尔茅于昼。霜始降兮女工就，岁时穷兮寒衣授。见同书卷一一三《府试授衣赋》附。

玄　览

投　龙　洞

水溜空沿石，云扃不见人。川源世上异，日月洞中春。见《舆地纪胜》卷二《临安府·名胜》。

王　绶

王绶，约为大历间人。诗一首。(《全唐诗》无王绶诗)

题戴征君幽居

高卧云烟外,幽居静者心。门庭新种竹,桃李旧成林。窗户泉声入,
池塘柳色深。松花多醴酒,终日会知音。日本藏唐抄本《新撰类林抄》卷四。

按:《李端诗集》卷中有《送戴征士还山》,戴征士、戴征君当为同一
人,因知王绶与李端同时。《新撰类林抄》收诗以开元、大历间作者为主。

李嘉祐

五言登郡北佛龛一首

石壁江城后,篮舆晚暂登。古龛千塔佛,秋树一山僧。清磬和虚籁,
香泉吐暗藤。愿将身洒扫,求官复作能。

七言谒倍城县南香积寺老师一首

竹林青青山寺幽,老僧禅坐对江流。长眉(尘)廉襜寂不语,能令过
客小低头。黄昏钟竟香烟起,行舟去去心何已。回看石壁莲花宫,
纱灯一点蒙笼里。

七言登北山寺西阁楼冯禅师
茶酌赠崔少府一首

开〔士〕(土)相逢暮饮茶,高楼并坐望三巴。碧嶂不知何劫石,清江
流尽几恒沙。炉烟处处香慈竹,溪雨朝朝润觉花。道胜自然长法喜,
应令迁客小沩华。均见日本藏唐抄本《唐诗卷》。

按:《咸淳毗陵志》卷二十二收嘉祐《寄毗陵彻公》诗,《全唐诗》卷五
七三收作贾岛诗,孰作尚难确定,姑附识于此,以俟考详。

钱　起

题杜舍人林亭

来访龙楼客,时逢酒瓮新。花齐云入幕,苔径竹迎人。鹊喜娇迟日,莺啼惜暮春。不须耽小隐,南院在平津。见元骆天骧《类编长安志》卷九胜游类樊川范公五居条引,据《中国古都研究》收黄永年先生《述〈类编长安志〉》一文转引。

宿云门寺

山寺宜静夜,禅房开竹扉。支公方晤语,孤月复清晖。一磬响丹壑,千灯明翠微。平生厌浮世,兹夕更忘归。见《会稽掇英总集》卷六。

芝　草　题拟

岂如玉殿生三秀,讵有铜池出五云。陌上尧樽倾北斗,楼前舜乐动南薰。《全芳备祖后集》卷十一《芝草》。此四句为"七言律诗散联"。

芭　蕉　题拟

幸有青丝用,宁将众草同。心虚含夕露,叶大怯秋风。细响安禅后,浓阴坐夏中。由来何所喻,持以问支公。见前书卷十三《芭蕉》。

送友人入蜀

远路接天末,怪君与我违。客程千嶂里,鸟道片云飞。树色连青汉,泉声出翠微。锦城花月下,才子定忘归。见《全蜀艺文志》卷二十。

送　归　客

京口三秋衰叶落,浔阳千里暮潮生。《千载佳句》卷下《别离部·行旅》。

杨员外

　　杨员外，名不详，与钱起同时，任考功员外郎。诗二句。（详附按）

赠钱起 题拟

黄卷读来今已老，白头受屈不曾言。见《钱考功集》卷八《酬考功杨员外见赠佳句》自注引。

　　按:《郎官石柱题名》考功员外郎一栏残泐过甚，存名仅五十二人，无杨姓者。劳《考》卷十复自群书采撷补遗，有杨于陵贞元八年后曾任此职，其时已较后。颇疑此人即与钱起有过往之杨绾，然两《唐书》本传皆不云其任考外事。姑存疑以俟考详。

严　维

游　荆　溪

铜官之山溪水南，周处庙前多夕岚。看卷云帆歌白苎，劝尝春酒破黄柑。长林独往谁能觅，幽事相关性所耽。若欲避喧那畏虎，尚从地主结松龛。见嘉庆二年刊宁楷等纂《宜兴县志》卷十。

剑　诗

舞挥秦日月，为整汉山河。见《吟窗杂录》卷十四正字王玄《诗中旨格》。

句

观身岸额离根草，论命江头不系舟。见《日本古典文学大系》七三册藤原公任

《和汉朗咏集》卷下《无常》。

　　川口久雄校注《和汉朗咏集》云:"底本注作者为'罗维',柿村氏以为'罗维当系严维之误'。"其说是。《全唐诗》卷七七〇收罗维《水精环》,即为严维之误。

赠王叔雅兄弟 题拟

万 里 天 连 水,孤 舟 弟 与 兄。见《古刻丛抄》收唐许志雍撰《唐故江南西道观察判官监察御史里行太原王公墓志铭》引。

严 氏

　　严氏,大历末阆州人。(《全唐诗》无严氏诗)

颂鲜于叔明 题拟

三 院 四 人 簪 白 笔,一 门 三 镇 拥 朱 幡。见《舆地纪胜》卷一五四《潼川军》引《潼川旧记》引《鲜于叔明神道碑》载。

　　按:《旧唐书》卷一二二《李叔明传》谓"大历末,有阆州严氏子上疏"云云,因知此二句诗作者,为大历末人。

胡 运

　　运,代宗时擢书判拔萃科。诗一首。(《全唐诗》无胡运诗,传录《全唐文》卷四五九)

佩 赋 附 歌

佩 玉 蕊 兮 德 音 发,中 规 矩 兮 声 不 歇。驰 畋 猎 兮 思 敬 慎,寿 考 不 亡 兮长岁月。端法服兮临魏阙,群后觐兮万方谒。见《文苑英华》卷一一一。

崔　生

崔生,大历中为千牛。诗一首。

思红绡妓诗　题拟

误到蓬山顶上游,明珰玉女动星眸。朱扉半掩深宫月,应照璚芝雪
艳愁。见《太平广记》卷一九四引《传奇》。

崔公辅

公辅,清河人。行十三。进士及第,与杜甫同时,曾任评事,
官至雅州刺史。(《全唐诗》无崔公辅诗。据《新唐书》卷七二
《宰相世系表》及《舆地纪胜》录其事迹)

同李使君渭游等慈寺　题拟

淮阳清静理,永嘉山水心。见《舆地纪胜》卷一五七《资州》。
　　《舆地纪胜》云:"李渭为本州刺史,有诗刻留等慈寺。时与前进士崔
公辅同游,崔有诗略曰:'淮阳清静理,永嘉山水心。'"二句为公辅颂渭之
作。《全唐诗续补遗》卷十九据《蜀中名胜记》收作李渭诗,误。又《杜少陵
集》卷十五有《赠崔十三评事公辅》。

路　应

路应字从众,京兆三原人。大历间授温州刺史,筑堤横阳
乐成界中,二邑得上田,除水害。补诗一首。(《全唐诗》卷八八

七收路应诗一首,无传)

游南雁荡

雁荡峰高岂易梯,筇鞋极处与天齐。蟾宫隐隐步将到,日驾亭亭手
可提。织女支机堪索石,仙翁花雨不沾泥。诗怀到此清如许,欲向
银河蘸笔题。见周唪《南雁荡山志》卷七《诗外编》引陈玭《嘉靖南雁荡山志》。

　　按:路应诗及小传皆承张靖龙同志录示。

朱　湾

赠饶州韦之晋别驾

天道不可问,问天天杳冥。如何正月霜,百卉皆凋零。爝火乱白日,
夜光杂飞萤。贾生贤大夫,所以离汉庭。河色本异洛,渭流颇殊泾。
清浊共朝宗,滔滔曾莫停。巨川用舟楫,傅说匡武丁。大船胶潢湾,
不使济沧溟。中夜击唾壶,仰头望天庚。三台位尚阙,群象徒荧荧。
鸾翮时暂铩,龙门昼常扃。心倾下士尽,眼顾贫交青。幽室养虚白,
香茶陶性灵。应将混荣辱,讵肯甘膻腥。至道是吾本,浮云劳我形。
手中菩提子,身外《莲花经》。兴来步出门,长啸临江亭。毫端洒垂
露,赋里摇文星。大音比叫钟,大智同挈瓶。巴歌利节曲,布鼓随雷
霆。陋巷一箪食,在原双鹡〔鸰〕(领)。每怀受施恩,长记座右铭。食
惠饱复饭,饮仁醉还醒。绵绵寄生叶,泛泛无根萍。萍岂不随流,爱
君水清泠。叶岂不恋本,爱君树芳馨。彷徨窃三省,感激终百龄。开
阁眷已重,扫门心匪宁。铅刀冀效割,钝刃思发铏。危弦托在兹,实
愿知音听。影印本《诗渊》第一册第四七九至四八〇页。

陈　润

题潘岳六城南庄庄是源赞善处

原公旧路唯三径，潘岳新年已二毛。《千载佳句》卷上《人事部·闲居》。

> 按：《全唐诗逸》卷中误收此诗为温达作，今移正。又《全唐诗逸》卷中据《文镜秘府论》天卷录陈闰《罢官后却归旧居诗》，别作一人，实误。陈闰应即陈润，《文苑英华》卷一五七、卷二九八录润诗皆作陈闰，可证。

杨　旬

> 杨旬，大历中夔州推司。诗二首。（《全唐诗》无杨旬诗）

呈史君 名岩

夔郡杨椿作状元，为文司权四十年。推情贷活人无数，累积阴功感上天。

人道公门不可入，我道公门好修行。若使曲直无颠倒，脚踏莲花步步生。《乐续藏经》本宋佚名《金刚经感应传》。

> 按：《金刚经感应传》云杨旬常持《金刚》、《般若》，感动上天，其子杨椿省试得九十六名，殿试魁天下。所述科举之事，显为宋制，疑诗亦为宋人依托。

张叔良

寄姜窈窕诗

几上博山静不焚，匡床愁卧对斜曛。犀梳宝镜人何处？半枕兰香空绿云。《嬛嬛记》卷上引《本传》。

姜窈窕

姜窈窕，大历间人，与张叔良同时。诗一首。（详附按）

诗

数行心事鲤鱼传，轻放金钩绣帐悬。不是娇慵贪昼卧，众中无处看
花笺。同前卷下引《本传》。

按：《嬛嬛记》云"张叔良字房卿，大历中与姜窈窕相悦"。录二人诗三
首。今检《唐诗纪事》卷三一载，张叔良为广德二年登进士第，与此云大历
相合。姜窈窕诗二首，其中《春思》"门前梅柳烂春辉"一首，《全唐诗》卷八
〇二作张窈窕诗。张、姜故事，或出后人附会，而诗作则似别有依据，故仍
录存之。

张　翔

张翔，字子翼，安定人。天宝初自前斋郎调补济王府参军，
历阌乡尉，屡辟使府，累迁殿中侍御史。大历十四年卒，年五十
六。有文集十卷。（《全唐诗》无张翔诗，传据《千唐志斋藏志》
九四一页独孤良弼撰《大唐故朝议郎行殿中侍御史赐绯鱼袋
安定张府君墓志铭并序》）

经罗渊吊屈原

谠言忠谏阻春霄，放逐南荒泽国遥。五梦楚兰香易染，一魂香水渺
难招。风声落日心逾壮，鱼腹终天恨未消。却借微香荐蘋藻，海门

何处问渔樵？光绪《湘阴县图志》卷四。此诗及张翔事迹，皆从陶敏先生所告。

　　　按：《元诗纪事》卷一四载元张翔延祐中曾任湖南廉访使佥事，当即
　　此诗作者。

常　衮

浮萍赋附歌

大江之水东西流，别有孤萍朝夕浮。莫言此中长泛泛，终当结实触
王舟。见《文苑英华》卷一四九。

乔　琳

太原进铁镜赋附歌

金之精兮众宝所参，镜之明兮群象所含。清至莹兮氛埃不杂，明至
察兮丑类相惭。见《文苑英华》卷一○五。

全唐诗续拾卷一七

大历年浙东联唱集

松花坛茶宴联句 元本不注名姓于联句下

几岁松花下，今来草色平。　　衣冠游佛刹，鼓角望军城。　　乱竹边溪暗，孤云向岭明。　　绕坛烟树老，入殿雨花轻。　　山磬人天界，风泉远近声。　　夜禅三世晤，朝梵一章清。　　上砌莓苔遍，缘窗薜荔生。　　焚香忘世虑，啜茗长幽情。　　聚土何年置，修心此地成。　　道缘云起灭，人世月亏盈。　　蝉噪林当晓，虹生涧欲晴。　　水流惊岁序，尘网悟簪缨。　　池上莲无著，篱间槿自荣。　　因知性不染，更识理常精。　　从此应贪味，非惟悔近名。　　山栖多自惬，林卧欲无营。　　已接追凉处，仍陪问法行。　　赏心殊未遍，惆怅暮钟鸣。

寻法华寺西溪联句

贾弇　　陈允初　　吕渭　　张叔政肃代间人，《全唐文》卷四三六存《对弃农判》一篇。　　鲍防　　周颂京兆人，天宝进士，永泰中为慈溪令，官至大理寺司直。(据《元和姓纂》卷五、《太平广记》卷三八二、《登科记考》卷二七)　　□成用不详。　　郑概　　严维

常愿山水游，灵奇赏皆遍。贾弇。　　云端访潭洞，林下征茂彦。允初。　　枕石爱闲眠，寻源乐清宴。吕渭。　　探幽渐有趣，凭险恣流盼。张叔

政。　竹影思挂冠，湍声忘摇扇。鲍防。　旁登樵子径，却望金人殿。
周颂。　萝叶朝架烟，松花暮飞霰。□成用。　蝉声掩清管，云色缘素
练。郑概。　从事暮澄清，看以得方便。严维。　攀崖屡回互，绝迹无
健羡。允初。　野客归路逢，山僧入林见。贾弇。　云林会独往，世道
从交战。鲍防。　塔庙年代深，云霞朝夕变。周颂。　潜流注隈隩，触
石乍践溅。□成用。　逸兴发山林，道情忘贵贱。郑概。　临流日复夕，
应接空无倦。严维。

云门寺小溪茶宴怀院中诸公

　　严维　　谢良弼谢良辅之昆仲，曾任中书舍人。（据顾况《礼部员外郎
陶氏集序》）　裴晃不详。　　吕渭　　郑概　　陈允初
　　庾骙不详。　　贾肃不详。

喜从林下会，还忆府中贤。严维。　石门云路里，花宫玉笋前。谢良弼。
　日移侵岸竹，溪引出山泉。裴晃。　猿饮无人处，琴听浅溜边。吕
渭。　黄粱谁共饭，香茗忆同煎。郑概。　暂与真僧对，遥知静者便。
允初。　清言皆亹亹，佳句又翩翩。庾骙。　竟日怀君子，沉吟对暮天。
贾肃。

征镜湖故事

　　陈允初　　吕渭　　严维　　谢良弼　　贾肃　　郑概
　　庾骙　　裴晃

将寻〔炼〕（练）从《纬略》卷十改，《剡录》卷六作"炼"药井，更逐卖樵风。允初。
《剡录》误作"凡初"。　刻石秦《剡录》作"泰"山上，探书禹穴中。吕渭。　溪
边寻五老，桥上觅双童。严维。　梅市西陵近，兰亭上道通。谢良弼。
　雷门惊鹤去，射的验年丰。贾肃。　古寺思王令，孤潭忆谢公。郑概。
　帆开岩上石，剑出浦间铜。庾骙。　兴里还寻戴，东山更向东。裴

晃。《历代诗话》本《韵语阳秋》卷五引作"裴勉",《类编》本作"裴晃",均误。影宋本《韵语阳秋》及《剡录》均作"裴晃",不误。

自云门还泛若耶入镜湖寄院中诸公

谢良弼　吕渭　郑概　严维　裴晃　陈允初
萧幼和<small>不详。</small>

山中秋赏罢,溪上晚归时。<small>谢良弼。</small>　出谷秦人望,经湖谢客期。<small>吕渭。</small>　日斜愁路远,风横畏舟迟。<small>郑概。</small>　章句怀文友,途程问楫师。<small>严维。</small>　浅沙游蚌蛤,危石起鸬鹚。<small>裴晃。</small>　落叶飞孤戍,横塘向古祠。<small>允初。</small>　行行多兴逸,无处不相思。<small>萧幼和。</small>

秋日宴严长史宅

郑概　裴晃　严维　徐嶷<small>东海人。(《宋高僧传》卷十五)</small>
张著<small>字处晦,常山人。骛孙,任剡尉,著《翰林盛事》一卷。(据《直斋书录解题》卷五)</small>　范绛<small>不详。</small>　刘全白　沈仲昌　阙名

北客来江外,秋山到越中。<small>郑概。</small>　故交多此见,清兴复能同。<small>裴晃。</small>　落木秦山近,衡门镜水通。<small>严维。</small>　檐前苔绕砌,篱下菊成丛。<small>徐嶷。</small>　泫泫花承露,泠泠叶动风。<small>郑概。</small>　卷帘看彩翠,对酒命丝桐。<small>张著。</small>　戊日辞巢燕,商天向浦鸿。<small>范绛。</small>　骞开通细雨,笑语望秋空。<small>刘全白。</small>　懒竹霜天绿,残花醉里红。<small>仲昌。</small>　客游惊落叶,更使恨风蓬。<small>阙名。</small>

严氏园林 <small>六言</small>

严维　郑概　王纲<small>大历九年以大理司直充昆山县令,首建县学。(据《玉峰志》卷上《学校》、卷中《名宦》)</small>　沈仲昌　贾全<small>长乐人,弇弟。大历四年进士。历任咸阳县令、户部员外郎、常州刺史、越州刺史、</small>

浙东观察使，永贞元年卒。(据《柳河东集》卷十二《先友记》、《陆宣公翰苑集》卷四、《郎官石柱题名考》卷十二、《会稽掇英总集》卷十八、《旧唐书·宪宗纪》)　　段格不详。　　刘题不详。

策杖山横绿野，乘舟水入衡门。严维。　　客来多从业县，僧去还指烟村。郑概。　　春韭青青耐剪，香粳日日宜飧。王纲。　　自愧薄沾冠冕，何如乐在丘园。□仲昌。　　鸟散纷纷花落，人行处处苔痕。贾全。　　水池偏多白鹭，畦隔半是芳荪。段格。　　柳径共知归郭，暮云谁使当轩。刘题。

柏梁体状云门山物 并序

秦瑀不详。　　鲍防　　李聿玄宗时清漳令，迁尚书郎。(据《全唐文》卷四三五)　　李清　　杜奕　　袁邕　　吕渭　　崔泌不详。《新唐书·宰相世系表》博陵安平崔氏有刑部员外郎崔泌，为湜弟，时代稍早，非是。陈允初　　郑概　　杜倚京兆人。淹玄孙，左卫将军。(据《元和姓纂》卷六)

　　状，比也，与比释氏有药草谕品，诗家则六艺之一焉。义取睹物临事，君子早辩不当，有似是而非，采诗之官可得而补缺矣。无以小言默，无以细言弃，相尚佳句，题于层阁，古者称会必赋，其能阙乎。星郎主文，宾赋所以中隽也。

幡竿映水出蒲檣。秦瑀　　榴花向阳临镜妆。鲍防。　　子规一声猿断肠。李聿。　　残云入户起炉香。李清。　　晴虹夭矫架危梁。杜奕。　　轻萝缥缈挂霓裳。袁邕。　　月临影殿玉毫光。吕渭。　　粉带新篁白简霜。崔泌。　　玲珑珠缀鱼网张。□允初。　　高枝反舌巧如簧。郑概。　　风摇宝铎佩锵锵。秦瑀。　　古松拥肿悬如囊。杜倚。　　雨垂珠箔映回廊。□聿。　　蔷薇绿刺半缄长。鲍防。　　五粒松英大麦芒。李清。　　古藤蚴蟉毒龙骧。杜奕。　　深林怪石猛虎藏。袁邕。　　古碑勒字棋局方。吕渭。　　山僧行道鸿雁行。崔泌。　　亭亭孤笋绿沉枪。郑概。　　蜂窠倒挂枯莲房。允初。　　燃灯幽殿星煌煌。杜倚。

花岩寺松潭

张叔政　　严维　　吕渭　　贾弇　　周颂　　郑概

陈允初　　□成用

山下花岩会,松间水积深。张叔政。　晚荷交乱影,疏竹引轻阴。严维。
云散千岩暮,风生万木吟。吕渭。　浮荣指西景,微尚寄东岑。郑概。
望鸟知无迹,看猿欲学心。周颂。　　浮荣指西景,微尚寄东岑。郑概。
待月开山阁,闻钟出石林。允初。　波文摇翠壁,蝉响续幽琴。张叔
政。　永日陪霜简,通宵听梵音。贾弇。　机闲任情性,道胜等浮沉。□
成用。　赏异方终古,佳游几度今。严维。　自然轻执简,宁敢忘抽簪。
允初。　过见心皆妄,驱驰力未任。吕渭。　从来谢公意,山水爱登临。
周颂。

入五云溪寄诸公联句 从一字至九字

　　　按:《全唐诗》卷七八九收本诗,题作《一字至九字诗联句》,为后人
拟题,原题实缺。另五言诗二句下漏书作者吕渭。今为补题,诗不重录。

登法华寺最高顶忆院中诸公 从一字至九字

周颂　　□成用　　张叔政　　贾弇　　〔鲍防〕　　严
维　　吕渭　　郑概　　陈允初

身,心。周颂。　城郭,山林。□成用。　望处远,到时深。张叔政。　云
崖杳杳,烟树沉沉。贾弇。　啸侣时停策,探幽或抚琴。〔鲍防〕　得法
小枝小叶,怀人如玉如金。严维。　月色前庭清静观,梵声初夜海潮
音。吕渭。　思君子山深不可见,登高顶望远欲相寻。郑概。　何事
归舟客兴棹不驶,君不见红莲绿荇沙禽。允初。

　　《通志·艺文略》八著录:"《大历年浙东联唱集》二卷。"《嘉泰会稽志》卷十四《严维传》云:"大历中与郑概、裴晃、徐嶷、王纲等宴其园宅,联句赋诗,世传《浙东唱和》。"卷十三云:"严长史园林,颇名于唐,大历中有联句者六人。"卷十八云:"松花坛,唐大历中严维、吕渭茶宴于此,联句云(略)。"

　　桑世昌《兰亭考》卷十二云:"鲍防、严维、刘全白、宋迪,共三十五人具姓名。大历中唱和五十七人。"

　　今按:严维等大历唱和原集,今已不存。宋人引录其诗者有:《岁时杂咏》收一首,《唐诗纪事》收一首,《会稽掇英总集》收诗十二首又偈十一首,《剡录》收一首,《兰亭考》收一首,《嘉泰会稽志》收片断若干。另宋刻唐人别集附见三首。综计各书所收,今存此次唱和诗凡十四首又偈十一首。与唱者除本书前列三十人外,可考知者尚有刘蕃、樊珣、丘丹、范淹、吴筠、□逈(疑为刘逈)、任遥、谢良辅、宋迪等九人,凡三十九人,已超过《兰亭考》所举之三十五人。这一组诗,《全唐诗》卷七八九收《中元日鲍端公宅遇吴师联句》、《酒语联句各分一字》、《一字至九字诗联句》三首,《全唐诗续补遗》卷五收《经兰亭故池联句》(收严维名下),馀十首皆录如上。另《会稽掇英总集》卷十五收《云门寺济公上方偈》十一首,皆为四言之作,《全唐文》未全收。姑附录于次,以存该集完貌,为研究者提供参读的便利。

鲍防《云门寺济公上方偈序》

　　己酉岁,仆忝尚书郎司浙南之武。时府中无事,墨客自台省而下者凡十有一人,会云门济公之上方,以偈者,赞之流也,姑取于佛事云。

同人《护戒刀偈》

剖妄妄绝,决机机坏。彼坚钢刀,护身闻戒。

李聿《茗侣偈》

采采春渚,芳香天与。涤虑破烦,灵芝之侣。

杜奕《芭蕉偈》

幽山净土,生此芭蕉。无心起喻,觉路非遥。

缺名《山啄木偈》

尔禽啄木,恶蠹伤木。愈木无病,巢枝自足。

缺名《澡瓶偈》

灵圆取相,尘垢是澡。定水清净,救彼热恼。

郑概《山石榴偈》

何方而有,天上人间。色空我性,对尔空山。

杜倚《漉水囊偈》

裂素成器,给我救彼。密净圆灵,护生絮水。

袁邕《藤偈》

得彼柔性,契兹佛乘。岂无众木,我喻垂藤。

崔泌《蔷薇偈》

护草木性,植彼蔷薇。眼根不染,见尔色非。

缺名《班竹杖偈》

护性维戒,扶身在杖。动必由道,心无来往。

任遶《题天章寺偈》

降伏心住,自在心住。有心且住,无心即住。

全唐诗续拾卷一八

李 端

早 梅

不知近水花先发,疑是经冬雪未销。《千载佳句》卷下《草木部·梅》。

湖 南 归 梦

归梦不知湖水阔,夜来还到洛阳城。同前《别离部·旅情》。

　　按:《全唐诗》卷二七〇收二诗为戎昱作,后诗题作《旅次寄湖南张郎中》。

张南史

送李使君贬郴州

竹符辞汉守,桂酒奠湘君。见《十万卷楼丛书》本皎然《诗式》卷五。

萧 昕

上林白鹿赋附歌

德由庚兮群物凑,协嘉祥兮扰灵兽。感沂合于天符,遂充塞于君圃。
见《文苑英华》卷八九。

吉中孚

奉同秘书苗丞菘阳山闲居引

有山蹉跎兮有水潺湲,王孙独往兮春草经年。溪路独行兮到时何
处?渔父相见兮水上天边。犬吠前村兮极浦,回风入林兮微月映户。
白石磷磷兮曲<small>小川氏疑为"进"字</small>水泥<small>疑</small>衣,哀猿啾啾兮空山半雨。谷口
苍茫兮天阴,人间离别兮年月深。花迷流水不知处,心忆君家难得
<small>小川氏定为"后"</small>寻。<small>日本藏唐抄本《新撰类林抄》卷四。</small>

郎士元

五言普门上人兰若一首

支公身欲老,常在沃〔洲〕(州)多。惠力堪传教,禅功久伏魔。山云随
坐夏,幽草伴头陀。借问回心后,贤愚去几何?

<small>按:《全唐诗》卷二四九收此诗为皇甫冉作,卷一四八作刘长卿诗,
卷二三五作皇甫曾诗。然《唐诗卷》约在元和前后书,为时甚早,故仍存
之。</small>

五言南岳寺普上人院一首

云深石涧寺,树老远公房。终日风□□,□秋景气凉。醍醐蒙□味,
□□□□□。□见无生理,空山坐道场。<small>以上二首均见日本藏唐抄本《唐诗
卷》。</small>

寄灵一上人初还云门

寒山白云里,法侣自招携。竹径通城下,松门隔水西。方同沃洲去,

不作武陵迷。仿佛心知《全唐诗》作"遥看"处,高峰《全唐诗》作"秋风"是会稽。见《会稽掇英总集》卷七。

　　按:《全唐诗》卷三八四收此诗为张籍作。今检《宋高僧传》十五、《文苑英华》卷八六四独孤及撰《扬州庆云寺律师一公塔碑》,知灵一卒于宝应元年,年三十六。张籍生年难确考,但在大历间殆无可疑。张籍生于灵一卒后,此诗非其作甚明。郎士元与灵一同时,诗应为其作。另《全唐诗》卷一四八作刘长卿诗,卷二九六作张南史诗,卷二一〇作皇甫曾诗,俟考详。

驻 节 太 康

霜叶飞红过夏墟,金风吹雁集荒渠。鞭挥清渭分流外,目送乌江远树馀。五子歌声犹在耳,十旬猎迹已成畲。天时人事堪惆怅,闷对牙旗展簿书。影印文渊阁《四库全书》本《河南通志》卷七四、民国廿二年刊刘盼遂纂《太康县志》卷六、《古今图书集成·职方典》卷三八八《开封府部》。与士元生平不合,恐误。

送皎〔然〕(照)上人归山

云阴鸟道苔方合,雪映龙潭水更清。《千载佳句》卷上《地理部·山中》。

句

马令无茶分。见刘克庄《后村大全集》卷一八四《诗话新集》。

　　刘克庄云:"余记唐人杂书载士元尝对客有'马令无茶分'之戏。北平王一日饮客,士元与焉。坐间,北平醉饱设茗供,连沃数碗,士元老不能禁,即席吐利交下。满坐大笑。今不省出处,当考。"

刘 商

白 角 樽 歌

或谓轻冰盛沆瀣海气也。见宋吴聿《观林诗话》。

严巨川

巨川,建中贞元间人。补诗一首。(《全唐诗》卷七八一收严巨川诗二首,列为爵里世次俱无考之作者)

建中四年十月感事 题拟

烟尘忽起犯中原,自古临危道贵存。手持礼器空垂泪,心忆明君不敢言。落日胡箛吟上苑,通宵虏将醉西园。传烽万里无师至,累代何人受汉恩。见唐赵元一撰《奉天录》卷二。

《奉天录》卷二:"八日,泚于宣政殿僭即大位,愚智莫不血怒。卫者多是军人,周行不过数十,自称大秦皇帝,年号应天。伪赦书云:'幽囚之中,神器自至,岂朕薄德所能经营。'彭偃之词。册文,太常少卿樊系之撰。文成,服药而卒。故严巨川诗曰(诗略)。"

《奉天录》卷一:"时有风情女子李季兰上泚诗,言多悖逆,故阙而不录。皇帝再克京师,召季兰而责之曰:'汝何不学严巨川有诗云"手持礼器空垂泪,心忆明君不敢言"?'遂令扑杀之。"今按:详此段纪事,似巨川于朱泚乱时亦陷身贼中,至德宗收京,因此诗而得宽宥。

论惟明

惟明,吐蕃人。高祖禄东赞为吐蕃相,因官立姓,遂为论氏。曾祖赞婆于圣历二年率部归唐,封归德郡王。祖弓仁、父成节皆仕唐。惟明,兴元中为金吾将军。贞元二年七月,自右金吾大将军为鄜坊观察使。三年,改称节度使。十一月卒于官。诗一首。(《全唐诗》无论惟明诗,其小传据《旧唐书》卷十二《德宗纪》、《奉天录》卷四及岑仲勉先生《元和姓纂四校记》卷九)

朱泚乱定后上皇帝诗 题拟

豺狼暴宫阙,拔涂凌丹墀。花木久不芳,群凶亦自疑。既为皇帝枯,亦为皇帝滋。草木尚多感,报恩须及时。见唐赵元一《奉天录》卷四。

朱 放

和萧郎中游兰若

爱彼云外人,来取涧底泉。风吹芭蕉折,鸟啄梧桐穿。见《十万卷楼丛书》本皎然《诗式》卷三。同书卷四录前二句。

按:《全唐诗》卷三一五录四句,缺题,又末字"穿"作"落",故分作二断句,盖沿《吟窗杂录》删节本《诗式》之误所致,今重录改正之。

畅 当

钓渚亭

花发多远意,凫雁有闲情。迟晖耿不暮,平江寂无声。见《唐诗纪事》卷二七。

李　泌

建宁王哀词二首 末句

良弓摧折久，谁识是龙韬。见《吟窗杂录》卷二四《历代吟谱》。

　　　　按：《全唐诗》卷一〇九收此二句，缺题，今重录。

句

夷门一把平安火，定逐恒山候骑来。《四库》本《记纂渊海》卷二一。

粉容冰艳玉玲珑。《江湖小集》卷二十李莱《梅花衲》引。

戴叔伦

酬秦征君徐少府春日见集

终日愧无政，与君聊散《剡录》作"放"襟。城根山半腹，亭影水中心。朗
咏竹窗静，野情花径深。那能有馀兴，不作剡溪寻。见《文苑英华》卷二三
〇、卷三一六、高似孙《剡录》卷六、卷十。

　　　　按：《全唐诗》卷一九〇收作韦应物诗，误。宋本《韦集》无此诗。明
刻《文苑英华》卷二三〇此诗前为应物诗，此诗失署作者，后人因此致
误。《文苑英华》卷二三〇周必大等校该诗云："集作《奉酬秦征君系春日
抚州西亭野望兼寄徐少府》。"叔伦曾任抚州刺史。卷三一六即题作《抚
州西亭》，署"戴叔伦"作。中华书局影印本新编目录已纠正明刻本之误。

新　池

邻僧犹未起，明月早先知。见《吟窗杂录》卷十四正字王玄《诗中旨格》。

早春书情寄河南崔少府
早发陕州途中赠严秘书
喜严侍御蜀还赠严秘书

按：以上三诗，《文苑英华》卷二五五收作戴叔伦诗，卷二五六复收作清江诗。尚难遽定谁作，姑存目俟考。

赠淮西贾兵马使

按：《文苑英华》卷三〇〇收作戴叔伦诗，卷二五七收作清江诗。尚难遽定谁作，姑存目。以上四首，《全唐诗》卷八一二均收清江名下。

李博士

李博士，名不详，韦应物之友人。

问韦应物 题拟

宋生昔登览。中缺。那能顾蓬荜。见《韦苏州集》卷五《李博士弟以余罢官居同德精舍共有伊陆名山之期久而未去枉诗见问中云宋生昔登览末云那能顾蓬荜直寄鄙怀聊以为答》。

按：韦应物另有《寄酬李博士永宁主簿叔厅见待》、《答李博士》、《同德寺雨后寄元侍御李博士》、《同德阁期元侍御李博士不至各投赠二首》，均与同人之作，唯其名不详。傅璇琮先生《韦应物系年考证》定应物退居同德寺为永泰元年弃洛阳丞后。颇疑此人即与应物过从甚密之李儋，出姑臧大房，给事中升期之子，官至殿中侍御史，见《新唐书·宰相世系表》。俟得确证定之。

刘长卿

同姜泛水题裴司马东斋

不记鄱阳郡，俱因谪官过。白云心已矣，沧海意如何？藜杖全吾道，榴花养太和。春风骑马醉，江月钓渔歌。步履侵苔藓，顷冠拂薜萝。远山终日在，芳草傍人多。莫学灵均怅，愁竟楚水波。《新撰类林钞》卷四，据小川环树录文。

按：《全唐诗》卷一四九收此诗，题作《同姜濬题裴式微馀干东斋》。内容大异，今重录。

过郑山人所居

一径人寻谷口村，春山犬吠武陵源。青苔满地无行处，深笑桃花独闭门。同前。

按：《全唐诗》卷一五〇收本诗，内容大异，今重录。《千载佳句》卷上《人事部·闲居》收后二句，诗题不同，《全唐诗逸》卷上已收入。

将赴湖南湖上别皇甫曾

此去君何恨，南行我更遥。东西湖渺渺，离别雨潇潇。绿山通春谷，青山过板桥。浔阳如枉棹，千里有归潮。见席刻《刘随州诗集》卷二。

按：《全唐诗》卷一四八收《赴江西湖上赠皇甫曾之宣州》，与此有较多不同。

韦应物

送灵澈还云门

我欢常在梦，无心解伤别。千里万里人，只似眼中月。见《会稽掇英总集》卷七。

　　按:《全唐诗》卷八一八作皎然诗,但《杼山集》不收。

早 春 诗

南园柳色动,野塘春水生。屡游烦将吏,独此守山城。见《能改斋漫录》
卷十一。

芳 草 涧

青青满地铺颜色,曲曲一湾流水声。总为游人逞风景,乱云初卷碧
天空。见嘉靖《六合县志》卷八,上海图书馆据天一阁藏本所摄显微胶卷。原注出《嘉定
志》。

春　雪 存目

　　按:此诗见《文苑英华》卷一五四。《唐诗纪事》卷七、《万首唐人绝句》
卷二五、《全唐诗》卷一百作东方虬诗。未详孰是,姑存目以俟考。

杨　华

　　华,皎然同时人。任乌程令。(《全唐诗》无杨华诗)

将赴渭北对月怀昼上人 题拟

悠然顾山侣。见《皎然集》卷一《五言酬乌程杨明府将赴渭北对月见怀》注引。

殷　济

　　殷济,大历、贞元间人。北庭陷蕃后被俘系。诗十四首。
(《全唐诗》无殷济诗,事迹据诸诗推定)

悲 春

青青柳色万家春,独掩荆扉对苦辛。山月有时来照户,蕃歌无夜不
伤人。荒村寂寂鸡鸣早,穷巷喧喧犬吠频。自恨一生多处否,谁能
终日更修文?

秦 闺 怨

幽闺情自苦,何事更逢春?萱草侵阶绿,垂杨暗户新。镜中丝发乱,
窗外鸟声频。对此芳菲景,长宵转忆君。

春至感心伤,低眉入洞房。征夫天外别,抛妾镇〔渔〕(鱼)阳。有意连
新月,无情理旧妆。长流双睑泪,独恨对芬芳。

忆北府弟妹 二首

骨肉东西各一方,弟兄南北断肝肠。离情只向天边碎,壮志还随行
处伤。不料此心分两国,谁知翻属二君王。艰难少有安中土,经乱
多从胡虏乡。独羡春秋连影雁,每思羽翼并成行。题诗泣尽东流水,
欲话无人问短长。

与尔俱成沦没世,艰难终日各东西。胡笳晓听心长共,汉月〔宵〕
(霄)看意自迷。独泣空房襟上血,孤眠永夜梦中啼。何时骨肉园林
会,不向天涯闻鼓鞞。

奉忆北庭杨侍御留后

不幸同俘縶,常悲海雁孤。如何一朝事,流落在天隅?永夜多寂寞,
秋深独郁纡。欲知相忆甚,终日泪成珠。

岁日送王十三判官之松州幕

异方新岁自然悲,三友那堪更别离。臄酒未倾心已醉,愁容相顾懒题诗。三边罢战犹长策,二国通和藉六奇。伫听莺迁当此日,归鸿莫使尺书迟。

冬〔宵〕(霄)感怀

切切霜风入夜寒,微微孤烛客心难。长〔宵〕(霄)独恨流离苦,直到平明泪不干。

叹路傍枯骨

行行遍历尽沙场,只是偏教此意伤。从来征战皆空地,徒使骄矜掩异方。

言　怀

愁绪足悲歌,离心似网罗。二年分两国,万里一长河。碛外人行少,天边雁叫多。怀乡不得死,皆是惜天涯。

见花发有思

花未发,增所思,及见花开转益悲。花开未发尚有期,独我情怀未见时。中〔宵〕(霄)月下空流泪,肠断关山知不知?

无　名　歌

天下沸腾积年岁,米到千钱人失计。附郭种得二顷田,磨折不充十一税。今年苗稼看更弱,〔扮〕一作"坟"榆产业须抛却。不知天下有几人,但见波逃如雨脚。去去如同不系舟,随波逐水泛长流。漂泊已

经千里外,谁人不带两乡愁?舞女庭前厌酒肉,不知百姓饿眠宿。君
不见城外空墙遥,将军只是栽花竹。君看城外恓惶处,段段茅花如
柳叶—作"蘩"。海雁衔泥欲作巢,空堂无人却飞去。

　　按:此首又见伯三六二〇卷,不署名,今据校。此本末多数句:"所在
　　君侯,不须恼乱。发意害彼,不知自伤。此世报得恶名,当来必酬苦果。"似
　　与此诗无关。又此首及下二首疑非殷济诗。

梦 归 还

春来相思每随风,万里关山想自通。梦里宛然归旧国,觉来还在虏
营中。

春来有幸却承恩,花里含啼入殿门。残妆不用添红粉,且待君王见
泪痕。均见伯三八一二卷。

希　迁

　　希迁,俗姓陈,端州高要人。少谒慧能禅师,开元十六年于
罗浮山具戒。天宝初,于衡岳南台寺东结草庵,时称石头和尚。
著《参同契》,为世所称。贞元六年十二月卒,年九十一。诗三
首。(《全唐诗》无希迁诗,传据《祖堂集》卷四)

草 庵 歌

吾结草庵无宝贝,饭了从容图睡快。成时初见茅草新,破后还将茅
草盖。住庵人,镇常在,不属中间与内外。人住处,我不住,世人爱
处我不爱。庵虽小,含法界,方丈老人相体解。上乘菩萨信无疑,中
下闻之必生怪。问此庵,坏不坏,坏与不坏主元在。不居南北与东
西,基上坚牢以为最。青松下,明窗内,玉殿朱楼未为对。纳帔幪头

万事休,此时山僧都不会。住此庵,休作解,谁夸铺席图人买。回光
返照便归来,廓达灵根非向背。遇祖师,亲训诲,结草为庵莫生退。
百年抛却任纵横,摆手便行且无罪。千种言,万般解,只要交君长不
解。欲识庵中不死人,岂离而今遮皮袋。见《景德传灯录》卷三十。

参 同 契

竺土大仙心,东西密相付。人根有利钝,道无南北祖。灵源明皎洁,
枝派暗流注。执事元是迷,契理亦非悟。门门一切境,回互不回互。
回而更相涉,不尔依位住。色本殊质象,声元异乐苦。暗合上中言,
明明清浊句。四大性自复,如子得其母。火热风动摇,水湿地坚固。
眼色耳音声,鼻香舌碱醋。然依一一法,依根叶分布。本末须归宗,
尊卑用其语。当明中有暗,勿以暗相遇。当暗中有明,勿以明相睹。
明暗各相对,比如前后步。万物自有功,当言用及处。事存函盖合,
理应箭锋拄。承言须会宗,勿自立规矩。触目不会道,运足焉知路。
进步非近远,迷隔山河固。谨白参玄人,光阴莫虚度。同前。又见《五灯
会元》卷五。

偈

从来共住不知名,任运相将作《五灯会元》作"只"摩行。自古上贤犹不
识,造次常《五灯会元》作"凡"流岂可明。见《祖堂集》卷四、《五灯会元》卷五。

大同济禅师

　　大同济禅师,嗣希迁。在澧州,曾访庞蕴。诗一首。(《全
唐诗》无大同济禅师诗)

颂

十二时中那事别,子丑寅卯吾今说。若会唯心万法空,释迦弥勒从兹决。见《五灯会元》卷五。

张　芬

　　芬,字茂宗,江东人。工正书,大历二年书徐浩《郭英杰碑》。曾任大理评事,与李端有过往。贞元中以兵部郎中入韦皋幕府。诗一首。(《全唐诗》无张芬诗,传据《金石录》、《书史会要》及符载《剑南西川幕府诸公写真赞》)

酬李端山中见期不至　题拟

君家旧林壑,寄在乱峰西。近日春云满,相思路亦迷。闻钟投野寺,待月过前溪。怅望成幽梦,依依识故蹊。见江标影宋书棚本《唐诗五十家小集·李端诗集》卷二。

　　按:《全唐诗》卷二八五收此诗于李端名下,题作《酬前大理寺评事张芬》。检影宋书棚本,此诗附于李端《山中期张芬不至》后,题作《酬前》,署"大理评事张芬"。此为张芬诗附收于李集,作李诗误。另参本书卷十一苗发诗附考。

杨　衡

上阳春辞

圣皇自在《千载佳句》卷下作"有"长生殿,不向蓬莱王母家。见《日本古典文学大系》七三册藤原公任《和汉朗咏集》卷下《帝王》。

　　川口久雄校注云:架藏私注本题作《上阳春辞》,《千载佳句·禁中》
作《上春词》,柿村本作《上阳春词》。

徐　浩

诗

祖德道场下,往来三十秋。白头方问法,朗月特相留。《至大金陵新志》
卷十二下。

颜真卿

天台智者大师画赞

天台大师俗姓陈,其名智颛华容人。隋炀皇帝崇明因,号为智者诚
敬申。师初孕育灵异频,彩烟浮空光照邻。尧眉舜目熙若春,禅慧
悲智严其身。长沙佛前发弘誓,定光菩萨示冥契。恍如登山临海际,
上指伽蓝毕身世。东谒大苏求真谛,智同灵鹫听法偈。得宿命通弁
无碍,旋陀罗尼华三昧。居常西面化在东,八载瓦官阐玄风。敷演
智度发禅蒙,梁陈旧德皆仰崇。遂入天台华顶中,因见定光符昔梦。
降魔制敌为法雄,胡僧开道精感通。又有圣贤垂秘旨,时平国清即
名寺。赎得鱼梁五百里,其中放生讲流水。后主三礼洞庭里,请为
菩萨戒弟子。炀皇世镇临江浍,金城说会求制止。香火事讫乃西旋,
渚宫听众逾五千。建立精舍名玉泉,横亘万里皆禀缘。炀皇启请回
法船,非禅不智求弘宣。遂著《净名精义传》,因令徐柳参其玄。帝
既西趋移象魏,师因东还遂初志。半山忽与沙门颠,俄倾逶迤偕韬
秘。止观大师名法源,亲事左溪弘度门。二威灌顶诵师言,同禀思
文龙树尊。荆溪妙乐间生孙,广述祖教补乾坤。写照随形殊好存,

源公瞻礼必益敦。俾余赞述斯讨论,庶几亿载垂后昆。《传教大师全集

·天台灵应图本传集》卷二,转录自《东南文化》一九九○年六期《天台山文化专号》。

全唐诗续拾卷一九

李　皋

　　皋,字子兰,唐宗室。天宝十一载嗣曹王,三迁至秘书少监。上元初,因事贬温州长史,迁衡州刺史、潮州刺史。建中后,历镇湖南、荆南、江西、山南东道,贞元八年卒,年六十。诗二首。(《全唐诗》)无李皋诗,传录《旧唐书》卷一三一本传)

游南雁诗

雁荡诸奇不可穷,石梁华表远凌空。乾坤谁道洞中小,日月曾从牖里通。词客墨苔观照耀,飞仙环佩听玲珑。何当偕得缑山鹤,驾入嶙峋翠几重。见同治丙寅刊齐召南纂《温州府志》卷四。

　　按:张靖龙云:“见清周喟《南雁荡山志》卷七《诗外编》引明人陈玭《嘉靖南雁荡志》,又见乾隆《平阳县志》卷二,题作《游横阳雁荡山诗》。”

青霞子

　　青霞子,贞元间罗浮山隐士。诗七首。(《全唐诗》无青霞子诗)

龙虎元旨歌

天地初分日月高,状如鸡子复如桃。阴阳真气知时节,直待三年脱战袍。

大道分明在眼前，时人不会误归泉。黄芽本是乾坤气，神水根基与汞连。

龙虎丹砂义最幽，五神金内汞铅流。千朝变紫云飞去，直至大罗天上头。

认得根源不用忙，三三合九有纯阳。潜通变化神光见，从此朝天近玉皇。

用铅须得汞相和，二性为亲女唱歌。炼到紫河车地动，白云相伴鹤来过。

合其天地合其元，子母相逢不敢言。先汞后铅真道大，莫教失伴鹤归天。

此宝从来二八传，吉年吉月入炉安。千朝火候依时节，必定芽成汞已干。《正统道藏》本《龙虎元旨》。

　　　　按：《龙虎元旨》末云："东岳董师元于贞元五年受之于罗浮山隐士青霞子，贞元十九年传受剑州司马张陶，开成三年京师传族弟李汾，长契五年传成君。"

秦　系

云　门　山

十年游罢古招提，路入云门峻似梯。秀气渐分秦望岭，寒身犹入若耶溪。天开霁色澄千里，稻熟秋香互万畦。多少灵踪待穷览，却愁回驭日平西。见《古今图书集成·山川典》卷一一四《云门山部》。

姚明敭

　　姚明敭，字里不详。建中二年自商州刺史为陕州长史、本州防御陆运使。四年,任陕虢观察使,赴行在。贞元间任司农卿。诗一首。(《全唐诗》无姚明敭诗,传据《旧唐书·德宗纪》、《通鉴》卷二二九及下引志文)

送常州司士崔千里 题拟

官屈须推命,时危莫厌贫。城楼近江水,潮退看垂轮。《千唐志斋藏志》九八三页崔恕撰《唐故登仕郎常州司士参军裴武城县开国伯崔府君墓志铭》引。此则承陶敏先生告知。

戎　昱

开元观陪杜大夫中元日观乐

　　按:《全唐诗》卷二七〇收此诗,第八句缺一字。《古今岁时杂咏》卷二八录此诗不缺,此句作"好风油幕动高烟"。

席　夔

运斤赋附歌

彼二子兮以艺相崇,得一理兮其心则同。运斤在手诚可惧,坚立不动神之雄。见《文苑英华》卷一〇一。

裴延龄

　　延龄,河东人。乾元末,为汜水尉,迁太常博士。卢杞秉政,引为膳部员外郎、集贤院直学士。贞元八年,以司农少卿权领度支,迁户部侍郎判度支。十二年卒,年六十九。(《全唐诗》无

裴延龄诗,兹据《旧唐书》卷一三五、《新唐书》卷一六七本传拟
传)

怒李京兆充 题拟

近日兼放髭须白,犹向人前作背面。见《大唐传载》。

卢　纶

剑　诗

太平时节无人看,雪刃闲封满匣尘。见《吟窗杂录》卷十四《诗中旨格》。

　　　按:《吟窗杂录》本作者名作"处纶",兹依《诗学指南》卷四改正。《全
唐诗》卷八四九收作处默诗,疑误。

韦渠牟

窦五判官罢举赴商州辟书袖
文相访书怀话旧因抒鄙怀

　　　按:此诗见《窦氏联珠集》,下署"重表兄太府卿赐紫金鱼袋韦渠牟"。
《全唐诗》卷三一四收本诗,题作《赠窦五判官》,删略过甚,今为补原题,
诗不重录。

怀　素

　　　怀素,俗姓钱,字藏真,长沙人。嗜酒,善草书,与张旭齐
名。晚年居室日绿天庵。贞元十五年书《千字文》,时年六十
三。存世法帖甚众。(传据陆羽《释怀素传》、《宣和书谱》卷十

九、《释氏疑年录》卷四。另详附按）

句

人人来问此中妙,怀素自云初不知。见明汪珂玉《汪氏珊瑚网法书题跋》卷二《藏真草书清净经》附刘世昌跋引。

　　按:《全唐诗》卷八〇八收怀素诗二首,传云:"怀素,京兆人,从玄奘法师出家。上元三年,诏住西太原寺,寻归西京。以草书名。"此传实将同名之另一僧事迹误入。玄奘法嗣怀素,事迹详《开元释教录》卷九、《宋高僧传》卷十四,精于四分律,未闻其能诗善书。所收二诗,皆以草书名世之长沙僧怀素作。《题张僧繇醉僧图》,出《图画见闻志》卷五:"又僧繇曾作《醉僧图》传于世,长沙僧怀素有诗云(略)。"又米芾《书史》云:"怀素草书'祝融高座对寒峰'绿绢帖两行,此字最佳,石紫微尝刻石。"所引一句,即《寄衡岳僧》之首句。《沅湘耆旧集》卷十收二诗归长沙草书僧,是。

皎　然

五言答李师尚

雅篇忽见遗,婉□开缄发。惠风摇精思,琼蕊疑花□。下缺。见《四部丛刊》本《皎然集》卷一。

　　按:《皎然集》录此诗四句后,尚有"空门青山月"至"来税丘中辙"共七句。检《全唐诗》卷八一五,此七句为《酬李司直纵诸公冬日游妙喜寺题照昙二上人房寄长城潘丞述》一诗之末七句。可知原本在《五言答李师尚》前四行后,适有缺页或缺行,刊刻者不审,遂将二诗合成一篇,今为析出。

三言重拟五杂俎

五杂俎,箧中线。往复还,双飞燕。不得已,长门怨。昼。下缺。见同书卷十。

　　按：原诗应为与颜真卿等联句，今仅存皎然之作。

　　又按：《全唐诗》卷七九四联句《秋日潘述自长城至霅上……》第十句皎然诗缺一字。明刻本《吴兴艺文补》卷四三录此诗不缺，此句为"欢叙难兼遂"。

陆　羽

句

行坐诵佛书。见齐己《白莲集》卷九《过陆鸿渐旧居》自注引。

鲍君徽

入　南　涧

残芳蔼兰馥，照水何花红。

晚　眺

远树拥川断，晴云抱日流。均见《吟窗杂录》卷三十《古今才妇》。

德宗皇帝李适

宝应初征史朝义过虢州题僧寺壁　题拟

高僧居净域，客子恋皇宫。试访毗耶室，旋《大典》作"施"游方丈中。禅林吹梵响，忍草散香风。妙说三元《大典》作"玄"义，能谈不二宗。色空双已灭，内外两缘同。识尽无生理，乃觉出凡《大典》作"梵"、《金文最》作"樊"笼。见光绪二年刊高锦荣纂《灵宝县志》卷八《艺文》下。又见《金文最》卷七一许安仁大定十六年撰《御题寺重建唐德宗诗碑》（徐俊告）、《永乐大典》卷一三八二三引《洛阳志》(张忱石告)。

　　按:《永乐大典》引《洛阳志》:"御题寺,寺在灵宝南里。唐宝应元年,德宗以皇子为天下兵马元帅,统兵征史朝义过之,题诗壁间。厥后十七年即位,寺僧玄觉诣长安求寺额,诏以御题名之。"其后又录无名氏诗云:"解鞍投宿得禅宫,识破浮生万境空。夜静稍□檐外雨,朝来知是叶间风。"此诗未详何代何人所作,姑附此。

　　清毕沅《中州金石记》卷五:"御题寺唐德宗诗碣,大定十六年立,许安仁记并书,在御碑寺。额正书云:'御题寺唐德宗天章碑。'下为五律诗一首。知年月人名者,据黄叔璥《中州金石考》也。"

　　今按:《县志》录此诗原题作《题御碑寺》,然寺名因德宗此诗而得名,诗题显为后人追补。今重为拟题。黄叔璥书未见。碑记,《县志》亦未收。有关史事,两《唐书》、《通鉴》所记甚详,不具录。

韦　皋

赠　何　遐

腰间宝剑七星文,掌上弯弓挂六钧。箭发云中双雁落,始知秦地有将军。见《舆地纪胜》卷一四五《简州》。

　　按:《全唐诗》卷三一四收此诗,有缺文,今重录。《全唐诗》卷一二八王维《赠裴旻将军》,与此相似。

欧阳詹

灵　岩　述　旧

不到灵岩又二年,重来风景尚依然。层峦迥出青霄外,倦鸟归飞夕照边。坐爱云林泉石好,行寻暖谷野桥连。同游不觉天将晚,暂借僧房一榻眠。见嘉靖《略阳县志》卷六、光绪三十年重刊谭瑀纂《略阳县志》卷四。

郑　儋

儋,荥阳人。少依母家,明《左氏》。大历四年登进士第,建中元年登军谋越众科。历任高陵尉、大理丞、太常博士、起居郎、司封、吏部郎中,贞元十六年为河东节度使,次年卒,年六十一。诗一首。(《全唐诗》无郑儋诗,传据《韩昌黎集》卷二六《唐故河东节度观察使荥阳郑公神道碑文》、《郎官石柱题名考》卷四、卷六)

登汾上阁

汾楼秋水阔,宛似到闾门。惆怅江湖思,惟将南客论。见《欧阳行周文集》卷九《陪太原郑行军中丞登汾上阁中丞诗曰汾楼秋水阔宛似到闾门惆怅江湖思惟将南客论南客即儋也辄书即事上答》。

按:《全唐诗》卷七八三收此诗于郑中丞名下,今考定为郑儋作。

许　稷

江南春

江南正月春花早,梅花柳花夹长道。
江南二月春光半,杏白桃红香蕊散。
江南三月春光暮,蝴蝶闲飞绕深圃。见《吟窗杂录》卷二九《历代吟谱》。

张崇杰

崇杰,贞元间青州临淄县令。(《全唐诗》无张崇杰诗)

龙　池 题拟

爰有寒泉碧玉泓,天渊千古湛澄清。见影天一阁藏《正德青州府志》卷六。

崔子向

游　云　门

长松落落胜天台,佛殿经窗半岭开。郭里钟声山里去,上方流水下方来。见《会稽掇英总集》卷六。

法　照

寄劝俗兄弟二首

同气连枝本自荣,些些言语莫伤情。一回相见一回老,能得几时为弟兄?

兄弟同居忍便安,莫因毫末起争端。眼前生子又兄弟,留与儿孙作样看。见影清光绪抄本张鹏翼修《洋县志》卷七。

红螺山和尚

　　红螺山和尚,嗣马祖,在幽州。诗一首。(《全唐诗》无红螺山和尚诗)

示 门 人 颂

红螺山子近边夷,度得之流半是奚。共语问酬都不会,可怜只解那斯祁。见《五灯会元》卷三。

周 渭

　　渭，字兆师，淮阴人。大历十四年进士。历任汝州襄城尉、富平、长安尉、监察御史、殿中侍御史、膳部员外郎、祠部郎中、守秘书少监致仕，永贞元年卒，年六十六。补诗一首。（《全唐诗》卷二八一收周渭诗，传甚简，今据《权载之文集》卷二三《唐故朝散大夫守秘书少监致仕周君墓志铭》重录传）

湘 妃 庙

代变时迁事迹存，见来谁不暗消魂。上程此日湘江过，依旧修篁有旧痕。见《永乐大典》卷五七六九，中华书局影印本第六十册。

　　按：《永乐大典》署"御史周谓"作。《周君墓志铭》云："拜监察御史，董选补于南方。南方吏理清而风俗阜，抑君是赖，复命其劳，转殿中侍御史。"诗或即渭此次南行时作。"谓"为"渭"之误。

陈 诩

新 雷

一声离碧海，万里发芽生。见《吟窗杂录》卷十四《诗中旨格》引。

李 觐

　　觐，寿州刺史规之弟。大历贞元时人。诗一首。（《全唐诗》无李觐诗。传据《全唐文》卷四三六、《郎官石柱题名考》卷十一）

紫玉见南山赋附歌

归大素兮远蛮屏，有瑞玉兮见霄岭。浮紫气于云际，混清辉于水影。
庶南山之不骞，期我皇之惟永。见《文苑英华》卷八六。

陈　羽

七言宿西台江寄别南间寺一首

曾寄中天第一峰，新辞石室与岩松。归舟独宿寒江上，夜半遥听云
外钟。

五言宿妙喜寺赠远公一首

空学西天客，冥然生意长。夏高云纳愁近坛凉此联抄本原缺二字。月半
生空处，孤灯宿上方。欲离夕字想，何法御心王。

五言秋夜南间寺江尚院玩月一首

圆月吐青〔□〕，萧寥天宇宽。凝光与空〔□〕，虚寂两无端。露重草
衣湿，〔□□〕竹泉寒。欲持高洁意，长此共林峦。均见日本藏唐抄本《唐
诗卷》。

陆　质

　　质，本名淳，吴郡人。深于《春秋》。历官左拾遗、太常博士、
左司郎中、信、台州刺史、给事中、皇太子侍读，贞元二十一年
病卒。诗一首。(《全唐诗》无陆质诗，传据《旧唐书·儒学传》
本传)

送最澄阇梨还日本诗

海东国主尊台教，遣僧来听《妙法华》。归来香风满衣袯，讲堂日出映朝霞。见日本比睿山无量院沙门慈本（一七九四——一八六八）在文久二年（一八六二）撰《天台霞标》第四篇第一卷。转录自《中国哲学史研究》一九八五年第一期刊日本户崎哲彦撰《留传日本的有关陆质的史料及若干考证》。此篇承束景南先生告知。

　　按：慈本于诗下注云："此诗未知出于何书。慈本获之希烈宿称钞书中也。原本海作汝，妙作于，慈本依义改之。或曰：此诗载在《禅宗日工集》，又改数字载之《本朝高僧传》某传也。"户崎氏考证此诗又见于《空华老师日用工夫略集》卷一，第二句作"故遣僧来听《法华》"。约在公元一三〇〇年前后即传为陆质诗。但吴颢等九人送最澄诗，皆为五言律诗，唯此首为七言古绝，"因此，该诗疑为后人假托之作，或以意采录"。

澄　观

　　澄观，姓夏侯氏，越州山阴人。天台宗名僧，住五台山清凉寺。元和年卒，年七十馀。诗一首。（《全唐诗》无澄观诗，传据《宋高僧传》卷五）

答复礼禅师《真妄偈》　题拟

迷真妄念生，悟真妄即止。能迷非常迷，安得长相似。从来未曾悟，故说妄无始。知妄本自真，方是恒妙理。分别心未忘，何由出生死。
《林间录》卷上。

吴　颢

　　吴颢，贞元二十一年任台州司马。诗一首。（《全唐诗》无

吴颛诗)

台州相送诗一首
送最澄上人还日本国叙

　　过去诸佛为求法故,或碎身如尘,或捐躯强虎,尝闻其说,今睹其人。日本沙门最澄,宿植善根,早知幻影,处世界而不著,等虚空而不凝(一作"碍"),于有为而证无为,在烦恼而得解脱。闻中国故大师智颛,传如来心印于天台山,遂赍黄金涉巨海,不惮陷(张步云谓疑"滔")天之骇浪,不怖映日之惊鳌,处其身而身存,思其法而法得,大哉之求法也。以贞元二十年九月二十六日臻于〔临〕海郡,谒太守陆公,献金十五两、筑紫斐纸二(一作"一")百张、筑紫笔二百管、筑紫墨四挺、刀子一、加班组二、火铁二、加大(张步云谓"疑火")石二、兰木九、火精珠一贯。陆公精孔门之奥旨,蕴经国之宏才,清比冰囊,明逾霜月,以纸等九物,达于庶使,返金于师。师译言请货金贸纸,用书《天台止观》,陆公从之,乃命大师门人之裔哲曰道邃,集工写之,逾月而毕,邃公亦开宗指审焉。最澄忻然瞻仰,作礼而去。三月初吉,邃方景浓酌新茗以饯行,对春风以送远,上人还国谒奏,知我唐圣君之御宇也。贞元二十一年三月巳日,台州司马吴颛叙。

重译越沧溟,来求观行经。问乡朝指日,寻路夜看星。得法心念喜,乘杯体自宁。扶桑一念到,风水岂劳形?见最澄《显戒论缘起》卷上,转录自张步云《唐代逸诗辑存》。参《东南文化》一九九〇年六期周琦等录文。

孟　光

　　孟光,贞元二十一年任台州录事参军。诗一首。(《全唐诗》无孟光诗)

送最澄上人还日本国

往岁来求请,新年受法归。众香随贝叶,一雨润禅衣。素舸轻翻浪,征帆背落晖。遥知到本国,相见道流稀。同前。

毛　涣

　　毛涣,贞元二十一年任台州临海县令。诗一首。(《全唐诗》无毛涣诗)

送最澄上人还日本国

万里求文教,王春怆别离。未日本甲本注:"未,应作来。"传不住相,归集祖行诗。举笔论蕃意,焚香问汉仪。莫言沧海阔,杯度自应知。同前。

　　按:此诗原署"台州临县令毛涣",台州有临海县,无临县,"临县"应即指临海县,"临"下脱去"海"字。

崔　暮

　　崔暮,贞元间乡贡进士。诗一首。(《全唐诗》无崔暮诗)

送最澄上人还日本国

一叶来自东,路在沧溟中。远思日边国,却逐波上风。问法言语异,传经文字同。何当至本处,定作玄门宗。同前。

全济时

全济时,贞元间广文馆进士。诗一首。(《全唐诗》无全济
时诗)

送最澄上人还日本国

家与扶桑近,烟波望不穷。来求贝叶偈,远过海龙宫。流水随归处,
征帆远向东。相思渺无畔,应使梦魂通。同前。

行　满

行满,万州南浦人。早岁辞亲受戒,大历中师荆溪湛然。后
至天台修行,栖华顶峰下二十馀年。与日僧最澄交谊甚笃。卒
年八十馀。诗一首。(传据《行满和尚印信》及张步云《唐代中
日往来诗辑注》)

送最澄上人还日本国

异域乡音别,观心法性同。来时求半偈,去罢悟真空。贝叶翻经疏,
归程大海东。何当到本国,继踵大师风。同前。

许　兰

许兰,贞元间人,自称"天台归真弟子"。诗一首。(《全唐
诗》无许兰诗)

送最澄上人还日本国

道高心转实，德重意唯坚。不惧洪波远，中华访法缘。精勤同忍可，广学等弥天。归到扶桑国，迎人拥海堰<small>日本甲本注：“堰，应作烟。”</small><small>同前。</small>

幻　梦

幻梦，贞元末天台僧。诗一首。（《全唐诗》无幻梦诗）

送最澄上人还日本国

劫<small>疑“却”</small>返扶桑路，还乘旧叶船。上潮看浸日，翻浪欲陷<small>日本甲本注：“陷，应作滔。”</small>天。求宿宁逾日，<small>日本甲本注：“日，疑月。”</small>云行讵隔年？远将乾竺法，归去化生缘。<small>同前。</small>

林　晕

林晕，贞元末前国子明经。诗一首。（《全唐诗》无林晕诗）

送最澄上人还日本国

求获真乘妙，言归倍有情。玄关心地得，乡思日边生。作梵慈云布，浮杯涨海清。看看达彼岸，长老散华迎。<small>同前。</small>

按：自吴颢以下九人诗，均转引自张步云《唐代逸诗辑存》。

黄子野

　　黄子野,字仲侯,侯官人。年十三居杭州,尝救助王伾。王伾后为散骑常侍,使人召之,佯应而夜遁去。诗二首。(《全唐诗》无黄子野诗)

扣　舷　歌

早潮初上海门开,漠漠彤云雪作堆。一百六峰都掩尽,不知何处有僧来。

几日江头醉不醒,满天风雪卧沧溟。定知酒伴无寻处,门外松涛坐独听。《坚瓠壬集》卷一引明徐𤊹《榕阴新检》。以上二诗承张靖龙同志录示。

全唐诗续拾卷二〇

庞　蕴

诗　偈

楞伽宝山高，四面无行路。惟有达道人，乘空到彼处。罗汉若悟空，
掷锡腾空去。缘觉若悟空，醒见三生事。菩萨若悟空，十方同一处。
诸佛若悟空，妙理空中住。空理真法身，法身即常住。佛身只这是，
迷人自不悟。一切若不空，苦厄从何度。

大海阔三千，巨深五六万。余特七尺躯，入里饮一顿。当时枯竭尽，
龙王自出现。大阅经藏门，请为说一遍。依如说无法，龙王悟知见。
卖君髻中珠，隐在如来殿。戴将军陈头，贼降不敢战。世上有仁人，
得永离贫贱。不贪有为身，当见如来面。

日轮渐渐短，光阴一何促。身如水上沫，命似当风烛。常须慎四蛇，
持心舍三毒。相见论修道，更莫著淫欲。淫欲暂时情，长劫入地狱。
纵令得出来，异形人不识。或时成四足，或是总无足。可惜好人身，
变作丑头畜。今日预报知，行行须努力。

余家久住山，早已离城市。草屋有三间，一间长丈二。一间安葛五，
一间尘六四。余家自内房，终日闲无事。昨因黑月二十五，初夜饮
酒醉，两人相浑杂，种种调言气。余家不奈烦，放火烧屋积。葛五成
灰烬，尘六无一二。有物荡净尽，惟馀空闲地。自身赤裸裸，体上无
衣被。更莫忧盗贼，逍遥安乐睡。一等被火烧，同行不同利。

出家舍烦恼，烦恼还同住。痴心觅福田，骇意承救度。十二因缘管，
无繇免来去。依智不依识，依义不依语。佛心一子地，蠢动皆男女。
平等如虚空，善恶俱无取。既不造天堂，谁受三涂苦。有无尽无馀，
乘空能自度。神作如来身，智作如来库。涌出波罗蜜，流通正道路。
浑身总是佛，迷人自不悟。

八十随形好，相有三十二。四谛及三乘，同一无生智。名为一合相，
非是人同类。凡夫共佛同，一体无有异。若论心与境，悬隔不相似。
凡夫惟妄想，攀缘遍天地。常怀三毒心，损他将自利。佛心常慈悲，
善恶无有二。蠢动诸众生，心同一子地。六识空无生，六尘将布施。
意根成妙觉，七识平等智。

富儿空手行，贫儿把他物。被物牵入廛，买卖不得出。觉暮便归舍，
黄昏黑漆漆。所求不称意，合家总啾唧。自无般若性，乏欠波罗密。
把绳入草里，自系百年毕。实是可怜许，冥冥不见日。富儿虽空手，
家中甚富溢。自有无尽藏，不假外缘物。周流用不穷，要者从理出。
古时不异今，今时不异古。生事日日灭，有所不能作。世上乏钱财，
守空无货赂。理诗日日新，朽宅时时故。闻船未破漏，爱河须早渡。
出过三江口，逍遥神自悟。损之又损之，俄成贝多树。临行途路难，
无船可相渡。业老见阎公，没你分疏处。若见优昙花，处处无疑虑。
世上蠢蠢者，相见只论钱，张三五百贯，李四有几千，赵大折却本，
五六太迍邅。口常谈三业，心中欲火然。痴狼咬肚热，贪鬼撮头牵。
有脚复有足，开眼常睡眠。罗刹同心腹，何日见青天。青天不可见，
地狱结因缘。

故宅守真妻，不好求外色。真妻生男女，长大同荣辱。外色有男女，
长成爱作贼。有妻累我来，牵我入牢狱。我亦早识渠，诱引入吾室。
内外总团圆，同餐一钵食。食饱断虚妄，无相即无福。若论真寂理，
同归无所得。

昔日在有时，常被有人欺，一相《宗镜录》卷四八作"总总"生分别，见闻多是非。已后入无时《宗镜录》作"后向无中坐"，又被无人欺，一向看心坐，冥冥无所知。有无俱是执，何处是无为？有无同一体，诸相尽皆《宗镜录》作"皆尽"离。心同虚空故，虚空是我师《宗镜录》作"无所依"。若论无相理，惟我《宗镜录》作"有"父王知。

老来无气力，房舍不能修。基颓柱根朽，椽梠脱差抽。泥涂零落尽，四壁空飕飕。举头看梁柱，星星见白头。慧云降法雨，智水沃心流。家中空豁豁，屋倒亦何忧。山庄草庵破，余归大宅游。生生不拣处，随类说无求。

人有五般花，花兰一本云"花烂"变成香。氤氲满故宅，供养本爷娘。有人见不识，报道十月桑。外尘一念爱，合成五色囊。囊中起三柱，柱上有千梁。梁变成地狱，地狱作天堂。缘个一群贼，自作自消亡。纵令存草命，何时还故乡？文字说定慧，定慧是爷娘。何不依理智，逐色在他乡。早须归大宅，孝顺见爷娘。

爷娘闻子来，端坐见哈哈。我所有宝藏，分付钥匙开。非论穷子富，举国免三灾。如意用无尽，更不受胞胎。逍遥无障碍，终日见如来。如来愍诸子，平等无高下。诸子自愚痴，所以难教化。直心是道场，子心转奸诈。遣子净三业，转爱论俗话。遣子内修真，向外转寻假。遣子学无相，捻他有相把。无净最第一，论义成相骂。

无贪胜布施，无痴胜坐禅。无瞋胜持戒，无念胜求缘。尽见《祖堂集》卷十五作"现"凡夫事，夜来安乐眠。寒时向火坐，火本实《祖堂集》作"实本"无烟。不忌《祖堂集》作"怕"黑暗女，不求功德天。任运生方便，皆同般若船。若能如是学，功德实无边。

十方同一等，此是真如寺。里有无量寿，本来无名字。凡夫不入理，心缘世上事。乞钱买瓦木，盖他虚空地。却被六贼驱，背却真如智。终日受艰辛，妄想图名利。如此学道人，累劫终不至。

无有报庞大,空空无处坐。家内空空空,空空无有货。日在空里行,
日没空里卧。空坐空吟诗,诗空空相和。莫怪纯用空,空是诸佛座。
世人不别宝,空即是实货。若嫌无有空,自是诸佛过。

有人有所知,有事有是非。闻道无相理,心执不生疑。五岁更不长,
只作阿孩儿。将拳口里咬,百年不肯离。假花虽端正,究竟不充饥。
都缘痴孩子,不识是权宜。如来无相理,有作尽皆非。

合瞋不须瞋,合喜不须喜。喜即淫欲生,瞋即毒蛇起。毒蛇起猛火,
淫欲成贪鬼。猛火和贪鬼,痴狼咬心底。妄想如恒沙,烦恼无遮止。
无明黑漆漆,渴来饮咸水。终日缘事走,不肯入空理。

我见好畜生,知是喽罗汉。枉法取人钱,夸道能计算。得即浑家用,
受苦没人伴。有力任他骑,棒鞭脊上楦。臗上著鞁头,口中衔铁片。
项领被磨穿,鼻孔芒绳绊。自种还自收,佛也不能断。

痴儿无智慧,自嫌阿爷丑。阿娘生得身,嫌娘无面首。抛却亲爷娘,
外边逐色走。六亲相将作,寻常不开口。恒游十二月,月月饮欲酒。
夜夜不曾醒,醉吐饲猪狗。如此恶男子,缘事不了手。

余有一宝剑,非是世间铁。成来更不磨,晶晶白如雪。气冲浮云散,
光照三千彻。吼作狮子声,百兽皆脑裂。外国尽归降,众生悉磨灭。
灭已复还生,还生作金镴。带将处处行,乐者即为说。

知余转般若,见余转金刚,合掌恭敬了,不动见空王。亦胜身命施,
亦胜坐天堂,亦胜五台供,亦胜求西方。于住而无住,其福不可量。
有为如梦幻,无相契真常。

如来大慈悲,广演波罗蜜。了知三界苦,殷勤劝君出。得之不肯修,
实是顽皮物。他是已成佛,汝是当成佛。当成自不成,是谁之过失?
已后累劫苦,莫尤过去佛。

谁家郎君子,开眼造地狱。枉法取人钱,养那一群贼。饶伊家户大,
业成出不得。除非轮回满,换形偿他力。看君骑底驴,总是如此色。

无事被鞭杖，有理说不得。

愚人打瓮破，求人望锢护。恶法得钱财，布施拟补处。物色不相当，
此事无烦做。纵然有少福，那得地狱去。罪福当头行，何时相值遇。
自本犹折却，安得有利路。

先须持五戒，方始得人身。有财将布施，身即不穷贫。若行十善业，
闻道得天人。天人生灭福，来去如车轮。有为接梵世，不及一毫真。
更欲谈玄妙，虑恐法王瞋。

一皮较一皮，孙子不如儿。坐禅胜读经，读经胜有为。寻文不识理，
弃母养阿姨。阿姨是色身，阿娘是法体。色身是文字，法入无为理。
文字有生灭，无相宛然尔。

佛教本无妄，句句须论实。克己饶益他，俗所谓阴骘。遮莫是天王，
饶君宰相侄。世间有贵贱，业力还同一。语汝富贵人，贫儿莫欺屈。
习重业力成，翻覆难得出。

自恨己身痴，有事无人知。横展两脚睡，至晓不寻思。诸佛为我爷，
我是世尊儿。儿今已长大，替父为导师。父子同宅住，寸步不相离。
法身无相貌，世人那得知。

此个一群贼，生生欺主人。即今识汝也，不共汝相亲。你若不伏我，
我则处处说。教人总识汝，遣汝行路绝。你若能伏我，我亦不分别。
共汝同一身，永离于生灭。

世人重珍宝，我则不如然。名闻即知足，富贵心不缘。唯乐箪瓢饮，
无求澡镜铨。饥食西山稻，渴饮本源泉。寒披无相服，热来松下眠。
知身无究竟，任运了残年。

雾重日难出，云厚月朦胧。有心求觅佛，昼夜用心功。见梦言将实，
闻真耳却聋。群贼当路坐，道理若为通。见性若玲珑，多求说处通。
取他凡圣语，到头浑是空。

云何为人演，离相说如如，心镜俱空静，无实亦无虚。心通常嘿用，

出世入无馀。梵释咸恭敬，菩萨亦同居。语是凡夫语，理合释迦书。
若能如是学，不枉用功夫。

寅朝饮稀粥，饭后两束薪，货得二升米，支我有馀身。身无饥火逼，
安余无相神。神安佛土净，内外绝埃尘。无间说般若，豁达启关津。
火烧家计尽，全成无事人。

圆镜朗如日，涌出无碍智。梵语波罗蜜，唐言无量义。说者说无相，
离者离文字。但说无上道，利他还自利。若能入理行，不动到如地。
缘事常区区，不如展脚睡。

我观三界有，有人披草舍。蛇鼠同穴住，白日恒如夜。鸠鸽为亲情，
罗刹同心话。五狗常嗥吠，思之令人怕。我观总是幻，虚空名亦假。
放牛吃草庵，三生同一化。

如来一真智，遍满娑婆界。殷勤说方便，有人自不解。无处不生心，
有处多贪爱。心王作黑业，教他口忏悔。口忏心不改，心口相违背。
不服无心药，病根总不差。著相求菩提，不免还他债。

香山有栴檀，宝山无伊兰。金山照毛头，毛头百亿宽。净心空室坐，
妙德四方安。空生知内外，相事付阿难。如能达此理，无处即泥洹。
若能相用语，教君一个诀。捻取三毒箭，一时总拗折。田地成四空，
五狗牙总缺。色蕴自消亡，六贼俱磨灭。阎罗成法王，罗刹成菩萨。
勿论己一身，举国一时悦。

达人知是幻，纵损心亦如。诸天不免难，况复此阎浮。须寻无上理，
莫更苦踟蹰。衣食才方足，不用积盈馀。少欲有涅槃，知足非凡夫。
当来无地狱，现在出三涂。

外若绝攀缘，欢喜常现前。本来何所得，吉祥自现形。空生成长老，
燃灯常照明。弥勒是同学，释迦是长兄。神通次第坐，无劳问姓名。
名相有差别，法身同一形。

大乘一等义，本自无遮闭。凡夫著相求，心生有执滞。无心为真宗，

空寂为本体。无问亦无说，常照勿使废。佛子行道已，更莫愁来去。
无念清凉寺，蕴空真五台。对镜心无垢，当情心死灰。妙理于中现，
优昙空里开。无求真法眼，离相见如来。若能如是学，不动出三灾。
常闻阿閦佛，拟向东方讨。今日审思维，不动自然到。语汝守门奴，
何须苦烦燥。我奏父王知，与汝改名号。破却有为功，显示无为道。
识乐众生乐，缘绳枉《宗镜录》卷四十作"妄"走作。智乐菩萨乐，无绳亦
无缚。若有发心者，直须学无作。莫道怕落空，得空亦不恶。见矿
不别《宗镜录》作"识"金，入矿《宗镜录》作"炉"方知错。

苦痛役身心，劳神觅官职。暂得色毛披，拍按作瞋色。口口打奴兵，
声声遣拔肋。闻道送王老，曲亦变成直。纵令有理道，分疏亦不得。
家长自饮酒，举家一时醉。失火烧故宅，运水沃空地。水火当头发，
三灾一时起。空中鸠鸽舞，骡来助放屁。因中无好花，结果亦天理。
学道迷路人，实是可怜许。被贼妄牵缠，恶缘取次与。有法遍娑婆，
开眼看佛语。洗舌读经典，和经弄蛇鼠。动念三界成，迷失当时路。
身现凡夫事，内照自分明。三千大千界，满中诸众生。刹那造有业，
了了总知情。纳安芥子里，称为无相经。常持人不识，念时无色声。
学佛作梦事，不须论地狱。天堂总越却，六识为僮仆。心心无所住，
处处尘不著。五道绝人行，无心是极乐。空里见优昙，众生作桥彴。
欲得速成佛，只学无生忍。非常省心力，当时烦恼尽。七宝藏门开，
智慧无穷尽。广演波罗密，无心可鄙吝，只恐着有人，愚痴自不信。
世人皮上黠，心里没头痴。他贪目前利，焉知已后非。谩胡欺得汉，
夸道手脚迟。走向见阎老，倒拖研米槌。恐君不觉悟，今日报君知。
中人乐寂静，下士好威仪。菩萨心无碍，同凡凡不知。佛是无相体，
何须有相持。但令心了事，遮莫外人疑。如人渴饮水，冷暖心自知。
识若不受尘，心亦不颠狂。妙智作心师，名为破有王。须臾证六度，
动用五种香。此即真极乐，亦是真西方。释迦无量寿，同居此道场。

俗务不废作，内秘贪心学。世上假名闻，超然总莫着。息念三界空，
无求出五浊。法报皆圆满，意根成正觉。若能如此修，轮王亦不博。
五蕴若实有，则合有色形。五蕴若实无，则合无形声。只为假名字，
所以妄来停。若了名相空，事尽总惺惺。心王无障碍，摆拨三界行。
我是凡夫身，乐说真如理。为性不悭贪，常行平等施。凡夫事有为，
佛智超生死。作佛作凡夫，一切自繇你。

耳闻无相理，眼空不受色。鼻嗅无相香，舌尝无相食。身着无相衣，
竟随无相得。心静越诸天，神清见弥勒。十方同一乘，无心记南北。
慈悲说斯法，现疾为众生。纯陀献后供，妙德亦同行。名相有差别，
法身同一形。化身千万亿，方便立空名。不须执有法，圆通最大精。
欲得真成佛，无心于万物。心如镜亦如，真智从如出。定慧等庄严，
广演波罗密。流通十界，诸有不能疾。报汝学道人，只么便成佛。
读《祖堂集》作"奉"经须解义，解义始《宗镜录》卷三三作"即"修行。若能依义
学《祖堂集》作"了义教"，即入涅槃城。读经前引二书均作"如其"不解义，多
见不如盲。缘《宗镜录》作"寻"文广占地，心中前引二书均作"牛"不肯耕。田
田总是草，稻从何处生？

有人道不得，是伊心王黑。不能自了事，埋藏一群贼。群贼多贪痴，
缘事说是非。心王被贼使，劫劫无出期。见花不识树，果熟始应知。
君家住聚落，余自居山谷。山空无有物，聚落百种有。有者吃饭食，
无者空张口。口空肚亦空，还将空吃有。有尽物归空，同体无前后。
诸佛与众生，元来同一家。不识亲尊长，外面认假爷。优昙不肯摘，
专采葫芦花。葫芦花未落，常被三五枷。如斯之等类，轮转劫恒沙。
余为田舍翁，世上最贫穷。家中无一物，启口说空空。旧时恶知识，
总度作师僧。和合一处坐，常教听大乘。食时与持钵，惟我一人供。
平等无有二，终日同宅住。世人不了妄，心生外缘取。取得外相佛，
乐却变成苦。苦即诸法生，大海从何渡。为报知音者，好好看道路。

故宅有宝珠，却向田野求。这个一群贼，赚你徒悠悠。泥上搽妆粉，壁上涂浑油。愚人见梦事，赞叹道能修。腊月三十日，元无一物收。

山中失却心，任运腾腾语。语即说空空，空中无蛇鼠。有心波浪起，无心是净土。净土生真佛，佛还传佛语。佛能度众生，众生是佛母。心王不能了，何不依真智。一吼百兽伏，尽见无生理。无生理甚宽，无心无可看。非内外中间，非生死涅槃。诸法无住处，遨游神自安。

外求非是宝，无念自家珍。心外求佛法，总是倒行人。般若名尚假，岂可更依文。有相皆虚妄，无形实是真。

意根无自性，万法本来虚。外尘都不有，三界自然无。五蕴今何在，尽总入无馀。河沙过去佛，并在一毛如。

人有一卷经，无相亦《祖堂集》卷十五作"复"无名。无人能《祖堂集》作"解"转读，有我不能听。如能转读得，入理契无生。非论菩萨道，佛亦不劳《祖堂集》作"要"成。

阿爷当殿坐，子向前头立。父子同宅住，小魔不敢入。时开无尽藏，贫者相供给。得之永不穷，免得生忧悒。

欲得真醍醐，三毒须去除。嗅无酥酪气，自见如意珠。劫火烧不然，泛海浪中浮。昔日强索者，今日作他奴。

报汝寻真理，偷生伴不闻。及其身命卒，心口便纷纭。我命不能与，将钱别雇人。为读如来教，救护我精神。

城内数万户，不奈我恒一。时时师子吼，禽兽俱皆卒。教作罗睺罗，无踪持戒律。但知入理坐，日头骨咄出。

众生多品类，诸佛只一般。庶人见天子，知隔几重关。若有过人策，欲见亦不难。策中契圣理，坐取国家官。

智度本来如，众生病尽除。又度作护法，一切入无馀。过去恒沙佛，皆同此一途。如能达此理，凡夫非凡夫。

四大本无情，清虚无色声。达人悟空理，知法本无生。诸佛常现前，妙德亦同行。无无无障碍,心牛不肯耕。

尘六门前唤,无情呼不入。二彼总空空,自然唇不湿。从此绝因缘,
葛五随缘出。惟有空寂舍,圆八同金七。

入理如箭射,寻文转相背。直道不肯行,识路成迷退。心王不了事,
公臣生执碍。为此一群贼,生死如踏碓。

觉他欲打你,着脚即须抽。已后再相见,他羞我不羞。忍辱第一道,
历劫无冤雠。此是无生县,不属涅槃洲。

骂他无便宜,不应却得稳。无瞋神自安,骂他还自损。忍得有法利,
骂他还折本。瞋喜同一如,循世不闷闷。

识业人稀少,迷途者众多。苦中生乐想,无喜强弦歌。不饮寻常醉,
昏昏溺爱河。含笑造殃咎,后苦莫由他。

耳闻他骂詈,心知口莫对。恶亦不须嫌,好亦不须爱。豁达无关津,
虚空无挂碍。此真不动物,亦名观自在。

仰手是天堂,覆手是地狱。地狱与天堂,我心都不属。化城犹不止,
岂况诸天福。一切都不求,旷然无所得。

佛有一等慈,有人心不知。一切皆平等,贫富总怜伊。富者你莫贪,
贫者你莫痴。无贪心自静,无痴意莫思。

白衣不执相,真理从空生。只为心无碍,智慧出纵横。唯论师子吼,
不许野干鸣。菩提称最妙,犹呵是假名。

从根诛则绝,从根修则灭。若能双株断,三乘尽超越。此非凡夫言,
妙吉分明说。如来所疗治,一差不复发。

久种善根深,同尘尘不侵。非关尘不染,自是我无心。无心心不起,
超三越十地。究竟真如果,到头只个是。

凡夫智量狭,妄说有难易。离相如虚空,尽契诸佛智。戒相如虚空,
迷人自作持。病根不肯拔,执是弄花枝。

牵牛驾空车,共入无为宅。无为宅甚宽,众生却嫌窄。十方同一空,

何曾有间隔。有法入不得，无心是度厄。

世间最上事，唯有修道强。若悟无生理，三界自消亡。蕴空妙德现，无念是清凉。此即迷陀土，何处觅西方。

宝珠内衣里，系来无量时。遇六恶知识，又常假慈悲。牵我饮欲酒，醉卧都不知。情尽酒复醒，自见本道师。

世人重珍宝《宗镜录》卷十五作"但重金"，我贵《宗镜录》作"爱"刹那静。金多乱人心，静见真如性。性空法亦空《宗镜录》作"性通法亦通"，十八绝《宗镜录》作"断"行踪。但自心无碍，何愁神《宗镜录》作"声"不通。《法藏碎金录》卷四、卷五录前四句。

端坐求如法，如法转相违。抛法无心取，始自却来归。无求出三界，有念则成痴。求佛觅解脱，不是丈夫儿。

恶心满三界，口即念弥陀。心口相违背，群贼转转多。一尘起万境，倏忽遍婆娑，色声求《宗镜录》卷十五作"取"佛道，结果尽成魔。

佛亦不离心，心亦不离佛。心寂即菩提，心然即有物。物即变成魔，无即无诸佛。若能如是用，十八从何出。

羊车诱下愚，鹿车载中夫。大乘为上士，鹏巢鹤不居。鹪鹩住蚊睫，居士咄盲驴。若论质利帝，毕竟一乘无。

有《祖堂集》卷十五作"世"人嫌庞老，庞老不嫌他《祖庭事苑》卷二作"它"。开门待知识，知识不来过。心如具三学，尘识不相和《祖堂集》无此二句。一丸疗万《祖堂集》作"百"病，不假药方多。

淼淼长江水，周而还复始。昏昏三界人，轮回亦如此。轮回改形貌，长江色不异。改貌劳神识，终须到佛地。

睡来展脚睡，悟理起题诗。诗中无别意，唯劝破贪痴。贪瞋痴若尽，便是世尊儿。无烦问师匠，心王应自知。

世人重名利，余心总不然。束薪货升米，清水铁铛煎。觉熟捻铛下，将身近畔边。时时抛入口，腹饱肚无言。

行学非真道，徒劳神与躯。千里寻月影《宗镜录》卷四一作"千生寻水月"，终是枉工夫。不悟缘声色，当今学者疏。但看起灭处，此个是真如。教君杀贼法，不用苦多方。慧剑当心刺，心亡法亦亡。心亡极乐国，法亡即西方。贼为象马用，神自作空王。

不用苦多闻，看他彼上人。百忆及日月，元在一毛尘《宗镜录》卷十八作"纂在一毛鳞"。心但寂无相，即出无明津。若能如是学，几许省精神。惭愧好心王，生在莲华堂。恒持般若剑，终日带浮囊。常怀第一义，外国赖恩光。五百长者子，相随归故乡。

惭愧好意根，无自亦无他。无自身无垢，无他尘不加。常居清静地，知有不能过。旧时恶知识，总见阿弥陀。

惭愧好舌根，常开大道门。世间三有事，实是不能论。相逢唯说道，更莫叙寒温。了知世相假，俗理也徒烦。

惭愧一双耳，常思解脱声。若论俗语话，实是不能听。闻财耳不纳，闻色心不生。不受有无语，何虑不惺惺。

惭愧一双眼，曾见数般人。端正亦不爱，丑陋亦不瞋，当头异国色，何须妄起尘。低头自形相，都无一处真。身心如幻化，满眼没怨亲。

惭愧一躯身，梵号波罗奈。被贼一群使，寻常不自在。亦名为枯井，亦名为鞴袋。亦名朽故宅，亦名幻三昧。佛骂作死尸，乘尸渡大海。大海元无水，死尸非是船。熟看世上事，总是假因缘。若了身心相，空里任横眠。具此六惭愧，实是不求天。以上一百十四首均见咸丰元年刊于頔编《庞居士语录》卷中。

全唐诗续拾卷二一

庞　蕴

诗　偈

一时复一时，步步向前移。无常有限分，早晚即不知。古人一交语，预办没贫儿。闻少须修道，莫待衰老时。邂逅符到来，赚你更无疑。劝君不肯听，三涂真可悲。

一日复一日，百年渐渐毕。急急除妄想，无念成真佛。更莫苦攀缘，窥他世上物。忽然无常至，累劫出不得。

一宿复一宿，光阴渐渐促。报你心王道，依智莫依识。依智见真佛，依识入地狱。若沦六趣中，受苦无时足。

一年复一年，务在且迁延。皮皱缘肉减，发白髓枯干。毛孔通风过，骨消椽桷宽。水微不耐热，火少不耐寒。幻身如聚沫，四大亦非坚。更被痴狼使，无明晓夜煎。惟知念水草，心神被物缠。云何不忏悔，便道舍财钱。外头遮曲语，望得免前愆。地狱应无事，准拟得生天。世间有这属，冥道不如然。除非不作业，当拔罪根源。根空尘不实，内外绝因缘。积罪如山岳，慧火一时燃。须臾变灰烬，永劫更无烟。迷时三界有，悟即出嚣缠。心无六入迹，清净达本源。地狱成净土，招手别诸天。报语三涂宅，共你更无缘。非论早与晚，悟理即无边。心如即是坐，境如即是禅。如如都不动，大道无中边。若能如是达，所谓火中莲。

无求乃法眼,有念却成魔。无求复无念,即是阿弥陀。真如共菩萨,
总只较无多。

炼尽三山铁,熔销五岳铜。林枯鸟自散,海竭绝鱼龙。无师破戒行,
有法尽皆空。

菩萨无烦恼,众生爱皱眉。无恼缘无贼,皱眉被贼欺。不须问师匠,
心王应自知。

凡夫贪著事,不免三界轮。与说无生理,闭耳佯不闻。如斯之等类,
何日出嚣尘?

壁画枉用色,不如脱空佛。住法比无住,阴中对白日。不信有无言,
看取波罗蜜。

见时如不见,闻时如不闻。喜时如不喜,瞋时如不瞋。一切尽归如,
自然无我人。

斋须实相斋,戒须实相戒。有相持斋戒,到头归败坏。败坏属无常,
从何免三界。

心王不了事,遮莫向名山。纵令见佛像,实以不相关。猿猴见水月,
捉月始知难。

缘事求解脱,累劫无出期。直须入理性,成佛更无疑。虽然不受记,
见是世尊儿。

佛遣灭生灭,生灭长相随。不学大人相,却作小孙儿。持心更觅佛,
岂不是愚痴。

无事被他骂,佯佯耳不闻。舌亦不须动,心亦不须瞋。关津无障碍,
即是出缠人。

真如本无相,所得是凡流。昔时为父子,长大出外游。今日相遇见,
父少子白头。

一生解缚钝,浑身纳里眠。心中无意识,耳无绳索牵。心本无系缚,
同尘亦无喧。

欲得真解脱，持刀且杀牛。牛死人亦亡，佛亦不须求。全身空里坐，
即度死生流。

贪瞋不肯舍，徒劳读释经《祖堂集》卷十五作"书"。看方不服药，病从何处
轻《祖堂集》作"除"。

取空是取《祖堂集》作"空是"色，取色色无常。色空非我有，端坐见家
乡。

经体本无名，受持无色声。心依无相理，真是《金刚经》。

孙儿正啼哭，母言来与金。捻他黄叶把，便是正声音。

别泪成河海，骨如毗富山。只缘尘识法，所以遣心然。

前人若有事，我犹伴不知。何况他无问，逸舌强卑卑。

劝君师子吼，莫学野干鸣。若能香象起，感得凤凰迎。

一种学事业，亦来登选场。只缘口义错，落第在他乡。

心王不了事，却被六贼使。共贼作火下，无由出生死。

别人终不贱，别宝终不贪。只今担铁汉，不肯博金银。

有男不肯婚，有女不肯嫁《景德传灯录》卷八录二句皆无"肯"字。父子自团
栾《景德传灯录》作"大家团栾头"，共说无生话。

四性同一舍，三身同一室。一切恶知识，总见弥陀佛。

教君一个法，有事无处避。若能如理修，存本却有利。

道是无为道，修人自有为。假即无头数，真中实是稀。

无求胜礼佛，知足胜持斋。本自无薪火，何劳更拾柴。

说事满天下，入理实无多。常被有为缚，何日见弥陀。

起时惟法起，行时共佛行。腾腾三界内，诸法自无生。

大海淼无涯，众生自著枷。无求出妙德，心生劳算沙。

一念心清净，处处莲花开。一华一净土，一土一如来。

大唐三百六十州，我暂放闲乘兴游。瞬息之间知事尽，若论入理更
深幽。共外知识呷清水，总是妄想无骨头。却归东西山道去，不舍

因缘骑牯牛。后望青山平似掌,前瞻汉水水东流。试问西域那提子,
遗法殷勤无所求。自入大海归火宅,不觉乘空失却牛。有人见我归
东土,我本元居西海头。来去自然无障碍,出入生死有何忧。

无思无念是真空,妙德法身自见中。应机接物契真智,十方世界总
流通。通达无我无人法,人法不见有行踪。神识自然无挂碍,廓周
沙界等虚空。不假坐禅持戒律,超然解脱岂劳功。

　　　按:《全唐诗》卷八一〇收末四句为一首,未完。

菩提般若名相假,涅槃真如亦是虚。欲得心神真解脱,一切名相本
来无。十方世界风尘净,州州县县绝艰虞。王道荡荡无偏党,举国
众生同一如。不动干戈安万姓,法王合掌髻中珠。

空中自见清凉月,一光普照婆娑彻。此光湛然无去来,不增不减无
生灭。尔是妙德现真身,刹那不起恒沙劫。无边无尽如虚空,虚空
无边不可说。

但自无心于万物,何妨万物常围绕。铁牛不怕师子吼,恰似木人见
花鸟。木人本体自无情,花鸟逢人亦不惊。心境如如只个《缁门警训》
卷九作"遮"是,何虑菩提道不成。

清静无为无识尘,不舍内身妙法身。只为众生有漏习,权止草庵转
法轮。法轮常转无人见,优昙时时一出现。无相真空妙法身,历劫
恒沙不迁变。

莫求佛兮莫求人,但自心里莫贪瞋。贪瞋痴病前顿尽,便是如来的
的亲。内无垢兮外无尘,中间豁达无关津。神无障碍居三界,恰是
琉璃处日轮。

心王若解依真智,一切有无俱遣弃。身随世流心不流,夜来眼睡心
不睡。天堂地狱总无情,任运幽玄到此地。

报汝世人莫痴憨,暂时权住此草庵。无想衣食饱暖后,世间有物不
须贪。此身幻化如灯焰,须臾不觉即头南。

一切有求枉用功,想念真成著色空。差之毫厘失千里,有生劫劫道难通。痴心望出三界外,不知元在铁围中。

十二部经兼戒律,执相依文常受持。生生获得有为果,随在三界无出期。若能离相真入理,理中无念亦无思。

贝多叶里优昙华,万象皆如同一家。欢喜摘花不见果,吉祥采果不观华。缘之本来元不识,法王呵之如稻麻。

田舍老翁如聚落,眼耳鼻舌俱失却。内外寻访觅无踪,旧时住处空寂寞。却归堂上问空王,总在此间学无作。

黄叶飘零化作尘,本来非妄亦非真。有情故宅含秋色,无名君子湛然春。

迷时爱欲心如火,心开悟理火成灰。灰火本来同一体,当知妄尽即如来。

真为家贫无一物,此语总是空里出。出语还须归本源,不敢违他过去佛。

父子相守空山坐,无相如如寄有间。世人见静元无静,看似闲时亦不闲。

八万四千同一理,事相差别立异名。十二围陀及疏论,殷勤三六不须生。

十方国土皆吾宅,长者大门常日开。有识名人守院外,无心入理见如来。

世人爱假不爱真,世人怜富却憎贫。唯敬三涂八不净,背却如来妙色身。

更无别路超生死,前佛后佛同一般。舒即周流十方刹,敛时还在一毛端。

唯有一门无钥匙,伸缩低昂说是非。但能宣得无生理,善巧方便亦从伊。

二乘皆曰不堪任,上士之人智慧深。欲得神通等居士,无过于物总无心。

杂　句

行路易,行路易,内外中间依本智。本智无情法不生,无生即是入正理。非色非心放一光,空里优昙显心地。名为智,智为尊,心智通同达本源,万物同归不二门。有非有兮理常存,无非无兮无有根,未来诸佛亦如是,现在还同古世尊。三世俱皆无别道,佛佛相授至今传。外无他兮内无自,不动干戈契佛智。通达佛道行非道,不舍凡夫有为事。有为名相尽空华,无名无相出生死。

余有一大衣,非是世间绢。众色染不著,晶晶如素练。裁时不用刀,缝时不用线。常持不离身,有人自不见。三千世界遮寒暑,无情有情悉覆遍。如来持得此大衣,披了直入空王殿。

思思低思思,自叹一双眉。向他胜地坐,万事总不知。六识若似眉,即得不思议。六识若嫌眉,论时没脑痴。伊若去却眉,即被世人欺。饶你六识喽啰汉,总成乞索儿。

出一屋,入一屋,来来去去教他哭。来去只为贪瞋痴,于今悟罢须知足。知足常须达本源,去却昔时恶知识。恶知识,将伊作,手力法施无前后,共护无生国。

无事失却心,走向门前觅。借问旧知识,寂绝无踪迹。却归堂上审思看,改却众生称心安。不能出外求知识,自向家中入涅槃。大丈夫,昔日有,今日无,家计破除尽,赎得一群奴。奴婢有六人,一人有六口。六六三十六,常随我前后。我亦不拘伊,伊亦不敢走。若道菩提难,菩提亦不难。少欲知足毛头宽,远离财色神自安。分明了见三涂苦,世上名闻不相关。

难复难,持心离欲贪涅槃。一向他方求净土,若论实行不相关。柱用功夫来去苦，毕竟到头空色还。

易复易，即此五阴成《祖堂集》卷十五作"蕴有"真智。十方世界一乘同，无相法身岂有二。若舍烦恼觅《五灯会元》卷三作"入"菩提，不知何方有佛地。

正中正，心王如如六根莹。六尘空，六识净，六六三十六，同归大圆镜。

阿难贝多叶，持来数千劫。七宝藏中付迦叶，分为十二部，析作三乘法。

非故亦非新，应化随缘百亿身。若有真如一合相，一亿还同一聚尘。珠从藏中现，显赫呈光辉。昔日逃走为穷子，今日还家作富儿。

心依真智，理逐心行，理智无碍，心亦无生。迷即有我，悟即无情。通达大智，诸法不成。五神无主，六国安宁。七死弗受，八镜圆明。随宜善化，总合佛经。过即已过，更莫再寻。现在不住，念念勿侵。未来未至，亦莫预斟。既无三世，心同佛心。依空默用，即是行深。无有少法，触目平任。无戒可持，无垢可净。洞达虚心，法无寿命。若能如是，圆通究竟。以上七十五首皆见《庞居士语录》卷下。

居士见僧讲金刚经至无我无人居士
问云既无我无人是谁讲谁
听座主无语乃与颂曰

无我复无人，作么有疏亲。劝师《景德传灯录》卷八作"君"休历坐，不是《景德传灯录》作"似"直求真。金刚般若性，外绝一纤尘。我闻并信受，总是假名陈。同前书卷上。

与谷隐道者颂

焰火无鱼下底钩,觅鱼无处笑君愁。可怜谷隐孜禅伯,被唾如今见亦羞。同前。

　　　　按:《全唐诗》卷八一〇收此首,缺题,今重录。

诗　偈

须弥颓,五岳崩,大海竭,十方空。乾坤尚纳毛头里,日月犹潜毫相中。此是西国那提子,示寂不起现神通。妙德启口问不二,忘言入理显真宗。见吴越释延寿《宗镜录》卷二三。

居士元无病,方丈现有疾。唯忧二乘者,缘事不得出。所以诃秽食,纯说波罗蜜。上方一盂饭,气满于七日。不假日月光,心王照斯室。文殊问不二,忘言功自毕。过去即如然,现在还同一。若能达此理,无求总成佛。见前书卷二五。

心如境亦如,无实亦无虚。有亦不管,无亦不居《五灯会元》作"拘"。不事贤圣,了事凡夫。

心若如,神自虚。不服药,病自除。病既除,自见莲华如意珠。无劳事,莫驱驱。智者观财色,了知如《语录》作"是"幻虚。衣食支身命,相劝学如如。时至移庵去,无物可盈馀。以上二首均见影印日本花园大学图书馆藏高丽覆刻本南唐招庆寺静筠二僧著《祖堂集》卷十五。

　　　　按:《庞居士语录》卷中以后六句为一首,似未全。

事上说佛国,此去十万里。大海渺无边,动即黑风起。往者虽千万,达者无一二。忽遇本来人,不在阴阳里。见日本《大正新修大藏经》第四八册吴越释延寿撰《万善同归集》卷上。

护身须是杀,杀尽始安居。会得个中意,铁船水上浮。《五灯会元》卷三。

穷厮煎,饿厮吵,父子不同途,大家相脱卯。万顷湘江洗不清,无生曲调何时了。见《大正新修大藏经》四七册宋《虚堂和尚语录》卷十引。

　　按：《祖堂集》卷十五《庞居士传》云："平生乐道偈颂，可三百馀首，广行于世。皆以言符至理，句阐玄猷，为儒彦之珠金，乃缁流之箧宝。"

　　《景德传灯录》卷八本传云："有诗偈三百馀篇传于世。"

　　《新唐书》卷五九《艺文志》三著录庞蕴《诗偈》三卷，注云："字道玄，衡州衡阳人，贞元初人。三百馀篇。"

　　无名子《庞居士语录诗颂序》云："其馀玄谈道颂，流传人间，颇多散轶。今姑以所闻成编，厘为二卷，永示将来，庶警后学。"

全唐诗续拾卷二二

阳 城

城,字亢宗,北平人。世为宦族。早年隐于中条山,远近慕
其德行,多从其学。李泌闻其名,荐为著作郎,寻迁谏议大夫。
时裴延龄等进用,陆贽等遭诬贬黜,无敢救者。城乃伏阁上书,
几获罪,时论许为直臣。后改国子司业,复因事出为道州刺史,
甚有政声。顺宗立,诏征之,而城已卒。诗一首。(《全唐诗》无
阳城诗,事迹据《旧唐书》卷一九二本传)

谒赠何国子监司籍坚

久仰高明抱朴忠,倏传马首向城东。锦袍光射三千里,汗史功高百
二雄。童稚候门烹雀舌,黎老植杖盼菊松。皇天应欲逸家辅,故遣
盘桓醉碧筒。见光绪三年刊许清源纂《道州志》卷十一。

何 坚

坚,道州人。贞元间进士。为太学生,师韩愈。归,愈作序
送之。在道州从阳城游,世称其贤。后除国子监司籍。诗二首。
(《全唐诗》无何坚诗。事迹据《昌黎先生集》卷二十《送何坚
序》、《道州志》卷九“乡贤”引《府志》)

次韵答阳刺史城

素履衡门秉直忠，挂冠金阙回江东。戢羽应知非健翮，守雌或可谓知雄。午夜鸣琴餐玄露，深山弄月友赤松。多感君侯欢导引，临流遣兴醉碧筒。

除授太学国子监司籍之职因赋

九重天子重英豪，御殿传恩赐绿袍。乐道直欲学商尹，致君恒切佐唐尧。琼林日照宫花灿，金榜风摇姓字高。幸荷召颁入太学，相期联步觐天朝。见同前书卷十一。

顾　况

渔父词

新妇矶边月明，女儿浦口潮平，沙头鹭宿鱼惊。见宋曾慥《乐府雅词》卷中徐俯词跋引、吴曾《能改斋漫录》卷十六《水光山色渔父家风》引徐师川云引。

　　　　按：《全唐诗》卷二六七据《野客丛书》卷二一所录，仅存前二句，今重录。

题梨花睡鸭图

昔年家住太湖西，常过吴兴罨画溪。水阁筠帘春似海，梨花影里睡凫鹥。见《吴兴艺文志补》卷四四。

委　羽　山

昔人乘鹤玉京游，翩遗仙洞何悠悠。我来寻觅空彝犹，烟霞万壑明清秋。何当骑麟翳凤登瀛洲，倏忽能消万古愁。见《古今图书集成·山川典》卷一二〇《委羽山部》。

苏州刺史

赠 顾 况 诗

辟疆东晋日,竹树有名园。年代更多主,池塘复裔孙。见宋朱长文《吴郡
图经续记》卷下。

  《吴郡图经续记》:"辟疆园,唐时犹在。顾况尝假以居。郡守赠诗曰
(略)。"郡守姓名不详。

顺宗皇帝李诵

  李诵,德宗长子。上元二年生。建中元年立为皇太子。贞
元二十一年正月即位,八月传位于皇太子。元和元年卒,年四
十六。庙号顺宗。诗二首。(《全唐诗》无李诵诗)

问如满禅师

佛从何方来,灭向何方去? 既言常住世,佛今在何处?
佛向王宫生,灭向双林灭。住世四十九,又言无法说。山河及大海,
天地及日月,时至皆归尽,谁言不生灭? 疑情犹若斯,智者善分别。
《景德传灯录》卷六。

如　满

  如满,嗣马祖道一。初住五台山金阁寺,后住洛阳佛光寺。
诗二首。(《全唐诗》无如满诗)

答顺宗皇帝问

佛从无为来，灭向无为去。法身等虚空，常住无心处。有念归无念，有住归无住。来为众生来，去为众生去。清净真如海，湛然体常住。智者善思惟，更勿生疑虑。

佛体本无为，迷情妄分别。法身等虚空，未曾有生灭。有缘佛出世，无缘佛入灭。处处化众生，犹如水中月。非常亦非断，非生亦非灭。生亦未曾生，灭亦未曾灭。了见无心处，自然无法说。同前。

朱千乘

山庄早春连雨即事

崇朝竟日雨飂飂_疑，万物萌牙春_疑水灾。白屋世情轻席户，青山老大厌莓苔。常时杨柳烟中绽，今岁花枝雪未开。节往始知阳气晚，和风不借后亭梅。

早春霁后山庄即事

插槿未成篱，啼莺早已知。日长春霁后，风暖柳烟宜。席户门斜掩，渔舟钓直垂。久将松竹比，宁惧岁寒移。上药幽前圃，繁花压小枝。素琴延玩月，清渭酌临池。守道安贫_疑老，专经数欲奇。若为裁二鬓，羞向镜中窥。日本藏唐抄本《新撰类林抄》卷四。

送日本国三藏空海上人朝宗我唐兼贡方物而归海东诗　并序

沧溟无垠，极不可究。海外僧侣，朝宗我唐，即日本三藏空海上人也。解梵书，工八体，缮俱舍，精三乘。去秋而来，今春而往。反掌云水，扶桑梦中。他方异人，故国罗汉，盖乎凡圣不可以测识，亦不可知智。勾践相遇，对江问程，那堪此情。离思增远，愿珍重珍重！元和元年春〔姑〕(沽)洗之月聊序。当时，少留诗云。

古貌宛休公，谈真说苦空。应传六祖后，远化岛夷中。去岁朝秦阙，今春赴海东。威仪易旧体，文字冠儒宗。留学幽微旨，云关护法崇。凌波无际碍，振锡路何穷。水宿鸣金磬，云行侍玉童。承恩见明主，偏沐僧家风。收入《弘法大师正传》，见《弘法大师全集》第七卷。

朱少端

朱少端，元和初越州乡贡进士。诗一首。(《全唐诗》无朱少端诗)

送空海上人朝谒后归日本

禅客祖州来，中华谒帝回。腾空犹振锡，过海来浮杯。佛法逢人授，天书到国开。归程数万里，归国信悠哉。同前。

昙　靖

昙靖，元和初沙门。诗一首。(《全唐诗》无昙靖诗)

奉送日本国使空海上人
橘秀才朝献后却还

异国桑门客，乘杯望斗星。来朝汉天子，归译竺乾经。万里洪涛白，三春孤岛青。到宫方奏对，图像列王庭。同前。

鸿 渐

鸿渐,元和初沙门。诗一首。(《全唐诗》无鸿渐诗)

奉送日本国使空海上人
橘秀才朝献后却还

禅居一海间,乡路祖州东。到国宣周礼,朝天得僧风。山冥鱼梵远,日正蜃楼空。人至非徐福,何由寄信通。同前。

郑 壬

郑壬,字申甫,元和初人。诗一首。(《全唐诗》无郑壬诗)

奉送日本国使空海上人
橘秀才朝献后却还

承化来中国,朝天是外臣。异才谁作侣,孤屿自为邻。雁塔归殊域,鲸波涉巨津。他年续僧史,更载一贤人。同前。

　　按:朱千乘等五人送空海归国诗五首,均录自张步云《唐代逸诗辑存》。

胡伯崇

赠释空海歌

说四句,演毗尼,凡夫听者尽归依。天假吾师多伎术,就中草圣最狂逸,不可得,难再见。见日僧真济《遍照发挥性灵集序》,见《日本古典文学大系》七一册空海《性灵集》卷首。

　　按:《全唐诗逸》卷中录此诗,缺末二句,今重录。

余　鼎

　　余鼎,元和中下邳人。居越州上虞县宝泉乡。诗一首。
(《全唐诗》无余鼎诗)

奉赠叶□郎新湖诗

赏眺新湖趣,澄漪写物华。采蘋经绿溆,垂钓倚枯槎。水动鱼惊鸟,
风摇蝶□花。宛然登兴处,宁羡武陵家。光绪《上虞县志》卷三七《金石》。

汪仲阳

　　汪仲阳,元和中人。诗一首。(《全唐诗》无汪仲阳诗)

奉赠叶□郎新湖诗

平湖近辟千□□,物色如今满面新。风摆野花香扑扑,水澄丝柳影
鳞鳞。高低菡萏分红蕊,出没鸂鶒间白蘋。回首更看南北岸,不知
何处不宜人。同前。以上二首,均为陶敏先生录示。

薛　巽

　　薛巽,河东人。元和初为河北行营粮料使于皋谟判官,六
年五月,坐于赃事贬连州,量移朗州员外司马。诗一首。(据
《柳河东集》卷十三《朗州员外司户薛君妻崔氏墓志铭》、卷二

三《送薛判官量移序》、《旧唐书》卷一六三《崔元略传》)

善卷祠

子长爱奇故不收,况乃著论非许由。先生踪迹重埋没,引舜作证应
点头。天下大器尚不欲,万古虚名岂愿留?江北漫空山不静,说著
高风簪可投。同治《武陵县志》卷四八。本诗为陶敏先生录示,小传亦从陶说。

卢　殷

金　灯

疏茎秋拥翠,幽艳夕添红。有月长灯在,无烟烬火同。香浓初受露,
势庳不知风。应笑金台上,先随晓漏终。见令狐楚《御览诗》。

> 按:《全唐诗》卷五六三误收于卢溉下,今移正。

段弘古

> 弘古,澧州人。性濩落刚峭,年五十而未仕。以法家言干
> 御史大夫何士干,待以上座。复以兵画干襄阳节度使于頔。吕
> 温守道州,尝预游。温卒,复南见刘禹锡、柳宗元,二人称其贤。
> 元和九年,欲南依窦群,死逆旅中。补诗二首。(《全唐诗》卷四
> 七二收弘古诗一首,惟小传甚略。今据柳宗元《河东先生外集
> 补遗》所收《处士段弘古墓志》重录其事迹)

秋　怀

野阔平收潦水香,园林恰似郑公乡。懒云未许寒风卷,落叶从他零
露伤。夜静猿声添客泪,朝闻雁字引诗狂。生涯不共秋光老,浊酒

丹经一钓航。见同治十三年刊《直隶澧州志》卷二五。

孤 竹

亭亭骨屹短墙颠,摇曳空明漾素妍。带雨微添寒鹤泪,凌霜不受野
云怜。老松立地同高节,芳草何心吊〔谪〕(滴)仙。抱此孤根滋九畹,
青山一道送流泉。见道光刊本邓显鹤辑《沅湘耆旧集》卷二。

王承邺

　　承邺,元和九年为越州监军。诗一首。(《全唐诗》无王承
邺诗,事迹详本书卷十七陈谏诗序)

登石伞峰

作镇得良牧,抚戎惭匪仁。每观龚黄化,煦物如阳春。政简似多暇,
游从邀众宾。鸣驺镜水畔,舍棹耶溪津。偶兹逢胜境,顿觉离嚣尘。
丞相筑室在,季方结庐新。登临经绝顶,瞩眺怡心神。金章照玉伞,
龙节陵松鳞。笙歌入中流,声角闻城闉。更吟琼瑶篇,愿言书诸绅。
见《会稽掇英总集》卷四。

齐 推

　　推,高阳人。德宗相齐抗之弟。工正书,元和五年书李德
裕《唐圯上图赞》,七年作《灵飞散传信录》,九年预石伞峰之
游。诗一首。(《全唐诗》无齐推诗,传据《全唐文》卷七一六、
《金石录》卷六、《旧唐书》卷一三六及陈谏序)

登 石 伞 峰

能以郡中暇,不遗尘外踪。啸俦得鸳鹭,探策入云松。缘径历空际,
望崖来剑峰。况当会天人,复此陈歌钟。贱子固多癖,偶兹安一峰。
步林欣有适,筑室幸可容。宁期樵牧处,忽与轩盖逢。仰荷高兴属,
俯惭危磴重。攀幽破岩霭,践滑触苔封。秋景山光动,寒丛菊艳浓。
赏心惬觞酌,逸韵陶襟胸。仍叨勒名字,永纪今所从。见《会稽掇英总
集》卷四。

路黄中

黄中,京兆三原人。父恗,贞元中为涪州刺史。元和间黄
中尚未仕。诗一首。(《全唐诗》无路黄中诗,传据《元和姓纂》
卷八及岑仲勉《四校记》)

登 石 伞 峰

总戎诣幽胜,天使相追随。跻山玉笏号,到峰石伞奇。接武白云表,
放情玄月时。恬旷薄沆瀣,峻极超崦嵫。平视羲和辔,俯观朝夕池。
岩中复何揖,坐位多所宜。郁烈桂香眇,寅缘霞彩披。孤光逗绮翼,
独秀分琼枝。灵气达心久,华容招目移。遂忘日云暮,登降不知疲。
眷言丘壑士,养节松竹滋。感激旌盖顾,干以献贞词。见《会稽掇英总
集》卷四。

范传正

正月十五夜玩月诗

风凄城上楼。

月满庾公楼。

夕照下西楼。均见《嘉泰吴兴志》卷十三"明月楼"条。

刘伯翁

　　　　伯翁，元和间为金州员外司马。诗一首。（《全唐诗》无刘
伯翁诗）

奉酬窦三中丞见赠

多幸尝陪侍玉墀，俄惊负谴阻天涯。今日相逢问荣悴，更嗟年辈飒
然衰。见《窦氏联珠集·窦群》附。

　　　　按：窦群诗题为《赠刘大兄院长》，刘诗下署"金州员外司马刘伯翁"。
岑仲勉先生《唐人行第录》疑即两《唐书》皆有传之刘伯刍，然二书均未载
伯刍贬金州事，尚无从定论。今仍题作刘伯翁，俟考详。

灵　澈

云门寺　《禅》作"归云门"

湖边归鹤《禅》作"雁"唳寥泬，僧房半倚秦峰缺。云生幽石何逍遥，泉
去疏林几呜咽。天寒猛虎叫岩月《禅》作"雪"，松下无人空有雪《禅》作
"月"。千年像教人不闻，烧《禅》作"焚"香独为鬼神说。见《会稽掇英总集》卷
七，以《古今禅藻集》卷三相校。

　　　　按：《全唐诗》卷八一〇收后四句，题作《宿东林寺》。

谪　汀　州

青蝇为吊客，黄耳《纪事》作"黄犬"寄家书。见《刘宾客文集》卷十九《澈上人文

集纪》、《唐诗纪事》卷七二。

林　蕴

　　林蕴,字复梦,泉州莆田人。披子。贞元四年明经及第。韦皋辟为西川推官。改唐昌尉。又任沧景掌书记。迁礼部员外郎。元和十年左右出为邵州刺史。因事流儋州而卒。诗一首。(《全唐诗》无林蕴诗,传据《新唐书》卷二百本传、《登科记考》卷十二)

过秦松岭

散发长林下,松风入太清。空山容暮色,落叶起秋声。世险江天窄,云深草木平。从兹归故土,勿作失群鸣。《闽诗录甲集》卷一。

答颜太守

物力孤穷甚,无由蔽草庐。抱疴明盛世,丐食兵荒馀。马革藏身拙,鸱夷报主疏。勉哉吾二子,太岁易消除。见《王氏刊唐人集》收《林邵州遗集》,注云:"见郑王臣《莆风清籁集》。"

马　逢

　　逢,扶风人。贞元五年进士,二十年任螯厔尉。元和二年自咸阳尉试大理评事充京兆观察支度使,后任殿中侍御史、监察御史。(《全唐诗》卷七七二收马逢诗五首,事迹无考,今据《元和姓纂四校记》卷七拟传)

长句赠微之 题拟

灵溪试为访金丹。见《元氏长庆集》卷十六《天坛上境》题注引。

白元鉴

大涤山 题拟

天坛绝顶山，仿佛翠微间。迹久苔纹碎，云根古木闲。丹成人已去，
鹤驾未曾还。犹有箫吹响，时时下旧山。见《咸淳临安志》卷二四。

> 按：《全唐诗补逸》卷十八据《洞霄诗集》收《天坛》，为此诗之别本，然
> 四十字中有二十八字不同，今重录。《咸淳临安志》收《大涤洞》一首，首三
> 句与《全唐诗补逸》不同，录如次："灵山实秀德，仙圣杳难亲。水溜空岩
> 石，……"馀同，不录。

法 堂

高踪遗可继，虚室即流尘。越国曾封邑，蓬莱早会真。馀风生户牖，
残影照江滨。化鹤年犹远，空悲云水亲。影印本《诗渊》第三册第一五六九
页。

新 池

昔尝游胜境，今喜尽幽踪。丹满镜潭色，云疏锦碛容。响中闻细溜，
波里见乔松。唯广花源赏，人间不可逢。同前第二〇四三页。

瀑 布

太极生柔德，雄姿不可名。凌空虹永挂，泻涧布长成。映日添霞色，
当风振浪声。潺潺云水下，已得涤幽情。同前第二一八〇页。

按：《全唐诗补逸》卷十八收白诗，有《讲堂》、《瀑布》、《新池》诸诗，但内容均不同。

隐　峰

　　隐峰，俗姓邓，邵武人。嗣马祖。元和中，移住五台山，时称邓隐峰和尚。诗一首。（《全唐诗》无隐峰诗，传据《五灯会元》卷三）

偈

独弦琴子为君弹，松柏长青不怕《宋高僧传》作"怯"寒。金矿相和性自别，任向君前试取看。见《祖堂集》卷十五、《宋高僧传》卷二一。

无　了

　　无了，俗姓沈，泉州莆田人。嗣马祖。住泉州龟洋院，世称龟洋和尚。诗一首。（《全唐诗》无无了诗）

临化示偈　题拟

八十年来辨东西《五灯会元》作"西东"，如今不要白头公《五灯会元》作"翁"。非长非短非大小，还与诸人性相同。无来无去兼无住，了却本来自性空。见《祖堂集》卷十五、《五灯会元》卷三。

粲和尚

　　粲和尚，元和十二年泉州僧。诗一首。（《全唐诗》无粲和

尚诗）

赞 马 氏 子

丰姿窈窕鬓欲斜，赚煞郎君念法华。一把骨头挑去后，不知明月落
谁家。见《全闽诗话》卷十二引《感应传》。

郭　通

郭通，元和中大匠储卿。

零陵寺井栏赞

此是南山石，将来造井栏。流传千万代，各结佛家缘。尽意修功德，
应无朽坏年。同沾胜福者，超于弥勒前。《江苏金石志》卷五、《宝铁斋金石
文字跋尾》卷上、《灵芬馆诗话》卷六。

林　藻

夜

久绝白云信，愁心如水长。蛩鸣万户月，鸦步一溪霜。不识红尘险，
安知皓首狂。捣衣中夜望，今古事寻常。《莆风清籁集》卷一。

晚 泊 鄞 阳

孤帆高楼鄞阳城，万顷清流一应声。青鬓初随衰草谢，白云还傍故
山行。梦中美酒酬枚乘，江上秋风属屈平。愧我一生潦倒甚，全无
佳句答长庚。同前。

为　樵

致政惭轻举,为樵亦易穷。文章还古道,礼数逐秋风。独鹤千松下,
万航一水中。最怜当路草,衰败与人同。《莆风清籁集》卷六十。

全唐诗续拾卷二三

怀　信

怀信,元和间僧。诗一首。(《全唐诗》无怀信诗)

题桂林七星岩栖霞洞诗 题拟

石古苔痕厚,岩深日影悠。参禅因久坐,老佛总无愁。见桂林市文物管
理局编《桂林石刻》第一册。

　　按:《桂林石刻》编者注:"右摩崖在七星岩口,高一尺五寸,宽九寸,
径一寸五分。原石已毁,据旧拓本校录。"诗末署"释怀信书"。同书又载
《南溪山元岩磨崖题名》云:"怀信、觉救、惟则、惟亮、无等、无业,元和十
二年重九同游。业记。"今据以确定作者之时代。《宋高僧传》卷十九有《唐
扬州西灵塔寺怀信传》,为会昌间人。时代虽相接,然无从证明即此诗作
者,故不取。

权德舆

石塘路有怀院中诸公

回合千峰里,晴光似画图。征车随反照,候吏映寒芜。石濑侵行径,
溪云拂路隅。未酬知己分,宁敢学潜夫。

晓 发 桐 庐

客路去漫漫,桐溪上水滩。扣船乘晓月,欹枕听回滩。烟重江枫湿,
沙平宿鹭寒。闲吟试一望,疑在画屏看。均见《四部丛刊》本《权载之文集》
卷六。

灵 默

灵默,俗姓宣,常州人,师马祖道一及石头希迁。贞元初入
天台山,住白沙道场,移东道场,复次浦阳。阳灵戍将李望,请
居婺州五泄山,世称五泄和尚。元和十三年卒,年七十二。诗
一首。(《全唐诗》无灵默诗,传据《祖堂集》卷十五、《宋高僧
传》卷十)

越州观察使差人问师以
禅住持依律住持师以偈答

寂寂不持律,滔滔不坐禅。俨茶两三垸,意在钁头边。见《祖堂集》卷十
五。

苏溪和尚

苏溪和尚,即五泄小师。嗣灵默,在婺州。诗一首。(《全
唐诗》无苏溪和尚诗,传据《五灯会元》卷四)

牧 护 歌

听说衲僧牧护,任运逍遥无住。一条百纳瓶盂,便是生涯调度。为

求至理参寻,不惮寒暑辛苦。还曾四海周游,山水风云满肚。内除
戒律精严,不学威仪行步。三乘笑我无能,我笑三乘谩做。智人权
立阶梯,大道本无迷悟。达者不假修治,不在能言能语。披麻目视
云霄,遮莫王侯不顾。道人本体如然,不是知佛去处。生也犹如著
衫,死也还同脱裤。生也无喜无忧,八风岂能惊怖。外相犹似痴人,
肚里非常峭措。活计原无一钱,敢与君王斗富。愚人摆手憎嫌,智
者点头相许。那知傀儡牵抽,歌舞尽由行主。一言为报诸人,打破
画瓶归去。见《景德传灯录》卷三十。

　　按:此诗原署云:"苏溪和尚,即五泄小师也。"

大 义

　　大义,俗姓徐,衢州须江县人。嗣马祖,在信州,时称鹅湖
和尚。元和十三年卒,年七十四。诗二首。(《全唐诗》无大义
诗)

坐 禅 铭

参禅学道几般样,要在当人能择上。莫只忘形与死心,此个难医病
最深。直须坐究探渊源,此道古今天下传。正坐端然如泰山,巍巍
不要守空闲。直须提起吹毛利,要剖西来第一义。睁却眼兮别起眉,
反覆看渠渠是谁。还如捉贼须见赃,不怕贼埋深处藏。有智捉获刹
那顷,无智经年不见影。深嗟兀坐常如死,千年万岁只如此。若将
此等当禅宗,拈花微笑丧家风。黑山下坐死水浸,大地漫漫如何禁。
若是铁眼铜睛汉,把手心头能自判。直须著到悟为期,哮吼一声狮
子儿。君不见磨砖作镜喻有由,车不行兮在打牛。又不见岩前湛水
万丈清,沉沉寂寂杳无声。一朝鱼龙来搅动,波翻浪涌真堪重。譬

如静坐不用工,何年及第悟心空?急下手兮高著眼,管取今生教了
办。若还默默恣如愚,知君未解作工夫。抖擞精神著意看,无形无
影悟不难。此是十分真用意,勇猛丈夫却须记。切莫听道不须参,
古圣孜孜为指南。虽然旧阁闲田地,一度赢来得也未。要识坐禅不
动尊,风行草偃悉皆论。而今四海清如镜,头头物物皆吾听。长短
方圆只自知,从来丝发不曾移。若问坐禅成底事,日出东方夜落西。
《缁门警训》卷二。

颂

直下识玄旨,罗纹结角是。不识玄旨人,徒劳逐所示。鸬鹚鸟,守空
池,鱼从脚下过,鸬鹚总不知。见《祖堂集》卷十五。

新罗僧

　　新罗僧,法名不详。闻大义之风造焉,至则大义已寂,遂投
崖死。诗一首。(《全唐诗》无新罗僧诗)

偈

三千里路礼师颜,师已归真塔已关。鬼神哭泣嗟无主,空山只见水
潺湲。见《江西诗征》卷八七。

慧　藏

　　慧藏,抚州人。嗣汉州什邡僧道一,列大鉴之四世。世称
石巩和尚。诗一首。(《全唐诗》无慧藏诗,传录《景德传灯录》
卷六)。

弄珠吟

落落明珠耀百千,森萝万象镜中悬。光透三千越大千,四生六类一
灵源。凡圣闻珠谁不羡,瞥起心求浑不见。对面看珠不识珠,寻珠
逐物当时变。千般万般况珠喻,珠离百非超四句。只这珠生是不生,
非为无生珠始住。如意珠,大圆镜,亦有人中《宗》作"中人"唤作性。分
身百亿我珠分,无始本净如今净。日用真珠是佛陀,何劳逐物浪波
波。隐现则《宗》作"即"今无二相,对面看珠识得摩《宗》作"麽"。见《祖堂
集》卷十四、《宗镜录》卷十一收末九句。

米岭和尚

　　米岭和尚,嗣马祖道一。诗一首。(《全唐诗》无米岭和尚
诗)

遗偈

祖祖不思议,不许常住世。大众审思惟,毕竟只这是。《景德传灯录》卷
八、《五灯会元》卷三。

裴次元

冶山二十咏 并序

　　场北有山,维石岩岩,峰峦巉峭耸其左,林壑幽邃在其右,是用启涤
高深,必尽其趣,建创亭宇,咸适其宜。勒为二十咏。

天泉池

鱼鳞息枯池,广之使涵泳。疏凿得蒙泉,澄明睹明镜。《淳熙三山志》卷

一。

按:《淳熙三山志》云:"唐元和八年,刺史裴次元于其(指冶山)南辟为球场,即山为亭,作诗题于其壁。"次录其序之大略,并云二十首的诗题是:《望京山》、《观海亭》、《双桧岭》、《登山路》、《天泉池》、《玩琴台》、《箸竹岩》、《枇杷川》、《荻芦岗》、《桃花坞》、《芳茗原》、《山阴亭》、《含清洞》、《红蕉坪》、《越壑桥》、《独秀峰》、《筑箮坳》、《八角亭》、《椒盘石》、《白土谷》。诗各一章,章六句。今存者惟《淳熙三山志》所录之《天泉池》四句及《望京楼》二句,后者已收入《全唐诗》卷四六六。《淳熙三山志》另录冯审所作记。

李直方

直方,唐宗室,定州刺史岚子。贞元元年贤良方正能直言极谏科及第,历任监察御史、司勋郎中、韶州刺史、赣州刺史、太常少卿,终于大理少卿。(《全唐诗》无李直方诗,传据《全唐文》卷六一八、《郎官石柱题名考》卷二)

句

岘山依旧远,汉水绕城流。见《舆地纪胜》卷八二《襄阳府》。

潘存实

壶　公　山

双旌牧清源,吟看壶公翠。见黄滔《黄御史公集》卷四《壶公山》诗注、《舆地纪胜》卷一三五、《莆阳比事》卷一、《记纂渊海》卷十。

陆　畅

九 日 夜

灯下竹烟看更碧，月间花色不分红。《千载佳句》卷上《天象部·夜》。

柳宗元

答 问 附 歌

尧舜之修兮，禹益之忧兮，能者任而愚者休兮。跰跰蓬藋，乐吾一作
"夫"囚兮，文墨之彬彬一本作"申申"，足以申吾愁兮。已乎已乎，曷之
求乎！见《柳河东集》卷十五。

送贾山人南游歌 并序

　　传所谓学以为己者，是果有其人乎？吾长京师三十三年，游乡党，入
太学，取礼部、吏部科校、集贤秘书，出入去来，凡所与言，无非学者，盖不
啻百数，然而莫知所谓学而为己者。及见逐于尚书，居永州，刺柳州，所见
学者益稀少，常以为今之世无是决也。居数月，长乐贾景（一作"宣"）伯
来，与之言，邃于经书，博取诸史群子昔之为文章者，毕（一作"必"）贯统，
言未尝诐，行未尝怪，其居室惛然不欲出门，其见人侃侃而肃。召之仕，怏
然不喜。导之还中国，视其意，夷夏若均，莫取其是非，曰姑为道而已尔。
若然者，其实为己乎？非己乎？使吾取乎今之世，贾君果其人乎？其足也
则居，其匮也则行。行不苟之，居不苟容，以是之于今世，其果逃于匮乎？
吾名逐禄贬，言见疵于世，奈贾君何！于其之也，即其舟与之酒，侑之以
歌。歌曰：
充乎其居，或以匮己之虚，一作"或踬其涂，匮乎己之虚"。蜀本云："或以"字下
疑脱"两"字。或盈其庐。孰匮孰充，为泰为穷，君子乌乎取以宁其躬！

若君者之于道而已尔,世孰知其从容者耶!见《柳河东集》卷二五。

送元暠师诗 并序

　　中山刘禹锡,明信人也。不知人之实,未尝言,言未尝不雠。元暠师居武陵,有年数矣。与刘游久且昵,持其诗与引而来,余视之,申申其言,勤勤其思,其为知而言也信矣!余观世("世"字或作"近世"二字)之为释者,或不知其道,则去孝以为达,遗情以贵虚。今元暠衣粗而食菲,病心而墨貌,以其先人之葬未返其土,无("无"下或有"他"字)族属以移其哀,行求仁者以冀终其心,勤而为逸,远而为近,斯盖释之知道者欤!释之书有大报恩十篇,咸言由孝而极其业。世之(一无此二字)荡诞慢弛者,虽为其道而好违其书。于元暠师,吾见其不违且与儒合也。元暠,陶氏子,其上为通侯,为高士,为儒先生(一无"生"字,一本"生"作"贤")。资(一作"见")其儒,故不敢忘孝;迹其高,故为释;承其侯,故能与达者游。其来而从吾也,观其为人,益见刘之明且信。故又与之言,重叙其事。(见《柳河东集》卷二五。)

侯门辞必服,忍位取悲增。去鲁心犹在,从周力未能。家山馀五柳,人世遍千灯。莫让金钱施,无生道自弘。中华书局校点本《柳宗元集》附录《外集补遗》录自宋乾道永州本《柳柳州外集》。

滕　倪

秋　怀

袅袅芙蓉枝,灼灼当秋好。严霜一以冽,日夜色枯槁。讵惟华叶衰,柯条不自保。斩刈同束薪,秋江迹如扫。时事多推移,江流去浩浩。见民国二十年戴鸿熙纂《汤溪县志》卷十九。

李正封

　　正封,字中护,陇西人。元和二年举进士及第,同年贤良方正能直言极谏科及第。历任监察御史、司勋员外郎、彰义军判官、司勋郎中。(《全唐诗》卷三四七小传过略,今据《郎官石柱题名考》卷七补传)

句

三月后方有,百花中更无。见《锦绣万花谷前集》卷七。

大　颠

大颠,嗣石头希迁,在潮州灵山。韩愈贬潮州刺史,尝与共游。诗一首。(《全唐诗》无大颠诗)

欲归山留别韩潮州愈偈

辞君莫怪归山早,为忆松萝对月宫。台殿不将金锁闭,来时自有白云封。见《祖堂集》卷五。

邢允中

邢允中,明州奉化人。元和中官左班殿直监盐酒商税务。诗二首。(《全唐诗》无邢允中诗)

洗　钵　潭

潭水澄初地,长为洗钵供。已能降虎豹,不问揽鱼龙。溅沫溪莎碧,疏流石濑重。此中清净理,继迹有禅宗。

驻　锡　峰

高峰常驻锡,灵异见当年。卓立惊沙界,光辉动梵天。鹤飞青霭外,
龙护赤岚边。丈室仍相对,重来果凤缘。见董庆酉《四明诗干》卷中。邢允
中诗承张靖龙同志录示。

薛　苹

苹,河中宝鼎人。少以吏事进,建中三年为长安令,历虢州
刺史。永贞元年,以课最擢湖南观察使。元和三年,迁浙东观
察使。元和五年,以治行调浙西。除左散骑常侍,年七十致仕,
元和十四年卒。诗一首。(《全唐诗》无薛苹诗,事迹据《旧唐
书》卷一八五《良吏传》本传、卷十二《德宗纪》、卷十四《宪宗
纪》、岑仲勉《唐集质疑·薛苹与薛平》)

禹庙神座顷服金紫苹自到镇申
牒礼司重加衮冕今因祈雨偶成八韵

玉座新规盛,金章旧制非。列城初执礼,清庙重垂衣。不睹千箱咏,
翻愁五稼微。只将苹藻洁,宁在饩牢肥。徙市行应谬,焚巫事亦违。
至诚期必感,昭报意犹希。海日明朱槛,谿烟湿画旗。回瞻郡城路,
未欲背山归。见《会稽掇英总集》卷八。

　　《欧阳文忠公文集》卷一四二《集古录跋尾》卷九《唐薛苹唱和诗》(大
和中)云:"右薛苹唱和诗,其间冯宿、冯定、李绅皆唐显人,灵澈以诗名后
世,皆人所想见者,然诗皆不及苹,岂唱者得于自然,和者牵于强作耶!"

　　《宝刻丛编》卷十三引欧阳棐《集古录目》云:"《唐禹庙诗》,唐浙东观
察使越州刺史薛苹诗,不著书人名氏。苹初至镇,易禹庙金紫服以冠冕,

后因祈雨,作此诗,其和者盐铁转运崔述等凡十七首。"

　　按:岑仲勉先生《贞石证史·薛苹唱和诗即禹庙诗》对此诗考证甚详,可参看。惟订欧阳修云"大和中"刻石为误,实未察《集古录跋尾》著录年岁,为刻石时间而非写作时间,为小疵耳。

崔　词

　　词,元和中人。诗一首。(《全唐诗》无崔词诗)

谒　禹　庙

惟舜禅功始,惟尧锡命初。九州方莫画,万壑遂横疏。受箓尝开洞,
过门不下车。诸侯会玉帛,沧海荐图书。玄默将遗世,崇高亦厌居。
耘田自有鸟,浚泽岂为鱼。家及三王嗣,殷因百代如。灵容肃清宇,
衮服闭荒墟。枣径愁云暮,松扉撤祭馀。叨荣陵寝邑,怀古益踌躇。
见《会稽掇英总集》卷八。

　　按:崔词疑即与薛苹同题禹庙十七人之一。

羊士谔

历　山

风泉《历代诗话续编》本《诗人主客图》作"前"留古颜《全唐诗》作"韵",笙磬想遗
音。见汲古阁本《唐诗纪事》卷四三引《诗人主客图》。

　　按:《全唐诗》卷三三二收此二句,缺题,今重录。

　　又按:《嘉泰会稽志》卷一六载此诗作于开元二十载秋。

崔 备

寄羊士谔永宁里居 题拟

图书锁尘阁,符节守山城。见江标影宋书棚本《羊士谔诗集》收《酬礼部崔员外
备独永宁里弊居见寄来诗云图书锁尘阁符节守山城》。

自 在

自在,俗姓李,吴兴人。投径山出家,后从南康道一禅师受
法。元和中居洛阳香山、伏牛山。世称伏牛和尚。诗四首。
(《全唐诗续补遗》卷十七收伏牛上人《三伤颂》,云为"王蜀时
高僧",实误,详附考。传据《宋高僧传》卷十一)

放少师行脚时颂

放汝南行入大津,碧潭深处养金鳞。等闲莫与凡鱼伴,直透龙门便
出身。

三个不归颂

割爱慈亲异俗迷,如云似鹤更高飞。五湖四海随缘去,到处为家一
不归。
苦节劳形守法威,幸逢知识决玄微。慧灯初照昏衢朗,唯报自亲二
不归。
峭壁幽岩往复希,片云孤月每相依。经行宴坐闲无事,乐道逍遥三
不归。以上四首均见《祖堂集》卷十五。

按:《全唐诗续补遗》据《鉴诫录》卷十《高僧谕》条,录伏牛上人《三伤

颂》三首,拟传云"王蜀时高僧"。今检《宋高僧传》卷十一《唐洛京伏牛山自在传》云:"所著《三伤歌》,辞理俱美,警发迷蒙,有益于代。"后接述王蜀乾德间人引此歌事。《三伤歌》即《三伤颂》,可知三诗皆元和间自在作,王蜀时另无伏牛上人其人。

伏牛小师

伏牛小师,法名待考,师伏牛和尚自在。诗一首。(《全唐诗》无伏牛小师诗)

答伏牛和尚　题拟

鱼龙未变志常存,变了还教海气浑。两眼不曾窥小水,一心专拟透龙门。千回下网终难系,万度垂钩誓不天。待我一朝鳞甲备,解将云雨洒乾坤。见《祖堂集》卷十五。

全唐诗续拾卷二四

韦贯之

　　贯之,本名纯,以字行。少举进士。贞元初,登贤良科,授校书郎,转长安县丞。永贞中,除监察御史。元和中历任秘书丞、礼部员外郎、吏部员外郎、都官郎中、中书舍人、礼部侍郎等职,九年入相,十一年罢,出为湖南观察使、河南尹。长庆元年卒,年六十二。诗一首。(《全唐诗》无韦贯之诗,传录《旧唐书》卷一五八本传)

同窦群雪中寓直 <small>题拟</small>

耿耿风雪暮,直庐未掩扉。咏兰幽助兴,俪玉粲相辉。气劲琴韵切,夜深炉火微。虽殊江海远,即此恋彤闱。<small>见《窦氏联珠集》。题下原署"吏部员外郎韦贯之"。</small>

柳　登

　　柳登,字成伯,河东人。年六十餘方从宦,累迁至膳部郎中。元和初为大理少卿,迁右庶子,授右散骑常侍致仕。长庆二年卒,年九十餘。(《全唐诗》无柳登诗,传据《旧唐书》卷一四九本传)

颜鲁公挽歌词

杀身终不恨，归丧遂如生。《唐语林》卷六。

　　按：《唐语林》原称柳常侍作，此从周勋初先生《唐语林校证》说。据周
考，此段文字出自韦绚《戎幕闲谈》。

李头陀

　　李头陀，长乐人。从百丈住洪州。诗一首。（《全唐诗》无
李头陀诗）

沙堤葬母

守堤三年念生缘，种树为阴出世恩。划石寄言相瞩付，一重孙付一
重孙。《闽诗录甲集》卷四。

天　然

　　天然，俗姓居里皆不详。少亲儒墨，与庞蕴善。后皈信佛
法，师马祖、石头。初住天台华顶，元和初上龙门香山，与伏牛
禅师为莫逆交。元和十五年入南阳丹霞山结庵，世称丹霞和
尚。长庆中卒，年八十六。诗五首。（《全唐诗》无天然诗。传
据《祖堂集》及《宋高僧传》卷十一。其卒年，前书谓在长庆三
年，后书作四年，未详孰是）

孤寂吟

时人见余守孤寂，为言一生无所益。余则闲吟孤寂章，始知光阴不

虚掷。不弃光阴须努力，此言虽说人不识。识者同为一路行，岂可
颠坠缘榛棘。榛棘茫茫何是边，只为终朝尽众喧。众喧不觉无涯际，
哀哉真实不虚传。传之响之只不闻，犹如灯烛合盂盆。共知总有光
明在，看时未免暗昏昏。昏昏不觉一生了，斯类尘沙比不少。直似
潭中吞钩鱼，何异空中荡罗鸟。此患由来实是长，四维上下远茫茫。
倏忽之间迷病死，尘劳难脱哭怆怆。怆怆哀怨终无益，只为将身居
痛室。到此之时悔何及，云泥未可访孤寂。孤寂宇宙穷为良，长吟
高卧一闲堂。不虑寒风吹落叶，岂愁霜草遍遭霜。但看松竹岁寒心，
四时不变流清音。春夏暂为群木映，秋冬方见郁高林。故知世相有
刚柔，何必将心清浊流。二时麤糖随缘过，一身遮莫布毛裘。随风
逐浪住东西，岂愁地连与天低此字原写作"伝"。时人未解将为错，余则
了然自不迷。不迷须有不迷心，看时浅浅用时深。此个真珠若采得，
岂同樵夫负黄金。黄金烹练转为真《宗镜录》卷二十引作"新"，明同前书作
"此"珠含光未示人。了即毛端滴《宗镜录》作"吞"巨海，始知大地一微
尘。尘滴存乎未免憿，莫弃这边留那边。直似长空搜鸟迹，始得玄
中又更玄。举一例诸足可知，何用喃喃说引词。只见饿夫来取饱，
未闻浆逐渴人死。多人说道道不行，他家未悟诈头明。三寸利刀开
旷路，万株榛棘拥身生。尘滓茫茫都不知，空将辩口泻玄微。此物
那堪为大用，千生万劫作贫儿。聊书孤寂事还深，锺期能听〔伯〕
（白）牙琴。道者知音指其掌，方贵名为孤寂吟。

玩　珠　吟

识得衣中宝，无明醉伯作"酒"自惺《灯录》、《通载》、伯作"醒"。百骸俱《灯
录》、《宗镜录》作"虽"溃散伯作"悔尽"，一物镇长灵。知《通载》作"智"境浑非
体伯作"智剑挥非体"，寻伯、《灯录》、《通载》作"神"珠不定伯作"见"形。悟即伯、
《灯录》、《通载》作"则"三身佛，迷疑万卷经。在心心岂《灯录》、《通载》、伯作

"可"测，居《灯录》、《通载》作"历"耳耳难听。罔像先天地，渊玄《灯录》、《通载》作"玄泉"，伯作"悬泉"出杳冥伯作"名"。本刚非锻伯作"断"炼，元净《灯录》、《通载》作"镜"莫澄停伯作"亭"、《灯录》、《通载》作"渟"。盘泊《通载》作"礴"逾伯作"转"，《灯录》、《通载》作"轮"朝日，玲珑伯作"铃铙"映晓星。瑞光流不灭，真澄伯作"气"浊还清《灯录》、《通载》作"真气触还生"。鉴照崆峒伯作"空洞"寂，劳《灯录》、《通载》、伯作"罗"笼法界明。剉《灯录》作"挫"，伯作"舂"凡功不灭伯作"狭"，超圣果非盈。龙女心亲献，蛇《灯录》、《通载》作"阇"王口自倾伯作"经"、《灯录》、《通载》作"呈"。护鹅人却活，黄雀义《灯录》、《通载》作"意"犹轻。解语非关舌，能言不是声。绝边弥瀚《灯录》、《通载》作"汗"漫，三《灯录》、《通载》作"无"际等空平。演教非为教《灯录》、《通载》作"说"，闻名不《灯录》作"勿"，《通载》作"忽"认名。伯无以上四句。二伯、《通载》、《灯录》作"两"边俱不《通载》作"莫"立伯作"守"，中道不须行。见月休看《灯录》、《通载》作"观"指伯作"纸"，归伯作"知"，《灯录》、《通载》作"还"家罢问程伯作"逞"。识心岂测《灯录》作"心则"，伯、《通载》作"心即"佛，何佛更堪成。

　　按：《景德传灯录》卷三十收丹霞和尚《玩珠吟二首》，此为其二。另伯三五九七卷、《佛祖历代通载》卷十六亦收此诗。异文并注出。《宗镜录》卷四十收"百骸虽溃散，一物镇长灵"二句，题作《般若吟》，不注作者名。

又　颂

丹霞有一宝，藏之岁月久。从来人不识，余自独防守。山河无隔碍，光明处处透。体寂常湛然，莹澈无尘垢。世间采取人，颠狂逐路走。余则为渠说，抚掌笑破口。忽遇解空人，放旷在林薮。相逢不擎出，举意便知有。

骊　龙　珠　吟

骊龙珠，骊龙珠，光明燦疑即"灿"字烂与人殊。十方世界无求处，纵然求得亦非珠。珠本有，不升沉，时人不识外追寻。行尽天涯自疲寂，不如体取自家心。莫求觅，损功夫，转求转灭转元无。恰如渴鹿趁阳焰，又似狂人在道途。须自体，了分明，了得不用更磨莹。深知不是人间得，非论六类及生灵。虚用意，损精神，不如闲处绝纤尘。停心息意珠常在，莫向途中别问人。自迷失，珠元在，此个骊龙终不改。虽然埋在五阴山，自是时人生懈怠。不识珠，每抛掷，却向骊龙前作客。不知身是主人公，弃却骊龙别处觅。认取宝，自家珍，此珠元是本来人。拈得玩弄无穷尽，始觉骊龙本不贫。若能晓了骊珠后，只这骊珠在我身。

弄珠吟 《景德传灯录》卷三十作《玩珠吟二首》之一

般若神《灯录》作"灵"珠妙难测，法性海中亲认得。隐现时游五蕴山《灯录》作"隐显常游五蕴中"，内外光明大神力。此珠无状非大小，昼夜圆明悉能照。《灯录》作"此珠非大亦非小，昼夜光明皆悉照"。用时无处复无踪《灯录》作"觅时无物又无踪"，行住《灯录》作"起坐"相随常了了。先圣相传相指授，信此珠人世希有。智者号明不离珠，迷人将珠不识走。以上四句，《传灯录》作"黄帝曾游于赤水，争听争求都不遂。罔像无心却得珠，能见能闻是虚伪"。吾师权指喻摩尼，采人无数入《灯录》作"溺"春池。争拈瓦砾将为宝，智者安然而得之。言下非近亦非远《灯录》作"森罗万象光中现"，体用如如转无转。万机珠对《灯录》作"消遣"寸心中，一切时中巧方便。皇帝曾游于赤水，视听争求都不遂。罔像无心却得珠，能见能闻是虚伪。非自心，非因缘，妙中之妙玄中玄。森罗万像光中现，寻之不见有根源。《灯录》无以上九句。烧六贼《宗镜录》卷七六"贼"下有"兮"字，烁四《灯录》作"众"魔，能摧我山《宗镜录》作"摧我山兮"竭爱《灯录》作"我"河。龙女灵山亲献佛，贫儿衣里几《宗镜录》作"枉"，《灯录》作"下任"蹉跎。亦非性，亦非心《灯录》二"非"字皆作"名"，非性非心超古今。体绝名言名不得《灯录》作"全体明时明不得"，权时题作《弄珠吟》。以上皆见影印日本花园大学图书馆藏高丽覆刻本南唐招庆寺静筠二僧著《祖堂集》卷四。

李　谔

　　谔，字士恢，长庆间为海盐令。诗一首。(《全唐诗》无李谔诗)

过 施 水 庵

胜地开兰若，幽寻信短筇。僧贫只施水，客至但闻钟。讲坐天花满，香台翠霭重。何当谢尘绂，白社此相从。见明李培等万历十四年修《秀水县志》卷八、《檇李诗系》卷三七。

孟　简

白乌呈瑞赋附歌

素德式昭兮何写奕，玄质从化兮为洁白。符仁孝兮叶佳册，见祥瑞兮流圣泽。见《文苑英华》卷八九。

谒 禹 庙

九土昔沦垫，八方抱殷忧。哲王受《洪范》，群物承天休。源委有所在，勤劳会东州。稽山何峻极，清庙居上头。律度非外事，辛壬宁少留。歌谣自不去，覆载将何求？灵长表远绩，经启蒙宏猷。孰敢备佐命，天吴与阳侯。玄功馀玉帛，茂实结松楸。盖影庇风雨，湖光摇冕旒。质明箫鼓作，通昔礼容修。驿牢设旧物，洿水配庶羞。深沉本建极，傲很亦思柔。阴怪尚奔走，灵徒如献酬。恍疑仙驾动，静见宿云收。竹树依积润，菰蒲托清流。谬兹领百越，忽复历三秋。丹恳谅可荐,庶几无年尤。见《会稽掇英总集》卷八。

蒋 防

临蒸诸葛亮宅 题拟

始有诸葛翁,柯亭寄翠霭。见《舆地纪胜》卷五五《衡州》。

徐元弼

元弼,京兆万年人。岭南节度使徐申之子。曾应进士试。元和初为"前右卫仓曹参军"。诗一首。(传据李翱《徐申行状》,《元和姓纂》卷二作南昌人)

太常寺观舞圣寿乐

舞字传新庆,人文迈旧章。冲融和气洽,悠远圣功长。盛德流无外,时时乐未央。日华增顾眄,风物助低昂。矞凤方齐首,高鸿忽断行。云门与兹曲,同是奉陶唐。《文苑英华》卷一八四。

按:《全唐诗》卷七八一误以作者为徐元鼎,无事迹,今改正重录。

陈 谏

谏,永贞元年以仓部郎中判度支为河中少尹。叔文败,贬台州司马,后历任封、循、道州刺史,卒。著《彭城公故事》一卷。诗一首。(《全唐诗》无陈谏诗,传据《郎官石柱题名考》卷十七、《新唐书》卷五八《艺文志》二)

登石伞峰 并序

　　中书侍郎平章事高阳齐公，昔游越乡，阅玩山水者垂三十载，初栖于剡岭，后迁于玉笥。自解薜此山，未二纪而登台铉，乃施旧居之西偏为昌元精舍，其东偏石伞岩，付令弟秀才推。俄而中书即世，推高尚之致，文行之美，与伯氏相侔。至元和九年秋九月七日，浙东廉使越州牧兼御史中丞杨公，泊中护军王公，率僚佐宾旅，同游赋诗，纪登览之趣。小子承命序其梗概以冠篇。窃谓斯地也，斯文也，必传于后世，与兰亭东山俱为越邦之不朽者矣。

贤相昔未遇，耶溪藏卧龙。宛然东山居，已韵西林钟。仲氏亦遐旷，尔来习高踪。杨公偶闲暇，中贵同游从。曲渚拥骀驭，回潭转艨艟。既登寅缘岸，遂践岩峣峰。径侧萦巨石，磴危攀茂松。伞开自罗列，笥闭谁箴封？迥立霄汉表，俯看严嶂重。远村暮杳杳，秋海晴溶溶。染翰纪胜绝，飞觞畅心胸。仍闻待新月，归棹何从容。见《会稽掇英总集》卷四。

玄　幽

　　玄幽，长庆初僧。诗二句。（详附按）

题京兆大兴善寺释南素院

三万莲经三十春，半生不踏院门尘。见《宋高僧传》卷二五。又见《酉阳杂俎续集》卷五。

　　按：《全唐诗》卷八五一录二句，仅题作《逸句》，作者亦缺事迹，今重录。

韩　愈

送李愿归盘谷歌

盘之中,维子之宫;盘之土,维子之稼;盘之泉,可濯可沿;盘之阻,谁争子所!窈而深,廓其有容;缭而曲,如往而复。嗟盘之乐兮乐且无央,虎豹远迹兮蛟龙遁藏,鬼神守护兮呵禁不祥,饮且食兮寿而康,无不足兮奚所望!膏吾车兮秣吾马,从子于盘兮终吾生以徜徉!

《四部丛刊》影元刻本《朱文公校昌黎先生集》卷十九《送李愿归盘谷序》附此歌。

袁氏先庙碑附诗

袁自陈分,初尚蹇连方云:作"连连"。越秦造汉,博士发论。司徒任德,忍不锢人。收功厥后,五公重尊。晋氏于南,来处华下。鸿胪、孝侯,用适操舍。南州勤治,取最不懈。当阳耽经,唯义之畏。石州烈烈,学专春秋。懿哉咸宁,不名一休。趋难避成,与时泛浮。是生孝子,天子之宰,出把或作"杷"、或作"持"将符,群或作"郡"州承楷。数或作"教"以立庙,禄以备器。由曾及考,同堂异置。柏版松楹,其筵或作"业"肆肆。维袁之庙,孝孙之为。顺势即宜,以诹以龟。以平其巇,屋墙持持。孝孙来享,来拜庙庭。陟堂进室,亲登筮铏。肩臑膊骼,其樽玄清。降登受胙,于庆尔方作"示",非是成。维曾维祖,维考之施。于汝孝嗣,以报以祗。凡我有今,非本曷思。刻诗牲系或作"系牲",维以告之。

同前书卷二七。

南海神庙碑附诗

南海阴或作"之"墟,祝融之宅,即祀于旁。帝命南伯:"吏惰不躬,正自令公,明用享锡,右《唐文粹》作"祐"我家邦。"惟明天子,惟慎厥使,我公在官，神人致喜。海岭之隈，既足既濡，胡不均弘，俾执事枢。公行勿迟，公无遽归。匪我私公，神人具依。同前书卷三一，校以《唐文粹》卷五十所录文。

　　清陆耀遹《金石续编》卷七据石刻录此碑，题作《南海广利王碑》，云碑在广州府，元和十五年陈谏书。

　　按：就常理言，碑末所附韵文或称铭，或称颂，称诗者较少见。然韩愈性好奇，碑末附诗，不止一见。碑文云："咸愿刻庙石以著厥美而系以诗。乃作诗曰（略）。"各本《韩集》、清人所录石刻、《文苑英华》卷八七九、《唐文粹》等所载碑文，均作诗而不作铭，故仍录出之。

处州孔子庙碑附诗

惟此庙学，邺侯所作。厥初庳下，神不以宇。生《唐文粹》作"先"师所处，亦窘寒暑。乃新斯宫，神降其献。讲读有常，不诫用劝。揭揭元〔哲〕（喆），有师之尊。群圣严严，大法以存。像图孔肖，咸在斯堂。以瞻以仪，俾不〔或〕（惑）忘。后之君子，无废成美。琢词碑石，以赞攸始。同前书卷三一。据《唐文粹》卷五一校改。

柳州罗池庙诗 题拟

荔子丹兮蕉黄"蕉"下或有"叶"字，或有"子"字，杂肴蔬兮进侯堂。侯之船兮两旗，度中流兮风泊之，待侯不来兮不知我悲。侯乘驹兮入庙，慰我民兮不鄙以笑。鹅之山兮柳之水，桂树团团兮白石齿齿。侯朝出游兮暮来归，春与猿吟兮秋鹤与飞。《唐文粹》及欧阳修所见《韩集》均作"秋与鹤飞"。《集古录跋尾》卷八录碑文作"秋鹤与飞"，欧疑碑文有误。沈括《梦溪笔谈》卷十四以为此用《楚辞》相错成文格，今从其说。北方之人兮为侯是非，千秋万岁兮侯无我违。福我兮寿我，驱厉鬼兮山之左。下无湿兮高无干，粳稌充羡兮蛇蛟结蟠。我民报事兮无怠其始，自今兮钦于世世。同前书卷三一、《唐文粹》卷五二《柳州罗池庙碑》附。

《柳州罗池庙碑》云:"三年孟秋辛卯,侯降于州之后堂,欧阳翼等见而拜之。其夕,梦翼而告之曰:'馆我于罗池。'其日景辰,庙成,大祭。过客李仪醉酒,慢侮堂上,得疾,扶出庙门即死。明年春,魏忠、欧阳翼使谢宁来京师,请书其事于石。余谓柳侯生能泽其民,死能惊动祸福之,以食其土,可谓灵也已。作迎享送神诗遗柳民,俾歌以祀焉而并刻之。……其词曰(词略)。"《湖南通志·金石》六著录嘉定刻此碑,题作《唐罗池庙享神词碑》,附魏绍芳跋此为享神诗。《唐诗别裁集》卷七收入。朱东润师主编《中国历代文学作品选》中编第一册收此诗,题作《柳州罗池庙诗》,解题云:"此庙建成后,韩愈为撰《柳州罗池庙碑》,诗就附在碑文的后面。诗效《楚辞·九歌》体,作为祭祀中迎神、送神时歌唱之用。"

唐故江南西道观察使中大夫洪州刺史兼御史中丞上柱国赐紫金鱼袋赠左散骑常侍太原王公神道碑铭附诗

生人之治,本乎斯文。有事其末,而忘其源,切近昧陋,道由是堙。有志其本,而泥古陈,当用而迂,乖戾不伸。较是二者,其过也均。有美王公,志儒之本,达士之经。秩秩而积,涵涵而停。鞾为华英一作"英华",不矜不盈。孰播其馨?孰发其明?介然而居,士友以倾。敷文帝阶,擢列侍从,以忠远名,有直有讽。辨遏坚或作"圣"恳,巨邪不用。秀出班行,乃动帝目。帝省竭心,恩顾日渥。翔于郎署,骞于禁密。发帝之令,简古而蔚。不比于权,以直友冤,敲撼挫揎,竟遭斥奔。久淹于外,历守大藩。所至极思,必悉利病,萎枯为膏,燠喝或作"旸"以醒,坦之敞之,必绝其径,浚之咏之,使安其泳。帝思其文,复命掌诰。公潜谓人:"此职宜少,岂无凋郡,庸以自效。"上藉或作"籍"其实,俾统于洪。遁滞攸除,奸讹革风,祛蔽于目,释负于躬。方乎或作"平"所部,禁绝浮屠。风雨顺易,粳稻盈畴。人得其所或作"饶",乃恬乃讴_{或作"谣"}。化成有代,思以息劳。虚位而俟,奄忽_{方作"勿随"}滔滔。维德维绩,志于斯石,日远弥高。_{同前书卷三一。}

　　按:王公为王仲舒。碑文末云:"既以公之德刻而藏之墓矣,子初又请诗以揭之。"称诗而不称铭,故录出。

曹成王碑附诗

太支十三,曹于弟季。或亡或微,曹始就事。曹之祖王,畏塞绝迁。零王黎公,不闻仅存。子父易封,三王守名。延延百载,以有成王。成王之作,一自其躬。文被明章,武荐畯功。苏枯弱强,龈其奸猖。以报于宗,以昭于王。王亦有子,处王之所,唯旧之视,蹶蹶陛陛。实取实似,刻诗其碑,为示无止。_{同前书卷二八。}

　　按:碑云:"乃序而诗之。"

游祝融峰

祝融万丈拔地起,欲见不见轻烟里。山翁爱山不肯归,爱山醉眠山根底。山童寻着不敢惊,沉吟为怕山翁嗔。梦回抖擞下山去,一径萝月松风清。_{嘉靖《衡山府志》卷二。陶敏先生录示此诗,并云:"此诗风格不类韩诗,疑伪,姑录以存疑。"}

题西白涧

太行之下清且浅,一水盘桓纡山转。千峰万壑不可数,异草幽花几曾见。波中白日隐出明,风翻不动浮云轻。翠峦玉女下双鹤,笑倚秋练开新晴。又疑武陵溪上原,桃花溪尽空潺湲。幽泉间复逗岩侧,喷珠漱玉相交喧。群猿见之走绝壁,缘峰虚梯弗劳力。鸣禽回面背人飞,为是从来不相识。杖藜因贪仰面看,碍石牵萝错移屐。路穷屈曲疑欲回,迤逦屏开一重碧。残樽遇坐酒即倾,旋摘山果都无名。

题诗且欲尽佳句,能歌翻咏仙难赞。天门幽深十里西,无奈落日催
人归。谁能可属天宫事,为我乞取须臾期。上天无梯日不顾,牢落
归来坛未暮。闭门下马一衾寒,梦想魂驰在何处。见《古今图书集成·山
川典》卷四八《太行山部》、乾隆廿四年刊萧应植纂《济源县志》卷十六。

别韩湘　附存

未为世用古来多,如子雄文世孰过。好待功成身退后,却抽身去卧
烟萝。见《青琐高议别集》卷四。

　　按:此诗似出后人伪托。然韩湘仙事,始于唐时,此诗为唐人或宋人
作,今已无从辨明,姑录存于此。

题游息洞　题拟

所乐非吾独,人人共此情。往来三伏里,试酌一泓清。见民国廿七年刊
朱汝珍纂《阳山县志》卷十七《金石》。

　　按:《阳山县志》录《陆志》云:“右诗字大一寸五分,在游息洞口石
壁。”

法　藏

　　法藏,姓周,南康人。幼研史籍,明于医方。中年投本郡宝
积院纳戒。又师马祖。后北下庐山,卜居五老峰,世称高城和
尚。宝历中卒,年八十二。诗一首。(《全唐诗》无法藏诗,传据
《祖堂集》卷十四、《宋高僧传》卷二十)

歌 行 一 首

古人重义不重金,曲高和寡勿《宗镜录》、《偈颂》作“无”知音。今时志《宗镜

录》、《偈颂》作"学"士还如此，语默动用迹难寻。所嗟世上歧路者，终日崎岖狂《宗镜录》、《偈颂》作"枉"用心。平坦旃檀不肯取，要须登险《宗镜录》作"陟"访椿林。穷子舍父远逃逝，却于本舍绝知音。贫女宅中无价宝，却将秤卖他人《宗镜录》、《偈颂》作"小秤买他"金。心无相，用还《偈颂》作"能"深，无常境界不能侵。运用能随高与下，灵光且《偈颂》作"元"不是浮沉。无相无《偈颂》、《宗镜录》无此字心能运曜，应声应色随方照。虽在方而不在方，任运高低总能妙。亦《偈颂》、《宗镜录》作"寻"无头，复无尾，灵《偈颂》、《宗镜录》作"焰"光运运从何起？只今起者便是心《偈颂》、《宗镜录》作"只者如今全是心"，心用明时更何你《偈颂》、《宗镜录》作"心用明心心复尔"。不居方，无一作"何"处觅，运用无踪复无迹。识取如今明觅《偈颂》作"密"人，终朝莫慢《偈颂》作"漫"、《宗镜录》作"谩"别求的。勤《宗镜录》作"劝"心学，近丛林，莫将病眼认花针。说教本穷无相理，广读元来不识心。了《偈颂》、《宗镜录》作"识"取心，识《偈颂》、《宗镜录》作"了"取境，了心识境《偈颂》、《宗镜录》作"识心了境"禅河净。但《宗镜录》作"若"、《偈颂》作"知"能了境便识心，万法都如闷婆影。劝且学，莫为师，不用登高向下窥。平源不用金刚钻，剑刃之中错下锥。向前来，莫人我，山僧有曲无人和。了空无相即法师《偈颂》作"了境心空即法王"，不用绫罗将作幡《偈颂》作"为幡"。可中了，大希奇，大人幽邃不思议。《偈颂》三句作"大幽邃，不思议，可中学得大希奇"。自家坏《偈颂》作"怀"却真宝藏，终日从人乞布衣。取境界，妄情生，只如水面《偈颂》作"上"一波成。但能当境无情计《偈颂》作"系"，还同水面本来平。应大躯，应小躯，运用只随如《偈颂》作"如随"意珠。被《偈颂》作"披"毛戴角形虽异，能应之心《偈颂》作"应物之情"体不殊。应眼时，若千日，万像不能逃影质。凡夫只是未曾观，那得自轻而退屈。应耳时，若幽谷，大小音声无不足。什《偈颂》作"十"方钟鼓一时鸣，灵光运运常相续。应意时，绝分别，照烛森罗长《偈颂》作"恒"不歇。透过山河石壁间，要且照时常寂灭。境自虚，不须畏，终朝照烛无形《偈颂》作"元无"对。设使《偈颂》作"尔"任持浮幻身,运用都无舌身意。南唐静筠二僧《祖堂集》卷十四、宋子升、本如《禅门诸祖师偈颂》卷上之下,另《宗镜录》卷九(作古德歌)、卷十八、卷四四、卷九八节收此歌部分文字。

白行简

滤水罗赋附歌

玉卮无当兮安可拟,风飘有声兮不足比。惟滤罗之用也大哉,故去此而取彼。见《文苑英华》卷一一〇。

见杭州乌窠和尚后作 题拟

白头居士对禅师,正是楞严三昧时。一物也无百味足,恒沙能有几人知?见《祖堂集》卷三。

卫中行

中行,字大受,河东安邑人。贞元九年进士。元和间历任礼部员外郎、兵部郎中、华州刺史、陕虢观察使,宝历二年自国子祭酒出为福建观察使。诗一首。(《全唐诗》无卫中行诗,兹据《郎官石柱题名考》卷二十、《元和姓纂四校记》卷八、《唐方镇年表》卷四、卷六拟传)

登石伞峰

威凤昔未起,兹山嘉气深。逶迤抱川阜,萝茑方沉沉。龙节稍岩径,星轩伴幽寻。尝闻谢公事,今嘉昭旷心。绝顶上巍峨,秋晨好登临。芦洲辨微色,天籁闻虚吟。支策睇归湖,舒情凝远岑。徘徊绕灵伞,登坐延芳襟。溪路锁重扃,松门交翠阴。贞姿在空谷,瑞色仍栖林。晚霭覆回汀,轻桡环碧浔。探奇幸陪唱,愿继咸池音。见《会稽掇英总集》卷四。

次　休

次休,宝历间僧。(《全唐诗》无次休诗)

赠白使君乐天 <small>题拟</small>

闻有馀霞千万首,何妨一句乞闲人。见《白氏长庆集》卷二四《答次休上人》题注引。

欧阳衮

及第后返闭户穷 <small>下缺</small>

为学心虽满,知君如掩扉。见《吟窗杂录》卷四四。

刘　叉

范忠韩喜得刘先生诗

玉尺沉埋久,得之铭篆深。指磨露正色,扣击吐哀音。《后村诗话续集》卷二引《刘叉集》。

孔仲良

孔仲良,曲阜人。孔子四十一世孙。敬宗宝历中为莆田令,卒于官。

暑 中 即 事

云起松关作远山,一庭细草未曾删。吏书抱去琴声静,骢使何须采
下艰。《莆风清籁集》卷五七。

薛昌朝

　　薛昌朝,河东万泉人。薛嵩子。累官御史。官至保信军节
度使。(参《新唐书·宰相世系表》、《山右石刻丛编》卷七《薛嵩
碑》)

紫 阁

阁下寒溪涨碧湍,阁前苍翠数峰环。危梯续蹬穿松外,细竹分泉落
石间卷九作"前"。好鸟喈啾争唤客,乱云开合巧藏山。独来应为禅僧
笑,少有人能伴我闲。《类编长安志》卷三、卷九。

全唐诗续拾卷二五

李敬彝

敬彝，大和初为福建团练判官。（《全唐诗》无李敬彝诗）

同观察使张公仲方大和元年夏祷雨归至圣泉寺作 题拟

雨随青嶂合，云拂画旗来。见《淳熙三山志》卷八、《闽都记》卷十一。

《淳熙三山志》云："今诗牌在圣泉。"同作者为张仲方、李贻孙、彭城三人，《全唐诗》仅收仲方诗。

彭　城

城，大和初为内供奉侍御。（《全唐诗》无彭城诗）

同观察使张公仲方大和元年夏祷雨归至圣泉寺作 题拟

云阴随雨度，桂馥逐风来。同前。

徐　凝

宿　猿　洞

万屋人家云阁下，一屏烟水石桥西。见《舆地纪胜》卷一二八《福州》。

王师闵

　　王师闵，大和二年任资州刺史。诗三首。（《全唐诗》无王师闵诗）

题瀑布诗三首

殷勤〔对〕绿醽，闲坐绕沙〔汀〕。怪来喧语笑，一派落青屏。缺字据《永乐大典》补。

嵌嵝《舆地纪胜》作"空"石洞古，飘洒玉泉吐。飞流势不定，散作松间雨。

清明云日开，山路足莓苔。瀑溜千寻落，乘闲一看来。见刘喜海《金石苑》卷二。《舆地纪胜》卷一五七《资州》录第二首。张忱石先生告：《永乐大典》卷九七六六引《成都府志》录第一首，今据以校补。

　　《金石苑》云："高约二尺，广三尺六寸，十二行，行七字，字径寸馀至二寸不等。正书。下端石残缺。"石刻题下署："资□刺史王师闵。"末署："大和二年正月七日。"

　　刘喜海跋云："右诗刻在资州。此西岩龙潭瀑布诗也，见王象之《碑目》。王师闵为资州刺史，史失载。"

　　《舆地纪胜》云："唐王师闵守资中，政有能声。尝游西岩，留《瀑布诗》于石壁。其一曰（录第二首，略）。"

　　按：据《舆地纪胜》及《永乐大典》所录诗，知石刻除稍有漫漶外，大致完整。《金石苑》谓"下端石残缺",未允。

杨巨源

谢人送鲫鱼鲙

君家一箸万钱挤,分我银丝侑客欢。芳饵得来珍丙穴,金刀落处照辛盘。腹空羞迫诗肩瘦,鳞活能生酒面寒。玉手行厨如许巧,说教鱼婢学应难。影印本《诗渊》第一册第一一三页。

谢人送粽

来时三月春犹在,到日端阳节又临。珍重主人意勤腆,满槃角黍细包金。同前第一五六页。

太原寒食观仗上严司空

天倚王师静沙漠,年年寒食并州乐。珠华相压驾重下缺。见上海图书馆藏明抄本《古今岁时杂咏》卷十一,末注:"以下古本缺二页。"《四库全书》本无。

赠卢洺州

三刀梦益州,一箭取辽城。见《白氏长庆集》卷十五《赠杨秘书巨源》自注。

　　按:《全唐诗》卷三三三收此二句,缺题,系源出《唐诗纪事》卷三五,今重录之。

句

思出秦云外,恩生汉水东。《舆地纪胜》卷八二《襄阳府》。

韦处厚

秪_{疑当作"抵"}剡

秋渚涵容碧,秋水刷眼青。排头烟树老,扑面水风腥。上濑复下濑,长亭仍短亭。夜船明月好,客梦满流萤。《记纂渊海》卷九。

又

船撑鉴湖月,路指沃洲云。同前。

惟 俨

惟俨,俗姓寒,绛县人。大历八年纳戒于衡岳寺,后谒石头,密证心法。住朗州药山,世称药山和尚。大和二年卒,年七十。诗一首。(《全唐诗》无惟俨诗,传据《宋高僧传》卷十七)

曜 日 颂

遍身烘烂更何人?卧棘森森一智真。为报你来须体妙,时中不拟宛然新。《祖堂集》卷四。

李 涉

李独携酒见访

晓斋独坐霜景寒,草堂逸士来相干。风神左峭心意阔,津涯万里横波澜。自言山中新酝熟,手挈一壶兼一轴。果然文字称仪容,已觉建安风彩俗。嗟予潦倒身无成,偶因章句生浮名。就中怜爱李景俭,

酒狂大语欺奴兵。老夫昔逐巴江岸,唱得《竹枝》肠欲断。为君试发
一声看,九派烟霞愁漫漫。影印本《诗渊》第一册第一三一页。

赠　苏　小

地人仙人家洛浦,闻道新年年十五。巧转明眸双剑连,开妆一面千
花吐。流苏帐,云母屏,碧罗作卷花亭亭。昆仑阿母暗钩引,东海麻
姑投姓名。梭能织诗筝解语,鸳鸯难称烟波侣。偶逢曼倩巧言词,
不觉投花忽相许。自言夫婿心不常,黄金买笑轻侯王。掌中看舞腰
欲断,暗里听歌愁满堂。莫学为云去无迹,巫山高高接天碧。同前第
五五一页。

商　州　题拟

宫址蔓生草,洞门低枕泉。废兴人目击,何处是神仙?《记纂渊海》卷二
四。

李　益

游栖岩寺

晚上梯延洞,通宵兴莫穷。高明千嶂月,清爽一岩风。坐久衣衫润,
吟馀物象空。举头星可摘,疑在广寒宫。见《古今图书集成·山川典》卷三
五《中条山部》。

郑　绲

咏诸葛亮诗　题拟

草庐龙旧卧,花府凤曾栖。见《舆地纪胜》卷八二《襄阳府》。

钱 徽

徽，字蔚章，吴郡人。起子。贞元初进士登第，从事戎幕。元和初入朝。三年，自祠部员外郎充翰林学士，十年，迁中书舍人。次年，因谏事罢学士，出为虢州刺史。长庆元年，自礼部侍郎出为江州刺史。移湖州。迁工部侍郎，出刺华州。大和二年以疾辞位，翌年卒，年七十五。诗一首又二句。(《全唐诗》无钱徽诗，兹据《旧唐书》卷一六八本传、《中华文史论丛》第九辑朱金城《〈白氏长庆集〉人名笺证》拟传)

小庭水植率尔成诗

泓然一缶水，下与坳堂接。青菰八九枝，圆荷四五叶。动摇香风至，顾盼野心惬。行可采芙蓉，长江讵云涉。见钱仲联《韩昌黎诗系年集释》卷九《奉和钱七兄曹长盆池所植》附。

按：宋方崧卿《韩集举正》卷三云："钱徽也。唐本具钱诗于前。"

同乐天登青龙寺上方望蓝田山绝句 题拟

偶来上寺因高望，松雪分明见旧山。见《白氏长庆集》卷十一《登龙昌上寺望江南山怀钱舍人》自注引。

薛 涛

题从生假山

宅相多能好自持，爱山攒石倚庭陲。铜梁公阜□□□，□□□□□□□。见北京图书馆藏《分门纂类唐歌诗》宋刻残本，转录自张蓬舟《薛涛诗笺·后记》。《宛委别藏》本将此诗删弃。

杨於陵

登石伞峰

夙志慕遐峤，偶时叨抚封。幸兹秋成候，得与心期从。宛在洲渚外，稍跻林岭重。紫垣感嘉惠，丹壑畅幽踪。之子绰有裕，结庐枕前峰。亭台互亏蔽，物象分轻浓。玉伞践危石，苔枝栖古松。登攀逐群彦，息偃惭衰容。阊阖如可接，灵仙疑暂逢。海帆去的的，霜雁来嗈嗈。赫奕护军重，导迎裨将恭。回舟迟新月，鼙鼓迎疏钟。见《会稽掇英总集》卷四。

习家池大堤诗　题拟

习氏踪谁寄，羊氏道可跻。见《舆地纪胜》卷八二《襄阳府》。

句

云敛荆门近，江平岘首低。《记纂渊海》卷十二。

按：此二句与前“习氏”二句疑出同一首诗。

张　籍

咏陀罗山

凿开混沌露元气，散布森罗弥梵天。云外无时不闲在，楼居何处得超然。《记纂渊海》卷二三。

王　建

梦好梨花歌

薄薄落落雾_{别本作"路"}不分，梦中唤作梨花云。瑶池水光蓬莱雪，青叶白花相次发。不从地上生枝柯，合在天头绕宫阙。天风微微吹不破，白艳却愁香浣露。玉房彩女齐看来，错认仙山鹤飞过。落花散粉飘满空，梨花颜色同不同。眼穿臂短取不得，取得亦如从梦中。无人为我解此梦，梨花一曲心珍重。见宋张邦基《墨庄漫录》卷六。

　　　按：《墨庄漫录》："东坡作梅花词云：'高情已逐晓云空，不与梨花同梦。'注云：'唐王建有《梦看梨花云诗》。'予求王建诗，行世甚少，唯印行本一卷，乃无此篇。后得之于晏元献《类要》中。后又得建全集七卷，乃得全篇，题云《梦好梨花歌》。（诗略）或误传为王昌龄，非也。"另参本书卷九王昌龄诗附按。

赞　碎　金

一轴零书则_{斯六一九卷作"时"}未多，要来不得_{斯六一九卷作"问"}那人何？从头至尾无闲字，胜看真_{斯六一九卷作"珍"}珠一百螺。见斯六二○四卷《字宝碎金》末附，署"吏部郎中王建"。斯六一九卷署"王建郎中"。

卢元辅

灵　隐　寺

长松晋家树，绝顶客儿亭。见《淳祐临安志》残本卷八。

沈亚之

梦游仙赋附诗

白日低兮春塘满,红华芳兮草芽短。菱结带兮苻含丝,设邀游兮遵佳期。

秾光醉兮,昏绵绵焉。与久乐万年春,留连兮其未央。均见《沈下贤文集》卷一。

湘中怨解载郑生愁吟

情无垠兮荡洋洋,怀佳期兮属三湘。见《沈下贤文集》卷二。

直　言

直言,元稹同时之僧人。(详附按)

观元相公花饮　一作"宴"

尺八调悲银字管,琵琶声送紫檀槽。《千载佳句》卷下《宴喜部·管弦》。

　　按:此诗署"僧直言"。同书卷上作"僧亘玄",《和汉朗咏集》卷下作"僧亘玄",《全唐诗逸》卷中作"真元"。未详孰是。《全唐诗》卷五五二据《云溪友议》收李宣古《杜相公席上赋》三四句与此近似,恐出传误。

元　稹

再酬复言和夸州宅

会稽天下本无俦,任取苏杭作辈流。断发仪刑千古学,奔涛一作"腾"

翻动万人忧。石缘类鬼名罗刹，寺为因坟号虎丘。莫著诗章远牵引，由来北郡似南州。见宋孔延之编《会稽掇英总集》卷一。

游　云　门

遥泉滴滴度更迟，秋夜霜天入竹扉。明月自随山影去，清风长送白云归。同前书卷六。

题法华山天衣寺

马踏红尘古塞平，出门谁不为功名。到头争似栖禅客，林下无言过一生。同前书卷八。

拜　禹　庙

恢能咨岳日，悲慕羽山秋。父陷功仍继，君名礼不雠。洪水襄陵后，玄圭菲食由。已甘鱼父子，翻荷粒咽喉。古庙苍烟冷，寒亭翠柏凋。马泥真骨动，龙画活睛留。祀典稽千圣，孙谋绝一丘。道虽污世载，恩岂酌沉浮。洞穴探常近，图书即可求。德崇人不惰，风在俗斯柔。荄色湖光上，泉声雨脚收。歌诗呈志义，箫鼓凌清猷。史亦明勋最，时方怒校酋。还希四载术，将以拯虞刘。同前。

按：以上四首，卞孝萱《元稹年谱》、冀勤校《元稹集》均已揭出。

奉使往蜀路傍见山花吟寄乐天 题拟

深红山木艳彤云，路远无由摘寄君。恰似牡丹如许大，浅深看取石榴裙。

向前已说深红木，更有轻红说向君。深叶浅花何所似，薄妆愁坐碧罗裙。人民文学出版社刊本淳校点本《诗话总龟》卷二七引《唐贤抒情》。

封　书

每书题作上都字,怅望关东无限情。寂寞此心新雨后,槐花高树晚蝉声。《千载佳句》卷上《四时部·早秋》。

春　词

一双玉手十三弦,移柱高低落鬓边。即问向来弹了曲,羞人不道《想夫怜》。《千载佳句》卷下《宴喜部·筝》。

咏　莺

天上金衣侣,还能觌草莱。风流晋王谢,言语汉邹枚。公等久安在,今绝何处来?山禽正嘈杂,慰我日徘徊。《梦粱录》卷十八。

石　榴　花

寥落山榴深映叶,红霞浅带碧霄云。麴尘枝下年年见,别似衣裳不似裙。《永乐大典》卷八二一引《瓮牖闲评》引。以上二诗据《古籍整理出版情况简报》一六六期刊冀勤同志《元稹佚诗续辑》录出。

送晏秀才归江陵

长堤纤草河边绿,近郭新莺竹里啼。《千载佳句》卷上《四时部·早春》。

早春书情

空城月落方知晓,浅水荷香始觉春。同前《四时部·早春》。

雨　后　书　情

溪上懒蒲藏钓艇,窗前新笋长渔竿。同前《四时部·暮春》。

雨后感怀

云际日光分万井，烟消山色露千峰。同前《天象部·晴霁》。

雨后感情

瓮开白酒花间醉，帘卷青山雨后看。同前卷下《宴喜部·醉后》。

按：此诗与前录之《雨后书情》疑为一首诗。

题李端

新笋短松低晓露，晚花寒沼漾残晖。同前卷上《人事部·文藻》。

春情多

白发镜中惭易老，青山江上几回春。同前《人事部·老》。

蔷薇

千重密叶侵阶绿，万一作"百"朵闲花向日红。同前卷下《草木部·蔷薇》。

夜花

灯照露花何所似，馆娃宫殿夜妆台。同前《草木部·杂花》。

送故人归府

落日樽前添别思，碧潭滩上获花秋。同前《离别部·饯别》。

送刘秀才归江陵

花间祖席离人醉，水上归帆落日行。同前。

送裴侍御

欲知别后思君处,看取湘江秋月明。同前《离别部·秋别》。

上西陵留别

□忧去国三千里,遥指江南一道云。同前《离别部·留别》。

旅舍感怀

因依客路烟波上,迢递乡心夜梦中。同前《离别部·水行》。

罢弊务思归故国寄知友

如今欲种韩康药,未卜云山第几峰。同前《隐逸部·思隐》。

闭门即事

数竿修竹衡门里,一径松杉落日中。同前《隐逸部·幽居》。

题王右军遗迹

生卧竹堂虚室白,逍遥松径远山青。同前。

　　按:《封书》、《春词》及《送晏秀才归江陵》以降各句,冀勤校点本《元稹集》均已据花房英树《元稹研究》收录。今据王水照教授自日本携归之东京大学图书馆藏森鸥外捐赠抄本《千载佳句》复印本校录。

题蓝桥驿

江陵归时逢春雪。见《白氏长庆集》卷十五《蓝桥驿见元九诗》自注引。

宫 词

外人不识承恩处,唯有罗衣染御香。见日藤原公任《倭汉朗咏集》卷下《妓女》。

咏 李 花

苇绡开万朵。见冯贽《云仙杂记》卷七引《高隐外书》。

拗 花 题拟

试问酒旗歌板地,今朝谁是拗花人。见陶宗仪《南村辍耕录》卷十二。

山 茶 花

冷蜂寒蝶一作"冷蝶寒蜂"尚未来。见宋郑元佐《朱淑真〈断肠诗集〉注》卷二《春归》、卷三《窗西桃花盛开》注引。

崔 徽 歌

崔徽本不是娼家,教歌按舞娼家长。使君知有不自由,坐在显时立在掌。

有客有客名丘夏,善写仪容得艳姿。为徽持此寄敬中,以死报郎为终始。以上见《绿窗新话》卷上。

    按:《全唐诗》卷四二三收以上二节,有缺误,又误连作一首,今重录。

眼明正似琉璃瓶,心荡秋水横波清。见施元之等《注东坡先生诗》卷十五《百步洪》注引。

吏感徽心关锁开。见任渊《山谷诗注》卷九《出礼部试院王才元惠梅花三种皆妙绝戏答三首》注引。

    按:以上五题皆据冀勤校《元稹集·外集》卷七《续补》一。

凤凰宝钗为郎戴。见陈元龙《片玉集注》卷二《秋蕊香》注引元微之诗。

舞态低迷误招拍。同前书卷八《蝶恋花》之二注引崔徽诗。

凤钗乱折金钿碎。同前书卷二《忆旧游》注引元微之诗。

    按:以上三句,《元氏长庆集》不收,似皆《崔徽歌》佚文。

和浙西李大夫晚下北固山喜松
径成阴怅然怀古偶题临江亭

自公镇南徐，三换营门柳。《嘉定镇江志》卷十四。

　　　　按：傅璇琮先生《李德裕年谱》宝历元年谱录出二句，诗题亦从传说。

句

无妙思帝里，不合厌杭州。俞文豹《吹剑三录》。此则亦从冀勤同志说。

咏廿四气诗
立春正月节

春冬移律吕，天地换星霜。冰泮游鱼跃，和风待柳芳。早梅迎雨水，
残雪怯朝阳。万物含新意，同欢圣日长。

雨水正月中

雨水洗春容，平田已见龙。祭鱼盈浦屿，归雁□山峰。云色轻还重，
风光淡又浓。向春入二月，花色影重重。

惊蛰二月节

阳气初惊蛰，韶光大一作“天”地周。桃花开蜀锦，鹰老化春一作“为”
鸠。时候争催迫，萌芽亐一作“护”矩修。人间务生事，耕种满田畴。

春分二月中

二气莫交争，春分雨处行。雨来看电影，云过听雷声。山色连天碧，
林花向日明。梁间玄鸟语，欲似解人情。

清明三月节

清明来向晚，山渌正光华。杨柳先飞絮，梧桐续放花。鸳声知化鼠，
虹影指天涯。已识风云意，宁愁雨谷一作“谷雨”赊。

谷雨三月中

谷雨春光晓,山川黛色青。叶间鸣戴胜,泽水长浮萍。暖屋生蚕蚁,
喧风引麦葶。鸣鸠徒拂羽,信矣不堪听。

立夏四月节

欲知春与夏,仲〔吕〕(侣)启朱明。蚯蚓谁教出,王苽自合生。帘一作
"簇"蚕呈蜇样,林鸟哺雏声。渐觉云峰好,徐徐带雨行。

小满四月中

小满气全时,如何靡草衰。田家私黍稷,方伯问蚕丝。杏麦修镰钐,
锄苗竖棘篱。向来看苦菜,独秀也何为?

芒种五月节

芒种看今日,螗螂应节生。彤云高下影,鹐鸟往来声。渌沼莲花放,
炎风暑雨情。相逢问蚕麦,幸得称人情。

夏至五月中

处处闻蝉响,须知五月中。龙潜渌水坑,火助太阳宫。过雨频飞电,
行云屡带虹。蕤宾移去后,二气各西东。

小暑六月节

倏忽温风至,因循小暑来。竹喧先觉雨,山暗已闻雷。户牖深青霭,
阶庭长绿苔。鹰鹯新习学,蟋蟀莫相催。

大暑六月中

大暑三秋近,林钟九夏移。桂轮开子夜,萤火照空时。菰果邀儒客,
菰蒲长墨池。绛纱浑卷上,经史待风吹。

立秋七月节

不期朱夏尽,凉吹暗迎秋。天汉成桥鹊,星娥会玉楼。寒声喧耳外,
白露滴林头。一叶惊心绪,如何得不愁?

处暑七月中

向来鹰祭鸟，渐觉白藏深。叶下空惊吹，天高不见心。气收禾黍熟，风静草虫吟。缓酌樽中酒，容调膝上琴。

白露八月节

露沾蔬草白，天气转青高。叶下和秋吹，惊看两鬓毛—作“毫”。养羞因野鸟，为客〔讶〕蓬蒿。火急收田种，晨昏莫辞劳。

秋分八月中

琴弹南吕调，风色已高清。云〔散〕飘飖影，雷收振怒声。乾坤能静肃，寒暑喜—作“合”均平。忽见新来雁，人心敢不惊？

寒露九月节

寒露惊秋晚，朝看菊渐黄。千家风扫叶，万里雁随阳。化蛤悲群鸟，收田畏早霜。因知松柏志，冬夏色苍苍。

霜降九月中

风卷晴霜—作“清云”尽，空天万里霜。野豺先祭月，仙菊遇重阳。秋色悲疏木，鸿鸣忆故乡。谁知一樽酒，能使百秋亡。

立冬十月节

霜降向人寒，轻冰渌水漫。蟾将纤—作“轻”影出，雁带几行残。田种收藏了，衣裘制造看。野鸡投水日，化蜃不将难。

小雪十月中

莫怪虹无影，如今小雪时。阴阳依上下，寒暑喜分离。满月光天汉，长风响树枝。横琴对渌醑，犹—作“独”自敛愁眉。

大雪十一月节

积阴成大雪，看处乱霏霏。玉管鸣寒夜，披书晓绛帷。黄钟随气改，鵙鸟不鸣时。何限苍生类，依依惜暮晖。

冬至十一月中

二气俱生处，周家正立年。岁星瞻北极，舜一作"景"日照南天。拜庆朝金殿，欢娱列绮筵。万邦歌有道，谁敢动征边？

小寒十二月节

小寒连大吕，欢鹊垒新巢。拾食寻河曲，衔紫绕树梢。霜鹰近北首，雏雉隐蓁茅。莫怪严凝切，春冬正月交。

大寒十二月中

腊酒自盈樽，金炉兽炭温。大寒宜近火，无事莫开门。冬与春交替，星周月讵存？明朝换新律，梅柳待阳春。见伯二六二四、斯三八八〇卷。

　　按：此组诗存两个钞本。伯二六二四卷较完整，卷首题"卢相公咏廿四气诗"。斯三八八〇卷卷首已缺雨水、春分、谷雨、小满、夏至（此首仅存末八字）等五首，卷末题："甲辰年夏月上旬写记。元相公撰，李庆君书。"今以伯二六二四卷为底本，以斯三八八〇卷参校。至其作者，二书有异。元相公可确定为元稹，卢相公不详为谁。究为谁作，今已难甄辨。亦有可能元、卢二人皆为依托之名。今姑从一说录附元稹之末。

李　惟

　　李惟，约为中唐时人。

霍　小　玉　歌

衣飘豆蔻减浓香，脸射芙蓉失娇色。明刻本宋佚名《锦绣万花谷前集》卷十七引《霍小玉歌》。

妆成落日卷帘坐，小玉焚香罗帐深。见同书同卷引李惟诗。

西北槛前挂鹦鹉，笼中报道李郎来。见宋陈元龙《片玉集注》卷一《荔枝香》注引《丽情集》引《小玉歌》。

　　按：此诗作者之推定，与本书卷二十二崔珏《灼灼歌》相类，可参看。
《新唐书》卷七二《宰相世系表》载李义琛孙、李绾子名惟，约为盛唐时人，
当非此诗作者。